Vom gleichen Autor erschienen außerdem
als Heyne-Taschenbücher

Steiner – Das geduldige Fleisch · Band 842
In stolzer Trauer · Band 907
Geometrie einer Ehe · Band 931
Ferien im Jenseits · Band 968
Gottes zweite Garnitur · Band 977
Mittlere Reife · Band 1000
Alte Häuser sterben nicht · Band 5173
Jahre wie Tau · Band 5233
So long, Archie · Band 5302
Maiglöckchen oder ähnlich · Band 5357
Die Gezeichneten · Band 5542
In einem Schloß zu wohnen · Band 5585
Liebe und was sonst noch zählt · Band 5727

WILLI HEINRICH

MITTLERE REIFE

Roman

WILHELM HEYNE VERLAG
MÜNCHEN

HEYNE-BUCH Nr. 1000
im Wilhelm Heyne Verlag, München

12. Auflage

Genehmigte, ungekürzte Taschenbuchausgabe

Printed in Germany 1980
Umschlagfoto: art reference, Frankfurt
Umschlaggestaltung: Atelier Heinrichs, München
Gesamtherstellung: Presse-Druck Augsburg

ISBN 3-453-00321-7

Weil es kein Morgen wie jeder andere Morgen war, blieb ich fünf Minuten länger im Bett, nicht ahnend, daß dieser geringfügige Verstoß gegen den präzisen Fahrplan meiner Gewohnheiten eine Art Kettenreaktion auslösen würde. Wer denkt auch schon so früh am Morgen an derart abstrakte Möglichkeiten, und außerhalb des Bettes war es so kalt und ungemütlich wie in allen ungeheizten Zimmern an einem unfreundlichen Februartag. An meinem achtzehnten Geburtstag hatte ich mir vorgenommen, spätestens in fünf Jahren wenigstens eine eigene Küche zu haben, heute war ich fünfundzwanzig und diesem erstrebenswerten Ziel kaum einen Schritt näher gekommen; dabei war ich nicht untüchtig und der Pasch an Intelligenz zumindest ebenbürtig, aber die Pasch kam aus guter Familie, hatte keine kostspieligen Abendkurse besuchen müssen, kein Waisenhaus und kein Jugendamt kennengelernt, und ihre Eltern hatten sich die einzige Tochter etwas kosten lassen. Es nützte auch nicht viel, daß ich mir kaum ein Vergnügen gönnte, was bei einer Monatsmiete von neunzig Mark und den zusätzlichen dreißig Mark für das Kantinenessen ohnedies leichtfertig gewesen wäre. Ich konnte rechnen, wie ich wollte, es reichte gerade, um mit Anstand zu leben, auch dann, wenn man sich keinen so kostspieligen Freund leistete wie die Pasch, er fuhr den Wagen, sie bezahlte die Monatsraten. Dafür war die Pasch zehn Jahre älter als ich und nicht sehr hübsch. So ein kompliziertes Verhältnis war für mich ein Problem, das mir noch reichlich unwirklich vorkam, ähnlich wie Kinderkriegen, fremde Schuhe putzen,

Hosen bügeln und Knöpfe annähen. Wenn ich mich in Gedanken einmal damit beschäftigte, nahm ich mir regelmäßig vor, nur einen Mann zu heiraten, der für sich selbst sorgen würde, und bei Hans war ich mir da noch nicht ganz sicher.

Während ich schließlich aus dem Bett stieg, beschloß ich, den Abend mit ihm zu verbringen. Sonst entschied ich mich immer einige Tage vorher dafür, beschäftigte meine Phantasie damit, bis es mich erregte, das einzige Vergnügen, das sich ein Mädchen in meiner Situation leisten konnte, und Hans war im Grunde genauso ehrgeizig wie ich, wollte es vor der Hochzeit noch ein bißchen weiter bringen; auch darin waren wir uns vom ersten Tag an einig gewesen. Daß wir uns heute nicht mehr ganz so festlegten, mochte an der Ernüchterung liegen, die jedem Beisammensein folgte. Vielleicht fühlte auch er, daß mir seine Konversation nicht mehr genügte, daß ich seinen Zukunftsplänen nur noch widerwillig folgte und ihn vergessen konnte, sobald ich wieder in meinen vier Wänden war.

Das Wasser war eiskalt, ins Bad durfte ich nur samstags. Frau Wilk nahm es genau damit, ebenso mit Herrenbesuch. Als sie mit dem Frühstück kam, war ich noch nicht fertig angezogen, ihr grobflächiges Gesicht drückte mütterliche Besorgnis aus. Sie mochte mich auf ihre Art, trotz der unverschämt hohen Miete. Ich verriet ihr auch in diesem Jahr nichts von meinem Geburtstag, wahrscheinlich hätte sie ihn sonst wieder zum Anlaß genommen, Erinnerungen an Oberschlesien auszukramen; bei manchen Leuten konnte man sich nur schwer vorstellen, daß sie vor ihrer Vertreibung besser gelebt haben sollen als heute.

Beim Frühstück fragte ich mich, wie man sich mit fünfundzwanzig so fühle, versuchte mir einzureden, daß dies ein besonderer Tag, ein besonderer Morgen, ein besonderes

Frühstück sei, aber mir war kalt, auch der Kaffee wärmte nicht, die Himbeermarmelade schmeckte nach dem Blecheimer, Frau Wilk kaufte sie nur fünfpfundweise ein, das war billiger, und manche Leute wachten in einem geheizten Zimmer auf, hatten Eier und Schinken zum Frühstück, und obwohl ich Eier und Schinken so früh am Tag nicht mochte, empfand ich es als deprimierend. Hans hatte mir vorgerechnet, daß ich nach unserer Hochzeit noch mindestens acht Jahre würde arbeiten müssen, und die Hochzeitsreise würden wir zu seinen Eltern nach Kleinheubach im Odenwald machen, was ich für sehr unwahrscheinlich hielt. Ich wußte nicht einmal, wie seine Eltern aussahen; Fotos existierten angeblich nicht. Noch vor zwei Jahren hatte ich mir nicht viel dabei gedacht, vielleicht lag es daran, daß man sich mit dreiundzwanzig noch die unmöglichsten Dinge vorstellen konnte, manche heirateten sogar ihren Chef. Nicht bei der VAS. Da gab es höchstens zwei oder drei ledige Abteilungsleiter mittleren Einkommens, die wichtigen Leute, bei denen sich Überwindung vielleicht gelohnt hätte, bekam man kaum zu Gesicht, und Generaldirektoren sind in der Regel schon verheiratet. Hans hatte nicht das Zeug zum Höheren, zum selbständigen Arbeiten fehlte ihm das Format, er würde noch in zwanzig Jahren die Leute davon zu überzeugen versuchen, daß es kein wirtschaftlicheres Fahrzeug als den Volkswagen gebe; in der ersten Zeit hatte er sogar mich davon zu überzeugen versucht.

Obwohl aus den paar Minuten, die ich länger im Bett geblieben war, schon eine Viertelstunde geworden sein mußte, rührte ich mich nicht vom Fleck. Sonst hinderte mich meine Schlaftrunkenheit daran, mich schon zu so früher Stunde mit diesen Dingen zu beschäftigen. Ich hatte sie auch noch nie konsequent zu Ende gedacht; wenn sie mir unbequem wurden, pflegte ich sie aus meinem Bewußtsein zu verdrängen, mich damit zu trösten, daß früher oder später etwas geschehen und mein Leben verändern würde, auf diese oder jene Weise, so oder so. Vielleicht war dies auch der Grund, weshalb ich mich mit Hans eingelassen hatte. Es gab Augenblicke zwischen uns, in denen ich mir sogar einreden konnte, glücklich zu sein. Sie währten nur nicht lange genug, um der nachfolgenden Ernüchterung die Intensität zu nehmen. Ich war an diesem Morgen nicht stärker deprimiert als sonst, nicht weniger schlaftrunken, nicht stärker angewidert von allem, ich war nur etwas konsequenter, rücksichtsloser, eigensinniger. Es würde auch nicht anders werden, wenn ich Hans heiratete, höchstens noch endgültiger.

Durch die Tür hörte ich Frau Wilk mit ihrem Mann reden, sicher wunderten sie sich über mich, und ich ertappte mich dabei, daß mir der Gedanke, zu spät zur Arbeit zu kommen, plötzlich Genugtuung bereitete, eine ungewohnte Aufsässigkeit hielt mich auf meinem Stuhl fest. Wäre ich pünktlich aufgestanden, hätte es mir nicht passieren können, es verhielt sich dabei wie mit Schlagsahne: Solange ich dem ersten Löffel widerstehen konnte, war alles gut. Ich hatte es mir nie leisten können, aufsässig zu sein, immer hatte ich den Wunsch, meinen Empfindungen zu folgen, unterdrücken müssen, unterdrücken auch meine Aversion gegen alles, was in diesen vergangenen zwanzig Jahren ohne mein Einverständnis manipuliert, arrangiert und gemanagt worden war. Da man sich meiner angenommen, mich erzogen und zu einem vollwertigen Mitglied der menschlichen Gesellschaft herangebildet hatte, war mir zwar kein Anlaß gegeben, mich zu beklagen, zu bedauern oder gar als Außenseiter zu fühlen. Trotzdem wurde ich das Gefühl nicht los, man habe mich um wesentliche Privilegien betrogen, als schuldeten mir die Arrangeure, Mani-

pulanten und Manager außerhalb des Waisenhauses noch eine Genugtuung für jene elementaren Dinge, die auch eine human präparierte Anstaltsleitung nicht zu ersetzen vermochte. Vielleicht waren es die gleichen Leute, die vor fünfundzwanzig Jahren mitgeholfen hatten, den Krieg zu arrangieren. Ich wußte es nicht, wußte nur, daß es mir heute nicht mehr genügte, daß es mir widerstrebte, an der Seite eines Mannes in der bisherigen Weise weiterzumachen. Ich glaubte auch nicht, daß ich auf irgendeinen Menschen Rücksicht zu nehmen brauchte, selbst auf Hans nicht. Er war sieben Jahre älter als ich, und wer immer auch meine Eltern gewesen sein mochten: Sehr viel Mühe hatte ich ihnen nicht gemacht. Andere sahen da klarer als ich, sie wußten wenigstens, ob es in ihrer Familie liege.
Ich stellte das Kaffeegeschirr auf das Tablett, es war fünf vor halb acht, zur VAS brauchte man allein zwanzig Minuten, Straßenbahn lohnte sich nicht, zweimal umsteigen und noch ein großes Stück zu Fuß, außerdem hatten sie wieder mal die Gebühren erhöht, Schüler die Hälfte. Damals hatte ich auch schon zu Fuß gehen müssen. In Dreierreihen.
Wilks unterhielten sich noch immer. Was mir besonders fehlte, war ein richtiger Wintermantel, andere ließen sich einen Pelzmantel schenken, mir würde wahrscheinlich keiner stehen, und Hans fand sie zu kapitalistisch; er hatte früher Musik studiert, bis er sein Herz für einen Wagen ohne Kühlwasser und Kofferraum entdeckte.
Ich zog leise die Tür hinter mir zu, stieg zwei dunkle Treppen hinab. Sechs verheiratete Frauen im Haus, und keine hätte sich vor ihrer Ehe vielleicht träumen lassen, gerade in diesem Haus wohnen zu müssen; solange man nur zur Untermiete drin wohnte, konnte man wenigstens noch hoffen. Im Prinzip hatte ich nichts gegen alte Häuser, aber dies war ein besonders häßliches, widerwärtiges altes

Haus, ich empfand es als ungerecht, daß schöne und moderne Häuser im letzten Krieg kaputtgegangen waren, vierunddreißig Prozent aller Häuser in der Stadt waren kaputtgegangen, und ausgerechnet dieses widerliche alte Haus war verschont geblieben; es empörte mich jedesmal aufs neue.

Die Luft auf der Straße war unangenehm feucht und kalt, vor den Häusern standen Mülltonnen Spalier, Freitag, Tag der Müllabfuhr, der Fischhändler und Marktfrauen, den Freitag mochte ich am wenigsten. Mir graute vor jedem Wochenende, vor der Rückkehr in mein möbliertes Zimmer, vor den achtundvierzig Stunden häuslicher Gemeinsamkeit mit den Wilks, vor ihren stereotypen Wohnzimmergesprächen; alte Leute merkten nie, daß sie sich nur noch wiederholten.

Ich fror in meinem dünnen Mantel, schlug den Kragen auf, zog die Mütze tiefer über die Ohren, egal, wie ich damit aussehen mochte, um diese Tageszeit war mir alles egal, alle Männer der Welt konnten mir so früh am Morgen gestohlen bleiben, Generaldirektoren eingeschlossen, und heute mittag würde ich Hans anrufen und mich mit ihm verabreden, falls ihm bis dahin nicht selber einfiel, daß dies ein besonderer Tag für mich war. Im ersten Jahr hatte er daran gedacht, im zweiten schon nicht mehr, etwas früh, wenn man berücksichtigt, daß manche Männer noch nach dreißig und vierzig Jahren daran denken, und so viel müßte einer doch im Kopf haben, auch wenn er sich ständig seine Provision ausrechnen muß.

In diesem Stadtteil waren sich die Häuser alle gleich, Altbauten mit dunklen Hinterhöfen, ohne Bad und Zentralheizung, aber vor jedem Haus standen ein paar Wagen, Stoßstange an Stoßstange, je billiger die Wohnung, desto größer der Wagen. Man hätte sich an Stelle des Wagens auch eine bessere Wohngegend leisten können, die Waldstadt zum Beispiel, wenn es eben darauf angekommen wäre, schön zu wohnen, wenn man die schöne Wohnung am Arbeitsplatz hätte zeigen können, manche verloren im Wagen mehr Zeit als zu Fuß, aber es muß ein unwahrscheinliches Gefühl sein, im eigenen Wagen vorzufahren.

Seit ich bei der VAS arbeitete, hatte ich mich noch nie verspätet. Ich fühlte jetzt auch keine Genugtuung mehr, keine Aufsässigkeit, nur Beklemmung, Herzklopfen. Immerhin konnte ich nun in der feuchten Dunkelheit schon die Parkplätze erkennen, überquellend vor Blech und karossiertem Selbstbewußtsein, dahinter die großflächige Ostfassade der VAS-Metropole, zwölf Stockwerke hoch, eindrucksvolles Symbol für einhundertsiebzig Millionen Gesamtprämien. Nichts schien die Leute heutzutage mehr zu faszinieren als eine hübsche Police, geradeso, als ob sie dem Wohlstandsfrieden doch nicht recht trauten; das war dann meine Abteilung: kultiviertes Mahnwesen mit psychologischer Tiefenwirkung im Hollerith-Verfahren, und als honorige Zugabe das Faksimile des Abteilungsleiters persönlich; das wirkte fast immer.

Es gab einen Personaleingang, einen Paternosteraufzug, einen Lift für die Generaldirektion im letzten Stock. So hoch hatte ich es noch nie gebracht, im vierten setzte ich den Fuß wieder auf festen Boden. Natürlich gab es auch moderne Arbeitsräume mit Neonlicht und Klimaanlage, die nie recht funktionierte, entweder war es zu kühl oder zu warm, und die Fenster ließen sich nicht öffnen; darauf war der Architekt besonders stolz.

Zuerst fing alles ganz harmlos an, die Seiler machte ein Späßchen: mit dem linken Fuß aufgestanden und so, dann wollte die Obert es genauer wissen und wurde zweideutig. Ich hatte sie im Verdacht, daß ihre angeblichen Amouren mittelmäßigen Büchern entliehen waren, von unserem

Team war sie die unanständigste, vier dieser Sorte hätten mir selbst dieses kleine Vergnügen noch vergällen können, aber die Germer vermochte noch rot zu werden, die Sauer hielt sich meist zurück, sie hatte einen kleinen Sprachfehler. Alles in allem eine normale Besetzung, wir mochten uns alle fünf nicht so recht, einig waren wir uns hauptsächlich in einer gemeinsamen Abneigung der Pasch gegenüber, und verheiratet war nur die Seiler, ausgerechnet die häßlichste von uns. Bei der Germer wäre es auch einmal fast soweit gekommen, eine Zeitlang rannte sie mit an den Mund gepreßtem Taschentuch zur Tür hinaus; vielleicht war sie zu sensibel für ein freies Verhältnis. Zum Glück schien sie es sich nur eingeredet zu haben; ihre Zustände legten sich wieder, und sie heiratete vorläufig nicht. Natürlich war dies nicht die ganze Abteilung. Monika arbeitete eine Tür weiter, dort saßen gleich zwölf Stenotypistinnen. Wir hatten uns in der Kantine angefreundet, manchmal besuchte sie mich; bei Damen hatte Frau Wilk keine Bedenken.

Für die Garderobe gab es im Flur kleine Nischen, ich hatte in der Eile vergessen, meinen Mantel abzulegen, und draußen begegnete ich der Pasch, geradeso, als ob sie eine Antenne dafür hätte. Daß sie sich selbst als Chefsekretärin titulierte, hätte ich ihr noch nachgesehen, in der VAS war ein Abteilungsleiter eine durchaus ernst zu nehmende Persönlichkeit, und was Wiemann an Persönlichkeit fehlte, wußte er durch Charme zu ersetzen. Man hätte es auch in freier Anwendung so formulieren können, daß jede Sekretärin den Chef bekam, den sie verdiente, und die Pasch paßte nun mal zu Wiemann wie kaum eine andere. Mich hatte sie nie besonders ausgezeichnet, weder mit Sympathie noch mit einer fühlbaren Abneigung, für sie war ich eben eine kleine Stenotypistin, deren Lebensinhalt sich darauf beschränkte, jene Korrespondenz zu erledigen, deren individueller Charakter im Hollerith-Verfahren nicht vorgesehen war. Sie liebte es, launisch zu sein, einmal sehr unpersönlich und dann wieder fast ein wenig intim. Ihr kompliziertes Innenleben hatte mancherlei Ausdrucksformen, und ich mußte wieder einmal zugeben, daß sie es verstand, ihren unnatürlich spitzen Busen unter jedem Kleidungsstück zur Geltung zu bringen. Sicher hatte sie eine gute Schneiderin, was sie trug, sah nie nach Konfektion aus, auch ihre engen Röcke nicht, da saß jede Falte am richtigen Ort, jede Betonung an der wirksamsten Stelle, kein Wunder, daß eine feinfühlige Natur wie Wiemann sie als Zierde seines Vorzimmers betrachtete, wenngleich sein Wohlgefallen noch andere Objekte fand. Wenigstens hatte ich schon feststellen können, daß er auch meinen äußeren Vorzügen gegenüber nicht unzugänglich blieb, und oberhalb des Busens war ich der Pasch gegenüber entschieden im Vorteil. Trotzdem gehörte er zu jenen Führungskräften der VAS, von denen zumindest als sicher galt, daß sie kein innerbetriebliches Verhältnis pflegten; die Direktion war in diesem Punkt empfindlich.

Heute schien nun die Pasch besonders unausgeglichen zu sein, gab mir recht hochfahrend zu verstehen, daß immer die Jüngsten darin auffielen, sich regelmäßig zu verspäten, was eine glatte Unterstellung war, wenn ich meine bisher makellose Arbeitsmoral bedachte. Ich antwortete ihr daher zugegebenermaßen ein wenig patzig, daß ich ihr Gehabe albern fände, obwohl so rüde Manieren sonst gar nicht meinem Wesen entsprechen, aber es verletzte mich, daß mir ausgerechnet an meinem fünfundzwanzigsten Geburtstag solches Ungemach widerfahren mußte, wovon die Pasch natürlich nichts wissen konnte, doch war ich viel zu empört, auch noch darauf Rücksicht nehmen zu sollen. Wenn sie sich erregte, bekam ihre Stimme schrille Nebengeräusche, sie wurde in einem Anfall hysterischer Empfindlichkeit unvermittelt ausfällig – weiß der Himmel, was sich da alles angestaut hatte –, verbat sich in einem unzumutbaren Ton meinen eigenen Ton, drohte mir gar, sich bei Wiemann zu beschweren, und das war nun etwas, was ich überhaupt nicht leiden konnte; denunzierende Chefsekretärinnen vermochten mich auf jede Art von Baum zu bringen, es gab auch in der VAS eine Solidarität der kleinen Gehaltsempfänger, sie wurde im zwölften Stock zwar nicht sehr geschätzt, jedoch mit Rücksicht auf die angespannte Personallage weitgehend ignoriert; kleine Verstöße gegen die Pünktlichkeit pflegte man im allgemeinen mit milder Diskretion zu übersehen. Daß die Pasch mit ihrem hysterischen Gekeife gegen dieses bewährte Reglement verstieß, hätte noch keine dramatische Entwicklung heraufbeschwören müssen, wäre nicht Wiemann durch den ungewohnten Lärm vor seiner Tür auf die Bildfläche gerufen worden.

Er war ein schöner Mann mit der fast allen schönen Männern eigenen Angewohnheit, ihren unwiderstehlichen Eindruck auf kleine Büromädchen zu verallgemeinern. Seine Lieblingsfarbe war ein dezentes Dunkelblau mit subtilen, der Jahreszeit angemessenen Nuancen, ich hatte ihn nur selten anders als in einem blauen Anzug gesehen. Auch seine Augen waren blau, seine Haare teutonisch blond und modern geschnitten, er sprach einen gepflegten Dialekt ortsüblicher Färbung, benutzte einen Opel mittlerer Preislage und lächelte fast immer. Ich neigte nicht dazu, jenen Stimmen Gehör zu schenken, die ihn verdächtigten, mit seinen schönen Zähnen renommieren zu wollen. VAS-Psychologen hatten in wissenschaftlicher Kleinarbeit herausgefunden, daß ein verbindliches Lächeln vor Erledigung jeder Korrespondenz delikaten Inhalts den geschäftlichen Stil wohltuend beeinflusse. Laut Statistik sollte dieses Verfahren die Anzahl der versicherungsmüden Versicherungsnehmer drastisch reduziert haben, und daß ein solcherart präparierter Abteilungsleiter sein verbindliches Lächeln selbst im Schlaf nicht mehr völlig auszulöschen vermöchte, erschien mir so unglaubwürdig nicht. Wiemann war nun mal ein gewissenhafter Theoretiker, der es mit seiner Arbeit ernst nahm. Im zwölften Stock der VAS wußte man seine Vorzüge zu schätzen, und seit er das selbst wußte, hatte sich sein Lächeln noch intensiviert. Im Augenblick lächelte er allerdings nicht, er hörte sich mit bedenklicher Miene an, was die Pasch ihm Übles zu vermelden hatte, daß ich mich nicht nur verspätet, sondern ihr gegenüber auch noch einen unverschämten Ton angeschlagen hätte, und selbst hier wäre es noch möglich gewesen, den im Grunde läppischen Vorfall auf seine ihm angemessene Bedeutungsträchtigkeit zu lokalisieren, aber auch Wiemann schien sich heute unglücklicherweise unterhalb seines Niveaus zu bewegen, er fertigte mich ab, ohne mir Gelegenheit zu geben, die unsachlichen Beschuldigungen der Pasch zu widerlegen, und nun erst wurde ich bösartig. Es bleibe ihm unbenommen, gab ich ihm sinngemäß zu verstehen, alle Behauptungen der Pasch unbesehen zu akzeptieren, aber er dürfe sich dann nicht wundern, wenn man sich in der Abteilung Gedanken darüber mache.

Das war eine glatte Erfindung, eine impulsive Reaktion, und im Original mußte es sich noch häßlicher angehört haben, er verlor sichtlich an Farbe und nahm mich mit in sein Büro. Wie er das zu verstehen habe, wollte er über die Distanz seines Schreibtisches hinweg wissen, und ich antwortete, noch immer außer Atem und hoffnungslos in Fahrt geraten, so unmißverständlich hätte ich mich gar nicht ausgedrückt. Es hatte zur Folge, daß er seine Faust unbeherrscht auf den Schreibtisch schmetterte, ein Gefühlsausbruch, den ich ihm bis zu diesem Augenblick nicht zugetraut hätte, er war so gar nicht der Typ des Cholerikers. Ich wußte, daß er oft auf den Fußballplatz ging, amerikanische Zigaretten bevorzugte und seit acht Jahren verheiratet war. Wenn man ihn aus der Nähe betrachtete, wirkte er nicht ganz so schön, vielleicht lag es auch an seiner begreiflichen Erregung, sie demaskierte ihn in abträglicher Weise und verlieh ihm einen Ausdruck von Gewöhnlichkeit. Er verbitte sich meine Unverschämtheit, sagte er im branchenüblichen Vokabularium, ich scheine gar nicht zu wissen, daß ich meine Stellung bei der VAS nur ihm verdanke. Das war mir in der Tat neu, ich fragte: »Wieso Ihnen? Ich habe mich beim Personalbüro beworben.«

»In Ihrem Fall«, sagte Wiemann erregt, »hat man die Entscheidung unglücklicherweise mir überlassen.« Da war es also wieder, und eigentlich war es immer dagewesen, unausgesprochen zwar und trotzdem stets gegenwärtig. »Falls Sie auf meine Herkunft anspielen . . .«, sagte ich, und Wiemann sagte: »Nicht ohne Grund!« Es enttäuschte mich, daß er sich noch immer nicht gefaßt hatte, er hätte nur einmal sein charmantes Lächeln aufzusetzen brauchen, um mich zur Besinnung zu bringen. Statt dessen steigerte er sich immer mehr in seine Unbeherrschtheit hinein und verstieg sich sogar zu der Beschuldigung, ich hätte mich bereits im Waisenhaus als schwierig erwiesen. Nun ja, wenn schon das Personalbüro die Entscheidung ihm überlassen hatte, mußte er auch meine Papiere vom Jugendamt gelesen und daraus ersehen haben, daß alle Versuche der Anstaltsleitung, mir Adoptiveltern zu bescheren, an meiner Widerspenstigkeit gescheitert waren, aber wenn er schon so viel über mich wußte, hätte er sich als intelligenter Mensch auch Gedanken darüber machen müssen, welchen Umständen ich meine Vergangenheit zuzuschreiben und daß er es selbst nur einer glücklichen Fügung zu verdanken hatte, nicht in ähnlicher Weise vorbelastet zu sein. Ich konnte mich nicht oft genug darüber wundern, wie wenig die Leute im allgemeinen fähig waren, solche und andere Gegebenheiten auch einmal mit dem Krieg in Verbindung zu bringen, sie taten vielmehr, als hätte es ihn nie gegeben. Daß es in ihrer Vorstellungswelt üblich war, ein Waisenhaus mit allen anrüchigen Ingredienzen zu umgeben, die eine gutbürgerliche Phantasie sich nur auszumalen vermochte, war mir hinlänglich bekannt. Vielleicht redete er sich sogar ein, der Tochter eines notorischen Säufers unverdientermaßen zu einer Existenzchance verholfen zu haben. Ich sagte: »Und sonst haben Sie nichts über mich erfahren?«

»Intelligent!« sagte Wiemann verächtlich. »Halten Sie es auch für intelligent, mir eine Abhängigkeit von Fräulein Pasch zu unterstellen?« Er stand mit hängenden Schultern hinter seinem Schreibtisch, ein achtunddreißigjähriger Mann mit kleinen Eigenheiten, gepflegten Händen und beruflichem Ehrgeiz. Mit etwas Glück würde er die Leiter der VAS-Karriere noch ein paar Stockwerke höher klimmen, aber nun hatte er Angst, es könnte tatsächlich über ihn und die Pasch geredet werden, und wenn dies so war, würde er ein Exempel statuieren, möglichen Gefahren vorbeugen und sein reines Gewissen durch ein forsches Auftreten belegen müssen. Von allen Problemen, die ihn beschäftigten, war ich im Augenblick sein größtes, und er würde es mir wohl nie verzeihen, daß ausgerechnet ich es gewesen war, die seine angenehmen Hoffnungen auf eine baldige Gehaltsaufbesserung vorübergehend getrübt hatte, denn dies war in Wirklichkeit sein größtes Problem, seine größte Ungeduld und seine eigentliche Lebenserwartung. Ich sagte: »Ich habe Ihnen keine Abhängigkeit unterstellt.«

»In Gegenwart von Fräulein Pasch!« sagte er, und ich hatte

plötzlich das sichere Gefühl, daß er mir kein Wort mehr glauben würde: schlimmer noch, kein Wort mehr glauben wollte, er hatte sich bereits endgültig festgelegt. »Sie können gehen«, sagte er noch, und als ich mich nicht rührte, lief er zur Tür und riß sie auf. Bei der Seiler oder Obert hätte er das wahrscheinlich nicht getan, und daß ich anders war als andere Mädchen, hatte ich schon am ersten Schultag mitbekommen. Ich war es seitdem auch nie wieder losgeworden, über achtzehn Jahre hatte ich es in mich hineingefressen, und nun wollte ich nicht mehr. Ich ging an ihm vorbei in mein Zimmer hinüber, und sie hörten alle auf zu arbeiten, starrten mich an, und die Seiler fragte: »Was war los?«

Vier Jahre hatte ich neben ihr gesessen, Tag für Tag, Woche für Woche, ich hatte ihre beiden Schwangerschaften miterlebt, wußte, daß sie mit einem schwierigen Mann verheiratet war und noch mindestens zehn Jahre in der VAS arbeiten würde. Bis dahin würde sie alles abbezahlt, alles angeschafft und das Schlimmste hinter sich haben. Mit fünfunddreißig würde sie wahrscheinlich eine alte Frau sein, und die anderen würden es ähnlich machen wie sie, heiraten, Kinder kriegen und in der VAS arbeiten. Sie würden auch künftig untereinander ihre Erfahrungen austauschen, wie man der Periode nachhalf, in Italien einen billigen Urlaub verbrachte oder an die Adresse eines bestimmten Arztes herankam. Und mit den Kindern würde sich das Thema etwas variieren lassen: Tips für die Schwangerschaft, Tips für das Ehebett, Erziehungsprobleme, Geburtenregelung, Tips für ein billiges Kinderheim. Vielleicht erwischte die eine oder andere auch einen Mann, der es sich wirtschaftlich leisten konnte, die Kinder in eigener Regie großzuziehen; der Sauer traute ich es zu, sie sah gut aus, trug schwarze Reizwäsche und hatte sich auf reife Männer spezialisiert.

So absurd es auch war, sie taten mir in dieser Sekunde alle ein wenig leid. Ich ging an meinen Platz, packte ein, was mir gehörte, und die Germer fragte: »Hat man dich gefeuert?«

Ich glaubte nicht, daß sie mich feuern würden, eine Verwarnung war mir sicher, jedoch selbst diese erschien mir jetzt unzumutbar. Zudem würde es sich nicht länger vermeiden lassen, daß Wiemann der Pasch von meiner Vergangenheit erzählte, und wenn sie es erst einmal wußte, erfuhren es auch die anderen, es wäre das Schlimmste, was mir hätte widerfahren können, und trotzdem steckte noch mehr dahinter. Es wäre mir auch darauf nicht mehr angekommen, wenn ich nicht schon längst auf diese Gelegenheit gewartet hätte.

Nun, da ich es mir endlich eingestand, überraschte es mich ein wenig. Natürlich war es heute kein Problem mehr, eine andere Stellung zu finden, höchstens ein Problem der Trägheit, der Umstellung, der Konfrontation mit neuen Gesichtern, neuen Sitten und betriebsinternen Eigenheiten, und wenn ich es jetzt nicht durchstand, würde auch ich vielleicht noch in zehn Jahren bei der VAS arbeiten. Ich würde es mir nicht einmal leisten können, die obligatorische Kündigungsfrist einzuhalten; mein Entschluß hätte mir möglicherweise morgen früh schon wieder leid getan, und wenn sie auf ihren Vertrag pochten, würde ich mich eben krank melden, vom letzten Urlaub standen mir noch vierzehn Tage zu, und in sechs Wochen hatten sie mich vergessen.

Die Seiler war am Telefon, ich hatte es nicht läuten hören. »Du sollst sofort hinaufkommen«, sagte sie, und ihre unschöne Nase war ganz blaß. Sie starrten mich wieder alle vier an, der Vorfall erschreckte und erregte sie in gleichem Maße; seit vor einem halben Jahr die Germer neu zu uns gekommen war, hatte sich nichts Außergewöhnliches mehr getan. Keine von ihnen wünschte, daß ich meine Stellung verlor, aber sie waren dankbar für jede Vorführung. Es schien mir auf einmal unbegreiflich, daß ich es so lange bei ihnen ausgehalten, daß ich nicht ernsthaft das Bedürfnis verspürt hatte, eine andere und bessere Arbeit zu finden, daß es mir nie zuviel geworden war, Zeuge zu sein, wie die Germer täglich ein halbes Dutzend Käse- und Schinkenbrote hinunterschlang, die Sauer sich bei der Arbeit geistesabwesend unter dem Rock kratzte, die Obert ihre unanständigen Geschichten erzählte und die Seiler regelmäßig auf einem Kalender ihre nächste Periode nachrechnete; ein drittes Kind hätte all ihre Dispositionen umgeworfen. Und trotzdem fühlte ich mich auf eine hoffnungslose Art mit ihnen verbunden, es fiel mir schwer, mir vorzustellen, daß ich sie nie wiedersehen sollte, und hätte eine von ihnen auch nur den Versuch unternommen, mich umzustimmen, ich weiß nicht, wie ich reagiert hätte, aber ich hatte ihnen noch kein Wort gesagt, und so verließ ich sie auch ohne Abschied und ohne daß sie es recht wußten.

Auf der Straße knöpfte ich meinen Mantel zu und fing an, ziellos durch die Stadt zu laufen, ein Stück durch die Bahnhofstraße, ein Stück durch die Karlstraße, dann durch eine andere, deren Namen ich nicht kannte. In den Schaufenstern brannte noch das Licht, unbewußt registrierte ich, daß auffallend viele Frauen unterwegs waren, sie strömten alle in eine Richtung, vielleicht die Verkäuferinnen des Einzelhandels oder der großen Kaufhäuser im Stadtzentrum. Und vor ihnen waren es die Fabrikarbeiterinnen gewesen, die Stenotypistinnen und Sekretärinnen der Versicherungen und Kommunalverwaltungen, die Angestellten der Versandhäuser und des Großhandels, eine fast endlose Prozession unausgeschlafener und gleichgültiger Frauen

und Mädchen, die sich zügig durch die feuchte Dämmerung des Morgens bewegte, und was immer auch Theoretiker unter der Emanzipation verstanden haben mochten: Wenigstens hier war sie unverfälschte Wirklichkeit geworden.
Ich konnte mir nicht schlüssig werden, wohin ich gehen sollte, ließ mich planlos treiben. Wilks hätten mich nur mit lästigen Fragen überschüttet; das Zimmer war noch nicht aufgeräumt, der Ofen noch nicht an, und sie würden auch nicht verstehen, daß ich meine gute Stellung bei der VAS aufgegeben hatte, ohne eine andere in Aussicht zu haben. Es kam mir, je länger ich Zeit hatte, darüber nachzudenken, schon selbst ein wenig absurd vor, aber damit hatte ich rechnen müssen, und um mich selbst zu bemitleiden, war mir auch nicht zumute. Gemessen an der Tragweite meines Entschlusses reagierte ich sogar verhältnismäßig ruhig, es verhielt sich damit wie mit kaltem Wasser: War man erst einmal drin, so gewöhnte man sich rasch daran. Außerdem hatte ich insofern Glück, als es das letzte Wochenende im Monat war; vom Termin her könnte man es den Wilks also plausibel machen. Mein Hauptproblem bestand im Augenblick darin, eine sinnvolle Möglichkeit zu finden, den Tag herumzubringen. Der Anblick all dieser erwerbstätigen Frauen und Mädchen wirkte doch deprimierend auf mich, ich fühlte mich neben ihnen wie ein Anarchist, die stupide Entschlossenheit, mit der sie sich stadteinwärts bewegten, hatte etwas Bedrückendes, sie kamen mir, ohne daß ich es hätte genauer definieren können, so schrecklich ahnungslos vor, aber das redete ich mir sicher nur ein.
Obwohl ich es mir nicht vorgenommen hatte, landete ich dann bei Hans; mit irgend jemandem mußte ich mich aussprechen, und wofür schlief man schließlich mit einem Mann. Die Firma hatte einen repräsentativen Ausstellungsraum, hinter großen Schaufenstern standen die neuesten

VW-Modelle; unverbindliche Beratung inklusive Probefahrt und Zahlungserleichterungen wurden zugesichert. Hans war noch nicht da, aber er müsse jeden Augenblick kommen, sagte ein weißhaariger Herr mit guten Manieren. Ob ich privat zu ihm wolle?

»Nur privat«, bestätigte ich, und der weißhaarige Herr bot mir einen bequemen Sessel an, überließ mir zum Zeitvertreib einige Prospekte und verschwand hinter einer Säule. Er tauchte erst wieder auf, als Hans hereinkam; anscheinend gab es auch hier einen Personaleingang. »Sie werden erwartet«, sagte er zu Hans. Er war wirklich sehr nett, viel netter als Hans, der befremdet die Augenbrauen hob. Er hatte mich nie aufgefordert, ihn am Arbeitsplatz zu besuchen; auch in diesem Punkt war er eigen. Da wir von dem weißhaarigen Herrn beobachtet wurden, fragte ich ihn, ob er sich ein paar Minuten frei machen könne, und als er zögerte, sagte ich noch: »Ich habe meine Stellung aufgegeben.«

Es war typisch für ihn, daß er weder die Sprache noch Zeit mit Redensarten verlor, er sagte nur: »Warte hier«, und ging zu dem weißhaarigen Herrn. Sie sprachen miteinander, der weißhaarige Herr nickte lächelnd, lächelte auch mich wieder an, und Hans öffnete eine Tür. Als er zurückkam, hatte er seinen Mantel an, wir gingen durch einen kleinen Raum mit hohen Aktenschränken in den Hof zu seinem Wagen. »Ein netter Mann«, sagte ich. »Dein Chef?«

»Der Geschäftsführer«, sagte Hans. Der Hof war sehr geräumig, überall standen Volkswagen, der Weg zur Straße führte an großen Werkstätten vorüber. »Ich wußte gar nicht«, sagte ich, »daß ihr so viele Leute beschäftigt.« Und dann erzählte ich ihm, warum ich davongelaufen war, und er sagte: »Trotzdem leuchtet es mir nicht ein.« Er war zerstreut, ich merkte es an seiner Art zu fahren; sonst hatte

ich stets ein gutes Gefühl, wenn ich bei ihm im Wagen saß.
»Soll ich dich heimbringen?« fragte er.
»Das geht nicht«, sagte ich. »Außerdem habe ich keine Lust.«
»Aber Launen«, sagte er gereizt. Ich hätte ihn jetzt an meinen Geburtstag erinnern können, aber er hatte mich wieder einmal enttäuscht, und ich sagte: »Du kannst mich auch hier absetzen.«
»Hier?« fragte er überrascht, dann hielt er den Wagen an und legte mir den Arm um die Schultern. »Was also kann ich für dich tun?« fragte er, und weil mir nichts anderes einfiel, antwortete ich: »Du könntest mich in deine Wohnung bringen.« Ich würde mich in sein Bett legen und den ganzen Tag schlafen, an einem Freitag den ganzen Tag schlafen; so etwas hatte ich mir schon lange wieder einmal gewünscht.
»Du weißt«, sagte er, »daß ich das nicht gerne mache.« Ich wußte es, länger als zwei oder drei Stunden war ich noch nie bei ihm gewesen, er befürchtete, die Leute im Haus könnten darüber reden und sich beim Eigentümer beschweren; angeblich sollte es ein CDU-Haus sein, und er hing an seiner Wohnung. »Es ist gut«, sagte ich, und so, wie ich es sagte, war jedem Mißverständnis vorgebeugt. Er trat seufzend die Kupplung durch und grinste. »Hoffentlich«, sagte er, »ist wenigstens sonst nichts los bei dir.«
»Vor übermorgen nicht«, sagte ich.

Ich schlief tatsächlich drei volle Stunden, dann bekam ich Hunger, machte mir zwei Rühreier und aß eine Scheibe Brot dazu. Für mich wäre die Wohnung ideal gewesen, ein mittelgroßes Zimmer mit Kochnische und Bad, aber sie kostete einhundertachtzig Mark und Heizung extra. Was wir beide zusammen an Miete bezahlten, hätte für eine schöne Dreizimmerwohnung gelangt, und mit durchschnittlich fünfzehnhundert Mark Monatseinkommen und einem stattlichen Bankkonto war Hans keine schlechte Partie. Leider hatte er sich auf ein Eigenheim in der Waldstadt festgelegt, und es sollte nicht gerade das billigste sein. Es sollte auch nicht der billigste Wagen sein, nicht die billigste Wohnungseinrichtung, und solange es mit den Kindern nicht eilte, eilte es auch mit dem Heiraten nicht. Das war logisch und überzeugend; was Hans sagte, war immer logisch; zuerst das Eigenheim, dann die Kinder, der umgekehrte Weg war ihm zu bürgerlich und widersprach seinem Naturell. Und schließlich waren wir beide noch verhältnismäßig jung, brauchten nichts zu überstürzen und nichts zu riskieren, auch in bezug auf uns beide nicht. Manchmal sahen wir uns alle acht Tage nur einmal, Zeit genug, sich zwischen zwei Verhältnissen zu etablieren; es gab zwar keine Indizien dafür, aber was waren schon Indizien. Ich traute ihm nicht, traute mir selbst nicht, als wir uns kennenlernten, war er bereits neunundzwanzig gewesen, schon zu alt, um sich von lieben Gewohnheiten zu trennen, auch diesmal hatte er sämtliche Schubladen und Schränke abgeschlossen; es war lächerlich. Seine Intimsphäre interessierte mich nicht, ob er anrüchige Magazine bezog oder mit diversen Versandhäusern korrespondierte, war seine Sache. Es gab auch bei mir Dinge, die ich einzuschließen pflegte, und wo kein Winkel mehr blieb, in den man sich gelegentlich zurückziehen konnte, würde die Ehe zum Offenbarungseid werden. Die romantische Vorstellung, jungen Ehepaaren sei auch mit einer Einzimmerwohnung geholfen, hatte mich noch nie überzeugen können, und mit der Einrichtung würde es gleichfalls schwierig werden. Hans liebte Teakholz, ich nicht. Auch seine Polstergarnitur mit der

Schlafcouch war mir zu modisch und anatomisch maßgeschneidert, ich hatte nun mal ein hohles Kreuz, lange Beine und eine Aversion gegen Sessel, deren Sitzfläche fast den Boden berührte. Wenn wir heirateten, würde ich zumindest ein Zimmer nach meinem Geschmack einrichten. Angenehm war die Zentralheizung, um sie beneidete ich ihn, der Kohlenofen in Frau Wilks Zimmer konnte mich zum Weinen bringen, entweder glühte, streikte oder rauchte er. Die Hoffnung, er würde eines Tages doch noch in die Luft fliegen, hatte ich inzwischen fahrenlassen. Ebenso die Hoffnung, Hans davon überzeugen zu können, daß es heutzutage kein erwähnenswertes Privileg mehr sei, ein Eigenheim in der Waldstadt zu besitzen. Seine diesbezüglichen Komplexe waren schwer zu analysieren. Ob er sich seiner optimistischen Prognosen über die Zukunft des Volkswagens doch nicht ganz sicher war oder nur andere Komplexe damit zu kompensieren versuchte, blieb mir schleierhaft. Nicht etwa, daß ich auch noch eine Aversion gegen Eigenheime als solche gehabt hätte; ganz im Gegenteil wußte ich ihre Annehmlichkeiten durchaus zu schätzen. Was mich störte, war das proportionale Mißverhältnis zwischen einer mittelmäßig bezahlten Stenotypistin und einer Hausbesitzerin in einer Person. Selbst hochdotierte Straßenmädchen pflegten im allgemeinen nicht beides gleichzeitig zu sein, obwohl das eine das andere nicht ausschloß, aber ich hatte meine eigene Anschauung in solchen Dingen, und wenn ein Mann schon nicht in der Lage war, soziales Prestige ohne Mithilfe seiner Frau zu repräsentieren, so müßte ihm wenigstens dran gelegen sein, sie vor der Nachbarschaft nicht zu desavouieren. Ich hätte mich sogar damit abgefunden, nach unserer Hochzeit noch acht Jahre mitverdienen zu müssen, das taten andere auch, und niemand fand es unschicklich, solange sie nicht über ihre Verhältnisse lebten, und genau das war es, woran ich Anstoß nahm. Ich war auch egoistisch genug, mich sogar über jenes Argument hinwegzusetzen, das in selbstloser Weise die Nachkommen zu den eigentlichen Nutznießern abstempelte. Was mich betraf, so wäre ich schon mit einer elterlichen Mietwohnung zufrieden gewesen, und ich sah nicht ein, weshalb ausgerechnet meine Kinder höhere Ansprüche stellen sollten.

Da die Gelegenheit so günstig war, stieg ich nach dem Essen gleich noch in die Badewanne. Wilks Badezimmer hatte ursprünglich als Abstellkammer gedient, und der Hausbesitzer nahm die nachträgliche Installation einer emaillierten Badewanne primitivster Ausführung zum Anlaß, die Miete gleich um fünfzig Prozent zu erhöhen. Seitdem waren die Wilks gezwungen, ein Zimmer zu vermieten; im Lastenausgleich waren solche Extravaganzen nicht vorgesehen worden.

Nach dem Bad behielt ich der Einfachheit halber gleich einen Morgenmantel von Hans an, er reichte mir zwar bis zu den Knöcheln, aber die Weite stimmte. Hans war groß, mager und zynisch, er las Brecht, Sartre und Karl May. Mit seinen Büchern wußte ich nicht viel anzufangen, seine politischen Ansichten waren mir nicht ganz geheuer, seine Vorliebe für Strip-tease-Lokale amüsierte mich, manchmal ging ich mit ihm; die verzückten Gesichter der männlichen Gäste zu beobachten, war allein schon das Geld wert. Was uns beide neben unserem intimen Verhältnis noch verband, war eine sehr liberale Weltanschauung, und da ich mich noch nicht endgültig auf eine Heirat mit ihm festgelegt hatte, fiel es mir auch verhältnismäßig leicht, seine Eigenheiten zu tolerieren. Vielleicht hatten wir mehr gemeinsam als andere, die sich aus Gewohnheit oder Liebe heirateten, wobei ich mir noch nicht einmal schlüssig werden konnte, wie es um meine eigenen Empfindungen bestellt war. In der Anfangs-

zeit hatten sie sich leichter definieren lassen, es war ein heißer Sommer gewesen, und ich hatte es meist nicht abwarten können. Trotz seiner schönen Wohnung waren wir immer in den Wald gefahren, er hatte schon damals bis tief in den Herbst hinein Rücksicht auf die Hausbewohner genommen. Trotzdem war jene Zeit die schönste gewesen, ich hätte sie auf keinen Fall missen wollen.
Das Haus stand im Osten der Stadt an einer breiten Ausfallstraße. Jenseits der Straße lag der Hauptfriedhof; an seinen makabren Anblick hatte ich mich inzwischen gewöhnt. Er wirkte auch nur im Winter so makaber, sobald es Frühling wurde, verwandelte er sich in eine grüne Parklandschaft, und hinter dem Friedhof fing der Wald an. Hans wohnte im vierten Stock, hier gab es nur Einzimmerwohnungen, sie brachten mehr Geld ein als größere, und der Hausbesitzer saß im Bundestag. Wenn es zutraf, daß ihm noch vier andere Häuser gehörten, konnte er sich politische Ambitionen leisten, und die Altersversorgung war bei einem Bundestagsabgeordneten ohnedies gewährleistet. Einmal im Jahr inspizierte er sämtliche Stockwerke, erkundigte sich nach Reklamationen und schüttelte allen Mietern die Hand. Das taten Abgeordnete immer, es hinterließ einen guten Eindruck und vermenschlichte zusätzlich das Mietverhältnis. Trotzdem war Hans schlecht auf ihn zu sprechen, er hätte zu gerne erfahren, woher der Mann das Geld für seine fünf Häuser hatte, und das war nun etwas, was selbst mich interessiert hätte, aber schließlich gab es auch Bundestagsabgeordnete aus besseren Familien.
Hans kam sehr früh nach Hause; als er mich in seinem Morgenmantel sah, verflog sein Unmut, er wurde sofort zärtlich, versicherte mir zum ungezählten Male, daß ich den hübschesten Popo der Welt hätte, was immerhin auf gewisse Erfahrungen schließen ließ. Ich selbst fand ihn ein

wenig unterentwickelt, gerade recht für lange Hosen, aber die trug ich nur zu Hause. »Zuerst«, sagte ich außer Atem, »könntest du wenigstens deinen Mantel ausziehen«, und er sagte: »Noch besser ist es, wir gehen zuerst irgendwo essen.«
Dazu hätte ich mich nun wieder anziehen müssen, ich versuchte es ihm auszureden, und als er sich störrisch stellte, rückte ich schließlich doch mit meiner Geburtstagsüberraschung heraus. Er ließ mich augenblicklich los, setzte sich zu mir auf die Couch und sagte: »Ach du liebes Bißchen!« Das war auch so eine stereotype Redensart von ihm, ich sagte: »Wenn du dich beeilst, kannst du noch ein paar Sachen einkaufen.«
»Natürlich«, sagte er und stand geistesabwesend auf. Dann griff er nach meinen Händen und sagte: »Es tut mir leid, Sperling.« Andere sagten nur »Spatz«, aber das war ihm anscheinend zu konventionell, und er regte sich dann auch gleich auf, behauptete, es komme nur daher, daß man bei mir ohnedies nicht wisse, wann genau ich geboren sei, weshalb es auch nicht darauf ankomme, ob wir meinen Geburtstag am 26. Februar oder erst am 26. März feierten. Darin hatte er nicht einmal unrecht, und es war auch der Grund, weshalb ich in der VAS meinen Geburtstag immer verheimlicht hatte, aber ich belehrte ihn, daß es keine Rolle spielen würde, wann genau ich geboren, sondern nur eine, daß ich seit dem 26. Februar vergangenen Jahres ein volles Jahr älter geworden sei, und das leuchtete ihm dann auch ein. Er ließ meine Hände los und fragte: »Worauf hast du Appetit?« Ich entschied mich für Rumpsteaks, die machten wenig Arbeit, und als er eine halbe Stunde später zurückkam, brachte er auch noch eine Flasche Wein und Blumen mit. Er hatte mir in diesen drei Jahren nur zweimal Blumen geschenkt, ich küßte ihn gerührt auf den Mund, und ob-

wohl ich im Augenblick andere Sorgen hatte, ließ ich mich von ihm zur Couch führen. Eigentlich war ich sogar froh, auf diese Weise noch etwas Zeit zu gewinnen, ich fühlte mich ohnedies nicht aufgelegt, ihm Rechenschaft über meine Kündigung abzulegen, und er war zur Feier des Tages besonders rücksichtsvoll zu mir, achtete auch auf eine – wie er es auszudrücken pflegte – koinzidente Kulmination, was nicht immer der Fall war, und während er sonst in der Regel sofort zu gähnen anfing und langweilig wurde, verschwand er heute nur kurz im Bad und legte sich dann wieder neben mich. Meine Ernüchterung war diesmal nicht so intensiv, vielleicht lag es an den aufregenden Erlebnissen dieses Tages, ich empfand seine Gegenwart ausnahmsweise beruhigend und ein wenig dankbar, es wäre mir jetzt arg gewesen, allein zu sein. Seine Zärtlichkeiten lenkten mich ab, vermittelten mir ein Gefühl der Geborgenheit, ich duldete auch, daß er Dinge tat, die ich sonst nicht sehr schätzte. Seine Art, Liebkosungen zu variieren, ließ auf einige Erfahrung schließen, und ein unerfahrener Mann hätte mich vielleicht gelangweilt. Während ich seine Hände beobachtete, erinnerte ich mich wieder daran, daß er zwei Semester Musik studiert hatte, dann war etwas in seiner Familie geschehen, worüber er nicht redete, er gab das Studium auf, besuchte die Wirtschaftsoberschule, gab auch sie nach zwei Jahren auf und landete in der Autobranche. Nichts in seiner Vergangenheit ließ sich logisch ganz begründen, ich wußte auch nicht, weshalb er die Wirtschaftsoberschule verlassen hatte; für das Musikstudium gab es heutzutage wenigstens plausible Erklärungen, und mit zwanzig Jahren verspürte man noch mancherlei unrealistische Neigungen in sich. Und genauso widerspruchsvoll wie seine berufliche Entwicklung war er auch selbst, man wußte bei ihm nie recht, woran man war, ob er sich nur von

Launen treiben ließ oder tatsächlich ein ernstes Ziel verfolgte; selbst bei dem Eigenheim war ich mir nicht ganz sicher, es konnte ebensogut nur ein Vorwand sein, aber wofür?
Ich ging ins Bad, es war gerade groß genug, um sich darin bewegen zu können; zwei hätten sich im Weg gestanden. Trotzdem gefiel es mir, es hatte eine eingebaute Wanne, hellblau gekachelte Wände und sogar eine Dusche. Mein Gesicht im Spiegel sah etwas müde aus, kein Wunder, und dann noch die Aufregungen bei der VAS. Hans hatte noch kein Wort darüber verloren, als ich wieder zu ihm kam, lag er auf dem Rücken und rauchte. Ich setzte mich neben ihn, zog ihm eine Decke über die Beine und sagte: »Du wirst dir den Schnupfen holen.«
»An dieser Stelle nie«, sagte er und lachte. Er hatte eine sehr merkwürdige Art zu lachen, lautlos und mit gebleckten Zähnen, wobei sein spitzer Adamsapfel wie ein Gummiball hüpfte. Am meisten konnte er über seine eigenen Witze lachen, er verfügte über ein schier unerschöpfliches Repertoire obszöner Geschichten, aber im Gegensatz zu den Geschichten der Obert waren sie meist hintergründig, man mußte lange darüber nachdenken, um ihre Pointe zu entdecken. Er fragte: »Hast du schon Hunger?«
»Nicht sehr«, sagte ich, und er sagte: »Ich auch nicht. Was machen wir nun mit dir?«
»In bezug auf was?« fragte ich. »Auf meine Stellung?«
»Es macht mir Sorgen«, sagte er, und er sah tatsächlich nachdenklich aus. »Ich werde mir eine andere suchen«, sagte ich. »Was zerbrichst du dir den Kopf darüber?«
»Es ist auch mein Problem«, sagte er. »Ich hatte mir gedacht, wir könnten noch im Laufe des Jahres zum Standesamt.«
»Das ist mir neu«, sagte ich überrascht, und er sagte:

»Wieso? Das war doch immer so besprochen.« Besprochen hatten wir schon mancherlei, aber von Terminen war nie die Rede gewesen, ich sagte: »Darauf bin ich noch nicht eingestellt. Ich bin mir über meine eigene Rolle noch nicht recht klargeworden.« Er starrte mich ehrlich verdutzt an.
»Deine eigene Rolle?«
»Und die ganz besonders«, sagte ich. »Es wird doch dein Eigenheim.«
»Entschuldige bitte«, sagte er. »Ich habe dir eben wieder einen Heiratsantrag gemacht. Außerdem brauche ich einen Garten.«
»Mit Radieschen!« sagte ich. Wir hatten uns schon hundertmal darüber unterhalten; heute nahm ich mir mehr Zeit als sonst. »Es gibt auch Mietwohnungen mit Garten.«
»Dann ist es ein Mietgarten«, sagte er. »Verdammt noch mal, daß du das nicht begreifst!«
»Ich begreife es wirklich nicht«, sagte ich und stand auf. Die Gardine war noch nicht vorgezogen, ein Geschenk seiner Mutter, sie paßte nicht recht zu der modernen Zimmereinrichtung, aber schließlich wohnte seine Mutter im Odenwald. Ich hätte die Gardine nicht vorzuziehen brauchen; auf dem Friedhof gegenüber war es jetzt leer geworden. Wenn ich ärgerlich war, mußte ich immer etwas tun. »Wie lange würde das noch dauern?« fragte ich. »Fünf Jahre oder zehn?«
»Drei«, sagte er. »Ich habe vorgestern den Bausparvertrag abgeschlossen und fünfzehntausend Mark einbezahlt.« Ich drehte mich nach ihm um. »Und was würde das Haus kosten?«
»Neunzigtausend«, sagte er. »In zehn Jahren hätten wir es bezahlt.«
»Wenn ich mitverdiene?« fragte ich. Er nickte, und ich ging wieder zu ihm hin und sagte: »Ich denke nicht daran.«

»Ich sollte dir ein Kind machen«, sagte er düster, aber damit konnte er mich nicht erschrecken; das Eigenheim war ihm wichtiger. »Denk an deine anderen Mädchen«, sagte ich. »Sie würden dir Unachtsamkeit unterstellen und Angst kriegen.«

»Ich habe keine anderen Mädchen«, sagte er düster.

»Nein?« fragte ich.

»Nein, zum Teufel!« sagte er und ging ans Fenster. Auf einem Schönheitswettbewerb für Männer hätte er kaum Chancen gehabt. Mit seinen mageren Armen und Beinen, dem schmalen Becken und den spitzen Hüftknochen sah er fast unterernährt aus. Trotzdem hatte ich nie Anstoß daran genommen, dicke und fleischige Männer waren mir ein Greuel, und Hans hatte einen guten Kopf, mit der Brille wirkte er direkt gescheit. Ganz gewiß gab es häßlichere Männer als ihn, und äußerlich war er ungefähr mein Typ. Man wußte vorher ja nie, was man sich da einhandelte, es war wie ein Tauschgeschäft, und nicht wenige fühlten sich nach der Hochzeit übervorteilt. Er kam gereizt vom Fenster zurück und sagte: »Ich habe dich nie im unklaren darüber gelassen, daß du nach der Hochzeit noch ein paar Jahre arbeiten mußt. Andere müssen es auch.«

»Sie sind kein Maßstab für mich«, sagte ich, und er fragte: »Warum eigentlich nicht?« Es störte mich, daß er ohne Hose mit mir diskutierte, und ich warf sie ihm vor die Füße. Etwas später hatte ich sie im Gesicht und hörte Hans sagen: »Wenn du nicht so einen hübschen Popo hättest, würde ich mich endlich einmal nach einem anderen umschauen.«

»Ich bin mir da noch lange nicht sicher!« sagte ich aufgebracht. Dann konnte ich wieder sehen und setzte giftig hinzu: »In bezug auf dein sonstiges Privatleben.«

»Ich auch nicht«, sagte er genauso aufgebracht, »aber dich brauche ich fürs Herz.«

»Fürs Herz«, sagte ich, »brauchst du keinen hübschen Popo«, und er sagte: »Mit allem, was drum und dran ist.« Er kam zu mir gelaufen, schob die Hände in meinen Morgenmantel, verschränkte sie unterhalb meines Rückens und hob mich vom Boden weg. »Was hast du gegen ein Eigenheim?« fragte er. Ich hätte es ihm ja erklären können, aber wahrscheinlich hätte er es doch nicht verstanden, und da er mich noch immer vom Boden weghielt und auch sonst nicht untätig blieb, beruhigte ich mich wieder. Ich sagte: »Vor allem muß ich eine neue Stellung finden.«

»Das ist keine Frage«, sagte er. »Zieh deinen weißen Pullover und einen engen Rock an, und sie stellen dich sogar ohne Zeugnis ein.« Daran hatte ich noch gar nicht gedacht, ich starrte ihn bestürzt an. »Was ist los?« fragte er. »Das Zeugnis«, sagte ich. »Von der VAS.«

»Hol es dir ab«, sagte er, und ich sagte: »Auf keinen Fall!«

»Vielleicht schicken sie es dir auch zu«, sagte er. »Mit deinem Gehalt. Sie können dir aber auch das Arbeitsgericht auf den Hals schicken.«

»Davor habe ich keine Angst«, sagte ich, und er fragte: »Davor auch nicht?«

»Nein«, sagte ich, und dann versöhnten wir uns wieder, und die Rumpsteaks aßen wir erst am späten Abend. »Hör zu«, sagte ich nach dem Essen, »eigentlich wissen wir doch verhältnismäßig wenig voneinander.«

»Wieso?« fragte er. »Ich weiß, daß du einen schwarzen Bauch und Launen hast, und mein Geschäftsführer ist fünfundsechzig; lange macht er es nicht mehr.«

»Davon hast du mir auch nie etwas erzählt«, sagte ich, und er sagte: »Ich war mir nicht sicher; sie hätten ebensogut einen anderen nehmen können.«

»Und jetzt bist du dir sicher?«

Er nickte. »In diesem Fall«, sagte er, »könnten wir es schon in sieben Jahren schaffen.«
»Ich wundere mich«, sagte ich, »daß es dir nicht zu bürgerlich ist.«
»Bürgerlich hin und bürgerlich her«, sagte er, »ich habe es mir nun mal in den Kopf gesetzt.«
»Das Häuschen im Grünen«, sagte ich.
»Mit den Radieschen«, sagte er. »Meinetwegen.«
»Und du findest das gar nicht albern?«
»Ich finde dich albern«, sagte er, und dann waren wir wieder dort, wo wir heute nachmittag aufgehört hatten, und wahrscheinlich würde es an diesem Punkt immer aufhören zwischen uns. »Du wirst es vielleicht nicht für möglich halten«, sagte ich, »aber ich habe mir gleichfalls etwas in den Kopf gesetzt. Wenn ich schon heirate, dann nur, um nicht mehr arbeiten zu müssen.«
»Nur deshalb?« fragte er, und ich sagte: »Das andere setzt man voraus. Ist so etwas bei uns möglich oder nicht?«
»In zehn Jahren vielleicht«, sagte er, »und dann bist du fünfunddreißig.«
»Und du zweiundvierzig«, sagte ich. Wir hatten zusammen die Flasche Wein getrunken, und im Zimmer war es sehr warm. Ich lag wieder in seinem Morgenmantel auf der Couch, und er saß ausgezogen neben mir. Das tat er immer, wenn ich bei ihm war, und es blieb auch nie ganz ohne Wirkung auf mich. Er war sich ihrer so sicher, wie er meiner selbst sicher war, und bis zu einem gewissen Punkt traf es sogar zu. Er saß irgendwo im Zimmer, die mageren Beine weit von sich gestreckt, und wartete. So war es immer gewesen, und so war es auch jetzt. Es war erniedrigend und erregend zugleich, aber hinterher, wenn ich wieder auf der Straße stand, war es nur noch ernüchternd. Bis wir uns

wieder in seiner Wohnung trafen und alles von vorn anfing. Ich fragte: »Und wo werden wir solange wohnen?«

»Hier natürlich«, sagte er, und das gab den Ausschlag für mich. Für eine Wohnung wie diese kannten wir uns schon zu gut, in spätestens zwei Jahren hätten wir uns über. Obwohl ich meine diesbezüglichen Erfahrungen nur in der VAS gesammelt hatte, war ich ziemlich aufgeklärt. Wo hätten die Frauen auch sonst darüber reden sollen, wenn nicht an ihrem Arbeitsplatz! Ich sagte: »Das mußt du dir aus dem Kopf schlagen.«

»Nicht unbedingt«, sagte er, und er war jetzt sehr wütend. Er verlor nicht leicht die Fassung, wurde nur zynisch oder wortkarg, und einmal hatte er ein volles Tintenglas auf den Boden geworfen und sich einen neuen Teppich kaufen müssen. Damals hatten wir uns über Kinder gestritten, er wollte mindestens drei, ich nicht. Es war lächerlich gewesen wie alles, was uns streiten ließ, und nun hatte ich wieder einmal genug von ihm, aber er schien es nicht zu merken, und eigentlich merkte er es nie. Er sagte: »Es gibt Mädchen, die anders denken als du.«

»Genauso, wie es andere Männer gibt«, sagte ich und wollte aufstehen, aber er hielt mich an den Schultern fest und sagte: »Hochnäsig warst du schon immer.«

»Wirklich?« fragte ich, und er sagte: »Deine dreimal verfluchte Hochnäsigkeit!« Vielleicht war es nur mein Widerstand, der ihn so erboste, er tat mir plötzlich weh und murmelte nicht ganz feine Dinge. Trotzdem hätte es noch eine vernünftige Lösung geben können, mir waren Szenen zuwider, und wenn es uns beide wieder zur Vernunft brachte, wäre der Abend wenigstens nicht völlig verdorben. Meine Empfindungen waren höchst zwiespältig, ich war verärgert, enttäuscht und erregt zugleich. Immerhin war es eine neue Art, mich zur Räson bringen zu wollen, eine neue Nuance im gewohnten Ablauf unserer Umarmungen, und so hätte selbst dieser Abend noch enden können wie alle früheren, wenn er sich nicht auch noch zu einer mir ungewohnten Zärtlichkeit hätte hinreißen lassen. Möglich, daß ich ihm an diesem Tag schon zuviel nachgesehen hatte, ich sagte: »nicht!« und »nein!« und »laß das!«, aber er schien nun einmal seine eigenen Vorstellungen davon zu haben, welchen physischen Argumenten hochnäsige Mädchen im allgemeinen zugänglich waren, und daß ich dann viel zu heftig reagierte, lag nicht nur an der ungewohnten Zärtlichkeit allein. Sicher war er gar nicht imstande, sie als ungewöhnlich zu empfinden, es sollte ja Mädchen geben, die solchen Zärtlichkeiten nicht abgeneigt waren, und ich war mir in meiner ersten Verwirrung selbst nicht ganz sicher, wie ich überhaupt reagieren sollte. Es wurde mir nicht einmal richtig bewußt, daß ich so heftig reagierte, ich hörte ihn nur einen gereizten Laut ausstoßen, bekam unvermittelt Luft und meine Bewegungsfreiheit zurück, dann eine schmerzhafte Ohrfeige, die mich sekundenlang in eine Wolke explodierenden Lichts eintauchte, und als die letzten Funken zerstoben waren und meine Augen das Zimmer in allen Details wieder wahrzunehmen vermochten, vermißte ich Hans, aber ich hörte im Bad das Wasser laufen, und das beruhigte mich ein wenig. Ich befühlte meine Wange, an den Lippen entdeckte ich Blut, ich schmeckte es auch auf der Zunge und öffnete meine Handtasche. Im Spiegel konnte ich keine Verletzung feststellen, obwohl ich jeden Winkel meines Mundes absuchte, und jetzt erst kam mir die Erklärung dafür. Ich ging rasch auf die kleine Diele zum Badezimmer. Hans hatte die Tür hinter sich abgeschlossen, ich hörte nur das Wasser rauschen, und auf mein Rufen und Klopfen reagierte er nicht.

Da ich nicht ewig ohne Kleider herumstehen konnte, zog

ich mich hastig an und kehrte an die Badezimmertür zurück. Meine Wange tat mir nun schon recht weh; ich fragte laut: »Ist es sehr schlimm?« und als er wieder nicht antwortete, verlor ich die Geduld. »Ich gehe jetzt nach Hause«, sagte ich, und dann sagte er etwas sehr Häßliches durch die Tür, was mir bisher noch kein Mensch gesagt hatte. Ich kannte ihn als einen halbwegs kultivierten Menschen; es mußte wirklich schlimm um ihn stehen, wenn er solcher Entgleisungen fähig war, doch schließlich hatte auch ich meinen Stolz, und als er fünf Minuten später noch immer nicht die Tür geöffnet hatte, zog ich kurz entschlossen meinen Mantel an, klemmte mir die schönen Geburtstagsblumen unter den Arm und verließ die Wohnung. An die vorletzte Ohrfeige konnte ich mich nicht mehr erinnern, und dies würde auch meine letzte gewesen sein. Natürlich war es unfair gewesen, einen Mann derart zu mißhandeln, aber er hätte mich deshalb nicht gleich zu schlagen brauchen, wer war er überhaupt, sich so etwas herauszunehmen! Ich steigerte mich bewußt in Zorn hinein, warf an einer dunklen Straßenecke seine Blumen weg und betastete wieder meine Wange. Sie fühlte sich heiß und geschwollen an, wenn ich mit ihm verheiratet wäre, würde er es vielleicht zur Gewohnheit machen, ich würde bei jedem geringfügigen Anlaß Hiebe bekommen, ein Mann, der beim erstenmal keine Hemmungen gehabt hatte, würde sie auch beim zweitenmal nicht haben, und dafür war ich mir zu schade. Ich empfand jetzt auch kein Mitleid mehr für ihn, er hätte wissen müssen, daß ich nicht der Typ für solche Amüsements bin, und je länger ich darüber nachdachte, desto weniger fühlte ich mich geneigt, Gewissensbisse zu empfinden. Vielleicht war es kein schöner Zug von mir, aber die Vorstellung, wie er im Badezimmer seine Wunden behandelte, ließ mich unvermittelt hinauslachen, und ein später Passant auf der Straße blieb stehen und starrte mich überrascht an. Ich sagte »guten Abend« zu ihm und ging weiter. Dann merkte ich, daß er hinter mir herkam. Ich wechselte auf die andere Straßenseite hinüber und rannte ihm davon.

Trotz allem hatte ich sehr tief geschlafen, Frau Wilk hatte Mühe, mich wachzukriegen, »es tut mir ja leid, Kindchen«, sagte sie, »aber der Kaffee wird kalt. Ihren Mantel habe ich über einen Bügel gehängt, er war noch klitschnaß.«

»Es hat gestern abend geregnet«, sagte ich, und Frau Wilk sagte: »Ihre Freundin war auch hier, sie hat über eine Stunde auf Sie gewartet.« Ich hätte mir denken können, daß Monika noch am gleichen Abend zu mir kommen würde. Im Gegensatz zu anderen Leuten hatte ich nach dem Aufwachen nie Schwierigkeiten, mich unangenehmer Erlebnisse des vergangenen Tages zu entsinnen, noch ehe ich richtig auf den Beinen stand, wußte ich wieder genau Bescheid. Im ersten Moment deprimierte es mich, es erschien mir unbegreiflich, daß ein einzelner Mensch an einem einzigen Tag so viel Unfug anrichten konnte, aber beim Kaffeetrinken beruhigte ich mich wieder, samstags gab es frische Brötchen zum Frühstück, der einzige Wochentag, an dem ich gleichzeitig mit den Wilks frühstückte. Der Mann war Rentner und kriegsversehrt, wortkarg und mürrisch verbrachte er seine Tage am Fenster oder mit dem Ausfüllen eines Totoscheins. Mich pflegte er im allgemeinen zu ignorieren, es mußte ihn ohnedies schlimm angekommen sein, das Zimmer an eine Fremde vermieten zu müssen, während die einzige Tochter drüben in Leipzig lebte. Um Politik kümmerte ich mich im großen und ganzen kaum, wenngleich ich, im Gegensatz zu Hans, ein Faible für die CDU hatte. Das hing aber weniger mit Weltanschauung als mit meiner Vergangenheit zusammen, man hatte mir schon mit zwölf Jahren suggeriert, daß ich meine gute Erziehung allein der CDU zu verdanken habe, und so etwas prägt sich natürlich ein. Wilks wählten auch CDU, obwohl sie in keine Kirche mehr gingen; wenn es einen Gott gäbe, meinten sie, hätte er dieses himmelschreiende Unrecht an den Heimatvertriebenen nicht zugelassen, und die SPD hätte sogar die Wiederbewaffnung hintertreiben wollen. Ich sah nicht ganz klar, was sie sich von der Wiederbewaffnung erhofften, mir kam das alles recht konfus vor, und darum hielt ich mich in der Politik auch zurück.

Unabhängig davon, daß ich gestern abend insgesamt dreimal gebadet hatte, ging ich nach dem Frühstück ins Badezimmer. Ein Verzicht hätte von Wilks vielleicht als Desinteresse interpretiert und als Präzedenzfall betrachtet werden können. Daß Liebe schmutzig mache, war auch so eine eigene Redewendung von Hans, es war überhaupt schrecklich, wie sehr er in diesen drei Jahren meinen eigenen Charakter beeinflußt hatte, ich war schon fast genauso zynisch wie er, aber nur fast, und das würde nun hoffentlich wieder anders werden, auch wenn ich mir darin noch nicht ganz sicher war. Selbst wenn ich es durchhielte, ihn nicht mehr zu besuchen, würde er früher oder später vor der Wohnungstür stehen und der Wilk die unmöglichsten Dinge erzählen. Er würde sich ihr als mein Verlobter vorstellen, von unserem Eigenheim berichten und sie notfalls sogar zu einem Sonntagsausflug in seinem Wagen einladen. Er hätte es schon vor drei Jahren getan, nur um mich von seinem CDU-Haus fernzuhalten, und ihm wäre ein möbliertes Zimmer für diesen Zweck genauso lieb gewesen wie sein eigenes. Für einen Sonntagsausflug im neuesten Vorführwagen hätte selbst die Wilk eigenhändig ein zweites Kopfkissen aufs Bett gelegt. Vielleicht hätte sie es schon getan, wenn ich ihr in der Miete etwas entgegengekommen wäre, sie war nach Geld genauso gierig wie ihre dicke alte Katze nach jungen Vögeln.

Es roch schlecht im Bad, auf einem Wäscheständer hingen zwei ausgebeulte lange Unterhosen und ein sehr großer, vergilbter Büstenhalter; wenn Frau Wilk Wäsche in der Küche kochte, roch es in der ganzen Wohnung schlecht, und wenn es nicht nach gekochter Wäsche, billigem Essen oder nach der Pfeife ihres Mannes roch, dann roch es nach der Katze oder aus der Toilette. Das Katzenblech stand unter dem Eßtisch in der Küche, im Wohnzimmer hielten sich Wilks nur sommers auf, sie hätten sonst drei Räume heizen müssen, und das konnten sie angeblich nicht. Auch das Fernsehgerät stand in der Küche, im Wohnzimmer ein Radio, das nie eingeschaltet wurde, und ins Kino oder Theater gingen sie nicht; ich war nie dahintergekommen, was die beiden die ganze Woche über so trieben. Die Zeitung lasen sie schon beim Frühstück, und die wöchentliche Lesemappe hatten sie auch bald durch. Ab und zu schrieben sie einen Brief an ihre Tochter oder schickten ihr ein Paket mit alten Kleidern; es war deprimierend, sie nur in der Nähe zu haben, und da ich nun schon einmal innerhalb von vierundzwanzig Stunden so vieles in meinem Leben verändert hatte, überlegte ich, ob es nicht endlich auch Zeit für mich wurde, ein besseres Zimmer zu suchen. Bisher hatte ich es immer wie mit einem Besen vor mir hergeschoben und darauf gewartet, daß sich von selbst eine Änderung anbieten werde.

Hans hätte diese Änderung vielleicht herbeiführen können. Er hätte mich nur einmal in einer hübschen Dreizimmerwohnung vor eine Alternative zu stellen brauchen, und

ich empfand es jetzt fast als ein Glück, daß er es nie getan hatte; für eine hübsche Dreizimmerwohnung wäre ich fast zu allem fähig gewesen, aber es machte es auf eine andere Weise nur um so schlimmer. Auch der Gedanke an eine neue Stellung vermochte mich an diesem Morgen nicht aufzuheitern, möglich, daß ich im Mädchenheim etwas menschenscheu geworden war, ich stellte es mir jedenfalls gräßlich vor, mich wieder an neue Gesichter gewöhnen, mich mit wildfremden Menschen unterhalten und vor einem neuen Chef schöntun zu müssen. Dabei war ich mir noch nicht einmal sicher, wie sich mein illegaler Abschied von der VAS auf meine beruflichen Chancen auswirken würde; und die netten Leutchen vom Jugendamt würden auch schockiert sein; sie hatten mir die Stellung und das Zimmer vor vier Jahren vermittelt, und manchmal erkundigten sie sich heute noch nach meinem Wohlergehen.
Die Schwellung an meiner Wange war glücklicherweise verschwunden, als ich aus dem Bad kam, schlurfte Herr Wilk, die Morgenzeitung unter den Arm geklemmt, mit hängenden Hosenträgern gerade auf die Toilette, und bevor er die Zeitung nicht völlig ausgelesen hatte, würde er auch nicht mehr herauskommen. Er brummte mir etwas zu, was ebensogut eine Verwünschung wie ein Gruß sein konnte, und ich fragte ihn, wie er sich heute fühle.
Wenn ich einmal so alt sei wie er, brummte er diesmal ein wenig verständlicher, würde ich es ganz genau wissen, und dagegen war nichts zu sagen. Seine Frau hatte mein Zimmer bereits aufgeräumt, da sie auch noch ins Bad wollte, trug sie nur einen steinalten Morgenrock. Einmal hatte ich sie ohne Morgenrock über die Diele huschen sehen, und seitdem graute mir davor, alt zu werden. »Es regnet wieder«, sagte sie, und ich sagte: »Wann regnet es in diesem Land nicht«, und da wir nun schon einmal bei unserer morgendlichen

Konversation angelangt waren, sagte ich ihr noch, daß ich ab Montag Urlaub hätte. Eigentlich hatte ich ihr gleich die Wahrheit sagen wollen, aber nun war es mir eben so herausgerutscht, und sie sagte überrascht: »Ja, davon haben Sie mir noch gar nichts erzählt, Kindchen! Fahren Sie wieder weg?« Im vergangenen Sommer hatte ich mit Hans vierzehn Tage in einer billigen Pension an der Nordsee gewohnt, es war unser erster gemeinsamer Urlaub und recht instruktiv gewesen, ich sagte: »Diesmal nicht.«
Es schien ihr nicht recht zu passen, sicher dachte sie daran, daß sie mein Zimmer nun den ganzen Tag heizen mußte. Sie setzte sich betroffen auf das frisch gemachte Bett, ließ mich ihre dicken Beine sehen und wollte wissen, weshalb ich meinen Urlaub ausgerechnet in dieser schlechten Jahreszeit genommen hätte. »Es ging nicht anders«, sagte ich und stellte wieder einmal fest, daß sich ihr Haar in einem unmöglichen Zustand befand. Dabei war sie mir gar nicht unsympathisch, sie hatte ein gutmütiges rundes Gesicht, ein kleines Doppelkinn und dicke rote Hände. Im Haushalt zeigte sie sich recht ordentlich, sie wischte regelmäßig Staub, und im Gegensatz zu anderen Hauswirtinnen stöberte sie auch nie in meinen Sachen herum. Was mich an ihr störte, waren ihre Augen, sie konnten einen auf eine unangenehme Art anschauen, und manchmal stritt sie sich auch mit ihrem Mann, schmetterte sämtliche Türen hinter sich zu und führte in der Küche laute Selbstgespräche. Zum Glück wurde unsere Unterhaltung durch die Türglocke gestört, Frau Wilk ging aufmachen, und ich hörte sie draußen sprechen. Etwas später kam Monika herein, als sie mich im Morgenrock sah, blieb sie verwirrt stehen und sagte: »Oh, entschuldige bitte.« Sie war drei Jahre jünger als ich, hatte noch kein ernsthaftes Verhältnis gehabt und wohnte bei ihren Eltern. Ihre leise Stimme war mir zuerst an ihr aufgefallen, sie hauchte die

Worte über die Lippen, sprach nur in größeren Absätzen und rauchte für ihr Alter zu viele Zigaretten. Sie war weder ungewöhnlich hübsch noch ungewöhnlich häßlich, für meinen Geschmack ein bißchen zu mager und auf Blaustrumpf zurechtgemacht. Mit einer anderen Brille und einer vorteilhafteren Frisur wäre sie durchaus beachtenswert gewesen, und genau das schien sie unter allen Umständen vermeiden zu wollen. Ich sagte: »Du kommst mir gerade recht«, und half ihr aus dem nassen Mantel. Sie trug dasselbe dicke Wollkleid wie in der VAS, es war so schrecklich geschnitten, daß sie von allen Seiten flach wie eine Tapete wirkte, und dabei war sie es gar nicht.

Frau Wilk hatte mein Zimmer mit einem uralten Sofa, einem ebenso alten Sessel und Tisch ausgestattet, das Bett allein schon war ein Unikum, ein düsteres Möbelstück mit Holzschnitzereien und knarrenden Federn; Hans hätte sich gewundert. Ich überließ Monika den Sessel und setzte mich dorthin, wo vorher Frau Wilk gesessen hatte. Die Stelle war noch ganz warm, ich suchte mir eine andere und sagte: »Du warst gestern abend schon hier.«

»Ja«, sagte Monika. »Ich wollte es einfach nicht glauben.« Sie machte ein sehr unglückliches Gesicht, Mädchen wie sie hatten es schwer, Anschluß zu finden, und mich hatte sie sofort gemocht. »Wir werden uns auch künftig regelmäßig sehen«, sagte ich. »Du mußt mir einen großen Gefallen tun, sage Wiemann am Montag, er soll mir meine Papiere zustellen lassen. Erzähle ihm irgend etwas, ich sei krank geworden oder schwanger. Schwangere Stenotypistinnen mögen sie gar nicht.«

»Besonders die Abteilungsleiter nicht«, sagte Monika und holte ein Päckchen aus ihrer Handtasche. »Das wollte ich dir gestern abend bringen.« Es waren ein Paar Nylonstrümpfe, ich packte sie aus und sagte: »Du bist ein

Goldschatz. Außer dir hat kein Mensch daran gedacht.«

»Das muß widerlich sein«, sagte sie, und ich sagte: »Keine Spur. Wenn ich scharf darauf wäre, wüßten es außer dir noch andere in der VAS. Wann hast du von meiner Kündigung erfahren?«

»Mittags in der Kantine«, sagte sie. »Was wirst du jetzt machen?« Sie saß wie immer stocksteif im Sessel und hatte die Hände im Schoß verschränkt, ich sagte: »Ich bin mir noch nicht ganz sicher.«

»Aber bestimmt wieder aufs Büro«, sagte sie. Darüber war ich mir noch keine Sekunde im Zweifel gewesen, aber während sie es mich fragte, kam mir zum erstenmal der Gedanke, weshalb ich eigentlich so versessen darauf war, als Büromädchen alt zu werden. Die meisten Leute nahmen ihren erlernten Beruf wie ein unumgängliches Geschick hin, sie betrachteten es als selbstverständlich, daß man nur deshalb Stenografie erlernte, um Stenotypistin zu werden, nur deshalb heiratete, um Kinder in die Welt zu setzen, und nur deshalb die Kirche besuchte, um in den Himmel zu kommen. Seit ich vor zwei Jahren damit angefangen hatte, meine Fremdsprachen in Abendkursen zu vervollkommnen, schwebte mir immer eine Stellung als Privatsekretärin bei einem Mann vor, der sein Leben damit verbrachte, sich jeden Tag irgendwo anders zu langweilen. Vielleicht deshalb, weil ich zu lange eingesperrt, zu lange abhängig und nie richtig im Ausland gewesen war, nicht einmal in der Schweiz, Hans fand sie zu teuer, die Schweizer zu vollgefressen, er mochte ihre Verfassung nicht, ihre Uhren nicht und ihren Dialekt schon gar nicht. Er fand sie antiquiert, borniert und exaltiert. Nur die Franzosen fand er großartig, aber wir waren auch noch nie richtig in Frankreich gewesen, nur einmal im Elsaß, und damals hatten wir uns

fürchterlich über ein Menü zerstritten, er hatte es als zu teuer empfunden, ich den Preis als angemessen, und ich war dann auch nie wieder mit ihm ins Elsaß gefahren.
Monika hatte sich eine Zigarette angesteckt, ihre Beine waren ganz hübsch, sie hatte enorm schmale Fesseln und schöne Waden, ich kam mir in meinem Morgenrock plötzlich ein wenig deplaciert neben ihr vor und zog mich hinter ihrem Rücken an. »Wenn ich wie du auf die höhere Handelsschule geschickt worden wäre«, sagte sie, »hätte ich mich schon längst nach einer anderen Stellung umgesehen. Wieso hast du nicht gleich etwas Besseres gefunden?«
Ich wußte es selbst nicht mehr recht, mit meiner ersten Stellung bei einem Diplomkaufmann war ich nicht sehr glücklich gewesen. Vielleicht hatte meine beklagenswerte Vergangenheit väterliche Gefühle in ihm wachgerufen, er hatte immer den Tick gehabt, mich irgendwo streicheln zu müssen, und an dem Tag, als er auch noch meinen Busen entdeckte, war ich gerade volljährig und sehr fuchtig geworden; bei Waisenkindern nahmen sie sich oft mehr heraus. »Ich brauchte damals rasch eine gutbezahlte Stellung«, sagte ich. »Bei der VAS war gerade eine frei.«
»Bei mir war es ähnlich«, sagte Monika. Ich kannte ihre Geschichte, sie hatte die höhere Schule vor dem Abitur verlassen müssen, ihr Vater war in einen kostspieligen Autounfall verwickelt und zahlungsunfähig geworden. »Eine Jugendfreundin«, sagte sie, »verdient heute das Doppelte wie ich und fährt im Wagen ihres Chefs zur Arbeit.«
»Das tun manche«, sagte ich, »aber sie werden mit der Zeit eben auch älter. Will er sie heiraten?«
»Sie ist Dienstmädchen bei ihm«, sagte Monika, und ich sagte: »Früher hieß das ganz anders. Oder macht sie hinterher noch das Bett?«
Sie verschluckte den Zigarettenrauch und hustete. »Nicht

doch!« sagte sie. »Sie ist wirklich nur das Dienstmädchen. Den Wagen hat er gekauft, weil sie abends bei ihren Eltern sein wollte; sie wohnen in Blankenloch. Er hat sie sogar den Führerschein machen lassen.«
»Ein artiger Mann«, sagte ich beeindruckt. »Und sie verdient doppelt soviel wie du?«
»Für praktisch nichts«, sagte Monika. »Ein wenig Staub wischen und die Kinder spazierenführen. Über das Wochenende wohnt sie dort; sie hat ein großartiges Zimmer.«
»In einer großartigen Villa?« fragte ich, und Monika sagte: »Im Märchenring. Sie lernt dort die tollsten Leute kennen.«
»Im Märchenring«, sagte ich, »lernt man nur tolle Leute kennen.« Ich hatte inzwischen mein Kleid an und setzte mich wieder aufs Bett. »Vielleicht übertreibt sie auch ein bißchen«, sagte ich hoffnungsvoll, aber Monika widersprach: »Sie hat mehr Kleider als wir beide zusammen.«
»Zum Repräsentieren«, sagte ich. »Vielleicht mixt sie auch die Cocktails.«
»Das weiß ich nicht«, sagte Monika. »Möglich ist es.« Sie betrachtete melancholisch ihre Zigarette und sagte: »Trotzdem würde ich nicht mit ihr tauschen.«
»Warum nicht?«
»Dienstmädchen«, sagte Monika und lächelte. »Wie geht es deinem Hans?«
»Gut«, sagte ich. »Er hat Aussichten, bald Geschäftsführer zu werden; wir haben es gestern abend gefeiert.«
»Man sieht es dir an«, sagte Monika, ohne mich anzuschauen. Manchmal hatte ich den Eindruck, als wäre sie eifersüchtig auf ihn. »Du hast Ringe unter den Augen«, sagte sie, und ich sagte: »Wir hatten Anlaß, zweimal hintereinander zu feiern.« Daß sie sofort errötete, sprach für ihre Intelligenz, aber sie hatte sich diesmal einen Schritt zu weit

vorgetraut, und auf Augenringe reagierte ich genauso empfindlich wie die meisten Frauen. »Ich wollte dich nicht verletzen«, sagte Monika, und ich fragte: »Wieso? Hast du mich verletzt?«
»Bitte«, sagte sie und drückte zerfahren ihre Zigarette aus. »Ich hätte Angst.«
»Das ist normal«, sagte ich. »Willst du zuerst heiraten?« Sie schüttelte den Kopf. »Einigermaßen sollte man Bescheid wissen.«
»Du kannst entweder Bescheid wissen«, sagte ich, »oder Angst haben.«
»Oder ein Kind bekommen«, sagte sie, und ich sagte: »Dann weißt du schon Bescheid.« Sie lachte und schaute mich auf eine komplicenhafte Art an. »Worüber?« Irgendwie bewegten wir uns im Kreis, aber ich hatte jetzt wenigstens eine Ahnung und fragte: »Ist er noch sehr jung?« Sie wurde wieder rot und steckte sich eine neue Zigarette an. Rauchen konnte sie nicht, sie paffte nur und wirkte ein wenig albern dabei. »Einundzwanzig«, sagte sie. »Wir kennen uns noch nicht lange.«
»Schwierig«, sagte ich, und sie wurde sofort besorgt: »Du würdest nicht . . .«
»In bezug auf dich«, sagte ich. »Mit einundzwanzig ist er ja schon erwachsen.«
»Ja«, sagte sie erleichtert, »das glaube ich auch.« Ihr Gesicht hatte plötzlich einen angestrengten Ausdruck. »Über das Wichtigste weiß ich natürlich Bescheid«, sagte sie. »Das ist es auch nicht.«
»Nein?« fragte ich, und sie sagte: »Man kann alles darüber lesen, verstehst du?«
»Ich glaube«, sagte ich, und sie tat mir leid, aber es widerstrebte mir, sie auch noch dazu zu ermuntern; in manchen Dingen war man eben allein. »Es ist sowieso lächerlich«,

sagte sie angestrengt. »Es wird ja überall verschieden sein.«
»Das glaube ich nicht einmal«, sagte ich, und sie schaute hoffnungsvoll in mein Gesicht und fragte: »Nein?« Ich war jetzt schon viel zu weit gegangen; manche Mädchen stellen sich eine Art Weltuntergang darunter vor, und in einem gewissen Sinn war es auch einer. Ich sagte ungeduldig: »Im allgemeinen. Bei Kindern ist es ja manchmal auch verschieden.«
»Aber doch nicht zu vergleichen?« fragte sie schon wieder besorgt, und ich sagte: »Dann gäbe es keine mehr. Bist du jetzt zufrieden?«
»Doch, sehr«, sagte sie und errötete zum dritten Male. Sicher hatte sie es schon lange mit sich herumgeschleppt, und nun, da sie befürchtete, wir würden uns nur noch gelegentlich sehen, hatte sie sich ein Herz gefaßt. Es genügte eben nicht, nur Mütterberatungsstellen einzurichten; ich kam mir wie eine Kupplerin vor. Sie lachte wieder und sagte: »Erinnerst du dich noch, was die Seiler einmal in der Kantine gesagt hat?«
»Wann?« fragte ich.
»Es ist schon länger her«, sagte Monika. »Sie unterhielt sich mit der Obert über Männernasen. Glaubst du, daß etwas Wahres daran ist?« Obwohl sie nur drei Jahre jünger war als ich, mußte ich mich doch wieder einmal wundern. Mit zweiundzwanzig hätte ich selbst meiner besten Freundin gegenüber Hemmungen gehabt, über solche Dinge zu reden. Im Grunde hatten sie alle die gleichen Probleme, ob sie nun Faulkner lasen oder die Sagan. Ich fragte: »Wie kommst du darauf?«
»Er hat eine sehr lange Nase«, sagte sie und kicherte. Dann stand sie auf und strich sich den Rock über dem Schoß glatt. »Nächste Woche komme ich wieder vorbei«, sagte sie.

»Du mußt es mir unbedingt erzählen, wenn du eine neue Stellung hast.«
»So rasch wird das nicht gehen«, sagte ich und begleitete sie an die Wohnungstür. Herr Wilk hatte die Toilette noch nicht verlassen, es war eine reine Zumutung, und Monika sagte: »Tschüs, Ruth!«
»Servus«, sagte ich, »und vielen Dank für die Strümpfe.«
Ich sah ihr nach, wie sie die steile Treppe hinunterstieg, ein unscheinbares leises Mädchen mit strähnigem Haar, aber sie hatte nun eine große Zeit vor sich.
Ich hatte jetzt noch einiges zu tun, ein Gummiband hatte sich verzogen, an einer Bluse fehlte ein Knopf, mit meinen Fingernägeln war ich auch nicht ganz zufrieden, und so verging der Vormittag. Während der ganzen Zeit vermied ich es angestrengt, an etwas anderes zu denken als daran, womit ich mich gerade beschäftigte, und da ohnedies Samstag und arbeitsfrei war, gelang es mir einigermaßen, mir meine Unbekümmertheit wenigstens zeitweilig selbst glaubhaft zu machen. Für das Wochenende, wenn ich nicht in der Kantine aß, hatte ich mich an ein kleines Restaurant in der Nähe gewöhnt, man aß dort verhältnismäßig gut und billig, und sonntags ging ich manchmal auch mit Hans irgendwo essen.
Frau Wilk hatte mir zwar schon lange zu verstehen gegeben, daß ich mich für einen angemessenen Mietaufschlag an den gemeinsamen Mahlzeiten am häuslichen Mittagstisch beteiligen könne, aber abgesehen davon, daß sie es vermieden hatte, ihre Vorstellungen über einen angemessenen Mietaufschlag verbindlich zu präzisieren, waren ihre Küchengerüche auch nicht von der Art, meine Speicheldrüsen zu animieren, und was in ihrer früheren Heimat als Inbegriff lukullischer Orgien galt, das entsprach auch nicht immer meinem Geschmack. Es gab ohnedies genug

Gelegenheiten, mir ihre Familiengeschichte und ihre Mutmaßungen über meine eigene anhören zu müssen, einmal hatte sie mir sogar einreden wollen, ich könnte ein uneheliches Kind sein. Im Mädchenheim hatten sie mir immerhin noch eine bessere Herkunft unterstellt, biologische Indizien sprächen sogar für eine sehr gute Herkunft. Ich wußte heute noch nicht, wie sie das herausgefunden hatten, vielleicht war ich schon als Kind ein wenig hochnäsig gewesen, und daß ich mich dagegen gesträubt hatte, zuerst von einem Klempnermeisterehepaar und das zweitemal von einem Straßenbahnoberschaffner adoptiert zu werden, zeugte ja auch nicht gerade von einem unterentwickelten Selbstbewußtsein, es war im Gegenteil ausgeprägt genug, mir sogar die Möglichkeit einer ganz außergewöhnlichen Herkunft als durchaus realistisch erscheinen zu lassen. Auch der Inhaber des Restaurants schien Bedeutendes hinter mir zu vermuten; wenn es seine Arbeit zuließ, erwartete er mich bereits an der Tür. Möglich auch, daß seine Beflissenheit nicht nur ökonomischer Art war, er ließ keine Gelegenheit aus, mit mir zu plaudern, servierte mir das Essen eigenhändig, und seine Frau stand dann jedesmal hinter der Theke, machte ein Schnütchen und wischte Staub. Sie waren beide noch jung, er kaum älter als Hans. Daß es auch sympathische Gastronomen gab, hatte ich eigentlich erst durch ihn erfahren. Heute erwartete er mich nicht, hatte gerade in der Küche zu tun, ich mußte mich mit seiner Frau bescheiden und bestellte Kalbsleber. Sonst aß ich Wiener Schnitzel oder Bratwürste mit Kartoffelsalat, das war billiger, aber nachdem ich schon einmal meine Stellung aufgegeben und mich auch noch ernsthaft mit Hans überworfen hatte, kam es nicht mehr darauf an. »Mit Speck«, sagte ich, und die Wirtin fragte: »Keine Suppe?« Sie wußte genau, daß ich keine Suppe aß, ihre Sticheleien amüsierten mich, dabei hätte sie es gar nicht nötig gehabt, sie sah recht gut aus, rothaarig und angemessen proportioniert. Nur ihre Füße waren etwas zu groß; jede Frau hatte ihren Komplex eben woanders, und daß immer nur die Rothaarigen es sein sollten, war auch so eine Stammtischkreation.

»Wenn Sie mir statt der Suppe die heutige Zeitung bringen würden«, sagte ich, »wäre mir besser damit gedient.« Ich hatte es bewußt so und nicht anders formuliert, immerhin lebte sie von Leuten meinesgleichen, und solange ihr Mann kein Hotel in der Bahnhofgegend dirigierte, mußte sie mit ihren großen Füßen auf dem Boden bleiben. Sie brachte mir die Zeitung, deutete mit ihren rotbemalten Lippen ein geringschätziges Lächeln an und zeigte mir dann, daß sie auch von hinten nicht übel aussah. Ein älterer Herr am Nebentisch behielt den Löffel in halber Höhe und den Mund geöffnet, bis sie in der Küche verschwand. Außer ihm saßen noch zwei Männer in Arbeitskleidung im Restaurant, sie hatten die Ellbogen auf dem Tisch liegen und schlürften ihre Suppe. Daß es trotz aller Emanzipationsbemühungen der Gewerkschaften noch immer Klassenunterschiede gab, war nicht das Verdienst der Arbeitgeber allein. Ich schlug die Seite mit den Stellenangeboten auf, ein Diplom-Ingenieur suchte eine zuverlässige Stenotypistin, ein Kraftfahrzeugunternehmen eine gewandte Stenotypistin, die Versicherungskasse der deutschen Eisenbahn eine tüchtige Stenotypistin und eine Möbelfabrik eine seriöse Stenotypistin. Die Leute mußten ausnehmend schlechte Erfahrungen gesammelt haben. Der Diplom-Ingenieur hätte mich vielleicht interessieren können, aber dann sah ich, daß er in Weingarten wohnte, und das war mir zu ländlich. Es wurden noch mehr Stenotypistinnen gesucht, auch Steno-Kontoristinnen, *flotte* Maschinenschreiberinnen, Hebammen, Masseusen, Substitutinnen und eine Wurstverkäuferin. Verkäuferinnen überhaupt sehr viele, und dann auf einer ganzen Seite Hausangestellte, Hausgehilfinnen, Zimmergehilfinnen, Hauswirtschaftlerinnen, Kindermädchen, Küchengehilfinnen, Putzfrauen, Reinmachefrauen, Frauen und Mädchen im allgemeinen und eine *nette* Stundenfrau im besonderen. Nur Dienstmädchen wurden keine gesucht, und das wunderte mich ein wenig. Unter den Stenotypistinnen, Maschinenschreiberinnen, Steno-Kontoristinnen, Büromädchen, Buchhalterinnen und kaufmännischen Angestellten war keine Anzeige, die mich auf Anhieb fasziniert hätte. Entweder behagte mir die Firma oder die Anzeige nicht, Sekretärinnen wurden gleichfalls nicht gesucht und Privatsekretärinnen schon gar nicht.

Ich legte die Zeitung angewidert auf die Seite. Manche hatten eben eine Nase dafür, und Vertrauensstellungen wurden meistens auf dem Protektionsweg verschachert, aber wenn ich es diesmal nicht schaffte, dann wohl nie, ich war nicht mehr jung genug, meine Tage noch länger mit hübschen Illusionen zu verbringen, und die Wilks hatte ich auch satt, mir war es noch nie so stark bewußt geworden wie jetzt. Solange ich noch jeden Morgen zur VAS gegangen war, hatte ich sie und ihr möbliertes Zimmer mit meiner Arbeit psychisch kompensieren können, aber nun mußte ich mir endlich etwas einfallen lassen. Ich schlug noch einmal die Zeitung auf. Wohnungen wurden genug offeriert, von dreihundert Mark an aufwärts, sogar in Kleinsteinbach war jemandem seine Zweieinhalbzimmerwohnung ganze dreihundertfünfzig Mark wert. Seit auch noch die Landbevölkerung Appartements zu vermieten hatte, schien jedes Maß verlorengegangen zu sein. Möblierte Zimmer waren nur zwei angeboten, eines in Grötzingen und eines im Stadtzentrum, das in Grötzingen lag mir zu sehr außerhalb, und bei dem anderen war nicht einmal ein Mietpreis angegeben, sicher nicht ohne Grund, und für ledige Büromädchen hatte der Gesetzgeber nun mal keine Mietbeihilfe vorgesehen. Früher hatte ich ihn mir immer als einen seriösen Herrn mit überragender Intelligenz vorgestellt.

Jemand schob mir einen Teller unter die Nase, es war der Wirt, er meinte lächelnd, ich sei heute aber gar nicht gut gelaunt, und daß dies so war, hätte wahrscheinlich auch ein Ignorant feststellen müssen. Ich faltete die Zeitung zusammen und fragte: »Haben Sie nie Migräne?«

»Ist das nicht eine Frauensache?« fragte er und lud mir den Teller mit Kalbsleber voll. »Nein, wirklich!« sagte er. »So kenne ich Sie gar nicht.«

»Sie sollten sich mehr um Ihre Frau kümmern«, sagte ich, und er hielt plötzlich in seiner Beschäftigung inne und fragte: »Wieso? War etwas?« Er hatte alles andere als Metzgerhände, ein sympathisches Gesicht mit Grübchen in den Wangen und sorgfältig frisiertes schwarzes Haar. Vielleicht war er früher Kellner gewesen, für einen ehemaligen Küchenchef war er fast zu schlank. Seine Frau stand schon wieder hinter der Theke und fummelte mit einem Tuch am Bierhahn herum. »Eines Tages«, sagte er leise, »werfe ich sie hinaus«, und daran merkte ich nun eben doch, daß er nur ein einfacher Wirt war. Verheiratete Männer neigten ohnedies leicht dazu, ihre Eheprobleme mit fremden Frauen diskutieren zu wollen, es verlieh ihnen einen Hauch von Tragik und Lebenserfahrung, und wenn man sie dann noch bemitleidete, wurde man sie überhaupt nicht mehr los. Ich sagte: »Sie ist doch eine nette Frau?«

»Solange man nicht mit ihr verheiratet ist«, sagte der Wirt, und sein Gesicht war nun gar nicht mehr sympathisch. Er hatte zwar schon öfter Andeutungen gemacht, aber doch in einem mehr scherzhaften Ton. Diesmal war es ihm todernst damit, und ich würde mir jetzt auch noch ein neues

Restaurant suchen müssen. Obwohl mir der Verzicht auf das Wechselgeld große Überwindung abverlangte, nahm ich nach dem Essen eine günstige Gelegenheit wahr, das Restaurant unbemerkt zu verlassen. Zum Glück regnete es nicht mehr, ich steckte die Hände in die Manteltaschen und wußte nicht, wohin. Weder verspürte ich Lust nach meinem Zimmer, noch konnte ich mich dazu aufraffen, Hans Abbitte zu leisten. Sicher wartete er bereits mit der Gelassenheit eines Mannes darauf, der sich seiner Sache sicher ist, und er würde auch vierzehn Tage warten, wenn es sein müßte. Und ob heute oder in vierzehn Tagen, welche Rolle spielte das schon! Welche Rolle spielte es überhaupt, was ich tat oder nicht tat, was ich fühlte oder nicht fühlte. Wer hatte sich jemals ernsthaft darum gekümmert, was ich fühlte, Hans nicht und die Leute vom Jugendamt auch nicht, ob ich es in der Brust fühlte oder in den Beinen, ob mir nach Heulen zumute war oder nach einem Mann. Ich hätte es schon längst mit einem anderen versuchen sollen, und ich begriff nicht, was mich daran hinderte. Natürlich konnte man hereinfallen, als alleinstehendes Büromädchen konnte man immer hereinfallen, man brauchte nur einmal an den falschen Mann zu geraten, und Hans hatte keine vier Wochen damit verloren. Der nächste würde vielleicht nicht einmal eine Woche verlieren, je mehr man sich davon abhängig machte, desto billiger wurde es, und je billiger es wurde, desto abhängiger machte man sich davon. Ich wußte das alles, aber es hatte außer dem in den vergangenen Jahren nichts gegeben, was zu erleben sich richtig gelohnt hätte. Was überhaupt hatte sich außer dem richtig gelohnt!

Ich fühlte mich plötzlich sehr müde und stieg in eine Straßenbahn. Ich hatte nicht einmal geschaut, wohin sie fuhr. Um diese Zeit waren sie immer leer, ich stellte mich auf die hintere Plattform und verlangte: »Geradeaus«, aber der Schaffner war penibel und wollte es verbindlich wissen. »Wohin fahren Sie?« fragte ich, und er sagte: »Nach Herrenalb.« Nach Herrenalb waren es etwa siebenundzwanzig Kilometer, vor einiger Zeit hatten sie die Kleinbahn durch eine direkte Straßenbahnlinie ersetzt, und wenn man wollte, konnte man für verhältnismäßig wenig Geld vom Stadtzentrum aus direkt in den Schwarzwald fahren, aber es war eine ungünstige Jahreszeit, der Winter schon vorüber, der Frühling noch nicht da, und der bedeckte Himmel verlockte ohnedies nicht zu einem Wochenendausflug. Da ich jedoch schon einmal in der Bahn war, verlangte ich Rüppurr, und von dort zum Märchenring waren es nur noch ein paar Minuten zu Fuß.

Es hatte mir schon den ganzen Vormittag über wie ein verdorbener Fisch im Magen gelegen; Dienstmädchen mit eigenem Auto und Luxusappartement im Märchenring, und andere bildeten sich noch etwas darauf ein, für ein mittelmäßiges Monatsgehalt fremder Leute Korrespondenz erledigen zu dürfen. Es war mir gar nicht bewußt geworden, was sich da in den beiden letzten Stunden alles in mir aufgestaut hatte, und wenn die eigentliche Funktion der Frau sich ohnedies darin erschöpfte, von Zeit zu Zeit Kinder gebären zu müssen, so spielte es auch eine verhältnismäßig untergeordnete Rolle, ob sie vor ihrer Ehe Fremdsprachen oder nur Staub wischen gelernt hatte, und Staub wischen war mir schon vor fünfzehn Jahren beigebracht worden, Betten machen und andere Haushaltsarbeiten gleichfalls, sogar in der Küche kannte ich mich einigermaßen aus, und in der Nähstunde war ich auch nie unangenehm aufgefallen. Daß Monikas Jugendfreundin doppelt soviel verdienen sollte wie sie, konnte ich mir zwar nicht recht vorstellen, aber wenn man berücksichtigte, daß Dienstmädchen im allgemeinen freie Kost und freies Logis hatten, ergaben sich immerhin ganz interessante Perspektiven. Was natürlich nicht bedeutete, daß ich den Beruf eines Dienstmädchens als das Nonplusultra jedwelcher Frauenkarriere akzeptiert oder gar für mich selbst ernsthaft in Betracht gezogen hätte, aber immerhin versuchte ich mir eine halbe Stunde später vorzustellen, hinter welcher Tüllgardine dieser steingewordenen Wohlstandssymbole das Mädchen aus Blankenloch seine ländlichen Fingernägel maniküren mochte.

Warum das Viertel ausgerechnet Märchenring hieß, war mir nie ganz klargeworden, vielleicht der Grimmschen Straßennamen wegen, aber die Lage selbst hatte gar nichts Märchenhaftes, nicht nur führte die Autobahn nach Basel mit all ihrem Krawall in unmittelbarer Nähe vorbei, die Gegend war auch als Eldorado für dicke Nebelschwaden berüchtigt, die sich, von hilfreichen Westwinden bewegt, über die Rheinebene ostwärts zogen und an den nahen Ausläufern des Schwarzwaldes zu einer brodelnden Suppe zusammenballten, unter der Autobahn, Bundesstraße 3 und Märchenring spurlos versanken, und ob das Viertel wenigstens ringförmig angelegt worden war, wie der Name es verhieß, hätte sich höchstens aus der Vogelperspektive objektiv beurteilen lassen. Immerhin: Was sich da an Bungalows und sonstigen sozialen Errungenschaften beiderseits der mit kleinen Gärten hübsch dekorierten Straßen breitmachte, war gewiß nicht in den Büros des sozialen Wohnungsbaus entworfen worden, und daß ihre Besitzer kommunale Einrichtungen wie das Fürsorgeamt nur vom Hörensagen kannten, durfte man gleichfalls voraussetzen. Schon die Namensschilder an den Gartenpforten lasen sich vielversprechend, einige waren sogar mir geläufig, wenn mich nicht alles täuschte, mußte auch ein Oberboß der VAS im Märchenring sein Domizil gefunden haben. Ich gönnte den Leuten ihre Renommier-Staffage, sie hatten ja alles, was sie sich wünschten, und worüber hätten sie sich sonst noch freuen können, wenn nicht über die Mißgunst jener Volkswagenbesitzer, die ihnen auf der Autobahn ungehörigerweise die linke Fahrseite blockierten, einer der wenigen Orte übrigens, wo die Gleichberechtigung aller Bundesdeutschen kein leeres Wort geblieben war. Wie viele Generaldirektoren, Fabrikanten und sonstige Timokraten im Märchenring wohnten, hätte höchstens das Finanzamt zuverlässig angeben können, aber der Gedanke, daß jeder einzelne von ihnen eine gutbezahlte Sekretärin beschäftigte, hatte etwas Faszinierendes. Es war ja auch nicht so wichtig, ob man sofort als Privatsekretärin anfangen konnte. Daß man die Leute überhaupt einmal persönlich zu Gesicht bekam, wäre allein schon eine Kapitalsanlage gewesen, und wenn sich eines Tages dann noch rein zufällig herausstellen sollte, daß das eigene Dienstmädchen nicht nur Stenografie und Maschinenschreiben, sondern auch noch Französisch und Englisch beherrschte . . .

Seit in der Naturkunde einem meiner Lehrer der originelle Einfall gekommen war, uns das menschliche Gehirn mit einem Federwerk zu versinnbildlichen, das sich tagsüber abspulte und nachtsüber aufzog, hatte ich hin und wieder ein eigenartiges Knacken zwischen den Schläfen, und hinterher war mir dann immer nach einer Hirnverbranntheit zumute. Diesmal schien es mir sogar, als ob es besonders deutlich geknackst hätte, und ich kehrte mit einem unguten Gefühl zur Straßenbahnhaltestelle in Rüppurr zurück.

Drei Tage lang hatte ich mich damit beschäftigt, plausible Argumente mit ebenso plausiblen Gegenargumenten zu entkräften. Nicht nur, daß es mir im Hinblick auf meine künftigen Eheverbindlichkeiten plötzlich als durchaus einleuchtend erschien, meine unzulänglichen Erinnerungen an die Haushaltschule in einem zeitbefristeten Rollenwechsel praktizierend auffrischen zu wollen, hatte sich meiner auch zusätzlich die fixe Idee bemächtigt, auf diese Weise alle anderen Probleme sozusagen in einem Aufwasch bereinigen zu können. Glücklicherweise behielt meine Vernunft so viel Oberhand, daß ich mich wenigstens in der ersten Zeitungsannonce noch als perfekte Sekretärin avisierte. Eigene Annoncen waren unverbindlicher, sie vertauschten die Rollen in einer den heutigen Verhältnissen angemessenen Weise und machten die Prozedur erträglicher. Daß ich das Fräulein hinter dem Schalter dann noch mit einer zweiten Annonce überraschte, worin sich eine flotte Hausgehilfin für leichte Arbeiten in einem erstklassigen Haushalt empfahl, sollte eigentlich nur meine Neugierde befriedigen. Schließlich war es nicht uninteressant zu wissen, wie die Dinge auf dem diesbezüglichen Arbeitsmarkt bestellt waren. Es war des Textes wegen zwischen dem Annoncenfräulein und mir zwar zu einem kleinen Disput gekommen, weil es ihn als unüblich und ein wenig zweideutig empfand, aber meine Frage, weshalb es neben flotten Maschinenschreiberinnen nicht auch flotte Hausgehilfinnen geben solle, konnte es auch nicht befriedigend beantworten, und so war es denn auch dabei geblieben.

Den Rückweg zu Frau Wilks möbliertem Zimmer bewältigte ich dann mit dem angenehmen Gefühl eines Menschen, der sein Mietverhältnis nicht mehr allein vom Wohlwollen der Hauswirtin abhängig weiß. Ich hatte dieses Gefühl auch nötiger denn je, weder von Monika noch von der VAS war eine beruhigende Nachricht eingegangen. Daß Hans sich gleichfalls männlicher Zurückhaltung befleißigte, hatte ich zwar nicht anders erwartet, aber ich registrierte sie nicht mit jener Gleichgültigkeit, die mir nach seiner Ohrfeige eigentlich hätte selbstverständlich sein müssen. Es war überhaupt deprimierend, daß ich sie mit zeitlichem Abstand sogar zu bagatellisieren versuchte, ich hatte mir meine Reaktion viel konsequenter vorgestellt. Andererseits war mein Bedürfnis, mit einem Menschen über meine Überlegungen sprechen zu können, nie größer gewesen als gerade jetzt, und wer, außer Hans, hätte sich sonst noch dafür geeignet! Selbst Monika schied in diesem Fall aus, ihr leises Lächeln auf meine Frage, warum sie nicht mit ihrer Jugendfreundin tauschen wolle, machte sie für eine ernsthafte Diskussion untauglich. Bei Hans war ich mir da nicht ganz sicher, abgesehen von seinem Eigenheimkomplex pflegte er sonst keine konventionellen Vorurteile, und schließlich sollte es ja Mädchen aus allerbesten Häusern geben, die ihr Haushaltsjahr bei einer Familie in Frankreich oder in England praktizierten, um gleichzeitig auch die Sprache besser kennenzulernen.

Mit Frau Wilk hatte ich am Montagnachmittag eine kleine Auseinandersetzung, sie wollte wissen, ob sie das Zimmer nun tagsüber heizen solle oder nicht, weil ich doch ständig unterwegs sei. Das war eine reine Zweckbehauptung, vormittags war ich zwar zwei Stunden weggewesen, um die Annonce aufzugeben, und am Nachmittag hatte ich für den Abend eingekauft, gekochten Schinken, Butter und ein kleines Brot. Meist trank ich Tee dazu, das heiße Wasser war im Mietpreis einbegriffen. Ich versuchte Frau Wilk zu erklären, daß es rationeller sei, den Ofen durchbrennen zu lassen, als das Zimmer immer wieder von neuem anheizen zu müssen, und sie wiederum meinte, mein Ofen verbrauche mehr Kohlen als ihre anderen Öfen zusammen, worauf ich sie daran erinnerte, daß es sich auch bei dem Ofen in meinem Zimmer um ihr Eigentum handle. Merkwürdigerweise schien sie das als eine Verunglimpfung zu empfinden, sie ignorierte mich fortan und servierte mir am nächsten Morgen lauwarmen Kaffee. Trotzdem überstand ich diese kritischen Stunden bis zum Mittwoch vormittag verhältnismäßig gut und ohne außergewöhnliche Symptome von Nervosität. Da die Annoncen erst am Dienstag erschienen waren, hätte es wohl wenig Sinn gehabt, noch am gleichen Tag vorzusprechen, ich vertrieb mir die Zeit mit allerlei Verrichtungen, nahm mir am Dienstagnachmittag die kleine Wäsche vor, den Topf dafür entlieh ich mir wie immer bei Frau Wilk, und den Rest erledigte ich dann im Badezimmer.

Am Abend ging ich eine Stunde spazieren, kehrte jedoch wieder rechtzeitig um, als ich merkte, daß ich die gewohnte Richtung eingeschlagen hatte. So leicht würde ich es ihm nun doch nicht machen, und morgen abend konnte alles schon ganz anders aussehen. Nur in der Nacht schlief ich dann unruhig, träumte wirres Zeug und wachte einige Male auf. Als Frau Wilk das Frühstück brachte, stellte ich mich schlafend und beobachtete heimlich, wie sie in ihrem alten Morgenrock beleidigt zur Tür schlurfte. Ich war neugierig, wie lange sie das wieder durchhalten würde, einmal hatte sie es drei volle Tage geschafft und mir zum Frühstück dann ein Stück Kuchen spendiert. Heute gab es jedenfalls noch keinen Kuchen, und der Kaffee war genauso lauwarm wie gestern, ich ließ ihn stehen, zog mich an und verließ eine Viertelstunde später das ungastliche Haus. Auch ohne mich davon zu überzeugen, wußte ich, daß sie jetzt hinter der Gardine stand und mir nachschaute. Der Himmel war un-

verändert bedeckt, ein kühler Wind wehte durch die Straßen, und da ich nicht gefrühstückt hatte, fror ich von innen her. Es wäre bei diesem Wetter vernünftiger gewesen, noch eine Stunde im Bett zu bleiben, aber ich war auch gestern und vorgestern reichlich früh aufgestanden, nur am Sonntag hatte ich wie immer lange geschlafen. Ob es nur Gewohnheit oder doch so etwas wie ein schlechtes Gewissen war, wagte ich nicht zu beantworten. Noch vor einer Woche wäre es für mich der Inbegriff ungetrübten Menschseins gewesen, auch an einem Montagmorgen beliebig lange schlafen zu können, und am Montagmorgen war ich freiwillig schon um halb neun Uhr aufgestanden.
Das Verlagsgebäude der Zeitung war im Stadtzentrum, ich kam an vier neuen Hochhäusern vorbei, überall wurde gegraben, gehämmert und Geld investiert, auch die Stadt investierte ihre Schulden in größere Bauobjekte, Ecke Kriegs- und Ettlinger Straße ging man zwecks kreuzungsfreien Verkehrs sogar unter die Erde, um fünf Uhr nachmittags wurde das Chaos hier vollkommen, und nur die Fußgänger freuten sich noch. Auch ich ging zu Fuß, ohne Monatskarte war die Straßenbahn zu teuer, und das Gehen tat mir gut, es besänftigte mein Herzklopfen und nahm den Druck von meiner Brust. Immerhin würde die nächste halbe Stunde darüber entscheiden, wo und wie es weitergehen würde, ob hinter einer Schreibmaschine oder an einem Bügelbrett, und wieso überhaupt an einem Bügelbrett? fragte ich mich, es war doch zwischen uns ausgemacht gewesen, daß nur eine Stellung als Sekretärin in Frage komme. Und die acht Mark für die Hausgehilfin-Annonce hätte ich mir sparen können, den Weg am Samstag zum Märchenring gleichfalls, aber es hätte ja, fuhr ich in Gedanken fort, sein können, daß so ein Märchenprinz gerade mit seiner Zweihundert-PS-Kutsche vorgefahren und über so viel

Liebreiz vor seiner Haustür entzückt gewesen wäre, hätte ja sein können! sagte ich in Gedanken, und schließlich verfügst du noch über andere Qualitäten, bist nicht von gestern und begriffsstutzig noch nie gewesen, weder in der Schule noch bei Hans!

Während ich so mit mir schimpfte, wurde mir bewußt, daß es doch viel mehr als bloße Neugier gewesen war, daß mein Unterbewußtsein in diesen drei Tagen unentwegt an dem farbigen Muster meiner Phantasie weitergestrickt und das meine Zurechnungsfähigkeit nachteilig beeinflußt hatte, denn wie anders hätte es sich sonst erklären lassen, daß es mir jetzt viel weniger Mühe bereitete, mir die Annehmlichkeiten eines Hausgehilfinnendaseins als jene einer noch so lukrativen Bürotätigkeit auszumalen. Vielleicht war ich in diesen vier Jahren bei der VAS für das Büro verdorben worden, es erging mir wie einem Vogel, der plötzlich seiner Flügel gewahr wird und sich selbst davonfliegt. Aber noch flog ich nicht, noch bewegte ich mich auf meinen Füßen stadteinwärts, über die Ettlinger Straße zur Karl-Friedrich-Straße und von dort zum Annoncenschalter der Zeitung. Es war nicht das gleiche Annoncenfräulein wie am Montag, und es waren auch nicht zwei Offerten oder immerhin zehn, wie ich es insgeheim erhofft hatte, es waren mindestens dreißig, und auch das Annoncenfräulein schien sich mit mir zu freuen, es sagte: »Da kommen sicher noch mehr, wenn Sie morgen noch einmal vorsprechen«, was ich ihm dann ebenso bedenkenlos wie verwirrt zusicherte. Und verwirrt und ohne meiner Füße gewahr zu werden, schwebte ich in einem Zustand hochgespannter Erwartung auf die Straße zurück, nur noch von dem Wunsch besessen, mich mit meiner Beute in einen stillen Winkel verkriechen zu können, aber ich fand keinen.

Der Weg in den Schloßgarten wurde durch eine riesige

Baustelle blockiert, ich erinnerte mich dunkel an ein Tiefgaragenprojekt von gigantischen Ausmaßen, rannte überall gegen Bauzäune, Bulldozer und andere Hindernisse, ging zweimal im Kreis und dann quer durch ein Labyrinth parkender Wagen der städtischen Bediensteten, bewegte mich dahin und dorthin und war nie allein. Selbst als ich mich schließlich in einen Hausflur flüchtete, erregte ich Befremden, ein Herr mittleren Alters entbot mir seine Hilfe und war schockiert, als ich auf die Straße zurücklief, und um in den Hardtwald zu kommen, hätte ich mindestens noch dreißig Minuten zu Fuß gehen müssen. Schließlich wandte ich mich der nächsten Straßenbahnhaltestelle zu, wenn ich gleich die richtige erwischte, konnte ich in einer Viertelstunde in meinem Zimmer sein, aber dann kam mir doch noch eine bessere Idee, die mich weniger Zeit und nur zwanzig Pfennige kostete. Eine dicke Frau schloß mir die Tür auf und die Tür hinter mir zu, und nun war ich endlich ganz allein. Ich setzte mich so bequem wie möglich zurecht, holte die Offerten aus meiner Handtasche und hatte eine Weile angestrengt zu tun, aber im gleichen Maße, wie meiner Neugierde Genüge wurde, wuchs auch meine Enttäuschung. Soweit sich die Offerten auf meine Ambitionen auf den Posten einer Sekretärin bezogen, waren sie meist ebenso unverbindlich wie anmaßend, setzten langjährige Erfahrung, erstklassige Zeugnisse und einen handgeschriebenen Lebenslauf voraus – damit ein schizophrener Graphologe eine Analyse meiner menschlichen Qualitäten zusammenpusseln konnte –, und eine Eisenwarengroßhandlung stellte gar das Ansinnen, ich solle ihr ein neueres Lichtbild im bevorzugten Format von 13 × 18 zusenden. Nur ein Generalvertreter für Gummiwaren war sofort an einer persönlichen Begegnung interessiert, vier weitere Firmen offerierten mir eine Stellung als Stenotypistin mit guten Aufstiegsmöglichkeiten.

Unter den Offerten, die auf meine Hausgehilfin-Annonce eingegangen waren, schieden über ein Dutzend ihrer unzumutbaren Bedingungen wegen von vornherein aus, es waren durchweg Leute, die sonst in der Zeitung nach Putzfrauen und Kindermädchen zu inserieren pflegten, und eine kam wahrscheinlich von einem Wüstling, er lud mich ein, ihn am Donnerstagabend um zweiundzwanzig Uhr im Beiertheimer Wäldchen zu treffen, wo wir in Ruhe über alles reden könnten; den Absender hatte er vorsorglich weggelassen, aber dann entdeckte ich doch noch einige Angebote, die sich schon in der äußeren Aufmachung vorteilhaft abhoben, ein kinderloses älteres Ehepaar in der Weststadt bot für leichte Haushalts- und Pflegearbeit ein Nettogehalt von dreihundert Mark, eine bessere Dame stellte auf repräsentativem Büttenpapier sehr leichte Arbeit und sehr gute Bezahlung nach mündlicher Vereinbarung in Aussicht, eine Generalswitwe suchte neben einer Hausstütze gleichzeitig menschlichen Kontakt, und ein Dr. Freund hatte die Offerte sogar einer Sekretärin diktiert und bat mich, am Freitag zwischen vierzehn und fünfzehn Uhr in seiner Privatwohnung in der Gartenstadt vorzusprechen. Das war immerhin schon ganz in der Nähe des Märchenrings, und der Briefbogen mit Diktatzeichen ließ alle Möglichkeiten offen.

Am meisten beeindruckte mich jedoch das aufgedruckte Wappen eines Freiherrn von Brandenstein, der mir handschriftlich und lapidar mitteilte, daß er mich am Donnerstag um fünfzehn Uhr in seiner Wohnung auf dem Turmberg zu sprechen wünsche. Nun gehörte der Turmberg mit zu den besten Wohnlagen der Stadt, und wer dort noch ein eigenes Haus besaß, konnte sich eine gutbezahlte Hausgehilfin unbedenklich leisten. Am Schluß schwankte ich nur noch zwischen ihm und diesem Dr. Freund hin und her, das kinderlose und pflegebedürftige ältere Ehepaar sowie die Dame mit dem feinen Büttenpapier waren mir nicht ganz geheuer, und die Generalswitwe hielt sich vielleicht eine Katze. Seit ich bei Wilks wohnte, hatte ich dagegen eine Aversion, und daß ich mich während der Lektüre innerlich bereits für die Hausgehilfin und gegen jede weitere Büroarbeit entschieden hatte, geschah ganz intuitiv. Vielleicht ging auch schon durch die Relation des Zahlenverhältnisses eine Art Suggestion auf mich aus, waren es doch dreimal so viele Offerten auf meine Hausgehilfin-Annonce wie auf die andere, und schriftliche Bewerbungen mit Lichtbild konnten mich nun mal in jede Art von Opposition bringen. Daß ich in diesem Punkt überempfindlich war, kam nicht von ungefähr, ich hatte auch noch nie recht einsehen können, welchen Einfluß es auf meine berufliche Qualifikation haben sollte, ob ich beispielsweise eine sinnliche Veranlagung hatte oder nicht, aber den Leuten in den Personalbüros schien das von eminenter Bedeutung zu sein.

Ich hatte mich nun doch sehr lange aufgehalten, stopfte die Offerten samt halbzerrissener Umschläge in meine Handtasche und vergaß auch nicht die Wasserspülung zu betätigen. Trotzdem bedachte mich die dicke Frau mit einem Blick unverhüllten Mißtrauens und begab sich gleich an den Ort meiner Tätigkeit, um dort nach dem Rechten zu schauen. Ich beeilte mich, die Treppe hinaufzukommen, und lief, um ein paar Illusionen ärmer und einige unklare Erwartungen und Zweifel reicher geworden, unschlüssig und ohne festes Ziel vor Augen durch die Stadt. Es war immer noch früher Vormittag, nichts zog mich in mein möbliertes Zimmer zurück, und was könnte es schon schaden, wenn ich mir die beiden Häuser wenigstens einmal von außen anschaute! Ob zuerst auf dem Turmberg oder in der Gartenstadt, wollte ich dem Zufall überlassen, entschied mich dann aber doch an der nächsten Haltestelle intuitiv für den Freiherrn von Brandenstein und fuhr mit der Bahn bis zur Endstation nach Durlach, dem östlichsten Stadtteil am Fuße des Turmbergs. Obwohl er zu den beliebtesten Ausflugsorten der näheren Umgebung gehörte, war ich lange nicht mehr oben gewesen, Hans fand ihn zu überlaufen, und mich selbst erinnerte er jedesmal an das Waisenhaus; weiter als bis hierher hatten wir es nie gebracht. Auf den Gipfel führte eine antiquierte Zahnradbahn, die den Winter über ihren Betrieb eingestellt hatte. Ich fand es wenig originell, einen Berg nur deshalb Turmberg zu taufen, weil er von einem Aussichtsturm gekrönt wurde, aber dieser hier sollte immerhin aus dem zwölften Jahrhundert stammen, und vor so viel historischer Bedeutung müßte man respektlose Aphorismen eigentlich unterdrücken können. Geographisch gesehen war auch der Berg selbst kein Berg im Sinne des Wortes, sondern nur ein etwas eigenwillig geformter Ausläufer des Kraichgauer Hügellandes, aber er ragte mit zunehmender Bebauung immer tiefer in die östliche Peripherie der Stadt hinein, obwohl die Stadtverwaltung bemüht war, seinen ursprünglichen Charakter zu erhalten, man hatte vorläufig nur die untere Hälfte zur Bebauung freigegeben, weiter oben fingen Gärten an, Rebenäcker und Wald. Von hier aus hatte man einen schönen Blick über die Stadt bis zum Pfälzer Bergland jenseits des Rheins, auch die Ausläufer des Schwarzwaldes waren gut zu erkennen, zu ihren Füßen der südliche Vorort Rüppurr mit dem Märchenring und der Gartenstadt.

Dorthin mußte ich auch noch, ich nahm mir vor, es nach dem Mittagessen zu erledigen, es war ohnedies eine mühsame Angelegenheit, das Haus des Freiherrn von Brandenstein zu finden, mit einem Wagen keine große Sache, aber zu Fuß und mit hohen Absätzen doch strapaziös, ich geriet trotz der kühlen Witterung ins Schwitzen, erkundigte mich zweimal nach der Straße und entdeckte sie eine halbe Stunde später völlig außer Atem dort, wo die Bebauungsgrenze anfing. Höher ging es also vorläufig nicht, die Straße war auch nur einseitig bebaut, Bungalows und Zweifamilienhäuser, die Grundstücke recht groß, steil abfallend zur Stadt mit Steingärten, Obst- und Zierbäumen, und in der Tiefe, am Rande der Vororte, wieder die Rheinebene bis zu den Pfälzer Bergen. Mir war noch nicht ganz klargeworden, was mich an dem Freiherrn so faszinierte, sein lapidares Schreiben oder das eindrucksvolle Wappen. Für Adel hatte ich eigentlich nicht viel übrig gehabt, die Leute kamen mir immer ein bißchen versnobt und degeneriert vor, und seit die Soraya sogar Kaiserin gewesen war, wußte man ohnedies nicht mehr recht, was man von alldem zu halten hatte. Aber schließlich und immerhin war es mir noch nie vergönnt gewesen, einen Baron aus der Nähe zu betrachten, der Gedanke an seine Frau bereitete mir merkwürdigerweise größeres Unbehagen; wenn sie mich von oben herab behandelte, würde ich mich umgehend empfehlen, es war ohnedies eine völlig unverbindliche Angelegenheit, ein Jux, nicht mehr und nicht weniger, eine dumme Laune und weiß Gott noch was!

Während ich mich solcherart zu beruhigen versuchte, entdeckte ich auch das Haus, das zweitletzte in der Straße, eine Sackgasse, wie sich jetzt herausstellte, dahinter fiel der Berg schroff zur Ebene ab. Es sah aus wie ein Bungalow, nicht sehr groß, aber geschmackvoll, mit schmiedeeisernen Gittern an den unteren Fenstern und einem etwas verwilderten Garten. Alles in allem wirkte das Haus nicht mehr sehr neu und fast unbewohnt, zwischen den Steinen hinter der Eingangspforte sproß Unkraut, die Fenster schienen auch schon längere Zeit nicht geputzt worden zu sein, mir kam, je länger ich es betrachtete, immer stärker der Verdacht auf, daß der Besitzer eher an einer Putzfrau als an einer Hausgehilfin interessiert sein müßte, aber die Lage war wirklich hübsch, im Garten entdeckte ich zwischen Ziersträuchern zwei Bänke und einen Tisch, mehr ließ sich von der Straße aus nicht erkennen, doch bestand kein Zweifel, daß es im Frühling hier sehr schön sein mußte, verwilderte Gärten hatten mich schon immer mehr faszinieren können als gepflegte, die nur zum Renommieren angelegt waren.

Ich bemerkte plötzlich, daß ich vom Nachbarhaus beobachtet wurde, eine ältere Dame verriet alle Symptome von Neugierde, trat erwartungsvoll von einem Bein auf das andere, teilte ihre Eindrücke einem unsichtbaren Gesprächspartner im Haus mit und verfolgte mich auch noch mit ihren Blicken, als ich mich schleunigst entfernte. Für den Rückweg brauchte ich nur eine Viertelstunde, ich hatte inzwischen Hunger bekommen, aß in der Nähe der Straßenbahnendstation eine Kleinigkeit zu Mittag und fuhr dann, eingedenk meiner letzten Auseinandersetzung mit Frau Wilk, direkt nach Hause. Mein Zimmer fand ich sehr warm vor, in der Küche war das Fernsehgerät an, sicher eine Sonderübertragung, eigentlich wußte ich nie recht, was in der Welt vor sich ging. Frau Wilk lieh mir zwar manchmal ihre Zeitung aus, aber ich fand es irgendwie unzweckmäßig, mich über Dinge aufzuregen, über die ein paar Tage später kein Mensch mehr sprach, und was sonst noch in der Welt passierte, war ohnedies nicht gerade aufmunternd. Von Zeit zu Zeit versuchte ich mir vorzustellen, daß es zu einem neuen Krieg kommen könnte, und wenn es zutraf, daß kaum einer ihn überleben würde, konnte man nicht genug tun, die verbleibende Frist möglichst angenehm zu verbringen. Daß die VAS kein geeignetes Rezept dafür gewesen war, wußte ich inzwischen ja, und seit ich das Haus des Freiherrn von Brandenstein gesehen hatte, wußte ich es erst recht. So schlimm dürfte es gar nicht sein, ein mittelgroßes Haus in Ordnung zu halten, wenn man sonst nichts zu tun hatte, und manche Mädchen, die für den Beruf einer Hausgehilfin ein unterentwickeltes Selbstbewußtsein voraussetzten, würden sich nach ihren Flitterwochen vielleicht sehr umstellen müssen. Was mich betraf, so besaß ich jedenfalls genügend Phantasie, mir auszumalen, wie es um mein künftiges Leben in einem Eigenheim, mit einem Mann und drei Kindern am Halse, bestellt sein würde, dazu brauchte man nicht einmal Stenotypistin gewesen zu sein, und der verwilderte Garten mit den beiden Sitzbänken und dem Tisch ging mir auch nicht mehr aus dem Kopf, er beschäftigte meine Phantasie sogar in so nachhaltiger Weise, daß ich den Nachmittag in einem Zustand angenehmer Verträumtheit verbrachte, mir kam nicht einmal mehr in den Sinn, mir auch noch das Haus in der Gartenstadt anzuschauen. Zudem hatte dies noch Zeit, da ich mich in der Gartenstadt erst am Freitag vorzustellen brauchte, und der Turmberg war mir nun doch sympathischer als die Gartenstadt. Wenn ich ein hübsches Zimmer bekäme, könnte ich vom Fenster aus immer die Rheinebene und die Pfälzer Berge sehen, bei schönem Wetter würde ich mich im Bikini in den Garten legen und braun wie ein Filmstar werden. Ich lag gern in der Sonne, als Stenotypistin hatte man nur selten Gelegenheit dazu, entweder regnete es über das Wochenende, oder Hans trank lieber ein Bier, wenn er nicht gerade Lust hatte zu tanzen. Wir tanzten nicht schlecht miteinander, obwohl ich nie eine Tanzstunde besucht hatte, ich brauchte nur einmal richtig hinzuschauen, um einen Schritt zu begreifen, und Hans führte gut, genoß es, gut zu führen und sich von anderen Mädchen dabei bewundern zu lassen. Mit dem

Volkswagen allein konnte man heute eben auch nicht mehr alles erreichen.
Gegen fünf Uhr erschien Frau Wilk auf der Bildfläche und wollte mir eine Tasse Kaffee schmackhaft machen. Normalerweise hätte ich ihr diese menschliche Geste mit meinem ganzen Charme honoriert, aber ich hatte ihr den lauwarmen Kaffee von gestern und heute noch nicht vergessen, fühlte mich auch durch ihr Erscheinen aus meinem angenehmen Zustand gerissen und ließ sie recht kühl abblitzen. So viel Undankbarkeit verschlug ihr erst einmal die Sprache, und als sie sie wiedergefunden hatte, sagte sie: »Es war ja nur gut gemeint«, und dann war es die Tür, die hinter ihr zuschlug. Ich hörte sie in der Küche laut und aufgebracht mit ihrem Mann reden, etwas später ging er auf die Toilette und schlug dort die Tür hinter sich zu. Ein gebildeter Mann wie der von Brandenstein würde sicher keine Tür hinter sich zuschlagen, und seit ich wieder in meinem Zimmer saß, war ich auch nicht mehr so sicher, daß er eine Frau hatte, vielleicht war er Junggeselle oder sonstwie gehandikapt, man wußte bei solchen Leuten ja nie, was dahintersteckte, und ledig wäre mir am liebsten gewesen. Ich hatte sogar schon eine ungefähre Vorstellung von ihm, groß, mit guten Manieren, über das Einglas konnte ich mir nicht klarwerden, die Dinger waren ja nicht mehr sehr modern und sollen auf die Dauer das Gesicht deformieren. Auch über seinen Beruf gewann ich keine Klarheit, an seiner Haustür hatte nicht einmal der Vorname gestanden, ich schaute noch einmal auf dem Briefbogen nach, es waren gleich zwei, Friedrich und Georg, aber auch hier fehlte jeder Hinweis auf den Beruf, in einem Telefonbuch hätte ich es vielleicht lesen können; ein letzter Rest von Vernunft hinderte mich daran.
Es wurde überhaupt Zeit, daß ich wieder zur Besinnung

kam, und den restlichen Nachmittag verbrachte ich damit, sämtliche Offerten noch einmal gründlich zu lesen und mir die Hausgehilfin mit allen möglichen und unmöglichen Argumenten auszureden, war jedoch vor dem Abendessen unschlüssiger denn je. Der gekochte Schinken von gestern lag in Frau Wilks Kühlschrank, ich klopfte an die Küchentür, als ich eintrat, saßen sie beide wie immer am Tisch und sahen sich einen Film an, in dem viel geschossen wurde. Frau Wilk hörte mir zu, ohne den Blick vom Bildschirm zu nehmen, winkte dann mit dem Kinn zum Kühlschrank hin, und ich nahm mir vor, den Schinken restlos aufzuessen. Schließlich war sie es gewesen, die mir gestern und heute früh den lauwarmen Kaffee serviert hatte, und auf ihren Kühlschrank würde ich künftig verzichten. Ich war so wütend, daß ich mir den Schinken gleich in den Mund steckte, ihn ohne Tee und Brot hinunterwürgte und demonstrativ das Haus verließ; das zweite Mal an diesem Tag. Obwohl es in den vergangenen vier Jahren öfter zu kleinen Verstimmungen zwischen uns gekommen war, hatte ich früher so etwas nie getan, ich hatte mir immer eingeredet, es mit ihnen nicht verderben zu können, ihre Launen widerspruchslos hinnehmen zu müssen, und nun war ich nicht mehr willens, noch länger hinzunehmen. In der nächsten Telefonzelle mußte ich feststellen, daß Herr von Brandenstein auch im Telefonbuch keinen Beruf angegeben hatte, vielleicht war er beim Verfassungsschutz oder einer ähnlich obskuren Institution beschäftigt, und da meine Unschlüssigkeit nun immer bedenklichere Formen annahm und ich es nicht mehr ertrug, mit alldem allein fertig werden zu müssen, setzte ich mich wieder in die Straßenbahn und fuhr zu Hans. Ich hatte Glück, ihn anzutreffen, möglich auch, daß er auf mich gewartet hatte, obwohl er sich nichts anmerken ließ, mich sogar ein wenig kühl empfing und eine blasierte

Miene aufsetzte. Wenn man einen Mann einmal so gut kannte wie ich ihn, sollte er sich damit eigentlich ein wenig lächerlich vorkommen, aber gerade dafür schienen manche Männer völlig gefühllos zu sein, ich fragte: »Wie geht es dir?«, und er sagte: »Da hätte jeder andere genauso reagiert.«

Ich mußte es erst einmal in den richtigen Zusammenhang bringen und sagte: »Provoziert hast du es.«

»Ach was!« sagte er verdrossen. »Das war ja schon sadistisch.« Eigentlich hatte ich mir unter Sadismus immer viel schlimmere Dinge vorgestellt, aber gerade die maskulinen Typen waren oft am wehleidigsten. Ich ließ mir von ihm eine Zigarette geben. An sich rauchte ich wenig, meist immer nur dann, wenn mir eine Situation sehr unangenehm war. Vorsichtshalber setzte ich mich nicht auf die Couch, sondern in einen Sessel, und Hans brachte mir den Aschenbecher. »Ich konnte nichts dafür«, sagte er noch immer verdrossen. »Mir ist so etwas noch nie passiert.«

»Was nicht gerade schmeichelhaft für mich ist«, sagte ich, und er fragte: »Wieso?«

»Im Hinblick auf meine Vorgängerinnen«, sagte ich, aber er schüttelte verdrossen den Kopf und sagte: »Ich rede von der Ohrfeige. Es tut mir leid, Sperling.« Er sah jetzt tatsächlich zerknirscht aus, und dafür hätte ich ihn beinahe geküßt. Er setzte sich neben mich auf die Sessellehne und blickte mich so eigenartig an, daß ich nervös wurde. »Was ist los?« fragte ich.

»Nichts«, sagte er. »Bist du dir sicher, daß du in einem Mädchenheim und nicht in einem Kloster aufgewachsen bist?«

»Wieso in einem Kloster?« fragte ich.

»Es kommt mir manchmal so vor«, sagte er, und ich sagte: »Na, hör mal!« Aus irgendeinem mir unerfindlichen Grund

schien ihn das ungemein zu belustigen, er legte den Arm um meine Schulter, küßte mich, kicherte, während er mich küßte, murmelte etwas von Nitroglyzerin in Verbindung mit anatomischen Unanständigkeiten und sagte dann: »Ich bin richtig verrückt nach dir.«
Das hatte er mir nur beim erstenmal gesagt, ich war nun doch sehr verwirrt und sagte: »Nicht jetzt, ich habe dringend mit dir zu reden.«
»Wir haben schon viel zuviel geredet«, sagte er. »Sei kein Fisch.« Ich war, in dem Sinne, wie er es meinte, noch nie ein Fisch gewesen, und da er an meiner Garderobe ohnedies schon alles in Unordnung gebracht hatte, verschob ich unsere Unterredung eine Viertelstunde, vergewisserte mich bei dieser Gelegenheit, daß sein Wehwehchen in der Tat kaum der Rede wert war, obwohl ich zugegebenermaßen scharfe Zähne hatte, und später kam er dann auch sofort zur Sache, wollte wissen, ob ich schon etwas unternommen hätte und hörte sich meine Geschichte ziemlich ruhig an. »Darf ich den Wisch mal sehen?« fragte er, und ich gab ihm die Offerte mit dem Wappen, beobachtete, wie er seine Brille aufsetzte und sie mit unbewegtem Gesicht las. Dann zerriß er sie in viele kleine Stücke und warf sie in den Aschenbecher. »Wo sind die anderen?« fragte er. »Die habe ich nicht mitgebracht«, sagte ich, und er fragte: »Warum nicht?«
»Weil sie mich nicht interessieren«, sagte ich, und wenn er mich so gut gekannt hätte, wie er es sich immer einredete, hätte er nun etwas merken müssen, aber er merkte auch diesmal nichts und sagte: »Und diese hier hätte dich interessiert?«
»Ich werde morgen mittag hingehen«, sagte ich, und er sagte: »Das wirst du auf keinen Fall tun.« Ich fragte ihn noch, weshalb er sich da so sicher sei, und er antwortete, weil wir uns solche idiotischen Jungfrauenspleene nicht

leisten könnten. Bis dahin hatte ich mich schon halb angezogen, ich sagte: »Dann liegt ja kein Grund vor, warum *ich* nicht hingehen soll«, und nun endlich hatte er etwas gemerkt. Er kam zu mir, nahm meine Hände und zwang mich, ihn anzuschauen. »Damit das zwischen uns klar ist«, sagte er, »es geht mir diesmal nicht um das Eigenheim.«
»Nein?« fragte ich höhnisch, und er sagte: »Nein, Sperling. Auch wenn du nur ein Jahr dort bleiben willst, würdest du bis dahin das meiste von deinem Beruf verlernt haben, du würdest dich erst wieder einarbeiten und eine schlechtbezahlte Stellung annehmen müssen. Jetzt hast du noch die Chance, eine gute zu bekommen.«
Was mich dabei so erboste, war nicht, daß er meine Hände festhielt, sondern daß er mit dem, was er sagte, nicht einmal unrecht hatte. Ich sagte: »Maschinenschreiben und Stenografie verlernt man nicht in einem Jahr.«
»Davon war keine Rede«, sagte er ruhig, »aber wenn ich ein volles Jahr nicht mehr im Wagen säße, müßte ich mich auch erst wieder daran gewöhnen. Mach keinen Unsinn, Sperling.«
Nun gehörte ich ja nicht zu jenen Leuten, die einen Standpunkt auch gegen ihr besseres Wissen zu behaupten versuchen, nur weil sie sich einmal in ihn verrannt hatten, und da er so vernünftig und ruhig mit mir redete und ich ihm anhörte, wie ernst es ihm damit war, fühlte ich meinen Zorn in irgendeinem tiefen Spalt versickern und sagte: »Ich werde es mir bis morgen überlegen.« Er hätte sich jetzt nur damit zufriedenzugeben brauchen, und alles wäre noch gutgegangen, aber er schien heute unglücklicherweise seinen mißtrauischen Tag zu haben und sagte: »Ich möchte das doch genauer wissen.«
»Was möchtest du genauer wissen?« fragte ich, und er sagte: »Daß du morgen nicht hingehst.«

»Und wenn ich trotzdem hingehe?« fragte ich. »Dann tätest du mir leid«, sagte er, und das hätte er nicht sagen sollen, ich war schon zu oft in meinem Leben bemitleidet worden, und so, wie er es sagte, klang es dumm und arrogant. Ich machte meine Hände los, zog mein Kleid und meine Schuhe an und ging ins Bad. Als ich wieder herauskam, saß er in einem Sessel und rauchte. »Du begehst einen großen Fehler«, sagte er, »aber du hast ja noch nie auf mich hören wollen.«

»Es wäre auch nicht immer gut gewesen«, sagte ich.

»Für dich nicht?« fragte er. »Oder gar für mich?«

»Was für *dich* gut ist«, sagte ich, »braucht nicht gleich ein Maßstab zu sein.«

»Aber deine Einbildung?« fragte er. »Daß du im Bett gut bist, habe ich noch nie bezweifelt.«

»Was?« fragte ich, und daß wir beide trotz allem in völlig normalem Ton miteinander sprachen, machte es noch schlimmer, als es ohnedies war. »Daß es nicht allein genügt!« sagte er und warf mir seine brennende Zigarette vor die Füße. »Anscheinend«, sagte er, »verwechselst du es mit Intelligenz.«

»Und wo hast du sie?« fragte ich. »Doch nicht etwa gar im Kopf?« Ich hob die brennende Zigarette auf, verbrannte mir die Finger und schleuderte sie wieder weg. »Darüber«, sagte Hans, »hat zwischen uns beiden nie Unklarheit bestanden. Ist er wenigstens noch ledig?«

Ich kam unmittelbar zur Besinnung, trat dicht vor ihn hin und sagte ganz ruhig: »Wenn ich das wollte, würde das auch keine Rolle mehr spielen, oder nicht?«

»Nein«, sagte er genauso ruhig wie ich. »Für dich wohl nicht.«

Ich hatte ihm nie Anlaß gegeben, so von mir zu denken, und während ich in sein blasses Gesicht schaute, hatte ich kein Gefühl mehr für ihn. Ich sagte: »Auf Wiedersehen, Hans«, und als er nicht antwortete, ließ ich ihn allein.

Der Brief kam mit der Morgenpost, Frau Wilk hatte ihn auf das Frühstückstablett gelegt, ohne ein Wort zu sagen, ich entdeckte ihn erst, als ich aufstand, und dann hielt ich meine Kündigung in der Hand. Im beiliegenden Zeugnis wurde bestätigt, daß ich vier Jahre in der Mahn- und Rechtsabteilung der VAS als Stenotypistin beschäftigt gewesen und am 25. Februar fristlos gekündigt worden sei. Nicht mehr und nicht weniger, korrekt und penibel bis ins letzte Detail. Auch die Gehaltsabrechnung war korrekt, zwar ohne Berücksichtigung des rückständigen Urlaubs, aber auch ohne jeden Gehaltsabzug für die beiden fehlenden Arbeitstage, und mehr konnte man in einem solchen Fall wohl kaum erwarten. Ebensowenig wie man erwarten durfte, daß sich mit diesem Zeugnis meine Chancen auf einen Sekretärinnenposten wesentlich vergrößert hätten. Es war viel schlimmer ausgefallen, als ich befürchtet hatte, und von ihrem Standpunkt aus konnte man es ihnen nicht einmal übel nehmen. Auch die Lohnsteuerkarte hatten sie mitgeschickt, ich steckte alles in den Umschlag zurück, zog meinen Morgenrock an und setzte mich an den Tisch. Der Kaffee war heute so heiß, daß ich mir die Zunge verbrannte, aber ich merkte es kaum. Wenn ich mir das Weinen nicht grundsätzlich abgewöhnt hätte, wäre mir jetzt danach zumute gewesen, es wurde mir nicht einmal bewußt, wie lange ich am Tisch saß, und als ich wieder nach der Tasse griff, war der Kaffee kalt. Auch im Zimmer war es kalt, ich holte die Offerten aus meiner Handtasche, ging zum Ofen, rüttelte

die Asche vom Rost, zerknüllte die Offerten einzeln und warf sie hinein. Dann legte ich Holz auf, zündete das Papier an, und beim Aufrichten machte ich eine neue Entdeckung, die erste erfreuliche an diesem Morgen. Hans war darüber immer besser orientiert als ich und verhielt sich danach. Obwohl mich meine Kreuzschmerzen seit Tagen darauf vorbereitet hatten, war es doch immer ein kleines Lotteriespiel, und noch auf dem Heimweg gestern abend hatte ich mir deshalb Sorgen gemacht, vor drei Jahren noch öfter als heute; es war eben nichts vollkommen auf dieser Welt.
Um eine weitere Begegnung mit Frau Wilk zu vermeiden, beeilte ich mich, fertig zu werden. Die Toilette war wieder mal besetzt, ich merkte es schon auf dem Flur, und daß ich immer erst noch das Fenster öffnen mußte, war auch so eine Wilksche Eigenheit. Auch wenn ich älteren Leuten verminderte Sensibilität ihrer Sinnesorgane zubilligte, hätte sie wenigstens ihre gute Erziehung daran erinnern müssen, aber die durfte ich, zumindest bei Herrn Wilk, nicht unbedingt voraussetzen. Vielleicht lag meine Nachsicht in all diesen Jahren darin begründet, daß ihnen ein ähnliches Schicksal widerfahren war wie meinen Eltern, auch wenn sie das Glück gehabt hatten, nicht auch noch in einem Flüchtlingstreck von russischen Panzern überrollt worden zu sein, und daß die Russen es gewesen waren, nahm ich ihnen nicht einmal so übel wie jenen Leuten, die ihnen Anlaß gegeben hatten, es zu tun.
Mein erster Weg führte mich wieder zum Annoncenschalter, und obwohl ich wieder sechzehn Offerten in Empfang nehmen konnte, ergaben sich keine neuen Perspektiven, auch das Zahlenverhältnis war geblieben, zwölf auf die Hausgehilfin-Annonce und vier Stenotypistinnen-Angebote. Diesmal las ich sie gleich in der Schalterhalle, was ich schon gestern hätte tun sollen, aber ich war viel zu aufgeregt für

einen so simplen Einfall gewesen. Unter den Stenotypistinnen-Offerten kam eine von einer bekannten Firma, die mir gleichfalls sehr gute Aufstiegsmöglichkeiten zusicherte, ich steckte sie zusammen mit einem Hausgehilfinnen-Angebot in »anspruchsvollem Fabrikantenhaushalt« gesondert in meine Handtasche. Die anderen waren uninteressant, unbedeutende Firmen oder reine Zumutungen, ich las sie gar nicht richtig durch. Da ich heute ausnahmsweise erst gegen zehn Uhr aufgestanden war, ging es bereits auf den Mittag zu, ich beschloß, gleich nach Durlach zu fahren, um dort irgendwo zu essen. Trotzdem war ich hinterher noch so früh dran, daß mir ausreichend Zeit blieb, mir meinen Entschluß noch einmal gründlich zu überlegen, doch gelang es mir, alle Einwände meiner Vernunft mit dem stereotypen Argument abzutun, daß es sich schließlich um einen völlig unverbindlichen Besuch handle, der mich zu nichts verpflichte. Und wenn ich nur den geringsten Anlaß hätte, ihn zu bereuen, würde ich mich umgehend empfehlen. Immerhin hatten diese ganzen Kontroversen, Negationen und Konklusionen mich jedes Gefühl für Zeit und Entfernung verlieren lassen, ich landete weitab von meinem eigentlichen Ziel in einer Straße, die zwar auch auf den Turmberg, zuvor aber fast nach Pforzheim führte, was natürlich insofern eine Übertreibung war, als sie noch rechtzeitig von der Pforzheimer Straße abzweigte, doch war es inzwischen schon halb drei geworden, und wenn ich jetzt noch pünktlich sein wollte, mußte ich mich sehr beeilen.
So kam es, daß ich das Haus des Freiherrn von Brandenstein, wenn auch einigermaßen rechtzeitig, so doch völlig außer Atem erreichte. Jeden Tag hier einmal heraufmarschieren zu dürfen, müßte dem Kreislauf auf die Dauer zwar bekömmlich sein, aber mit fünfundzwanzig Jahren hatte man noch andere Probleme, und als ich dann auch

noch meine romantische Vorstellung über meinen neuen Arbeitgeber mit der Wirklichkeit konfrontiert sah, wäre ich doch fast wieder davongelaufen. Nicht etwa, daß er unsagbar häßlich oder gar von ungepflegtem Äußeren gewesen wäre! Ganz im Gegenteil machte er sofort einen sehr sympathischen Eindruck auf mich, ein reizender älterer Papa, etwas rundlich und kaum größer als ich, mit vollem weißen Haar, freundlichen blauen Augen und heiterem Wesen. Anscheinend hatte auch er von Hausgehilfinnen im allgemeinen und von einer flotten im besonderen seine eigenen Vorstellungen gehabt. Er blickte ziemlich verwundert und auch ein wenig ungläubig in mein Gesicht, vergewisserte sich, ob ich die Hausgehilfin sei, und als ich es ihm bestätigte, führte er mich in ein büroähnliches Zimmer, bot mir einen Stuhl an und setzte sich hinter einen völlig verstaubten Schreibtisch. Auch der Stuhl war völlig verstaubt, ich wischte ihn erst einmal mit meinem Taschentuch ab, und Herr von Brandenstein sagte lächelnd, er wisse, daß es hier schrecklich aussehe, was ja auch der Grund sei, weshalb er auf meine Annonce geantwortet habe. Ich erwiderte, wenn dies so sei, hätte er sich vielleicht besser nach einer Putzfrau umgesehen, und er wiederum fragte etwas resigniert, ob ich ihm da zu einer Adresse verhelfen könne. Außerdem, erzählte er mir, möchte er, daß das Haus wieder ständig bewohnt werde, vor einiger Zeit habe er eine größere Reparatur gehabt, weil die Wasserleitungen eingefroren seien. Er habe zwar schon einmal unter anderem eine zuverlässige Haushälterin beschäftigt, aber sie sei nicht mehr sehr jung und deshalb auch nicht imstande gewesen, den etwas mühevollen Weg in die Stadt und zurück täglich zu bewältigen.

»Dann wohnen Sie gar nicht hier?« fragte ich verwundert, und er sagte: »Meist nur über das Wochenende. Ich möchte das Haus auch nicht vermieten, falls Sie mich jetzt danach fragen wollten.« Es hatte mir tatsächlich auf der Zunge gelegen, und er ließ mich dann noch wissen, daß er Diplomlandwirt, Besitzer einer Konservenfabrik in Richtung Pforzheim sei und sich nach dem Tod seiner Frau vor einem halben Jahr dort eine zweite Wohnung eingerichtet habe. Ich wäre nie auf den Gedanken gekommen, ihn für einen Fabrikbesitzer zu halten, und als hätte er auch diesmal meine Reflexionen erraten, sagte er lächelnd: »Ich hätte es mir früher auch nie träumen lassen, aber sehen Sie, ich habe drüben viel verloren, zu größeren Darlehen ist man nach dem Krieg nur dann gekommen, wenn man sie volksökonomisch begründen konnte, und Konservenfabriken hatten damals eben noch Vorrang.«

»Ich verstehe«, sagte ich, obwohl ich das meiste nicht verstand. »Dann sind Sie auch Flüchtling?« fragte ich, und er sagte: »Ja«, sonst nichts. Dann musterte er mich wieder neugierig und sagte: »Eigentlich habe ich Sie mir ganz anders vorgestellt, Fräulein Stein«, und ich sagte: »Wenn Sie erlauben: Ich Sie mir auch.«

»Hoffentlich im gleichen Sinne«, sagte er lächelnd. »Wie alt sind Sie?«

»Fünfundzwanzig«, sagte ich, und um jeder Fehleinschätzung vorzubeugen, setzte ich noch hinzu: »Bis vor einigen Tagen habe ich als Stenotypistin gearbeitet.« Wenn es ihn überraschte, verfügte er über ein bewunderungswürdiges Maß an Selbstbeherrschung, er sagte nur: »Wirklich?«

»Ich habe die Stellung aufgegeben«, sagte ich. »Wenn Sie meine Zeugnisse sehen wollen . . .«

»Eigentlich nicht«, sagte er. »Oder sollte es sich hier um ein Mißverständnis handeln?«

»Wenn Sie eine Hausgehilfin brauchen . . .«, sagte ich.

»Vielleicht liegt es auch daran«, sagte er, »daß man in

meinem Alter schon etwas begriffsstutzig wird. Was bewog Sie dazu, Ihren Beruf aufzugeben?«
»Persönliche Gründe«, sagte ich, und er fragte: »Erwarten Sie ein Kind?« Es kam nun doch etwas direkt, und er schaute mich auch so neugierig dabei an, daß ich lachen mußte. »Das ist es wirklich nicht!« sagte ich. »Vielleicht genügt es Ihnen, wenn ich Ihnen sage, daß ich zuerst in einem Kinderheim und später in einem Mädchenheim aufgewachsen bin, seit vier Jahren in einem möblierten Zimmer wohne und mich in allen Haushaltsarbeiten einigermaßen auskenne.«
»Das ist interessant«, sagte er. »Und warum sind Sie in einem Kinderheim aufgewachsen?« Es wäre zwecklos gewesen, ihm die Wahrheit verheimlichen zu wollen, ich sagte: »Meine Eltern sind auf der Flucht aus Ostpreußen ums Leben gekommen. Das Rote Kreuz brachte mich hierher.«
»Aus welcher Gegend Ostpreußens?« fragte er, und seine Augen waren plötzlich ganz schmal. »Das ist unbestimmt«, sagte ich. »Ich war damals drei Jahre alt und wußte nur noch meinen Vornamen. Den Leuten, die mich mitgenommen haben, war ich völlig fremd gewesen.«
»Das müssen Sie mir einmal ausführlicher erzählen«, sagte er und blickte geistesabwesend zum Fenster. »Können Sie kochen?«
»Nicht sehr universell«, sagte ich, und er lächelte wieder. »Dafür sind Sie vielleicht auch noch zu jung. Wie hoch haben Sie sich Ihr Gehalt vorgestellt?«
»Eigentlich . . .«, sagte ich, und er sagte: »Dreihundert Mark?« Das lag entschieden unter meinen Erwartungen, ich fragte: »Was hätte ich zu tun?«
»Das Haus in Ordnung halten«, sagte er, »auch den Garten, einkaufen, vielleicht esse ich gelegentlich hier, Kleinigkeiten nur, Frühstück und Abendbrot.«

»Mit anderen Worten«, sagte ich, »suchen Sie für dreihundert Mark eine Putzfrau, Hausgehilfin, Köchin und einen Gärtner in einer Person?«
»Ich habe Sie um Ihre Vorstellung gebeten«, sagte er, und ich sagte: »Eine Bekannte von mir verdient vierhundert netto, Essen und Logis einbegriffen.«
»Wofür halten Sie mich?« fragte er. Er war wirklich nett, auch jetzt noch, keineswegs schockiert, eher belustigt, ich sagte: »Bisher verdiente ich sechshundert Mark.«
»Natürlich brutto?«
»Natürlich«, sagte ich und stand auf. »Richtig!« sagte er, »ich wollte Sie ja noch durchs Haus führen.« So hatte ich es mit meinem Aufstehen nicht gemeint, aber da ich schon einmal hier war, ging ich mit ihm, ließ mir zuerst die Küche zeigen, und da wurde ich schon recht einsilbig, im Wohnzimmer mit der großen Terrasse zum Garten nickte ich nur noch, und als ich dann auch das Badezimmer sah, vergaß ich sogar das Nicken. »Die Einrichtung«, sagte er, »habe ich teilweise vom früheren Besitzer übernommen, das andere hat meine Frau angeschafft. Hier geht es in den Keller!« Unten zeigte er mir die Ölzentralheizung, »vollautomatisch«, sagte er, »Arbeit haben Sie hier keine; eingeschaltet wird oben. Und jetzt noch Ihr Zimmer.« Das Schlafzimmer hatte er mich nicht sehen lassen, wir stiegen wieder die Treppe hinauf, und neben dem Büro befand sich eine zweite Tür. Er ließ mich eintreten und fragte: »Gefällt es Ihnen?« Es war keine Frage, ob es mir gefiel, es war nur noch eine Frage der Selbstbeherrschung, und während ich die Wand mit den vielen Büchern, die schöne Polstergarnitur und die anderen Dinge betrachtete, konnte ich nicht sprechen. Ich konnte auch nicht sprechen, als er eine Balkontür öffnete, mir mit einer stummen Handbewegung die Stadt gleichsam zu Füßen legte, die Balkontür wieder schloß, einen Vorhang

an der rechten Wandseite zurückzog und mir einen wunderhübschen Schlafraum mit eingebautem Waschbecken sozusagen zum Dessert präsentierte. »Es war unser Gästezimmer«, sagte er. »Ursprünglich für unseren Sohn bestimmt.«

»Für Ihren Sohn?« fragte ich, und er sagte: »Ja, aber er ist dann doch nicht mehr gekommen.« Er hätte es auch ganz anders sagen können, ich fühlte mich einen Augenblick versucht, seinen Arm zu berühren, aber er kehrte sofort wieder in den Büroraum zurück. Über sein Alter hatte ich mir noch nicht klarwerden können, sicher war er weit über sechzig, zwar noch sehr beweglich, und die Treppe hatte er scheinbar ohne Mühe genommen. Ich sagte: »Dann ist Ihre Frau noch nicht lange verstorben?«

»Vor einem halben Jahr«, sagte er. »Für den Garten werde ich im Frühjahr einen Gärtner kommen lassen. Als meine Frau noch lebte, hat sie das selbst gemacht. Sie brauchen dann nur noch auf Unkraut zu achten und an heißen Tagen die Blumen zu gießen. Wann können Sie anfangen?«

Vor einer Viertelstunde war ich noch entschlossen gewesen, die Stellung nicht anzunehmen, ich sagte: »Aus verschiedenen Gründen kann ich es mir nicht leisten, mich finanziell zu verschlechtern.«

»Wer kann das schon?« fragte er lächelnd. »Sie bekommen Ihre vierhundert Mark, und was Sie fürs Leben brauchen, verrechnen wir mit dem Haushaltsgeld. Sie müssen nur alles aufschreiben.«

»Selbstverständlich«, sagte ich, und irgendwie kam mir das Ganze nicht recht geheuer vor. Er ließ mir aber keine Zeit, darüber nachzudenken, erkundigte sich, wo ich zur Zeit wohnte, ob ich die Absicht hätte, in absehbarer Frist zu heiraten, und sagte dann: »Ich frage das nicht aus Neugierde, Ihre Vorgängerin hat mich da ein wenig enttäuscht,

und von den anderen, die sich in den letzten Wochen vorgestellt haben, hatte ich auch nicht den besten Eindruck.«
»Dann suchen Sie schon lange ein Mädchen?« fragte ich, und er antwortete etwas unklar: »Als meine Frau starb, wollte ich das Haus zuerst verkaufen. Sie werden schon gemerkt haben, daß es sich um eine Vertrauensstellung handelt.« Er schaute mich plötzlich sehr durchdringend an, und in dieser Sekunde sah er doch wie ein Fabrikbesitzer aus, ich sagte: »Das Jugendamt kann Ihnen jede Auskunft über mich geben.«
»So war das nicht gemeint«, sagte er und stand auf. »Sie können noch heute einziehen«, sagte er. »Ich komme erst wieder am Freitagabend hierher; machen Sie bis dahin schon ein wenig sauber. Haben Sie Ihre Lohnsteuerkarte mitgebracht?« Wenn ich ihm erst einmal meine Lohnsteuerkarte auslieferte, hatte ich mich auch selbst ausgeliefert, und ich war mir trotz allem nicht sicher, wie meine Entscheidung ausgefallen wäre, wenn ich in diesem wichtigen Moment auf seine Schuhe oder in eine Ecke geblickt hätte. Da ich jedoch in sein Gesicht schaute, bemerkte ich das ungeduldige Zucken in seinen Mundwinkeln, ich öffnete mechanisch meine Handtasche, gab ihm die Lohnsteuerkarte, und er legte sie unbesehen auf seinen Schreibtisch. In der Diele erklärte er mir noch den Thermostat für die Heizung. »Normalerweise«, sagte er, »genügen zwanzig Grad, aber wenn es Ihnen zu kühl ist, können Sie ihn auch höher stellen. Was Sie sonst brauchen, finden Sie in der Küche oder müssen es einkaufen. Haben Sie noch Geld?«
»Für den Anfang bestimmt«, sagte ich, und er sagte: »Zu meiner Zeit bekamen Hausgehilfinnen fünfzig Mark im Monat. Da Sie nun schon Stenotypistin waren, können Sie mir hin und wieder auch einen Brief erledigen. Was liegt Ihnen noch außer Maschineschreiben?«

»Fremdsprachen«, sagte ich. »Englisch?« fragte er, und ich sagte: »Auch Französisch.« Er fing plötzlich an zu lachen, schüttelte den Kopf und sagte: »Es geht mich ja nichts an, Fräulein Stein, aber sind Sie sicher, daß dies hier die richtige Beschäftigung für Sie ist?«

»Vorher weiß man das nie«, sagte ich, und er sagte: »Als Hausgehilfin sind Sie mir fast ein wenig unheimlich.«

»Ich mir auch«, sagte ich, und das schien ihn ungemein zu belustigen, er schob mich lachend zur Tür hinaus, drückte mir noch einen komplizierten Schlüssel in die Hand, und dann stand ich wieder auf der Straße, wußte nicht wieso und wie, wußte nicht, ob ich mir das alles nur eingeredet oder tatsächlich den Verstand verloren hatte, war Hausgehiifin geworden mit einem eigenen Hausschlüssel, mit einem Eineinhalb-Zimmer-Appartement, mit Bücherwand und Radio, Balkon und Fernblick, Ölheizung und Garten, mit vierhundert Mark freiem Geld und einem netten alten Opa zum Chef. Oder war er vielleicht gar kein netter alter Opa? Wäre selbst ein netter alter Opa naiv genug gewesen, einem wildfremden Mädchen schon nach einer halben Stunde den Hausschlüssel auszuhändigen? Und warum hatte er mich sein Schlafzimmer nicht sehen lassen, den Speicher nicht sehen lassen, die Waschküche nicht? Warum hatte er ein paar Wochen oder gar Monate gebraucht, die »richtige« Hausgehilfin zu finden? Wer garantierte mir, daß er sie nicht alle hintereinander im Schlafzimmer umgebracht, im Speicher aufbewahrt und in der Waschküche beseitigt hatte? Oder redete ich es mir nur ein, daß er mich mitunter etwas lüstern angestarrt hatte, meine Brust angestarrt, meine Beine und was es sonst noch anzustarren gab? In seinem verstaubten Haus, in seinem verstaubten Büro ohne Schreibmaschine und Telefon!

Neben dem Haus stand eine Garagentür offen, vorhin hatte

ich sie in der Eile nicht bemerkt, im Vorübergehen sah ich einen großen Wagen älteren Baujahrs, Ford oder Opel, ich wollte nicht zu genau hinsehen, fühlte mich auch wieder beobachtet, die Dame von gestern hatte mich entdeckt, signalisierte ihrem unsichtbaren Gesprächspartner geheimnisvolle Nachrichten zu, kam gar zur Gartenpforte, gezügelte Neugierde im verwelkten Gesicht, beobachtete sie distanziert meinen Abgang. Heute störte es mich nicht, auch die steile Straße störte mich nicht, meine hohen Absätze nicht, ich ging wie auf einem Luftkissen, fühlte mich selbst in jedem Muskel meines Körpers, im Rhythmus meiner Schritte, meiner Hüften, fühlte mich in einer nie empfundenen Intensität die Straße hinuntergehen, und nichts auf der Welt würde mich daran hindern können, dem netten alten Opa das Haus ein bißchen aufzumöbeln, das Unkraut zu jäten, den Kaffee zu kochen und von Zeit zu Zeit die Hosen auszubügeln. Wenn er jemals böse Absichten hegen sollte, würde ich ihm gut zureden, ihm eine Wärmflasche ins Bett legen oder ihn sonstwie beruhigen. Und überhaupt war er nicht der Typ dafür, er war ein reizender alter Herr, der seine Frau und seinen Sohn verloren hatte und nicht mehr recht wußte, was er ohne sie anfangen sollte, ein alleinstehender alter Mann mit einem leeren Haus, das ihm zu groß geworden war und von dem er sich trotzdem nicht trennen konnte. Es war gar nicht so schwer, ihn zu verstehen.

An Wilks dachte ich erst in der Straßenbahn wieder, und es versetzte mir einen richtigen Schock. Unzählige Male in diesen vier Jahren hatte ich mir auszumalen versucht, wie sehr ich diesen Augenblick genießen, mit welcher Inbrunst ich ihnen meine Kündigung unterbreiten würde, und nun empfand ich keine Inbrunst, keine Genugtuung, nicht einmal Erleichterung. Aber ich brauchte es ihnen ja nicht sofort zu sagen, die Miete für den März hatte ich ihnen ohnedies wie an jedem Monatsersten diskret auf dem Tisch liegenlassen, und sie hatten sie ebenso diskret in Empfang genommen. Auch würde ich zweimal mit einem Taxi fahren müssen, schon des kleinen Koffers wegen, zu mehr hatte es nie gereicht, und obwohl in Frau Wilks möbliertem Zimmer außer einem elektrischen Tauchsieder, einer kleinen Blumenvase und einem gerahmten Bild aus meiner Jungmädchenzeit nichts stand und lag, was mir gehörte, und auch meine Garderobe selbst bescheidenen Ansprüchen kaum genügt hätte, würde ich nicht alles gleichzeitig im Koffer unterbringen können. Am einfachsten wäre es gewesen, ihnen zu sagen, ich würde einige Wochen verreisen, und als ich die Treppe hinaufstieg, fand ich den Einfall sogar großartig, aber dann wurde mir bewußt, daß sie darauf angewiesen waren, so rasch wie möglich einen neuen Mieter zu finden; es wäre daher unfair gewesen, sie über meine wirklichen Absichten auch nur einen Tag länger im unklaren zu lassen.

Der Zeitpunkt war insofern etwas unglücklich gewählt, als Frau Wilk gerade damit beschäftigt war, ihrem Mann mit einem Rasiermesser die Hühneraugen zu mißhandeln, zu welchem Zweck sie auf einem Schemel sitzend seinen großen Fuß auf den Schoß genommen hatte. Trotz dieser etwas antiquierten Therapie blätterte er dabei in der neuesten Lesemappe, während ihre dicke Katze auf dem Fenstersims eingeschlafen war. Warum Frau Wilk sie ausgerechnet Munilein getauft hatte, war mir immer verborgen geblieben, und nun würde ich es wohl auch nicht mehr erfahren. Ich gab ihr auch keine Gelegenheit, eventuelle neue Reklamationen vorzubringen, sondern erklärte ihr so schlicht wie möglich, daß ich leider gezwungen sei, mein Zimmer aus beruflichen Gründen sofort zu kündigen, und selbstverständlich könne sie die vorausbezahlte Miete behalten. Die sich etwas überstürzenden Ereignisse der letzten Stunden hatten mir keine Zeit gelassen, mir ihre Reaktion so farbig auszumalen, wie ich das normalerweise getan hätte, aber wahrscheinlich wäre ich der Wirklichkeit nicht einmal entfernt nahegekommen. Nun hat ja jeder Mensch seine ganz individuelle Art, auf unangenehme Nachrichten zu reagieren, der eine wird rot, der andere blaß, der eine flucht, dem anderen verschlägt es die Sprache. Daß es Frau Wilk die Sprache verschlagen konnte, wußte ich, sie wirkte dann immer ein wenig hilflos wie eine Ente auf dem Trockenen, während ihr Mann mehr zu deftigen Artikulationen neigte, auch diesmal fing er sofort an zu schimpfen, fragte, was das denn für eine Art sei, so mir nichts, dir nichts, von jetzt auf nachher, von heute auf morgen, und was ich mir eigentlich dabei gedacht hätte, wo ich doch genau wisse, daß sich so ein Zimmer nicht über Nacht vermieten lasse. Ich versuchte ihm zu erklären, daß von einer Kündigung über Nacht keine Rede sein könne, und bis dahin hatte auch seine Frau die vorübergehende Lähmung überwunden, ich merkte es an der Art, wie sie das Rasiermesser weglegte, den Fuß ihres Mannes von ihrem Schoß nahm, ihn vertikal neben seinen anderen stellte und dann steif auf die Beine kam. Das sei eine ganz große Enttäuschung für sie, sagte sie verbittert, und ob sie nicht immer wie eine Mutter zu mir gewesen sei. Da ich gerade in diesem Punkt keine Erfahrungen besaß, antwortete ich ihr so ruhig wie möglich, daß ich dies ja nicht in Frage stellen wolle, aber sie müsse doch berücksichtigen, daß mein Entschluß weniger von emotionalen als von ökonomischen Gesichtspunkten diktiert worden sei, und sie wiederum meinte, ich könnte ruhig deutsch mit ihr reden, sie sei zwar eine einfache Frau, aber was sich gehöre, wisse sie auch so, und wann ich denn auszuziehen gedenke.

Heute noch, sagte ich, den Rest meiner Sachen würde ich in den nächsten Tagen abholen, und an dieser Stelle meldete sich ihr Mann wieder zu Wort, meinte, es sei so überhaupt keine Art, so mir nichts, dir nichts, seine Frau habe sich wahrlich alle Mühe mit mir gegeben, und wie oft sie mir heimlich etwas zugesteckt habe, wolle er gar nicht wissen, aber Dankbarkeit sei wohl heute überhaupt nicht mehr in Mode. Seine Frau wiederum fragte fassungslos: »Heute noch, aber das ist doch . . .«, und dann konnte sie nicht mehr weiter. So schlimm hatte ich mir das alles nun doch nicht vorgestellt, ich sagte nur: »Immerhin komme ich Ihnen insofern entgegen, als ich noch einen ganzen Monat vorausbezahlt habe«, und ihr Mann sagte: »Das ist keine Sache des Geldes, das ist eine Sache des Anstandes, mein Fräulein!« Anscheinend hatte er kurz zuvor seine Füße gewaschen, die Schüssel mit dem schmutzigen Wasser stand noch in der Nähe. Er wickelte seine langen Unterhosen hinab, zog die Hausschuhe an und sagte giftig: »Falls Ihnen das überhaupt ein Begriff sein sollte!«

Bis dahin war ich bemüht gewesen, seine Inkorrektheiten zu ignorieren, aber nun schien es mir, als ob ich meiner Selbstachtung genug zugemutet hätte. Er war ein quengeliger, unappetitlicher alter Mann mit schlechten Manieren. Daß er immer mit hängenden Hosenträgern und ausgetretenen Hausschuhen durch die Wohnung schlurfte, hätte ich ihm noch verziehen, er war schwer krank aus dem Krieg heimgekommen, und die Ärzte bezeichneten es angeblich als ein Wunder, daß er noch lebte, aber das war kein Grund, daß er sich oft drei Tage lang nicht rasierte, seine Pfeife in jeder Zimmerecke ausklopfte und mich wie seine eigene Frau behandelte. Seit ich wußte, daß er in Schlesien mit dem Vertrieb von Speiseeis beschäftigt gewesen war, hatte ich sogar eine Aversion gegen das Schlittschuhlaufen, und da ich mich nicht länger auf diesem Niveau mit ihm auseinandersetzen wollte, ging ich in mein Zimmer, holte den Koffer vom Schrank und fing an zu packen. Später kam Frau Wilk herein, blieb an der Tür stehen und drückte ein Taschentuch gegen ihre Augen. Letztlich setzte sich immer die wahre Natur eines Menschen durch, ich ging zu ihr hin, legte meine Hand auf ihren Arm und sagte: »Ich werde Sie ab und zu besuchen, Frau Wilk. Glauben Sie mir, es fällt mir auch nicht leicht, von Ihnen wegzugehen«, und während ich es sagte, merkte ich, daß es keine Floskel war, daß ich sie trotz allem sehr gern hatte und daß sie mir mit ihrer dicken Katze vielleicht fehlen würde. »Es kam so unerwartet«, sagte sie schnupfend. »Haben Sie es wirklich nicht früher gewußt?«

»Wirklich nicht«, sagte ich. »Ich mußte mich innerhalb von zehn Minuten entscheiden.«

»Und wo ist das?« fragte sie. »In Durlach«, sagte ich, und weil ich genau wußte, was sie jetzt sagen würde, setzte ich rasch hinzu: »Es handelt sich um eine Vertrauensstellung; ich muß auch dort wohnen.«

»Es freut mich ja für Sie, Kindchen«, sagte sie. »Wenn Sie dort mehr verdienen ...« Und ich sagte: »Viel mehr, Frau Wilk.« Sie hatte tatsächlich geweint, putzte sich die Nase ab und das Kinn und sagte: »Mein Mann meinte es nicht so; er ist eben mit seiner Kriegssache ...«

»Natürlich«, sagte ich. Sie half mir sogar in den Mantel, rannte plötzlich hinaus, und als ich mit meinem Koffer auf die Diele trat, stand sie wieder da, preßte ihre dicke Katze an die Brust und sagte: »Die Tante will uns verlassen, Munilein.« Und Munilein schaute mich mit ihren gelben Augen so ungerührt an, als hätte es mich in den vergangenen vier Jahren nie gegeben. So stand sie auch noch in der Tür, als ich die Treppe hinunterstieg, stand da mit ihrem

Munilein, allein mit ihrem Munilein, für immer und ewig allein mit ihrem Munilein, eine alte ungepflegte Frau mit einer dicken Katze an der Brust und verweintem Gesicht.

Das schöne Haus des Herrn von Brandenstein war gar kein Bungalow, es wirkte nur von der Straße so niedrig, gartenwärts hatte es drei Stockwerke, wovon allerdings nur das letzte auf dem Straßenniveau lag und das unterste mit den Kellerräumen der steilen Böschung wegen um etwa drei Meter vorversetzt worden war, darüber befand sich die große Terrasse mit separaten Zugängen zum Wohn- und Schlafzimmer, wovon ich letzteres allerdings verschlossen fand. Unter der Terrasse entdeckte ich neben dem Heizraum auch die Waschküche inklusive moderner Waschmaschine, von Blut- oder sonstigen verdächtigen Spuren nicht einen Schatten. Dafür einen Sonnenschirm und Liegestühle, auch Gartenmöbel – die Menge –, es gab genug Möglichkeiten, sie aufzustellen, der Garten war groß, fiel in mehreren Terrassen zur nächsten Villa ab, von der nur noch das Dach zu sehen war. In diesem Haus konnte man sich bei offenem Fenster ausziehen oder oben ohne in die Sonne legen, man konnte praktisch alles tun, was in den meisten anderen Häusern unanständig gewesen wäre, es war ein wunderbares Haus mit dicken Teppichen, aufwendigen Polstergarnituren, einer Küche mit Sitzecke und allen Requisiten eines modernen Haushaltes.

Wenn man es erst einmal genauer kannte, ließ es sich sehr rationell bewohnen, man konnte beispielsweise von meinem Zimmer die mit einem roten Läufer belegte Holztreppe zu der hübschen Wohndiele hinuntersteigen, sich auf dem Weg zur Küche noch rasch im Bad die Zähne putzen, dann eine elektrische Kaffeemaschine einschalten, im Weitergehen von der Couch im Wohnzimmer aus einen Blick auf die vierzig Kilometer entfernte deutsche Weinstraße werfen, über Diele und Treppe wieder mein Appartement erreichen und zehn Minuten später in der Küche den fertigen Kaffee abholen. Daß aus jedem zweiten Hahn heißes Wasser kam, war ebenso selbstverständlich wie die zweite Toilette im oberen Stockwerk. Eine Speichertreppe konnte ich nirgendwo finden, nur eine Falltür an der Decke der oberen Diele und daneben noch eine Tür zu einem Raum, der völlig leer stand, und fürs Fernsehen schien Herr von Brandenstein kein Faible zu haben. Dafür stand im Wohnzimmer eine etwas altmodische Musiktruhe, zwar ohne raffiniertes Zehnplattensystem, aber mit über hundert Schallplatten, sehr viel klassische Musik, Opern und auch Operetten, die »Lustige Witwe« an erster Stelle. Das Radio in meinem Zimmer funktionierte leider nicht, es war die einzige Enttäuschung gewesen. Auch die große Bücherwand war meist mit Werken bestückt, die sich mit Landwirtschaftswissenschaften, Betriebssystemen und Agrarstatistiken befaßten, aber dazwischen entdeckte ich auch eine sehr alte Ausgabe von Casanovas Memoiren, und was die Leute damals schon an Illustrationen riskiert hatten, ließ an Details auch nichts zu wünschen übrig; mir wurde richtig warm dabei, und da ich an diesem Tag noch mehr zu tun hatte, legte ich das Buch vorsorglich unter mein Kopfkissen. Daß das Bett eine Schaumgummimatratze, der Schlafraum einen eingebauten Schrank und die Tür zur Diele weder Riegel noch Schlüssel hatten, waren meine ersten Feststellungen gewesen, ich nahm mir vor, den fehlenden Schlüssel im Auge zu behalten.

Sonst strengte ich mich an diesem Nachmittag noch nicht sehr an, die meiste Zeit verbrachte ich damit, die verschiedenen Sitzgelegenheiten im Wohnzimmer, auf der Wohndiele und in meinem eigenen Appartement auf ihre Bequemlichkeit zu testen. Da ich zu diesem Zweck ständig die Treppe herauf und hinunter mußte, war ich von dem Ergebnis ebenso erschöpft wie befriedigt. Im Küchenschrank entdeckte ich eine ganze Reihe alter und verdorbener Lebensmittel, ich steckte sie in die Mülltonne, und weil es inzwischen draußen wieder zu regnen angefangen hatte, stellte ich den Thermostat gleich auf fünfundzwanzig Grad. Zwanzig Grad wären mir entschieden zuwenig gewesen, aber ältere Leute litten ja oft an erhöhtem Blutdruck und fröstelten erst dann, wenn andere schon hoffnungslos unterkühlt waren. Überhaupt gehörte die Zentralheizung zu jenen Annehmlichkeiten des Hauses, die mich am meisten beeindruckten, es war von unten bis oben gemütlich warm, und ich liebte es schon so sehr, daß ich mir nicht mehr vorstellen konnte, jemals wieder in einem möblierten Zimmer wohnen zu müssen. Selbst eine hübsche Dreizimmerwohnung hätte mich jetzt nicht mehr reizen können, und mit vierhundert Mark netto stellte ich mich doppelt so gut wie bei der VAS, ich hatte es auf den Pfennig genau ausgerechnet. Um das Essen brauchte ich mich auch nicht mehr zu sorgen, der nette alte Papa würde alles bezahlen; wenn er wüßte, wieviel es mir bedeutete, mit vierhundert Mark in seinem wunderbaren Haus zu wohnen, hätte er mich vielleicht sogar ein bißchen ausnutzen dürfen, aber nur ein kleines bißchen, dachte ich. Ich war so aufgedreht, daß mir ständig nach Unfug zumute war, und da es im Haus jetzt immer wärmer wurde, entschloß ich mich für ein erfrischendes Bad, der Herr von Brandenstein hatte es mir ja nicht verboten, sein Bad zu benutzen, in diesem Haus konnte ich tun und lassen, was ich wollte, und vor Freitag abend würde er nicht wiederkommen. Es war ein herrliches Gefühl, an

einem so trüben und kühlen Tag in einem warmen Haus die Kleider ausziehen und durch sämtliche Zimmer laufen zu können, ich war noch nie ohne Kleider durch ein ganzes Haus gelaufen, und überall, wo ich lief, lagen schöne Teppiche, auf der Treppe, in der Wohndiele und bis vor die Badezimmertür, ich kam mir ganz eigenartig dabei vor, ein bißchen unanständig und zum erstenmal in meinem Leben richtig erwachsen.
Allein schon das Badezimmer war ein Erlebnis, ich hatte auch noch nie in einer schwarzgekachelten Wanne gelegen, noch nie ein Bidet aus der Nähe betrachtet und mich auch noch nie so laut singen hören, dabei war meine Stimme gar nicht schlecht, vielleicht eine Kleinigkeit zu maskulin, eine Mischung zwischen Marlene Dietrich und einem Reibeisen, wie Hans zu sagen pflegte. Wäre er jetzt hier gewesen, so hätte ich ihn einmal zur Abwechslung mit meinen Vorstellungen über ein gemütliches Eigenheim konfrontiert, und dann schlug auch tatsächlich die Haustürglocke an. Ich war so wenig darauf gefaßt gewesen, daß ich vor Schreck mit der Nase zuerst einmal unter das Wasser geriet, und als ich dann schließlich völlig kopflos und triefend aus der Wanne kletterte, klingelte es schon wieder. Eigentlich reagierte ich sonst nicht so schreckhaft, und ich hätte selbst in dieser Situation noch einigen Verstand bewiesen, wäre mir wenigstens die Zeit geblieben, mich darauf zu besinnen, aber ich hatte nicht einmal ein Handtuch in der Nähe, und so völlig ausgezogen waren mir noch nie brauchbare Einfälle gekommen. Statt dessen sah ich mich in Gedanken schon in die unmöglichsten Situationen verstrickt, Auge in Auge dem Herrn von Brandenstein gegenüber, einem netten alten Papa zwar nur, doch schlimm genug noch immer in diesem Aufzug, und wer weiß, wozu ich mich in meiner erregten Phantasie sonst noch verstiegen hätte, wäre mir auf dem

Flur nicht plötzlich bewußt geworden, daß es sich nicht um die Haustürglocke, sondern um ein Telefon handeln müsse, und von da an bis zu der Erkenntnis, daß es in dem verschlossenen Schlafzimmer stand, schaffte ich es immerhin in fünf Sekunden. Es schrillte auch jetzt noch beharrlich weiter, wer immer auch am anderen Ende sitzen mochte, er hatte auf alle Fälle bessere Nerven als ich, mein Zorn war so groß, daß ich mit dem bloßen Fuß gegen die Tür trat und darüber hinaus noch ein ganz unfeines Wort gebrauchte. Es war auch wirklich nicht die reinste Freude, solcherart aus der Badewanne geholt zu werden, mir war der ganze Nachmittag verdorben, ich ließ den Psychopathen am anderen Ende weiterläuten und rannte in mein Zimmer hinauf. So rasch hatte ich mich schon lange nicht mehr angezogen, und hinterher mußte ich mich erst einmal hinsetzen und meine Knie beruhigen, sie zitterten auch noch, als das Telefon schon längst verstummt war. Was mich am meisten erregte, war die Heimtücke, mir das Telefon zu unterschlagen, es im Schlafzimmer einzuschließen, und vielleicht war *er* es sogar gewesen, der angerufen hatte, vielleicht hoffte er, mich auf diese Weise an meine Pflichten erinnern, mich morgens damit aus dem Schlaf wecken und nachmittags daran hindern zu können, ältere Leute ließen sich ja oft die skurrilsten Dinge einfallen, ich brauchte da nur an den alten Wilk zu denken, einmal hatte er die Toilettentür von außen abgeschlossen und mich zwei Stunden lang in dem Glauben gelassen, er lese noch immer seine Zeitung, und da seine Frau nicht im Hause gewesen war, hätte ich fast nach einem Arzt gerufen.

Ich wartete noch, bis auch mein Herz wieder die normale Tourenzahl erreicht hatte, und da die Temperatur im Haus inzwischen hochsommerlichen Charakter annahm, stellte ich den Thermostat wieder zurück. Der Schreck steckte mir

aber immer noch in den Gliedern, ich verspürte plötzlich das Bedürfnis, mich doch noch ein wenig im Sinne meines neuen Arbeitskontraktes zu betätigen, holte mir aus dem Besenschrank ein Staubtuch und nahm mir das Büro einmal vor. Was dem Raum den Charakter eines Büros verlieh, waren vor allem die hohen Aktenschränke an den Wänden, die bis unter die Decke mit alten Ordnern und Geschäftspapieren vollsteckten, nach einer halben Stunde war ich einigermaßen über die Geschäftsverbindungen der Elmendinger Konservenfabrik F. G. Brandenstein unterrichtet, hatte aber immer noch keinen Staub gewischt, und da es inzwischen auch dunkel geworden war, machte ich das Licht an und wischte wenigstens noch die Schreibtischplatte und Stühle ab. Für das Abendbrot hatte ich schon auf der Herfahrt gesorgt, ein freundlicher Taxichauffeur hatte mich bereitwillig von Geschäft zu Geschäft gefahren und hinterher zwölf Mark kassiert. Hans wäre da billiger gewesen, und als er dann mit seinem Volkswagen vorgefahren kam, hatte sich meiner gerade das Gefühl bemächtigt, für diesen ersten Tag genug getan zu haben. Ich erkannte seinen elfenbeinfarbenen Vorführwagen im Schein einer Straßenlaterne schon durchs Fenster, schloß noch geistesgegenwärtig, aber viel zu spät den Vorhang und blieb mit angehaltenem Atem stehen, bis ich seine Schritte zuerst an der Gartenpforte und schließlich vor der Haustür hörte. Noch ehe er auf die Klingel drücken konnte, war ich draußen, riß die Tür auf und sagte atemlos vor Zorn: »Wenn du nicht augenblicklich verschwindest, passiert etwas.«
»Darauf war ich schon den ganzen Tag neugierig«, sagte er und schob mich kurzerhand zur Seite. Mir reichte es gerade noch, die Haustür hinter ihm zuzumachen, dann mußte ich mich hinsetzen, und da der nächste Stuhl im Büro stand, setzte ich mich eben ins Büro. »Ich dachte, das sei ein Dienst-

mädchenjob«, sagte Hans und blickte sich interessiert um. »Oder schreibt er hier nur seine Memoiren?« Ich hätte ihm etwas an den Kopf werfen können, und wenn mir jemals in meinem Leben etwas richtig leid getan hatte, dann meine Dummheit, ihm die Offerte gezeigt zu haben, ich sagte: »Er muß jeden Augenblick zurückkommen«, und Hans fragte: »Will er ein paar Blumen oder zur Feier des Tages gar eine Flasche Champagner holen? Wo geht es da hin?« Er war schon wieder draußen, mir blieb nichts anderes übrig, als hinter ihm herzulaufen, zuerst durch den Flur in das leere Zimmer, dann die Treppe hinunter durch Wohndiele, Küche, Bad und Wohnzimmer, und dort sagte er: »Neunzehntes Jahrhundert, und wo legst du ihn ins Bett?« Nun traf es ja zu, daß im Haus ein paar Tüllgardinen und Ölgemälde zuviel waren, aber es war eben genauso eingerichtet, wie ältere und vermögende Leute es im allgemeinen zu tun pflegen, ich sagte: »Mir gefällt es, und das Schlafzimmer ist abgeschlossen.«
»Das stimmt mich nachdenklich«, sagte Hans und setzte sich im Mantel breitbeinig auf die Couch, betrachtete ungerührt das große, bis zum Boden reichende Fenster und was sonst noch im Wohnzimmer zu betrachten war, und als er die Musiktruhe entdeckte, stand er wieder auf, zog einige Platten heraus und grinste. »Omas Tingeltangel«, sagte er, und wenn ich vorhin noch den Wunsch verspürte, ihm etwas an den Kopf zu werfen, so waren meine Gefühle inzwischen schon unkontrollierbar geworden, ich sagte mit völlig heiserer Stimme: »Wenn ich deinetwegen diese Stellung verliere, bist du so gut wie tot für mich«, und er sagte: »Erschreck mich doch nicht immer gleich so, es genügt ja, daß seine Frau nicht mehr lebt.«
»Woher willst du wissen, daß seine Frau nicht mehr lebt?« fragte ich bebend, und er sagte: »Die Gardinen sind seit

mindestens einem Jahr nicht mehr gewaschen worden; außerdem habe ich Erkundigungen über ihn eingezogen.«

»Du hast ...«, sagte ich, und dann sagte ich noch einmal: »Du hast die Unverschämtheit besessen ...«, und Hans sagte: »Du solltest dir endlich eine andere Literatur angewöhnen; diese Gemeinplätze sind heutzutage ja vollkommen aus der Mode gekommen. Wo schläfst du?«

»Auf keinen Fall mehr dort«, sagte ich, »wo du schlafen wirst, und jetzt verschwinde.« Er schien jetzt endlich gemerkt zu haben, daß dies keine heitere Sache mehr war, und sagte: »Ich wollte dich abholen. Sobald das Aufgebot steht, heiraten wir und ziehen in eine Dreizimmerwohnung.« Was immer auch gegen ihn vorzubringen war: In dramatischen Augenblicken war er um wirkungsvolle Effekte nie verlegen. »Ich würde eher diesen alten Mann heiraten«, sagte ich, und er sagte: »Mit fünfundsechzig sollen sie die schönsten Kinder machen. Du kommst also nicht mit?«

»Nein«, sagte ich, und er hätte mich nicht einmal für eine Achtzimmerwohnung dazu bewegen können. Vielleicht hatte er auch gar nicht ernsthaft damit gerechnet, er grinste schon wieder und sagte: »Warum sollen wir es uns hier nicht noch ein paar Jahre gemütlich machen! Wieviel verdienst du?«

»Vierhundert«, sagte ich giftig, und weil er sofort eine mitleidige Miene aufsetzte, fügte ich noch hinzu: »Netto, einschließlich Logis und Kost.« Es machte immerhin so viel Eindruck auf ihn, daß er seine mitleidige Miene wieder ablegte, ich sah ihm an, wie stark es ihn beschäftigte, dann sagte er nachdenklich: »Nicht übel, Sperling. Da kannst du ja monatlich mindestens zweihundert Mark auf die Seite legen.«

»In fünfzig Jahren hunderttausend«, sagte ich. »So viel, wie dein Eigenheim kostet.«

»Und das ohne Weihnachtsgratifikation«, sagte er. »Wetten, daß wir in sieben Jahren noch besser wohnen werden als dieser alte Schweinefleischverpacker!«
»Er ist kein Schweinefleischverpacker«, sagte ich, und da ich mich nun wieder einigermaßen gefangen und eingesehen hatte, daß ich ihn auf die bisherige Weise nicht loswerden konnte, sagte ich so ruhig wie möglich: »Du mußt jetzt gehen; er kann jeden Augenblick zur Tür hereinkommen.«
»In Ordnung«, sagte Hans und zündete sich eine Zigarette an. »An welchem Tag kommt er nicht zur Tür herein?«
»An keinem«, sagte ich, und er sagte: »Ich war heute vormittag in Elmendingen und wollte der Firma ein paar VWs andrehen.«
Es passierte mir nur selten, daß ich um eine Erwiderung verlegen war, aber nun war ich es, ich konnte nur noch sagen: »Ach so!«, und er sagte: »Ich war mir lange nicht sicher, aber nun glaube ich doch, daß ich ohne dich nicht mehr auskomme.« Mir war ganz schlecht vor Wut und Ärger, möglich auch, daß ich ihn immer ein bißchen unterschätzt hatte, er wirkte plötzlich sehr entschlossen und unnachgiebig. Ich hatte nie verstanden, wie andere Mädchen es fertigbringen, von Zeit zu Zeit ihr Verhältnis zu wechseln, man konnte sich schließlich nicht immer gleich in einen Zug setzen oder die Polizei zu Hilfe rufen, ich sagte: »Hast du mit *ihm* gesprochen?«
»Natürlich nicht«, sagte Hans und blies mir seinen Zigarettenrauch ins Gesicht. »Sie beziehen ihre Volkswagen aus Pforzheim, und daß er in Elmendingen eine Wohnung hat und nur gelegentlich hierherkommt, wußten auch andere Leute. Wo ist dein Zimmer?« Als ich nicht antwortete, stand er auf, sah sich in der Wohndiele um und stieg dann wieder die Treppe hinauf. Ich kam gerade noch zurecht, zu verhindern, daß er mit der Schulter die Tür einrannte. »Sie

ist doch gar nicht abgeschlossen«, sagte ich keuchend, und er sagte: »Pardon!« und öffnete die Tür mit der Klinke. Im Zimmer sah er sich erst das Bücherregal an, dann die Polstergarnitur mit dem Ecksofa und den hübschen Ausziehtisch, dann öffnete er die Balkontür, trat auf den Balkon und blieb über eine Minute regungslos im Regen stehen. Dann kam er wieder herein, entdeckte den Durchbruch zum Schlafraum und setzte sich auf mein Bett. »Das ist natürlich nicht schlecht«, sagte er geistesabwesend. »Warum hast du das Telefon nicht abgenommen?« Obwohl es mich völlig überraschte, sagte ich geistesgegenwärtig: »Ich wußte, daß nur du es sein konntest«, und er sagte: »Deshalb bin ich auch hier. Bin ich dir plötzlich unsympathisch geworden?«
»Das ist es nicht«, sagte ich, und er fragte: »Was sonst?«
»Vielleicht passen wir doch nicht zusammen«, sagte ich ohne Überzeugung, aber er grinste nur und fragte: »Willst du lieber einen, der dich erst noch auf den Kopf stellen muß?« Sicher steckte wieder eine Unanständigkeit dahinter, ich setzte mich zu ihm und verschränkte die Hände im Schoß. »Vielleicht stelle ich mir doch ein bißchen mehr darunter vor«, sagte ich.
»Zum Beispiel?« fragte er. »Daß es mit meiner Potenz zusammenhängt, kann ich mir nicht denken.«
»Daß du nur *diese* kennst«, sagte ich, »ist schlimm genug.«
»Aha!« sagte er. »Jetzt wird es wenigstens informativ. Bin ich dir zu dumm?«
»Das nicht«, sagte ich, und er fragte: »Zu groß, zu dünn, zu häßlich, zu arm, zu geil, unsympathisch hatten wir schon, also was ist es?« Wenn ich es nur selbst genau gewußt hätte, wie hätte man einem Menschen auch erklären sollen, daß man sich von ihm ebenso angezogen wie abgestoßen fühlte, daß man es oft nicht abwarten konnte, ihn zu sehen, und dann wieder nicht, ihn loszuwerden. Vielleicht kannten wir

uns schon zu lange, und vielleicht wäre das einzige Mittel für mich ein anderer Mann gewesen, aber ich hatte noch keinen kennengelernt, der es mir auf Anhieb leicht gemacht hätte. Ich sagte: »Ich weiß es nicht. Frage mich jetzt nichts mehr.«

»Ich war noch nie ein Freund davon«, sagte er und legte mir den Arm um den Rücken. »Es hat heute keinen Zweck«, sagte ich müde, und er sagte: »Ziemlich pünktlich, was?«

»Ja«, sagte ich müde, und dann entdeckte er das Buch unter meinem Kopfkissen, er schlug es auf, spitzte die Lippen und fing an zu pfeifen. »Hör auf zu pfeifen«, sagte ich, und er fragte: »Wofür brauchst du so etwas?«

»Ich brauche es nicht«, sagte ich gereizt. »Es steckte im Bücherschrank.«

»Altmännerlektüre!« sagte er und grinste. »Aber die Illustrationen sind gut, schau dir das an!« Ich schlug ihm das Buch aus der Hand und stand auf. »Ich habe noch zu tun«, sagte ich, und er sagte: »Ich auch. Fahren wir am Sonntag weg?«

»Nein«, sagte ich.

»Dann komme ich am Montagabend«, sagte er. »Das Bad sieht ja ganz ordentlich aus.«

»Ich werde am Montagabend nicht dasein«, sagte ich, und er sagte: »Ich habe die ganze Nacht Zeit, Sperling. Putz dich schön!« Er küßte mich, und da ich das Gesicht zur Seite drehte, küßte er mich auf den Hals, riß mir ein paar Knöpfe auf, tat mir weh und murmelte wieder unanständige Dinge, und dann ließ er mich halb ausgezogen und atemlos stehen, ich hörte noch die Haustür zuschlagen, seinen Wagen anfahren, und dann hörte ich nur noch das Geräusch der Ölheizung im Keller; es klang wie die alte Nähmaschine der Frau Wilk. Ich kehrte in mein Zimmer zurück, hob das Buch vom Boden auf, und mir war ganz heiß. Ich wünschte, er hätte heute hierbleiben können.

Bis zum Freitagabend hatte ich das Schlimmste geschafft, ich hatte sämtliche Teppiche weggerollt, die Böden naß aufgewischt, die Teppiche wieder hingelegt und gesaugt, die Armaturen und Kacheln im Bad und in der Küche poliert, Bilder, Bücher und Vasen abgestaubt, die Fenster geputzt und mir einen handfesten Muskelkater geholt. Da ich schon um sieben Uhr in der Frühe aufgestanden war und auch keine Zeit gefunden hatte, mir ein ordentliches Mittagessen zu kochen, konnte ich mich am Abend kaum mehr auf den Beinen halten. Nicht einmal zu einem Bad war ich mehr gekommen, das Erlebnis von gestern steckte mir noch immer in den Knochen, ich wollte es nicht riskieren, von Herrn von Brandenstein im Morgenrock überrascht zu werden, und daß er mich dann sogar im Pyjama überraschte, war keinem blinden Walten des Zufalls zuzuschreiben und die Vorgeschichte profan genug. Ich hatte bis gegen zweiundzwanzig Uhr auf ihn gewartet, mich dann todmüde ins Bett gelegt und noch eine Stunde gelesen. Eigentlich hatte ich es gar nicht so lange vorgehabt, bei den meisten Büchern wäre ich sehr bald schläfrig geworden, aber merkwürdigerweise wirkte die Lektüre auch belebend auf meine physische Kondition, und was immer Hans unter Altmännerlektüre verstehen mochte: Ich fand das Buch auch für reifere Mädchen informativ. Da ich zum Abendbrot fünf Tassen Tee getrunken hatte, hielt ich es im Interesse einer ungestörten Nachtruhe für geraten, noch einmal über den Flur zu gehen. Im sicheren Glauben, der Herr von Brandenstein hätte sein Eintreffen auf den Samstag verschoben, und nicht zuletzt auch aus purer Bequemlichkeit verzichtete ich auf den Morgenrock, schaltete im Flur das Licht an, und als ich an der Treppe vorüberkam, sah ich ihn unten in der Wohndiele stehen.

Nun war mein Pyjama ein Weihnachtsgeschenk von Hans und entsprechend ausgefallen, St.-Tropez-Stil mit durchsichtigem Spitzenplain-Bolero und nabelfreier Dreiviertelhose in Perlon-Charmeuse; bei Wilks hatte ich das Ding kaum angezogen, obwohl es recht dekorativ aussah, ein Eindruck, den auch der Herr von Brandenstein zu teilen schien, er stand am Fuße der Treppe und betrachtete mich wie ein Geschöpf aus dem Universum. Abgesehen davon, daß seine völlig unerklärliche Anwesenheit mir einen ordentlichen Schock versetzte, reagierte ich wenigstens nicht so kopflos wie gestern in der Badewanne, im Kino pflegten die Mädchen in solchen Situationen immer spitze Schreie auszustoßen, ihre Hände an die exponiertesten Körperteile zu pressen und sich in perfekte Sprinterinnen zu verwandeln, während ich instinktiv – und auch jetzt noch meiner weiblichen Würde bewußt – zuerst einmal eine für mich vorteilhafte Haltung einnahm. Daß eine vorteilhafte Haltung auch in prekären Lagen immer noch die beste war und ihren Eindruck auf Männer nur selten verfehlte, hatte ich schon im Mädchenheim erfahren müssen, als man zwischen meiner Wäsche ein Magazin schlüpfrigen Inhaltes entdeckte, dabei hatte ich es mir nur von einem anderen Mädchen für einige Tage geliehen, aber ich hatte das Mädchen trotzdem nicht verraten, und da Herr von Brandenstein seine schweigende Betrachtung bis zur Peinlichkeit ausdehnte, besann ich mich wenigstens auf meine eigene Stimme und sagte ziemlich einfallslos: »Ich habe Sie gar nicht kommen hören.« Und jetzt erst kam Bewegung in ihn, er hob mit einer Geste verlegener Resignation beide Hände und sagte: »Ich wollte Sie nicht aufwecken und habe den unteren Eingang benutzt.« Daß es auch noch einen unteren Eingang gab, war mir verborgen geblieben, ich sagte es ihm auch, und er meinte lächelnd, die Waschküche besitze noch eine

Tür zum Garten. Natürlich besaß die Waschküche eine Tür zum Garten, sie war genauso verschlossen gewesen wie seine Schlafzimmertür. »Wenn es Ihnen recht ist«, sagte ich in meiner vorteilhaften Haltung, »ziehe ich mir rasch etwas über«, und er sagte: »Aber nein! Legen Sie sich nur wieder hin, was wir zu besprechen haben, hat bis morgen früh Zeit.« Er konnte noch nicht lange hiersein, ich schloß es aus seiner korrekten Kleidung, nicht einmal die Krawatte hatte er abgelegt. »Wann wollen Sie das Frühstück?« fragte ich. »Um sieben Uhr?«

»Um Gottes willen!« sagte er lächelnd. »Vor neun Uhr stehe ich hier nicht auf, vielleicht können Sie vorher noch ein paar frische Brötchen, Butter und Erdbeerkonfitüre besorgen.«

»Keine Eier?« fragte ich, und er sagte: »Morgens nie.« Mir fiel auf, daß er jedesmal, wenn er mich anschaute, einen starren Blick bekam, und je länger unser Gespräch andauerte, desto selbstsicherer wurde ich auch. Eigentlich war ich mir schon recht frühzeitig meiner Wirkung auf Männer bewußt geworden, und daß sie durch den St.-Tropez-Pyjama keine Minderung erfuhr, fand ich so unnatürlich nicht. »Aber wenn *Sie* ein Ei zum Frühstück wollen . . .«, sagte er, und das war doch schon recht aufschlußreich, ich antwortete: »Nein, vielen Dank. Wann und wo wollen Sie frühstücken?«

»Sagen wir um halb zehn Uhr«, sagte er. »Hier in der Diele.« Das war mal etwas anderes, und in der Diele saß man ja auch ganz hübsch, ich hatte schon ein wenig befürchtet, er wolle es im Bett tun. »Dann also gute Nacht«, sagte ich, und er sagte: »Gute Nacht, Fräulein Stein. Schlafen Sie gut!« Das war mir weder von der Direktion der VAS noch von meinem früheren Arbeitgeber jemals in so verbindlicher Form gewünscht worden, es war schon etwas Kultiviertes,

einen so wohlerzogenen Mann zum Chef zu haben, und wenn er mit der Zeit gar noch mehr Vorzüge an mir entdecken sollte, brauchte ich mir die Hände auch nicht mehr so schmutzig zu machen wie heute. Ich war in diesen Dingen nicht übertrieben zimperlich, und da ich nun mal kein schönes Haus und keinen großen Wagen zum Renommieren hatte, gefiel ich mir eben von Zeit zu Zeit darin, meine natürlichen Renommier-Staffagen auszuspielen. Ob ich eine perfekte Stenotypistin war oder nicht, kümmerte auf der Straße ja auch keinen Menschen, und nachdem ich noch erledigt hatte, wovon ich durch das unerwartete Zusammentreffen abgehalten worden war, legte ich mich wieder in mein Bett, stellte den Wecker auf sieben Uhr früh und machte das Licht aus. Natürlich mußte man sich in jeder Stellung am Anfang besonders Mühe geben, und ich war mir in Anbetracht meiner schmerzenden Glieder auch sicher, daß ich Mittel und Wege finden würde, mir die Arbeit künftig etwas besser einzuteilen, schließlich konnte ich nicht jede Woche das ganze Haus putzen, und ob man einen Teppich täglich oder nur zweimal im Monat saugte, müßte für einen Fabrikbesitzer die geringste Sorge sein, wahrscheinlich wäre er auch gar nicht fähig gewesen, es objektiv zu beurteilen. Männer waren darin nicht so pingelig wie Frauen, und alte Männer schon gar nicht.
Ich erinnerte mich mit einiger Genugtuung daran, wie fasziniert er mich betrachtet hatte, sicher lag es schon etliche Jahre zurück, seit ihm das letzte Mädchen im Pyjama begegnet war, und ob es damals schon einer im St.-Tropez-Stil gewesen war, durfte man wohl bezweifeln. Vielleicht hatte ich ihn so sehr erschreckt, daß er die ganze Nacht kein Auge zubrachte, ich war mir bei älteren Männern da nicht ganz sicher, ich wußte so gut wie nichts über ältere Männer, ob sie unglücklich oder glücklich waren, gleichgültig oder

nicht, einsam oder zufrieden, ich wußte nicht einmal über mich selbst Bescheid, heute so und morgen so, mir war das viel zu kompliziert, und schließlich brauchte man mit fünfundzwanzig Jahren noch nicht alles zu wissen, auch nicht das, was ältere Männer nachts im Bett für Gedanken hatten.
Es mußte dann aber doch ziemlich spät gewesen sein, als ich einschlief, der Wecker brachte mich kaum zu Bewußtsein, ich erwachte mit schmerzendem Kopf, schmerzendem Rükken und anderen Beschwerden, wenn ich geahnt hätte, wie nachteilig es sich auf mein Wohlbefinden auswirkte, ein ganzes Haus an einem Tag zu putzen, wäre ich behutsamer vorgegangen, dazu noch gestern, wo es mir ohnedies nicht gut gewesen war, und bei Wilks hätte ich heute bis zehn Uhr im Bett bleiben können. Wie man es auch anpackte, stieß man doch immer auf irgendeinen Haken. Nur das Aufstehen fiel hier leichter, das Zimmer war schon wieder angenehm warm, ich schloß das Fenster, schälte mich aus meinem St.-Tropez-Pyjama, hielt meine Handgelenke unter eiskaltes Wasser, dann meine Brust, darauf würde ich auch künftig nicht verzichten trotz des Warmwasserhahns, und sonst hatte ich noch nicht viel Mühe, ein paar Kniebeugen, etwas Puder und Lippenstift, irgendwie lebte ich ständig unter der Zwangsvorstellung, das Zeug könnte auf die Dauer den Teint verderben. Gegen Parfüm hatte ich nichts, ich nahm heute etwas mehr als sonst, der nette alte Papa sollte auch sein Vergnügen haben. Seit er mich gestern abend im Pyjama gesehen hatte, zog ich es vor, ihn in meinen Apperzeptionen endgültig um eine Generation zu verjüngen, bei einem so rüstigen Fünfundsechziger klang Opa auch reichlich deplaciert, und immerhin aß er zum Frühstück noch keinen Haferschleim.
Dies war also heute mein erster Gang, eine Einkaufstasche hatte ich schon gestern entdeckt; in der rechten Hand den

Regenschirm, verließ ich leise das Haus, zu meiner Verwunderung regnete es nicht mehr, ich klemmte den Schirm unter den Arm und setzte mich in Marsch. In diesem Stadtteil waren so früh am Morgen mehr Autos als berufstätige Frauen unterwegs, zwei Wagen überholten mich bis zur Straßenbahnhaltestelle, Laternengaragen schienen gleichfalls unpopulär zu sein, aber bei den Grundstückspreisen hier spielte eine richtige Garage auch keine Rolle mehr. Bergab machte es Spaß, die Luft schmeckte nach dem nahen Wald, überhaupt eine gute Luft hier oben, ich sog sie ordentlich in mich hinein, vergaß beim Gehen meinen Muskelkater und die Kreuzschmerzen, schwenkte meine Einkaufstasche und kam mir ein bißchen wichtig vor. Schließlich hatte ich jetzt für eine Familie zu sorgen, auch die kleine Verkäuferin im Konsum schien mich für eine werdende Mutter oder sonst wofür zu halten, redete mich einmal mit gnädige Frau und dann wieder mit Frau Doktor an, ich machte mir schon Sorgen, doch zuwenig Puder aufgelegt zu haben, und ließ sie überdeutlich meine leeren Ringfinger sehen, aber sie trug eine Brille und betrachtete immer nur meine Nase. Draußen putzte ich sie vorsorglich, und beim Bäcker bediente mich eine vollbusige Frau und sagte: »Auf Wiedersehen, die Dame.« Vielleicht waren sie in diesem Stadtteil besonders höflich, es trug mich ein ganzes Stück wie von allein den Berg hinauf, und schließlich war ich auch intelligent genug für die höhere Handelsschule gewesen, die Wirtschaftsoberschule hätte ich mir gleichfalls zugetraut und notfalls sogar noch mehr. Daß neuerdings zu viele Leute oft die dümmsten Kinder auf die besseren Schulen schicken konnten, war ja auch eine der Hauptursachen des Bildungsnotstandes.

Heute fand ich den Weg zurück trotz meines nüchternen Magens nicht so schlimm, ich hatte eine Unmenge zu überlegen, ob ich den richtigen Kaffee, die richtigen Brötchen und die richtige Erdbeerkonfitüre erwischt hatte, bis jetzt verlief das meiste doch recht improvisiert, ohne verbindliche Direktiven, und so schmeichelhaft auch Papas Vertrauen in meinen Instinkt war, in allen Dingen seinen persönlichen Geschmack zu treffen, so wären mir ein paar handfeste Instruktionen doch willkommen gewesen. Die neugierige Nachbarsfrau war schon wieder auf ihrem Posten, nachdem ich sie gestern den ganzen Tag nicht gesehen hatte, war mir bereits die voreilige Hoffnung unterlaufen, es könnte ihr etwas Schlimmes widerfahren sein, und da sie mich nun mit der Einkaufstasche sah, schien sie meine ominöse Funktion im Haus des Herrn von Brandenstein endlich durchschaut zu haben, vielleicht redete ich es mir nur ein, daß sie ein wenig ihre kleine Nase rümpfte, jedenfalls signalisierte sie heute ihrem unsichtbaren Gesprächspartner keine Offenbarungen zu, sondern blickte angestrengt die Straße hinab, vielleicht den Briefträger erwartend oder sonst einen lieben Boten. Ihr Haus konnte sich sehen lassen, es war noch größer als Papas Schmuckstück, mit repräsentativem Erker an der Seite, unwahrscheinlich, daß sie es aus ihrer eigenen Tasche bezahlt hatte, sie sah ein bißchen nach Kleinsteinbach aus. Überhaupt kamen manche Frauen zu Häusern, daß man sich nur wundern konnte, auch die letzte Villa der Straße war gewiß nicht mit einem Bausparvertrag finanziert worden, manchmal stand ein schwarzer Mercedes vor der Tür; von den Leuten selbst hatte ich bisher noch nichts gesehen.

Papa war schon im Badezimmer, ich hörte es in der Küche, und da ich mir bei der elektrischen Kaffeemaschine noch nicht sicher war, entschloß ich mich für die konventionelle Art, setzte Wasser auf, suchte in sämtlichen Schränken nach einer Kaffeemühle, ohne Erfolg leider, ich wurde schon ganz zappelig, riß Schubladen auf, die viel zu klein für eine Kaffeemühle gewesen wären, selbst im Besenschrank schaute ich nach, wäre Papa nicht selbst in die Küche gekommen, so hätte ich auch noch im Mülleimer nachgesehen. Sein Morgenmantel sah sehr schick und neu aus, ebenso seine Lederpantoffeln, er wirkte um neun Uhr früh mindestens fünf Jahre jünger, wünschte mir korrekt einen guten Morgen, wollte wissen, wie ich geschlafen, mich eingelebt und zurechtgefunden hätte, fügte im gleichen Atemzug lächelnd hinzu, die Wohnung wäre auch zu Lebzeiten seiner Frau nicht sauberer gewesen, nicht mehr und nicht weniger, an sich hatte ich gehofft, er würde noch ein paar anerkennende Worte über meine physische Leistung verlieren, statt dessen kam er sofort auf das Frühstück zu sprechen, ich erzählte ihm etwas kleinlaut, daß ich mit der Kaffeemaschine nicht zurechtgekommen sei, auch keine Kaffeemühle gefunden und jetzt erst einmal Wasser aufgesetzt hätte. Es sei immer etwas schwierig in einem neuen Haushalt, sagte ich noch, und er lächelte verständnisvoll, holte einen kleinen Filter aus dem Küchenschrank, erklärte mir die Kaffeemaschine, ließ beiläufig einfließen, daß er sie erst nach dem Tod seiner Frau angeschafft habe, weil man auch als Mann damit praktisch nichts falsch machen könne, und für die Kaffeebohnen brachte er eine kleine Büchse zum Vorschein, die ich ursprünglich für eine Butterdose angesehen hatte, aber es war keine Butterdose, sondern eine elektrische Kaffeemühle. »Sehr praktisch!« sagte ich, und dann durfte ich sogar mit ihm in der Wohndiele frühstücken, seinen Morgenmantel hatte er anbehalten, daran würde ich mich wohl gewöhnen müssen, denn schließlich war es sein Haus, und wenn er Lust verspürt hätte, in der Unterwäsche zu frühstücken, hätte ich es auch nicht verhindern können.

Für seine Jahre sah er noch sehr gesund aus, hatte braungebrannte Arme und Beine, rote Wangen und rote Ohren, aß mit gutem Appetit drei Brötchen, wischte sich nach jedem zweiten Bissen den etwas klein geratenen Mund mit einer Serviette ab, erkundigte sich nach diesem und jenem, wie ich es mit der großen Wäsche zu halten gedächte, ob ich auch gestern schon eingekauft und wieviel Geld ich dabei verbraucht hätte. Wir einigten uns dann, die große Wäsche aus dem Haus zu geben, ebenso die Gardinen, eine nach der anderen, sagte er kauend, damit das Haus nicht so unbewohnt aussähe, und für meine kleinen Sachen hätte ich ja die Waschmaschine. Nach dem Frühstück erzählte er mir noch, daß er in Elmendingen eine Frau beschäftige, die sich um seine Kleider kümmere, daß er abends nie warm esse, am liebsten belegte Brote, Käse, Wurst jede Sorte, nur nicht zu fett, eine Flasche Bier dazu trinke, Zöllner bevorzuge, und mittags auch nur Kleinigkeiten, Rühreier, mageres Fleisch, Teigwaren; wenn man einmal in seinem Alter sei, sagte er, lasse der Appetit eben nach, auch wäre er in der Regel nur samstags zum Essen hier, sonntags würde er sich mit Geschäftsfreunden in der Stadt treffen. Und dann sagte er: »Übrigens haben Sie mir gar nicht erzählt, daß Sie die höhere Handelsschule besucht haben«, und da ich es ihm tatsächlich nicht erzählt hatte, mußte er es anderweitig erfahren haben, ich fragte: »Haben Sie sich danach erkundigt?«

»Sie haben es mir selbst vorgeschlagen«, sagte er gelassen. »Da Sie es schon bis zur Untertertia gebracht haben, hätten Sie eigentlich auch noch das Abitur machen können.«

»Man hat sich von der höheren Handelsschule mehr für mich versprochen«, sagte ich, und er sagte: »Weil man Sie möglichst bald loswerden wollte; das ist begreiflich. Und Stenotypistin war wahrscheinlich nicht ganz das, was Ihnen vorgeschwebt hat?«

»Für eine Frau«, sagte ich, »ist das vielleicht auch nicht so wichtig.«
»Das kommt auf die Frau an«, sagte er und stand auf. Er verschwand für ein paar Sekunden im Schlafzimmer, kehrte mit einer brennenden Zigarre zurück und sagte: »Ja, es ist schade, daß Sie sich an Ihre Eltern nicht mehr erinnern können; vielleicht habe ich sie sogar gekannt.« Es überraschte mich nicht einmal so sehr, seit er vorgestern so interessiert gewesen war, hatte ich es fast vermutet. »Sie kommen auch aus Ostpreußen?« fragte ich, und er sagte: »Bergendorf bei Gumbinnen; Sie wissen ja glücklicherweise nicht mehr, was Sie zurücklassen mußten.«
»Nein«, sagte ich, »aber ich stelle es mir nicht leicht vor.«
»Nicht ganz einfach«, bestätigte er und betrachtete die weiße Asche an seiner Zigarre. »Ich befasse mich heute kaum mehr damit, ich habe hier mein Heim, mein Einkommen, beschäftige zweihundert Leute, das bringt auf andere Gedanken. Was haben Sie jetzt vor?«
»Wenn Sie hier zu Mittag essen wollen . . .«, sagte ich, und er sagte: »Ausnahmsweise Rippchen mit Sauerkraut und Kartoffelpüree; trauen Sie sich das zu?«
»Es müßte zu schaffen sein«, sagte ich. Irgendwie war ich von unserem Gespräch enttäuscht, es war doch recht prosaisch verlaufen, und als ich später in der Küche das Geschirr spülte, hatte er sich wieder in sein Schlafzimmer zurückgezogen und telefonierte. Wahrscheinlich hatte ich mir alles nur eingeredet, und daß er mich gestern abend so absonderlich angestarrt hatte, war bei meinem St.-Tropez-Pyjama nicht verwunderlich gewesen. Meine Empfindungen waren zwiespältig, ein bißchen gekränkte Eitelkeit und ein bißchen Resignation, immerhin beschäftigte er zweihundert Leute, die seinetwegen jeden Morgen um sechs Uhr aufstehen mußten, Fabrikarbeiterinnen, Stenotypistinnen und

sicher auch eine Chefsekretärin. Ich machte mir nichts aus älteren Männern, fand sie weder anziehend noch abstoßend, sie waren mir höchstens gleichgültig, aber es wäre einmal etwas Neues gewesen, mir darin gefallen zu können, daß es mich nur etwas Überwindung gekostet hätte, eine attraktive Alternative zu meinem bisherigen Leben herzustellen, auch eine Alternative zu Hans, zu den achthundert Mark netto, die ich bestenfalls als Sekretärin verdienen würde, und nicht zuletzt eine attraktive Alternative zu den unausgeschlafenen Frauen und Mädchen, die jeden Morgen ins Stadtzentrum strömten. Mehr wäre es nicht gewesen, und zu mehr hätte ich es auch nie kommen lassen, es glich in etwa meinem Verhältnis mit Hans: Daß ich es jederzeit lösen konnte, machte es erst erträglich, und schließlich hatte es schon Männer gegeben, die mit fünfundsechzig ihre erste Verlobung feierten.
Außerdem war ich grundsätzlich neugierig, und die Frage, was einen normalen Mann davon abhalten könnte, mich begehrenswert zu finden, rührte an die Wurzeln meines Selbstbewußtseins. Wie alle einigermaßen gutaussehenden Frauen schätzte ich es, mich von Zeit zu Zeit meiner Möglichkeiten zu vergewissern, und sei es nur, daß ich die Blicke etwas länger als schicklich mit einem wildfremden Mann kreuzte, wobei man allerdings unterscheiden mußte, ob seine Reaktion nur Selbstgefälligkeit oder ernst zu nehmendes Interesse war, und manche Männer konnten ja durch einen hindurchschauen; wenn man eine Familie zu ernähren hatte, war das nicht immer verwunderlich. Meine diesbezüglichen Erfahrungen hatten mich gelehrt, daß gerade verheiratete Männer im allgemeinen unzugänglich waren, und ob es sich dabei um Charakterfestigkeit oder nur um eine instinktive Furcht vor unübersehbaren Komplikationen für ihr Familienleben handelte, war schwer zu unter-

scheiden; dazu hätte man sie näher kennen müssen. Ich war in diesem Punkt ohnedies befangen, schätzte klare Verhältnisse, und bei Hans wußte ich seit spätestens gestern abend wenigstens, woran ich war.
Meine Hände sahen durch die Fummelei schon etwas mitgenommen aus, ich nahm mir vor, ein Paar Gummihandschuhe zu kaufen, und daß Papa noch keine Geschirrspülmaschine angeschafft hatte, enttäuschte mich ein wenig. Er telefonierte noch immer, ich hörte es, als ich in der Diele aufräumte, die Brotkrümel vom Tisch wischte und dann in mein Zimmer hinaufging. Wenn er heute Sauerkraut mit Schweinerippchen wollte, konnte sein Appetit so schlecht nicht sein, ich fertigte mir eine Liste über alle Dinge an, die ich für das Wochenende brauchte, versäumte dabei nicht, meinen eigenen Küchenzettel zu berücksichtigen, und dann erschien plötzlich wieder Papa in der offenen Tür, fragte lächelnd, ob ich mit meinem Zimmer zufrieden sei, was ich sofort zum Anlaß nahm, ihm von dem kaputten Radio zu erzählen, »aber sonst«, sagte ich, »ist es sehr nett eingerichtet«, und er sagte: »Der Geschmack meiner Frau, um diese Dinge habe ich mich nie gekümmert.« Er wollte dann noch wissen, ob sonst alles in Ordnung sei, forderte mich überraschend auf, mit ihm in die Stadt zu fahren, da er ohnedies dort zu tun habe, und für den Rückweg solle ich mir ein Taxi nehmen, weil ich sicher viel einzukaufen und deshalb schwer zu schleppen hätte.
Dagegen hatte ich nichts einzuwenden, zweimal an einem Vormittag zu laufen, wäre auch kein reines Vergnügen gewesen, es war wirklich nett von ihm, daran zu denken, und in fünf Minuten, sagte er, könnten wir fahren. Darauf war ich einigermaßen gespannt, weil er noch im Morgenmantel war, doch schaffte er es tatsächlich, wenn auch nicht in fünf, so doch in zehn Minuten, trug einen eleganten dunklen

Mantel und einen dunklen Hut, sah mit seinen weißen Schläfen und den schwarzen Schuhen sehr vornehm und wirklich wie ein Freiherr von Brandenstein aus, mir fiel ein, daß ich mich eigentlich auch um seine Schuhe hätte kümmern müssen, und als ich ihn danach fragte, versprach er mir, sie künftig abends in die Küche zu stellen. Seinen Wagen hatte ich ja schon gesehen, innen saß man sehr bequem, Papa wirkte etwas klein hinter dem Lenkrad, brauchte lange, den Motor zu starten, und fuhr dann vorsichtig die steile Straße hinunter. »Sie hätten einen dickeren Mantel anziehen sollen«, sagte er, »es sieht wieder nach Schnee aus«, und ich sagte, ich hätte nur den einen, was ihn ehrlich zu überraschen schien. »Sie haben in den letzten Jahren doch gut verdient!« sagte er.

»Vierhundertvierzig netto«, sagte ich, »und das Zimmer kostete allein neunzig.«

»Ja, ja, die Steuern!« sagte er seufzend. Er wirkte plötzlich etwas geistesabwesend, setzte mich an der nächsten Straßenecke ab, sagte noch »Ja dann!« und fuhr davon. Vielleicht hing es irgendwie mit seinem Alter zusammen, ich hatte jetzt auch an Wichtigeres zu denken, eine weiße Schürze kaufte ich zuerst, und als ich eine Stunde später schwer beladen aus einem Taxi stieg, stand sein Wagen bereits wieder in der offenen Garage. »Sie wohnen aber fein, Fräulein!« sagte der Taxifahrer, und ich sagte: »Hören Sie mal, ich bin verheiratet und habe zwei Kinder!«

»Das ist aber ein Ding!« sagte der Taxifahrer, und er war so perplex, daß er mir versehentlich eine Mark zuviel herausgab; ich schenkte sie ihm als Trinkgeld. Papa telefonierte auch diesmal wieder, ich hörte seine Stimme undeutlich aus dem Schlafzimmer, die Tür hatte er hinter sich zugemacht, vielleicht telefonierte er gern im Bett, manche Leute konnten sich nur horizontal konzentrieren, und später kam er zu mir in die Küche und meinte, das sei aber rasch gegangen! – »Mit einem Taxi«, sagte ich, und er sagte: »Schreiben Sie alles auf, am besten, Sie legen ein Haushaltsbuch an.«

»Schon gemacht«, sagte ich und fragte ihn, ob ich sein Schlafzimmer aufräumen könne, aber merkwürdigerweise schien er keinen Wert darauf zu legen, er sagte: »Um das Schlafzimmer brauchen Sie sich vorläufig nicht zu kümmern«, und zog sich wieder dorthin zurück. Es ging mich ja nichts an, und daß ich mich über sein Schlafzimmer allmählich aufzuregen begann, war im Grunde unwichtig. Andere Leute sammelten Bierdeckel oder hielten sich einen Pavian in der guten Stube, und bei ihm schien es nun einmal ein Schlafzimmer-Tick zu sein.

Aus Sauerkraut machte ich mir nicht viel, er hätte sich ruhig etwas Besseres einfallen lassen können, und als ich die Kartoffeln aufsetzte, stand ein Verrückter vor dem Haus und nahm den Finger nicht mehr von der Klingel. In der Diele stieß ich mit Papa zusammen. »Lassen Sie nur!« sagte er. »Es wird der Postbote sein.« Vielleicht erwartete er ein Telegramm, ich kehrte zu meinen Kartoffeln zurück, aber etwas später hörte ich ihn meinen Namen rufen, er kam mir an der Treppe entgegen und sagte sehr kühl: »Ihr Verlobter will Sie sprechen.« Es riß mir fast die Beine vom Boden. »Ich bin nicht verlobt«, sagte ich, und er sagte: »Dann reden Sie es ihm bitte aus, und erklären Sie ihm, daß die Klingel funktioniert.« Daß die Klingel funktionierte, mußte auch vor der Haustür zu hören gewesen sein, ich rannte fassungslos die Treppe hinauf und sagte: »Das war das letzte Mal, daß du hierhergekommen bist!«

»Eine reine Spekulation«, sagte Hans grinsend und hielt mir zwei Kinokarten unter die Nase. »Kommst du heute abend mit?«

»Nein!« sagte ich unbeherrscht und versuchte ihm die Tür vor der Nase zuzuschlagen, aber er schob noch rechtzeitig den Fuß dazwischen und sagte: »Warum bist du denn so aufgeregt?« Natürlich hatte er mich nur kompromittieren wollen, es paßte ihm nicht, daß ich hier arbeitete, und wenn er sich einmal etwas in den Kopf gesetzt hatte, war es ihm nicht mehr auszureden. »Scher dich zum Teufel!« sagte ich und versuchte immer noch, die Tür ins Schloß zu drücken, und dann sah ich, daß Papa die Treppe heraufgekommen war, er stand höchstens zwei Schritte hinter mir, und Hans schien ihn jetzt auch entdeckt zu haben, er grinste durch den Türspalt erwartungsvoll in mein Gesicht und fragte: »Weiß der Onkel schon, daß du ein Verhältnis mit mir hast?« Obwohl ich ihn nun schon so lange kannte, hätte ich ihm das nie zugetraut, er mußte völlig den Verstand verloren haben, aber ehe ich noch etwas sagen konnte, trat Papa in Aktion und mit dem Fuß ungestüm gegen die Tür. Ich hörte Hans einen überraschten Laut ausstoßen, dann die Tür ins Schloß fallen, sah Papa mit hochrotem Kopf die Treppe hinunterlaufen, dann sah und hörte ich ein paar Sekunden nichts mehr, stand nur da und hätte vor Wut weinen können.

Schließlich ging ich in mein Zimmer, band die weiße Schürze ab, legte meinen Koffer auf das Bett, stopfte blindlings hinein, was mir zwischen die Finger kam, Wäsche, Kleider, sogar meinen Mantel stopfte ich versehentlich hinein, und als ich ihn wieder herausnahm, hörte ich Schritte auf der Treppe, Schritte vor meiner Tür, wandte mein Gesicht der Tür zu, aber er kam nicht herein, ging zur Haustür, und dann hörte ich die Haustür zufallen. Ich rannte ins Büro; hinter der Gardine versteckt sah ich ihn zur Garage gehen und etwas später davonfahren. Papa hatte mich allein gelassen, und da stand ich nun mit meinem halbgepackten

Koffer, den Kartoffeln auf dem Herd, mit Schweinerippchen und Sauerkraut, wußte nicht mehr, was tun, was lassen, wußte es auch nach zehn Minuten noch nicht, ich hätte nur zu den Wilks zurückkehren können; während ich daran dachte, merkte ich, daß ich es um keinen Preis der Welt tun würde, und schließlich hatte Papa mich noch nicht hinausgeworfen, war nur selbst davongelaufen, ohne Sauerkraut und Schweinerippchen, es hätte doch ganz interessant sein müssen, seine tieferen Beweggründe zu kennen. Ich legte mich erst einmal eine halbe Stunde auf mein Bett, dann ging ich in die Küche, die Kartoffeln waren schon völlig zerfallen, ich schüttete das Wasser ab und die Kartoffeln in die Mülltonne, holte ein Schweinerippchen aus dem Kühlschrank, verzehrte es aus der Hand und war mir noch immer nicht schlüssig geworden. Erst als ich feststellte, daß Papa die Schlafzimmertür wieder abgeschlossen hatte, entschied ich mich endgültig fürs Hierbleiben.

Er kam den ganzen Tag nicht mehr, auch am Sonntag nicht, am Nachmittag schneite es, ich saß stundenlang am Fenster und sah zu, wie die Stadt weiß wurde, aber am nächsten Morgen regnete es wieder, ich wußte nicht recht, was ich anfangen sollte, nahm die Gardinen im Wohnzimmer ab, brachte sie in eine Wäscherei, in der Küche legte ich Schränke und Schubladen mit frischem Papier aus, trank zwischendurch eine Tasse Kaffee, und gegen vier Uhr kam ein junger Mann und holte das kaputte Radio. Ich wußte jetzt wenigstens, warum Papa so viel telefoniert hatte, aber es vermochte mich nicht recht zu versöhnen, und als am späten Abend Hans vor der Tür stand, ließ ich ihn fünf Minuten läuten.

Vielleicht hätte ich ihm gar nicht aufgemacht, wenn ich mich nicht so von aller Welt verlassen gefühlt hätte, ich hielt es einfach nicht mehr aus, allein in dem großen leeren Haus herumzusitzen, ich war es nicht gewohnt, so lange allein zu sein, in der Nacht hatte ich schlecht geschlafen, war ein paarmal aufgestanden, weil ich Geräusche zu hören geglaubt hatte, und dann hatte ich wieder mit offenen Augen im Bett gelegen, mein Herz bis zum Hals schlagen fühlen, an den fehlenden Schlüssel zu meiner Tür gedacht und Hans herbeigewünscht. Auch jetzt kostete es mich Mühe, mir nicht anmerken zu lassen, wie erleichtert ich über seinen Besuch war, er humpelte ein wenig, zeigte ein mürrisches Gesicht und sagte, es hätte ihm auch nichts ausgemacht, die Haustür aufzubrechen, und ob der Kerl hier sei, damit er ihn umbringen könne. Natürlich hatte er schon gemerkt, daß Papa nicht hiersein konnte, er war noch nie ein guter Verlierer gewesen; ich hätte ihm fast ins Gesicht gelacht. In meinem Zimmer warf er den Mantel über einen Stuhl, steckte sich eine Zigarette an und sagte: »Komme mir jetzt um Gottes willen nicht mit einer Moralpredigt!« Mir war nie weniger nach einer Moralpredigt zumute gewesen, ich konnte mich nicht einmal dazu aufraffen, ihm zu erzählen, was er mit seinem Auftritt am Samstag angerichtet hatte. Wenn dieser Zustand noch ein paar Tage andauerte, würde ich mir wieder ein möbliertes Zimmer und eine Stellung als Stenotypistin suchen, irgendwie kam ich mir ständig wie auf Besuch vor, und obwohl ich in den letzten Tagen doch genug geschuftet hatte, fand ich keine innere Beziehung zu meiner Arbeit, ich empfand sie immer mehr als eine Art Freizeitbeschäftigung ohne tieferen Sinn und ernsthaften Inhalt, ein zwar amüsantes, aber völlig unbefriedigendes Provisorium. Ich sagte: »Du solltest doch einmal einen Psychiater konsultieren.«

»Es wäre mir nicht passiert«, sagte er, »wenn der Kerl nicht so borniert ausgesehen hätte«, und ich sagte: »Das redest du dir nur ein; ich finde ihn ganz sympathisch.«
»Ich weiß, was du an ihm sympathisch findest«, sagte Hans. »Für einen adligen Titel würden sie sich hierzulande sogar ein Brandzeichen auf den bürgerlichen Hintern stempeln lassen. Ich habe diese bornierten Burschen mit ihren Junkerallüren schon immer gefressen; im Osten hat man sie wenigstens aufgehängt.«
»Ich wundere mich schon lange«, sagte ich, »weshalb du noch nicht drüben bist«, und er sagte: »Sobald sie die erste VW-Filiale eröffnen. Außerdem sind mir ihre Eigenheime noch nicht komfortabel genug.« Er setzte sich grinsend auf mein Bett und sagte: »Was rege ich mich auf! In spätestens vier Wochen hängt dir das selbst zum Halse heraus!«
»Na eben!« sagte ich. »Warum wartest du es nicht ab?«
»Einschließlich seiner aristokratischen Unterhosen«, sagte Hans. »Oder hast du sie ihm noch nicht waschen dürfen?«
»Im Keller steht eine Waschmaschine«, sagte ich. »Kannst du dir eigentlich nicht vorstellen, daß man es einmal überbekommt, dir zuhören zu müssen?«
»Wenn das so wäre«, sagte er, »hätte ich noch keinen einzigen VW verkauft. Außerdem versuche ich nur, mich deinem neuen Niveau anzupassen.« Er griff nach meiner Hand, zog mich auf seinen Schoß und sagte: »Für wen, glaubst du wohl, habe ich das alles getan? Doch nicht etwa für mich?«
»Natürlich nicht«, sagte ich. »Wenn du nicht immer nur zuerst an deine Mitmenschen gedacht hättest, brauchtest du heute keine Volkswagen zu verkaufen.« Ich wußte genau, daß dies sein empfindlicher Punkt war, er lief auch sofort rot an und sagte: »Es hat einmal eine Zeit gegeben,

wo du keinen Anstoß daran genommen hast, und mir ist ein VW heute genauso lieb wie die Matthäuspassion.«
»Wenn du nur mit mir streiten willst . . .«, sagte ich, und er sagte: »I wo! Das gehört schon zum Präludium.« Manchmal merkte man eben doch noch, daß er zwei Semester Musik studiert hatte. Er ging auch sofort zur Introduktion über, und daß ich es ihm trotz allem, was geschehen war, so leicht machte, ja nicht einmal den geringsten Versuch unternahm, es zu verhindern, sprach eigentlich gegen meine weibliche Würde, aber ich konnte in meiner Situation entweder meine weibliche Würde oder ein festes Verhältnis haben; das eine schloß das andere in diesem Falle aus. Irgendwann fragte ich ihn, wo er seinen Wagen stehen habe. »Fünfhundert Meter von hier«, sagte er. »Schließlich habe ich auf deinen guten Ruf zu achten.«
»Bisher warst du immer nur auf deinen eigenen bedacht gewesen«, sagte ich, und er sagte: »Man weiß in diesem Land ja nie, ob sie nicht den Erzbischof von Bonn zum nächsten Bundeskanzler kreieren!« Die Vorstellung schien ihn zu überwältigen, er saß eine halbe Minute fast unbeweglich da und lachte mit offenem Mund, ohne einen Laut von sich zu geben, dann sagte er prustend: »Den Erzbischof von Bonn!«
Ich sah nicht recht ein, was ihn daran so erheiterte, und sagte: »Ich wußte gar nicht, daß sie in Bonn auch einen Erzbischof haben.« Merkwürdigerweise brachte ihn das erst recht aus der Fassung, er ließ sich auf den Rücken fallen und lachte mit aufgesperrtem Mund lautlos weiter. Da er sich erfahrungsgemäß auch nicht mehr so rasch beruhigen würde, ging ich zuerst einmal ins Bad, und als ich wieder zurückkam, fragte er: »Kann man die Heizung hier nicht höher stellen?«
»Was sitzt du auch immer so herum?« fragte ich, und er

sagte: »Damit mein kleiner Sperling gleich seinen Futterplatz findet.« Seine eigenen Bonmots waren noch nie besonders witzig gewesen, aber ich war nun doch sehr froh, ihn hier zu haben, noch so eine Nacht wie die letzte hätte mich vielleicht zu unüberlegten Handlungen verleiten können, und da es am Schluß reichlich spät geworden war, duldete ich es sogar, daß er gleich bis zum Morgen hierblieb. Leider verschliefen wir beide die Zeit, ich hörte ihn plötzlich fluchen und wie irre durchs Zimmer laufen. »Was ist passiert?« fragte ich schlaftrunken, und er sagte: »Ich habe für acht Uhr eine Probefahrt verabredet.« Er blieb nicht einmal mehr zum Frühstück hier, sagte noch: »Meinetwegen brauchst du nicht aufzustehen«, was ich dann auch nicht tat, nach allem, was am Samstag geschehen war, spielte es keine Rolle mehr, ob ich um acht Uhr oder erst um neun aufstand.

Ich beobachtete schlaftrunken, wie er im Mantel zu mir kam, er küßte mich, sagte: »Arrivederci, Hausgehilfin, am Donnerstagabend bin ich wieder hier«, und lief hinaus. Ich hätte ihn ja noch fragen können, warum erst am Donnerstag, aber so kurz nach dem Aufwachen disponierte ich nie weiter als bis zum Frühstück, ich hörte noch die Haustür zufallen, dann war ich wieder allein und immer noch so müde, daß ich sofort noch einmal einschlief, und als ich wieder aufwachte, stand Papa neben mir und fragte: »Ist Ihr Besuch weg?« Vielleicht war es auch so gewesen, daß *er* mich aufgeweckt hatte, und weil ich an der Grenze zwischen Schlafen und Wachen die Wirklichkeit nie recht von der Unwirklichkeit zu trennen vermochte, antwortete ich mehr instinktiv als überlegt, ich wisse nicht, wovon er rede. Überhaupt war es eine Ungehörigkeit, so einfach in mein Schlafzimmer zu kommen, ich wurde jetzt erst richtig munter, und dann riß er mir gar noch das gesamte Bettzeug weg und sagte mit völlig unkenntlicher Stimme: »Schlafen Sie immer ohne Pyjama?«

Auch das wurde mir erst jetzt bewußt, und diesmal griff auch ich automatisch dorthin, wo ich mich am meisten ohne Pyjama fühlte, was mich natürlich in meiner Reaktionsfähigkeit mehr behinderte, als ihr nutzte, aber schließlich hatte mich außer Hans noch nie ein Mann ohne Pyjama gesehen, und selbst Papa schien nunmehr eher überwältigt als wütend zu sein, seine kleinen Lippen zitterten so heftig, daß ich schon das Schlimmste befürchtete und mich verzweifelt all der Möglichkeiten zu erinnern versuchte, die einer Frau in derart unangenehmen Situationen zur Verfügung stehen, doch kam es glücklicherweise nicht zum Äußersten, Papa drehte sich unvermittelt um, sagte noch mit abgewandtem Gesicht, daß er mich in zehn Minuten unten zu sprechen wünsche, und verschwand wie gehetzt durch die Tür. Ich kletterte mechanisch aus dem Bett, versuchte zu begreifen und begriff nur das eine, daß er schon im Haus gewesen sein mußte, bevor Hans es verlassen hatte, und daß ich nun keine Minute mehr länger hierbleiben könnte. Ich war so durcheinander, daß ich Hautcreme auf die Zahnbürste schmierte, den falschen Wasserhahn öffnete und mir die Finger verbrannte, und vielleicht hätte ich auch noch versehentlich Papas Agrarstatistiken statt meiner Kleider in den Koffer gepackt, wenn er nicht wieder in mein Zimmer gekommen wäre. Er blickte zuerst den Koffer, dann mein verweintes Gesicht an, was mir gleichfalls erst jetzt bewußt wurde – dabei war ich immer so stolz darauf gewesen, nie eine überflüssige Träne vergossen zu haben –, und dann faßte er sehr behutsam nach meiner Hand, wischte mir mit einem Taschentuch behutsam das verweinte Gesicht ab, führte mich an der Hand die Treppe hinunter, setzte mich auf einen Stuhl und sich selbst mir gegenüber,

und auch seine Stimme klang behutsam und nett wie immer.
Es sei nicht richtig von ihm gewesen, sagte er, er bedauere es aufrichtig, für einen Augenblick die Nerven verloren zu haben, aber ich müsse doch einsehen, daß es für ihn eine sehr große Enttäuschung gewesen sei, sein Vertrauen so mißbraucht zu sehen, und ob ich vorhätte, den Mann zu heiraten. Nun wäre es ja in einer solchen Situation ebenso moralisch wie logisch angebracht gewesen, seine Frage impulsiv zu bejahen. Daß ich es trotzdem vorzog, keine Antwort zu geben, hing nicht zuletzt mit meiner Inkonsequenz zusammen, Hans allein für mein Mißgeschick verantwortlich zu machen, und da ich mich wieder mehr ernüchtert als psychisch ausgeglichen fühlte, kostete es mich nicht einmal Überwindung, meine Inkonsequenz zu ignorieren. Papa ließ mir auch keine Zeit, meine komplizierten Assoziationen auf eine verständliche Formel zu bringen, er sagte, daß es gerade für ein Mädchen wie mich natürlich besonders schwer sei, sich in dieser Welt zurechtzufinden, man gerate dabei sehr leicht in Abhängigkeit von dunklen Individuen, die sich die innere Verfassung eines so bedauernswerten und alleinstehenden Mädchens für ihre eigenen durchsichtigen Absichten zunutze machten. Das war eine recht lyrische Interpretation dessen, was mich mit Hans verband, aber er sagte das alles so nett und väterlich, daß ich mir nun selbst schon ein wenig beklagenswert vorkam, und als er mir dann gar noch erzählte, daß er in Wirklichkeit gar nicht so weltfremd und engstirnig sei, weil er diesen Kerl sonst gestern abend schon hinausgeworfen hätte, wurde mir fast ein bißchen übel. Sicher war er wieder durch die Waschküche hereingekommen, hatte uns oben sprechen hören, sich in sein ominöses Schlafzimmer zurückgezogen oder gar vor unserer Tür oder im Zimmer gestanden, ohne daß wir es merkten.

Möglich sogar, daß er uns beobachtet hatte, er hätte dazu nur auf den Fußspitzen hereinzuschleichen und sich hinter den Vorhang zum Schlafraum zu stellen brauchen. Mir wurde ganz heiß bei dem Gedanken, und vielleicht hätte ich jetzt doch die einzig mögliche Konsequenz daraus gezogen, wenn er nicht wieder nach meiner Hand gegriffen und sie beruhigend gestreichelt hätte.

Wir seien beide keine Kinder mehr, sagte er väterlich, und er finde es auch völlig natürlich, daß ein Mädchen in meinem Alter einen Freund brauchte, weshalb dieses ganze Thema jetzt auch endgültig abgeschlossen sein solle zwischen uns, und in einer halben Stunde würden wir zusammen in die Stadt fahren, weil er mir dort noch etwas zu zeigen habe. Ob es nur seiner väterlichen Art zuzuschreiben war, daß ich mich für den Augenblick damit begnügte, oder auch meinem Widerwillen gegenüber allen peinlichen Konsequenzen, die mit einer dramatischen Reaktion meinerseits zwangsläufig verbunden gewesen wären, beschäftigte mich erst etwas später, als ich in meinem Zimmer ein anderes Kleid anzog, und daß ich mich dabei rein intuitiv für eines entschloß, das meine Figur besonders vorteilhaft zur Geltung brachte, beschäftigte mich auch erst dann, als ich es schon angezogen hatte. Vielleicht war ich durch Hans schon viel mehr verdorben worden, als ich es mir selbst gegenüber wahrhaben wollte, und sicher war es für ein Mädchen meines Alters nicht gerade schmeichelhaft, daß die Erinnerung an die Szene in meinem Schlafraum mit wachsendem zeitlichen Abstand eher ein Gefühl prickelnder Genugtuung als Scham in mir auslöste. Immerhin war er kein x-beliebiger Mann, beschäftigte zweihundert Leute, die seinetwegen jeden Morgen um sechs Uhr aufstehen mußten, Arbeiterinnen, Stenotypistinnen und eine Chefsekretärin; es war schon nicht mehr ganz normal, ich sah auch keinen unmittelbaren

Zusammenhang zwischen seiner gesellschaftlichen Position als Fabrikant und meiner eigenen Geneigtheit, mich über all das hinwegzusetzen, was gegen ein längeres Verbleiben in diesem Haus sprach, er hätte mich für nichts auf der Welt dazu bewegen können, seine Mätresse zu werden, aber als ich dann wieder in meinem vorteilhaften Kleid die Treppe hinunterstieg, tat ich es mit dem Gefühl, als setze ich meine Füße auf spiegelglattes Eis. Er erwartete mich bereits in der Wohndiele und musterte mich mit einem eigenartigen Blick, wie er sonst nur Männern eigen ist, wenn sie ihren neuen Wagen betrachten. Ich brachte es auch nicht fertig, ihm richtig in die Augen zu schauen, fragte mit einer etwas dünnen Stimme, ob er jetzt frühstücken wolle, aber er schüttelte lächelnd den Kopf, erklärte, daß wir das heute ausnahmsweise in einem Restaurant erledigen würden, und ich solle schon meinen Mantel anziehen.

Während ich die Treppe wieder hinaufstieg, fühlte ich mich von ihm beobachtet, und seit er mich nackt gesehen hatte, empfand ich es viel intensiver, seine Nähe physischer und meinen eigenen Körper unter seinen Blicken bewußter. Aus der Perspektive meiner weiblichen Eitelkeit gesehen, hätte es mir eine neue Genugtuung sein können, aber der Preis dafür erschien mir doch unangemessen hoch, und ob man von einem Mann begehrt wurde oder nicht, ließ sich in der Regel auch mit einfacheren Mitteln herausfinden. Glücklicherweise war Papa ein gutes Beispiel dafür, daß ältere Männer auch die größere Lebenserfahrung besitzen, er machte es mir in der nächsten halben Stunde ziemlich leicht, meine Befangenheit bei einem ebenso schmackhaften wie reichhaltigen Frühstück zu neutralisieren, zu welchem Zweck er mit seinem Wagen ein idyllisch gelegenes Waldgasthaus auf dem Turmberg angesteuert hatte. Ich war schon einmal mit Hans hier gewesen, und auch Papa schien nicht unbekannt zu sein, war vom Besitzer persönlich empfangen worden, der in Verkennung der gesellschaftlichen Relationen zuerst mir und dann Papa aus dem Mantel geholfen hatte und ihn mit Herr Baron anredete. Es war recht gemütlich im Restaurant; draußen hatte wieder ein Schneeregen eingesetzt, während in der Gaststube ein großer schwarzer Eisenofen behagliche Wärme ausstrahlte, und Papa hatte nicht nur Kaffee und Brötchen, sondern auch noch eine Aufschnittplatte bestellt, er plauderte über vergangene Zeiten, als er zusammen mit seiner Frau noch zu Fuß hierhergekommen sei, nicht einmal mehr ein eigenes Fahrrad und auch keine Ahnung gehabt habe, auf welche Weise es weitergehen solle. »Dieser Sorgen waren Sie wenigstens enthoben«, sagte er kauend. »Ich nehme an, man hat Sie in so ein christliches Antoniusheim gesteckt, Ihnen zuerst das Beten und dann das Gehen beigebracht, oder war es umgekehrt?«

»Zuerst das Beten«, sagte ich lächelnd, und Papa sagte: »Aber heute tun Sie es nicht mehr?« Ich mußte etwas rot geworden sein, er legte mir lachend die Hand aufs Knie und sagte: »In meiner Familie war es noch nie üblich, es gibt ja Leute, die betrachten sogar die Kohabitation als eine Art religiöser Verrichtung, und wenn Sie bedenken, welchem eigentlichen Nutzen sie zugewendet sein soll, ist es ja auch nichts anderes als ein Stück christlicher Schöpfungsgeschichte.« Für einen Fünfundsechzigjährigen vertrat er sehr liberale Theorien, und ob das gerade der passende Gesprächsstoff zwischen einem Fabrikanten und seiner Hausgehilfin war, durfte man in Zweifel ziehen, aber schließlich war es schon ungewöhnlich genug, daß er mich zum Frühstück in dieses Waldrestaurant gefahren und auch keinen Anstoß daran genommen hatte, daß der Wirt mich ständig mit gnädige Frau anredete.

Nicht nur, daß er mir auf diese Weise in den Augen des Wirtes zu einem völlig unzutreffenden Renommee verhalf, schien auch die Gefahr, einer so jugendlichen Konkubine verdächtigt zu werden, seinen Appetit nicht nachteilig beeinflussen zu können, er aß die halbe Aufschnittplatte leer, trank drei Tassen Kaffee dazu und verriet mir, daß ihm das Frühstück in Elmendingen nicht annähernd so gut schmekken würde wie hier. Nachdem ich mich erst einmal mit dem Restaurant und darüber hinaus mit dem Gedanken abgefunden hatte, daß Papa nun sogar über mein einziges Muttermal Bescheid wußte, stellte sich auch bei mir ein recht gesunder Appetit ein, und zu meiner Verwunderung war mir selbst die Aufschnittplatte nicht so zuwider, wie ich mir das immer eingeredet hatte, es verhielt sich dabei eben wie mit allen Dingen, die man sich als Stenotypistin nicht leisten konnte.

Nach dem Frühstück wollte Papa mich noch dazu überreden, eine seiner Zigarren zu rauchen, wahrscheinlich nur, um meine Zigarettensorte zu erfahren, denn er bestellte dann gleich eine ganze Packung und gab keine Ruhe, ehe ich mir nicht eine angesteckt hatte. »Es gibt Frauen«, sagte er, »zu denen es nicht paßt, aber Sie sind ja ein modernes Mädchen.« Obwohl es nichts zu bedeuten brauchte, war ich mir doch nicht ganz sicher, was er sich im allgemeinen unter einem modernen Mädchen vorstellte, gerade bei älteren Männern stieß man da oft auf die absonderlichsten Definitionen, und er fragte mich dann noch, wer mir das Stipendium für die höhere Schule ermöglicht habe, wieso ich in einem Mädchenheim und nicht in einem Waisenhaus aufgewachsen sei, und als ich ihm erklärte, der Unterschied zwischen einem Waisenhaus und einem Mädchenheim bestehe darin, daß letzteres in unserem Wohlstandszeitalter den Leuten angenehmer in den Ohren klinge, schaute er mich eine Weile nachdenklich an und sagte dann: »Sie sind wohl sehr verbittert?«

»Das weniger«, sagte ich. »Ich habe nur oft darüber nachgedacht.«

»Mit welchem Ergebnis?« fragte er, und ich sagte: »Ich bin mir da noch nicht ganz sicher.«

»Vielleicht kann ich Ihnen dabei helfen«, sagte Papa und betrachtete scheinbar geistesabwesend meine Brust, dann winkte er dem Wirt, bezahlte unsere Zeche, und draußen warf er seine Zigarre weg, hielt ein paar Sekunden mit geschlossenen Augen das Gesicht in den Schneeregen und fragte: »Würden Sie mich heiraten?« Es kam nun doch etwas plötzlich, und als ob er es selbst gemerkt hätte, sagte er: »Antworten Sie mir noch nicht; kommen Sie!«

Obwohl ich mir über meine Antwort keinen Augenblick im unklaren gewesen war, folgte ich ihm wortlos zum Wagen, saß stumm neben ihm, während er zuerst die Straße zurück und dann über die Durlacher Allee stadteinwärts fuhr. Hier verwandelte sich das Schneetreiben in Regen, ich hatte keinen Schirm mitgenommen und auch keine Ahnung, wohin wir fuhren, am liebsten wäre ich ausgestiegen, die Situation war absurd, peinlich und im höchsten Grade unerfreulich, wie konnte er nur ernsthaft erwarten, ich würde einen fünfundsechzigjährigen Mann heiraten. Es gab eben Dinge, die man nicht einmal für eine Fabrik eintauschen konnte, man hatte sie oder man hatte sie nicht, ebenso wie man Grundsätze hatte oder keine, aber es war für ein fünfundzwanzigjähriges Mädchen nicht einfach, einem alten Mann das begreiflich zu machen, ohne ihn dadurch zu verletzen, und ich wollte ihn nicht verletzen, ich hatte fünf Tage in seinem schönen Haus wohnen dürfen, und er war auch sonst anständig und verständnisvoll zu mir gewesen; wer weiß, wie ein anderer Mann an seiner Stelle reagiert hätte. Vielleicht hätte ich mich doch noch dazu aufgerafft, ihm jetzt schon zu sagen, daß ich ihn auf keinen Fall und um keinen Preis der Welt heiraten würde, wenn meine Neugierde nicht noch größer gewesen wäre als mein Unbehagen, wir fuhren jetzt nämlich nicht mehr stadteinwärts, sondern durch die neuen Wohnviertel am Friedhof und ganz in der Nähe von Hans vorbei bis zum Haupteingang. Dort ließ Papa den Wagen stehen und sagte mir, daß er mir das Grab seiner Frau zeigen wolle, wozu und weshalb sagte er mir jedoch nicht, und als wir zehn Minuten später ihr Grab erreichten, war meine Frisur vom Regen völlig erledigt, auch Papas Hut und Mantel sahen nicht mehr so elegant aus wie zuvor, er nahm den Hut ab, stand eine Weile barhäuptig und stumm im Regen und setzte den Hut dann wieder auf. Wir waren so ziemlich die einzigen Besucher, nur auf der anderen Seite des Gräberfeldes stand eine junge Frau mit schwarzem Hut und schwarzem Mantel vor einem frischen Grab, auf dem noch die verwelkten Kränze lagen, und weinte. Mir war schon selbst ein wenig danach zumute, wenn man nicht unbedingt muß, sollte man in dieser Jahreszeit nicht mehr auf den Friedhof gehen, der Anblick der Grabsteine unter den schwarzen Bäumen mit dem wolkenverhangenen Himmel darüber hatte so gar nichts Erbauliches, und aus der Perspektive eines Friedhofs betrachtet, wirkte alles ein wenig überflüssig und im Grunde recht nichtig, ob man nun Stenotypistin oder Hausgehilfin war, Grundsätze verfocht oder keine; die Leute wußten schon, weshalb sie nach jeder Beerdigung sofort ins Wirtshaus rannten. Selbst wenn man einen so vornehmen Grabstein bekommen hatte wie Papas Frau, wurde das Sterben dadurch nicht attraktiver gemacht, ich verstand wirklich nicht, warum er mich hierhergeführt hatte, und er kam auch erst darauf zu sprechen, als wir schon wieder auf dem Weg zum

Wagen waren, er sagte, es wäre schön, wenn ich mich ab und zu etwas um das Grab kümmerte, weil auf die Friedhofsgärtnereien doch kein rechter Verlaß sei, und daß seine Frau es an der Leber gehabt und über ein Jahr im Bett gelegen habe. »Vielleicht wollte sie auch nicht mehr«, sagte er und wischte sich mit dem Handrücken den Regen vom Gesicht, »sie hing sehr an unserem Sohn, er starb in russischer Gefangenschaft. Haben Sie sich mein Angebot überlegt?«

»Ja«, sagte ich, und er sagte: »Sie würden mein gesamtes Vermögen erben; für die Fabrik allein liegt schon seit Jahren ein Millionenangebot der Konkurrenz vor. In meinem Alter weiß man ja nie, wie lange man es noch durchhält, ich habe sonst keine Verwandten mehr, vielleicht verstehen Sie das.«

»Ich verstehe nicht«, sagte ich, »wie Sie gerade auf mich gekommen sind«, und er sagte gleichgültig: »In meinen Jahren hat man nicht mehr viel Kontakt, und irgend jemand hat es ja sein müssen, wenn ich mein Vermögen nicht wildfremden Menschen verschenken wollte; mir hat auch nie jemand etwas geschenkt. Sie brauchen sich auch noch nicht zu entscheiden, lassen Sie sich ein paar Tage Zeit.«

»Das ist nicht nötig«, sagte ich kurz. Wenn es ihn enttäuschte, mußte er sich sehr in der Gewalt haben, er fragte nur: »Warum nicht?«, und als ich nicht antwortete, legte er mir im Gehen die Hand auf den Arm und meinte leise, er sei ein alter Mann und auch nicht mehr ganz gesund, in spätestens zehn Jahren wäre ich ihn los und könnte noch einmal heiraten oder mein Leben irgendwo im Süden verbringen, es passiere nicht alle Tage, daß ein junges Mädchen eine solche Chance bekomme, und das hätte er nun nicht sagen dürfen, ich antwortete gereizt, es müsse eben auch Mädchen geben, die eine Sache nicht nur nach ihren Chancen beurteilten, und er wiederum sagte, wenn er das nicht wüßte, hätte er schon ein Dutzend Frauen haben können, er habe auch gar nicht die Absicht gehabt, noch einmal zu heiraten, aber dann ...

An dieser Stelle wurde er still, nahm die Hand von meinem Arm, und sein Gesicht sah plötzlich sehr müde und alt aus. Er sprach auch auf der ganzen Heimfahrt nichts mehr, seinen nassen Hut hatte er in den Fond gelegt, und einmal wäre er beinahe ohne jeden Grund auf einen anderen Wagen aufgefahren. Ich bereute jetzt doch, ihm nicht gleich vor dem Restaurant geantwortet zu haben, wenigstens wäre mir dann vielleicht der Besuch am Grab seiner Frau erspart geblieben, für den ich trotz allem noch keine plausible Erklärung gefunden hatte. Daß ich mich gelegentlich darum kümmern solle, hätte er mir nicht gerade heute zu sagen brauchen, und daß er mich nur deshalb mitgenommen haben könnte, um mir zu demonstrieren, welcher Komfort mir durch eine Heirat mit ihm selbst nach meinem Tod noch zuteil werden würde, erschien mir gleichfalls nicht recht überzeugend. Zwar wußte ich jetzt, daß sie Frieda geheißen hatte und fünf Jahre jünger gewesen war als er, aber das hätte er mich auch auf eine weniger makabre Weise wissen lassen können. Ich hatte auch noch keine Ahnung, wie es nun weitergehen solle, mein ohnedies kompliziertes Arbeitsverhältnis war durch seinen Antrag nicht einfacher geworden, wahrscheinlich würde er es doch nie ganz aufgeben, mir mit immer neuen Anträgen zuzusetzen, und nach allem, was in den letzten Tagen geschehen war, mußte ich zudem noch auf andere Überraschungen gefaßt sein. Als wir vor seinem Haus ankamen, hatte ich mich entschieden, ich sagte: »Ich möchte nicht undankbar erscheinen, aber es wäre mir lieb, wenn Sie sich nach einer anderen Hausgehilfin umschauten.«

»Wie Sie meinen«, sagte Papa, und sein Gesicht war jetzt ganz weiß. Ich schloß die Haustür auf, ging sofort in mein Zimmer, hängte meinen nassen Mantel über einen Bügel und trocknete mein Haar ein wenig ab. Dann setzte ich mich an den Tisch, steckte mir eine von Papas Zigaretten an und dachte nach, aber je länger ich nachdachte, desto unsicherer wurde ich, ich hatte vollkommen unterschätzt, wieviel mir das hier alles schon bedeutete und wie unvorstellbar es mir in diesen wenigen Tagen geworden war, wieder in meinem möblierten Zimmer von den Launen einer wildfremden Frau abhängig zu sein. Nach allem, was ich in den letzten Jahren gehört hatte, waren die neunzig Mark bei Frau Wilk sogar ein Glücksfall gewesen, andere bezahlten für ein möbliertes Zimmer mit Frühstück hundertfünfzig Mark und mehr, und ich hatte ja noch nicht einmal eine sichere Stellung in Aussicht, von der Genugtuung, die ich Hans bereiten würde, ganz zu schweigen. Während ich daran dachte, wurde mir bewußt, daß ich das alles nicht zuletzt auch seinetwegen getan, daß ich es nicht zuletzt meiner inneren Opposition zu verdanken hatte, mich in eine so fatale Situation hineinmanövriert zu haben, und daß Papa vielleicht die letzte Möglichkeit für mich gewesen wäre, mir wenigstens meine äußere Unabhängigkeit Hans gegenüber zu erhalten.

Drei Jahre lang hatte ich meinen Willen gegen seinen Willen gesetzt, mir immer eine kleine Hintertür offengehalten, und nun war ich auf dem besten Wege, endgültig zu resignieren, vor ihm, vor seinem Eigenheim und vor den drei Kindern, die ich ihm gebären mußte, und Papa wäre wohl auch ohne Kinder zufrieden gewesen, ich hätte es bei ihm sogar zur Bedingung machen können. Eine Weile versuchte ich mir vorzustellen, wie es zwischen uns sein könnte, aber von einem bestimmten Punkt an wurde es mir zuwider, und wahrscheinlich hätte ich ihn schon nach den ersten vier Wochen betrogen. Außerdem sträubte ich mich, eine Alternative zu akzeptieren, die ebenso gegen die menschliche Natur wie gegen die guten Sitten verstieß. Schließlich konnte man nicht alles im Leben nur aus der Perspektive irdischer Vergänglichkeit bewerten, und selbst wenn ich mich dazu überwunden hätte, eine derart fragwürdige Kompensation genauso optimistisch zu terminieren, wie er es getan hatte, bot seine vorzügliche Konstitution noch lange keine Gewähr dafür; eine Lebenserwartung von achtzig Jahren war selbst für gesundheitlich labile Männer heute keine Utopie mehr, und bis dahin würde auch ich schon in einem Alter sein, wo eine Frau erfahrungsgemäß mehr an ihrem Wohlbefinden als an anderen Dingen interessiert ist. Ich konnte es einfach nicht, ich konnte nicht zehn oder fünfzehn Jahre im Schlafzimmer eines alten Mannes verbringen, nicht einmal für eine Fabrik mit zweihundert Angestellten, Arbeiterinnen, Stenotypistinnen und einer Chefsekretärin, und soweit war also alles klar, es fragte sich jetzt nur noch, ob ich das Haus sofort verlassen oder mich wenigstens zuerst nach einem Zimmer umschauen sollte, und auch diesmal war es wieder Papa, der mir die Entscheidung abnahm. Ich hatte ihn schon vorher die Treppe heraufkommen hören, vor meiner Tür blieb er ein paar Sekunden stehen, ehe er anklopfte, er hatte sich inzwischen umgezogen, trug einen schönen Kamelhaarmantel, einen seidenen Schal und braune Lederhandschuhe, von Kopf bis Fuß ganz auf Gentleman herausgeputzt, auch sein Gesicht wirkte gesund und rot wie eh und je, er sagte, daß er jetzt wieder nach Elmendingen fahren müsse und in den nächsten Tagen geschäftlich ins Ausland, weshalb es ihm sehr lieb wäre, wenn ich noch bis zum nächsten Ersten hierbleiben würde, damit er sich in Ruhe nach einer neuen Hilfe umschauen könne. Das war mir gleichfalls sehr lieb, enthob es mich doch für den Augenblick meiner größten Probleme, selbstverständlich, sagte ich, würde ich so lange hierbleiben, bis er ein anderes Mädchen gefunden habe, und ich wünschte ihm noch eine recht gute Reise. Er nickte mir lächelnd zu, stülpte sich einen schicken Borsalino über das weiße Haar und ließ mich allein. Ich wartete noch, bis ich draußen den Wagen anfahren hörte, dann lief ich rasch zu seinem Schlafzimmer hinunter, aber er hatte die Tür auch diesmal wieder abgeschlossen.

Ich sah ihn vierzehn Tage nicht, Zeit genug, sich nach einem möblierten Zimmer umzusehen, und jeden Morgen beim Aufstehen nahm ich mir vor, mich heute ernsthaft darum zu kümmern, aber da ich jeden Morgen etwas später aufstand, das Frühstück etwas länger ausdehnte und der junge Mann mir das reparierte Radio zurückgebracht hatte, verging der Vormittag immer wie im Flug, und nachmittags hatte ich dann meist einzukaufen oder sonst eine wichtige Arbeit zu verrichten. Außerdem hatte ich im Garten die ersten Krokusse und Hyazinthen entdeckt, auch die Forsythien schienen es nicht mehr recht abwarten zu können, ich stolperte den ganzen Tag im Garten umher, freute mich über jede neue Knospe, über das Azorenhoch nach dem letzten Schneetreiben, mittags konnte man schon auf der windgeschützten Terrasse sitzen, zwar noch nicht im Bikini, aber immerhin ohne Strümpfe und auch sonst nicht ganz korrekt angezogen. Die Terrasse war von den Nachbargrundstücken nicht einzusehen, selbst Hans fand sie nicht übel, besuchte mich in diesen vierzehn Tagen öfter, als mir lieb war, erteilte mir laienhafte Ratschläge für Garten-

gestaltung und Küchenzettel oder hörte sich im Wohnzimmer eine Oper aus Papas Plattengalerie an.
Daß ich ihm weder von Papas Heiratsantrag noch von meiner Kündigung erzählt hatte, war im Grunde nicht verwunderlicher als meine zunehmende Neigung, mich von Tag zu Tag heimischer zu fühlen, weder kam ich mir noch wie zu Besuch vor, noch fehlte es mir an der inneren Beziehung zu meiner Tätigkeit, und daß ich sie noch vor kurzer Zeit als ein Provisorium und ohne tieferen Sinn empfunden hatte, wurde mir immer unerfindlicher. Schließlich gab es für eine Frau neben ihrer natürlichen Bestimmung keinen vollkommeneren Lebensinhalt, als im eigenen Heim zu wirken, und daß es mich nur ein einziges Wort gekostet hätte, es zu meinem eigenen werden zu lassen, ließ mich leichter ertragen, daß es nicht mein eigenes war. Natürlich gab es Augenblicke, in denen ich ernsthaft bemüht war, mir über die Konsequenzen meiner Kündigung und auch über meine künftigen Schritte schlüssig zu werden, aber es verhielt sich dabei wie mit guten Vorsätzen zum neuen Jahr: Man brauchte sie ja nicht gleich am ersten Tag in die Tat umzusetzen, und da ich nun schon ganze vier Wochen gewonnen hatte, war es durchaus vernünftig, den unangenehmen Teil auf die zweite Monatshälfte zu verschieben. Gelegentliche Depressionen oder ähnliche Zustände ließen sich meist durch ein heißes Bad in Papas schwarzgekachelter Wanne kompensieren, ich entwickelte mit der Zeit eine perfekte Technik darin, mein Bewußtsein von allen trüben Meditationen zu entschlacken, und wenn es mir einmal nicht gelang, machte ich im Garten Jagd auf Unkraut, das lenkte ab und schenkte neue Impulse. Auch Hans trug das Seine dazu bei, mich von unerfreulichen Gedanken abzulenken, und da ich seiner Hilfe immer öfter bedurfte, erreichte ich damit gleichzeitig eine neue Intensivierung meiner Ernüch-

terungen. Ähnlich war es gewesen, als wir im letzten Urlaub vierzehn Tage zusammen in einer Pension gewohnt hatten, ich hatte es am Schluß kaum mehr abwarten können, wieder allein zu sein.

Die permanente Gegenwart eines Mannes auf engstem Raum ließ sich nur dann ertragen, wenn er entweder sehr rücksichtsvoll oder wenigstens in der Lage war, von Zeit zu Zeit den Mund zu halten, zwei Eigenschaften, die man Hans mit dem besten Willen nicht unterstellen konnte; wenn er gerade nicht redete, sang er unanständige Verse von einem Sanitätsgefreiten Neumann oder einer obszönen Wirtin, angeblich gehörten sie zum Repertoire jener Lieder, welche die Bundeswehr neben anderen traditionellen Überlieferungen von der deutschen Wehrmacht übernommen hatte, und obwohl er es nie versäumte, mir seine Militärzeit bei der Bundeswehr in den düstersten Farben zu schildern, wurde ich mitunter das Gefühl nicht los, als dienten ihm diese Darstellungen nur dazu, sich selbst davon zu überzeugen. Manchmal bedauerte ich es, daß er nie zu einer Reserveübung eingezogen wurde, es hätte mir Gelegenheit verschafft, einmal festzustellen, ob ich ihn tatsächlich vermissen würde. Daß ich Papa vermißte, war mir schon nach acht Tagen klargeworden, es gehörte zu meinen überraschendsten Feststellungen, er war mir im Grunde doch sehr sympathisch und repräsentierte eine Welt, von der ich mich bisher immer ebenso ausgeschlossen wie angezogen gefühlt hatte, geradeso, als wäre sie in meinem Unterbewußtsein mit Reflexionen an eine Zeit kopuliert, an die ich mich nur noch unklar erinnern konnte, und wieweit es sich dabei tatsächlich um Erinnerungen oder nur um verdrängte Wunschvorstellungen aus meiner Kindheit handelte, ließ sich bei meiner ausgeprägten Phantasie auch nicht präzis unterscheiden. Tatsache war, daß mir – sah ich einmal von

dem Altersunterschied ab – ein Mann wie Papa mehr gelegen hätte als Hans, und für ein Haus wie dieses hätte ich mich vielleicht dazu überwinden können, einen Mann zu heiraten, der nicht gerade mein Typ gewesen wäre. Seit ich Hans kennengelernt hatte, war ich mir ohnedies nicht mehr ganz sicher, mit welchen Emotionen ein junges Mädchen auf einen Mann reagieren mußte, um sich mit einiger Sicherheit einreden zu können, in ihn verliebt zu sein. Nahm ich mein eigenes Verhalten in der Morgenröte unserer Bekanntschaft zum Muster, so ließen sich ziemlich alle Indizien rekonstruieren, die man üblicherweise voraussetzt, Herzklopfen, Atembeschwerden, Schlaflosigkeit und was sonst noch dazu beitragen mußte, einem Mann die Eroberung leichtzumachen, und trotzdem war es letztlich nicht das gewesen, was ich mir ursprünglich darunter vorgestellt hatte. Wenigstens bei Hans nicht. Da ich keine Ahnung hatte, wann Papa wiederauftauchen würde, erfüllten mich seine regelmäßigen Besuche von Mal zu Mal mit größerem Unbehagen. Ich hätte sie auch nicht mehr zugelassen, wäre durch meine Kündigung nicht ein Vakuum entstanden, das es mir wenigstens ersparte, Papa gegenüber ein schlechtes Gewissen haben zu müssen, und nachdem ich Hans aus Gründen, die mir selbst nicht recht klargeworden waren, den Vorfall am Dienstagmorgen verschwiegen hatte, wäre es auch schwierig gewesen, mit plausiblen Argumenten zu agieren.
Immerhin hatte ich ihn dazu bewegen können, seine Besuche auf den späten Abend zu verlegen, um das Risiko auf ein erträgliches Maß zu reduzieren, er blieb dann immer gleich bis zum Morgen hier, und ich machte mir auch keine Illusionen darüber, daß die clevere Nachbarsfrau nicht seinetwegen schon ganze Nächte am Fenster verbracht hatte, aber gemessen daran, daß ich in spätestens zwei Wochen Papas Haus unwiderruflich verlassen würde, wog auch die-

ser Gedanke nicht mehr sehr schwer. Um wenigstens meine Abendkurse noch zu einem Ende zu bringen, besuchte ich einige Male die Unterrichtsstunden, verlor jedoch rasch die Lust daran, weil ich jedesmal erst noch bis ans andere Stadtende fahren mußte. Ich hatte mich für dieses Semester ohnedies nur angemeldet, um mich etwas in Übung zu halten, die Prüfungen für Englisch und Französisch lagen schon ein halbes Jahr zurück. Inzwischen hatte ich auch die letzten Gardinen zur Wäscherei gebracht, und das Haus machte jetzt, nachdem ich es einmal von oben bis unten gründlich geputzt hatte, auch nicht mehr so viel Arbeit, ich hatte genug Zeit für den Garten und für mich selbst, las manchmal ein Buch, vor allem englische und französische Originalausgaben, die mir ein freundlicher Buchhändler besorgte, Algren und Giono, was mir so in die Hände kam, auch Gabriel Marcel, aber der war mir zu philosophisch, und ich hatte ihn auch nur gelesen, weil Hans ihn mir empfohlen hatte. Im übrigen wartete ich eben auf Papa, und als er dann kam, geschah es wieder zum unpassendsten Zeitpunkt, es sah fast nach einer schicksalhaften Gesetzmäßigkeit aus, daß er mich immer in den prekärsten Situationen erwischte, diesmal saß ich nur mit dem Nötigsten bekleidet auf der Terrasse in einem Liegestuhl und genoß die warme Märzsonne. Entweder man hatte eben ein eigenes Haus, oder man hatte keines, und so kurz nach dem Mittagessen hätte ich ihn am allerwenigsten erwartet. Ich bemerkte ihn auch erst, als er hinter mir aus dem Wohnzimmer trat, gleich noch einen Stuhl mitbrachte und sich neben mich setzte.

Zwar lag mein Kleid in greifbarer Nähe, aber um es anziehen zu können, hätte ich erst einmal aufstehen müssen, und dazu fühlte ich mich wiederum nicht angezogen genug. Papa sagte auch sofort, ich solle mich nicht stören lassen, weil er ohnedies schon einigermaßen darüber Bescheid wisse, wie gut proportioniert ich sei, und wenn das, was er mir zu sagen habe, mein Einverständnis finde, könne ich künftig auch noch auf das wenige verzichten, solange keine fremden Leute im Haus seien. Das hörte sich reichlich mystisch und auch ein wenig frivol an, aber da ihm diesmal weder die Lippen noch andere Körperteile zitterten und er mich in seiner netten Art so freundlich anlächelte, verzichtete ich vorläufig auf dramatische Gesten und begnügte mich damit, das wenige an mir wenigstens korrekt zurechtzuzupfen. Ich hätte ihn erst für den Abend erwartet, sagte ich überflüssigerweise, und er sagte, er habe am Vormittag bei seinem Anwalt zu tun gehabt, sei auch nur auf einen Sprung hierhergekommen und was ich dazu sagen würde, wenn er die Absicht hätte, mich zu adoptieren. Nun hatte ich auch hierin so gar keine Erfahrung und auch keine Ahnung, was man in solchen Fällen zu sagen pflegte, es nahm mir ohnedies vorübergehend die Stimme weg, und als ich sie wiedergefunden hatte, wußte ich noch immer nicht, was ich dazu sagen sollte. Er sah auch völlig normal aus, seine blauen Augen zeigten keine besorgniserregenden Symptome, und daß ich mich verhört haben könnte, kam mir gleichfalls nicht in den Sinn. Er schien selbst zu merken, daß es für den ersten Moment zuviel gewesen war, und sagte: »Ich muß morgen oder übermorgen noch einmal für zehn Tage verreisen; entscheiden Sie sich erst, wenn ich zurückkomme.«

»Ich weiß nicht«, sagte ich, aber es wurde mir gar nicht richtig bewußt, und Papa legte lächelnd seine Hand auf meine Schulter, blickte lächelnd in mein Gesicht und sagte: »Ich hätte Ihnen keinen Heiratsantrag machen dürfen. Betrachten Sie ihn als den konfusen Einfall eines alten Mannes, der sich zwar für einen Augenblick in der Wahl seiner Mittel, nicht aber in der Sache selbst geirrt hat.«

»In welcher Sache?« fragte ich, und er sagte: »Sie in meiner Nähe zu behalten. Ich habe mir immer eine Tochter wie Sie gewünscht.«
»Als Fabrikant«, sagte ich, »hätten Sie sich vielleicht besser einen Sohn gewünscht«, und dann fiel mir ein, daß er einen Sohn gehabt hatte, und ich sagte leise: »Es tut mir leid.«
»Wenn meine Ehe kinderlos geblieben wäre«, sagte er ruhig. »Es gibt Dinge, die man nicht tun soll, weil sie unfair wären.« Vielleicht war ich nicht intelligent genug dafür, ich sagte nur: »Immerhin hätte er die Fabrik übernehmen können.«
»Oder zugrunde richten«, sagte Papa. »Für einen Nachfolger aus einem Kinderheim war ich schon zu alt, und für einen erwachsenen Adoptivsohn zu voreingenommen; meine Frau empfand genauso wie ich.«
»Und was hätte ich zu tun?« fragte ich, und er sagte: »Hier zu sein. Sie bekommen fünfhundert Mark Taschengeld, und für Ihre Garderobe sorge ich.«
»Das ist nicht schlecht«, dachte ich laut, und Papa sagte lächelnd: »Für den Anfang.«
»Und sonst nichts?« fragte ich, und als er mich verwundert anschaute, setzte ich hinzu: »Auch Adoptivtöchter pflegen im allgemeinen einmal zu heiraten.«
»Vielleicht können Sie es noch sechs oder sieben Jahre hinausschieben«, sagte Papa. »Als meine Adoptivtochter entfällt für Sie alles, was andere Mädchen zur Eile drängt.«
»Nicht alles«, sagte ich, und er sagte: »Sie sind volljährig. Solange Sie mich nicht gleich zum Großvater machen, können Sie jederzeit Besuch empfangen.« Er stand auf, blickte zerstreut in den Garten hinab und sagte: »Das muß ich auch noch erledigen. Welche Blumen mögen Sie am liebsten?«

»Alle«, sagte ich, und er sagte: »Im obersten Beet wollte ich immer Rosen haben; meine Frau war allergisch gegen Rosen.« Dann blickte er mir wieder in die Augen, gab mir die Hand und sagte: »Sie haben zehn Tage Zeit.« Ich konnte nur nicken, und als ich ihn schon längst aus dem Haus wähnte, tauchte er noch einmal auf, legte mir die Hand auf die Wange und sagte: »Lassen Sie mich nicht allein, Prinzeßchen!« Dann ging er endgültig fort, und wenn mich nicht alles getäuscht hatte, waren seine Augen sogar feucht gewesen. Ich hatte kein Gefühl dafür, wie lange ich noch auf der Terrasse gesessen hatte, irgendwann wurde es mir kühl, ich zog mein Kleid an, ging in mein Zimmer hinauf und legte mich auf mein Bett. So lag ich auch noch, als Hans am späten Abend an der Haustür läutete, ich ging im Dunkeln hinaus, öffnete im Dunkeln die Tür, und er sagte: »Wieso brennt kein Licht?«

»Ich muß es vergessen haben«, sagte ich und kehrte wieder im Dunkeln in mein Zimmer zurück. Ich hörte, wie er draußen über einen Gegenstand stolperte und fluchte, dann kam er in mein Zimmer, knipste das Licht an und fragte gereizt: »Bist du verrückt geworden?«

»Baronesse«, sagte ich, und er fragte: »Was?«

»Ich bin Baronesse geworden«, sagte ich und steckte mir eine Zigarette an. Er kam zu mir ans Bett, nahm den vollen Aschenbecher in die Hand und fragte: »Hast du die alle geraucht?«

»Wer sonst?« fragte ich, und jetzt schienen ihm ernsthafte Bedenken zu kommen, er stellte den Aschenbecher wieder zurück, setzte sich neben mich und starrte besorgt in mein Gesicht. »Wieso bist du Baronesse geworden?« fragte er, und ich sagte: »Er will mich adoptieren.«

»Wer will dich adoptieren?« fragte er, und es bereitete mir Genugtuung, daß er genauso schwerfällig reagierte, wie ich es selbst getan hatte, ich sagte: »Papa«, und er fragte: »Wer ist Papa?«

»Der alte Papa von Brandenstein«, sagte ich und betrachtete erheitert die Zimmerdecke. »Ich brauche nur noch ja zu sagen.«

»Moment mal!« sagte Hans und stand auf. Er zog seinen Mantel aus, warf ihn über einen Stuhl und die Jacke hinterher, lockerte die Krawatte sowie den Hemdkragen und setzte sich wieder neben mich. »Wann hat er dir das gesagt?« fragte er, und ich sagte: »Heute mittag; er mußte sofort wieder verreisen.«

»Daß er dich adoptieren will?« fragte Hans, und ich sagte: »Ja.« Jetzt erst schien er es in seiner ganzen Tragweite begriffen zu haben, er schaute mich eine Weile wortlos an, dann sagte er sehr ruhig: »Du hast es natürlich abgelehnt?«

»Noch nicht«, sagte ich, und er sagte: »Dann wirst du es also noch tun?«, aber so weit war ich in meinen Überlegungen noch gar nicht gekommen, ich war immer noch damit beschäftigt, mir auszumalen, wie mein Leben in Zukunft sein würde, und etwas anderes hatte ich den ganzen Nachmittag und Abend auch nicht getan. Ich blickte Hans in die Augen und fragte: »Warum eigentlich?«

»Das weißt du nicht?« fragte er, und ich sagte: »Es fällt mir gerade auf, daß ich es nicht weiß.«

»Und das ist dein Ernst?« fragte er. Eigentlich hatte ich erwartet, daß er zuerst lange nachdenken, und dann wieder ein unanständiges Lied anstimmen würde, *der Herr Baron von Brandenstein, der hatte ein haariges Töchterlein* oder so, aber er schien heute völlig humorlos zu sein und sagte: »Das mußt du dir sehr gründlich aus dem Kopf schlagen.« Bis dahin hatte ich wirklich noch nicht ernsthaft erwogen, ob ich es mir aus dem Kopf schlagen müsse oder nicht, aber nun betrachtete ich es einmal eiskalt von allen Seiten, und dann sagte ich: »Dafür sehe ich keinen Grund.«

»Du siehst keinen Grund«, fragte Hans, »eine Adoption durch einen wildfremden Mann abzulehnen?«
»So wildfremd ist er mir gar nicht mehr«, sagte ich, und er sagte: »Du kennst ihn seit drei Wochen.«
»Um mit dir ins Bett zu gehen«, sagte ich, »hat es auch nicht viel länger gedauert.«
»Das ist doch wohl nicht ganz dasselbe«, sagte er, und ich sagte: »Für einen Mann vielleicht nicht.« Er starrte mich wieder eine Weile stumm an, dann sagte er: »Es ist dir doch wohl klar, warum er das tut?« So ganz klar war ich mir darüber eigentlich noch nicht geworden, aber ich fühlte mich auch nicht in der Stimmung, es zwischen Hans und mir zu einem Diskussionsthema werden zu lassen, manche Entscheidungen mußte man eben allein treffen, ich sagte: »Er hat mir keinen Anlaß gegeben, ihm unlautere Motive zu unterstellen.«
»Noch nicht«, sagte Hans, und ich sagte: »Ich habe zehn Tage Zeit, es mir zu überlegen.«
»Das ist auch so ein raffinierter Trick«, sagte er. »Wie ich dich kenne, wirst du in zehn Tagen so mürbe wie ein englischer Teekuchen sein.«
»Wie du mich kennst?« fragte ich, und er sagte: »Wie ich dich kenne.«
»Und wie kennst du mich?« fragte ich. Einen Augenblick lang hatte ich den Eindruck, als ob er mir eine herunterhauen wolle, aber er stand dann nur auf und sagte: »Wenn du dich von ihm adoptieren läßt, wird sich einiges ändern.«
»Auch im Hinblick auf uns?« fragte ich, und er sagte: »Auch darauf, mein Sperling.« Er zog seine Jacke an, warf sich den Mantel über die Schulter und lief hinaus. In dramatischen Situationen bewies er mitunter ein hohes Maß von männlicher Entschlossenheit, und solange er es in der Überzeugung tun konnte, er sei für mich genauso unent-

behrlich wie die Luft zum Atmen, ging er damit auch nicht viel mehr als das Risiko einer kleinen Karenz ein, es sei denn, ich hätte mir diese Unentbehrlichkeit gleichfalls nur eingeredet, und irgendwann sollte es eigentlich für jede Frau einen Punkt geben, wo es für sie Zeit wurde, auch einmal an ihre inneren Qualitäten zu denken. Man brauchte ja nicht gleich alles zu strapazieren, was auf dieser Welt im weitesten Sinne mit Selbstachtung identisch war, aber diesmal würde ich genauso unnachgiebig bleiben wie er, und damit hatte ich mich auch schon irgendwie festgelegt, ohne mir dessen recht bewußt zu werden.

Ich versank auch sofort wieder in einen Zustand angenehmer Verträumtheit, bestrich mir zwischendurch in der Küche zwei Scheiben Brot dick mit Butter, aß vier Tomaten dazu, und ehe ich schlafen ging, legte ich mich noch einmal in Papas schwarzgekachelte Wanne, verbrachte dann eine ungestörte Nacht, und am nächsten Vormittag entdeckte ich auf dem Tisch der Wohndiele fünf Hundertmarkscheine und einen Zettel, auf dem Papa mir in sympathischer Handschrift hinterlassen hatte, daß es sich um einen Vorschuß auf das Haushaltsgeld handele. Wahrscheinlich hatte er ihn schon gestern vor seinem Weggehen geschrieben, und ich war in meiner Benommenheit ständig daran vorbeigelaufen. Die Scheine sahen ganz neu aus, geradeso, als hätte sie Papa in seinem ominösen Schlafzimmer selbst fabriziert, ich zögerte keinen Augenblick, sie in meine Handtasche zu stecken, schließlich hatte ich in diesen drei Wochen schon über hundert Mark allein für den Haushalt ausgegeben, die Schweinerippchen mit Sauerkraut eingerechnet. Für das Frühstück verwendete ich heute eine volle halbe Stunde, das Azorenhoch hatte sich als beständig erwiesen, ich legte mich nach dem Frühstück wieder auf die Terrasse und setzte meine angenehmen Meditationen fort. Natürlich hatte ich mich noch nicht entschieden, es war nur reizvoll, sich damit zu beschäftigen, ähnlich wäre es gewesen, wenn Papa ein Kleid von Dior in die Wohndiele gehängt hätte; es anzuschauen war noch keine Todsünde, es einmal anzuprobieren auch nicht, und je länger man eben Gelegenheit hatte, es anzuschauen und anzuprobieren, desto begehrenswerter wurde es. Und was die Moral betraf, so war mir Papa schließlich vom ersten Moment an sympathisch gewesen, viel mehr konnte man von einer erwachsenen Frau für den Anfang wohl nicht erwarten, vielleicht entwickelte ich eines Tages auch noch kindliche Gefühle für ihn, und die Terrasse allein wäre schon ein bißchen Gefühl wert gewesen.

Ich blickte über die Brüstung in den Garten hinab, wenn Papa einen Gärtner schickte, würde ich ihn bitten, den Tisch mit den Sitzbänken unter den schönen Magnolienbaum zu stellen, in der Nähe standen noch zwei kleinere Bäume, ich vermutete, daß es Flieder war; in ein paar Wochen würde ich es genau wissen. Während ich sie betrachtete, fiel mir ohne jeden Zusammenhang Monika ein, sicher hatte sie inzwischen erfahren, daß ich nicht mehr bei Wilks wohnte, und dort mußte ich auch noch hin, um meine restlichen Sachen abzuholen; ich hätte es schon vor vierzehn Tagen tun können, weiß der Himmel, was mich daran gehindert hatte, Sentimentalität oder das instinktive Gefühl, damit auch die letzte Brücke in die Vergangenheit abzubrechen. Natürlich war es lächerlich, sie hatten schon längst über das Zimmer disponiert, und am nächsten Ersten würde eine andere Stenotypistin oder ein Student der TH einziehen; es war nur beruhigend gewesen, zu wissen, daß man wenigstens noch einen Fuß in der Tür hatte, und sei es nur in Form einiger nicht mehr ganz taufrischer Büstenhalter und Sommerkleider. Ich entschloß mich ziemlich abrupt, und als ich eine dreiviertel Stunde später mit einem leeren Koffer

die dunkle Treppe hinaufstieg, kam ich mir schon ein wenig wie eine gutsituierte Frau vor, die ihre arme Verwandtschaft besucht. Monika hatte ich zuvor noch eine Karte geschrieben, unterwegs auch gleich eine Zeitung abonniert, um ein wenig auf dem laufenden zu bleiben, alles per Taxi und mit über fünfhundert Mark in der Handtasche; seit die VAS die Gehälter zum erstenmal auf ein Postscheckkonto überwiesen hatte, war mir so viel Leichtfertigkeit nicht mehr unterlaufen. Frau Wilk öffnete persönlich, schien aber merkwürdigerweise mehr bestürzt als erfreut zu sein, sagte: »Nein!« und »So was!« und sie hätten fast jeden Tag von mir gesprochen. Wenn man so viel Zeit hatte wie sie, war es vielleicht keine Übertreibung, sie faßte sich dann auch ziemlich rasch, sagte, es träfe sich etwas unglücklich, weil gerade wieder einmal der Arzt im Hause wäre, aber sie hätte mir meine Sachen schon zusammengepackt, und dann ließ sie mich tatsächlich vor der Tür stehen, verschwand für ein paar Augenblicke in der dunklen Wohnung und kehrte mit einer alten Schachtel zurück, wie sie selbst unter Ostheimkehrern heutzutage nicht mehr im Umlauf sind. Abgesehen davon, daß es eine reine Zumutung war, paßte es mir auch nicht, daß sie meine Sachen selbst aus dem Schrank geräumt hatte, ich sagte: »Eigentlich hatte ich ja noch bis zum Ersten vorausbezahlt«, und sie sagte: »Das schon, Kindchen, aber ich wußte ja nicht, wann Sie wiederkommen, und das Zimmer mußte doch für den nächsten Mieter schon saubergemacht werden.«
»Dann erlauben Sie mir wenigstens«, sagte ich, »daß ich die Sachen in meinen Koffer umpacke«, aber nicht einmal davon wollte sie etwas wissen, »ich kann Sie jetzt wirklich nicht in die Wohnung führen«, sagte sie mit gesenkter Stimme und fahrigen Blicken, »es ist eine ganz schwierige Untersuchung, schauen Sie, ich habe Ihnen doch extra eine

dicke Schnur um den Karton gewickelt!« Das hatte sie allerdings getan, man hätte damit einen kaputten Lastwagen den Turmberg hinaufschleppen können, und da ich mich nun genug geärgert hatte, nahm ich die alte Schachtel in die rechte und meinen leeren Koffer in die linke Hand und sagte: »Dann auf Wiedersehen!«

»Auf Wiedersehen, Kindchen«, sagte sie erleichtert. »Und alles Gute!«

»Ihnen auch!« sagte ich und wandte mich zum Gehen. Ich war so erbittert, daß ich dem eiligen Mädchen auf der Treppe kaum Beachtung schenkte, erst ein paar Stufen weiter fiel mir auf, daß ich sie im Haus noch nie gesehen hatte, ich beobachtete, wie sie vor der Wohnungstür stehenblieb und aufschloß, und nun hatte Frau Wilk den Arzt doch noch umsonst bemüht, aber Zimmervermieten war eben noch nie eine sentimentale Angelegenheit gewesen, und die Tränen, die sie beim letzten Abschied vergossen hatte, waren eben nur Requisiten für besondere Anlässe, auch Munilein würde schließlich einmal von ihr gehen, und wer konnte es sich heute schon leisten, immer gleich noch das Herz ins Spiel zu bringen, Frau Wilk nicht und ich auch nicht, ich am allerwenigsten sogar, und so schleppte ich eben meinen leeren Koffer und die schwere Schachtel zum nächsten Taxistand, kaufte unterwegs noch ein paar Sachen ein, morgen war Samstag, ich nahm mir vor, über das Wochenende keinen Fuß vor die Haustür zu setzen, wenn Monika kam, würden wir uns auf die Terrasse legen. Ich freute mich auf ihren Besuch, endlich mal ein Mensch, mit dem ich mich vernünftig über alles unterhalten konnte, den ganzen Nachmittag dachte ich nur an sie, und am nächsten Morgen stand ich ihretwegen sogar etwas früher auf, weil es mich beunruhigte, ob das Wetter nicht ausgerechnet heute wieder umschlagen würde, aber es schlug nicht um, und sie kam dann auch sehr frühzeitig, ich hatte noch nicht einmal richtig die Küche aufräumen können.

Es erfüllte mich jedesmal mit Staunen, wie sehr ein hübsches Kleid und eine nette Frisur einen Menschen verändern konnten, und ich mußte ein ziemlich dummes Gesicht gemacht haben, sie lächelte etwas verlegen und sagte, das komme eben davon, wenn man eine Freundin wochenlang nicht mehr sehe, und Frau Wilk sei auch ganz böse auf mich gewesen. Das hatte ich gestern schon gemerkt, wahrscheinlich hatte sie mir deshalb auch nichts erzählt, obwohl Monika zweimal bei ihr gewesen war, ich erfuhr es, während wir in mein Zimmer gingen, und bis dahin hatte sie noch keine einzige Frage an mich gerichtet, sie sah sich nur überall aufmerksam um, und in meinem Zimmer runzelte sie die kleine Stirn und sagte: »Hier würde es mir auch gefallen!« Sie war wirklich ein Prachtstück von einem Mädchen, ich stellte zwei Stühle auf den Balkon und sagte: »Später können wir uns auf die Terrasse legen, aber jetzt erzähle mir zuerst einmal, was Wiemann gesagt hat«, und sie sagte: »Ich werde kein Wort erzählen, bevor ich nicht weiß, wen du geheiratet hast.« Daß sie einen so schlimmen Verdacht hegen könnte, wäre mir nun doch nicht eingefallen, ich verstand jetzt auch ihr beharrliches Schweigen und erzählte ihr die ganze Geschichte so vorteilhaft wie möglich und unter Weglassung aller verdächtigen Ingredienzen, auch die verschlossene Schlafzimmertür behielt ich für mich, sie hatte auch so genug zu verarbeiten, rutschte ständig unruhig auf ihrem Stuhl hin und her, wollte dieses und jenes wissen, wie alt er sei und ob er gut aussehe, und hinterher saß sie mit erstauntem Gesicht in der Sonne, wippte mit ihren schlanken Beinen und schaute sich den Garten an. »Und das alles würde dir gehören?« fragte sie, und ich sagte: »Wenn er vorher nicht noch für unzurechnungsfähig

erklärt wird. Ich weiß nur noch nicht ganz, ob ich mich darauf einlassen soll.«
»Auf die Adoption?« fragte Monika, und sie sah jetzt richtig fassungslos aus. Wenn ich es mir recht überlegte, hatte sie allen Grund dazu, ich sagte: »Hans ist dagegen.«
»Daß du zehn Millionen erbst?« fragte Monika. »Sein Typ hat mir noch nie zugesagt.« So, wie sie es sagte, hätte es mich direkt neugierig machen können, welcher Typ ihr zusagte, ich sagte: »Erstens habe ich kein Wort von zehn Millionen gesagt, und zweitens kommt es auch weniger darauf an, ob dir sein Typ zusagt oder nicht.«
»Das stimmt«, sagte sie und wurde ein wenig rot. »Männer denken eben immer nur an sich.«
»Du würdest es annehmen?« fragte ich, und sie sagte: »Für eine Million würde ich alles tun, was man von mir will.«
»Wirklich alles?« fragte ich, und sie blickte mich durch ihre Brille fest an und sagte: »Alles, was man will.«
»Das ist viel«, sagte ich, und sie sagte: »Eine Million ist auch viel. Mir ist jetzt sowieso alles egal.«
»Was ist dir egal?« fragte ich, aber sie schüttelte nur den Kopf, und später gingen wir auf die Terrasse hinunter, ich holte einen zweiten Liegestuhl aus dem Keller und sagte: »Es ist doch nichts passiert?«
»Wieso passiert?« fragte sie und wurde schon wieder rot. Bei manchen Mädchen sollte es sich ja in Depressionen niederschlagen, sie machte auch so gar keinen ausgeglichenen Eindruck, wie man es eigentlich hätte erwarten müssen. »Hans findet es unmoralisch, weil ich ihn erst seit drei Wochen kenne«, sagte ich, und sie sagte: »Ach, weißt du, wenn man überlegt, wofür man sonst alles macht.« Es war erstaunlich, mit welch sicherem Instinkt gerade die unscheinbarsten Mädchen oft die kompliziertesten Dinge auf die einfachste Formel zu bringen vermochten, ich betrachtete wie-

der ihr Kleid, es sah überhaupt nicht nach Konfektion aus, und als ich sie danach fragte, sagte sie: »Er arbeitet in einem Schneideratelier.« Das war mal etwas Neues, einen Handelsvertreter konnte heutzutage fast jedes Mädchen bekommen. Vielleicht war ihm an ihr aufgefallen, daß sie immer so unvorteilhafte Kleider getragen hatte. »Den würde ich mir aber warmhalten«, sagte ich, und sie sagte: »Die wollen doch alle nur das gleiche.« Ich fand das ein bißchen unfair und fragte: »Wir nicht?«
»Wir geben es ja nur«, sagte sie, und aus dieser Perspektive gesehen hatte sie auch wieder nicht unrecht. Sie hatte sich eine Zigarette angesteckt und paffte mit angestrengtem Gesicht in die Luft, dann fragte sie unvermittelt: »Hat es sich bei dir auch schon einmal verspätet?« Also hatte mich mein Gefühl doch nicht getrogen, ich bekam einen richtigen Schreck und fragte: »Wie lange?«
»Zwei Tage«, sagte sie, und genauso hatte es bei mir auch einmal angefangen, ich sagte: »Du bist ja albern.«
»Ich weiß es«, sagte sie und wurde zum drittenmal rot. »Früher habe ich nie darauf geachtet.« Natürlich hatte sie früher nie darauf geachtet, man konnte als Frau eben entweder nur unbefangen oder erwachsen sein, ich fragte: »Was meint *er* dazu?«
»Ich habe ihm noch nichts gesagt«, antwortete Monika und drückte ihre Zigarette aus. Dann fragte sie, ob sie eine Tasse Kaffee haben könne. »Ich habe uns sogar schon Kuchen besorgt«, sagte ich, und bevor wir in die Küche gingen, betrachtete sie die Läden zu Papas Schlafzimmer und fragte: »Was ist das für ein Zimmer?« Ich hatte schon einmal erfolglos versucht, einen Blick durch die Schlitze zu werfen, und wenn Papa nicht im Haus war, ließ er entweder die Läden oder die Stores geschlossen, ich sagte: »Sein Privat-Etablissement.«

»Wie aufregend!« sagte Monika, und in der Küche bewunderte sie die elektrische Kaffeemaschine, sagte, eine Bekannte von ihr habe auch eine, aber nicht so groß, und es wäre doch prima, wenn sie in Zukunft öfter zum Kaffeetrinken kommen könne. »Wenn du nichts Besseres vorhast«, sagte ich, und sie sagte etwas herb: »Das glaube ich nicht.« Ich war mir aufgrund meiner eigenen Erfahrungen sicher, daß es sich dabei nur um einen vorübergehenden Zustand handelte, schließlich durften Schneider schon von Berufs wegen nicht ungeschickt sein, und als wir dann wieder auf der Terrasse saßen und unseren Kaffee tranken, sagte sie: »Es ist nur wegen meiner Mutter; sie paßt immer so auf.« Das hatte ich schon öfter hören müssen, ich vermutete, Mütter waren nicht von ungefähr so mißtrauisch, und für manche sollte es sogar die einzige Aufregung in ihrer Ehe sein. Um Monika etwas abzulenken, erkundigte ich mich wieder nach Wiemann. »Er war richtig doof«, sagte sie, »hat mich nur angehört und wieder hinausgeschickt. Die Obert fragt übrigens jeden zweiten Tag nach dir.« Daß es ausgerechnet die Obert war, wunderte mich ein bißchen, ich hatte ihr gegenüber nie ein Hehl aus meiner Abneigung gemacht, und nach dem Kaffeetrinken unterhielten wir uns dann noch eine Weile über die VAS und den neuesten Betriebstratsch, bis Monika schließlich auf ihre Uhr schaute, aber sie versprach mir, am nächsten Samstag wiederzukommen, und an der Haustür sagte sie noch: »Es ist ja deine Adoption!«
»Na und?« fragte ich, und sie sagte: »Ich würde sogar meinen Schneider dafür hergeben.«
Natürlich war es kein rechtes Leben, zuerst fünf oder zehn Jahre VAS und dann auch noch einen Schneider zum Mann. Ich hatte im Prinzip nichts gegen Schneider, aber in diesem Fall hätte ich Konfektionsware wahrscheinlich vorgezogen.

An sich war alles viel weniger peinlich verlaufen, als ich befürchtet hatte, Papa war planmäßig von seiner Reise zurückgekommen, hatte mich zu sich ins Wohnzimmer gerufen, mir eine Zigarette angeboten und mich gefragt, wie ich mich entschieden hätte. Und ich wiederum hatte ihn gefragt, mit welchen Formalitäten die Adoption verbunden sei, worauf er mir erklärte, daß ich mir zuerst verschiedene behördliche Papiere besorgen, dann zusammen mit ihm zu seinem Notar fahren und dort einen Vertrag unterschreiben müsse, das letzte Wort würde dann allerdings vom Amtsgericht gesprochen werden, welches darüber zu entscheiden habe, ob die Herstellung des Annahmeverhältnisses sittlich gerechtfertigt sei, zu welchem Zweck man mich möglicherweise persönlich vorladen werde, da aber der zuständige Richter zu seinem engeren Bekanntenkreis zähle, würde mir die Vorladung möglicherweise erspart bleiben.

Ich hatte mir dann noch einmal eine kurze Bedenkzeit ausgebeten, in meinem Zimmer eine schlimme halbe Stunde verbracht, mich schon wieder halbwegs zu einer Absage entschlossen und dann schließlich unter Papas flehenden Blicken doch noch meine Einwilligung gegeben. Nachdem ich es schon versäumt hatte, sein Angebot sofort abzulehnen, hätte es mir einfach zuviel Überwindung abverlangt, ihm diese Enttäuschung anzutun, und er hatte mich dann auch gleich gerührt auf die Stirn und acht Tage später beim Notar sogar auf beide Wangen geküßt, während der Heimfahrt ununterbrochen auf mich eingeredet, daß er die Fabrik nun in ein oder zwei Jahren endgültig verkaufen und zusammen mit mir ein wenig in der Welt herumfahren wolle, er sei in den letzten Jahren vor lauter Arbeit und durch die lange Krankheit seiner Frau kaum mehr zum Reisen ge-

kommen, nur geschäftlich noch; seit seine Frau nicht mehr lebe, habe ihm das Reisen ohnedies keinen Spaß mehr gemacht, und als vorläufig letzte Überraschung unterbreitete er mir noch seine Absicht, mich den Führerschein machen zu lassen, weil das Fahren in seinem Alter immer anstrengender werde, am besten solle ich mich noch heute oder morgen bei einer Fahrschule anmelden. Nun hatte ich mich schon immer gewundert, weshalb er in seiner Position keinen eigenen Chauffeur hatte, bei zweihundert Angestellten wäre es auf diesen einen auch nicht mehr angekommen, aber vielleicht hatte er einen und wollte ihn nur nicht mit meiner Existenz konfrontieren, es hätte sich leicht in der Fabrik herumsprechen können, und daß er mir sie bis heute noch nicht gezeigt hatte, mochte auch seine Gründe haben. Zum Glück schien ihm aber dann doch bewußt geworden zu sein, daß es für mich ein bißchen viel auf einmal gewesen war, er empfahl sich schon kurze Zeit später, ließ sich vierzehn Tage überhaupt nicht mehr sehen und dann nur kurz über das Wochenende. Anscheinend bereitete ihm die Entscheidung des Amtsgerichtes Kopfzerbrechen, er schimpfte über den deutschen Bürokratismus, hielt sich oft in seinem verdunkelten Schlafzimmer auf, und einmal hatte er mir beim Mittagessen geistesabwesend die Hand gestreichelt.
Überhaupt hatte er an diesem Wochenende sehr zerfahren gewirkt, ließ brennende Zigarren auf dem Tisch liegen, kam ohne ersichtlichen Anlaß in mein Zimmer und sah die Tapeten an, wollte ins Bad, wenn ich gerade drin war, oder stand irgendwo im Garten und zählte die Rosenstöcke und Hyazinthen. Nur sein Schlafzimmer vergaß er nie abzuschließen, selbst wenn er nur auf einen Sprung ins Bad ging, drückte er die Tür sorgfältig ins Schloß. Zu meiner Erleichterung brauchte ich ihn noch nicht mit Papa anzureden, solange die Gerichtsentscheidung ausstand, blieb alles beim

alten, er hatte auch nicht mehr Prinzeßchen zu mir gesagt, erschien zum Frühstück in korrekter Kleidung, und meistens hatten wir uns über meine Jahre im Mädchenheim, über meine Fahrstunden oder über die Arbeit des Gärtners unterhalten, der inzwischen hiergewesen war und das Rosenbeet angelegt hatte. Auch die Bank stand jetzt unter dem Magnolienbaum, bei schönem Wetter las ich dort die Zeitung, besonders interessiert die Stellenangebote, ähnlich mußte es pensionierten Generalen zumute sein, wenn sie sich mit ihren Kriegstagebüchern beschäftigten. Es war ein angenehmes Gefühl zu lesen, wie viele Stenotypistinnen, Verkäuferinnen und Hausangestellte gesucht wurden, hin und wieder auch eine Sekretärin mit langjähriger Berufserfahrung; die Leute konnten es einfach nicht lassen, jungen Talenten die Chancen zu verderben, und einmal war es unter einer Telefonnummer sogar eine nette, tierliebende Zimmerhilfe mit guten Umgangsformen und französischen Sprachkenntnissen gewesen, wahrscheinlich handelte es sich um die sachgemäße Betreuung eines französisch erzogenen Cockerspaniels im Hause einer schizophrenen Fabrikantenwitwe, ich fand die Anzeige originell genug, daß ich sie vorsorglich ausschnitt, um sie Monika sehen zu lassen, und Papa sah ich erst nach acht Tagen wieder. Wenn ich mich nachträglich dieser Zeit erinnerte, wurde ich ein Gefühl der Unwirklichkeit nicht los, geradeso, als hätte ich sie verträumt oder sonstwie nicht wahrgenommen. Vielleicht lag es zum Teil auch an den Fahrstunden, um die Prüfung zu beschleunigen, nahm ich jeden Tag eine, es waren ohnedies nicht meine ersten; Hans hatte mich oft verbotenerweise ans Steuer gelassen und damit Freiheit und Stellung riskiert, aber nun kamen sie mir zugute, und der Fahrlehrer war noch jung, er versicherte mir jedesmal, ich sei die intelligenteste Fahrschülerin, die zu unterrichten er jemals das

Vergnügen gehabt habe, was man natürlich gerne hörte, nur die theoretischen Stunden strengten mich an, ich hatte immer zu büffeln, obwohl es mir nicht recht einleuchtete, welche Bedeutung es für mich haben könnte, wie ein Motor von innen aussah, ob er auf acht oder nur vier Zylindern laufe, und wie ein Ventil funktionierte. Ich fand das alles zwar recht interessant, aber für meinen künftigen Lebensweg nicht unbedingt von Bedeutung.

Monika hatte sich nur noch einmal sehen lassen, um mir strahlend zu erzählen, ihr Atelierfreund habe einen kleinen Wagen angeschafft, aber sie würde bald wieder von sich hören lassen, und dann war es recht still um sie geworden. Auch Hans schien seiner freiwilligen Karenz noch nicht überdrüssig geworden zu sein, und wenn ich mir bisher nie sicher gewesen war, ob ich ihn vermissen würde oder nicht, so war ich es nach fünf Wochen auch noch nicht, zwar beschäftigte ich mich in Gedanken oft mit ihm, aber nicht mehr mit der gleichen Intensität wie früher, es hatte fast den Anschein, als ob meine neue Tochterrolle mich bis zur physischen Selbstverleugnung ausfülle. Ich nahm mich selbst nur noch als einen Schatten wahr, dessen Existenz sich unklar in meinem Bewußtsein reflektierte und ständig zwischen Fahrstunden, Haushaltspflichten und sonstigen Obliegenheiten manipulierte. Das jahrelang immer nur mühsam unterdrückte Bedürfnis, meine Tage einmal nach eigenem Gutdünken verbringen zu können, schuf sich mit geradezu elementarer Gewalt Luft und versetzte mich in einen Zustand hektischer Geschäftigkeit, der schon lächerlich war, aber er bewahrte mich gleichzeitig auch vor Meditationen, die meinem Seelenfrieden abträglich gewesen wären. Ich hatte mich auch sehr bald daran gewöhnt, allein in einem großen Haus zu schlafen, ließ mich durch nächtliche Geräusche nicht mehr gleich zu Tode erschrecken und nahm trotz meiner hektischen Geschäftigkeit in diesen Wochen fast ein Kilogramm zu. Als ich es merkte, schaffte ich sofort eine Badezimmerwaage an, strich meinen Küchenzettel radikal zusammen und stellte mich auf Diät um. Es kam alles nur daher, weil Papa mir für die Fahrstunden noch einmal fünfhundert Mark hiergelassen hatte, jedesmal, wenn ich das viele Geld anschaute, bekam ich Appetit auf aufwendige Fleischgerichte. Papa jedenfalls schien mich noch nicht zu üppig zu finden; als er an einem Dienstagabend zur unschicklichen Stunde in mein Schlafzimmer eindrang, las ich ihm die frohe Botschaft schon von der Nasenspitze ab, er setzte sich ungeniert auf mein Bett, drückte mir zuerst ein wichtig aussehendes Dokument in die Hand, dann einen Kuß auf die Stirn, und er war so überwältigt, daß ihm wieder die Lippen zitterten. Zwar hatte ich mich diesmal noch rechtzeitig bis zum Hals zudecken können, aber Papa hatte vor Aufregung seine Hände mal hier und mal dort, meinte, dies sei ein ganz großer Augenblick in seinem Leben, und wir müßten die familiären Bande wenigstens noch provisorisch feiern.

Ich war mir nicht ganz sicher, was er sich darunter vorstellte, er lief auch sofort wieder hinaus, und ich hatte nun Gelegenheit, die Urkunde etwas näher zu betrachten. Sie enthielt unter anderem die gerichtliche Befreiung vom Erfordernis der Minderjährigkeit gemäß Paragraph eintausendsiebenhundertvierundvierzig, Absatz drei, Komma, eintausendsiebenhundertfünfundvierzig c BGB, und las sich recht kompliziert, aber mich beschäftigte im Augenblick mehr der Umstand, daß mich diese schöne Urkunde zumindest meine Unabhängigkeit kosten würde und daß ich künftig an einen Menschen gebunden war, mit dem ich letztlich nicht mehr gemein hatte als den Namen. Nun, da die Dinge zur Unabänderlichkeit herangereift waren, empfand ich weder Genugtuung noch Unbehagen, nur eine mit Verwunderung gemischte Resignation. An den neuen Familiennamen würde ich mich gewöhnen können, zu meinem eigenen hatte ich noch nie eine innere Beziehung gehabt, und ob man Ruth Brandenstein oder nur Ruth Stein hieß, spielte auch keine große Rolle mehr, solange man das Adelsprädikat wegließ. Fräulein von Brandenstein hörte sich natürlich gleich etwas dekorativer an, und Baronesse von Brandenstein schon ein bißchen nach deutscher Filmwirtschaft, jedoch blieb mir immer noch die Möglichkeit, mich nur als Freifräulein zu fühlen, und hier fing ich unvermittelt an zu kichern. Ich tat es ohne rechte Begeisterung, fühlte mich im Grunde auch gar nicht so sehr zum Kichern aufgelegt, aber ich kicherte trotzdem, und als ich Papa mit einer großen Flasche und zwei Gläsern hereinkommen sah, versuchte ich das Kichern in meinem Hals zu ersticken, aber es wurde dadurch nur noch schlimmer, ich setzte mich, nach Luft ringend, aufrecht ins Bett, preßte verzweifelt das Gesicht in die Hände, und vielleicht hätte ich in dieser Weise noch eine Viertelstunde weitergemacht, wenn mir nicht plötzlich bewußt geworden wäre, daß Papa das Zimmer verlassen hatte. Im ersten Augenblick begriff ich es nicht, dann fiel mir ein, daß er meine Heiterkeit mißverstanden haben könnte, und das war mir nun überhaupt nicht recht.

Ich stand kurz entschlossen auf, zog meinen Morgenrock an und stieg die Treppe hinunter, traf ihn jedoch weder in der Wohndiele noch im Wohnzimmer, auch mein Klopfen an seine Schlafzimmertür fand kein Echo, mir blieb nichts anderes übrig, als in mein Bett zurückzukehren, aber der Abend war mir gründlich verdorben, ich schlief auch in der Nacht unruhig, wachte am Morgen unausgeruht und mit Kopfschmerzen auf, es war schon sehr spät, kurz nach neun Uhr, trotzdem traute ich der Stille nicht, bei Papa wußte man nie, ob er das Haus verlassen oder sich nur eingeschlossen hatte. Ich zog wieder den Morgenrock an, lief durch das ganze Haus, horchte eine Weile vergeblich vor seiner Schlafzimmertür, und als ich wieder in mein eigenes Zimmer kam, stellte ich fest, daß die Urkunden für die Adoption verschwunden waren. Zum ersten Male in meinem Leben rauchte ich auf nüchternen Magen eine Zigarette, ich rauchte in letzter Zeit überhaupt am laufenden Band, diese Adoption hatte mich ebensoviel Nerven wie Überwindung gekostet, und daß Papa sich nächtlicherweise heimlich in mein Schlafzimmer geschlichen hatte, regte mich von Minute zu Minute mehr auf; dabei hatte ich ihn immer für einen ausgeglichenen Menschen mit Herz und Humor gehalten. Obwohl ich mir ziemlich sicher war, daß er das Haus verlassen hatte, verzichtete ich auf die morgendliche Dusche, es war ein unmöglicher Zustand, daß ich mein Zimmer nicht abschließen konnte und daß ich mich trotz des langen Schlafes so unausgeruht fühlte, kam vielleicht auch daher.

Nach dem Frühstück probierte ich sämtliche Schlüssel an meiner Tür aus, fand jedoch keinen passenden, und dann stellte ich fest, daß auch der Schlüssel zum Badezimmer fehlte. Ich wäre jeden Eid darauf eingegangen, daß er gestern noch dagewesen war, und diesmal brauchte ich gleich drei Zigaretten hintereinander, um mich einigermaßen zu beruhigen. Mein erster Gedanke war, zu Hans zu laufen, und daß ich es dann doch nicht tat, rechnete ich mir hoch an, ich war nicht übertrieben furchtsam, fühlte mich auch einem Mann wie Papa durchaus gewachsen, und wenn ich jetzt zu Hans gelaufen wäre, hätte ich es genausogut schon vor vier Wochen tun können. Trotzdem wurde ich den ganzen Tag ein starkes Unbehagen nicht mehr los, um mich abzulenken, ging ich am Nachmittag einkaufen, möglich, daß er den Schlüssel zum Badezimmer nur versehentlich abgezogen und in sein Schlafzimmer gelegt hatte, er war mitunter doch sehr zerstreut, gestern abend schon, als er sich mit der Hand einmal auf meinen Bauch und dann wieder auf meine Knie gestützt hatte, und wenn es ihm gar ein kleines Vergnügen bereitet haben sollte, wäre es auch noch kein Grund gewesen, gleich alle Kübel des Unrats über ihn auszugießen. In seinem Alter wuchsen die Früchte der Kurzweil nicht mehr so dicht, und zu wissen, daß man sie nur noch für teures Geld bekam, mußte eher deprimierend als ein Trost sein.

Am nächsten Tag hatte ich wieder Fahrstunde, ich würgte zweimal den Motor ab, und der Fahrschullehrer fragte mich, was um alles in der Welt plötzlich in mich gefahren sei, ich entschuldigte es mit Kopfschmerzen, und er sagte, in seiner Jugend habe das ganz anders geheißen, obwohl er höchstens fünf Jahre älter sein konnte als ich. Ich verabredete für den kommenden Tag gleich noch eine Stunde, und am Abend traf auch Papa wieder ein, nachdem er mich drei Tage lang mit seiner Abwesenheit gestraft hatte. Wenigstens ließ er sich nicht viel anmerken, war nur etwas sachlich, vermied jede direkte Anrede und wollte wissen, was ich ihm zum Abendbrot machen könne. Ich selbst hatte schon gegessen, servierte ihm in der Diele und zog mich dann in mein Zimmer zurück. Meine Hoffnung, er würde wenigstens noch einen Versuch unternehmen, die Verstimmung zwischen uns aus der Welt zu räumen, erfüllte sich nicht, er verschwand nach dem Essen in seinem Schlafzimmer, und das war natürlich auch eine Möglichkeit, ein schwieriges Problem zu lösen, es enttäuschte mich doch sehr an ihm. Natürlich hätte ich mich bei ihm entschuldigen können, aber damit wollte ich nicht zu frühzeitig anfangen und sah auch keinen rechten Anlaß dafür. Vorsichtshalber stellte ich in dieser Nacht einen Stuhl vor die Tür, beschwerte ihn noch mit einem halben Dutzend von Papas Agrarstatistiken und Betriebssystemen und zog mich aus. Da ich am Vormittag die Fahrstunde absolviert hatte, war ich noch nicht zur Lektüre der Zeitung gekommen; unter den Stellenangeboten fragte mich einer, ob ich meinen Arbeitsplatz und mein Einkommen verbessern wolle, ein eindeutiger Fall von fast schon krimineller Abwerbung, ein Versandhaus stellte das törichte Ansinnen, ich solle mir meinen Arbeitsplatz bitte selbst aussuchen, und an einer anderen Stelle fehlte in einem schnittigen Rennachter eine geeignete Team-Kollegin mit Erfahrungen im Außendienst und Wetterfestigkeit auch bei rauhem Wasser, damit das Boot besser vorankommen könne, selbstverständlich unter Anleitung eines bewährten Steuermanns. Auch die *tierliebende Zimmerhilfe* entdeckte ich wieder, diesmal besonders groß aufgemacht und mit Höchstgebot.

Hätte Papa das Telefon nicht immer im Schlafzimmer eingeschlossen gehabt, wäre ich wahrscheinlich der Versuchung erlegen, die Nummer einmal anzurufen, um festzustellen, ob sich der französisch sprechende Cockerspaniel persönlich meldete. Natürlich konnte es ebensogut ein Neufundländer oder Zwergpinscher sein, ich faltete die Zeitung zusammen, und in der Nacht wachte ich einmal auf und hatte Herzklopfen. Ich wußte nicht, weshalb ich aufgewacht war, konnte auch kein verdächtiges Geräusch feststellen, und trotzdem lag ich über eine Stunde mit offenen Augen da, und am nächsten Morgen hatte ich wieder Kopfschmerzen. Ich erinnerte mich, daß Papa um halb zehn Uhr frühstücken wollte, aber als ich mich anschickte, das Bett zu verlassen, hörte ich ihn die Treppe heraufkommen, vor meiner Tür setzten seine Schritte aus, ich vernahm ein Geräusch, als ob Papier durch die Türritze geschoben würde, dann hörte ich ihn aus der Haustür gehen und die Haustür zufallen. An der Türschwelle entdeckte ich einen weißen Briefumschlag, meine Hände zitterten so heftig, daß ich ihn kaum aufbrachte, und dann war es die Kopie eines notariell beglaubigten Testamentes, worin er mich zu seiner Universalerbin bestimmte. Ich kehrte in mein Bett zurück und rauchte die zweite Zigarette meines Lebens auf nüchternen Magen. Es war das gute Recht eines fünfundsechzigjährigen Mannes, etwas wunderlich zu sein, wenn er Heimat, Frau und Sohn verloren hatte, und bis dahin war ich auch bereit, seine Eigenheiten zu tolerieren. Ich war aber nicht bereit, jede Nacht mit Kopfschmerzen und Herzklopfen aufwachen zu müssen, und wenn er sich nicht dazu überwinden konnte, wenigstens auf meine Nerven Rücksicht zu nehmen, würde ich ihm eben einmal die Meinung sagen. Es war auch keine Art, ständig wortlos aus dem Haus zu laufen, wochenlang wegzubleiben und dann jedesmal wieder zu den unmöglichsten Stunden in mein Privatleben zu platzen. Ich hielt es für recht unwahrscheinlich, daß dies zu den üblichen Modalitäten eines normalen Vater-Tochter-Verhältnisses gehörte, und weil er das Haus nun doch schon verlassen hatte und mir an diesem Morgen mehr denn je nach einem erfrischenden Bad zumute war, zog ich den Morgenrock an und ging hinunter.

Der Schlüssel fehlte immer noch, ich begnügte mich mit einer kalten Dusche, und als ich aus der Wanne stieg, kam er zur Tür herein und sagte: »Es war nicht abgeschlossen.« Immerhin wußte ich jetzt, woran ich war, und daß mir das Blut in den Kopf schoß, hätte jedem anderen Mädchen auch passieren können. Ich drehte ihm den Rücken zu, schlüpfte in meinen Morgenrock, und bis dahin hatte er das Bad schon wieder verlassen. Ich sah ihn erst wieder, als ich in meinem Zimmer die Kopie seines Testamentes in hundert kleine

Fetzen zerrissen und eine Viertelstunde zum Fenster hinausgestarrt hatte, ohne mich jedoch zu einer entscheidenden Tat aufraffen zu können. Wenn es allein damit getan gewesen wäre, aus dem Haus zu laufen, hätte ich wahrscheinlich keine Sekunde damit gezögert, aber weder verspürte ich Lust, mich in einem Hotel einzumieten, noch Hans kniefällig um Verzeihung zu bitten; vor drei Wochen hätte ich es vielleicht noch gekonnt, inzwischen hatte er mich jedoch zu lange warten lassen, und ich war jetzt am allerwenigsten in der Verfassung, auch noch den letzten Zipfel meiner Unabhängigkeit gegen unzumutbare Bedingungen einzutauschen; wie ich ihn kannte, hätte er mich diesmal endgültig auf sein Eigenheim festgenagelt. Im Grunde bestand auch kein Anlaß zu unüberlegten Schritten; daß Papa nicht nur väterliche Gefühle für mich hegte, war keine Offenbarung mehr, ich würde mich entweder damit abfinden oder die Konsequenzen daraus ziehen müssen. Meine Abhängigkeit ihm gegenüber war vorläufig nur pekuniärer Art, und dagegen gab es notfalls Mittel und Wege, ohne gleich die ganze Adoption zu annullieren. Nach aller Überwindung, die sie mich gekostet hatte, war ich auch noch nicht bereit, mir ihre Vorzüge völlig zu verscherzen, und zu diesen Vorzügen gehörten nicht zuletzt das Haus und der Garten, ich hatte mich schon so sehr daran gewöhnt, daß mir ein freiwilliger Verzicht mehr Selbstverleugnung abgefordert hätte als die Preisgabe meiner physischen Proportionen unter Papas faszinierten Blicken, und als er in mein Zimmer trat, saß ich noch immer im Morgenrock am Fenster, er blieb einen Augenblick an der Tür stehen, dann kam er zu mir, legte mir die Hand auf die Schulter und sagte: »Ich habe es nicht absichtlich getan.«

»Natürlich haben Sie es absichtlich getan«, sagte ich. »Ich habe schon vor drei Tagen gemerkt, daß der Schlüssel fehlt.«

»Welcher Schlüssel?« fragte Papa, und als ich keine Antwort gab, nahm er die Hand von meiner Schulter, holte sich vom Tisch einen Stuhl und setzte sich dicht neben mich. Eigentlich, meinte er, sei es allmählich an der Zeit, daß wir uns das »Du« angewöhnten, und ich sagte: »Sie machen es einem nicht gerade leicht.«
»*Du* machst es mir nicht gerade leicht«, korrigierte er mich sanft. »Und warum mache ich es dir nicht leicht?« Entweder war er ein hervorragender Komödiant oder bis zur Unentschuldbarkeit naiv, seine blauen Augen schauten mich so treuherzig an, daß ich gar nicht erst den Mund auftat, und er fragte dann noch, ob es für ein Mädchen denn so schlimm sei, von seinem Vater in der Badewanne gesehen zu werden. Auch hierin konnte ich ihm keine sachkundige Auskunft geben, und daß sich seine Fragestellung gleichfalls mit mehr Naivität als Logik auszeichnete, durfte man ihm schließlich gleichfalls nicht so unverblümt ins Gesicht sagen. Außerdem hatte er inzwischen auf dem Tisch die Papierschnitzel entdeckt, er stand auf, betrachtete sie und setzte sich dann wieder neben mich. Er habe gehofft, sagte er leise, mir damit eine kleine Freude zu machen. Wenn er ein Testament im Wert von mehreren Millionen Mark als kleine Freude definierte, hätte mich fast einmal interessieren können, was er unter einer großen verstand, ich kam mir auch schon ein wenig albern und undankbar vor und sagte, es sei eben so mit mir durchgegangen.
Dann tue es ihm sehr leid, sagte er leise, daß er mir Anlaß zu so viel Ärger gegeben habe, und künftig würde er eben vorher immer an die Badezimmertür klopfen. Es lag mir auf der Zunge, ihm zu sagen, daß er sich dieser Mühe durch die Herausgabe des Schlüssels entziehen könne, aber da ich inzwischen wieder versöhnlicher gestimmt war, beschloß ich, ihm neue Verlegenheiten zu ersparen, glaubte ich mir

doch ohnedies sicher zu sein, daß er es nach dieser Konversation von selbst tun würde. Mir fiel auf, daß sein Gesicht nicht so frisch aussah wie sonst, er machte einen müden und übernächtigen Eindruck, auch seine Stimme kam mir verändert vor, sein Lächeln gezwungen, er fragte mich noch, ob dann zwischen uns alles wieder in Ordnung sei, und als ich nickte, griff er nach meiner Hand, streichelte sie und sagte, ich sei kein Kind mehr, weshalb er offen mit mir reden könne. Manchmal hatte er eine merkwürdige Art, mich anzuschauen, es erinnerte mich an den Betriebspsychologen in der VAS, ich sagte: »Das ist mir auch lieber«, und er sagte: »Du bist ein kluges Mädchen und hübsch dazu. In meinem Alter kann man so etwas aussprechen, ohne gleich Unlauteres damit zu assoziieren.« Ich war mir da nicht ganz sicher, sein Gesichtsausdruck im Badezimmer hatte jedenfalls zu mancherlei Assoziationen Anlaß gegeben, und als ob er meine Gedanken wieder erraten hätte, sagte er lächelnd: »Selbstverständlich ist auch ein Mann in meinen Jahren noch nicht über alles erhaben«, und ich sagte: »Das scheint mir auch so.«

»Und was stört dich daran?« fragte Papa sehr ruhig. Da er mir so direkt kam, sah ich keinen Anlaß mehr, auf seine Empfindlichkeit noch länger Rücksicht zu nehmen, ich sagte: »Vielleicht bin ich nicht der Typ dafür«, und Papa fragte: »Wofür?« Das war nicht ungeschickt, und ich wußte im Augenblick auch keine passende Antwort darauf. Im Morgenrock fühlte ich mich ihm gegenüber ohnedies im Nachteil, ich mußte ständig aufpassen, damit oben und unten alles dicht blieb, und da er noch immer meine Hand festhielt, war ich erst recht gehandikapt. Er schaute mich jetzt wieder so eigenartig an, daß es mir die Haut im Nacken straffte. Auch wenn er ständig mit seinem Alter poussierte, traute ich ihm ohne weiteres zu, einem fünfundzwanzigjährigen Mädchen nicht nur den Vater ersetzen zu können, und er fragte mich dann recht unverschlüsselt, was ich mir damit vergeben würde, wenn ich einen alten Mann wie ihn hin und wieder etwas mehr als nur mein hübsches Gesicht sehen ließe, worauf ich ihn genauso unverschlüsselt fragte, ob er mich nur deshalb adoptiert habe.

»Dann hätte ich es ohne Testament getan«, sagte er gleichgültig. »Ich habe dich mir schon als Tochter gewünscht, als du zum erstenmal zur Tür hereingekommen bist.«

»Ohne damit etwas zu assoziieren?« fragte ich, und er sagte: »Ohne etwas Unlauteres damit zu assoziieren.« Er schien völlig unfähig zu sein, in seinem Ansinnen allein schon etwas Unlauteres zu entdecken, ich sagte: »Ich habe mich bereits dazu geäußert.«

»Daß du nicht der Typ dafür seist?« fragte er, und ich sagte: »Ja.« Er ließ endlich meine Hand los, blickte eine Weile geistesabwesend zum Fenster hinaus, dann stand er auf und ging aus dem Zimmer. Ich hörte ihn die Treppe hinuntergehen, etwas später wieder heraufkommen, dann schlug die Haustür hinter ihm zu, und ich war wieder einmal allein. Ich blieb vierzehn Tage allein, und bis dahin hatte ich meinen Führerschein in der Tasche, meinen Reisepaß auf den neuen Namen umschreiben lassen und wieder ein Inserat in die Zeitung gesetzt, aber am Tag, als ich die Offerten abholen sollte, ging ich nicht hin, und am nächsten Morgen wußte ich, daß ich sie nicht abholen würde. Die drei Monate in Papas Haus hatten mich für ein möbliertes Zimmer und vierhundertvierzig Mark Nettogehalt endgültig verdorben und mich in eine hoffnungslose Abhängigkeit verstrickt, die mir bisher in dieser Intensität nicht bewußt geworden war. Allein schon der Gedanke, mich möglicherweise wieder von meinem Zimmer trennen zu müssen, konnte mich in einen Zustand tiefer Depression versetzen,

ich war in diesen Tagen nicht mehr fähig, mich zu einer vernünftigen Arbeit aufzuraffen, ignorierte den Staub auf den Möbeln, vernachlässigte den Garten ebenso wie die Küche, wenn das Wetter es zuließ, lag ich auf der Terrasse, zuerst noch im Bikini, dann ohne, lag ohne Bikini in der warmen Maisonne und versuchte mir vorzustellen, Papa stünde hinter mir an einem Fenster.
Solange ich es mir nur vorzustellen versuchte, fand ich es nicht einmal so schlimm, es gelang mir sogar, mich an den Gedanken zu gewöhnen. Gemessen daran, daß er mich vielleicht schon mit Hans beobachtet hatte, wog es nichts, und ein Mädchen, das seinem Freund erlaubte, mit ihm im Hause seines Arbeitgebers zu schlafen, konnte so zimperlich nicht sein, erst recht nicht, wenn es sich nicht einmal sicher war, ob es ihn heiraten wolle oder nicht. Objektiv gesehen hatte ich es Papa ziemlich leichtgemacht, meinen Charakter richtig einzuschätzen, er hatte nur zu warten brauchen, bis ich mich mit diesem Leben und seinem schönen Haus genügend identifiziert hatte, bis mir beides so an die Haut gewachsen war, daß ich es nicht mehr von mir reißen konnte, ohne nicht auch ein Stück meiner Haut von mir zu reißen, und als ich es endlich durchschaute, als ich keine andere Alternative mehr sah, als mich selbst oder Papas schönes Haus aufzugeben, bekam ich eine Art von psychischem Kollaps, stieg abends um zehn Uhr in die Straßenbahn und fuhr zu Hans, aber fünfhundert Schritte vor seiner Haustür überlegte ich es mir anders und setzte mich in ein Kino. Der Film war langweilig, ich wäre gegen Schluß fast eingeschlafen, fuhr mit einem Taxi in Papas schönes Haus zurück, legte mich in meinem schönen Zimmer in mein schönes Bett, und am nächsten Morgen hatte ich die Krise überstanden.
Drei Tage später traf auch Papa wieder ein, er sah noch

übernächtiger aus als das letzte Mal, erzählte mir, daß er eine kleine Grippe gehabt habe, blätterte mir zur Abwechslung gleich acht Hundertmarkscheine auf den Tisch und sagte, ich solle mir dafür ein paar Kleider oder sonst etwas Nettes kaufen. Nach dem Abendessen erzählte ich ihm von meiner gelungenen Fahrprüfung, er hörte mir lächelnd zu, meinte, daß wir darauf zusammen ein Glas trinken müßten, und bis dahin hatte ich mich schon einigermaßen an die familiäre Umgangssprache gewöhnt, sagte sogar Papa zu ihm, weil ich hoffte, es würde seine heutigen Assoziationen gleich in die rechten Bahnen lenken. Er war dann den ganzen Abend sehr nett, trank drei Gläser Wein, machte keinen Versuch, mich selbst zu einem zweiten Glas zu animieren; ich hatte schon von dem einen genug und erfuhr im Laufe des Abends, daß er seine Frau schon als elfjähriges Mädchen im Hause ihrer Familie kennengelernt, sich ein Jahr später freiwillig zu den Fahnen gemeldet habe, in Flandern zweimal schwer verwundet worden und im zweiten Weltkrieg Ortskommandant in Rimaucourt und später in Kotovka gewesen sei. »Dann bist du bei Kriegsende gar nicht mehr nach Ostpreußen gekommen?« fragte ich, und er sagte: »Nein«, trank sein Glas aus und ging in sein Schlafzimmer, ohne mir gute Nacht zu sagen. Er tat mir noch leid, als ich schon lange in meinem Bett lag, und am nächsten Morgen bedankte ich mich noch einmal für die achthundert Mark, aber er winkte nur ab und sagte, für ihn sei es das einzige Vergnügen, mir hin und wieder eine kleine Freude zu machen, und ob ich mich bei dem schönen Wetter nicht auf die Terrasse legen wolle. Es war in der Tat ein sehr schöner und warmer Tag. Um Papa etwas aufzuheitern, zog ich nach dem Frühstück meinen Bikini an, setzte mich auf die Terrasse in meinen Liegestuhl, und später kam er in einem schicken Freizeithemd aus dem Wohnzimmer. Er hätte

genausogut aus seinem Schlafzimmer kommen können, aber dazu hätte er erst den Laden hinaufziehen müssen, und das tat er nur, wenn ich nicht auf der Terrasse war. Vielleicht hatte er ein paar unanständige Bilder an den Wänden hängen, die bei künstlicher Beleuchtung vorteilhafter zur Geltung kamen als bei simplem Tageslicht, ich hatte es inzwischen aufgegeben, mir ständig den Kopf darüber zu zerbrechen, und er verwickelte mich gleich wieder in ein kleines Gespräch, meinte, ich könne ihm morgen ja einmal meine Fahrkünste vorführen, und wenn er mit ihnen zufrieden sei, würde er mir einen kleinen Wagen kaufen. Daß ich es mir insgeheim schon einige Male gewünscht hatte, war vielleicht unbescheiden, in Anbetracht meines taufrischen Führerscheins jedoch so ausgefallen nicht, mir hatte das Fahren schon immer Spaß gemacht, und nun, da ich es ganz offiziell tun konnte, war ich richtig scharf darauf geworden; seit ich keine Fahrstunden mehr hatte, fehlte mir etwas. Trotzdem hielt ich es für angezeigt, Papas generöser Absicht zu widersprechen, ich sagte, ich sei bisher ganz gut ohne Wagen zurechtgekommen, und er wiederum meinte, dies sei heute schließlich kein Maßstab mehr für mich, er wolle mir künftig auch nicht länger zumuten, die schweren Einkaufstaschen den Berg heraufzuschleppen.
Er hatte sich aus dem Wohnzimmer einen Stuhl geholt, von Liegestühlen schien er nicht viel zu halten, und später legte er mir die Hand auf den Kopf, streichelte mein Haar und sagte wieder Prinzeßchen zu mir. Es war sehr heiß auf der windgeschützten Terrasse und Papas Gesicht plötzlich von vielen kleinen Schweißperlen übersät, er sah jetzt ganz kalkig aus, fuhr mir mit dem feuchten Daumen über die Stirn zur Nasenwurzel, dann den Nasenrücken abwärts bis zum Kinn und Hals, verweilte dort gleichsam atemholend, um sich dann im Oberteil meines Bikinis zu etablieren. Mit

geschlossenen Augen erregte es mich genauso, wie es mich bei Hans erregt hätte, ich durfte nur nicht daran denken, daß es Papas Daumen war, und selbst dann, als er auf seiner Daumenreise auch das letzte Häkchen entdeckt und die letzte Hürde genommen hatte, versuchte ich immer noch, mit geschlossenen Augen an das Auto und an das schöne Haus zu denken, lag fröstelnd in der heißen Sonne, fror und transpirierte in einem, Papas Zigarrenatem im Gesicht, und irgendwann faßte er nach meinem Handgelenk, sagte: »Jetzt werde ich dir etwas Schönes zeigen, Prinzeßchen«, und führte mich ins Haus. Ich beobachtete apathisch, wie er seinen Schlüsselbund aus der Tasche holte, die Tür mit einem komplizierten Schlüssel öffnete, und dann konnte ich den ersten Blick in sein ominöses Schlafzimmer tun, aber es war stockdunkel drinnen, und während ich noch bemüht war, etwas zu erkennen, überfiel mich eine jähe Angst, ich rannte in panischer Furcht zu meinem Zimmer hinauf, und als ich dann auf meinem Bett lag, bekam ich einen Weinkrampf. Ich weinte noch, als Papa hereinkam, mir ungeschickt den Rücken streichelte und mir versicherte, er habe mir wirklich nichts tun, sondern nur etwas zeigen wollen, was er vor mir noch keinem anderen Menschen gezeigt habe, aber ich glaubte ihm jetzt kein Wort mehr, und da er in seinem verzweifelten Bemühen, mich wieder zur Vernunft zu bringen, immer intimer wurde, stieß ich mit dem Knie nach ihm, traf ihn anscheinend sehr schmerzhaft, er ließ mich los, und als ich eine Viertelstunde später angezogen aus meinem Zimmer trat, saß er unten in der Wohndiele, ein verstörter alter Mann mit eingefallenem Gesicht und erschrockenen Augen, aber ich konnte ihm nicht helfen, konnte mir selbst nicht helfen, lief über zwei Stunden wie betäubt durch die Straßen, ohne Plan und Ziel, und als ich vor Müdigkeit nicht mehr laufen konnte und mir vor Hun-

ger und Erschöpfung schon ganz schlecht wurde, setzte ich mich in ein Restaurant, bestellte eine Kleinigkeit zu essen und rauchte eine Zigarette nach der anderen.
Nie hatte ich mich verlorener, unglücklicher und verlassener gefühlt, und was es so schlimm machte, war der Gedanke, daß ich mir alles selbst zuzuschreiben, daß ich ihn durch meine Passivität sogar dazu ermuntert hatte, ich hätte nur rechtzeitig seinen Daumen von meinem Bikini zu nehmen, nur ein einziges entschiedenes Wort zu sagen brauchen, aber in diesem Stadium hatte ich noch nie viel gesagt, ich war mir nicht einmal sicher, wie es geendet hätte, wenn meine Furcht vor seinem ominösen Schlafzimmer nicht noch größer gewesen wäre als mein Widerwille, und auf bloße Neugierde hätte ich mich höchstens in den ersten fünf Minuten berufen können. Ich war im Grunde genauso billig wie alle Mädchen, für die es keine Rolle mehr spielte, ob sie es mit diesem oder jenem trieben, sich im Bett oder im Kino zerstreuten und ob es ein Mann aus dem Märchenring oder nur einer aus der Altstadt war. Länger als vierzehn Tage hatte ich es in den vergangenen Jahren nie durchgestanden, vierzehn Tage waren immer das höchste gewesen, und nun waren es schon zehn oder zwölf Wochen, seit ich Hans nicht mehr gesehen hatte, aber um diese Zeit würde ich ihn nur im Geschäft antreffen, und das wollte ich nicht. Nicht in dieser Verfassung, und daß er zwölf Wochen auf mich gewartet haben könnte, ohne einem anderen Mädchen die Vorzüge seines Einzimmerappartements in der Praxis zu demonstrieren, erschien mir bei seiner Mentalität gleichfalls unwahrscheinlich.
Nach dem Essen ließ ich mir von dem Wirt die heutige Zeitung geben, samstags waren es immer besonders viele Stellenangebote, die meisten jedoch unter Chiffre, und die anderen taugten nichts. Nur bei den Hausangestellten fand

ich zwei mit Adresse, und dann entdeckte ich auch die *tierliebende Zimmerhilfe* wieder. Daß sie so oft repetiert werden mußte, machte sie allein schon verdächtig, und trotzdem brachte ich jetzt den Blick nicht davon los, ich schrieb mir die Telefonnummer auf, bezahlte meine Rechnung und setzte meinen planlosen Gang durch die Stadt fort. Nach allem, was geschehen war, würde Papa sich hüten, mich auf die Straße zu setzen oder die Adoption zu annullieren, die Leute beim Gericht hätten sich ohnedies Gedanken gemacht, und wenn man es einmal von dieser Seite betrachtete, war meine Situation gar nicht so schlimm, wie ich es mir vor zehn Minuten noch eingeredet hatte, er konnte sich einen Skandal weniger leisten als ich, und ich hatte auch noch nie viel zu verlieren gehabt, keine Konservenfabrik, kein schönes Haus auf dem Turmberg und auch kein gesellschaftliches Renommee. Für ihn war nach dem Krieg gesorgt worden, und im Krieg war er Ortskommandant gewesen, vielleicht bezog er sogar noch eine Rente dafür, mir hatten sie keine Rente gegeben, keine Hinterbliebenenrente, keine Waisenrente und was sie sonst noch an Renten ausbezahlten. Und wenn ich es ein klein wenig geschickt anstellte, würde ich aus dem Vorfall sogar noch Nutzen ziehen und ihn zu einer richtigen Hausgehilfin überreden können, die mir ein wenig zur Hand ging. Schließlich war ich jetzt seine Adoptivtochter, und wenn es ihn danach gelüsten sollte, von Zeit zu Zeit etwas mehr als nur mein hübsches Gesicht zu sehen, würde ich ihm eben meinen Preis nennen, fünfhundert Mark für dies und tausend Mark für das, ich brauchte jetzt nur noch nach Hause zu gehen und darauf zu warten, bis er mürbe genug war, ihn zu akzeptieren, so wie er darauf gewartet hatte, bis ich mürbe genug gewesen war, seine Spielregeln zu akzeptieren, und so weit war also alles klar.

Weshalb ich dann doch nicht nach Hause ging, sondern schnurstracks die nächste Telefonzelle anvisierte, hing vielleicht damit zusammen, daß ich mir nach all diesen Überlegungen, Erwägungen und eiskalten Betrachtungen selbst ein wenig unheimlich geworden war, ich hatte auch gar nicht vorgehabt, zur nächsten Telefonzelle zu laufen, aber gerade, als ich meine Meditationen zu einem vorläufigen Abschluß gebracht hatte, fiel mir die *tierliebende Zimmerhilfe* wieder ein, und ich reagierte in etwa wie Odysseus angesichts der Sirenen. Ich ließ mir auch keine Zeit mehr, meine neueste Intuition kritisch zu analysieren, es hätte mich sonst vielleicht noch den letzten Rest meiner Selbstachtung kosten können, und so weit wollte ich es nun doch nicht kommen lassen. Zum Glück war der Telefonanschluß nicht anderweitig besetzt, eine ländlich akzentuierte weibliche Stimme sagte: »Hallo!«, was immer ein brauchbares Rezept war, um die Anonymität zu wahren, wahrscheinlich war es die Hausgehilfin vom Dienst, und auch ich verfuhr ohne alle Umschweife, erkundigte mich, ob die Stellung der tierliebenden Zimmerhilfe noch frei sei, und die Hausgehilfin vom Dienst wollte wissen, mit wem sie überhaupt rede. Das hätte ich mit dem gleichen Recht auch sie fragen können, und fast wäre mir wieder mein bürgerlicher Name unterlaufen, ich besann mich jedoch noch rechtzeitig, und da ich mich schon beim Anruf selbst mehr von meiner Intuition als von meiner Vernunft hatte leiten lassen, stellte ich mich ganz intuitiv als Fräulein von Brandenstein vor, worauf es auf der anderen Seite zuerst einmal still wurde, ich meinte, ein erregtes Wispern wahrzunehmen, und dann meldete sich plötzlich eine energische Männerstimme, diesmal vielleicht der Hausmeister vom Dienst, er fragte, ob ich an der Stellung interessiert sei, und als ich ihm sagte, daß ich im anderen Falle gar nicht erst angerufen hätte, erklärte er mir, es sei vielleicht am besten, ich würde persönlich vorsprechen, und ob es mir heute noch passen würde.

»Am liebsten sofort«, sagte ich eine Kleinigkeit zu hastig, aber mir war bei alldem immer weniger geheuer zumute, und die geringste Spanne ungenutzter Zeit hätte mich vielleicht doch noch meine Selbstachtung kosten können. Also erkundigte ich mich gleich nach der Adresse, erhielt bei dieser Gelegenheit Kenntnis von einem neuen Wohnviertel hinter dem Turmberg, und der Hausmeister vom Dienst versicherte mir noch, daß ich das Haus auf keinen Fall verfehlen könne, weil es das größte im ganzen Viertel sei. Das war immerhin schon etwas, leider vergaß ich zu fragen, welchem Verkehrsmittel man sich anvertrauen müsse, um hinter den Turmberg zu gelangen, doch glaubte ich in der Annahme sicherzugehen, daß nicht alle Leute dort schon einen eigenen Hubschrauber besaßen, und nahm ein Taxi. Ähnlich mußte Amokläufern zumute sein, ich hatte mir noch keinen Augenblick Zeit gelassen, meine Vernunft einzuschalten, und seit sie mir das Debakel in Papas Haus beschert hatte, war mein Vertrauen in sie ohnedies stark erschüttert. Der Taxifahrer schien in dieser Himmelsrichtung gleichfalls noch nicht bewandert zu sein und zog einen Stadtplan älteren Datums zu Rate. Das sei ja ein ganz neues Viertel, sagte er, und ich sagte, genau das hätte ich ihm auch schon erzählt.

»Jedenfalls«, sagte er leicht verstimmt, »sind da noch gar keine Straßen eingetragen«, aber dafür konnte er nun wirklich nicht ausgerechnet mich verantwortlich machen; er war auch schon ziemlich bejahrt und dem Verkehrschaos psychisch nicht mehr gewachsen, beschimpfte während der ganzen Fahrt alle Leute, die uns auf und neben der Straße begegneten. Was mich etwas beruhigte, war der Gedanke, daß es immer noch der Turmberg war, und solange ich wenigstens in der näheren Umgebung blieb, konnte ich jederzeit zu Papas Haus zurück. Außerdem hatte ich mich noch in keiner Weise festgelegt, ich würde mir die Geschichte einmal aus der Nähe anschauen und mir dann unverbindlich eine Bedenkzeit ausbitten; es lag wirklich kein Grund vor, weshalb ich mich so aufregte. Natürlich waren mir Veränderungen jeglicher Art zuwider, ich hätte weiß Gott was dafür gegeben, wenn ich statt hinter den Turmberg direkt vor Papas Haustür hätte fahren können, aber wer konnte schon immer tun, wonach ihn gerade gelüstete, ich nicht und Papa auch nicht, und wenn an der Sache ein gutes Haar sein sollte, konnte ich ihn immer noch vor die Alternative stellen, entweder auf seine späten Gelüste oder auf meine Anwesenheit zu verzichten; ich hätte dann wenigstens einen Trumpf und nicht nur seine Hundertmarkscheine in der Tasche.

Die Fahrt selbst war recht abwechslungsreich, sie führte zur Südseite des Turmbergs an hübschen Häusern vorbei, und dann, einer sehr steilen Straße folgend, auf eine dem Berg vorgelagerte bewaldete Kuppe, mit einem schönen Blick auf das Kraichgauer Hügelland. Es waren zugegebenermaßen eindrucksvolle Perspektiven, die sich hier eröffneten, und was sich da zwischen den Bäumen an Villen breitmachte, blieb dem Märchenring gewiß nichts schuldig. Selbst der Taxichauffeur schien trotz größerer Lebenserfahrung und eines neuen Mercedes der oberen Preisklasse an die finsteren Zeiten klassenkämpferischer Parolen erinnert zu werden, er murmelte etwas von Oberbonzen und Steuerfahndung, fragte mich ein wenig unwirsch, in welchem Schloß ich abzusteigen gedächte, und da ich es selbst noch nicht wußte, gab ich ihm sein ehrlich verdientes Geld und schickte ihn wieder in die Tiefe zurück. Für ein ungeübtes Auge war es nicht einfach, zu präzisieren, welche der um-

liegenden Villen die größte sein könnte, sie lagen nicht nur zwischen den Bäumen, sondern auch noch hinter hohen Mauern versteckt und machten durchweg den Eindruck, ganze Sippengemeinschaften des Industrieadels zu beherbergen, aber ein kleiner Junge mit abstehenden Ohren und einer Armbanduhr, wie ich sie in dieser Qualität nur bei Abteilungsleitern der VAS gesehen hatte, half mir auf die richtige Fährte, ich entdeckte das Haus etwas abgesondert auf einer Waldwiese, von der selbst erfahrene Campingspezialisten nur zu träumen gewagt hätten, und das schmiedeeiserne Tor in der mannshohen und weißverputzten Mauer war allein schon Beachtung wert.
Es dauerte ein paar Sekunden, bis die Verständigung über die Sprechanlage mit der plärrenden Stimme zu einem befriedigenden Ergebnis führte, und etwas später kam ein junger Mann an das Tor, schloß es auf und starrte mich neugierig an. »Sie kommen wegen der Stellung?« fragte er, und ich sagte: »Je nachdem, was es für eine ist.«
»Das werden Sie bald wissen«, sagte der junge Mann. Er trug eine Art Uniformhose, schwarze Schuhe und ein sehr sauberes weißes Hemd, ich schätzte ihn auf höchstens dreiundzwanzig, und während ich ihm durch eine grüne Parklandschaft mit schönen Baumgruppen und dekorativen Steinbänken folgte, fragte ich: »Sind Sie der Chauffeur?«
»Wenn ich gerade nichts anderes zu tun habe«, sagte er und musterte wieder neugierig mein Gesicht. »Haben Sie schon einmal in so einem Haus gearbeitet?« fragte er, und ich sagte: »In so einem noch nicht.«
»Deshalb haben Sie auch noch so gute Nerven«, sagte er, und dann hatten wir das Haus erreicht. Es war einstöckig, in Form eines offenen Rechtecks erbaut, mit einem Swimmingpool in der Mitte, der selbst für die Städtischen Badeanstalten noch eine Bereicherung gewesen wäre. Unter far-

bigen Sonnenschirmen waren überall zierliche Gartenmöbel aufgestellt, Tische, Stühle und Bänke, auch Liegestühle dazwischen; nur von den Bewohnern war nichts zu sehen. Dafür entdeckte ich auf der anderen Seite des Swimmingpools ein kleines blaues Pferdchen im Gras, und der junge Mann blickte mich eigenartig an und sagte: »Warten Sie hier!«

Bis dahin war ich mir sicher geworden, daß es sich bei dem ruhenden Tier auf der anderen Seite um kein Pferd handeln konnte. Als es sich plötzlich auf die Beine stellte und erwartungsvoll zu mir herüberäugte, entpuppte es sich als eine Dogge von geradezu erschreckenden Proportionen. Zu meiner Beruhigung stellte ich fest, daß sie an der Leiter des Swimmingpools angekettet war, und vor Hunden hatte ich im allgemeinen weniger Angst als vor Katzen, Spinnen und Fledermäusen, im Mädchenheim war ich sogar mit einem Schäferhund befreundet gewesen; die Dogge schien auch keinerlei feindselige Absichten zu hegen, sie stand nur da, schaute mich über die Breite des Swimmingpools hinweg erwartungsvoll an und wedelte mit der Rute. Ich nickte ihr so freundlich wie möglich zu und widmete meine Aufmerksamkeit wieder dem Swimmingpool. An seiner tiefsten Stelle hätte man wahrscheinlich mühelos ertrinken können, dort befand sich auch das Sprungbrett, mir fiel ein, daß ich in diesem Frühjahr noch kein einziges Mal zum Schwimmen gekommen war, und der Mai war fast vorbei. Der blaue Farbanstrich des Bassins machte sich gut, man fühlte sich direkt versucht, wenigstens einmal den Fuß in das klare Wasser zu stecken, aber die vielen Fenster ringsherum ließen es mir nicht geraten erscheinen, einige reichten bis zum Boden und waren so groß, daß ich mich wunderte, weshalb sie nicht das ganze Haus aus Glas errichtet hatten. Der Eingang befand sich auf der Höhe des Swimmingpools, zwei große Glastüren mit einer ausgefahrenen Markise darüber, und drinnen entdeckte ich eine gemütliche Sitzgruppe vor einem Kamin aus rotem Sandstein. Ein Geräusch lenkte mein Augenmerk auf die Dogge zurück, sie stand noch immer erwartungsvoll jenseits des Swimmingpools, hatte jedoch ihr Wedeln intensiviert und gab ein leises Winseln von sich. Ich nickte ihr wieder mit meinem ganzen Charme zu, und diesmal setzte sie sich auf die Hinterpfoten, legte den mächtigen Kopf schräg und ließ mich ihre ebenso mächtige Brust sehen. Daß es ein Rüde war, konnte ich bei dieser Gelegenheit auch gleich feststellen, ich sagte: »Du bist ja ein ganz Schlimmer!«, was zur Folge hatte, daß sie sofort wieder aufstand und nun auch noch ihr Winseln intensivierte. Da sie mit einer starken Kette angebunden war, glaubte ich es riskieren zu können, die Distanz zwischen uns zu verringern, ich ging zu ihr hinüber, blieb ein paar Schritte von ihr entfernt stehen und betrachtete sie aus der Nähe. Sie war wirklich ein Riesentier, ihr Kopf mußte mir bis an die Brust reichen, aber ihre bernsteinfarbenen Augen waren mit so viel uneingeschränkter Zuneigung auf mich gerichtet, daß ich auch meine letzten Bedenken überwand, mit ausgestrecktem Arm auf sie zuging und sie an meiner Hand schnuppern ließ. Ihr bläulich schimmerndes Fell fühlte sich wie Samt an, ich kraulte ihre Ohren, sagte: »Gutes Tier« zu ihr und: »Wie geht es denn meinem Kleinen?«, und dem Kleinen schien es recht gutzugehen, ich mußte mich vor seinen Aufdringlichkeiten eilig in Sicherheit bringen, sagte noch: »Schäm dich!«, und dann kam wieder der junge Mann aus dem Haus, blickte zuerst die Dogge, dann mich an und sagte grinsend: »Es ist ein Rüde.«

»Das habe ich schon gesehen«, sagte ich etwas pikiert, und der junge Mann sagte: »Mich läßt er nicht an sich 'ran.

Frau Witkowski erwartet Sie.« Den Namen hatte ich schon am Tor gelesen, ich durfte mit ins Haus und sah mich einem sehr schlanken Mädchen mit dunkelbraunem Gesicht, bläulich schimmernden Haaren, bläulich schimmernden Wimpern und langer Hose gegenüber, aber sie wirkte nur auf den ersten Blick wie ein Mädchen, und auch ihre Stimme klang gar nicht mädchenhaft, als sie sagte: »Wann könnten Sie anfangen?« In meiner Verwirrung antwortete ich: »Sofort«, und jetzt erst gab sie mir die Hand, blickte mich abschätzend unter halbgesenkten Wimpern an und sagte: »Sie verstehen sich mit Tieren.«

»Nicht mit allen«, sagte ich, und ihre erste Musterung schien nicht ungünstig ausgefallen zu sein, wir setzten uns neben den Kamin aus rotem Sandstein, durch die wandhohen Fenster konnte ich direkt in den schönen Park schauen, und Frau Witkowski fragte: »Gefällt er Ihnen?« Er hätte mir auch gefallen, wenn ich darauf versessen gewesen wäre, ihn scheußlich zu finden. »Wir haben alles so gelassen, wie es war«, sagte Frau Witkowski. »Ich mag Waldwiesen lieber als englischen Rasen, im Sommer ist hier alles voller Blumen.« Sie machte, während sie sprach, einen etwas verträumten Eindruck, stand wieder auf, ging hinaus und kehrte mit der Dogge zurück. »Ich habe sie erst seit einem halben Jahr«, sagte sie und beobachtete, wie die Dogge an meinen Knien schnupperte und sich wieder den Kopf kraulen ließ, dann sagte sie: »Nicht einmal mein Mann darf sie anrühren.« Ich nahm rasch meine Hand zurück und blickte betroffen in ihr Gesicht, aber es war völlig ausdruckslos, sie sagte: »Laß das, Ramses!«, und die Dogge legte sich sofort auf den Boden und starrte sie mit ihren bernsteinfarbenen Augen unverwandt an. »Sie ist in einem Zwinger aufgewachsen«, sagte Frau Witkowski. »Haben Sie schon einmal mit Hunden zu tun gehabt?«

»Eigentlich nicht«, sagte ich, und sie sagte: »Das ist merkwürdig. Sie sprechen französisch?«
»Ja«, sagte ich und betrachtete sie gründlicher. Sie sah nicht übel aus, eine etwa fünfunddreißigjährige Frau mit fast faltenlosem Gesicht, stark betonten Backenknochen und einem starken Flaum über der Oberlippe. Das Haar hatte sie sich wohl auf Ramses umfärben lassen, sie trug es straff am Kopf mit einem großen Knoten im Nacken, ein etwas ausgefallener Typ, eher importiert als im Lande gezüchtet; Hans hätte sie sicher interessant gefunden, sie sagte: »Wir haben seit einem Jahr ein Haus an der französischen Riviera; mein Mann hat nur wenig Zeit, und ich spreche nicht französisch.« Sie machte eine Pause, blickte mich wieder unter halbgesenkten Wimpern an, dann sagte sie: »Ich möchte vor allem ein Mädchen für mich. Sie hätten nicht viel zu tun, und das Finanzielle müssen Sie mit meinem Mann besprechen. Haben Sie einen Ausweis dabei?« Ich gab ihr meinen Reisepaß, sie schlug ihn auf, blätterte mit ausdruckslosem Gesicht darin herum und sagte: »Meinen Mann treffen Sie morgen mittag an. Wo wohnen Sie?«
»Bei meinem Vater«, sagte ich, und sie sagte: »Abends können Sie nach Hause gehen, vielleicht gewöhnt Ramses sich daran, daß Sie ihn ausführen; ich liege lange im Bett.« Sie stand auf, hielt mir die Hand hin und sagte: »Bis morgen mittag! Kurt wird Sie hinausbringen.« Sie hatte mich nicht einmal nach meiner bisherigen Tätigkeit gefragt, und draußen wurde ich wieder von dem jungen Mann, der Kurt hieß, in Empfang genommen, er fragte: »Sind Sie sich einig geworden?«
»Ich weiß noch nicht«, sagte ich. »Arbeiten Sie schon lange hier?«
»Vielleicht zu lange«, sagte er und blickte über die Schulter zum Haus zurück. »Hat sie Ihnen etwas erzählt?«

»Was erzählt?« fragte ich, und er sagte: »Sie wollte schon vor drei Wochen an die Riviera fahren.« Ich verstand kein Wort und fragte: »Was hindert sie daran?«
»Der Köter«, sagte er grinsend. »Sie muß ihn überallhin mitschleppen, sonst frißt er nichts.«
»Und was habe ich damit zu tun?« fragte ich verständnislos. Er schloß mir grinsend das Tor auf und sagte: »Er ist so verwöhnt, daß er sogar bei ihr im Bett schlafen darf. Wo wohnen Sie?« Ich sagte es ihm, und er meinte, ich könne in einer Viertelstunde zu Hause sein, wenn ich den Waldweg hinter der Mauer nähme, aber das genügte mir nicht. »Was finden Sie so erwähnenswert daran?« fragte ich, und er fragte: »Woran?«
»Daß der Hund bei ihr im Bett schläft«, sagte ich. »Hat das etwas mit meiner Stellung zu tun?«
»Vielleicht darf er künftig bei Ihnen schlafen«, sagte er grinsend. »*Sie* scheint er ja zu mögen. Wissen Sie, was das ist?« Er schob den rechten Hemdsärmel ein Stück hinauf und ließ mich ein paar häßliche Narben sehen. »Dabei wollte ich ihm nur etwas zu fressen geben«, sagte er, und ich fragte: »Hat sie deshalb kein anderes Mädchen gefunden?«
»Intelligent sind Sie auch noch!« sagte er grinsend und schloß mir die Tür vor der Nase zu. Ich war jetzt wieder völlig durcheinander und schlug mechanisch den Waldweg hinter der Mauer ein, er führte sanft bergan und stieß nach einigen hundert Metern auf die Straße über den Turmberg. Von hier aus waren es tatsächlich höchstens noch fünfzehn Minuten bis zu Papas Haus, aber ich brauchte trotzdem eine gute Stunde, und unterwegs fiel mir ein, daß ich meinen Reisepaß nicht zurückbekommen hatte.

Meine Hoffnung, Papa könnte das Haus inzwischen verlassen haben, erfüllte sich leider nicht, er kam mir schon in der Wohndiele entgegen, trug immer noch das schicke Freizeithemd, sah blaß und leidend aus, verhärmt und unglücklich; ein Schatten seiner selbst nur noch, sagte er: »Ich muß mit dir reden«, und im Wohnzimmer griff er nach meiner Hand und fragte: »Wo warst du?«

»Spazieren«, sagte ich, was nicht einmal gelogen war. Er blickte forschend in mein Gesicht, dann ließ er meine Hand los, setzte sich in einen Sessel und sagte: »Ich muß mich entschuldigen.«

»Es wäre mir lieber«, sagte ich, »wir würden nicht mehr darüber sprechen.«

»Mir auch«, murmelte er. Mochte der Himmel wissen, was er in den letzten Stunden und Wochen alles durchgestanden hatte, in seinen Jahren kostete das noch mehr Nerven, und obwohl ich durchaus der Meinung war, daß es zu den natürlichen Privilegien einer halbwegs passablen Frau gehörte, einen Mann auch einmal Appetit und Nachtruhe kosten zu dürfen – im fortgeschrittenen Stadium vertauschten sich die Rollen meist ohnedies von selbst –, hätte ich gerade ihm so schlimme Zustände gerne erspart gesehen, ich sagte: »Dann lassen wir es am besten dabei bewenden.«

»Ich bin dir trotzdem eine Erklärung schuldig«, sagte Papa. Anscheinend hatte er sich darauf versteift, den bitteren Kelch bis zur Neige zu leeren, er fragte: »Willst du dich nicht wenigstens hinsetzen?« Ich setzte mich auf die Couch und blickte durch die offene Terrassentür in den Garten hinaus; an der französischen Riviera war ich noch nicht gewesen, und daß die Witkowskis keinen englischen Rasen hatten, gefiel mir an ihnen, wahrscheinlich gehörten sie zu den seltenen Leuten, die noch ihren eigenen Geschmack pflegten, und Papa sagte: »Ich möchte nicht, daß du falsch von mir denkst.« Das hatte ich eigentlich noch nicht getan, es war kein schöner Zug von ihm gewesen, meine Abhängigkeit so ausnutzen zu wollen, aber bei verliebten Männern sollte man nicht gleich zu streng urteilen, besonders dann nicht, wenn sie so alt waren wie Papa, ich sagte: »Du hättest mich eben nicht adoptieren dürfen«, und er sagte: »Ich hatte ja keine Ahnung.« Wovon er keine Ahnung gehabt hatte, verriet er mir nicht, auch schien es ihn immer mehr Mühe zu kosten, sich an sein Konzept zu halten, er fuhr sich zerfahren über die Augen, murmelte eine Entschuldigung, verließ für eine kleine Weile das Zimmer, und als er wieder hereinkam, war es auch noch nicht besser geworden, er sagte: »Ich habe es wirklich nicht gewollt.«

»Man tut oft etwas, was man nicht will«, sagte ich, und er sagte: »Du bist noch zu jung, um das zu verstehen.« Da war ich nun allerdings ganz anderer Ansicht, aber es wäre vielleicht taktisch unklug gewesen, ihm mein Verständnis zu versichern, das Gespräch verlief ohnedies quälend genug, für ihn ebenso wie für mich, es gab eben Dinge, über die man nicht reden konnte, und weil ich es nicht mehr ertrug, sein zerquältes Gesicht anschauen zu müssen, sagte ich: »Ich habe mich schon nach einer anderen Stellung umgesehen.« Vielleicht war das nun doch taktisch unklug gewesen, sein Gesicht verlor auch noch den letzten Rest von Farbe, er sagte: »Das verbiete ich dir!«

Nun war es gewiß nichts Außergewöhnliches, wenn ein Adoptivvater seiner Adoptivtochter etwas verbot, aber nachdem ich mir schon von Hans nichts hatte verbieten lassen, sah ich keinen Grund, weshalb ich Papa gegenüber wankelmütiger sein sollte, ich sagte mehr aus Trotz als aus Überlegung: »Dafür ist es bereits zu spät.«

»Zu spät?« fragte er, und ich sagte: »Ja«, obwohl ich mich

überhaupt noch nicht entschieden hatte, und dann schlug er mich ganz unvermittelt ins Gesicht. Da ich nicht im geringsten darauf gefaßt gewesen war, brauchte ich verhältnismäßig lange, bis ich es begriff, ich sah noch, wie er entsetzt seine Hand und dann meine Wange anschaute, sicher hatte er nur einen Augenblick den Kopf verloren, und wenn ich ihn jetzt nicht auch noch verloren und statt dessen einfach aufgestanden und das Zimmer verlassen hätte, wäre der Schaden immer noch zu reparieren gewesen, aber die vielen Aufregungen des Tages hatten meine Nerven doch schon sehr mitgenommen, ich war vor Empörung ein paar Sekunden lang meiner Sinne nicht mehr mächtig, nannte ihn einen unverschämten alten Mann, drohte ihm gar mit dem Jugendamt, obgleich ich dessen Fürsorge schon längst entwachsen war, was Papa erst recht in Rage zu bringen schien, er fragte mich überlaut und mit bebenden Lippen, was ein Mädchen wie ich, das sich im Hause seines Arbeitgebers nächtelang mit hergelaufenen Subjekten vergnüge, noch beim Jugendamt zu suchen habe, worauf ich wenigstens so weit zur Besinnung kam, daß ich in mein Zimmer hinaufrannte, den Tisch gegen die Tür schob und noch sämtliche Bücher darauf lud, deren ich in der Eile habhaft werden konnte, dann setzte ich mich auf mein Bett, wartete auf den nächsten Weinkrampf, und als er völlig programmwidrig ausblieb, steckte ich mir eine Zigarette an und tat mir selbst leid. Später bezog ich auch Papa in mein Mitgefühl ein, er hatte sich solche Mühe gegeben, mich in seinem schönen Haus wohnen zu lassen, mir sogar noch ein Auto kaufen wollen, und nun war alles umsonst gewesen. Sicher gab es genug Mädchen, die es ihm leichter gemacht hätten als ich, und manchmal hatten sie auch das Glück, an den richtigen Mann zu geraten, aber es war eben doch nicht die Regel, ebenso wie es nicht die Regel war, von einem

Mann, den man eben erst kennengelernt hatte, gleich als Universalerbin eingesetzt zu werden. Es war zumindest nicht wenig schmeichelhaft für mich, vielleicht hatte ich mich bisher immer ein bißchen unterschätzt, auch meine Möglichkeiten unterschätzt; solange ich in der VAS gesessen hatte, waren sie mir gar nicht so bewußt geworden, es sollte ja auch Bilder geben, die erst in einer ihnen angemessenen Umgebung zur Geltung kamen, und die VAS war nun mal nicht die richtige Umgebung dafür gewesen, um als Frau Furore zu machen, höchstens für ein kleines Abenteuer, aber das hätte ich ebensogut auf der Straße haben können; an Gelegenheiten hatte es nie gefehlt.
Während ich darüber nachdachte, begann sich auch wieder mein Selbstbewußtsein zu regen, schließlich mußte schon etwas Außergewöhnliches an mir sein, wenn ein so lebenserfahrener Geschäftsmann wie Papa sich meinetwegen zu solchen Eskapaden hinreißen ließ, denn immerhin beschäftigte er über zweihundert Angestellte, Fabrikarbeiterinnen, Stenotypistinnen und eine Chefsekretärin, besaß ein schönes Haus auf dem Turmberg und Geld genug, sich jedes Amüsement leisten zu können. Selbst ein so sprödes Mädchen wie Monika hätte ja keine Hemmungen gehabt, für eine Million ihre Unsterblichkeit zu verkaufen. Ob sie es allerdings heute noch tun würde, wagte ich nicht zu beantworten, es hatte auch in meinen Beziehungen zu Hans eine Phase gegeben, in der ich ihn nicht einmal für zehn Millionen eingetauscht hätte, und anderen Frauen mochte es da wohl genauso ergehen. Ich erinnerte mich jetzt der zahllosen Möglichkeiten, die ich in den vergangenen Jahren ausgelassen hatte, an den Besitzer eines kostspieligen Jaguars, der eine halbe Stunde hinter mir hergefahren war und mich seiner Zuneigung versicherte, von den Besitzern billigerer Typen ganz zu schweigen. Und ich erinnerte mich der vielen

Pennäler-Anträge aus meiner Schulzeit, an den dicken Jungen eines Gewürzfabrikanten, der mir beim Spielen immer den Schlüpfer herunterziehen wollte, an den Schwimmlehrer, der ganz versessen darauf gewesen war, mir in Privatstunden das Tauchen beizubringen, an meine Erlebnisse bei dem Diplom-Kaufmann, an die Blicke unverhüllten Wohlgefallens, die selbst Wiemann nie ganz zu bezähmen vermocht hatte. An all das erinnerte ich mich und noch an einiges mehr. Ich hatte mich noch nie so bewußt daran erinnert, und während ich mich erinnerte, stand ich einmal auf, betrachtete mich in dem großen Wandspiegel, setzte mich wieder auf das Bett, hörte etwas später Papa das Haus verlassen, und das erinnerte mich an die Witkowskis. Ein paar Wochen Riviera wären in der Tat nicht schlecht gewesen, sie hatte ja ausdrücklich betont, daß ich nicht viel zu tun hätte, Kinder schien sie keine zu haben, vielleicht brauchte sie eine Art Kammerzofe für sich und den Hund, eine, die ihr den Rücken abseifte, die Dessous vom Boden auflas und ihre Intimsphäre kennenlernte, ohne gleich alles dem Chauffeur zu erzählen, und wenn dies so wäre, ließe sich vielleicht darüber reden. Es hatte mich schon immer einmal interessiert, zu erfahren, was man als Frau mitbringen mußte, um einen Mann wie diesen Witkowski zu bekommen, Vermögen, Herzensbildung, guten Stammbaum oder nur ein interessantes Gesicht. Mir waren solche Frauen seit eh und je ein Buch mit sieben Siegeln gewesen, ich hatte mir nie recht vorstellen können, wie sie sich in ihren vier Wänden benehmen, welche Bücher sie lesen, ob sie eine Köchin haben oder keine und was sie sonst mit ihrer Zeit anstellten. Und wenn ich mit ihr an die Riviera fahren dürfte, käme ich ein paar Wochen von Papa weg und könnte mir in Ruhe über meine künftigen Schritte schlüssig werden. Vielleicht war er bis dahin auch wieder vernünftig gewor-

den, und die Ohrfeige würde er mir noch bezahlen müssen; so oder so.
Ich hatte an diesem Nachmittag und Abend noch so viel zu bedenken, daß ich kaum mehr die Zeit wahrnahm, auch Papas Abwesenheit kaum mehr wahrnahm, er ließ sich an diesem Tag nicht mehr sehen, auch nicht am Sonntagvormittag. Am Nachmittag zog ich mein bestes Kleid an, legte etwas mehr Puder auf als sonst, fand mich vor dem Spiegel durchaus akzeptabel, das Kilogramm Übergewicht hatte ich wieder herunter, und so machte ich mich denn zufrieden mit mir selbst auf den Weg. Es war auch heute ausnehmend schön, geradeso, als wolle sich der Mai noch einmal von seiner besten Seite zeigen, aus den Vorgärten roch es nach Flieder und Narzissen, überhaupt sah die ganze Straße in dieser Jahreszeit wie ein blühender Garten aus, Kinder sah man nur selten, die Leute hier hatten andere Sorgen, auch die neugierige Nachbarsfrau hatte ich seit drei Wochen nicht mehr gesehen, die Läden ihres Hauses waren heruntergelassen, vielleicht erholte sie sich irgendwo von den vielen Aufregungen, die ich ihr verursacht hatte. Um zu den Witkowskis zu kommen, mußte ich bis an das entgegengesetzte Straßenende, dort eine steile, von kleinen Gärten gesäumte Treppe hinaufsteigen und dann der Straße durch den Wald folgen. Hier herrschte sonntags reger Verkehr, ganze Familien mit und ohne Wagen freuten sich des schönen Wetters und daß sie noch lebten, was in dieser Zeit keine Selbstverständlichkeit mehr war, auch in dem neuen Villenviertel der Witkowskis ging es lebhaft zu; wenn man hier schon nicht wohnen konnte, wollte man wenigstens sehen, wie man wohnen würde, wenn man könnte, ich bemerkte viele Fotoapparate; mir wäre es kein Trost gewesen, die Villen nur im Album zu haben.
Diesmal wurde mir von einem Mädchen mit weißer Schürze

aufgemacht, es sagte: »Wir haben schon zusammen telefoniert«, und das hätte ich wahrscheinlich auch an seiner Stimme erraten. Auf den ersten Blick war es mir nicht unsympathisch, etwa in meinem Alter, nur etwas aufgeputzt, die Frisur allein mußte einen nicht unwesentlichen Teil seines Monatseinkommens verschlingen, sie war viel zu hoch für das kleine Gesicht darunter, geradeso, als hätte sie sich unerlaubterweise die Krone der Queen aufgesetzt. Die beiderseitige gründliche Musterung war in solchen Fällen wohl üblich, meine Befürchtung, es würde nun zu einem vertraulichen Dienstbotenplausch kommen, erfüllte sich jedoch nicht, das Mädchen gab mir nur die Hand, sagte, daß es hier Bärbel gerufen werde, in Wirklichkeit jedoch Barbara heiße, und als ich es fragte, was ihm nun lieber sei, schaute es mich wieder prüfend an und sagte dann großzügig: »Sie dürfen auch Bärbel zu mir sagen. Die Herrschaften erwarten Sie schon.« Während wir durch den schönen Park zum Haus gingen, fragte ich sie ein bißchen aus, erfuhr, daß ich schon die vierte sei, die sich in den letzten Wochen vorgestellt, daß Ramses zwei von ihnen gebissen und die anderen durch sein Knurren verjagt habe, und Personal sei außer ihr und Kurt keines im Haus, nur eine Putzfrau, die aber nicht hier wohne, und als ich sie fragte, ob sich Frau Witkowski persönlich um das Essen kümmere, lachte sie geringschätzig und meinte, dann wäre das Tierchen schon längst verhungert; das Kochen besorge sie. Das hätte ich ihr gar nicht zugetraut, aber sie verriet mir noch, daß sie früher in einem Gasthaus in Kleinsteinbach gearbeitet habe, und von dorther hatte ich sie ungefähr vermutet. »Dann kochen Sie auch für den Hund?« fragte ich, und sie fragte erstaunt: »Wieso für den Hund? Das würde mir noch fehlen!«

Die Herrschaften saßen beim Nachmittagskaffee am Rande

des Swimmingpools, Frau Witkowski heute in knappdimensionierter Weekendgarderobe mit separatem Oberteil, und was mir der Flaum an ihrer Oberlippe gestern nur angedeutet hatte, zeigte sich nun unverhüllt auf ihren braungebrannten Beinen bis zu den engen Shorts hinauf. Selbst hier schimmerte es noch bläulich, und so hatte sie es also doch nicht Ramses zuliebe getan. Manche Frauen waren eben darauf angewiesen, einen eigenen Swimmingpool zu haben, mich wunderte nur, weshalb sie nichts dagegen unternahm, von der Figur her war kaum etwas gegen sie einzuwenden, auch gegen ihren Mann nicht, obwohl er mindestens zehn Jahre älter sein mußte als sie. Es gibt Männer, denen man ihre wichtige Position auf den ersten Blick ansieht, den Generaldirektor der VAS hätte ich mir beispielsweise nie auf einem untergeordneten Posten denken können, und bei Herrn Witkowski erging es mir ähnlich. Auch die Art, wie er aufstand und mich begrüßte, war recht ansprechend, man erwartete in solchen Situationen ja nie ganz das, was man sich normalerweise ausgebeten hätte; so wie ihn hatte ich mir etwa Papa vorgestellt, ehe ich in sein Haus gekommen war, und daß er sogar mein Adelsprädikat nicht ausließ, nahm mich gleichfalls nicht gegen ihn ein. Es war eben schon etwas Angenehmes, mit gebildeten Leuten zu verkehren, Frau Witkowski schenkte mir eine Tasse Kaffee ein; nur Ramses konnte ich nirgendwo entdecken, vielleicht lag er in ihrem Bett und hielt seinen Mittagsschlaf.

Nachdem ich so viel Anrüchiges über ihn vernommen hatte, hielt ich es für angezeigt, gleich einmal darauf hinzuweisen, daß ich mich noch nicht entschieden hätte, worauf Frau Witkowski spontan erklärte, daß wir uns über das Finanzielle bestimmt einigen würden und ob ich mit fünfhundert Mark einverstanden sei. »Netto?« fragte ich, aber das schien ihr nicht viel zu sagen, sie blickte unschlüssig ihren Mann an, und Herr Witkowski sagte: »Brutto.«

»Ich möchte mich nicht verschlechtern«, sagte ich. »Bisher waren es fünfhundert netto.« Ich wußte nicht, warum ich es sagte, vielleicht hoffte ich insgeheim, er würde mir jetzt die Kaffeetasse wegnehmen und mich nach Hause schicken, seine Frau fragte: »Was ist da für ein Unterschied?«

»Es würde mich interessieren«, sagte Herr Witkowski, »wo Sie das verdient haben.« Damit hatte ich rechnen müssen, er blickte mich jetzt auch ziemlich kritisch an, früher hatte ich immer eine Aversion gegen große Männer mit kleinen Bärtchen gehabt, und gemessen an seiner Supervilla hätten ihn die hundert Mark mehr oder weniger nicht schwerer ankommen dürfen als die VAS ein besseres Papier auf ihren Personaltoiletten, ich sagte: »Es war mein Taschengeld.«

»Wie ist das mit dem Brutto und Netto?« fragte seine Frau wieder, und er fragte: »Von Ihrem Vater?«

»Ja«, sagte ich, und dann merkte ich, daß seine Frau aufgestanden war, ihr Gesicht sah plötzlich ganz grau aus, sie ging, ohne ein Wort zu sagen, ins Haus, und ihr Mann sagte: »Ich nehme an, Sie wollen etwas unabhängiger werden?«

»So ungefähr«, sagte ich, und er fragte: »Verheiratet sind Sie noch nicht?« Ich schüttelte den Kopf. Daß es auch gebildete Männer nicht unterlassen konnten, ihre Frau in Gegenwart fremder Leute zu brüskieren, enttäuschte mich; ich hatte mich schon vorhin darüber gewundert. Er sagte: »Dann haben Sie ja überhaupt noch keine Erfahrung?«, was sicher nur als Zurechtweisung gemeint sein konnte, und jetzt wurde ich doch ein bißchen sauer. »Unser Haus«, sagte ich, »ist zwar nicht ganz so groß wie das Ihre, aber man lernt auch dort, was zu tun ist.«

»Pardon«, sagte er, und wenn er lächelte, sah er gar nicht mehr so unzugänglich aus. Allmählich wurde ich neugierig darauf, womit er sein Geld verdiente, ich nahm mir vor, in einem Adreßbuch nachzuschauen. Dem Namen nach mußte seine Familie aus dem Osten kommen, Schlesien oder Polen, er sprach ohne Akzent, und da ich nun allein mit ihm war, konnte ich ihn ein wenig gründlicher anschauen. In seiner Jugend hatte er wahrscheinlich blondes Haar gehabt, jetzt wirkte es mehr dunkel, ein dunkles Aschblond mit ein paar grauen Strähnen dazwischen. Obwohl ich nicht gerade klein war, überragte er mich um einen guten halben Kopf, war weder schlank noch dick, nur eben groß und kräftig, und ohne Bärtchen hätte er sicher fünf Jahre jünger ausgesehen, er sagte: »Meine Frau möchte übermorgen verreisen. Können Sie so bald schon anfangen?«

»Für fünfhundert Mark netto«, sagte ich, und er sagte: »Es ist eine glatte Unverfrorenheit, aber Sie bekommen sie. Wo haben Sie das gelernt?«

»Ich kenne mich auf dem Arbeitsmarkt einigermaßen aus«, sagte ich, und für die *Unverfrorenheit* sagte ich noch: »Außerdem machen Sie nicht den Eindruck, als ob Sie deshalb gleich eine Hypothek auf Ihren Swimmingpool nehmen müßten.« Eigentlich hatte ich es nicht sagen wollen, aber ich war noch ein bißchen sauer und der Stellung wegen unsicherer denn je. Herr Witkowski schaute mich eine Weile mehr verwundert als verärgert an, dann sagte er: »Man sollte nicht glauben, was man sich heutzutage alles bieten lassen muß«, und ich sagte: »Daran sind Sie genauso schuld wie die anderen.«

»Ich?« fragte er, und ich sagte: »Natürlich! Wegen des Abwerbens und so.«

»Wegen des Abwerbens?« fragte er, und weil ich mir da nun doch nicht ganz sicher war, nickte ich diesmal nur. Er musterte mich wieder eine Weile von oben bis unten, dann sagte er: »Stehen Sie einmal auf!«

»Bitte?« fragte ich, und er sagte: »Sie sollen einmal aufstehen!« Ich sah keinen rechten Anlaß dafür, aber schließlich war er hier der Hausherr, und ich hatte ihn jetzt schon genug geärgert. Sogar umdrehen mußte ich mich, vielleicht handelte er mit Pin-up-girls, er sagte: »O-Beine haben Sie auch!« Ich wußte genau, daß ich keine O-Beine hatte, und sagte: »Ich könnte auch sechshundert Mark verlangen.«
»Ich bin Strumpffabrikant«, sagte Herr Witkowski. »Sie werden einem Strumpffabrikanten doch wohl noch ein Urteil darüber zutrauen, ob Sie O-Beine haben oder nicht!« Strumpffabrikant war nicht übel, ich setzte mich beeindruckt auf meinen Stuhl zurück und sagte: »Wenn Sie es stört, werde ich künftig Hosen tragen.«
»Tun Sie das nicht . . .?« fragte Herr Witkowski, und ich sagte: »Nicht immer.« Es war mir so herausgefahren, schließlich hatte ich mich, wenn auch nicht ganz korrekt, so doch im Sinne unseres Dialogs durchaus unmißverständlich ausgedrückt, und wäre ich auf seine kleine Frivolität nicht eingegangen, so hätte er mir vielleicht Stumpfsinn unterstellt. Wichtige Männer neigten ja leicht zur Selbstüberschätzung, und wenn er sogar gehofft haben sollte, sich für die Swimmingpool-Hypothek revanchieren zu können, indem er mich in jungfräuliche Verlegenheiten stürzte, hatte er sich gleichfalls getäuscht. Möglich, daß er mir meine Anzüglichkeiten doch etwas übelgenommen hatte, je wichtiger ein Mann war, desto verletzbarer auch, er blickte mich wieder sehr verwundert an, dann sagte er: »Ich glaube, das genügt für heute. Meine Frau wird Sie noch einmal sprechen wollen.«
»Wo finde ich sie?« fragte ich, und er sagte: »Vermutlich im Bett. Gehen Sie nur hinein.«
Ich fand sie nicht im Bett, sondern in einem großen Raum, der wie ein kleiner Tanzsaal aussah, anscheinend aber nur

das Wohnzimmer war. Warum die Leute immer so große Wohnräume bauten, wenn sie nachher doch kaum Möbel hineinstellten, war mir unerfindlich, Teppiche gab es gleichfalls keine, dafür einen schönen Boden aus Solnhofener Platten und in einer Ecke einen Kaminplatz mit eingebauten Bänken, der zwei Stufen tief in den Boden versenkt war. In die Wände waren kostbare Keramikplatten mit figürlichen Motiven aus nicht ganz öffentlichen Badeszenen eingelassen, weißhäutige Mädchen und wohlgestaltete Hirtenknaben in mancherlei Gruppierungen, wie sie in öffentlichen Badeanstalten gleichfalls nicht üblich waren, und Frau Witkowski sagte: »Sind Sie sich mit meinem Mann einig geworden?«

»Was das Finanzielle betrifft, ja«, sagte ich. Sie saß an einem kleinen Tisch am Fenster und beschäftigte sich mit einem Dominospiel. »Kennen Sie das?« fragte sie. Im Mädchenheim hatte ich es oft gespielt, auch Schach und Dame, ich sagte: »Ein wenig.«

»Es lenkt mich ab«, sagte Frau Witkowski und setzte einen neuen Stein an die Reihe. Durchs Fenster konnte ich direkt auf den Swimmingpool schauen; aus einem mir selbst unerklärlichen Grund war es mir unangenehm, daß sie uns während der ganzen Zeit beobachtet hatte, ich sagte: »Sie wollen übermorgen verreisen?«

»Ja«, sagte sie, und sie hatte mich noch kein einziges Mal richtig angeschaut. Dann schien ihr aufzufallen, daß ich noch immer neben ihr stand, sie fragte: »Warum setzen Sie sich nicht?« Ich setzte mich zu ihr an den Tisch, und als ich wieder zum Fenster hinausschaute, war der Stuhl ihres Mannes leer. Etwas später sah ich Bärbel das Kaffeegeschirr wegräumen. »Ich weiß noch nicht genau, wie wir es machen«, sagte Frau Witkowski, in ihr Spiel vertieft. »Vielleicht werden Sie zusammen mit Ramses und Kurt fahren.«

»Sie nicht?« fragte ich verwundert, und Frau Witkowski

sagte: »Ich vertrage lange Autoreisen nicht. Waren Sie schon einmal in Südfrankreich?«

»Nein«, sagte ich, und diesmal schaute sie von ihren Dominosteinen auf und fragte etwas schockiert: »Sie waren noch nie in Südfrankreich?« Vielleicht empfand sie es als eine Bildungslücke, ich sagte mit Überwindung: »Noch nie.«

»Dann werde ich jetzt einmal Ramses holen«, sagte sie zusammenhanglos und stand auf. Ich beobachtete, wie sie zu einer Tür neben dem Kaminplatz ging, sicher führte sie in ihr Schlafzimmer, und daß sie das Oberteil ihrer Freizeitgarderobe nicht nur im Haus auszog, hatte ich inzwischen auch feststellen können. Der maskulin dichte Haarwuchs an ihren Beinen schien sie mit keinerlei Komplexen belastet zu haben; obwohl sie meinen Blick fühlen mußte, bewegte sie sich völlig ungezwungen, manche Frauen wirkten in solchen Situationen etwas linkisch, während sie jeden Schritt zu genießen schien; auch ihr Gang erinnerte mich ein wenig an Ramses. Ich betrachtete durch das Fenster den gegenüberliegenden Hausflügel, er stand dem Waldrand am nächsten und nur durch die hohe Mauer von ihm getrennt. Die Fenster dort waren kleiner als auf dieser Seite, vielleicht gehörten sie zur Küche und zu den Badezimmern, Häuser dieser Größenordnung hatten ja meist mehrere, und aus der Anzahl der Fenster insgesamt zu schließen, mußten es mindestens zwölf Räume sein. Der Platz rings um den Swimmingpool war mit schönen Steinplatten belegt, dazwischen wuchsen Gras und Ziersträucher. Im mittleren Flügel befand sich noch eine große Glastür, die jedoch geschlossen war, vielleicht führte sie zum Schlafzimmer des Herrn Witkowski; seit ich wußte, daß Ramses im Bett seiner Herrin schlief, hielt ich ein gemeinsames Schlafzimmer für unwahrscheinlich. Als sie wieder auftauchte, trug sie zur Abwechslung ein luftiges Kostüm aus weißer Madeiraspitze mit achselknappen Ärmeln und Ramses ein prächtiges Halsband aus rotem Leder. Er schien mich nicht zu erkennen, rollte bei meinem Anblick ein Knurren aus seinem mächtigen Zahngehege, das mir die ganze Sonntagslaune verdarb, kam mit steif aufgerichteten Ohren und starrem Blick auf mich zu, ich erinnerte mich gerade noch rechtzeitig daran, daß man in solchen Fällen am besten ruhig stehenbleibt, auch wäre es mir unangenehm gewesen, Frau Witkowski ein unwürdiges Schauspiel zu bieten, sie beobachtete ohnedies mit einem gespannten Ausdruck, wie Ramses an mir herumschnupperte, aber glücklicherweise schien er mich jetzt endlich erkannt zu haben, er stupste mich kollegial mit seiner feuchten Riesenschnauze vor die Brust und wandte sich wieder seiner Herrin zu. »Ich glaube, er mag Sie«, sagte Frau Witkowski lächelnd, und ich fragte: »Ist er nicht ein bißchen unberechenbar?«

»Nur wenn man Angst vor ihm hat«, sagte Frau Witkowski. »Sie haben ja keine Angst vor ihm.« Darin war ich mir noch nicht ganz sicher, und daß sie es ihm erlaubt hatte, meine Nerven auf so eine harte Probe zu stellen, nahm ich ihr auch ein wenig übel. Sie legte Ramses eine kräftige Leine an, drückte mir das andere Ende in die Hand und forderte mich auf, ihn einmal durch den Garten zu führen. »Sie müssen sich immer auf seiner rechten Seite halten«, sagte sie noch, und zu Ramses sagte sie: »Sei brav, Ramses!« Trotz ihrer ermahnenden Worte war mir nicht wohl in meiner Haut, ich wagte kaum, die Leine zu straffen, sagte: »Komm, Dicker!« und Frau Witkowski sagte: »Treten Sie ihm ja nicht auf die Pfoten!« Vielleicht hatte ihm schon einmal jemand auf die Pfoten getreten und schlechte Erfahrungen damit gemacht, ich war so nervös, daß ich mir ständig mit meinen eigenen Füßen in die Quere kam, aber Ramses lief ganz manierlich neben mir her, ließ sich zuerst um den Swimmingpool, dann ein Stück durch den Park führen, und je weiter wir uns von Frau Witkowski entfernten, desto selbstsicherer wurde ich auch, ich tätschelte ihm den gewaltigen Hals und was es sonst noch an ihm zu tätscheln gab, sagte: »gräßliches Vieh« und »guter, alter Hund« zu ihm, ließ ihn mal hier und mal dort schnuppern, an einem dicken Baum ein kleines Geschäft verrichten, und er hielt sich auch immer schön an meiner linken Seite, zog und zerrte nicht; wenn ich stehenblieb, blieb er gleichfalls stehen, schaute mich erwartungsvoll an und wedelte mit der Rute. Als ich einmal zurückblickte, entdeckte ich Frau Witkowski neben ihrem Mann, auch Bärbel war aus dem Haus gekommen, sie starrten alle drei regungslos zu mir her, geradeso, als ob ich ihnen einen besonders waghalsigen Dressurakt aus dem Zirkus vorführe; ich kam mir schon selbst ein wenig tollkühn vor, verlängerte den Spaziergang bis an das große Eingangstor und dann auf einem schönen Rundweg entlang der Mauer zum Haus zurück. Bei dieser Gelegenheit bemerkte ich zwei Garagen, sie standen etwas versteckt hinter dem linken Seitenflügel des Hauses neben einem kleineren Gebäude, das wie der Ferienbungalow einer minderbemittelten Familie aussah, vielleicht war es die Wohnung des Chauffeurs; daß er am Familienleben der Witkowskis teilhaben könnte, hatte ich auch nicht erwartet. Leider traf ich nur noch Frau Witkowski an, ihr Mann mußte bereits wieder ins Haus gegangen sein, sie machte ein zufriedenes Gesicht, meinte, das wäre für den Anfang sehr gut gegangen und ob ich nicht schon morgen vormittag mit der Arbeit beginnen könne, weil sie vor der Reise noch eine Unmenge Dinge zu erledigen habe. Das paßte mir eigentlich gar nicht, ich war für eine wochenlange Reise noch weniger vorbereitet als sie und fragte, was an Garderobe ich alles mitzunehmen hätte, aber sie sagte, ein paar Sommer-

kleider und ein Regenmantel würden genügen, es sei jetzt schon sehr warm da unten, und was die Arbeitszeit hier beträfe, so müßten wir uns da eben von Tag zu Tag absprechen, in der Regel liege sie bis gegen elf Uhr im Bett, und vorher brauchte sie mich auch nicht, dafür jedoch oft spät am Abend, »je nachdem«, sagte sie ein wenig geistesabwesend, »was gerade los ist«.
Es hörte sich ziemlich vage an, und von einem freien Tag hatte sie gleichfalls nichts gesagt, ich nahm mir vor, zu einem späteren Zeitpunkt darauf zurückzukommen. Elf Uhr vormittags war natürlich nicht schlecht, ich hatte mich inzwischen doch sehr daran gewöhnt, lange zu schlafen, und die französische Riviera würde ich bei der Gelegenheit auch gleich mitbekommen. Es gab da außerdem noch ein paar Dinge, die mich ein bißchen reizten, ich war mir nur noch nicht ganz sicher, welche. In diesem Punkt schien Ramses klarer zu sehen, er wich nicht mehr von meiner Seite, ich ertappte Frau Witkowski bei einem undefinierbaren Blick, und als sie meine Augen auf sich gerichtet sah, rief sie Ramses sehr scharf zurück. Vielleicht paßte es ihr nicht, daß er sich so rasch mit mir angefreundet hatte, ich sagte: »Er gehorcht Ihnen aufs Wort.«
»Ja«, sagte Frau Witkowski und blickte mich wieder auf ihre undefinierbare Art an. »Er würde Sie umbringen, wenn ich es wollte.« Ich war mir nicht sicher, ob sie es nur scherzhaft gesagt hatte, denn so, wie sie es sagte, klang es gar nicht sehr scherzhaft, dann streckte sie mir lächelnd die Hand hin, sagte, sie würde also morgen vormittag bestimmt mit mir rechnen, und irgendwie hatte sich nun doch wieder alles so ergeben, daß ich schlecht absagen konnte, obwohl ich zu der Tätigkeit in ihrem Haus noch keine rechte Einstellung gefunden hatte. Seit ich von der VAS weggelaufen war, taumelte ich von einer Improvisation in die andere,

vielleicht war es doch kein reines Vergnügen, immer nur seinen eigenen Intuitionen folgen zu können, und als ich etwas später von Bärbel zum Ausgang gebracht wurde, fühlte ich mich wie eine Frau, die sich wider ihr besseres Wissen verheiratet hat; wenigstens konnte ich mir vorstellen, daß es Frauen gab, die nach ihrer Hochzeit so fühlten, und Bärbel trug jetzt einen knallroten Pulli zu ihrer blonden Haarkrone und ihren Busen wie ein Großindustrieller das Bundesverdienstkreuz; sicher war sie auch nicht weniger stolz darauf, sie sagte: »Sie haben aber Courage!« Auch das würde sich erst noch herausstellen müssen. »Weil ich Ramses durch den Park geführt habe?« sagte ich. – »Ich würde das Vieh nicht für zehntausend Mark anfassen«, sagte sie. »Haben Sie die Stellung bekommen?«

»Es sieht so aus«, sagte ich, und sie sagte: »Dann werden Sie das Tierchen ja noch kennenlernen.« Diesmal schaltete ich etwas schneller als bei meiner Ankunft, ich fragte: »Warum sagen Sie eigentlich Tierchen zu ihr?«

»Ist doch eines«, sagte Bärbel. »Wenn eine so herumläuft wie die, und auch sonst . . .« Sie senkte vertraulich die Stimme: »Ich glaube, die hat sie nicht alle!«

»Wieso nicht?« fragte ich.

»Mit dem Hund und so«, sagte Bärbel. »Sie soll von Zigeunern abstammen, aber das habe nicht ich gesagt.«

»Natürlich nicht«, sagte ich. »Und er?«

»Der Pascha?« Sie wurde ein wenig rot. »Oh, der ist ganz in Ordnung, ein bißchen eingebildet, aber sonst . . .«

»Interessanter Typ?« fragte ich lächelnd, und sie sagte: »Auch nur ein Pole oder so«, aber es hörte sich nicht so echt an wie beim Tierchen, und am Tor fragte sie noch: »Fährt sie bald weg?«

»Übermorgen«, sagte ich. »Dann werden Sie den Pascha wohl für sich haben?«

»Und Sie das Tierchen!« sagte Bärbel kichernd. »Viel Spaß!« Daß ich mit an die Riviera fahren durfte und nicht sie, schien keine Aversion in ihr auszulösen, aber für ein Mädchen wie Bärbel mußte Herr Witkowski der Inbegriff aller Männlichkeit sein, ich vermutete, daß sie ihn heimlich verehrte und sein Konterfei zwischen ihrer zarten Wäsche versteckte. Natürlich sah er nicht übel aus, zwar nicht ganz wie ein echter Pascha, aber für einen Strumpffabrikanten durchaus akzeptabel. Ich dachte daran, ob es mich einmal reizen könne, zu erfahren, wie eingebildet er nun wirklich sei.

Es war trotz allem kein leichter Entschluß, ich verbrachte den Abend und die halbe Nacht mit fruchtlosen Meditationen. Man sollte bei derart wichtigen Entscheidungen doch nicht immer nur auf sich selbst angewiesen sein, und daß Monika mich so im Stich gelassen hatte, nahm ich ihr besonders übel, aber wahrscheinlich verhielt es sich mit Jugendfreundinnen wie mit einem Luftballon: Man verlor sie fast immer mit ihrer physischen Unversehrtheit, und eines Tages würde sie vielleicht mit einem Kinderwagen vorgefahren kommen und es nicht für möglich halten, daß wir uns seit fünf Jahren nicht mehr gesehen haben sollen. Auch an Hans dachte ich wieder, merkwürdigerweise nicht mit jener Distanz, die mir in den vergangenen Wochen zur Selbstverständlichkeit geworden war, ich ertappte mich sogar mit feuchten Augen und dem lebhaften Bedürfnis, ihm wenigstens eine Postkarte zu schreiben, herzliche Grüße von Haus zu Haus und so, und was immer auch es gewesen sein mochte, was mich vor dieser Zeit mit ihm verbunden hatte: An diesem Abend hätte es mir genügt, wieder einmal seine Stimme zu hören.

Zum Glück nahm die bevorstehende Reise meine Gedanken so sehr in Anspruch, daß ich diese sentimentale Anwandlung ohne tiefere Nachwirkungen überstand, schließlich war ich es auch meinem neugewonnenen Adelsprädikat schuldig, meinen Horizont etwas zu erweitern, und wenn schon die Sauer in jedem Urlaub Ansichtskarten von Pisa und Venedig verschickte und die Pasch endlose Betrachtungen darüber anstellte, ob das spanische Klima ihrem Teint bekömmlicher sei als das italienische, wollte ich zumindest einmal erfahren, warum sie nun wirklich so versessen darauf waren, ihre Ansichtskarten immer nur im Süden und nicht auch einmal im Norden zu schreiben. Mich selbst hätte Stockholm oder Amsterdam jedenfalls genauso reizen können wie Venedig und Málaga, und wenn wir wieder zurückkamen, würde ich genau wissen, ob die Witkowskis der richtige Umgang für mich waren oder ob es nicht doch besser sei, mich irgendwie mit Papa zu arrangieren, auf diese oder jene Weise, so oder so. Ohne die Adoption wäre ich unbefangener gewesen, er hätte mir vielleicht nur noch ein bißchen Zeit zu lassen brauchen, um mir ernsthaft zu überlegen, was auf die Dauer schlimmer zu ertragen war: in der eigenen Villa das Schlafzimmer eines fünfundsechzigjährigen Mannes oder das Schicksal aller Frauen zu teilen, die jeden Abend ihren Wecker stellen mußten. Und Papa war mir vom ersten Augenblick an viel zu sympathisch gewesen, als daß er mich physisch abgestoßen hätte, auf der Terrasse jedenfalls hatte er mich nicht abgestoßen, und billiger war noch nie ein Mädchen wie ich zu einer Villa auf dem Turmberg und zu einer Fabrik in Elmendingen gekommen. Es hätte mich nicht viel mehr gekostet, als ich es mir in den vergangenen Jahren auch schon hatte kosten lassen, letztlich war doch alles nur eine Frage der Gewöhnung, der Anpassung, diese ganzen Bettgeschichten mit ihrem routinemäßigen Ablauf und ihren stumpfsinnigen Verrichtungen, und bei Papa hätten sie mich nicht einmal Gefühl oder schlaflose Nächte gekostet, mir keine Augenringe und keine Kinder eingebracht, ich wollte noch keine Kinder, wenn ich überhaupt Kinder wollte, dann nicht als Stenotypistin oder Hausgehilfin und auch nicht mit einem bürgerlichen Eigenheim und zwei Hypotheken am Hals; ich hatte einfach keine Lust mehr, noch einmal dort anzufangen, wo ich vor drei Monaten aufgehört hatte.

Schon die Witkowskis waren eine Zumutung für mich. Jetzt, da ich wieder in Papas schönem Haus gesessen, von seinem Wohnzimmer auf die Terrasse und den Garten geschaut hatte, waren sie nur noch eine Zumutung, und wenn Papa in dieser Nacht zurückgekommen wäre, hätte ich ihn vielleicht in mein Zimmer gerufen, ihn auf mein Bett sitzen und seine Daumenreise fortsetzen lassen, wohin es ihn auch gelüstet und wieviel sie mich auch gekostet hätte. In dieser Nacht hätte sie mich wahrscheinlich noch ein paar Augenringe kosten dürfen, ich schlief ohnedies so miserabel, daß ich am Morgen schlimmer als in den schlimmsten Zeiten mit Hans aussah, und obwohl ich nicht früher aufzustehen brauchte, als ich es ohne die Witkowskis auch getan hätte, zogen sie sich meinen Unmut allein schon dadurch zu, daß ich ihretwegen überhaupt aufstehen mußte. Papa beispielsweise hätte sich eher zu mir ins Bett gelegt, als mir zuzumuten, seinetwegen noch aufstehen zu müssen, und nichts hätte ihn sogar daran hindern können, mir das Frühstück persönlich ans Bett zu bringen, wenn seinen Absichten damit gedient gewesen wäre, er hätte noch viel mehr für mich getan, und statt ihn tun zu lassen, wonach es ihn drängte, ärgerte ich mich mit Frau Witkowski herum, ließ mich von ihrer gräßlichen Dogge beschnuppern und von ihrem Mann unanständiger Garderobe bezichtigen, ich verstand wirklich

nicht, weshalb ich mich zu so etwas noch hergab, wo Papa ein Haus auf dem Turmberg und eine Fabrik mit zweihundert Angestellten hatte, die seinetwegen jeden Morgen um sechs Uhr aufstehen mußten, Fabrikarbeiterinnen, Stenotypistinnen und eine Chefsekretärin, die – genaugenommen – auch meine Chefsekretärin war, wenn er mich schon als seine Universalerbin auserkoren hatte; ich mußte tatsächlich den Verstand verloren haben, und heute kümmerte es mich auch nicht, ob Papa heimlich ins Haus gekommen sein könnte oder nicht, ich lief so, wie ich aus dem Bett kam, ins Bad hinunter, ließ sogar die Tür hinter mir offenstehen und blieb in der Wanne sitzen, bis mir die Möglichkeit, er könnte sich doch in seinem Schlafzimmer versteckt halten, unglaubwürdig genug erschien. Trotzdem klopfte ich im Vorbeigehen noch an seine Tür, und als sich drinnen nichts rührte, schlug ich ein paarmal mit der Faust dagegen. Am liebsten hätte ich im Keller nach einem passenden Werkzeug gesucht und sie eigenhändig aufgebrochen; ohne seinen albernen Schlafzimmertick wären die Dinge möglicherweise ganz anders gelaufen, und wenn er mir schon so etwas Schönes zu zeigen hatte, wäre mein eigenes Schlafzimmer nicht weniger dafür geeignet gewesen; es würde ja nicht gleich das Bett der Pompadour sein. Vielleicht schlief er nachts auch in einer Hängematte, mich hätte in diesem Zimmer jedenfalls nichts mehr überraschen können, ich war unwiderruflich entschlossen, sein Geheimnis früher oder später zu lüften, und wenn es mich doch noch den Rest meiner Selbstachtung kosten würde.
Um auch nicht die unwahrscheinlichste Chance auszulassen, frühstückte ich ausnahmsweise im Pyjama, aber Papa ließ mich mein Problem allein ausfechten, und als ich kurz nach halb elf Uhr die Haustür hinter mir abschloß, war ich auf ihn genauso schlecht zu sprechen wie auf die Witkowskis.

Mir war immer noch nicht klargeworden, welche Funktion sie mir zugedacht hatten, ob ich als Kammerzofe, Gesellschaftsdame oder nur als Mädchen für alles fungieren solle, in dieser Beziehung war unser Gespräch genauso vage geblieben wie unsere Erörterungen der Arbeitszeit, und ein weißes Dienstmädchenschürzchen würde ich mir auf keinen Fall anziehen lassen; in diesem Punkt war ich mir wenigstens sicher.
Das Wetter war auch heute unverändert schön, die Straße durch den Wald wieder leer von Sonntagsausflüglern, ich begegnete nur einer älteren Frau, die einen schweren Eimer schleppte und mich völlig ignorierte. Die Frage, was eine ältere Frau an einem Montagvormittag in einem schweren Eimer durch den leeren Wald schleppen könnte, beschäftigte mich bis zu den Witkowskis. Da sich der Waldweg ihrem Grundstück von der Rückseite näherte, hatte ich hier keine neugierigen Nachbarsfrauen zu passieren, ich brauchte nur der Mauer an die Straße zu folgen, und von dort waren es höchstens noch dreißig Schritte zu dem schmiedeeisernen Tor. Jenseits der Straße war das Gelände noch unbebaut und mit hohen Kiefern bewachsen, es fiel steil ab; ich hielt es für unwahrscheinlich, daß es überhaupt bebaut werden könnte. Ohne den Wald hätte man auch von hier einen schönen Blick über das Kraichgauer Hügelland gehabt, da jedoch die Grundstücksmauer ohnedies den Blick versperrte, war dies der Lage nicht abträglich, und ein Park, wie ihn die Witkowskis hatten, wog auch den schönsten Fernblick auf.
Zur Abwechslung wurde mir heute wieder von dem jungen Mann geöffnet, er sagte: »Da ist ja unser Burgfräulein!« und streckte mir grinsend die Hand hin. So vertraulich hatte er sich vorgestern nicht gegeben, aber da war ich auch noch keine Kammerzofe gewesen. »Wieso Burgfräu-

lein?« fragte ich, und er fragte: »Sind Sie das nicht?« Für sein Alter war er reichlich frech, auch seine Art, mich zu mustern, behagte mir nicht, er tat ganz so, als hätten wir schon Intimitäten ausgetauscht; vielleicht war das unter Dienstboten üblich. Anscheinend war er im Park tätig gewesen, er trug ein kurzärmeliges blaues Hemd, eine graue Arbeitshose und Sandalen an den nackten Füßen. Im Gegensatz zu Bärbel machte er keinen ländlichen Eindruck, wirkte vielmehr recht clever und auch ein bißchen verschlagen, seinem braungebrannten Gesicht war anzusehen, daß er sich viel im Freien aufhielt. Während wir auf dem breiten Fahrwege zum Haus gingen, fragte ich: »Hatten Sie gestern frei?«

»Sonntags immer«, sagte er. »Wir hätten uns irgendwo treffen können.«

»Wozu?« fragte ich, und er sagte: »Hat Ihr Vater nicht eine Konservenfabrik?« Natürlich hatten sie sich inzwischen etwas umgehört, und daß sogar das Personal darüber unterrichtet war, bewies, welche Bedeutung sie ihren Informationen beimaßen, ich fragte: »Wer hat Ihnen das verraten?«

»Man hat so seine Quellen«, sagte der junge Mann. »Sie können ruhig Kurt zu mir sagen.«

»Das muß ich mir noch überlegen«, sagte ich, und er sagte: »Ist in Ihren Kreisen wohl nicht üblich?« Vielleicht stand er etwas links, wenn man in einem solchen Haus arbeitete, konnte man wohl nicht anders. »Was verstehen Sie unter meinen Kreisen?« fragte ich. Er grinste wieder, betrachtete grinsend meinen Busen und sagte: »Lassen Sie die Gnädige nicht zu lange warten; sie will Ihnen ihren Privat-Swimmingpool vorführen.«

»Den kenne ich schon«, sagte ich, aber das war ein Mißverständnis, ich merkte es auch erst fünf Minuten später. Bis dahin war ich von Bärbel in Empfang genommen und ein bißchen durchs Haus geführt worden, wußte, daß die getrennten Schlafzimmer von Herrn und Frau Witkowski wenigstens durch ihr Boudoir verbunden waren, die beiden Gästezimmer eigene Toiletten und Badezimmer hatten, der Speisesalon nie benutzt wurde, das Arbeitszimmer des Herrn Witkowski außer einer holzverschalten Decke noch einen separaten Kaminplatz und Frau Witkowski neben ihrem separaten Schlafzimmer eben das Boudoir besaß, das man nur in ihrer Gegenwart betreten durfte. Und neben der Küche gab es ein Schrankzimmer, eine Empfangsdiele und in der ganzen Wohnung kein einziges überflüssiges oder aufdringliches Möbelstück. Ich war fast enttäuscht, den Witkowskis weder Geschmacklosigkeit noch Mahagonikomplexe, weder Stilbrüche noch altdeutschen Marinismus vorwerfen zu können, in diesem Haus ließ es sich auch wohnen, wenn man weniger als zehntausend Mark im Monat verdiente, und Bärbel sagte: »Da sollten Sie erst einmal das Haus der Zöllners sehen; die haben sogar einen Goldfischteich im Wohnzimmer und alles in Antik.«

»Hoffentlich nicht auch die Goldfische«, sagte ich. »Wer sind die Zöllners?«

»Geschäftsfreunde«, sagte Bärbel und zeigte mir zum Schluß ihre Küche. Sie sah etwa so aus, wie ich meine eigene Küche eingerichtet hätte, ich sagte: »Hier läßt sich arbeiten. Und wo schlafen Sie?«

»Im Studio«, sagte Bärbel, und als ich sie verwundert anschaute, sagte sie: »Das ist das kleine Haus bei den Garagen.«

»Ach so«, sagte ich. »Ich dachte, das sei Kurts Wohnung.«

»Das auch«, sagte sie, und ich sagte wieder: »Ach so!«, und diesmal wurde sie so rot wie ihr enger Pulli. Also schlief sie mit Kurt, und Herrn Witkowski verehrte sie; dagegen war nichts einzuwenden. Wenigstens stand jetzt schon fest, daß die Witkowskis keine Kirche besuchten, sie hätten sonst sittliche Bedenken haben müssen, ihr Studio zu einer Stätte der Versuchung werden zu lassen, und Bärbel erzählte mir noch, daß das Studio ursprünglich für ein Hausmeisterehepaar bestimmt gewesen sei und die Witkowskis kein passendes gefunden hätten. Dann drückte sie mir ein Frühstückstablett mit einer Scheibe Toast in die Hand und sagte: »Das müssen künftig Sie erledigen; ich mache Ihnen die Tür auf.«

»Moment mal!« sagte ich. »Ist das alles?«

»Für jetzt«, sagte Bärbel. »Sie behauptet immer, morgens nichts essen zu können, und nachher kommt sie in die Küche und frißt mir den halben Kühlschrank leer. Fallen Sie nicht um, wenn Sie ihr Schlafzimmer sehen.«

»Es ist gut«, sagte ich und nahm mir vor, mir nie eine Hausgehilfin zuzulegen. Daß ich dann doch noch Anlaß fand, den Witkowskis innenarchitektonische Extravaganzen vorzuwerfen, versöhnte mich wieder ein wenig. Im Prinzip hatte ich nichts gegen runde Betten, auch nicht, wenn sie so groß waren wie das der Frau Witkowski, und selbst der geblümte Chintz anstelle von Tapeten brachte mich nicht zum Umfallen. Erst als ich die in den Boden versenkte riesige Badewanne neben ihrem Bett sah, mußte ich mich doch sehr zusammennehmen, und fast wäre ich mit meinem Frühstückstablett über das Fell eines ausgewachsenen Zebras gestolpert, das zwischen Tür und Bett den Boden bedeckte. Ich hörte mich schon »guten Morgen« sagen, bevor ich Frau Witkowski entdeckte; bei diesen runden Dingern wußte man ja nicht recht, wohin man zuerst schauen sollte, und sie schien sich auch über meine Tölpelhaftigkeit sehr zu amüsieren, nahm mir lächelnd das Tablett ab und sagte, ich solle Ramses ja nicht auf den Kopf treten. Den bemerkte ich gleichfalls erst, als sie es schon gesagt hatte, aber auf dem

Boden lagen so viele Felle von allen möglichen Tieren herum, daß sich sein eigenes kaum mehr davon abhob. Anscheinend hatte er vorher strengste Direktiven erhalten, er rührte und regte sich nicht vom Fleck, knurrte nicht und bellte nicht, lag nur da und schaute mich wedelnd und erwartungsvoll an. »Er hat Sie wiedererkannt«, sagte Frau Witkowski. »Sie können mir jetzt noch ein Bad einlassen und ihn dann hinausführen. Versuchen Sie es heute einmal ohne Leine, damit er sich daran gewöhnt.«

»Ob er das tut?« fragte ich skeptisch, und Frau Witkowski sagte: »Sie müssen ihm nur befehlen, bei Fuß zu gehen.« Ich sah sie zum erstenmal ohne Knoten, das Haar hing ihr bis auf den Rücken hinab, und also war auch er nicht falsch gewesen; bei Knoten ließ sich das vorher schlecht sagen. Überhaupt: Für eine Frau, die eben erst aufgewacht sein sollte, sah sie recht taufrisch aus, ähnliches hatte ich bisher immer nur im Kino erlebt, dort kletterten sie selbst im fortgeschrittenen Alter jedesmal aus ihrem Bett wie aus einem Verjüngungsbrunnen, und verglichen mit ihrem Nachthemd war mein St.-Tropez-Pyjama eine bürgerliche Sache, vielleicht wollte sie mich sehen lassen, daß sie trotz unseres Altersunterschieds noch nichts zu verbergen hatte, was auch nicht der Fall war, ich fragte: »Wie heiß wollen Sie das Wasser?«

»Es ist automatisch eingestellt«, sagte sie, und in diesem Zimmer wunderte mich schon nichts mehr. Ich betrachtete mir die Sache zuerst einmal aus der Nähe. Im Grunde war es eine Badewanne wie jede andere, nur eben größer und bis zum Rand in den Fußboden versenkt, der auch hier mit Solnhofener Platten ausgelegt war, etwas kalt für ein Schlafzimmer, aber bei den vielen Fellen, die herumlagen, spielte das wohl keine Rolle, und hinter mir fragte Frau Witkowski: »Wie finden Sie es?« Nachdem ich den ersten Schock überwunden hatte, fand ich es so übel nicht, jedenfalls praktischer als einen Goldfischteich im Wohnzimmer, man brauchte nur einen entsprechend großen Schlafraum und einen Mann, der nicht gleich die Nerven verlor, ich sagte: »Es ist sehr originell.«

»Ich habe es vor ein paar Jahren in Frankreich gesehen«, sagte Frau Witkowski, und daß es ausgerechnet in Frankreich gewesen war, wunderte mich nicht, sie erzählte mir, daß die Solnhofener Platten im Winter von unten geheizt würden, womit auch meinem letzten Einwand Fuß und Boden genommen war. Während ich den Hahn aufdrehte, entdeckte ich den Thermostat für die Wassertemperatur, dreißig Grad wären mir zu kühl gewesen, aber ich wußte jetzt, daß Papas Badezimmer noch einige Mängel hatte, und was die physikalischen Probleme eines kombinierten Schlaf- und Badezimmers betraf, so stellte ich vorsorglich keine Fragen mehr, an der Decke befanden sich eigenartige Löcher, und sicher hatte sich der Architekt außer ihnen und den chintzverkleideten Wänden noch mehr einfallen lassen. Neben dem großen Fenster stand eine gläserne Frisiertoilette mit einem fünfteiligen Spiegel für alle Perspektiven und den üblichen Requisiten einer kultivierten Frau, nicht mehr als üblich und alles recht ordentlich; daß sie keine Schlampe war, merkte man auch sonst, das Zimmer sah für diese Tageszeit sehr aufgeräumt aus, nicht einmal Wäschestücke lagen herum, vielleicht zog sie sich in ihrem Boudoir aus, dessen Tür ich hinter ihrem Bett vermutete; da beide Türen mit Chintz verkleidet waren, hoben sie sich kaum von den Wänden ab. Meine Frage, ob ich noch warten solle, bis die Wanne vollgelaufen sei, beantwortete Frau Witkowski mit dem Hinweis, daß sich das Wasser nach einem bestimmten Zulauf von selbst abstelle, und vielleicht hatte ihr rundes Bett eine Vorrichtung, die sie ohne ihr Zutun in die Wanne beförderte; bei so viel technischer Perfektion wäre es auch darauf nicht mehr angekommen. Zumindest hatte das Bett den Vorteil, daß man es nicht nur in jeder Himmelsrichtung benutzen, sondern auch noch drei Hunde von der Größe Ramses' darin unterbringen konnte, inmitten der abgestepp-ten Farbenpracht wirkte Frau Witkowski wie ein dunkler Schmetterling auf einer Frühlingswiese. Sie hatte sich das Frühstückstablett auf die verschränkten Beine gestellt, nippte graziös an ihrer Tasse, knabberte geistesabwesend an ihrer Scheibe Toast und ließ mich keine Sekunde aus den Augen. Vielleicht war sie tatsächlich ein Tierchen, und ein hübsches dazu.

Mit Ramses hatte ich keine Schwierigkeiten, er folgte mir willig ins Freie, hielt sich wieder brav an meiner Seite, und da ich nicht wußte, wohin und wie, ließ ich ihn etwas laufen, er verschwand kurz hinter den Garagen, und als er wieder zum Vorschein kam, scharrte er mit den Hinterpfoten Frau Witkowskis schöne Sommerwiese kaputt, rollte sich übermütig im Gras und machte mich dann zum Mittelpunkt eines pfeilschnellen Rundumgalopps; wahrscheinlich wollte er mir ein bißchen imponieren; in diesem Punkt waren Rüden den Männern am ähnlichsten. Auch Kurt entdeckte ich wieder, er stand plötzlich neben dem Swimmingpool, beobachtete mißmutigen Gesichts Ramses' Frühgymnastik, deutete mit dem Zeigefinger zuerst an seinen Kopf und dann auf Ramses und ging seiner Arbeit wieder nach. Ich rief Ramses zu mir, sagte: »Der böse Onkel hält dich für verrückt«, und Ramses wedelte erfreut mit der Rute. Eigentlich hatte ich ihn schon richtig gern, tätschelte wieder sein Fell, ließ ihn ein bißchen schnuppern, auch bei Tieren erhalten kleine Geschenke die Freundschaft, er schien jetzt direkt in mich vernarrt zu sein, kratzte mir mit seiner mörderischen Pfote eine Laufmasche in meine besten Strümpfe, mir war unbegreiflich, weshalb es so viele Schwierigkeiten bereitet hatte, eine passende Gouvernante für ihn zu finden. Später wollte er zu seiner Gymnastik zurückkehren, ich rief ihn zu mir, sagte, daß wir wieder ins Haus müßten, weil das Tierchen auf uns warte, aber das Tierchen saß noch in seiner versenkten Badewanne und ganz in rosafarbenen Schaum eingehüllt; sicher ein Geheimtip der Madame Rubinstein, sie sagte: »Ihr seid ja schon wieder hier!« Das waren wir in der Tat, und daß sie bereits beim kollektiven Pronomen angelangt war, durfte ich wohl als Indiz ihrer Gunst interpretieren, ich sagte, ich hätte nicht gewußt, wie lange und was dann, und sie fragte, ob Ramses brav gewesen sei. – Bis auf eine Laufmasche, sagte ich, und sie ließ sich die Laufmasche zeigen, sagte, sie würde mir ein Paar neue Strümpfe geben oder auch zehn, wenn ich wollte, und weil Ramses so brav gewesen sei, könne ich jetzt einen längeren Spaziergang über den Turmberg mit ihm machen, aber nur an der Leine wegen der schießwütigen Förster und läufigen Hündinnen; bisher habe sie das immer selbst besorgen müssen. Und sie erteilte mir, während sie so redete, auch gleich einen kleinen Appellunterricht über Ramses' Vokabularium, und da ich schon einmal hier sei, könne ich ihr noch das Badetuch reichen. Es lag auf ihrem runden Bett parat, sogar aus dem rosafarbenen Schaum durfte ich ihr helfen, hielt ein paar Sekunden ihre nasse Hand fest, sie war wirklich ein Tierchen, fellglänzend und schwarz, anmutig bis zum kleinen Popo; vielleicht war es doch nicht nur Herzensbildung gewesen, was Herrn Witkowski so an ihr fasziniert hatte, daß er seine Besitzrechte auch behördlich legitimiert sehen wollte. Ich trocknete ihr noch den Rücken ab, fragte, ob dies für den Moment alles sei, und sie drehte sich nach mir um, schaute mir, während sie das Badetuch betont langsam um ihre nassen Hüften schlang,

amüsiert in die Augen und sagte: »Für den Moment, ja.«
Ich wurde nun doch langsam neugierig auf ihre Komplexe; in diesem Haus schien jeder seine besonderen zu haben, sozialistische und andere, nur bei Herrn Witkowski war ich mir da noch nicht ganz sicher, aber das würde ich auch herausbekommen. Im Wohnzimmer traf ich Bärbel damit beschäftigt, eine schwarzlederne Sitzgruppe mit einem blauen Staubwedel zu traktieren, sie ließ sich durch meine Anwesenheit nicht stören, wollte nur wissen, ob das Tierchen schon aufgestanden sei, schickte Ramses einen bitterbösen Blick zu, wedelte auch noch die Keramikplatten mit den figürlichen Motiven und die Sitzgruppen beim Kamin ab, schien überhaupt Anlaß zur Verstimmung gefunden zu haben, und als ich ihr sagte, daß ich mit Ramses einen größeren Spaziergang machen müsse, sagte sie nur: »Um ein Uhr wird gegessen.« Dann hatte ich noch eine gute Stunde Zeit, ich ließ mir einen Schlüssel für das Tor geben und Ramses durch den Park bei Fuß gehen. Auf der Straße nahm ich ihn an die Leine, schlug den Waldweg zum Turmberg ein, und Ramses schien sich hier gut auszukennen, machte an jedem zweiten Baum ein kleines Pipi, vergrub die Nase hier und dort in den feuchten Waldboden oder scharrte nach verborgenen Schätzen, die eben nur ein Hund wahrzunehmen vermochte.
An sich hatte ich keinen Grund, mich über meine bisherige Tätigkeit zu beklagen, im Wald war es angenehm kühl und laut von Vögeln, ich ließ Ramses unerlaubterweise ein Stück ohne Leine neben mir hergehen, setzte mich ein Viertelstündchen auf eine Bank und gedachte der bedauernswerten Chefsekretärinnen in der VAS und aller armen Stenotypistinnen, die sich jetzt auf keine Bank auf dem Turmberg setzen konnten. Solange ich für Papa gearbeitet hatte, war

ich auch nie zu einem richtigen Spaziergang gekommen, entweder hatte ich auf der Terrasse oder in meinem Zimmer gelegen und auf Papa gewartet, und ganz unbefangen hatte ich mich seines Hauses doch nie freuen können. Dann das ständige Einkaufen, mindestens viermal in der Woche der anstrengende Weg in die Stadt und zurück hatten genügt, mir den Sinn für zusätzliche Spaziergänge zu nehmen, und während ich jetzt in der warmen Sonne saß, ein bißchen den Vögeln zuhörte und Ramses' großen Kopf streichelte, war ich doch sehr zufrieden mit mir, besonders, wenn ich mir vergegenwärtigte, daß man mit dieser Art von Beschäftigung fünfhundert Mark netto verdienen konnte, und was Papa betraf, so würde ich ihm wohl ewig dafür dankbar sein müssen, daß er weder gestern abend noch heute morgen nach Hause gekommen war. Wenn ich mir vorstellte, daß ich vor ein paar Stunden noch bereit gewesen wäre, ihm meinen Pyjama und mich selbst zu Füßen zu legen, wurde mir fast ein bißchen übel. Ich hatte einfach zu oft allein in seinem großen Haus herumgesessen und mich dort wie in eine Sackgasse verrannt, aber das würde mir nicht wieder passieren. Es würde mir auch nicht wieder passieren, daß ich mich versucht fühlte, Hans eine Postkarte mit herzlichen Grüßen von Haus zu Haus schicken zu wollen. Wenn ich es mir jetzt so auf meiner Bank und in der warmen Sonne überlegte, wäre er doch nicht der richtige Mann für mich gewesen, man sollte sich als Mädchen nicht zu früh und nicht zu billig verkaufen, und wenn auch nicht jedesmal gleich ein Mann wie Herr Witkowski dabei herausspringen konnte, so gab es doch genug andere, die nicht darauf angewiesen waren, ihr Eigenheim mit dem Stenotypistinnengehalt ihrer Frau finanzieren zu müssen. Auch rein äußerlich stellte Herr Witkowski entschieden mehr vor als Hans, ihn konnte ich mir ebensogut auf einem Reitpferd wie in einem Frack vorstellen; Hans hätte in einem Frack wahrscheinlich wie in Vaters Hosen ausgesehen, und dann noch die Schwiegermutter aus Kleinheubach! Manche Dinge sollte man sich nicht einmal dann zumuten, wenn die Liebe zu einem Mann noch größer als die Abneigung gegen seine Familie war, und eine Schwiegermutter aus Kleinheubach hätte einen selbst noch im Standesamt zur Umkehr bewegen können.

Auch für Ramses und mich wurde es Zeit zur Umkehr, ich war einigermaßen gespannt, ob die Witkowskis demokratisch genug waren, die Mittagstafel mit ihrem Personal zu teilen; sie waren es nicht. Bärbel servierte nur zwei Gedecke im Freien, also würde ich wohl zusammen mit ihr und Kurt im Studio dinieren müssen, es stellte sich dann aber heraus, daß Herr Witkowski nur über das Wochenende zum Mittagessen hier und das zweite Gedeck für mich bestimmt war, während Bärbel zusammen mit Kurt in der Küche aß. Ich fand das völlig angebracht, schließlich hatten mich die Witkowskis nicht als Dienstmädchen engagiert, und für soziale Verbrüderungen war ich noch nie der Typ gewesen. Ich überließ Ramses seinen eigenen Intuitionen, wusch mir in einem hellblau gekachelten Gästebadezimmer die Hände, und als ich wieder ins Freie trat, saß Frau Witkowski bereits am Tisch, diesmal ohne Shorts und ohne Madeiraspitze, in einem bunten Gazekleidchen mit tiefem Dekolleté und schicken Rüschchen. Auf ihren Kleiderschrank war ich schon sehr neugierig, ich sagte: »Hoffentlich habe ich Sie nicht warten lassen«, und sie sagte: »Dieses dumme Stück hat wieder keinen Sonnenschirm aufgestellt; würden Sie das tun?« Mit dem dummen Stück war wohl Bärbel gemeint, und der nächste Sonnenschirm stand keine drei Schritte entfernt, ich stellte ihn so, daß Frau Witkowski im Schatten saß, und mit dem Essen traf auch Ramses wieder ein, begrüßte zuerst Frau Witkowski, dann mich so heftig, als wären seit unserer letzten Begegnung keine fünf Minuten, sondern Jahre vergangen. »Das hat vor Ihnen noch niemand fertiggebracht«, sagte Frau Witkowski, aber es klang mehr gereizt als anerkennend.

Daß Bärbel sich nicht nur auf schmeichelhafte Büstenhalter, sondern auch auf das Kochen verstand, mußte ich vorbehaltlos anerkennen, wahrscheinlich hätte ich von ihr noch etwas lernen können. Trotzdem fand Frau Witkowski die Sauce nicht schmackhaft genug, meinte, irgend etwas würde fehlen, rief, nachdem sie gute fünf Minuten darüber sinniert hatte, was fehlen könnte, Bärbel aus der Küche und fragte, ob sie Curry in die Sauce getan habe, und Bärbel sagte, das sei eine Madeirasauce, und eine Madeirasauce werde ohne Curry zubereitet. Sie ließ sich auch auf keine weiteren Diskussionen mehr ein und kehrte eingeschnappt in ihre Küche zurück. »Was sagen Sie dazu?« fragte Frau Witkowski, und weil ich sie nicht noch einmal schockieren wollte, begnügte ich mich mit einem Schulterzucken. »Ich habe in meinen ganzen Leben noch nie gehört«, sagte Frau Witkowski, »daß man Madeirasauce ohne Curry zubereitet«, und ich sagte: »Leider gehe ich da nicht ganz konform mit Ihnen«, was sie zum Glück nicht sinngemäß interpretierte, sie fragte: »Waren Sie auf keiner Kochschule?« Vielleicht stellte sie sich eine Art Universität darunter vor, »auf einer Kochschule nicht«, sagte ich.

»Aber Sie können doch kochen?« fragte sie, und ich sagte: »Wenn es sein muß.« Es störte mich, daß sie mir beim Essen ständig auf die Finger schaute, vielleicht wartete sie darauf, daß mir ein Fauxpas unterliefe, ich fragte: »Ist es schon sicher, daß ich zusammen mit Kurt und Ramses fahren werde?«, und sie sagte: »Nein«, sonst nichts. Das fand ich nun wiederum recht merkwürdig, schließlich wollte sie morgen schon abreisen, mir kam ein böser Verdacht, »oder reisen wir gar nicht?« fragte ich. »Selbstverständlich reisen wir«, sagte sie. »Vielleicht müssen Sie aber mit dem Zug fahren.«

»Mit Ramses?« fragte ich, und sie sagte: »Selbstverständlich mit Ramses. Mein Mann redet sich plötzlich ein, auf Kurt nicht verzichten zu können.« Immerhin wußte ich jetzt, weshalb sie so gereizt war, ich fragte: »Wofür braucht er ihn?«

»Um sich morgens von ihm zum Werk fahren und abends dort abholen zu lassen«, sagte Frau Witkowski. »Wollen Sie noch ein Dessert?« Das hatte sie mir schon serviert: In Gedanken sah ich mich bereits mit Ramses auf dem Schoß in einem Abteil zweiter Klasse nach Südfrankreich fahren. »Ihr Mann beschäftigt doch sicher noch mehr Chauffeure im Werk«, sagte ich, und Frau Witkowski sagte: »Natürlich«, und sonst wieder nichts. Dann zog sie überraschend ihr buntes Gazekleid aus, ließ mich einen sehr schicken einteiligen Badeanzug mit einem ungemein tiefen Rückenausschnitt und gekreuzten Trägern sehen und ging zum Swimmingpool. Als sie in das Wasser eintauchte, kam Bärbel aus ihrer Küche und fragte: »Glauben Sie jetzt, daß sie nicht alle Tassen im Schrank hat?«

»Wieso?« fragte ich, und Bärbel sagte: »Madeirasauce mit Curry! So etwas gibt es doch nur in Wiesloch!«

»In Wiesloch?« fragte ich.

»Da ist so 'ne Anstalt«, sagte Bärbel und stellte das Geschirr auf das Tablett. »Keinen Nachtisch?« fragte sie. Ich schüttelte den Kopf und fragte: »Wußten Sie, daß Kurt nicht mitfahren darf?«

»Früher ist er auch nie mitgefahren«, sagte Bärbel. Und dann beugte sie sich etwas zu mir herunter und sagte: »Der Pascha treibt ihn ihr schon noch aus.«

»Wen?« fragte ich, und Bärbel winkte mit dem Kopf zu Ramses hin und sagte: »Den da. Passen Sie nur auf!« Viel klüger war ich auch jetzt noch nicht geworden, aber wenigstens ahnte ich einige Zusammenhänge, ich fragte: »Kann ich Ihnen etwas in der Küche helfen?«

»Sie kriegen heute noch genug zu tun«, sagte Bärbel und verschwand in ihrer Küche. Etwas später kam Frau Witkowski wieder an Land, sie wischte sich mit den Handflächen das Wasser von den behaarten Beinen und fragte: »Schwimmen Sie nicht?« Mir war nicht ganz klar, wie sie es meinte, ob nur hier oder allgemein nicht, ich sagte: »Wenn ich Zeit dazu habe.«

»Jetzt haben Sie Zeit«, sagte Frau Witkowski und musterte mich abschätzend, dann sagte sie: »Kommen Sie einmal mit!« Ich folgte ihr in das Schlafzimmer und von dort in ihr Boudoir. Vom Schlafzimmer unterschied es sich hauptsächlich darin, daß es keine eingebaute Badewanne und der Chintz an den Wänden eine andere Tönung hatte. Für Chintz schien sie überhaupt ein Faible zu haben, die hübsche Sitzgruppe aus Sofa und drei Sesseln mit Röckchen war gleichfalls mit Chintz bezogen und in den Farben auf die Tapeten abgestimmt, ebenso die Vorhänge, und die Wände bestanden zum größten Teil aus eingebauten Schränken. Auch zwei Kommödchen und einen Damensekretär entdeckte ich, alles sehr geschmackvoll und ein bißchen verspielt, eine lauschige Atmosphäre für Kaffeekränzchen und ähnliches: Von diesem Boudoir würde ich wahrscheinlich mein Leben lang träumen müssen.

Aus einem der Schränke brachte Frau Witkowski einen Badeanzug aus weißer Klöppelspitze zum Vorschein, mit undurchsichtigem Gewebe dort, wo es angebracht war, »der müßte Ihnen passen«, sagte sie und drückte mir als kleine Zugabe noch zwei Paar Nylonstrümpfe in die Hand. Und dann fragte sie ganz unvermittelt: »Einen Führerschein haben Sie wohl nicht?« Wahrscheinlich sah ich in ihren Augen nicht danach aus, es tat mir gut, ihre Fehleinschätzung korrigieren zu können, und sie blickte mich mit allen Symptomen größter Erleichterung an und meinte, das treffe sich ja glänzend. Warum es sich glänzend treffe, verriet sie mir gleichfalls nicht, sie war nur plötzlich sehr nett, sagte, ich könne mich jetzt eine Stunde in den Park oder in eines der Gästezimmer legen, in der Zwischenzeit werde sie ihre Sachen für die Reise herrichten, damit ich sie einpacken könne, weil das Einpacken eine Arbeit sei, für die ihr die Geduld fehle, und wenn ich vorher noch baden wolle, dürfe ich mich in ihrem Schlafzimmer umziehen. Ich sah noch, wie sie zu einem weißen Telefon bei der Sitzgruppe ging, und während ich in ihrem Schlafzimmer den Badeanzug betrachtete, hörte ich sie aufgeregt telefonieren. Es war schon ein Jammer, daß Papas verstorbene Frau kein Boudoir besessen hatte, seit ich hier war, kam mir unser Haus doch recht bürgerlich vor. Auch der Badeanzug war alles andere als bürgerlich, das undurchsichtige Gewebe reichte gerade für oben und unten, für unten noch mehr als für oben, denn oben war es fast so gut wie oben ohne. Zwar gab es Netzbadeanzüge, die noch durchsichtiger waren, es hätte mich auch nicht gestört, wenn Bärbel und Kurt nicht gewesen wären, so aber und weil ich ohnedies keine Lust zum Baden hatte, beschloß ich, das Ding vorläufig nicht anzuziehen. Natürlich war es eine soziale Geste, auch das Personal im Swimmingpool baden zu lassen, ich wußte sie durchaus zu schätzen, legte mich, wie geheißen, draußen in einen Liegestuhl und ließ mir die Sonne auf die Beine scheinen. Ramses schlief auf einer gedeckten Terrasse im linken Flügel des Hauses, ich konnte nur seinen Rücken sehen, und Bärbel schien noch in der Küche beschäftigt zu sein. Es war sehr still im Park, das hohe Gras unter den Bäumen bewegte sich in einem kleinen Wind, der von der Rheinebene über die Hügel kam, und in der Luft roch es nach Wiesenkräutern und Tannennadeln.

Alles in allem war es kein schlechter Anfang gewesen, ich hatte ihn mir schlimmer vorgestellt, und die internen Familienprobleme der Witkowskis hielten sich bis jetzt im Rahmen des Üblichen. Ich fand es sogar nett, daß ein Mann auf den Hund seiner Frau eifersüchtig sein konnte, und solange er keinen anderen Nebenbuhler hatte, bestand auch keine unmittelbare Gefahr für die Ehe. Manche Männer brachten es ja fertig, auf ihre eigenen Kinder eifersüchtig zu sein, und weshalb die Witkowskis noch keine hatten, würde ich sicher von Bärbel erfahren können. Vielleicht gab es doch einen wunden Punkt in ihrer Ehe, bei Leuten, die so viel Geld besaßen, hoffte man ja immer ein bißchen, sie würden wenigstens unglücklich verheiratet oder mit einem anderen schlimmen Gebrechen belastet sein. Der Generaldirektor der VAS sollte beispielsweise einen schweren Herzinfarkt erlitten haben, und seit es sich herumgesprochen hatte, regte sich in der VAS kein Mensch mehr über seine Vierzehnzimmervilla mit geheiztem Swimmingpool in der Vorhalle auf. Mir fiel ein, daß ich noch immer nicht meinen Reisepaß zurückverlangt hatte, ich tat es eine Stunde später, als mich Frau Witkowski fast auf die Minute genau ins Haus rief, und was da inzwischen auf ihrem Bett an Kleidern und Wäsche aufgetürmt worden war, versprach einen ausgefüllten Nachmittag, mir war noch nicht ganz klar, wie ich das alles in den drei Koffern unterbringen sollte, die gleichfalls schon bereitstanden. Daß ich ihren modernen Badedreß auf ihrem Bett liegengelassen hatte, schien keinen Eindruck auf Frau Witkowski gemacht zu haben, sie gab mir meinen Reisepaß, sagte noch, die Koffer müßten in zwei

Stunden fertig sein, und zog sich wieder in ihr Boudoir zurück. Einen neuen Koffer würde ich mir auch noch kaufen müssen, verglichen mit den Koffern von Frau Witkowski wirkte mein eigener wie das Reisegepäck eines Umsiedlerdeutschen aus Astrachan, und auch die Wäsche und Kleider der Frau Witkowski waren anderen Maßstäben unterworfen, als sie in Stenotypistinnenkreisen üblicherweise angewendet werden. Ich begann zuerst einmal mit den feineren Sachen, Höschen, Büstenhaltern und sonstigen Dessous, die meisten davon hätten selbst einen Mann wie Hans ansprechen können, es war mir doch eine kleine Genugtuung, daß solche Dinge auch in den gehobenen Kreisen Anklang fanden. Ein Cocktailkleid erweckte mein besonderes Wohlgefallen, ich drückte es gegen die Schultern, betrachtete mich in Frau Witkowskis fünfteiligem Toilettenspiegel und stellte mit Befriedigung fest, daß es mich nicht zum Nachteil veränderte. Manche Frauen sahen ja in teueren Cocktailkleidern immer ein bißchen überfordert aus, und das nicht nur auf den Betriebsausflügen der Kommunalverwaltungen. Zu meiner Verwunderung schaffte ich es nicht nur, sämtliche Kleidungsstücke in den drei Koffern unterzubringen, ich war auch schon nach eineinhalb Stunden damit fertig, obwohl ich zweimal Besuch von Ramses bekam, der meinem Treiben mit einigem Mißtrauen begegnete und wenigstens ein besonders feines Höschen seines Frauchens zu retten versuchte; ich hatte Mühe, ihm das Ding auszureden. Zur Belohnung für meine vorbildliche Arbeit wurde ich anschließend von Frau Witkowski mit der Putzfrau bekannt gemacht, sie hieß Schlomski und war gerade damit beschäftigt, die Solnhofener Platten im Wohnraum naß aufzuwischen.

Anscheinend war ich nicht ganz ihr Typ, sie musterte mich kritisch, sagte: »So, so« und wandte sich wieder dem

Boden zu. Wie sie das bei ihrem Umfang noch schaffte, war Beachtung wert, es sah aus, als müßte sie jeden Augenblick aus der geblümten Schürze fallen. Natürlich gab es auch magere Putzfrauen, und Frau Direktor Zöllner, die ich anschließend am Swimmingpool bei einer Tasse Kaffee kennenlernte, war schon wieder zu mager, daran konnte auch das geraffte Oberteil ihres blauen Nachmittagskleides nichts ändern. Im Gegensatz zu der Putzfrau begrüßte sie mich mit unverhülltem Wohlwollen, ließ mich sämtliche Jackettkronen ihres wertvollen Gebisses und außer einer dreireihigen Perlenkette der oberen Güteklasse noch einige Ringe und Armreifen sehen, die selbst ein Mann wie Herr Witkowski wohl kaum aus der Brieftasche bezahlt hätte. In dieser Beziehung war seine Frau fast asketisch, außer einem massiven Goldreif und einem bescheidenen Brillantring trug sie keinen auffälligen Schmuck, und trotzdem war mir die Direktorengattin nicht so unsympathisch, wie ich es aufgrund ihres Goldfischteiches im Wohnzimmer gehofft hatte. In ihrer Jugend mußte sie sogar ganz gut ausgesehen haben, ich schätzte sie auf fünfundvierzig, vielleicht auch zwei oder drei Jahre darüber, bei dem vielen Rouge, das sie aufgetragen hatte, ließ es sich schwer sagen. Ihr blondgefärbtes Haar war so ordentlich onduliert, daß sie direkt vom Friseur kommen mußte, sie sagte: »Guten Tag, Fräulein von Brandenstein«, worauf ich sie mit gnädige Frau anredete. Wenn man schon unter gebildeten Leuten verkehrte, sollte man sich auch ihrem Niveau anpassen können. Außerdem stand auf dem breiten Fahrweg zum Haus eine schwarze, sehr feierliche Limousine; der Chauffeur saß am Steuer und las eine Zeitung. Während ich mit den Damen eine Tasse Kaffee trank, wollte Frau Zöllner wissen, ob wir uns nicht schon einmal auf dem Luftwaffenball gesehen hätten, aber der Luftwaffenball war in dieser Stadt eine reine Angelegenheit der Honoratioren, selbst begüterte Intellektuelle kamen nur mit persönlichen Beziehungen hinein, weshalb ich Frau Zöllner enttäuschen mußte. »Dann war es vielleicht irgendwo anders«, sagte sie, und zu Frau Witkowski gewandt: »Du hast aber immer auch ein Glück mit deinem Personal. Wenn es nicht wegen des Hundes wäre, könnte Fräulein von Brandenstein auch mit uns fahren.« Und Frau Witkowski sagte: »Wenn es nicht wegen Ramses wäre, liebe Annemarie, hätte ich sie gleich im Flugzeug mitgenommen.«

»Ach ja, du fliegst ja wieder«, sagte Frau Zöllner. Und zu mir sagte sie: »Ich habe gehört, daß Sie noch nie an der Côte d'Azur gewesen sind.« Vielleicht war es für sie doch noch viel schlimmer als nur eine Bildungslücke, ich sagte: »Leider nicht.«

»Dann wird es Ihnen aber gefallen«, sagte Frau Zöllner. »Mein Mann und ich fahren übermorgen.«

»Frau Zöllners Mann«, sagte Frau Witkowski, »ist Inhaber der großen Zöllnerbrauereien; sicher kennen Sie sie.« Die Zöllnerbrauereien waren sogar unter Antialkoholikern ein Begriff, ich nickte, und Frau Zöllner sagte: »Wenn Sie sich einmal verändern wollen: Wir suchen schon lange ein Mädchen wie Sie.« Damit hatte ich eigentlich nicht gerechnet, schon gar nicht in Gegenwart von Frau Witkowski, aber merkwürdigerweise schien diese eher befriedigt als schockiert zu sein, sie sagte nur: »Ich glaube nicht, daß Ruth sich verändern will«, und auf diese Weise hatte sie so ganz aus dem Handgelenk etwas völlig Neues zwischen uns geschaffen. Daran würde ich mich also wohl gewöhnen müssen, schließlich wurden alle Minnas von ihren Herrschaften beim Vornamen gerufen; ich wußte das gleichfalls aus dem Kino. Frau Zöllner zeigte mir wieder ihre Jackettkronen und sagte: »Vielleicht nicht gleich«, und Frau Witkowski sagte entschieden: »Weder gleich noch später. Willst du noch eine Tasse Kaffee?« Wie ich mich selbst zu dieser Angelegenheit stellte, schien nicht sehr zu interessieren, auch Frau Zöllner unternahm keinen direkten Versuch, sich meiner unmaßgeblichen Meinung zu vergewissern, sie ringelte die dreifache Perlenkette um ihre mageren Fingerchen und sagte: »Nur noch eine halbe, bitte.« Und zu mir sagte sie: »Mir gefällt sehr, wie Sie das machen.«

»Bitte?« fragte ich, und Frau Zöllner sagte: »Sie hätten das doch gar nicht nötig, oder?« Darin hatte sie nicht einmal so unrecht, ich sagte: »Das nicht.«

»Und daß Sie es trotzdem machen!« sagte Frau Zöllner. »Das gefällt mir sehr.«

»Danke«, sagte ich. Sie blickte mich mit ihren graugrünen Augen neugierig an und sagte: »Sicher steckt ein Mann dahinter.«

»Wieso ein Mann?« fragte ich, und Frau Zöllner sagte bestimmt: »Ein Mädchen Ihrer Herkunft tut so etwas nur eines Mannes wegen. Vermutlich ist Ihr Vater gegen die Heirat.« Wenn ich Papas Empfindungen Hans gegenüber berücksichtigte, war auch das nicht so abwegig, ich blickte Frau Witkowski an, die mich mit einem merkwürdigen Gesichtsausdruck beobachtete, und sagte: »Es spielen da noch andere Dinge mit.«

»Vater-Tochter-Probleme«, sagte Frau Zöllner seufzend. »Ich kenne das aus meiner eigenen Jugend. Ihre Mutter lebt wohl nicht mehr?«

»Nein«, sagte ich, und diesmal kostete es mich keine Überwindung. »Ich habe es mir gedacht«, sagte Frau Zöllner. Sie trank ihre Tasse aus, stand auf und küßte Frau Witkowskis Wange. Anscheinend waren sie doch mehr als nur Geschäftsfreunde, ich sah ohnedies keinen rechten Zusammenhang zwischen ökonomischen Interessen eines Brauereibesitzers und eines Strumpffabrikanten. Mir gab sie glücklicherweise nur die Hand, meinte noch, wir würden uns ja bald wiedersehen, und Frau Witkowski geleitete sie zu dem feierlichen Wagen, der Chauffeur unterbrach seine Lektüre, nahm die Mütze ab und öffnete Frau Zöllner die Wagentür, und das alles nur, weil sie einen Mann geheiratet hatte, der Bier braute. Allein schon zu erleben, wie sie in dem großen Gefährt zum Tor rollte, war ein ästhetischer Genuß, sie winkte mit einem weißen Handschuh aus dem Fenster, und dann kam Frau Witkowski wieder zu mir und sagte: »Sie können jetzt Ramses noch eine Stunde spazierenführen. Wir essen um sieben Uhr. Und noch etwas!«

»Ja, bitte?« sagte ich, und Frau Witkowski sagte: »Ich bin mit Ihnen sehr zufrieden, Ruth.«

»Das freut mich«, sagte ich. »Es ist auch nicht erforderlich«, sagte Frau Witkowski, »daß Sie gnädige Frau zu ihr sagen; ihr Vater war nur ein kleiner Beamter. Ramses ist ein Geschenk ihres Mannes; ich habe ihn wieder ins Schlafzimmer eingesperrt; sie fürchtet sich vor ihm.«

»Obwohl er ein Geschenk ihres Mannes ist?« fragte ich verwundert. Frau Witkowski blickte mich zerstreut lächelnd an. »Gerade deshalb«, sagte sie. Herrn Witkowski sah ich erst eineinhalb Stunden später beim Abendessen, das Bärbel auf der gedeckten Terrasse servierte. Daß sie infrarot bestrahlt wurde, war nur eine von vielen technischen Entdeckungen, die ich im Laufe des Abends machen konnte, so ließen sich beispielsweise sämtliche Fensterläden elektrisch schließen, was bei ihren riesigen Flächen auch kein Nachteil war, und daß der ganze Park farbig illuminiert werden konnte, durfte man sich bei seinen Dimensionen wohl ausbitten. Die Lampen dafür waren im Geäst der Bäume versteckt, insgesamt wirkte die Beleuchtung etwas kitschig, aber recht wirkungsvoll, selbst Herrn Witkowskis Bärtchen sah ganz grün aus. Er fragte mich, wie mir der erste Tag bei ihnen bekommen sei, ob ich mich für den Haufen Geld, den er mir bezahlen müsse, nicht entsetzlich gelangweilt und seit wann ich einen Führerschein hätte. Ich beantwortete seine Fragen der Reihe nach damit, daß mir der Tag nicht ganz so schlecht bekommen sei, wie ich es zuerst befürchtet hätte, daß es Leute gäbe, die ihr Geld noch leichter verdienten als ich, und daß ich den Führerschein zwar noch nicht sehr lange, dafür jedoch eine ausreichende Fahrpraxis besitze. Er wollte dann wissen, ob ich an bestimmte Leute dächte, die ihr Geld noch leichter verdienen, und Frau Witkowski, die sich bisher neutral verhalten hatte, fing plötzlich an zu lachen und sagte, Annemarie sei heute mittag auf einen Sprung hiergewesen. Es war das erste Mal, daß ich sie lachen hörte, ihre ohnedies tiefe Stimme wurde dabei noch um zwei Oktaven tiefer, sie legte mir eigenhändig ein zweites Stück Fleisch auf den Teller und sagte: »Sie ist ein bißchen verrückt, müssen Sie wissen.« Dazu konnte ich mich noch nicht äußern, und Herr Witkowski sagte: »Sie wird mit dem Hund in keinem Hotel aufgenommen werden.«

»Dann muß sie eben durchfahren«, sagte Frau Witkowski. »Sie kann ja im Wagen ein paar Stunden schlafen.«

»Tausend Kilometer in einem Stück?« fragte Herr Witkowski. »Das ist reiner Unfug. Welche Strecke soll sie überhaupt nehmen?«

»Am besten die Route Napoléon«, sagte Frau Witkowski. »Dort hat sie keine großen Pässe vor sich.«

»Also über Genf«, sagte Herr Witkowski, und mich fragte er: »Trauen Sie sich das zu?« Dadurch wurde mir klar, daß sie nicht mehr über Frau Zöllner, sondern über mich gesprochen hatten, ich sagte: »Warum nicht?«

»Trotzdem ist es Unfug!« sagte Herr Witkowski und warf

ungeduldig seine Serviette auf den Tisch. »Man kann ein fünfundzwanzigjähriges Mädchen nicht tausend Kilometer allein durch die Nacht jagen.«
»Sie hat ja Ramses bei sich«, sagte Frau Witkowski, »und jederzeit die Möglichkeit, ein paar Stunden zu rasten.« Ich fand es an der Zeit, mich auch wieder einmal zu Wort zu melden, und sagte: »Wir sind schon einmal in einem Stück an die Nordsee gefahren.«
»Na also!« sagte Frau Witkowski befriedigt, und ihr Mann fragte: »Wer wir?« Er schaute mich sehr scharf dabei an, ich sagte: »Das ist wohl nicht so wichtig.«
»Aber Sie haben doch nicht die ganze Strecke am Steuer gesessen?« fragte Herr Witkowski ungeduldig. Die ganze Strecke zwar nicht, aber immerhin einige hundert Kilometer Autobahn, die Hans mich verbotenerweise hatte fahren lassen. Außerdem reizte mich diese Sache hier ungemein, ich hatte mich schon so stark mit ihr identifiziert, daß ich Herrn Witkowskis Einwände als gegen meine persönlichen Interessen gerichtet empfand, ich sagte: »Fast die ganze Strecke.«
»Und wenn ihr etwas zustößt?« fragte Herr Witkowski seine Frau. Seine Fürsorge war mir schon ein wenig peinlich, er schien es selbst zu merken, stand plötzlich auf und ging ins Haus. »Sie müssen mir etwas versprechen«, sagte Frau Witkowski. »Fahren Sie nie schneller als hundert Kilometer.«
»Wenn Sie es wünschen«, sagte ich, obwohl ich noch nie schneller als hundert Kilometer gefahren war, und Frau Witkowski sagte: »Der Wagen ist noch ziemlich neu, ich benutze ihn sonst nur für die Stadt. Kurt wird Sie morgen mittag abholen.« Es kam nun doch etwas überraschend, ich fragte: »Dann soll ich schon morgen fahren?«
»Sobald Kurt aus Frankfurt zurückkommt«, sagte Frau Witkowski. »Er bringt mich vorher noch zum Flughafen. Sie

hätten mir schon am ersten Tag sagen sollen, daß Sie einen Führerschein haben.« Ich sah nicht recht ein, was das ausgemacht hätte, aber sie wechselte sprunghaft das Thema, gab mir noch eine genaue Beschreibung der Route und ein Dutzend Ratschläge, Ramses betreffend, daß ich ihn nie ohne Leine aus dem Wagen lassen, ihn unterwegs nicht zu oft füttern dürfe, weil er so große Strecken noch nicht gefahren sei, und für die Grenze würde ich morgen noch ein tierärztliches Zeugnis bekommen. Ich merkte, daß sie sich um Ramses Sorgen machte, sie wirkte bedrückt und auch ein bißchen zerfahren, berührte sogar einmal meine Hand, bat mich mit leiser Stimme, gut auf ihn aufzupassen, und wenn ich mich beeilte, könne ich spätestens übermorgen bei ihr sein. Von einer Hotelübernachtung riet sie mir noch einmal dringend ab, weil Ramses während der Reise sicher aufgeregt und unberechenbar sei, besonders dann, wenn er in einem Hotel fremden Hunden begegne. Und dann stand sie unvermittelt auf und ließ mich allein. Etwas später kam Bärbel auf die Terrasse und sagte: »Dicke Luft im Haus.«
»Das ist mir noch nicht aufgefallen«, sagte ich, und Bärbel sagte: »Sie streiten sich in seinem Arbeitszimmer. Fahren Sie mit ihrem Wagen?«
»Ja«, sagte ich. »Wo ist Kurt?«
»Zur Bahn; er bringt ihr Gepäck weg. Mit Ihnen hat sie aber Glück gehabt.«
»Wieso?« fragte ich, und Bärbel sagte: »Daß Sie auch noch Auto fahren können; die spuckt doch immer den Wagen voll, wenn sie viele Kurven fahren muß.« Daß Frau Witkowski einen so sensiblen Magen hatte, sah man ihr gar nicht an, ich fragte: »Aber sonst fehlt ihr doch nichts?«
»Der fehlt eine ganze Menge«, versicherte Bärbel. Sie mußte des Geschirrs wegen zweimal laufen, bei den Witkowskis wurde auch abends warm gegessen, und als sie zum zweiten

Male auftauchte, sagte sie: »Er wartet in seinem Arbeitszimmer auf Sie.«
»Hoffentlich nichts Schlimmes«, sagte ich, und Bärbel sagte: »Das weiß man beim Pascha nie«, aber nach seinem Gesichtsausdruck zu schließen, konnte es nichts Schlimmes sein, ich durfte mich zu ihm an den Kamin setzen und bekam sogar eine Zigarette von ihm. Daß nicht nur in seinem Arbeitszimmer, sondern im ganzen Haus kein einziges Bücherregal anzutreffen war, hatte mich gestern schon gewundert, wahrscheinlich begnügte er sich mit Börsenberichten, und seine Frau hatte ja ihr Dominospiel. Ich war überhaupt dagegen, die Leute immer nur nach ihren Bücherschränken zu beurteilen, manche hatten sie voll mit anspruchsvoller Literatur stehen und lasen hintenherum Karl May und Ian Fleming.
»Meine Frau läßt Ihnen bestellen, daß Sie jetzt nach Hause gehen können«, sagte Herr Witkowski. »Sie haben sicher noch einiges vorzubereiten.« Das hätte sie mir eigentlich selbst sagen können, ich fragte: »Dann sehe ich sie vor ihrer Abreise nicht mehr?«
»Sie sehen sie ja auf Cap Ferrat wieder«, sagte Herr Witkowski. »Mein Büro hat mich heute daran erinnert, daß Sie eine Lohnsteuerkarte brauchen. Oder waren Sie schon einmal berufstätig?« Daran hatte ich noch gar nicht gedacht, und wenn ich ihm meine Lohnsteuerkarte vorlegte, würde er natürlich erfahren, daß ich nur eine Adoptiv-Baronesse war und bei der VAS gearbeitet hatte. Außerdem hätte ich sie zuerst von Papa zurückverlangen müssen, und diesen Augenblick wollte ich nach meinen jüngsten Erfahrungen so lange wie möglich hinausschieben, ich sagte: »Hat das nicht noch ein paar Wochen Zeit?«
»Bis Sie zurückkommen«, sagte Herr Witkowski. »Vielleicht sind Sie sich auch noch nicht sicher, ob Sie bei uns bleiben werden.«

»Ich habe an ein Vierteljahr Probezeit gedacht«, sagte ich, und Herr Witkowski sagte: »Das ist normalerweise Sache des Arbeitgebers.« Sein hellgrauer Einreiher kam nicht vom billigsten Schneider, er sah heute überhaupt sehr elegant aus, ich betrachtete bewundernd seine schöne Weste und sagte: »Das ist nicht mehr ganz so wie früher.«

»Diesen Eindruck habe ich auch«, sagte Herr Witkowski. »Ich vermute, Sie sind in einem besseren Internat verdorben worden?« Ich war mir nicht ganz sicher, ob man ein Waisenhaus als besseres Internat definieren konnte, und sagte vorsichtig: »Wenn Sie meinen...« Er blickte belustigt in mein Gesicht, dann sagte er: »Passen Sie wenigstens auf den Wagen auf; er hat mich über zwanzigtausend Mark gekostet. Auf Wiedersehen!« Mit dieser abrupten Verabschiedung hatte ich nicht gerechnet, ich drückte sorgfältig meine Zigarette aus, stand auf und sagte: »Guten Abend.« Ich war schon an der Tür, als ich noch einmal seine Stimme hörte, er sagte: »Übrigens haben Sie wirklich keine O-Beine. Wenn Sie einmal Strümpfe brauchen, so wenden Sie sich an mich; ich kann Ihnen einen kleinen Rabatt vermitteln.«

»Ich weiß, wo ich sie noch *billiger* bekomme«, sagte ich, und er fragte: »Von Ihrem Freund?«

»Dazu brauche ich keinen Freund«, sagte ich und ging hinaus. Das hätte ich wahrscheinlich auch nicht sagen sollen, aber seine Stimme hatte reichlich provozierend geklungen, und schließlich ging es ihn auch nichts an, woher ich meine Strümpfe bezog. Ramses konnte ich nirgendwo entdecken, ich hätte ihm gerne noch seinen großen Kopf geküßt, und als ich einmal zurückschaute, stand Herr Witkowski auf der beleuchteten Terrasse und blickte mir regungslos nach. Ich verkleinerte mechanisch meine Schritte; mit kleinen Schritten wirkte ich noch vorteilhafter.

Daß ich in dieser Nacht kaum ein Auge zugebracht hatte, war so unbegreiflich nicht. Abgesehen von meinem Reisefieber hielt mich auch die Furcht, Papa könnte noch in letzter Minute in meine Vorbereitungen platzen, dauernd in Atem, ich stand schon um sieben Uhr auf, nahm ein Bad, und nach dem Frühstück ging ich in die Stadt, kaufte mir einen piekfeinen Lederkoffer und zwei fesche Sommerkleider. Einem weißen Hut mit breitem Rand konnte ich gleichfalls nicht widerstehen, ich war am Schluß so beladen, daß ich mir für die Rückfahrt ein Taxi nehmen mußte. Leider war der Himmel heute stark bedeckt, und als ich in Papas Haus zurückkam, fing es sogar an zu regnen, aber nicht einmal das vermochte meine glänzende Laune zu beeinträchtigen, schließlich fuhr man nicht alle Tage mit einem Luxuswägelchen für zwanzigtausend Mark an die Côte d'Azur, und daß ich es – von Ramses einmal abgesehen – ganz allein tun durfte, machte es erst recht aufregend. Außerdem ersparte mir der Regen die Mühe, vor meiner Abreise noch einmal Papas Gartenblumen gießen zu müssen, eine Beschäftigung, deren ich in den letzten Wochen schon ein wenig überdrüssig geworden war.
Ich machte mir noch eine Kleinigkeit zu essen, berücksichtigte einen angemessenen Reiseproviant, lief zwischendurch ein gutes dutzendmal zur Tür, um nach Kurt Ausschau zu halten, und für Papa schrieb ich ein paar Zeilen, daß ich für einige Wochen verreist sei und noch nicht wisse, wann ich wieder zurückkomme. Den Zettel legte ich gut sichtbar auf den Tisch in die Wohndiele, vergaß auch nicht, sämtliche Läden herunterzulassen, aber ich mußte dann immer noch eine Viertelstunde auf Kurt warten, und das Wägelchen war genau das, wofür ich mich entschieden hätte, wenn ich vor die Alternative gestellt worden wäre, zwischen ihm oder

zwei Hypotheken auf ein Eigenheim zu wählen, ein schneeweißer zweisitziger Roadster mit rotem Lederpolster und elektrischen Scheiben. Die rückwärtige schmale Sitzbank war nachträglich zu einem komfortablen Lager für Ramses umgebaut worden; das mindeste, was ein Hund wie Ramses von seinem Frauchen verlangen konnte, und Kurt war ausnahmsweise einsilbig, betrachtete ohne Kommentar Papas Haus von außen, ließ mich mein Gepäck in den Kofferraum verstauen, ohne einen Finger zu rühren, und als ich ihn fragte, was seine Laune so verdüstert habe, sagte er: »Reden Sie nicht soviel; ich habe noch nicht zu Mittag gegessen.« Mir fiel ein, daß er Frau Witkowski nach Frankfurt gefahren hatte, ich fragte: »Hatten Sie Ärger mit Ihrer Familie?«, aber er würdigte mich keiner Antwort, drückte mir den Zündschlüssel in die Hand und sagte: »Fahren Sie in die Stadt.« »Was soll ich dort?« fragte ich, und er sagte: »Der Chef will wissen, ob Sie überhaupt fahren können.« Damit hatte ich fast gerechnet, schließlich war es ein Wägelchen für über zwanzigtausend Mark und Ramses für Frau Witkowski mit Geld schon gar nicht aufzuwiegen, aber da ich mich mit Knüppelschaltungen einigermaßen auskannte, sah ich keine unüberwindlichen Hindernisse, setzte mich forsch ans Steuer, ließ mir noch die Details erklären, und beim Anfahren verlor ich die Nerven, trat auf die Bremse, daß es mich beinahe vom Ledersitz hob, und Kurt sagte: »Genauso habe ich mir das gedacht; das Ding hat hundertundfünfzig PS, falls Sie das noch nicht wissen sollten.« Daß das Ding hundertfünfzig PS hatte, wußte ich von Hans, ich hatte mir bis zu diesem Augenblick nur nicht sehr viel darunter vorstellen können; jetzt konnte ich es. Ähnlich mußte es sein, wenn man einer Riesenkobra versehentlich auf den Schwanz trat. Beim zweiten Versuch verfuhr ich behutsamer, schaltete sofort in den nächsten Gang, und weil der mir immer noch zu aufregend war, gleich einen Gang höher, und jetzt erst hatte ich wieder das Gefühl, in einem Auto zu sitzen. Für den Rest sorgte meine sensible Natur, ich arbeitete nur noch mit den Fußspitzen, ließ die Knüppelschaltung nach Möglichkeit unberührt, und als wir im Stadtzentrum waren, sagte Kurt: »Fahren Sie wieder zurück.«

Immerhin hatte er kaum mehr Anlaß gehabt, meine Fahrweise zu bemängeln, was seine Laune nur noch mehr zu verdüstern schien, er saß muffig neben mir, machte mich auf Ampeln aufmerksam, die grünes Licht zeigten, wies mich auf Zebrastreifen hin, die von keinem Menschen benutzt wurden, und als er mich gar noch vor einem Lastwagen warnte, der in zweihundert Metern Entfernung unsere Fahrbahn kreuzte, sagte ich: »Wenn Sie jetzt nicht den Mund halten, steige ich aus und schicke Sie mit Ihrem *Wägelchen* zu Ihrem Boß zurück«, und von da an sagte er überhaupt nichts mehr. Wenigstens fand ich jetzt Zeit, mich ein wenig um die Leute zu kümmern, denn wenn man als Frau schon am Lenkrad eines solchen *Wägelchens* saß, wollte man schließlich auch beachtet werden, und das wurde ich, von den Fußgängern ebenso wie von den Fahrern jener Wagen, die hinter uns herkamen, es war ein völlig neues Fahrgefühl, und ich genoß es bis zu den Haarspitzen. Ich hatte jetzt nur noch den Wunsch, meinen muffigen Beifahrer so rasch wie möglich gegen Ramses einzutauschen, vielleicht behagte ihm nicht, daß ausgerechnet ich mit diesem *Wägelchen* nach Cap Ferrat fahren durfte und nicht er; ich konnte es ihm ja nachfühlen, aber wenn Herr Witkowski eben meinte, auf ihn nicht verzichten zu können, war nichts daran zu ändern, ich sagte wahrheitswidrig: »Es wäre mir auch lieber gewesen, nicht allein fahren zu müssen«, und er sagte: »Die Papiere liegen im Handschuhkasten, das Geld auch.«

»Welches Geld?« fragte ich.

»Tausend neue Francs«, sagte Kurt. »Sie müssen schließlich tanken, oder nicht?«
»Wohl kaum für tausend neue Francs«, sagte ich. »Wie steht es mit einer Autokarte?«
»Auch im Handschuhkasten«, sagte Kurt. »Ich habe Ihnen die Strecke eingezeichnet, Sie fahren nach Nizza; von dort sind es nur noch ein paar Kilometer.« Das überraschte mich, ich hatte mir Cap Ferrat irgendwo bei St-Tropez vorgestellt. »Die Adresse ist an die Karte geheftet«, sagte Kurt noch. »Nach dreitausend Kilometern müssen Sie einen Ölwechsel machen; das Öl steht im Kofferraum. Wollen Sie sonst noch etwas wissen?«
»Ich glaube nicht«, sagte ich. Auch von Bärbel mußte ich mir einige Belehrungen mit auf den Weg geben lassen, hauptsächlich Ramses betreffend, sie lud mir ein Dutzend Pakete mit Hundekuchen und anderen hochwertigen Nahrungsmitteln in den Wagen, dazu Ramses' Freßgeschirr, fünf Hundeleinen und ebenso viele Halsbänder, eines prächtiger als das andere, und am Schluß mußte ich Ramses aus Frau Witkowskis Schlafzimmer holen, weil sich weder Bärbel noch Kurt hineintrauten. Angeblich sollte er seit der Abreise seines Frauchens ununterbrochen gewinselt haben, und als er dann mich sah, sprang er an mir hoch, wusch mir das Gesicht mit seiner rauhen Zunge ab, schleppte mich an der Leine über die Solnhofener Platten des Wohnzimmers und vorbei am Swimmingpool bis zum *Wägelchen*, saß auf seinem Platz im *Wägelchen*, bevor ich recht wußte, wie, und Bärbel sagte: »Wenn Sie mit dem heil ankommen, können Sie in Moosbronn ein paar Kerzen stiften.« Soweit mir bekannt war, handelte es sich dabei um einen frommen Wallfahrtsort im Albtal; ich selbst sah da nicht ganz so schwarz.
Natürlich war Ramses jetzt aufgeregt, aber tausend Kilometer würden wohl ausreichen, einen aufgeregten Hund

zu beruhigen, wenn nicht, würde ich noch einen kleinen Umweg über Valencia machen; für das *Wägelchen* war das kein Problem. Im Gegensatz zu Kurt, der sich nach unserer Ankunft in das Studio zurückgezogen hatte, wirkte Bärbel direkt aufgekratzt, sie schien unter der Abwesenheit von Frau Witkowski förmlich aufzublühen, drückte mir noch ein paar Wolldecken in die Hand, und als ich sie fragte, weshalb Kurt so schlecht gelaunt sei, lächelte sie nur und meinte, das gebe sich wieder, der Pascha brauche ihn eben. »Er hat doch bestimmt noch mehr Chauffeure«, sagte ich, und Bärbel sagte: »Aber keinen, der alles wissen darf.« Als ich sie fragte, was die anderen nicht wissen dürften, sagte sie: »Wenn Sie von selbst darauf kommen, ist es mir lieber. Gute Reise!« Anscheinend konnte sie es kaum abwarten, mich endlich loszuwerden, vielleicht gab sie am Nachmittag für ihre Verwandtschaft aus Kleinsteinbach eine Gartenparty, sie winkte mir vom Tor aus noch kurz nach, und Ramses saß hoch aufgerichtet hinter mir, einen ratlosen Ausdruck in seinen ernsten Hundeaugen, beobachtete er mit seitlich verdrehtem Kopf, wie Bärbel und Haus und Heimat immer weiter entrückten und in der nächsten Kurve unwiderruflich aus seinem Blickfeld schwenkten. Zum Glück entdeckte er dann einen Kurzhaarteckel und eine Ecke weiter gar einen Chow-Chow, dessen Anblick ihn so verwunderte, daß er sich auf alle vier Beine stellte und mit dem Kopf gegen das Wagendach stieß. Ich ließ das Fenster auf der rechten Seite ein kleines Stück herunter, damit er wenigstens die feuchte Nase hinausstrecken konnte, und daß ich dann nicht direkt auf die Autobahn, sondern erst noch umständlich durch die Stadt zu ihrer Rüppurrer Einfahrt fuhr, geschah gleichfalls mehr intuitiv als überlegt, aber so kam es, daß ich an diesem Tag noch Hans zu sehen bekam, zwar nur für zwei oder drei Sekunden durch das Schaufenster der Volkswagenvertre-

tung, gerade so lange, wie ich brauchte, um langsam daran vorbeizufahren, ich sah auch nur seinen Rücken, weil er sich mit einem Kunden unterhielt, und doch berührte mich diese flüchtige Begegnung fast körperlich. Ich fuhr dann nicht mehr an der VAS vorbei, wie ich das ursprünglich vorgehabt hatte, sondern diesmal auf dem kürzesten Weg zur Autobahn, verwünschte meine sentimentale Anwandlung und wurde sie bis kurz vor Basel trotzdem nicht mehr los.
Mein Versprechen, nicht schneller als hundert Kilometer zu fahren, hielt ich gleichfalls nur durch, bis mich der vierzehnte Volkswagen überholte, dann drückte ich das Gaspedal einen Millimeter tiefer, und dann noch einen, und dann hatte ich den vierzehnten Volkswagen wieder zusammen mit Ramses' Kopf im Rückspiegel, die dreizehn anderen ließ ich gleichfalls wieder in meinem Rückspiegel passieren und, weil es schon ein Aufwaschen war, noch zwei dicke Mercedes und ein paar Dutzend Mittelklassewagen dazu. Auch das war ein völlig neues Erlebnis für mich, nach hundert Kilometern war ich mit dem Wägelchen wie verheiratet, und eigentlich war es mehr ein Vogel als ein Wägelchen, ein hübscher, schneeweißer Vogel mit einhundertundfünfzig PS unter den Flügeln; ich nahm erst wieder das Gas zurück, als mir die Knie zitterten, und schwor mir, nie mehr schneller als hundertundsiebzig Kilometer zu fahren. Wenigstens war mir jetzt ein bißchen wohler, auch Ramses machte einen zunehmend munteren Eindruck, brachte die Nase nicht mehr aus dem Fensterspalt, schniefte und pustete ununterbrochen in die Luft, vielleicht witterte er schon das ferne Meer oder die blauen Gletscher der Schweiz, Almwiesen und weiß Gott was noch. Ich erzählte ihm ein wenig von unserer langen Fahrt und daß wir heute nacht vielleicht in einem dunklen Wald schlafen müßten, dann fiel mir auf, daß das Wägelchen ein Radio hatte, ich schaltete es ein, bekam nette

Musik, und vor der Grenze ließ ich noch einmal den Tank auffüllen, passierte den deutschen Zoll zu meiner Verwunderung ohne Kontrolle, bei den Eidgenossen gab es einen kleinen Aufenthalt, ein jugendlicher Beamter in schicker Uniform konfrontierte mich mit seiner Muttersprache, wollte wissen, welche Waren besonderer Art ich mit mir führte, sah sich bei dieser Gelegenheit seinerseits und unvermittelt mit Ramses konfrontiert, der, urtümliches Knurren im Rachen, seinen Riesenkopf über meine Schulter schob, wurde im Gesicht genauso grün wie seine Uniform bei Ramses' urtümlichem Anblick, sagte noch: *Merci* und sonst kein einziges Wort mehr, und so kamen wir dann in die Schweiz, kamen durch Basel, sauber und weit, und von Basel in den Schweizer Jura, schroff und schwarz, und dort ließ ich Ramses bei einsetzendem Regen ein Pipi machen, studierte bei schon strömendem Regen die Autokarte mit der eingezeichneten Route, verfuhr mich trotzdem bei strömendem Regen an einer Straßenkreuzung, landete schließlich in Bern statt in Bienne, und hinter Bern durfte sich Ramses in einem wunderschönen Laubwald die Pfoten vertreten.
Merkwürdigerweise fühlte ich mich, je weiter wir kamen, immer frischer, auch Ramses wurde nicht müde, sah Vögel im Regen und Telegrafenmasten, Kühe mit großen Glocken im Regen, grüne Felder mit Baumoasen auf den Hügeln, sah Radfahrer, dicke Frauen, Hunde und Katzen im Regen, dicke Autos aus Bern und Lausanne, sah Lausanne selbst und den Lac Léman im Regen, und hinter dem Lac Léman sah Ramses nur noch Regen. Als wir nach Genf kamen, wurde es bereits dunkel. Hier sah Ramses zwischen den tanzenden Scheibenwischern die farbigen Lichter der prächtigen Geschäftsstraßen im Regen, feine Hotels und feine Uferpromenaden, und obwohl er seit unserer Abfahrt noch keinen Augenblick geschlafen hatte, war Ramses immer

noch nicht müde, schniefte und pustete am Fensterspalt, pustete auch an der Grenze nach Savoyen wieder einen schweizerischen Zollbeamten vom Fenster weg, und die Zollbeamten von Savoyen ließen Ramses unkontrolliert passieren, und dann war Ramses bei strömendem Regen wirklich und tatsächlich ohne tierärztliches Zeugnis und Paßkontrolle über alle Grenzen gekommen und durfte in karger nächtlicher Landschaft wieder aussteigen.

Kurz vor neun Uhr entdeckte ich rechts der Straße ein einzeln stehendes Restaurant von vertrauenerweckendem Äußeren und drinnen vorläufig keinen Menschen. Ich verstaute Ramses unter einem Tisch, und auf dem Tisch breitete ich wieder meine Autokarte aus, nach Grenoble waren es noch rund hundertfünfzig Kilometer, und von dort mußte ich über die Route Napoléon zuerst nach Gap und dann nach Digne fahren. Nachdem ich das *Wägelchen* unversehrt durch die verkehrsreiche Schweiz gebracht hatte, traute ich mir das auch noch zu, faltete die Karte zusammen und hielt nach einem menschlichen Wesen Ausschau. Anscheinend hatte ich mich auf die geschlossene Terrasse des Restaurants verirrt, eine durchgehende Fensterfront führte auf einen Garten hinaus, ich war bereits geneigt, mir noch die anderen Räumlichkeiten anzusehen, als eine gepflegte Dame blonden Naturells zur Tür hereinkam, mich mit wohltuendem Charme begrüßte und mir eine Speisekarte mit drei Menüs zur Auswahl auf den Tisch legte. Ihr Französisch klang so gepflegt, wie sie aussah, ich hatte keine Mühe, mich mit ihr zu verständigen, vergewisserte mich, was man hierzulande unter einem *Cervelle de veau* zu verstehen habe, bestellte dann das mittlere Menü zu zwölf Francs und für Ramses eine doppelte Portion geräucherten Schinken extra. Ramses' Typ schien der gepflegten Dame neu zu sein, sie wurde nicht damit fertig, ihn zu bewundern, nannte ihn einen *grand tou-tou* und einen *beau chien*, und Ramses wedelte erwartungsvoll unter dem Tisch hervor, verschlang quasi als Vorspeise fünf Scheiben knusprigen Weißbrots, dann den Schinken ohne Brot, bekam von der netten Dame eine Schüssel Wasser hingestellt und zeigte sich von seiner besten Seite, indem er sich von ihr den Hals tätscheln ließ. Auch mein *Cervelle de veau* schmeckte vorzüglich, ich trank einen Rosé dazu und zum Käse einen Kaffee, der mich selbst nach zwei durchwachten Nächten wieder auf die Beine gebracht hätte. Als wir eine Stunde später zum Wägelchen zurückkehrten, regnete es nicht mehr, zwischen Wolkenfetzen tauchten die ersten Sterne auf, und in der nächsten Ortschaft ließ ich an einer kleinen Shell-Station wieder den Tank füllen. Wenigstens fand man in diesem Land zu dieser Stunde noch geöffnete Tankstellen, zu Hause ruhten sie sich jetzt schon längst auf ihrer Tageskasse aus. In den nächsten Stunden fuhren wir durch eine hügelige Landschaft mit einzelnen Gehöften, Baumgruppen und menschenleeren Dörfern, fuhren unter einem wolkenlosen Sternenhimmel durch kleine Städtchen mit schönen Platanenalleen, an dunklen Seen und farbigen Reklametafeln für Waschmaschinen und Napoléon-Biskuit vorüber, fuhren zwei Stunden ohne Unterbrechung durch ein weiträumiges Tal zwischen schwarzsilhouettierten hohen Berggipfeln vor dem Sternenhimmel bis nach Grenoble und in Grenoble wieder über eine breite Platanenallee an vielen Fabriken vorbei den schwarzen Silhouetten der Berggipfel zu.

Später kam eine schier endlose Steigung und hinter der Steigung eine gruselige Gebirgslandschaft mit schroffen Hängen und vegetationslosen Tälern; selbst Ramses wollte hier kein Pipi mehr machen, zog sich überstürzt auf sein komfortables warmes Lager zurück, und so fuhren wir eben weiter durch Nacht und Graus, bergauf, bergab, durch düstere Gebirgsdörfer mit Restaurants und Bars an jeder Ecke und Stühlen vor den Bars, mit plätschernden Brunnen und engen Gassen, fuhren durch unzählige Kurven und Serpentinen über Schlaglöcher und holperiges Kopfsteinpflaster von ähnlich historischer Bedeutung wie Napoleons Marsch vor einhundertfünfzig Jahren, fuhren bis Gap und noch ein großes Stück über Gap hinaus, und dort konnte ich plötzlich nicht mehr. Auch Ramses konnte nicht mehr, war heimlich eingeschlafen, ich fuhr das Wägelchen über einen breiten Pfad auf ein mit hohem Gebüsch bewachsenes Plateau etwa zwanzig Meter von der Straße weg, schaltete die Scheinwerfer aus, legte mir eine Wolldecke über die Beine und schlief trotz meiner unbequemen Stellung innerhalb weniger Minuten ein und drei volle Stunden durch. Vielleicht hätte ich noch länger geschlafen, wenn nicht beunruhigende Geräusche so lange an meinem Unterbewußtsein genagt hätten, bis auch mein Bewußtsein alarmiert wurde und in einem komplizierten Prozeß der objektiven Wahrnehmung meine verschiedenen Sinnesorgane in volle Funktion versetzte. Daß die beunruhigenden Geräusche Ramses' rauher Kehle entsprangen, war meine erste bewußte Wahrnehmung, er stand drohend aufgereckt hinter mir und knurrte über meine Schulter hinweg in das dämmerige Halbdunkel des Morgens. Obwohl ich meine Augen bis an die Grenze ihrer physischen Potenz anstrengte, vermochte ich zwischen dem schwarzen Gesträuch nichts zu entdecken, was Ramses' Erregung gerechtfertigt hätte. Gleichwohl konnte ich vor Furcht ein paar Sekunden lang kaum mehr Luft holen, fühlte meine Haut am Rücken schrumpfen, meine Hände eiskalt auf dem kühlen Lenkrad, wollte die Scheinwerfer einschalten und fand mit meinen eiskalten Händen den Schalter nicht, aber bevor ich vor Furcht noch vollends durchdrehte, stieß ich wenigstens die Tür auf, sagte: »Faß, Ramses!«, und

Ramses setzte mit einem einzigen Satz über meine Schulter hinweg mitten in das dämmerige Halbdunkel hinein, preschte pfeilschnell auf die nächste Gebüschgruppe zu, verschwand wie ein flüchtiger Schatten aus meinem Blickfeld, und als ich nun endlich den richtigen Schalter gefunden hatte, sah ich ihn im Scheinwerferlicht mit gesträubtem Fell und eingezogener Rute zurückkommen, mit drei gewaltigen Sätzen auf mich zujagen, und dann landete er mit seinem ganzen Gewicht mitten auf meinem Schoß und starrte fassungslos und am ganzen Körper bebend zum Fenster hinaus.

Nun gehörte es zu meinen wenigen sehr guten Eigenschaften, meine Furcht immer dann einigermaßen neutralisieren zu können, wenn sie von anderen Lebewesen gleich welcher Gattung wenigstens geteilt oder noch überboten wurde. Vielleicht handelte es sich dabei um einen früh entwickelten Mutterkomplex, ich hatte mich beispielsweise schon im Kinderheim immer dann am wenigsten vor Gewittern gefürchtet, wenn möglichst viele Kinder um mich herum vor Furcht fast vergangen waren, und der Anblick des bebenden Ramses auf meinem Schoß weckte gleichfalls mütterliche Instinkte in mir. Wozu Mütter angesichts einer drohenden Gefahr für ihre Kinder fähig sind, überschreitet ja oft die Schwelle des intellektuell Erfaßbaren, und nur so ließ es sich auch erklären, daß ich es nicht nur fertigbrachte, Ramses' zitternden Riesenkörper beruhigend an meine Brust, sondern auch noch in einer Regung trotzigen Aufbegehrens wider die uns umgebenden unsichtbaren Fährnisse auf die Hupe des Starktonhorns zu drücken, worauf sich jenseits des Gebüschs ein staccatoartiges Geräusch ausbreitete, das selbst dem Starktonhorn noch gewachsen war. Ich ließ vor Schreck die Hupe los, vernahm ein trommelndes Getöse eigenartigen Charakters, das Brechen zahlreicher Äste, sekundenlang anhaltend und immer leiser werdend, und dann vernahm ich nur noch Ramses' keuchenden Atem. Ich blieb noch eine Weile mit Ramses auf dem Schoß sitzen, tätschelte sein weiches Hinterteil, und als ich mir einigermaßen sicher geworden war, sagte ich: »Du bist ein großes Rindvieh, Ramses«, und schickte ihn auf sein komfortables Ruhelager zurück. Dann startete ich den Motor, fuhr im Rückwärtsgang zur Straße und auf der Straße weiter, und überall, wo wir fuhren, standen verstört blickende Kühe und Ochsen am Weg, links und rechts der Straße und manchmal auch mitten auf der Straße, aber Ramses schaute nicht mehr zum Fenster hinaus.

Mir war kalt, ich fühlte mich unausgeruht und wie gerädert, steckte mir eine Zigarette an, hörte Radio Monte Carlo und fuhr langsam in den werdenden Tag, der sich mit den Konturen der Landschaft aus dem Horizont hob, mit den Silberhörnern verschneiter Berggipfel, mit hellgrünen Wiesen zwischen dunkelgrünen Kastanienwäldern, mit aquamarinblauen Flußläufen zwischen weißem Kieselgestein, mit versandeten Tälern und goldbraunen Bergkuppen, mit blühendem Ginster und halbzerfallenen Dörfern an den kahlen Berghängen. Und während ich so in den werdenden Tag fuhr und die Sonne mit rosafarbenem Licht über die Berge kommen sah, fühlte ich mich auch nicht mehr unausgeruht und wie gerädert, ich wartete noch, bis die Sonne von den Bergen herunterkam, dann suchte ich uns einen schönen Rastplatz am Rande eines Kastanienhains, servierte uns ein vorzügliches Frühstück mit gekochten Eiern und Schinkenstullen und für Ramses einen kleinen Berg Hundekuchen, aber Ramses wollte nicht frühstücken, legte sich zu mir ins Gras und sah zu, wie der Himmel über den Bergen immer blauer wurde, bis er so blau war wie die aquamarinblauen Flußläufe zwischen dem weißen Kieselgestein. In Papas Küche hatte ich eine Thermosflasche gefunden und mit heißem Kaffee gefüllt, er war jetzt noch heiß, ich trank ihn in kleinen Schlucken, bot Ramses von meinen Schinkenstullen an, aber nicht einmal Schinkenstullen wollte Ramses, trauerte um sein Frauchen und um die verlorene Heimat, schaute mit traurigen Augen den blauen Himmel und die fremden Flußläufe an, schniefte leise vor sich hin und machte mir große Sorgen. Ich redete tröstend auf ihn ein, versprach ihm sein Frauchen spätestens zum Nachmittagskaffee, streichelte seinen großen Kopf, und als er trotzdem weiterschniefte, suchte ich nach einem Stück Holz, warf es in den Wald hinein und ließ Ramses apportieren. Das lenkte ihn ein wenig ab, in der Nähe entdeckte ich einen kleinen Brunnen, füllte Ramses' Topf mit eiskaltem Gebirgswasser und machte mich selbst ein bißchen frisch, dann fuhren wir wieder weiter, diesmal mit offenem Schiebedach, weil es schon sehr warm geworden war, und nachdem wir die ganze Nacht die Straße für uns allein gehabt hatten, tauchten jetzt auch die ersten Lastwagen und früh aufstehenden motorisierten Touristen auf, viele Holländer und Bundesbürger mit bunten Strohhüten und anderen unentbehrlichen Requisiten südlicher Ferienfreuden, gut sichtbar an das Heckfenster ihrer auf Hochglanz polierten Reiselimousinen placiert, deftige Gestalten aus Friesland, Oberbayern und dem Hotzenwald auf dem Weg nach Saint Tropez und Mallorca, die mein Wägelchen mit einigem Mißvergnügen musterten, die weiblichen Touristen unversöhnlicher als die männlichen, vielleicht weckte mein Anblick Nitribittsche Assoziationen in ihnen, auch ein Oberbundesbürger mit amerikanischem Luxusgefährt rollte bedächtig gen Süden, das superblonde Engelchen an seiner Seite sah mehr annonciert als nach legaler Reisebegleiterin aus, inspizierte mich hochmütig aus kunstbewimperten Blauäugelein und rümpfte gar das kleine Näschen. Auch Ramses rümpfte die Nase jetzt wieder am Fenster, roch im Vorbeifahren schöne Zypressen und Olivenbäume, Lavendelfelder und Pinienwälder, Enzian und Alpenrosen, roch drei Stunden später die Parfümfabriken und Blumenfelder von Grasse, und lange bevor Ramses die Blumenfelder von Grasse mit seiner feuchten Nase erschnupperte, hätte er hinter den sich verflachenden grünen Hügeln des Horizonts einen tiefblauen Schatten gewahren können, noch blauer als der Himmel darüber, wenn Ramses eben nicht so sehr mit seiner Nase beschäftigt gewesen wäre, aber was er vor Grasse noch nicht gesehen hatte, sah er um elf Uhr fünfundvierzig mitteleuropäischer Zeit aus unmittelbarer Nähe, als das Wägelchen auf die breite Küstenstraße von Cannes nach Nizza rollte, und nun war er doch sehr verwundert, ich mußte ihm das Fenster ganz herunterlassen, hatte selbst genug zu schauen, zu riechen und zu erfassen, hatte mir das alles längst nicht so blau und so grün und überhaupt nicht so farbig vorgestellt, auch Nizza nicht mit einem weißen Gürtel dekorativer Hotels um die blaue Küste, mit Renommier-Palmen und blumenübersäten Grünanlagen, mit endlosen Autokolonnen in Dreierreihen und aufregenden Männern am Steuer, ein schwarzhaariger Pappagallo in einem roten Sportwagen wich mir nicht mehr aus dem Rückspiegel und ließ mich ununterbrochen sein schönes Gebiß sehen. Wir wurden überhaupt viel angestarrt, Ramses und ich, Ramses, mit dem Kopf immer im Freien, schnuppernd und schniefend, wedelnd und echauffiert, mal rechte Vorderpfote hinaushängend, mal linke Vorderpfote, und was sich da auf der festlich besonnten Promenade alles in Bikinis, knielangen Höschen und sonstigen modischen Extravaganzen bewegte, war es auch wirklich wert, beschnieft und beschnuppert zu werden, mir juckte schon selbst ein wenig die Nase, und daß ich es fertigbrachte, das Wägelchen unbeschädigt durch das heillose Verkehrsgetümmel zu steuern, war allein schon mit

einem Nettogehalt von fünfhundert Mark unterhonoriert. Zum Glück hörten am Stadtrand wenigstens die Dreierreihen auf, auch der schwarzhaarige Pappagallo hatte an einer Verkehrsampel meine heiße Fährte verloren, wir krochen in flimmernder Mittagshitze in einer langen Kolonne an felsigem Gestade über eine Straße, die eingebettet zwischen himmelhohen Bergen und dem spiegelglatten Blau des Meeres an allen nur denkbaren Superlativen von Traum- und ähnlichen Villen vorbeiführte, und verglichen mit der Flora in den weiträumigen Gärten war selbst Frau Witkowskis Sommerwiese höchstens ein besseres Kräuterbeet.
Wir hatten auch nur noch wenige Kilometer zu fahren, dann sahen Ramses und ich eine schmale Landzunge weit in das Meer hineinragen, bewachsen mit einem schönen Pinienwald, und zwischen den Pinien schimmerte hier und dort vielversprechend weißes Gemäuer in der Sonne. An einer Kreuzung mußten wir die Küstenstraße verlassen und folgten einer anderen, die zwischen hohen Mauern und Oleanderhecken auf das Cap führte, mit der attraktiven Bucht von Villefranche im rechten Auge, vorbei an Saint-Jean im linken Auge, und dann nur noch dichte Oleanderhecken in beiden Augen auf piniengesäumter, menschenleerer, autoleerer Straße der südlichen Spitze des Caps entgegenrollend, zwischen den kühlen Tiefen hochherrschaftlicher Grundstücke mit hochherrschaftlichen Palästen der pinienbeschatteten Straße folgend, und dort, wo das Cap zu Ende ging, standen links der Straße an der zum Meer abfallenden Küste zwischen schönen Zypressen und Buchsbäumen drei schneeweiße Bungalows mit flachem Dach, pergolagesäumt, bougainvilleagesäumt, kakteengesäumt, mit der unbegrenzten Kulisse der Meeresbläue als dekorativem Hintergrund, und wenn ich mir alles gut gemerkt hatte, mußte der letzte davon den Witkowskis gehören. Also brachte ich das Wägel-

chen zum Stehen, kletterte steifbeinig, hohlkreuzig, feucht geschwitzt, ausgelaugt und halb zerschmettert von all den vielen Eindrücken ins Freie, atmete den Duft der rotvioletten Bougainvillea, den Duft der Pinien und Zypressen ein, den Geruch des Meeres, und Ramses saß schnuppernd am Fenster, schnupperte nach links und nach rechts, hatte spitze Ohren, eine feuchtglänzende Nase, trat von einer Pfote auf die andere, ich ließ ihn heraus, sah ihn noch auf der Straße wittern, zuerst wieder nach links wittern, dann nach rechts, dann lief er, die feuchtglänzende Nase tief am Boden, auf den letzten Bungalow zu, setzte mit einem mühelos anmutenden Sprung über das hohe Gartentor hinweg, jagte zwischen Kakteen, Zypressen und rotvioletter Bougainvillea hindurch und war verschwunden, ehe ich es recht begriffen hatte.

Sekunden später vernahm ich aus der Tiefe des Grundstücks einen begeisterten Schrei, Ramses' japsendes Freudengeheul, unartikulierte Beteuerungen gegenseitiger Zuneigung, von ihm ebenso wie von Frau Witkowski, ich wurde fast ein wenig eifersüchtig und nutzte die Gelegenheit, mir den Bungalow genauer anzuschauen. Da er jedoch tiefer als die Straße lag, blickte man nur auf das weiße Dach, und viel mehr war von hier aus auch nicht zu sehen. Die riesige, von einer schönen Pergola gesäumte Terrasse bemerkte ich erst, als ich das Gartentor geöffnet und an Zypressen, Pinien und Buchsbäumen vorbei die Haustür erreicht hatte, sie schien sich um das ganze Haus zu ziehen, ich folgte ihr bis zu seiner Vorderfront, und dort traf ich Frau Witkowski braunhäutig und überglücklich damit beschäftigt, Ramses' großen Kopf zu küssen. Mit ihrem winzigen Bikini wäre ihr Typ andernorts vielleicht auf Widerspruch empfindsamer Naturen gestoßen, aber auf dieser Terrasse mit ihrer bougainvilleabewachsenen Pergola hätte sich eine ganze Nudistenfamilie

ungestört ihrem Hobby widmen können, auch die Zypressen und Pinien schirmten sie gegen alle unberufenen Blicke aus den Flanken ab, und meerwärts war ohnedies nicht viel zu befürchten. Den großen Swimmingpool inmitten der Terrasse fand ich angesichts der Wassermengen unterhalb des Bungalows zwar etwas deplaciert, andererseits verkürzte er den Weg vom Schlafzimmer ins erfrischende Naß um gut zehn Meter, was nicht zu gering einzuschätzen war, und nun hatte Frau Witkowski auch mich entdeckt, begrüßte mich wie eine liebe Freundin, sagte, sie habe mich erst gegen Abend erwartet, bot mir eine Zigarette an, ich mußte mich zu ihr auf die Terrasse setzen und von unserer Fahrt erzählen. Unser nächtliches Abenteuer erzählte ich vorsichtshalber nicht, und Ramses lag bei alldem zu unseren Füßen, blickte hechelnd und unverwandt sein Frauchen an und konnte es einfach nicht fassen. Daß er das Haus gefunden hatte, obwohl er noch nie hier gewesen war, erklärte Frau Witkowski mit seiner ungewöhnlichen Nase, die ihn unweigerlich in ihre Nähe führe, und dann durfte ich mir zuerst einmal das Haus von innen anschauen.
Die drei großen Terrassentüren an seiner Vorderfront führten direkt ins Wohn- und in die Schlafzimmer der Witkowskis, und wenn man sich schon einmal an getrennte Schlafzimmer gewöhnt hatte, wollte man sie auch im Urlaub nicht mehr missen. Der Wohnraum lag in der Mitte, von ihm aus erreichte man eine schöne Diele und von dort die beiden Bade- und das Gästezimmer, mit einem Fenster zur Straße und einem separaten Zugang zum östlichen Teil der Terrasse. Dem Gästezimmer gegenüber befand sich die Küche, und hier lernte ich Madame Ambrosi kennen, Hausgehilfin und Köchin der Witkowskis, eine etwa vierzigjährige schwarzhaarige Frau, die kein Wort Deutsch, dafür aber einen italienisch gefärbten Dialekt sprach, der selbst mir einige

Mühe bereitete. Als sie Ramses sah, der mit uns das ganze Haus inspizierte, wäre sie vor Schreck fast zur Tür hinausgelaufen, ich konnte sie aber noch rechtzeitig beruhigen, und seit Ramses gestern abend so gute Erfahrungen mit Französinnen gemacht hatte, schien er auch ihr gegenüber keinen Argwohn zu hegen und schaute sich gleich einmal Madame Ambrosis Beine an. Da die Verständigung zwischen ihr und Frau Witkowski bisher nur mittels Zeichensprache möglich gewesen war, trug meine Anwesenheit sofort dazu bei, einige Mißverständnisse über den Küchenzettel aufzuklären, ich erfuhr, daß Madame Ambrosi in Saint-Jean wohnte, jeden Morgen um zehn Uhr ins Haus kam, nach dem Mittagessen wieder zu ihrer Familie zurückkehrte und dann am späten Nachmittag noch einmal für zwei oder drei Stunden im Haus arbeitete. Während der Abwesenheit der Witkowskis war sie gleichfalls für Haus und Garten verantwortlich, sie sagte mir, daß wir in einer halben Stunde essen könnten, aber ich mußte vorher noch den Wagen in die Garage fahren, mein Gepäck in das Gästezimmer tragen und mich etwas frisch machen. Im Gästezimmer stand das gleiche breite Bett wie in den Schlafzimmern, überhaupt war auch dieses Haus der Witkowskis sehr dezent und ohne Extravaganzen eingerichtet, leichte Nußbaummöbel, gemütliche Sitzgruppen, und daß Frau Witkowski hier kein rundes Bett, kein Boudoir und auch keine eingebaute Badewanne im Schlafzimmer hatte, wurde allein schon durch die Lage des Hauses mehr als aufgewogen. Es war mitten auf die Klippen gesetzt, ich sah es, als ich mich umgezogen hatte und von der Terrasse aus zwischen den rotvioletten Vorhängen der Bougainvillea hindurch einen Blick in die Tiefe warf. Zwischen den Felsen war Erdreich aufgeschüttet und mit Kakteen und Blumenbeeten bepflanzt worden, schmale Pfade aus festgestampfter roter Erde führten durch die Klippen zu kleinen Sitzgruppen

aus weißen Gartenmöbeln, die von alten Pinien beschattet wurden, und vom vorderen Teil der Terrasse führte eine breite Treppe direkt ins Meer hinein.
Dort lag auch ein kleines, schickes Motorboot mit ledergepolsterten Bänken verankert. Vom Nachbarhaus war hinter den felsigen Klippen nur das weiße Dach zu sehen, es stand etwa zwei Meter tiefer als das Haus der Witkowskis und war zusätzlich noch durch einen hohen Zaun aus Maschendraht von diesem getrennt. Ob die komplizierten Gartenanlagen noch teurer gewesen sein konnten als das in die Klippen verankerte Fundament des Hauses und welche Summen Herr Witkowski allein in die breite Freitreppe ins Meer investiert hatte, konnte ich als Laie natürlich nicht beurteilen, Hauptsache, es war alles sehr hübsch und praktisch eingerichtet, und gemessen an den kühlen Palästen inmitten der kühlen Pinienhaine im Zentrum des Caps hielt sich Herrn Witkowskis Ferienbungalow durchaus im Rahmen des Schicklichen. Als Papas Universalerbin könnte ich mir eines Tages auch so ein Ding auf die Klippen pflanzen, denn wenn er schon die Absicht hatte, seine Fabrik in den nächsten Jahren zu verkaufen, dann müßte auch noch ein Ferienbungalow an der Côte d'Azur für mich dabei herausspringen, mit einer Terrasse wie diese hier, und ständig das Meer und den blauen Himmel vor Augen. Der bloße Gedanke war faszinierend genug, ich brauchte Papa nur zu bitten, die kindische Adoption zu annullieren und mir als Hochzeitsgeschenk einen angemessenen Ferienbungalow zu kaufen; so einfach war das alles.
Das Essen wurde von Madame Ambrosi unter einer großen Markise auf der Terrasse serviert, sie entpuppte sich als ungemein gesprächige Frau, konfrontierte mich mit ihrer kompletten Familiengeschichte. Sie sei in Ventimiglia geboren, habe ihren Mann in Villefranche kennengelernt und

wohne zusammen mit den Schwiegereltern, die einfache Fischersleute seien, in einem kleinen Häuschen in Saint-Jean. Daß sie drei Kinder hatte, erfuhr ich bei dieser Gelegenheit auch noch und hinterher mußte ich alles wortgetreu Frau Witkowski übersetzen. Mir wurde immer schleierhafter, auf welche Weise sie sich bisher mit Madame Ambrosi verständigt.hatte, aber sie erzählte mir etwas später, daß sie bis jetzt nur einmal ein paar Wochen mit ihrem Mann hier gewesen sei, der fließend französisch spreche, und daß sie in ihrem Alter keine Lust mehr verspüre, sich mit fremden Sprachen zu beschäftigen, nachdem sie schon in ihrer Jugend keine gelernt habe, außerdem fehle ihr jedes Talent dazu. Das war ein stichhaltiges Argument, und wenn man schon einen Bungalow auf Cap Ferrat und so viel Zeit hatte wie sie, wollte man natürlich nicht immer nur von den Launen des Mannes abhängig sein. Daß das Haus kaum älter als ein Jahr sein konnte, merkte man auch so, es roch alles noch ein wenig nach Ölfarbe und Handwerkern.
Madame Ambrosi war eine vorzügliche Köchin, es gab Fisch als Vorspeise, einen Hauptgang mit einem mir unbekannten Fleischgericht und zum Nachtisch einen exzellenten Obstsalat, sie selbst aß in der Küche. »Wenn man sich mit diesen Leuten hier an einen Tisch setzt«, meinte Frau Witkowski, »bringen sie am nächsten Tag ihre Familie mit«, und dann wurde sie plötzlich aschgrau im Gesicht, starrte über meine Schulter hinweg fassungslos aufs Meer hinaus, und als ich mich umdrehte, entdeckte ich Ramses. Welches Ziel ihm vor Augen schwebte, war nicht auszumachen, er schwamm schon ziemlich weit vom Haus entfernt in eine Richtung, deren konsequente Beibehaltung ihn an einem schönen Morgen entweder nach Korsika oder Sardinien bringen mußte, und Frau Witkowski sagte mit schriller Stimme: »Er kann doch gar nicht schwimmen!« Diesen Eindruck hatte ich nun

allerdings nicht, er bewegte sich mit einer unglaublichen Geschwindigkeit vorwärts, indem er seine Beine wie auf dem Erdboden gebrauchte, er schwamm auch nicht, er lief einfach durch das Wasser, genauso wie er auf der Straße lief, und Frau Witkowski sagte mit angstverzerrtem Gesicht und schriller Stimme: »So tun Sie doch endlich etwas!«

»Funktioniert Ihr Motorboot nicht?« fragte ich. Sie starrte mich völlig verstört an, dann sprang sie auf, rannte die Treppe hinunter, und Sekunden später hörte ich sie mit kreischender Stimme Ramses' Namen rufen. Ob Ramses sie gleichfalls vernommen oder ohnedies den Eindruck gewonnen hatte, daß es fürs erste genug sei, ließ sich auch schwer beurteilen, jedenfalls zog er eine elegante Kurve durch die blaue See und näherte sich wieder dem Haus. Als ich zum Terrassengeländer lief, sah ich Frau Witkowski aufrecht in dem Motorboot stehen und ihm entgegenschauen. Ich wartete noch, bis er glatt und naß wie eine Robbe an Land kletterte und von Frau Witkowski schluchzend in die Arme genommen wurde, dann setzte ich mich wieder an den Tisch und mußte mir eine Zigarette anstecken. Wenn die Leute sonst keine Probleme hatten, schufen sie sich eben mit Gewalt welche, und bei allem Verständnis für ihre Liebe zu Ramses fand ich ihr Getue reichlich übertrieben, ich hatte jedenfalls noch nie davon gehört, daß ein Hund sich freiwillig ertränkt hätte, und wofür war er schließlich an die Côte d'Azur gefahren, wenn nicht zum Baden! Etwas später kam sie auf die Terrasse, zog Ramses, der schuldbewußt die Ohren hängen ließ und die Augen verdrehte, am Halsband in ihr Schlafzimmer, schloß die Tür hinter ihm ab und wandte sich dann an mich. »Ich habe Sie engagiert, damit Sie auf ihn aufpassen«, sagte sie unbeherrscht. »Sperren Sie in Zukunft Ihre Augen besser auf.« In diesem Ton war ich schon seit gut einem Jahrzehnt nicht mehr angefahren worden, wahrscheinlich mußte sie jetzt ihren Ärger darüber abreagieren, daß sie sich in meiner Gegenwart völlig überflüssigerweise derart hatte gehenlassen, ich sagte: »Anscheinend übersehen Sie, daß ich seinetwegen seit vierundzwanzig Stunden kaum mehr geschlafen habe.«

»Dafür werden Sie von mir bezahlt«, sagte Frau Witkowski, und ich sagte: »Es gibt Dinge, die nicht einmal Sie bezahlen können.« Natürlich war das viel zu scharf formuliert, aber wie immer, wenn ich mich ungerecht behandelt fühlte, setzte ich mich kompromißlos über meine Vernunft hinweg, und Frau Witkowski sagte mit vor Wut blassen Lippen: »Wenn Sie unverschämt werden, jage ich Sie zum Teufel.« Sie hatte auch zum Mittagessen ihren Bikini nicht ausgezogen, ich betrachtete die bläulich schimmernde Haarstraße zu ihrem tiefliegenden Nabel, ihre halbnackten Brüste und am Schluß ihr wutentstelltes Gesicht, dann drückte ich meine Zigarette aus, stand auf und sagte: »Wenn Sie erlauben, werde ich jetzt in ein Hotel umziehen«, und Frau Witkowski sagte: »Ich erlaube es nicht.«

»Dann werde ich es ohne Ihre Erlaubnis tun«, sagte ich und ging durch den Wohnraum in das Gästezimmer. Die meisten Sachen hatte ich noch im Koffer, und im Hotel würde ich mich nach einem passenden Zug erkundigen oder vorher noch ein paar Tage im Hotel wohnen bleiben, da ich schon einmal hier war. In meiner Handtasche steckten immer noch Papas schöne neue Hundertmarkscheine. Man war heutzutage eben nicht einmal mehr bei vornehmen Arbeitgebern vor Überraschungen sicher, und am Schluß hatte sie auch gar nicht mehr so vornehm ausgesehen, eher ein wenig gewöhnlich, aber wenn man überlegte, womit die Leute im allgemeinen ihr Geld machten, war das nicht verwunderlich. Ich war mit meinem Koffer noch nicht ganz fertig, als sie zur Tür hereinkam, sie sagte: »Ich habe mich hinreißen lassen;

entschuldigen Sie bitte.« Diesmal war ihr Gesicht nicht grau, sondern ganz dunkel, ich fühlte, welche Überwindung es sie gekostet, welche Berge von Ressentiments sie vorher abgetragen hatte, und weil ich der Meinung war, daß jede Selbstüberwindung ihren Lohn wert und auf dieser Welt ohnedies manches anders sein sollte, entschied ich mich gleichfalls zur Selbstüberwindung und sagte: »Ich mich auch; es tut mir leid.« Es fiel mir leichter, als ich befürchtet hatte; der Gedanke, dieses Prachtexemplar von Bungalow gegen ein mittelmäßiges Hotelzimmer eintauschen zu müssen, war doch sehr deprimierend gewesen, von den anderen unangenehmen Konsequenzen einmal ganz abgesehen, und auch Frau Witkowski reagierte mit unübersehbarer Erleichterung, meinte, ich müsse mich jetzt zuerst einmal gründlich ausruhen, und wenn ich mich ausgeruht hätte, würden wir zusammen nach Monaco fahren und im Café de Paris eine große Portion Eis mit Sahne essen. Dagegen hatte ich im Prinzip nichts einzuwenden, und bevor sie wieder hinausging, sagte sie noch: »Sie müssen verstehen, daß ich sehr an ihm hänge«, und ich sagte: »Ich mag ihn auch schon sehr.«

»Bei mir kommt noch etwas anderes hinzu«, sagte Frau Witkowski und blickte an mir vorbei zur Terrassentür auf die rotvioletten Bougainvillea an der Pergola, »aber das werden Sie nicht verstehen.«

»Ich könnte es versuchen«, sagte ich, und sie sagte: »Sie könnten es nur verstehen, wenn Sie so oft allein wären wie ich. Ich hatte auch keine Ahnung, daß Ramses so gut schwimmen kann. Glauben Sie, daß es ihm Spaß macht?«

»Ganz bestimmt«, sagte ich. »Er wäre sonst nicht hineingegangen; es soll Hunde geben, die ganz verrückt danach sind.«

»Wenn das so ist«, sagte Frau Witkowski, »darf er natürlich schwimmen; Sie müssen nur auf ihn aufpassen.«
»Ich werde mit ihm ins Wasser gehen«, sagte ich, und sie sagte: »Ja, das würde mich sehr beruhigen« und ging hinaus. Ich setzte mich auf das breite Bett, steckte mir wieder eine Zigarette an und dachte über sie nach, aber klug wurde ich auch jetzt nicht aus ihr.

Nach vier Tagen war ich so weit, daß ich selbst die unzumutbarsten Launen von Frau Witkowski hingenommen hätte, ohne meinen Koffer zu packen, und den neuen Bikini, den ich mir in einem Luxusgeschäft auf dem Boulevard des Moulins in Monaco gekauft hatte, zog ich nur noch aus, wenn ich mit Ramses in den schattigen Hainen des Caps spazierenging oder mit Frau Witkowski etwas zu besorgen hatte, und in der Regel hatte sie jeden Tag etwas zu besorgen, sei es, daß sie in Nizza ein bestimmtes Geschäft besuchen oder in Monaco eine Tasse Kaffee trinken wollte. Ramses war überall mit dabei, und überall, wo Ramses mit dabei war, blieben die Leute stehen, sagten *grand tou-tou* und *beau chien* zu ihm und überschlugen sich vor Enthusiasmus, besonders die Französinnen waren von Ramses angetan, die Franzosen auch, aber die Franzosen nicht nur von Ramses, und das gefiel Frau Witkowski. Wenn sie an Ramses' Seite in hautengen weißen Hosen, schicken Chiffonblusen oder ärmellosen Baumwollkleidchen über die Avenue de la Victoire in Nizza oder über den Boulevard Albert I. in Monaco promenierte, konnte sie meine Anwesenheit völlig vergessen, ich hielt mich dann meistens einige Schritte hinter ihr, betrachtete mir in Ruhe all das, was zu betrachten an der Côte d'Azur erste Touristenpflicht war, und man

hätte in der Tat schon sehr versnobt sein müssen, wenn man nicht auf Schritt und Tritt auf Dinge gestoßen wäre, die zu betrachten sich gelohnt hätte.
Monaco gefiel mir besonders gut, allein schon seiner Polizisten wegen, sie waren von ausgesuchter Schönheit, ihre Uniformen ebenso wie ihre braungebrannten markanten Gesichter, und die Wachtposten vor dem fürstlichen Palast auf der Place du Palais konnten selbst Ramses in andächtige Bewunderung versetzen, er saß dann mit schräggelegtem Kopf auf seinen Hinterpfoten, beobachtete fasziniert ihre regelmäßigen Patrouillengänge von links nach rechts und von rechts nach links, und jedesmal, wenn sie einen ihrer verantwortungsvollen Patrouillengänge bewältigt hatten, führten sie ihm einen feierlichen Exerziergriff mit ihren alten Flinten vor. Das beeindruckte Ramses sehr, leider waren die fürstlichen Bewohner des Palastes nicht gegenwärtig, so daß Ramses um das Erlebnis kam, auch einmal Hoheiten beschnuppern zu dürfen. Dafür gab es sonst viel zu beschnuppern, an jeder Haustür etwas, wenn nicht gerade ein paar dicke und narbenbedeckte Katzen davorlagen, die Ramses unverfroren anfauchten und die Spuren ihrer zahllosen Zweikämpfe ähnlich würdevoll zur Schau trugen wie manche Korpsbrüder der schlagenden Verbindungen. Hunde gab es an jeder Hausecke, meist nicht so vornehmer Herkunft wie Ramses, sehr viele Kreuzungen zwischen Rauhhaarteckels und Cockerspaniels, auch Bordeauxdoggen mit Windspielen gemischt, aber für Ramses rochen sie alle gleich fein und alle gleich interessant, trotz seiner guten Erziehung konnte ihn Frau Witkowski nicht mehr ohne Leine laufen lassen, und wenn wir durch elegante Geschäftsstraßen gingen, führte sie ihn immer selbst, wogegen ich nichts einzuwenden hatte. Das Chauffieren dagegen überließ sie meist mir, in den beiden ersten Tagen hatte sie sich gelegentlich

noch ans Steuer gesetzt, sie fuhr auch relativ sicher, verlor jedoch rasch die Nerven, was nicht zuletzt an der etwas eigenwilligen Art der Monegassen lag, Verkehrsregeln zu ihrem persönlichen Vorteil zu interpretieren. Ihr ausgeprägtes Selbstbewußtsein schien auch ihre Fahrweise in verkehrswidrigem Sinne zu beeinflussen, und weshalb sie über so ausgeprägtes Selbstbewußtsein verfügte, ließ sich für einen Außenstehenden nicht ohne weiteres feststellen, mir fiel jedenfalls auf, daß sie nur halb so höflich war wie beispielsweise die Männer aus Nizza, wo einer sogar seinen schönen Wagen deformieren ließ, weil er Ramses ganz regelwidrig die Vorfahrt einräumte, was seinen Hintermann zu einem leichten Auffahrtsunfall nötigte. Vielleicht hatte er es auch nicht allein Ramses' wegen getan, und es war charakteristisch für dessen Frauchen, daß sie für das beklagenswerte Opfer seiner eigenen Höflichkeit nur ein amüsiertes Lächeln übrig hatte.

Überhaupt lernte ich in diesen vier Tagen doch noch einige Eigenschaften an ihr kennen, die mir bisher verborgen geblieben waren, sie entpuppte sich als sehr unstet, disponierte von einer Minute auf die andere vollkommen um, fuhr nach Nizza, um einen Aperitif zu trinken, und kaufte sich statt dessen ein neues Kleid für fünfhundert Francs, wollte einen Nachmittagsspaziergang durch die exotischen Gärten von Monaco machen und landete statt dessen im La Condamine, und wenn sie zufällig einmal das tat, was sie sich vorgenommen hatte, fand sie es uninteressant und wollte wieder nach Hause. Daß sie weder übertrieben intelligent noch in ihrer Art zu unterschätzen war, hatte ich vorher schon gewußt, in manchen Dingen zeigte sie sich unglaublich naiv, und dann wieder überraschte sie mich mit einer geradezu frappierenden Fähigkeit, meine Gedanken zu erraten. Einmal hatte ich sie dabei beobachtet, wie sie auf einer Kaffeeterrasse gedankenversunken ein ungemein verliebtes Pärchen beobachtete, und als sie sich dabei ertappt sah, blickte sie mich belustigt an und sagte, sie würde, ob ich es glaubte oder nicht, mit keinem jungen Mädchen mehr tauschen wollen, und genau das hatte ich ihr vorher unterstellt. Vielleicht habe sie das in ihrer gesellschaftlichen Position auch nicht mehr nötig, sagte ich, und sie sagte verächtlich, ich solle ihr mit ihrer gesellschaftlichen Position vom Halse bleiben, außerdem wisse sie genau, was ich in Wirklichkeit über sie dächte.

Vielleicht war es doch eine Art von Minderwertigkeitskomplex bei ihr, und sie sagte dann noch ganz unvermittelt, sie habe sich, seit sie verheiratet sei, noch keine Sekunde gelangweilt, weil sie glücklicherweise zu den Frauen gehöre, die sich selbst genügten. Ich war nicht ganz davon überzeugt, denn wenn das so wäre, hätte sie auf Ramses verzichten können. Es war einer der ganz seltenen Anlässe gewesen, bei denen sie mich wieder ein wenig mit ihrem für mich komplizierten Innenleben konfrontiert hatte, meist unterhielten wir uns über Ramses oder über die Leute um uns herum, die sie im allgemeinen abfällig beurteilte, besonders die Touristen waren ihr ein ständiges Ärgernis, und manchmal unterhielten wir uns auch über die Absicht ihres Mannes, sich in diesem oder im nächsten Jahr eine Hochseejacht zu kaufen, aus welchem Anlaß sie sich regelmäßig die diversen Vorlagen im Hafen von Monaco anschaute, und was da an Luxusausgaben alles vertäut und vor Anker lag, hätte wahrscheinlich auch eine eingefleischte Landratte am Ende noch zur christlichen Seefahrt bekehren können. Einmal entdeckten wir auch eine deutsche Motorjacht, die kurz zuvor eingelaufen war, ein schneeweißes Schiffchen mit fünfköpfiger Besatzung, ich machte mich bereits auf Herrn Krupp von Bohlen und Halbach persönlich gefaßt, aber das kleine,

bebrillte, kahlköpfige Männchen, das, von der gesamten Besatzung fürsorglich geleitet, dann ängstlich über den Laufsteg trippelte und ein ebenso ängstliches Zwerghündchen an seine Brust drückte, hatte mit Herrn Krupp von Bohlen und Halbach nicht einmal entfernt Ähnlichkeit, es schien auch sehr erleichtert darüber zu sein, endlich wieder festen Boden unter den Füßen zu haben, stellte das verängstigte Zwerghündchen behutsam auf die vier Beinchen und zog es an einer roten Leine hinter sich her den feinen Boulevards von La Condamine zu. »Er erinnert mich an diesen Müller-Reinartz«, sagte Frau Witkowski stirnrunzelnd, aber wer dieser Müller-Reinartz war, konnte sie zu meiner Verwunderung auch nicht genau sagen. Die Jacht jedenfalls gefiel ihr gut, sie meinte, so ungefähr müsse ihre eigene aussehen, und auch damit bewies sie keinen üblen Geschmack. Ihre Angewohnheit, bis um elf Uhr im Bett zu bleiben, änderte sie auf Cap Ferrat nur geringfügig in der Weise, daß sie sich gegen zehn Uhr vom Bett auf die Terrasse legte, dort zusammen mit mir frühstückte, dann zuerst in den Swimmingpool und vom Swimmingpool ins Meer umstieg, etwa zehn Minuten ziemlich lustlos auf dem Rücken schwamm und anschließend zwischen den Klippen ein Sonnenbad ohne Bikini nahm. Daß sie es nicht auf der Terrasse und vor den Augen von Madame Ambrosi tat, sprach für ihre gute Erziehung, ich mußte ihr dann gelegentlich ein Glas Orangensaft oder ein anderes erfrischendes Getränk bringen, und wenn sie sich nach dem Mittagessen mit Ramses in ihr kühles Schlafzimmer zurückzog, fand auch ich Gelegenheit, die Diskrepanz zwischen meinen weißhäutigen Körperteilen und den anderen auf eine dem Auge angenehmere Nuance zu reduzieren, was ich besser nicht getan hätte, aber das sollte sich erst noch herausstellen.
Nach dem Frühstück ging ich regelmäßig eine gute Stunde

mit Ramses spazieren, betrachtete mir die kühlen Paläste inmitten der Pinienwälder einmal aus der Nähe, entdeckte bei dieser Gelegenheit nicht weit entfernt von den Witkowskis in einem Olivenhain ein exklusives Hotel mit exklusiven Gästen, deren exklusive Limousinen unter Zitronen- und Orangenbäumen von den exklusiven Gästen oft fotografiert wurden, und einmal marschierten wir sogar bis nach Saint-Jean, das mit seinem hübschen Hafen und bunten Häusern Ramses' besonderes Wohlgefallen erregte, wenigstens versuchte er von da an immer, mir verständlich zu machen, daß ihn der hübsche Hafen und die ihn umgebenden Gerüche viel mehr interessierten als die sterilen Paläste inmitten der kühlen Pinien- und Olivenhaine. Alles in allem war es ein angenehmes Dasein, und daß ich nach vier Tagen für Frau Witkowski schon so gut wie unentbehrlich geworden war, redete ich mir nicht nur ein, sie sagte es mir selbst, als ich sie in einem kleinen Tabakladen davor bewahrte, für zehn Zigaretten hundert neue Francs bezahlen zu müssen, weil der Verkäufer, beabsichtigt oder nicht, noch mit der alten Währung manipulierte. In Gelddingen war sie ungemein leichtfertig, mir graute jedesmal, wenn ich sie ihre schöne Handtasche öffnen und in einem Haufen großer Francsscheine wühlen sah, aber nachdem sie sich einmal daran gewöhnt hatte, überließ sie es mir, ihre Rechnungen zu bezahlen, holte sich auch sonst beim Einkaufen meinen Rat ein, sogar ihre neuen Kleider mußten mein Wohlgefallen finden, ehe sie sich zum Kauf entschloß, und daß sie mir bei einer solchen Gelegenheit ein sehr hübsches, kragenloses Kostüm aus italienischem Leinen erstand, nur weil ich mit dem Blick etwas länger darauf verweilt hatte als auf den anderen, fand ich doch sehr kulant von ihr.

Für den Sonntag nahm sie sich einmal ausnahmsweise nichts vor, ich machte nach dem Frühstück meinen schon gewohnten Spaziergang mit Ramses, legte mich nach dem Mittagessen wieder zwischen die Klippen und dachte zum ungezählten Male in diesen vier Tagen über alles nach, ob ich mich nicht doch dazu überwinden solle, Papas Frau zu werden, als seine Frau wäre wenigstens das Risiko einer überraschenden Gesinnungsänderung nicht mehr so groß, ich würde dann automatisch seine Universalerbin werden, was bei einer Adoptivtochter vielleicht nicht ohne weiteres gewährleistet war, falls er das Testament nachträglich einmal ändern sollte. Bei älteren Männern wußte man ja nie, ob sie in fünf Jahren noch genauso dachten und empfanden wie heute, und eine standesamtliche Trauung war keine Sache mehr, die man genauso mühelos annullieren konnte wie einen Adoptionsvertrag. Seit ich hier war, hatte sich alles ein bißchen verschoben, meine Optik, die Dinge zu sehen, meine kritische Einstellung mir selbst gegenüber, meine Fähigkeit, zu unterscheiden, was nur nützlich und was noch moralisch war, ich sah alles aus der Perspektive dieses Hauses, aus der Perspektive meines Zimmers, wenn ich vom Bett aus zwischen den rotvioletten Bougainvillea hindurch den blauen Himmel betrachtete, aus der Perspektive der Hundertfrancscheine in Frau Witkowskis Handtasche, und vielleicht lag es auch an der Luft über den Klippen, daß ich mich in diesen vier Tagen so verändert hatte, sie machte mich träge, gleichgültig und unruhig zugleich, mir war meine Abhängigkeit von einem Mann nie so bewußt geworden wie in diesen vier Tagen, und je länger dieser Zustand andauerte, desto einfacher erschien es mir auch, Papas Frau zu werden. Es gab schlimmere Dinge im Leben; im Augenblick war ich sogar schon geneigt, es als viel schlimmer zu empfinden, kein solches Haus an der Côte d'Azur als einen Mann wie Papa im Schlafzimmer zu haben, und als ich dann endlich Herrn Witkowski bemerkte, stand er schon unmittelbar hinter mir.

Er bückte sich, hob das Oberteil meines Bikinis vom Boden auf, wickelte es um seine Finger und fragte: »Was würden Sie sich sehr wünschen?« Ich empfand dies im Moment als eine ungemein indiskrete Frage, und was prekäre Situationen betraf, so hatte ich ja bei Papa schon immer ein wenig Pech gehabt, jemand, der diese ganzen Dinge steuerte, schien mir sehr übelzuwollen. Wäre ich nicht so sträflich geistesabwesend gewesen, so hätte mir seine Annäherung nicht entgehen können, ich war von seinem unerwarteten Erscheinen dermaßen benommen, daß ich nicht einmal den Versuch gemacht hatte, seine Unverschämtheit zu verhindern. Zum Glück hatte ich nicht noch mehr ausgezogen, ich sagte mechanisch: »Geben Sie das Ding her!«

»Dieses?« fragte Herr Witkowski und hielt mir seine umwickelte Hand vor das Gesicht. Als ich danach greifen wollte, zog er sie wieder zurück und sagte: »Ich habe Sie etwas gefragt.« Es war unmöglich, auf dem schmalen Pfad an ihm vorbeizukommen, ich hätte nur über die Felsen klettern können, und dazu fühlte ich mich nicht albern genug. »Ist es Ihnen lieber, wenn ich Ihre Frau rufe?« fragte ich. »Ganz im Gegenteil«, sagte Herr Witkowski. »Haben Sie schon einmal irgendwem Modell gestanden?«

»Nein«, sagte ich, und er sagte: »Dann sollten Sie es unbedingt tun; Sie könnten steinreich damit werden.«

»So wie Sie?« fragte ich und streckte ihm meine Hand hin. »Geben Sie her!« Ich war lange nicht mehr so wütend gewesen, und sicher mußte es mir anzusehen sein, er wickelte langsam das Oberteil meines Bikinis von seinen Fingern, drückte es mir in die Hand und sagte: »Ich hätte Sie nicht für so prüde gehalten.«

»Ich möchte Ihnen nicht sagen«, antwortete ich, »wofür ich Sie nicht gehalten habe«, und er sagte: »Sagen Sie es mir trotzdem.« Er beobachtete amüsiert, wie ich mir das Ding hinter dem Rücken zuknöpfte, anscheinend war er noch nicht im Haus gewesen, trotz der Mittagshitze hatte er sein Jackett an. »Wenn Sie objektiv sind«, sagte er, »werden Sie mir einräumen, daß ich auf diese Nudation nicht gefaßt zu sein brauchte«, und ich sagte: »Zumindest hätten Sie sich bemerkbar machen können.«

»Soweit ich mich erinnere«, sagte Herr Witkowski, »habe ich das auch so diskret wie möglich getan. Würden Sie mir jetzt das Gepäck ins Haus tragen?« Dafür war ich eigentlich nicht engagiert worden, und auf diese Weise mochte ich es schon gar nicht, ich sagte: »Nein.« Er reagierte aufreizend ruhig, runzelte nur ein wenig die Stirn und fragte: »Sie wollen nicht?« Wahrscheinlich war dies der Punkt, wo es sich endgültig entschied, ob man zur Hausgehilfin geboren war oder nicht, und indem ich es so und nicht anders sah, wurde es gleichzeitig zu einer Prestigefrage für mich, ich sagte: »Ich werde Ihr Gepäck auf keinen Fall ins Haus tragen.«

»Das erstaunt mich«, sagte Herr Witkowski mit gerunzelter Stirn. »Vielleicht erklären Sie mir auch noch, warum Sie es nicht zu tun gedenken?« Mit Erklärungen war es in solchen Fällen immer schwierig, ich sagte: »Vermutlich ist es viel zu schwer für mich.«

»Das ist interessant«, sagte Herr Witkowski. »Sie vermuten es nur?«, und ich sagte: »Da ich es noch nicht gesehen habe, kann ich es nur vermuten.«

»Das stimmt«, sagte Herr Witkowski höflich. »Und wenn ich trotzdem darauf bestünde, würden Sie es wahrscheinlich zum Anlaß nehmen, Ihre Stellung zu kündigen?«

»Sicher könnten Sie mir ein gutes Hotel empfehlen«, sagte ich. Er betrachtete mich wieder mit höflicher Neugierde, dann fragte er: »Gefällt Ihnen unser Haus nicht?«

»Doch«, sagte ich, »es ist sehr nett. Vielleicht baue ich mir einmal ein ähnliches.«

»Natürlich«, sagte Herr Witkowski. »Es würde Sie ja nur ein Wort kosten«, und ich sagte: »Das ist möglich.«
»Daß es Sie nur ein Wort kosten würde?« fragte Herr Witkowski. Ich war jetzt schon viel zu weit gegangen, aber seine ganze Art reizte mich zu immer neuen Unüberlegtheiten, und was mich am meisten an ihm reizte, war seine provozierende Gelassenheit, ich sagte: »Glauben Sie, was Sie wollen.«
»Ich glaube Ihnen sogar aufs Wort«, sagte Herr Witkowski und blickte über seine Schulter hinweg zur Terrasse hinauf. »Meine Frau schläft wohl?« fragte er, und ich sagte: »Ja.« Er wandte mir wieder das Gesicht zu, lächelte mit den Augen und sagte: »Übrigens habe ich nur eine Tasche mitgebracht; ich fliege morgen wieder zurück.« Daß es mich enttäuschte, war mir unangenehm, ich sagte: »Schon?«
»Es freut mich, daß es Ihnen leid tut«, sagte Herr Witkowski, und ich sagte erbittert: »Warum sollte es mir wohl leid tun?«
»Vielleicht verraten Sie es mir noch«, sagte er und stieg die Treppe zur Terrasse hinauf. Ich blickte ihm erbittert nach, Leute, die über das Wochenende rasch an die Riviera flogen, hatten mich schon immer aufregen können, und dann sah er auch jedesmal so piekfein aus wie ein besonders gelungenes Exemplar aus Papas stolzer Ahnenreihe. Während ich mir noch überlegte, weshalb er sich vorhin nach meinem Herzenswunsch erkundigt haben könnte, erschien Ramses auf der Treppe. Er begrüßte mich, als käme ich gerade von einer monatelangen Expedition aus Zentralafrika zurück, haute mir seine Krallenpranken auf die Schulter und wollte mir mit seiner rauhen Zunge partout wieder das Gesicht waschen. Ich flüchtete schließlich ins Wasser, mit dem Ergebnis, daß er mir dort seine Krallenpranken auf den Rücken und auf die Schenkel haute. Erst als ich ihn heftig anfuhr, ließ er von mir ab, zog beleidigt ein paar gekonnte Runden durch

das blaue Meer und schleppte plötzlich ein Stück Treibgut hölzernen Ursprungs an Land, um es dort zu verspeisen. Zum Glück hatte es nur so ausgesehen, als ob er es verspeiste, ich nahm es ihm erleichtert weg, und dann tauchte Frau Witkowski auf, sie sagte, ich könne mit Ramses eine Stunde spazierengehen, und verschwand wieder in ihr kühles Schlafgemach.

Es erinnerte mich ein wenig an die Geschichte von dem jungen Mann, der seine Verlobte ins Haus bringt und die jüngeren Geschwister ins Kino schickt, aber schließlich waren die beiden nicht mehr verlobt, und bis zum Abend hätten sie wohl noch warten können. Ohne den geringsten Versuch zu machen, mir über ihre tieferen Ursachen schlüssig zu werden, nahm ich davon Kenntnis, daß ich plötzlich ungemein übler Laune war, zog mich in meinem Zimmer an und machte mich übel gelaunt mit Ramses auf den Weg. Vielleicht wollte sie ihn sehen lassen, wie braun sie in diesen fünf Tagen geworden war, und wenn er es nicht einmal eine Woche ohne sie aushielt, hatte er auch keinen Anlaß, sich um fremde Oberweiten zu kümmern. In meiner absurden Erbitterung verlief ich mich in eine mir noch unbekannte Gegend des Caps, kam an verwilderten Grundstücken mit halbzerfallenen Palästen vorbei, die wie ehemalige Sommersitze aus der Dynastie Peters des Großen anmuteten, und vor einem verrosteten Eisentor stand ein jüngerer Mann mit Kordhose und Rollkragenpullover, blickte mich neugierig an und sagte: »*Comme il est beau, ce chien, Madame!*« Wieso er Ramses lobte und dabei mich anschaute, leuchtete mir schon gar nicht ein, ich sagte etwas unwirsch: »*Oui, c'est ça, Monsieur*«, und der junge Mann sagte: »*Vous n'êtes pas française?*« Normalerweise hätte ich mich auf das Gespräch gar nicht erst eingelassen, aber erstens hatte ich mich über die Witkowskis geärgert, und zweitens bildete ich mir auf

mein Französisch etwas ein; es schien mir undenkbar, daß ich mich durch einen Akzent verraten haben könnte. Ich fragte ihn, weshalb er annehme, daß ich keine Französin sei, und er sagte lächelnd, er kenne sonst alle *belles* Französinnen zwischen Marseille und Menton, was, wenn er das Hinterland mit einbezog, immerhin einem Radius von rund zweihundertfünfzig Kilometern entsprechen mußte. Als ich mir darüber klargeworden war, nannte ich ihn einen *vantard*, und er wiederum fand mich jetzt sogar über alle Maßen *belle*, worauf unsere Konversation vorübergehend ins Stocken geriet.
Ich blickte durch das verrostete Eisentor unter einer Pergola mit Marmorsäulen hindurch in einen völlig verwilderten Park auf ein monumentales Gebäude, dessen leere Fensterhöhlen zum Teil mit Brettern zugenagelt waren. Im Vordergrund, gleich neben dem verrosteten Eisentor, stand ein winziges Haus, vielleicht die ehemalige Pförtnerwohnung, ich fragte den jungen Mann, ob dieses prächtige Schloß ihm gehöre, und der junge Mann nickte lächelnd, stellte sich als ein entfernter Verwandter einer mir unbekannten Regentenfamilie mit dem schönen Namen Gustave vor, erkundigte sich, ob ich ihm nichts abkaufen könne, weil er hauptberuflich ein *artisan* sei, und diesen Eindruck hatte er sofort auf mich gemacht, denn wenn einer in dieser Landschaft bei dreißig Grad im Schatten einen Rollkragenpullover trug, konnte es sich wohl nur um einen *artisan* handeln. Bevor ich mich auf diese neue Situation eingestellt hatte, sagte er: »*Un moment, s'il vous plaît, Madame!*«, lief in das winzige Haus und tauchte Sekunden später mit einem eigenartig geformten Stück Holz auf. Daß es kein gewöhnliches Holzstück war, sah ich auf den ersten Blick, und auf den zweiten identifizierte ich es als eine kunstvoll geschnitzte Schale; aus geschliffenem Olivenholz, wie mir der junge Mann erklärte, und er lud mich ein, mir auch einmal seine anderen Sachen anzuschauen.

Da ich kein Geld mitgenommen hatte, gab ich ihm die Schale zurück, erklärte, ich könne im Augenblick nichts kaufen, worauf mir der junge Mann erzählte, daß er seit zwei Tagen nichts Richtiges mehr gegessen habe. Er machte tatsächlich einen etwas verhungerten Eindruck, selbst Ramses schien von seinem traurigen Los erschüttert zu sein, schnupperte wedelnd an seiner Hose, und weil junge, halbverhungerte *artisans* schon immer mein Mitgefühl besessen hatten, versprach ich ihm, morgen um die gleiche Zeit noch einmal vorbeizukommen, was ihn auf der Stelle sein trauriges Los vergessen ließ, er versicherte mir, daß ich *la plus belle des belles femmes* zwischen Marseille und Menton sei, und blickte mir so intensiv in die Augen, wie es wohl nur junge *artisans* zu tun vermögen. Ich schätzte ihn in meinem Alter, und wahrscheinlich sah er noch besser aus, als ich mir junge *artisans* im allgemeinen vorgestellt hatte, ein bißchen Bohemien und ein bißchen Guter-Leute-Sohn auf intellektuellen Abwegen.

Unter seiner intensiven Art, mir in die Augen zu schauen, hatte ich plötzlich den Eindruck, als ob sich meine Nackenhaare sträubten, ich lief ziemlich abrupt davon und zu den Witkowskis zurück, wo sich die Szenerie inzwischen insofern geändert hatte, als Herr Witkowski in Hemdsärmeln auf der Terrasse saß und im Zweifingersystem eine elegante Reiseschreibmaschine strapazierte. Mein Eintreffen nahm er nur flüchtig zur Kenntnis, ich sperrte Ramses vorsorglich ins Wohnzimmer, setzte mich in einen schattigen Winkel der Terrasse und beobachtete von dort, wie Herr Witkowski innerhalb weniger Minuten drei neue Briefbogen einspannte und sie jedesmal nach einigen Zeilen wieder herausnahm, zerknüllte und auf den Boden warf. Daß er dabei weder fluchte noch sonst ein Zeichen von Ungeduld verriet, zeugte für ein hohes Maß an Selbstbeherrschung. Erst nach dem dritten vergeblichen Versuch blickte er von seiner Reiseschreibmaschine auf und fragte mich, ob ich, wenn ich mich schon dazu entschieden hätte, für den Haufen Geld, den er mir bezahlen müsse, rein gar nichts mehr zu tun, dies nicht auch ebensogut woanders tun könne. Das war so kompliziert ausgedrückt, daß ich eine Weile brauchte, um es zu analysieren, dann sagte ich, eben darum gehe es mir ja, und wenn es sich nicht gerade um einen Brief intimen Inhalts handle, könne ich ihm vielleicht dabei behilflich sein. Er schaute mich leicht schockiert an, dann stand er auf, deutete auf den jetzt leeren Stuhl und sagte: »Bitte!«, sonst nichts. Ich wechselte meinen Platz, machte mit ein paar Fingerübungen meine Gelenke geschmeidig und sagte vorsichtshalber, daß ich mich erst an die Maschine gewöhnen müsse, weshalb es vielleicht besser sei, wenn ich den Brief vorher im Stenogramm aufnähme. Er schaute mich wieder leicht schockiert an, fragte: »Im Stenogramm?«, und als ich nickte, warf er mir einen Bleistift auf den Tisch und meinte: »Sie brauchen sich nur zu äußern.« Sein Gesicht wirkte jetzt so ungeheuer ausdruckslos, daß ich mich auf das Schlimmste gefaßt machte, und dann diktierte er in fließendem Französisch und in einem unverschämten Tempo einen ebenso unverschämten Brief an eine Firma in Nizza, der ungefähr zum Inhalt hatte, daß er ihr Geschäftsgebaren als reinstes Gangstertum betrachte und auf die Installation der Klimaanlage zu diesen Bedingungen hochachtungsvoll verzichte. Und während er diktierte, stand er mit hinter dem Rücken verschränkten Händen an der Pergola, betrachtete das Meer und was es in dieser Richtung sonst noch zu betrachten gab, drehte sich dann nach mir um und fragte mit unverändert ausdruckslosem Gesicht: »Haben Sie es?«, aber bis dahin hatte ich schon einen neuen Briefbogen mit dem repräsentativen Briefkopf der WITKO-Strumpffabriken-KG eingespannt, und daß ich nie auf den Gedanken gekommen war, sie mit Herrn Witkowski in Verbindung zu bringen, wunderte mich doch sehr, denn die WITKO-Strumpffabriken-KG war nicht weniger populär als Herrn Zöllners Hopfenveredelungsanstalten. Die ersten Anschläge erledigte ich noch mit mehr Vorsicht als Routine, immerhin hatte ich seit über einem Vierteljahr an keiner Maschine gesessen; es war ein ganz eigenartiges Gefühl, aber dann hatte ich den Kontakt wiedergefunden, erledigte das Briefchen in gewohnter Manier, adressierte gleich noch den Umschlag, hob die zerknüllten Briefbogen vom Boden auf, legte alles sorgfältig auf den Tisch und sagte: »*S'il vous plaît, Monsieur!*«, und Herr Witkowski sagte: »Das wollen wir doch mal sehen!« Er nahm den Brief in die Hand, las ihn gründlich durch, dann nahm er auch noch mein Stenogramm in die Hand, schaute es genauso gründlich an wie den Brief, und dann verließ er etwas geistesabwesend die Terrasse, ohne mich überhaupt noch einmal anzusehen, aber ich war auch so zufrieden, setzte mich wieder in einen Liegestuhl und erlaubte mir eine Zigarette.

Es war doch immer gut, wenn man einen anständigen Beruf erlernt hatte, und die zusätzlichen und teueren Abendkurse hatten sich jetzt gleichfalls zum erstenmal bezahlt gemacht. Etwas später kam Frau Witkowski auf die Terrasse, schaute mich amüsiert an und fragte, ob ich ebenso gut Kaffee kochen könne wie maschineschreiben, was ich mir einigermaßen zutraute. Auch ihr Ansinnen, uns den Kaffee auf die Terrasse zu servieren, fand ich nicht anstößig, und obwohl es in der Küche keine elektrische Kaffeemaschine gab, kam ich gut zurecht, fand auch das passende Geschirr und im Kühlschrank einen Karton mit Pâtisserie, kleine Erdbeer- und Himbeertörtchen, appetitlich aufgemacht, ich trug alles auf die Terrasse, deckte den Tisch, und Frau Witkowski hatte inzwischen ihren Bikini gegen ein kühnes Strandkleid mit

Babyhemd-Oberteil und einen hüftknappen Rock mit Gucklöchern und Gürtel eingetauscht, während ihr Mann sich erstmals in schlichter Badehose sehen ließ. Daß er auch ohne eleganten Einreiher eine gute Figur machte, enttäuschte mich, ich hatte ihm zumindest einen kleinen Bauch unterstellt, aber davon konnte auch bei böswilliger Interpretation seiner Proportionen keine Rede sein. Anscheinend hatte er sich von seinem Schock noch nicht ganz erholt, er wirkte immer noch geistesabwesend und ein wenig konsterniert, steckte sich, ohne die Gabel zu benutzen, zerstreut ein Himbeertörtchen in den Mund, und seine Frau sagte: »Das Wetter hält diesmal lange an.«

»Hält es sonst nicht so lange an?« fragte ich, und sie sagte: »Je nachdem.« Zu ihrem Mann sagte sie: »Nimmst du die Nachmittagsmaschine?«

»Mal sehen«, sagte er, und von mir wollte er wissen, wo ich das gelernt hätte. Da sich seine Frage wohl kaum auf den Kaffee beziehen konnte, sagte ich: »In Abendkursen.«

»Als Sekretärin«, sagte er, »können Sie glatt tausend Mark verdienen«, was Frau Witkowski zu überraschen schien, sie fragte: »Verdienen die heute so viel?«

»Die Hölzel kassiert fünfzehnhundert«, sagte Herr Witkowski, und seine Frau legte schockiert die Kuchengabel weg und sagte: »Das hast du mir nie erzählt. Wer baut jetzt die Klimaanlage ein?«

»Darum kümmere ich mich nächste Woche«, sagte Herr Witkowski. »Hat Annemarie sich noch nicht sehen lassen?«

»Sicher kommen sie morgen«, sagte Frau Witkowski und nahm ihre Kuchengabel wieder auf. Zu mir sagte sie: »Waren Sie heute schon im Wasser?« Ich war noch nicht im Wasser gewesen, sie sagte: »Frau Ambrosi kommt Sonntag nachmittags nicht.« Und zu ihrem Mann sagte sie: »Wir könnten in der *Hacienda* essen.« Er nickte und sah zu, wie ich mit der

Gabel ein Erdbeertörtchen zerteilte. Dann fragte er seine Frau: »Fährst du mit?«
»Es ist mir heute zu unruhig«, sagte sie und betrachtete die leichte Dünung. »Nimm doch *sie* mit; vielleicht macht es ihr Spaß.«
»Wenn sie will«, sagte Herr Witkowski, und Frau Witkowski sagte zu mir: »Fahren Sie gerne Boot?« Bei ihnen war ich mir nie ganz sicher, über wen sie sich gerade unterhielten, ich sagte: »Wenn Sie mich mitnehmen.«
»Aber nicht im Kleid«, sagte Herr Witkowski, und sie sagte: »Es spritzt, wenn er schnell fährt. Ziehen Sie Ihren Bikini an.« Aus irgendeinem Grund paßte es mir nicht, aber ich konnte jetzt schlecht zurück, und als ich fünf Minuten später aus meinem Zimmer kam, stand er schon unten im Boot. Seine Frau hatte Ramses aus dem Wohnzimmer geholt und fütterte ihn mit Pâtisserie; die Erdbeeren spuckte er auf den Boden. Sie sagte: »Beeilen Sie sich; er wartet nicht gern.« Das war eine reine Frage der Gewöhnung, wahrscheinlich hatte sie ihn nicht richtig erzogen, ich stieg betont langsam die Treppe hinunter, ließ mir von ihm ins Boot helfen und setzte mich auf die ledergepolsterte Bank auf der rechten Seite. Gegenüber befand sich noch eine Bank und hinten, wo das Steuer war, ein breiter Doppelsitz. Bevor wir losfuhren, sah ich Frau Witkowski oben auf der Terrasse stehen, ihr Gesicht trug wieder den merkwürdigen Ausdruck, der mir schon oft an ihr aufgefallen war, ich blickte zu ihr hin, bis ich sie nicht mehr sehen konnte. Das Boot war sehr schnell, schwebte manchmal sekundenlang in der Luft, um dann wieder hart auf dem Wasser aufzuschlagen, wobei jedesmal feiner Wasserstaub hereinsprühte; ich verstand jetzt, weshalb Frau Witkowski nicht mitgefahren war, für ihren sensiblen Magen wäre es eine Zumutung gewesen. Nach ein paar Minuten waren wir schon weit draußen und fuhren in

einem großen Bogen in Richtung Monaco. Zum erstenmal sah ich die ganze Küste vor mir ausgebreitet, mit ihren grünen Caps und fast senkrecht anmutenden Bergen bot sie im blauen Dunst des Nachmittags einen unwahrscheinlich schönen Anblick, und irgendwo zwischen Cap Ferrat und Monaco stellte Herr Witkowski den Motor ab, setzte sich mir gegenüber an die andere Bootswand und fragte: »Was machen wir jetzt mit Ihnen?« Ich wußte es auch nicht, außerdem fand ich seine Frage merkwürdig, ich fragte: »Schwebt Ihnen etwas Besonderes vor?«

»Nun«, sagte Herr Witkowski und betrachtete über meine rechte Schulter hinweg die ferne Küste, »was das betrifft, so schwebt mir schon einiges vor.«

»Hoffentlich nichts Dummes«, sagte ich, und er sagte: »Wie man sich eben dazu stellt.« So, wie er es sagte, verstärkte es mein Unbehagen nur noch, ich sagte so kühl wie möglich: »Bringen Sie mich wieder zurück.«

»Haben Sie Angst?« fragte er. Ich hatte tatsächlich Angst, aber mehr vor mir selbst als vor ihm. Als er sich zu mir herüberbeugte und mir seine Hände auf die Schenkel legte, sagte ich: »Tun Sie nichts, was mich reizen könnte, es Ihrer Frau zu erzählen.«

»Sie weiß, daß ich nur Ihretwegen hier bin«, sagte Herr Witkowski, und das hätte ich auf keinen Fall vermutet. Er sagte dann auch nichts mehr, hatte nur die Hände auf meinen Schenkeln und blickte mich entschlossen an, mein Gesicht, meinen Hals und vom Hals abwärts, und während er mich anschaute und ich ihn anschaute, fühlte ich seine Hände auf meinen Schenkeln feucht werden. Auch meine Schenkel wurden feucht, ich blickte auf seine Hände nieder, wollte meine Beine unter seinen Händen wegziehen, aber es war genauso, als hätte er mich auf einem Stuhl festgebunden, fünf Minuten oder eine halbe Stunde, ich merkte es nicht, saß nur da und schaute ihn an, während er genauso regungslos dasaß und mich anschaute. Die Feuchtigkeit an meinen Schenkeln hatte sich jetzt bis zu meinen Hüften ausgebreitet, kroch langsam bis zu meiner Brust hinauf, ich versuchte, von ihm wegzuschauen und konnte es nicht, war immer noch wie auf einem Stuhl festgebunden, registrierte unbewußt unsere beiderseitige Erregung, seine ebenso wie meine, versuchte wenigstens, meine Finger zu bewegen, aber auch meine Finger waren wie einzeln festgebunden, nur meine Stimme gehorchte mir noch, ich hörte mich sagen: »Jetzt werden Sie mir doch ein Hotel empfehlen müssen«, und er sagte: »Ich werde uns ein Zimmer im *Negresco* bestellen.« So hatte ich es auf keinen Fall gemeint gehabt, ich war auch sicher, daß er mich richtig verstanden hatte, und sagte: »Sie sollten wissen, daß Sie das mit mir nicht machen können«, und er sagte: »Es wäre auch mir lieber gewesen, es hätte sich vermeiden lassen.«

»Es wird sich vermeiden lassen«, hörte ich meine Stimme sagen, und er schüttelte den Kopf und sagte: »Jetzt auf keinen Fall mehr.« Es paßte mir nicht, daß er sich seiner Sache so sicher war, und als er zu mir herüberkam, sich dicht zu mir setzte und seinen Arm um meine Schulter legte, fragte ich: »Was wollen Sie eigentlich von mir?«

»Seien Sie nicht so albern«, sagte er. Natürlich war ich tatsächlich albern gewesen; während er mich küßte, sah ich seine Augen durch meine geschlossenen Lider hindurch, fünf Minuten oder eine halbe Stunde, fühlte seine Hände, meine Muskeln unter seinen Händen, fühlte mich selbst bis tief zu seinen Händen hinab, seine Finger an meinem Handgelenk, fünf Minuten oder eine halbe Stunde, bis mein Arm müde wurde, und dann war es genauso, als ob ich schon mit ihm geschlafen hätte. Irgendwann ließ er mich los, setzte sich wieder auf seinen Platz zurück und sagte:

»Ich richte es ein, daß ich am Donnerstag wieder hier bin.«
»Dann werde ich nicht mehr hier sein«, sagte ich, und er sagte: »Damit können Sie es auch nicht mehr ungeschehen machen. Ich muß mir das alles noch überlegen.«
»Das hätten Sie vorher tun sollen«, sagte ich. Jetzt, da ich mich wieder bewegen, wieder klar denken konnte, war mir richtig elend zumute, ich sagte: »Bringen Sie mich zurück!«
»Wozu?« fragte er. »Das wird es ebensowenig ungeschehen machen.« Es hörte sich ein wenig deprimiert an, er machte auch gar nicht den Eindruck eines Eroberers, sah eher besorgt und geistesabwesend aus, holte aus einem kleinen Bootskasten eine Zigarettenpackung, steckte sich eine Zigarette an, hielt die Zigarettenpackung dann mir hin, und als ich den Kopf schüttelte, legte er sie wieder in den Kasten und sagte: »Sie haben alles, was sich ein Mann in meiner Position von einer Frau wünschen kann. Als ich vor zwölf Jahren heiratete, war das noch nicht so wichtig für mich.« Vielleicht war das sein eigentliches Problem, ich blickte ihn schweigend an, beobachtete schweigend, wie er die kaum angerauchte Zigarette über seine Schulter hinweg angewidert ins Meer warf, und als er wieder nach meiner Hand greifen wollte, steckte ich beide Hände hinter meinen Rücken und sagte: »Wollen Sie sich etwa scheiden lassen?«
»Ich werde mich nicht *Ihretwegen* scheiden lassen«, sagte er. »Oder haben Sie grundsätzlich etwas gegen geschiedene Männer?« Über diese Frage hatte ich noch nie ernsthaft nachzudenken brauchen, ich sagte: »Das kommt wohl auf den Mann an.«
»Das finde ich auch«, sagte er, und diesmal lächelte er wieder. »Wenn ich so wäre, wie Sie mir jetzt unterstellen, hätte ich schon manchen Anlaß gefunden.«
»Danke«, sagte ich gereizt, und er sagte: »Seien Sie nicht

schon wieder albern. Ein solcher Schritt ist doch nicht nur eine Frage der passenden Gelegenheiten.«
»Besonders in Ihrer Position nicht«, sagte ich gereizt. Er schaute mich verwundert an und sagte: »Sie haben doch keine Komplexe?« Natürlich hatte ich Komplexe, und wenn er etwas mehr über mich gewußt hätte, wäre ihm das nicht so verwunderlich gewesen, aber das war noch nicht alles. Was es wirklich schlimm machte, war meine Erkenntnis, daß sich das, was zwischen uns geschehen war, tatsächlich nicht mehr ungeschehen machen ließ, es würde bei jeder Begegnung zwischen uns gegenwärtig sein, unsere Gedanken beschäftigen und sich selbst noch in unseren Blicken wiederholen. Wir würden uns nur anzuschauen brauchen, um es jedesmal aufs neue zu erleben, und daß es überhaupt so weit zwischen uns gekommen war, und trotzdem wiederum nicht weit genug, machte es auch nicht besser; im Gegenteil, diese halbangefangenen Dinge waren wie ein Menü ohne Hauptgericht, sie regten den Appetit an und ließen den Hunger ungestillt, genauso wie damals, als ich mich auf der Handelsschule mit einem jungen Mann etwas näher eingelassen und ihm einmal sogar erlaubt hatte, mich ohne Kleider zu sehen. Daß nicht mehr geschehen war, hatte ich wohl eher seiner Unerfahrenheit als meiner psychischen Widerstandskraft zuzuschreiben gehabt, aber an dieses Erlebnis konnte ich mich nach all den vielen Jahren noch lebhafter entsinnen als an meine viel jüngeren Erlebnisse mit Hans, und spätestens heute abend würde ich mich damit beschäftigen, mir auszumalen, wie es auch diesmal weitergegangen wäre, wenn er sich nicht nur damit begnügt hätte, mich fühlen zu lassen, was sein könnte und wie es sein könnte, und wahrscheinlich würde sich meine Phantasie noch in zehn Jahren daran erhitzen.
Ich blickte über meine Schulter hinweg zu dem fernen Ufer

hinüber, wo die Hochhäuser von Monaco wie weiße Pfähle aus dem Dunst der Küste ragten, und die Landzunge ganz rechts mußte bereits zu Italien gehören. Die Vorstellung, mich heute abend oder irgendwann in den nächsten Tagen in einen Zug setzen und reumütig zu Papa zurückkehren zu müssen, war seit meiner letzten Auseinandersetzung mit Frau Witkowski nicht attraktiver geworden, und schließlich hatte sie sich das alles selbst zuzuschreiben, um so mehr, wenn es zutraf, daß sie über die illegalen Absichten ihres Mannes Bescheid gewußt haben sollte, was ich mir andererseits doch nicht recht vorstellen konnte. Wenigstens war es nicht die Regel, daß verheiratete Frauen der gehobenen Kreise ein besonderes Vergnügen dabei empfanden, ihrem Mann höchstpersönlich ein Schäferstündchen mit der eigenen Hausgehilfin zu arrangieren, und je länger ich darüber nachdachte, desto absurder erschien es mir auch. Sie mußte entweder noch viel naiver sein, als ich angenommen hatte, oder sie verfolgte, was ich ihr viel eher zutraute, eine obskure Absicht damit, und darauf hätte ich beinahe ein wenig neugierig werden können.

Es war sehr heiß im Boot, ich beobachtete ein großes Schiff, das weit draußen den Horizont passierte, und während ich es beobachtete, wurde mir endgültig klar, daß ich nicht die geringste Lust verspürte, mich heute abend oder in den nächsten Tagen in einen Zug zu setzen. Falls es mir gelang, die kommenden zehn Minuten ohne weiteren Schaden an meiner moralischen Integrität zu überstehen, würde ich ihrem Mann keine Gelegenheit mehr geben, mich in Gewissenskonflikte zu stürzen, und als ob er mir meinen Entschluß angesehen hätte, setzte er sich wieder zu mir herüber und sagte: »Ich habe es mir jetzt schon überlegt«, und ich fragte: »Was haben Sie sich überlegt?« Wenn ich mit einem offiziellen Heiratsantrag gerechnet hätte, wäre ich unweiger-

lich enttäuscht worden, er griff nach meinem Kinn, küßte mich auf den Mund, und da er in meinem Leben der erste Mann mit einem Bärtchen war, fand ich es auch diesmal nicht uninteressant, obwohl ich mir fest vorgenommen hatte, mich nicht mehr von ihm küssen zu lassen. Erst als er mir in gekonnter Weise mit seinen Fingerspitzen kam und mir meine geheimen Empfindungen am Gesicht abzulesen versuchte, wurde ich unwillig. Daß er kein unerfahrener Verführer war, hatte ich schon vorhin feststellen müssen, zumindest kannte er sich in den erogenen Zonen einer Frau genauso aus wie im Strumpfgewerbe, und meine Möglichkeiten, ihm energischen Widerstand entgegenzusetzen, waren in dem heftig schaukelnden Boot doch sehr begrenzt, auch meine Chancen, mich von ihm abzusetzen. Ich wurde es bald leid, ständig von einem Bootsende zum anderen zu retirieren, und eine Ohrfeige, die ich ihm zugedacht hatte, fing er bereits im zweiten Drittel ihres Anflugs mühelos ab, löste bei dieser Gelegenheit gleich noch einen ihm lästigen Verschluß, und nun war ich eigentlich schon so mürbe und erhitzt, daß mir alles mehr oder weniger gleichgültig wurde. Ich betrachtete an seinem Kopf vorbei den blauen Himmel, roch das Meer und die fernen Pinienwälder, fühlte die ruhige Dünung unter meinem Rücken und versuchte daran zu denken, daß es unzählige Mädchen gab, die nicht zögern würden, mit mir zu tauschen, und genaugenommen war mir in diesen drei Monaten mehr Erfolg beschieden gewesen, als ich jemals für möglich gehalten hatte.
Ich empfand es in dieser Sekunde als eine Genugtuung für alles, was mir in der Vergangenheit widerfahren war, und warum sollte ausgerechnet ich auf seine Frau Rücksicht nehmen! Sie hatte ihr Leben lang in hübschen Villen gewohnt, und daß ihr Mann der Inhaber der WITKO-Strumpffabriken-KG persönlich war, konnte für ein Mädchen wie

mich nur schmeichelhaft sein. Ich bewegte etwas den Kopf, blickte in sein erhitztes Gesicht, in seine glänzenden Augen, die längst mit Wichtigerem beschäftigt waren, als meine Empfindungen zu registrieren, es rührte mich fast ein wenig, zu sehen, mit welcher Faszination selbst eine Persönlichkeit seines Formats auf so unwesentliche Dinge reagierte, wie sie unter jeder Schürze zu Hause waren, denn schließlich beschäftigte er in seinen Fabriken mindestens zehnmal so viele Leute wie Papa, die seinetwegen jeden Morgen um sechs Uhr aufstehen mußten, Angestellte, Arbeiterinnen, Stenotypistinnen und eine Chefsekretärin namens Hölzel mit fünfzehnhundert Mark im Monat. Und all das wog für ihn in dieser Minute so gut wie nichts mehr, gemessen an dem, was ein einfaches Mädchen wie ich ihm zu offenbaren vermochte, er war so sehr in seine Wahrnehmungen versunken, daß er meine psychische Existenz völlig vergessen zu haben schien, und während ich ihn auch noch bei seiner letzten und bedeutsamsten Wahrnehmung beobachtete und die ihr folgenden vorbereitenden Liebkosungen mit einem angenehmen Schauder auf der Haut erlebte, wurde ich ganz plötzlich wieder meiner selbst bewußt, gerade noch zeitig genug, um wenigstens das zu verhindern, was im allgemeinen solch vorbereitenden Liebkosungen zu folgen pflegte, und weshalb ich nicht schon vor einer halben Stunde ins Wasser geflüchtet war, gehörte gleichfalls zu jenen zahlreichen Ungereimtheiten, deren ich von Fall zu Fall fähig sein konnte.

Es kümmerte mich auch nicht, daß ich einen nicht unwesentlichen Teil meiner ohnedies dürftigen Garderobe an Bord zurücklassen mußte, ich schwamm einfach drauflos in Richtung der weißen Pfähle an der Küste von Monaco, die mir in der ruhigen Dünung einmal in die, dann wieder aus den Augen kamen, und natürlich war das alles nicht von ungefähr geschehen; mit einem Mann, der einem gleichgültig war, ließ man sich in kultivierten Kreisen gar nicht erst so weit ein, auch dann nicht, wenn man allein mit ihm in einem kleinen Boot ein paar Kilometer von der Küste entfernt auf dem Meer trieb. Er war mir schon nicht gleichgültig gewesen, als ich ihn zum erstenmal gesehen hatte, und weil dies so war, nützte es überhaupt nichts, daß ich ihm nun davon- und auf eine Küste zuschwamm, die ich aus eigener Kraft sowieso nicht erreichen würde. Ich war keine schlechte Schwimmerin, aber je länger ich auf die Küste zuschwamm, desto weiter schien sie sich von mir zu entfernen, meine Kräfte nahmen schneller ab, als ich befürchtet hatte, ich wußte jetzt auch, weshalb ich nicht gleich aus dem Boot gesprungen war, ich hatte von jeher eine Aversion gegen dramatische Gesten gehabt, nicht erst bei Hans, nicht erst bei Papa, mir waren dramatische Gesten immer zuwider gewesen, und daß ich nicht bei ihm im Boot geblieben war, tat mir bereits leid, bevor mir klar wurde, daß ich die Küste auf diese Weise nicht erreichen würde. Er traf auch keine Anstalten, hinter mir herzufahren, beobachtete ungerührt, wie ich mich abmühte. Möglich, daß er es doch noch getan hätte, aber ich war mir dessen nicht sicher genug, um meine nackte Furcht damit kompensieren zu können, es kostete mich auch so meine letzte Kraft, das Boot wieder zu erreichen, und jetzt erst stand er von seinem Platz am Ruder auf, warf seine Zigarette – die er seelenruhig geraucht hatte, während ich fast zu ertrinken drohte – ins Wasser und half mir ins Boot. Er legte mich auf die Bank, setzte sich zu mir, bettete meinen Kopf auf seinen Schoß und sagte: »Ich hätte dich absaufen lassen.« So, wie er es sagte, klang es durchaus überzeugend, ich fand seine Ausdrucksweise zwar etwas ordinär, aber ich war froh, wieder im Boot zu sein, hatte immer noch Wasser im Hals, keuchte, fühlte mein Herz unter seiner Hand hämmern, und er ließ seine Hand auf meinem Herzen liegen, bis es sich einigermaßen beruhigt hatte.

Dann nahm er meinen Kopf von seinem Schoß, warf den Motor an, und während wir langsam zurückfuhren, saß er geistesabwesend am Steuer, nagte an seiner Unterlippe, schaute mich hin und wieder nachdenklich an, und einmal sagte er: »Du bist das Schlimmste, was mir je widerfahren ist.« Mir waren schon nettere Komplimente gemacht worden, ich vervollständigte zuerst einmal meine dürftige Garderobe, holte mir die Zigarettenpackung aus dem Bootskasten, steckte mir eine zwischen die Lippen und sah mich nach den Zündhölzern um. Sie lagen neben ihm auf dem breiten Doppelsitz im Heck, ich streckte ihm stumm meine Hand hin, er faßte nach meiner Hand, zog mich neben sich, nahm mir die Zigarette aus dem Mund und küßte mich lange. Dann steckte er mir die Zigarette wieder zwischen die Lippen, gab mir Feuer und sagte: »Vielleicht kann ich es einrichten, daß ich am Donnerstag für eine ganze Woche komme.«

»Besser nicht«, sagte ich, und er fragte: »Warum nicht?«

»Ich bin verlobt«, sagte ich. Er schaute mich amüsiert an, berührte mein Knie und sagte: »Das ist ja entsetzlich!«

»Ich finde das nicht zum Lachen«, sagte ich, aber ich fand es selbst über alle Maßen lächerlich, einem verheirateten Mann in einer solchen Situation mit so albernen Argumenten zu kommen. Schöne Zähne hatte er auch noch, es regte mich schon auf, so gar nichts an ihm entdecken zu können, was meiner Eingenommenheit für ihn Abbruch getan hätte, und daß er eine stark behaarte Brust hatte, wirkte gleichfalls nicht abstoßend auf mich. Bei Papa hatte ich wenigstens mit einem Weinkrampf reagiert, wofür diesmal überhaupt keine Anzeichen vorlagen, mir war nicht einmal mehr elend zumute wie vorhin, und hätte ich versucht, meine Empfindungen zu analysieren, so wäre ich wahrscheinlich nicht viel klüger geworden. Sie ließen sich nicht allein damit erklären, daß ich mich stärker zu ihm hingezogen fühlte als zu jedem anderen Mann vor und nach Hans, und daß es ihm darüber hinaus gelungen war, mich gegen meinen Willen physisch zu engagieren, war gleichfalls nicht das Entscheidende. Vielleicht wäre ich in einer anderen Umgebung standhafter geblieben, seit ich hier war, stimmte meine Optik nicht mehr, ich sah alles durch das angenehme Licht der kitschigblauen Küste mit dem kitschigblauen Himmel darüber, fühlte mich selbst schon wie in ein angenehmes blaues Licht eingetaucht, und die bloße Erinnerung an die beklagenswerten Mädchen der VAS konnte mir eine Gänsehaut über den Rücken jagen. Außerdem hatte ich diese ganze Entwicklung nicht provoziert, hatte mich ihm nicht an den Hals geworfen, nicht gegen seine Frau intrigiert, obwohl ich jeden Tag stärker dazu neigte, sie für die gelangweilte Selbstverständlichkeit, mit der sie ihr beschauliches Dasein je nach Laune an der Côte d'Azur oder in ihrem komfortablen Turmberg-Boudoir verbrachte, hassenswert und beneidenswert zugleich zu finden. Allein schon dafür, daß sie mich heute mittag mit Ramses weggeschickt hatte, fand ich sie hassenswert genug, meine moralischen Skrupel neutralisieren zu können, und daß ihr Mann kaltblütig zugesehen hätte, wie ich ertrunken wäre, verdiente gleichfalls eine Lektion, ich würde ihn in seiner eigenen Begehrlichkeit schmoren lassen, solange es mir gefiel, und nebenbei würde ich in seinem schönen Ferienbungalow noch einige angenehme Wochen verbringen, über die vornehmen Boulevards von Monaco und Nizza promenieren, stundenlang in der Sonne liegen, bis ich genauso braun war wie seine Frau, und wenn es mir zu heiß wurde, würde ich ins Meer steigen, mich auf dem Rücken treiben lassen und mir den kitschigblauen Himmel betrachten.

Es war alles weitaus weniger kompliziert, als ich mir vor einer kurzen Weile noch eingeredet hatte, und jetzt, da wir wieder der Küste zufuhren, konnte ich es mir sogar leisten, die psychischen Annehmlichkeiten mit den physischen zu verknüpfen, ohne mir dabei mehr zu vergeben, als ich mir ohnedies schon vergeben hatte, auch dann nicht, als er sich in seinem Bemühen, mir seine imaginären Besitzrechte nachhaltig genug zu demonstrieren, meiner erotischen Sensibilität auf eine bereits unfehlbare Weise vergewissern konnte. Ich hatte nicht die geringste Ahnung, was andere Frauen bei solchen Berührungen empfinden, mir selbst vermittelten sie regelmäßig den Eindruck einer mit Schwerelosigkeit gemischten Bewußtseinstrübung, die mich in ein knisterndes Halbdunkel einhüllte und mich meinen Körper in einer geradezu explosiven Intensität wahrnehmen ließ. In solchen Augenblicken konnte ich jedes Verhältnis zu meiner Identität verlieren, fühlte nur noch das Prickeln meiner Haut, die Reflexe meiner Muskeln oder die unkontrollierbaren, erregenden Veränderungen meiner Organismen, und wenn ich dann wieder zu mir selbst fand, geschah es wie aus einer anderen Welt. Auch diesmal lenkten mich seine Berührungen von meiner Umwelt so stark ab, daß es mir schien, als ob wir die Rückfahrt im Zeitraum einiger Herzschläge bewältigt hätten. Er nahm seine Hand buchstäblich erst in letzter Sekunde von mir, half mir mit blassem Gesicht aus dem Boot und sagte: »Sie braucht noch nichts zu merken.« Also legte er doch Wert darauf, unser kleines Geheimnis vorerst zu wahren, was mir um so lieber war, als ich ohnedies nicht wußte, wie ich ihr jemals wieder in die Augen schauen sollte.

Daß sie nicht auf der Terrasse saß, hatte ich schon vom Boot aus festgestellt, auch Ramses ließ sich nicht sehen, ich lief auf dem direkten Weg in mein Zimmer, brauchte für eine

Zigarette vier Zündhölzer, und als sie endlich brannte, betrachtete ich im Spiegel mein erhitztes Gesicht, legte mich dann auf das Bett, blickte durch die offene Terrassentür auf die rotvioletten Bougainvillea, eine halbe Stunde oder eine ganze, und irgendwann kam sie zu mir herein, betrat, ohne anzuklopfen, mein Zimmer, blieb neben mir stehen und blickte neugierig in meine Augen. Sie hatte sich bereits umgezogen, trug ein knöchellanges Georgette-Kleid, weiße Schuhe und zur Feier des Tages eine einreihige Perlenkette, die sich von Frau Zöllners Kette auch darin unterschied, daß ihre Perlen fast doppelt so groß waren; auf ihrer dunklen Haut kamen sie besonders gut zur Geltung. Ich hatte sie noch nie so elegant gesehen, sie erinnerte mich an die Prominenz auf den Festspielwochen in Berlin und in Cannes, wenn sie in ihren schmucken Roben die feierlichen Freitreppen hinaufstiegen, und während ich sie anschaute, empfand ich plötzlich keine Furcht mehr, keine Befangenheit, ich empfand nur noch eine merkwürdige Mischung aus Genugtuung und Abneigung. Vielleicht hätte ich anders reagiert, wenn sie nur im Bikini oder in einem einfachen Kleid zu mir hereingekommen wäre. So aber war ihre Absicht zu offensichtlich, ich stand von meinem Bett auf und fragte: »Soll ich mich um Ramses kümmern?« Sie antwortete nicht sofort, blickte mich wieder von oben bis unten neugierig an, dann nickte sie ein wenig, sagte, sie werde mit ihrem Mann jetzt zum Essen fahren, und wenn ich Hunger hätte, würde ich in der Küche schon etwas finden. Nach ihrem Gespräch heute mittag hatte ich eigentlich angenommen, sie würden mich mitnehmen, aber das Wägelchen wäre für drei Personen zu klein gewesen, und es war mir auch lieber so. Obwohl es nichts mehr zwischen uns zu besprechen gab, traf sie noch keine Anstalten, mein Zimmer zu verlassen, ihr Gesicht wirkte jetzt eher belustigt als neugierig, sie ging einmal um mich herum, betrachtete mich auch von hinten, fragte, ob das hohle Kreuz in meiner Familie liege, und als ich keine Antwort gab, sagte sie unvermittelt, ich solle heute nacht in ihrem Bett schlafen, weil es für Ramses besser sei, wenn er sich nicht schon wieder an ein anderes Zimmer gewöhnen müsse. Obwohl es mir völlig überraschend kam, behielt ich meine Empfindungen für mich, nickte nur, und dann ging sie endlich hinaus. Etwas später hörte ich sie in der Diele mit ihrem Mann reden, ihre Schritte zur Haustür, die Haustür zufallen, und nun hatte sie es also doch noch geschafft, mir den Abend zu verderben. Ich setzte mich wieder auf das Bett, versuchte nicht daran zu denken, daß er jetzt im Wägelchen mit ihr zu einem exklusiven Restaurant namens *Hacienda* fuhr, und je länger ich nicht daran zu denken versuchte, desto bewußter wurde mir auch, daß ich in meinen Überlegungen von heute nachmittag einen ganz wesentlichen Faktor unberücksichtigt gelassen hatte. Nämlich mich selbst.

Es hatte nicht nur an Ramses gelegen, daß ich in dieser Nacht kaum zum Schlafen gekommen war, obwohl seine Angewohnheit, sich innerhalb einer Stunde mindestens zweimal zu erheben und fünfmal um seine eigene Achse zu drehen, bevor er sich wieder auf meine Beine plumpsen ließ, auf die Dauer doch sehr strapaziös sein konnte. Vielleicht hatte sie sich deshalb auf dem Turmberg ein Rundbett angeschafft; dieses hier war jedenfalls entschieden zu klein für Ramses' nächtliche Gymnastik, ich fühlte mich am Morgen wie seit langem nicht mehr, schlief zur vorgerückten Stunde völlig programmwidrig noch einmal ein, um erst gegen zehn Uhr endgültig aufzuwachen.

Zu meiner Überraschung war Ramses nicht mehr da, sie mußte ihn, ohne daß ich es gemerkt hatte, aus dem Zimmer geholt haben, und obwohl ich mich auch jetzt noch wie seit langem nicht mehr fühlte, kletterte ich aus dem Bett, nahm im Bad eine eiskalte Dusche, und während ich mich duschte, setzte auch mein Gedächtnis wieder ein. Es war, als ob das eiskalte Wasser die Erinnerungen wie gleißende Steine aus dem trüben Untergrund meiner Schlaftrunkenheit spülte, und daß er sich gestern über eine Stunde lang bei mir animiert und dann die ganze Nacht mit seiner Frau geschlafen hatte, wäre allein schon Anlaß genug gewesen, umgehend in das nächste Hotel abzuwandern. Vielleicht hätte ich es trotz meiner grundsätzlichen Aversion doch noch getan, wenn mir nicht glücklicherweise rechtzeitig eingefallen wäre, daß ich mich damit in ihren Augen selbst kompromittieren würde. Unabhängig davon, daß das ein durchaus stichhaltiges Argument war, hätte es auch meinem Wesen widersprochen, ihren Mann durch einen überstürzten Rückzug vor dem zu bewahren, was ich ihm für sein unfeines Verhalten an Repressalien boshafterweise zugedacht hatte.

Sicher war das kein schöner Zug von mir, aber nachdem ich seinetwegen eine über alle Maßen schlechte Nacht verbracht hatte, war ich für moralische Argumente kaum mehr ansprechbar, und daß ich es ihm so leicht gemacht hatte, sich zumindest der Ansprechbarkeit meiner intimeren Anatomie zu vergewissern, nahm ich ihm erst recht übel. Wahrscheinlich hatte dieser mühelose Erfolg seinem männlichen Selbstbewußtsein ebensoviel Auftrieb gegeben wie die Erfolgsbilanzen seiner Strumpffabriken. Ich steigerte mich, während ich daran dachte, immer mehr in Zorn hinein, bearbeitete mein Gesicht, bis auch die letzten verräterischen Spuren meiner nächtlichen Meditation selbst einem so vorurteilsvollen Blick wie dem der Frau Witkowski praktisch unsichtbar geworden sein mußten, zog mich dann in meinem eigenen Zimmer an und trat auf die Diele hinaus, wo ich von Ramses beinahe umgeworfen wurde. Er begrüßte mich heute besonders herzlich, immerhin hatte er nun zusammen mit mir in einem Bett geschlafen, was seine Zuneigung ähnlich intensiviert zu haben schien, wie das nach solchen Begebenheiten normalerweise auch unter höheren Lebewesen der Fall ist. Im Wohnzimmer war Madame Ambrosi mit Staubwischen beschäftigt, ihre rechte Hand trug sie unter einem Verband. Als ich sie nach der Ursache ihres Mißgeschicks fragte, erfuhr ich, daß Ramses der Missetäter gewesen war, sie hatte ihm nur einmal den Kopf streicheln wollen, worauf er augenblicklich zuschnappte. Zum Glück war es nur eine leichte Fleischwunde, weil sie die Hand sofort wieder zurückgezogen hatte, aber es zeigte mir doch, daß eine ordentliche Portion Unberechenbarkeit in ihm steckte, ich war richtig schockiert, schimpfte ihn aus, und während ich ihn ausschimpfte, saß er auf den Hinterpfoten, blickte mich mit seinen bernsteinfarbenen Augen erfreut an, ließ mich grinsend sein mörderisches Gebiß sehen, und daß er grinsen konnte, hatte ich schon ein paarmal festgestellt. Madame Ambrosi erzählte mir noch, daß sie von Frau Witkowski sofort zum Arzt gefahren worden sei und dort eine Spritze bekommen habe. Zu meiner Erleichterung schien sie den Vorfall mit einigem Humor zu tragen, sie war überhaupt eine sehr sympathische Frau, mehr Italienerin als Südfranzösin, und für ihre Jahre noch recht passabel. Mir war ihr Malheur insofern unangenehm, als es sich vielleicht hätte vermeiden lassen, wenn ich rechtzeitig aufgestanden wäre, es war schon vor einer Stunde passiert, nachdem Frau Witkowski Ramses aus dem Zimmer geholt hatte. Darauf gefaßt, daß sie mich sofort mit Vorwürfen überschütten würde, ging ich zu ihr auf die Terrasse hinaus.

Sie saß noch beim Frühstück, trug ihr kühnes Strandkleid mit Gucklöchern, Sandalen an den braungebrannten Füßen und wirkte nicht im geringsten ungehalten. Als ich mich für meine Verspätung entschuldigen wollte, unterbrach sie mich bereits nach den ersten Worten, meinte, sie wisse nur zu gut, daß es anstrengend sei, Ramses im Bett zu haben, und wenn die einfältige Gans ihre Warnung, ihn auf keinen Fall anzufassen, beherzigt hätte, wäre das auch nicht passiert, außerdem handle es sich nur um einen winzigen Kratzer. Diesen Eindruck hatte mir der große Verband an Madame Ambrosis Hand nicht gemacht, und daß sie deshalb gleich eine dumme Gans sein sollte, leuchtete mir gleichfalls nicht ein. Ich war jedoch viel zu sehr mit meinen eigenen Problemen beschäftigt, um mich auch noch darüber aufzuregen, und während ich mich zu ihr an den Tisch setzte, stellte ich zu meinem Verdruß fest, daß sie heute morgen besonders hübsch aussah. Die Nacht im Schlafzimmer ihres Mannes schien ihr also nicht schlecht bekommen zu sein, was man einer Frau nach zwölfjähriger Ehe objektiverweise nicht verdenken sollte. Nur war es mit meiner Objektivität an diesem Morgen nicht sehr gut bestellt, es kostete mich große Überwindung, mir meine Verstimmung nicht anmerken zu lassen, um so mehr, als sie vor keiner Albernheit zurückschreckte, mir ihre gute Laune zu demonstrieren, entweder wippte sie unternehmungslustig mit ihren haarigen Beinen, küßte Ramses auf die feuchte Nase, und wenn sie nicht mit den haarigen Beinen wippte und Ramses' feuchte Nase nicht küßte, summte sie eine aufreizende Melodie oder zielte mit einem Weißbrotkrümel auf eine der zahllosen winzigen Ameisen, die tagsüber die Terrasse bevölkerten.

Madame Ambrosis Malheur mit Ramses hatte mich völlig vergessen lassen, nach meinem Verführer Ausschau zu halten, und daß ich direkt danach fieberte, ihn zu sehen, hing sicher nur mit meiner Ungeduld zusammen, ihm jetzt schon einen kleinen Vorgeschmack dessen zu geben, was er künftig von mir zu erwarten hatte. Obwohl ich das Frühstück so lange wie möglich ausdehnte, blieb meine Geduld unbelohnt. Natürlich hätte ich mich bei seiner Frau nach seinem Verbleib erkundigen können, denn es nicht zu tun, wäre vielleicht noch kompromittierender, und trotzdem brachte ich es nicht fertig. Vielleicht deshalb nicht, weil sie auf nichts anderes zu warten schien. Wenigstens glaubte ich ihre Art, mich hin und wieder mit halbverdeckten Augen neugierig zu mustern, dahingehend interpretieren zu können. Es war ohnedies trotz ihrer scheinbar glänzenden Laune ein ebenso ungemütliches wie wortkarges Frühstück, ich beendete es am Schluß ziemlich abrupt, sagte, daß ich mich mit Ramses jetzt auf den Weg machen würde, und sie blickte mich wieder aus ihren langbewimperten Augen neugierig an, nickte und sagte: »Tun Sie das.« Eines Tages würde ich vielleicht versuchen, Ramses auf sie zu hetzen, oder sonst etwas Törichtes anstellen, es war einigermaßen aufschlußreich, wie sehr sich meine Empfindungen für sie innerhalb der letzten zwanzig Stunden gewandelt hatten, eine Erkenntnis, die kaum dazu angetan war, meine Laune zu verbessern. Bevor ich ging, erinnerte ich mich an mein gestriges Versprechen an den jungen *artisan*. Von den tausend Francs, die ich mitbekommen hatte, waren immer noch achthundert übrig, ich hatte sie im Einvernehmen mit Frau Witkowski behalten, erledigte damit die Benzinrechnungen und sonstigen Unkosten, schrieb mir die Beträge auf, um sie zur gegebenen Zeit mit ihrem Mann abzurechnen. Da ich kein eigenes Geld umgetauscht hatte, würde ich mir eben einen kleinen Vorschuß auf mein erstes Gehalt nehmen, und bei den Witkowskis kam es auf fünfzig Francs mehr oder weniger sowieso nicht an, schon gar nicht, nachdem ich mich gestern ihm gegenüber so kulant gezeigt hatte. Wir gingen dann auch zu Ramses' Verdruß nicht nach Saint-Jean, sondern direkt in das verwilderte Viertel mit den alten Palästen, wo wir von dem jungen Mann mit dem schönen Namen Gustave bereits ungeduldig erwartet wurden.

Er stand wie gestern vor dem verrosteten Eisentor, trug wieder seinen Rollkragenpullover und die Kordhose und griff so stürmisch nach meiner Hand, daß Ramses ein drohendes Knurren hören ließ. Ob er sehr böse sei, wollte der junge Mann namens Gustave wissen, und ich sagte für alle Fälle, er sei sogar die Bösartigkeit in Person und habe erst vor ein paar Stunden eine Frau gebissen. Dann sei er ja schrecklich böse, sagte der junge Mann lächelnd und öffnete mir einladend das riesige Tor mit den verrosteten Eisenstäben. Er gefiel mir heute noch besser als gestern, sah ordentlich gewaschen und rasiert aus, die Naturwellen in seinen braunen Haaren hätten manche Frau begehrlich stimmen können, und daß er blaue Augen hatte, machte ihn auch nicht unsympathisch. Das Innere des Pförtnerhauses sah wie eine Werkstatt aus, überall lagen Holzspäne herum, auf einem alten Tisch standen einige Geräte, die er wohl für seine Arbeit brauchte, und auf einem Holzregal an der Wand eine große Anzahl geschnitzter Teller, Schalen und merkwürdige Figuren, deren Interpretation einige Phantasie voraussetzte, aber alles sehr hübsch und ausgefallen, ich hatte solche Dinge schon in kunstgewerblichen Läden in Nizza und Monaco gesehen.

In einer Ecke des kleinen Raumes stand eine etwa eineinhalb Meter große Figur, die wohl eine nackte Frau darstellen sollte; es erschien mir jedoch unwahrscheinlich, daß sie nach einem lebenden Modell gearbeitet worden war. Ramses starrte merkwürdigerweise angespannt in eine völlig leere Ecke des Raumes, aber das tat er oft. Ich fragte den jungen Mann namens Gustave, wie lange er an so einer Figur zu arbeiten habe, und er sagte, eine Woche oder ein Jahr, je nachdem, wie ihm gerade die Zeit vergehe, und daran merkte man eben doch, daß er ein *artisan* war. Ich entschied mich für einen sehr schönen Kerzenhalter, der sich an der Wand aufhängen ließ, und erkundigte mich nach dem Preis. Zehn Francs fand ich entschieden unterbezahlt, ich kaufte noch einen kleinen Lampenständer und eine hübsche Schale, bezahlte insgesamt fünfunddreißig Francs, und der junge Mann verschwand mit den Sachen in einem kleinen Nebenraum und brachte sie in Papier eingewickelt zurück. Meine Frage, ob sich diese abgelegene Gegend nicht nachteilig auf seinen Umsatz auswirkte, beantwortete er damit, daß er einmal in der Woche nach Nizza fahre und dort seine Kunden besuche, das Haus hier bewohne er nur, weil er keine Miete zu bezahlen brauche. Anschließend führte er mich noch durch den verwilderten Park, der nur auf einem schmalen Pfad zu passieren war. Unter den Olivenbäumen und Palmen hatte sich eine dichte Vegetation ausgebreitet, die selbst die breite Freitreppe des halbzerfallenen Palastes überwucherte.

Ich erfuhr von dem jungen Mann namens Gustave, daß er der Wintersitz einer russischen Fürstin gewesen war und seit mindestens dreißig Jahren leerstand. Er fragte mich, ob ich ihn mir auch von innen ansehen wolle, aber der Anblick der vielen Risse in dem morschen Gemäuer ließ es mir nicht geraten erscheinen. Dafür führte er mich auf eine meerwärts gelegene riesige Freiterrasse mit einem faszinierenden Blick über den Hafen von Villefranche bis zu den rötlichen Silhouetten eines fernen Gebirges am blauen Horizont. Unterhalb der Terrasse fiel die Küste fast senkrecht zum Meer ab, ich blickte über die Terrassenbrüstung auf die weiße Brandung zwischen den Klippen, sie war auf dieser Seite viel stärker als bei den Witkowskis. Die Terrasse wurde von zwei kleinen, offenen Pavillons flankiert, die noch verhältnismäßig gut erhalten aussahen, drinnen befanden sich steinerne Bänke, wir setzten uns hin, und der junge Mann erzählte mir, daß er aus Paris komme, seit vier Jahren hier arbeite, aber eines Tages wieder nach Paris zurückkehren wolle. Ich fragte ihn, ob es ihm in Paris besser gefalle als hier, und er sagte lächelnd, im Augenblick gefalle es ihm hier viel besser als in Paris. Und während er es sagte, griff er nach meiner Hand, blickte mir wieder intensiv in die Augen und sagte, er habe die ganze Nacht von mir geträumt. Ich fand das rührend von ihm, er hatte überhaupt eine sehr individuelle Art, Komplimente zu machen, man konnte sie weder ganz ernst nehmen noch ihm deshalb ernsthaft böse sein, und als er meine Hand an seinen Mund preßte, dachte ich, daß es vielleicht doch an der Luft hier liegen müsse. Ich zog meine Hand zurück, stand auf, und der junge Mann namens Gustave stand gleichfalls auf und fragte, ob ich ihn jetzt nicht mehr besuchen würde. Das war ziemlich sicher, obwohl ich den kleinen Pavillon mit seinem schönen Blick auf Villefranche und die rötlichen Berge am Horizont sehr romantisch fand, ich sagte, daß ich so stürmische junge Männer nicht besonders schätzte, und nachdem ich ihm etwas abgekauft hätte, brauche er wohl auch nicht mehr zu verhungern, worauf er die fünfunddreißig Francs aus seiner Tasche holte, sie mir blitzschnell in den Ausschnitt steckte und erklärte, er werde fortan überhaupt nichts mehr essen, und wenn er verhungert sei, hätte ich ihn auf dem Gewissen.

Auch das mußte wahrscheinlich an der Luft hier liegen, ihr Jodgehalt schien einen ungemein aktivierenden Einfluß auf Gefühle zu haben, die sich normalerweise in langwierigen Prozessen zu entwickeln pflegen. Da ich die Francsscheine nicht vor seinen Augen aus meinem Dekolleté holen wollte, gab ich ihm wenigstens das Päckchen mit seinen Schnitzereien zurück, und der junge Mann namens Gustave warf das Päckchen mit seinen schönen Schnitzereien aus geschliffenem Olivenholz durch eines der glaslosen Rundfenster des Pavillons die steile Küste ins Meer hinab und sagte: »*Pas comme ça, Madame!*« Das war natürlich auch eine Art, Emotionen glaubhaft zu demonstrieren, obwohl er auch jetzt noch sein heiteres Wesen beibehielt, mir intensiv und lächelnd in die Augen schaute, und als er wieder nach meiner Hand greifen wollte, griff auch Ramses ein. Wahrscheinlich hatte es ihn schon erbost gehabt, daß der junge Mann mein schönes Päckchen ins Meer geworfen hatte, und nun schien ihm das Maß endgültig voll zu sein, es ging so unheimlich schnell, daß ich es erst begriff, als der junge Mann bereits am Boden und Ramses wieder zu meinen Füßen lag.
Es war, als ob meine Sinne mit Verzögerung arbeiteten, selbst meine Stimme erreichte mein Ohr erst hinterher, und der Anblick des hochschnellenden Riesenkörpers an meiner Seite schien sich sekundenlang in meiner Netzhaut verfangen zu haben, ich hatte ihn noch vor Augen, als es längst vorüber war. Dann sah ich, daß der junge Mann mit kreidebleichem Gesicht sein rechtes Handgelenk umklammert hielt, sich zuerst auf die Knie, dann auf die Beine erhob und an mir vorbei über die Terrasse durch den verwilderten Park lief. Auch das ging alles so rasch, daß ich nicht einmal mehr Zeit fand, ihn etwas zu fragen, und dann reagierte ich völlig hysterisch, versetzte Ramses eine heftige Ohr-

feige, sagte: »Verbrecher!« und »Mörder!« zu ihm, womit ich ihm ebenso moralisch wie pädagogisch unrecht tat, er schaute mich mit seinen bernsteinfarbenen Augen auch mehr fassungslos als schuldbewußt an, legte sich auf den Rücken und streckte mir ratlos den zottigen Bauch und die gewaltigen Pfoten entgegen, ein Bild, das mich augenblicklich zur Besinnung brachte, und da der junge Mann uns nicht mehr sehen konnte, küßte ich ihn rasch auf die mörderische Schnauze, legte ihm die Leine an und rannte dem jungen Mann nach, während ich mich in Gedanken bereits mit blau uniformierten Polizisten konfrontiert sah, die meine Erklärungen mit unbewegter Miene protokollierten, meinen Geburtstag wissen wollten und sich meinen Reisepaß aushändigen ließen. Es kam dann glücklicherweise nicht ganz so schlimm, obgleich die blutunterlaufenen und fast kompletten Spuren von Ramses' Zähnen auf dem Unterarm des jungen Mannes sicher das helle Entzücken jedes gerichtsmedizinischen Sachverständigen wachgerufen hätten; wir trafen Gustave an der Rückseite des Pförtnerhäuschens damit beschäftigt, seine Wunden unter einem Wasserhahn zu kühlen, und als ich ihn aufforderte, sofort einen Arzt aufzusuchen, empfahl er mir, ich solle mir anstelle von Ramses lieber einen Kanarienvogel zulegen. Dann verschwand er für kurze Zeit im Haus, kehrte mit einer kleinen Jodflasche zurück, drückte sie mir in die Hand und sagte: »*Faites-le, Madame.*« Er verzog nicht einen Muskel seines Gesichts, und als es vorüber war, wickelte er seinen Pulloverärmel hinunter, betrachtete Ramses, der jetzt doch etwas schuldbewußt in die Welt schaute, und wollte wissen, ob er mich immer so gut bewache.

Ich hatte dies bis vor ein paar Minuten selbst nicht gewußt, wagte auch gar nicht daran zu denken, was noch alles hätte geschehen können, wenn ich ihn nicht sofort zurückgerufen hätte, aber wenigstens folgte er sogar in so extremen Fällen aufs Wort, und daß ihm Gustaves Verhalten nicht ganz geheuer gewesen war, konnte man ihm nicht einmal verdenken, schließlich war es mir kaum anders ergangen. Ohne seinen dicken Pullover wären die Verletzungen sicher schlimmer ausgefallen, ich sah jetzt erst, daß er am Ärmel völlig zerrissen war, und als ich ihn fragte, was der Pullover gekostet habe, behauptete er, er sei ein Erbstück seines verstorbenen Vaters und mit Geld nicht zu bezahlen, außerdem sei in solchen Fällen eher eine moralische Wiedergutmachung üblich. Ich erkundigte mich, wie er sich diese moralische Wiedergutmachung in etwa vorstelle, und er lud mich für morgen abend zu einem Glas Burgunder ein. Das paßte mir nun gar nicht, vor allem hielt ich es für völlig unzumutbar, ihm seinen Pullover nicht bezahlen zu dürfen. Ich öffnete meine Handtasche, holte einen Hundertfrancsschein heraus und fragte, ob das reiche. Er nahm mir den Hundertfrancsschein aus der Hand, brachte ein Feuerzeug zum Vorschein und fragte seinerseits, ob ich zuschauen wolle, wie er den Hundertfrancsschein anzünde. Nun hätte mir das eigentlich wenig Kopfzerbrechen zu machen brauchen, denn ob er den Schein anzündete oder sich einen neuen Pullover dafür kaufte, war sein Privatvergnügen. Trotzdem lag mir daran, eine unter vernünftigen Menschen übliche Regelung zu finden, und was war schließlich schon dabei, wenn ich ein Glas Burgunder mit ihm trinken würde; solange Ramses in meiner Nähe war, brauchte ich mir nach diesem unangenehmen Zwischenfall erst recht keine Sorgen zu machen. Meinen Gegenvorschlag, mit ihm ein Glas Burgunder zu trinken, wenn er den Hundertfrancsschein annehme, akzeptierte Gustave sofort, bestand jedoch darauf, ihn erst morgen zu bekommen, und dabei blieb es dann auch. Ich steckte den

Schein wieder ein, sagte, ich könne noch nicht ganz sicher versprechen, schon morgen abend Zeit zu finden, und er sagte, das müsse ich aber, denn übermorgen habe *er* vielleicht keine Zeit.
Meine abschließende Versicherung, daß mir der Vorfall mit Ramses sehr leid tue, beantwortete er mit einem Achselzucken und sagte: »Was wollen Sie! Er liebt Sie eben genauso wie ich«, und ich sagte: »Dafür kennen Sie mich vielleicht noch nicht lange genug.« Worauf er mich wieder in seiner intensiven Art anschaute und mir lächelnd erklärte, Beaugency an der Loire habe er auch nur einmal in seinem Leben gesehen und es trotzdem nie vergessen. Ich hatte keine Ahnung, wie Beaugency an der Loire aussah, aber wenn er es sagte, würde es wohl so sein. Der kleine Dialog beschäftigte mich auf dem ganzen Rückweg, ich war mir jetzt nicht mehr sicher, ob ich mich in jedem Fall auf Ramses verlassen könne. Es gab da einige Unabwägbarkeiten, die selbst für einen so klugen Hund wie Ramses nicht ohne weiteres zu erkennen waren, und seit ich gestern die Bootsfahrt mit seinem Stiefvater gemacht hatte, traute ich mir selbst nicht mehr über den Weg.
Das weiße Schiff vor Witkowskis Haus entpuppte sich beim Näherkommen als Kabriolett amerikanischen Ursprungs, und den Chauffeur hatte ich schon einmal gesehen. Als ich dann noch das deutsche Kennzeichen entziffern konnte, erinnerte ich mich wieder der Zöllners. Immerhin hatten sie sich für die Côte d'Azur wenigstens für ein freundlicheres Gefährt entschlossen, und daß es gleich ein amerikanischer Wagen sein mußte, konnte man ihnen bei der gesellschaftlichen Nivellierung im bundesdeutschen Sozialgefüge auch nicht verdenken. Mir tat nur der Chauffeur leid, er trug die gleiche dicke Uniform wie auf dem Turmberg und getraute sich nicht einmal, die Mütze abzunehmen,

aber Leute wie er waren ja einiges gewohnt. In der Küche war Madame Ambrosi bereits mit dem Menü beschäftigt, sie erzählte mir, daß Madame Witkowski ihre Gäste zum Essen eingeladen habe, und weil ich die Ungewißheit nicht länger ertragen konnte, fragte ich sie, ob auch Monsieur Witkowski zum Essen hiersein werde, aber Monsieur Witkowski war schon in aller Frühe von Nizza nach Allemagne zurückgeflogen, und das reichte mir gerade wieder. Ich sperrte Ramses ins Wohnzimmer, wusch mir im Bad zehn Minuten lang die Hände, rauchte auf meinem Bett hintereinander drei Zigaretten, und als ich meinen Auftritt schließlich nicht länger hinausschieben konnte, ging ich auf die Terrasse. Sie saßen unter der großen Markise, Madame Zöllner in weißen Shorts, und wenn ich ihr Mann gewesen wäre, hätte ich sie ihr unter allen Umständen ausgeredet. Dafür trug sie wieder eine wertvolle Sammlung ausgesuchter Armreifen und anderer Kostbarkeiten an ihrem mageren Körper, ein schönes Kopftuch mit südlichen Motiven und eine schmeichelhafte Bluse; ich hatte sie allerdings in Verdacht, daß es mehr an ihrer Unterwäsche lag, und was ihren Mann betraf, so fand ich wenigstens ihn einmal ausnahmsweise genauso unsympathisch, wie ich mir das in diesen Kreisen immer gewünscht hatte.

Sicher war er nicht der Prototyp eines Brauereibesitzers – falls es den überhaupt geben sollte –, er war höchstens der Prototyp einer kleinen, feisten und ungemein widerwärtigen Gattung von Männern, mit rotgefleckten Posaunenbacken, winzigem Mund, kleinen rötlichen Augen und kahlem Schädel. Ich empfand es nun wieder fast schon als einen Willkürakt der Natur, einen einzelnen Mann mit so vielen unsympathischen Ingredienzen auszustatten, verglichen mit Ramses' Stiefvater wirkte er wie eine Bulldogge neben einem afghanischen Windhund, kein Wunder, daß er sich so aufwendiger Fahrzeuge bediente, und die beiden Brillantringe an seinen dicken Fingern mochten gleichfalls mehr der psychischen Kompensation als oberflächlicher Eitelkeit dienen. Was mich etwas mit seiner äußeren Erscheinung aussöhnte, war seine unauffällige Kleidung, in diesem Punkt schien er, im Gegensatz zu seiner Frau, selbstkritisch genug zu sein, auf Extravaganzen wie Shorts oder knielange Hosen zu verzichten; was sich da auf den Boulevards von Monaco und Nizza mitunter tat, konnte einen zum Zyniker machen. Er begrüßte mich sehr lässig, indem er sein fleischiges Gesäß um Millimeter vom Stuhl hob, mich einen Augenblick seine feuchtklebrigen Finger fühlen ließ und seine Aufmerksamkeit sofort wieder der Gastgeberin zuwandte, während seine Frau wie schon gewohnt ihre Jackettkronen zeigte und sich erkundigte, ob sie mir zuviel versprochen habe. Ich bezog es sinngemäß auf meine jungfräulichen Rivieraeindrücke, antwortete, sie habe mir nicht zuviel versprochen, und dann durfte ich mich zu ihnen an den Tisch setzen und zuhören, wie sie sich über eine Familie Finkenzeller unterhielten. Frau Witkowski saß in einem Liegestuhl, sie trug immer noch ihr kühnes Strandkleid mit Gucklöchern, mir fiel bereits nach den ersten Minuten auf, daß ihre behaarten Beine permanenter Mittelpunkt von Herrn Zöllners Augenmerk waren, obwohl es ihr ebensowenig entgehen konnte wie seiner Frau. Während diese jedoch sein unschickliches Benehmen kaltblütig ignorierte, schien Frau Witkowski seiner solcherart dargebrachten Bewunderung nicht abgeneigt zu sein, sie ließ ihn, indessen man sich über die Familie Finkenzeller aussprach, auch gelegentliche tiefere Einblicke tun, sei es, daß sie die Stellung ihrer übereinandergeschlagenen Beine veränderte, ihr kühnes Strandkleid wie absichtslos über die Knie zog, oder, sich in ihrem Liegestuhl aufrichtend, die Knie an die Brust beförderte, wobei jedesmal der Saum ihres weißen Höschens sichtbar wurde. Mein erster Verdacht, sie könnte ein Verhältnis mit ihm haben, hielt jedoch einer kritischen Analyse ihrer stummen Zwiesprache nicht stand, und nach zehn Minuten war ich mir sicher, daß sie es nur seiner Frau wegen tat. Sie war auch nicht der Typ, sich mit einem Mann wie Zöllner einzulassen, selbst dann nicht, wenn seine begehrlichen Blicke sinnliche Regungen in ihr ausgelöst hätten, wovon ihrem unbeteiligten Gesicht jedoch nichts anzumerken war.

Ich erinnerte mich wieder, daß es sich bei Ramses um ein Geschenk von ihm handelte und daß ihr Mann Ramses nicht mochte. Wahrscheinlich würde man Jahre brauchen, um sich in dem komplizierten Labyrinth ihrer gegenseitigen Empfindungen einigermaßen zurechtzufinden. Die Finkenzellers schienen eine nicht unwesentliche Rolle in ihrem Leben zu spielen, sie waren sich trotz ihrer undefinierbaren Beziehungen in einer negierenden Einstellung zu den Finkenzellers in jeder Phase ihrer gehobenen Konversation völlig einig. Während Herr Zöllner Frau Finkenzeller als ganz gewöhnliche Schlampe apostrophierte, fand seine Frau Herrn Finkenzeller total ungebildet, ein Mann, sagte sie, der nicht einmal eine höhere Schule besucht habe, und Frau Witkowski sagte, dafür hätten sie jetzt gleich beide Söhne auf die Universität geschickt. »Du lieber Gott!« sagte Frau Zöllner und schaute kichernd ihren Mann an. »Stell dir das vor: gleich alle beide!«

»Und ihre strohdumme Pute«, sagte ihr Mann, »soll noch diesen Musshoff heiraten.«

»Den Musshoff?« fragte seine Frau schockiert. »Doch nicht den jungen Musshoff?«

»Der Alte ist schon verheiratet«, sagte Herr Zöllner und schaute wieder Frau Witkowskis haarige Beine an. Sie

blickte lächelnd in sein Gesicht, dann stand sie auf und sagte: »Entschuldigt mich einen Augenblick.«
»Aber bitte!« sagte Herr Zöllner, und seine Frau sagte: »Natürlich, Ethel!« Jetzt wußte ich wenigstens, wie sie mit dem Vornamen hieß, und insofern hatte sich die Konversation für mich doch noch gelohnt. Als sie weg war, richtete Herr Zöllner das Wort an mich, fragte, ob ich mich bei den Witkowskis wohl fühlte, und als ich ihm bestätigte, daß dies der Fall war, steckte er sich eine Zigarre an und sagte: »Wir haben auch ein großes Haus draußen in der Weststadt.«
»Eine schöne Wohngegend«, sagte ich, und Herr Zöllner sagte: »Es ist nicht wegen der Arbeit, wir haben zu Hause zwei Mädchen; Sie hätten kaum was zu tun.«
»Bitte?« fragte ich, und er sagte: »Für den Fall, daß Sie sich einmal verändern wollen.« Vielleicht handelte es sich auch diesmal um einen schwierigen Hund, ich sagte mehr aus Neugierde: »Wenn Sie schon zwei Mädchen haben, verstehe ich nicht recht . . .«
»Du mußt es ihr natürlich erklären«, fiel mir Frau Zöllner dazwischen. Und zu mir sagte sie. »Sie sprechen doch so gut französisch?«
»Mit einem Wort«, sagte Herr Zöllner und hängte sich einen Daumen unter den Hosenträger, »wir bauen gerade, auf Cap Martin, das ist gleich da drüben.« Er winkte mit dem Kopf in eine Richtung, die ich, wenn ich seine Geste richtig interpretiert hatte, am östlichen Horizont nahe der italienischen Grenze vermuten konnte, und seine Frau sagte: »Sie hätten nur das französische Personal zu beaufsichtigen.«
»Überhaupt keine Arbeit«, sagte Herr Zöllner. »Wir möchten vermeiden, daß das Gesindel während unserer Abwesenheit alles verkommen läßt; Sie wissen ja, wie die Leute hier

sind.« Das wußte ich nicht, wenigstens nicht in dem Sinne, wie Herr Zöllner es meinte, und Frau Zöllner sagte in verschwörerischem Ton: »Sie brauchen sich nur ihre Hotelzimmer anzuschauen.«

»Nichts als Dreck und Ungeziefer«, sagte ihr Mann. »Sie bekämen ein schönes Zimmer mit Balkon.«

»Mit Blick auf Monaco«, sagte Frau Zöllner, und dann kam Frau Witkowski zurück und sagte: »In fünf Minuten können wir essen.« Sie schaute mich prüfend an und fragte: »Sind Sie sich einig geworden?«

»Worüber?« fragte ich, und sie sagte lächelnd: »Sicher hat Annemarie wieder versucht, Sie für ihr Haus auf Cap Martin zu gewinnen.«

»Sie wäre genau das Richtige für uns«, sagte Herr Zöllner und befeuchtete mit seiner weißbelegten Zunge das Deckblatt seiner Zigarre.

»Dazu noch aus so guter Familie«, sagte Frau Witkowski lächelnd. Und zu mir sagte sie: »Bei ihnen könnten Sie das ganze Jahr an der Côte d'Azur verbringen.« Es hatte nun doch fast den Anschein, als ob sie mich aus irgendwelchen Gründen loswerden wollte, ich fragte: »Brauchen Sie mich nicht mehr?«

»Im Gegenteil«, sagte Frau Witkowski. »Ich fange gerade an, mich an Sie zu gewöhnen.«

»Vielleicht legt sie Wert auf Familienanschluß«, sagte Frau Zöllner und blinzelte mir komplicenhaft zu. Frau Witkowski blickte mich wieder auf ihre merkwürdige Art an, sagte aber nichts mehr, sondern kehrte in die Küche zurück. Manchmal wünschte ich mir sehr, die komplizierten Vorgänge hinter ihrer kleinen Stirn durchschauen zu können, und neben mir sagte Herr Zöllner: »Vor Dezember wird das Haus sowieso nicht beziehbar sein.«

»Aber die Inneneinrichtung«, sagte seine Frau. »Sie könnte

mir dabei helfen.« Und zu mir sagte sie: »Ich spreche etwas Französisch, aber nicht sehr gut.« Und Herr Zöllner sagte: »Darüber können wir noch reden.« Dann schien ihm etwas aufzufallen, er richtete seine kleinen, rötlichen Augen starr auf mein Gesicht und fragte: »Wollten Sie etwas sagen?«

»Das nicht«, sagte ich. »Ich wundere mich nur.«

»Sie wundern sich?« fragte er, und seine Frau fing plötzlich an zu lachen. Er schaute sie verständnislos an und fragte: »Wieso wundert sie sich?«

»Ich ahne es«, sagte seine Frau. Sie legte mir ihre durchsichtigen Finger mit den rotlackierten, spitzen Nägeln auf den Unterarm und sagte: »Wir kennen die beiden schon aus der Zeit vor ihrer Hochzeit. Machen Sie sich nichts daraus.«

»Sie tut doch, was sie will«, sagte ihr Mann und schaute zur Wohnzimmertür hin. Ich war mir nicht sicher, ob er nun mich oder Frau Witkowski damit gemeint hatte, mir fiel nur auf, daß sein dickes Gesicht jetzt einen etwas melancholischen Ausdruck hatte, auch seine Frau wurde unvermittelt ernst, schaute in sein melancholisches Gesicht und dann gleichfalls zur Terrassentür des Wohnzimmers hin, und dann sagte sie: »Hat sie Ihnen erzählt, daß mein Mann Trompete spielt?«

»Noch nicht«, sagte ich verwundert, und sie sagte: »Auf der Trompete ist er ein Künstler.«

»Ach was!« sagte Herr Zöllner. Er schaute mich wieder starr an, wischte sich mit einem weißen Taschentuch den Schweiß von der Stirn, und seine Frau sagte mit warmer Stimme: »Doch, Karl, das sagen alle, die dich einmal gehört haben, sogar Professor Merzweiler.« Und zu mir sagte sie: »Professor Merzweiler ist auf der Musikhochschule; sie kennen sich vom Klub.« Vielleicht war es ein Musiker-Klub, und daß er Trompete spielen konnte, war einmal etwas anderes; die meisten Männer in seiner Position begnügten sich mit Skat. »Das interessiert doch Fräulein von Brandenstein nicht«, sagte er, während sein starrer Blick erwartungsvoll an meinem Mund hing. Ich sagte: »Es interessiert mich sehr«, und dann kam Frau Witkowski wieder heraus und sagte: »Ich habe im Wohnzimmer servieren lassen; hier ist es zu windig.« Es war überhaupt nicht windig auf der Terrasse, eher angenehm kühl, aber niemand widersprach ihr. Ich half Madame Ambrosi beim Servieren, zuerst einen Aperitif, dann Geflügelcremesuppe und als Hauptgericht Kalbsschnitzel mit verschiedenen Gemüsen; der Chauffeur durfte in der Küche essen. Während wir aßen, erzählte Frau Zöllner, daß sie den Vormittag in Sainte-Agnès verbracht hätten, und sie empfahl Frau Witkowski dringend, sich dieses Erlebnis auf keinen Fall entgehen zu lassen, da man den Ort mit dem Wagen bequem in einer halben Stunde erreichen könne. Frau Witkowski ließ sich eine genaue Schilderung der Autoroute geben und äußerte dann ihres sensiblen Magens wegen Bedenken, worauf ihr Frau Zöllner nachdrücklich riet, endlich einmal eine Kapazität aufzusuchen, und dann unterhielten sie sich eine Viertelstunde lang nur noch über Kapazitäten, eine unter ihnen schien es Frau Zöllner besonders angetan zu haben, sie wurde nicht müde, ihre diesbezüglichen Erfahrungen detailliert auszubreiten, und nach dem Käse schluckte Herr Zöllner drei weiße Pillen, lehnte sich mit rotem Kopf in seinem Stuhl zurück, seine Frau beugte sich beunruhigt zu ihm hinüber, flüsterte mit ihm, und dann stand er auf und ging auf die Terrasse hinaus.

»Immer noch dasselbe?« fragte Frau Witkowski, und Frau Zöllner sagte seufzend, er höre ja nie auf sie. Ich vermutete, daß es mit seinem gesegneten Appetit zusammenhing, er hatte sich von Madame Ambrosi zweimal den Teller vollladen lassen. Irgendwie hatte ich das Gefühl, daß meine Anwesenheit nicht mehr erwünscht war, ich half Madame Ambrosi das Geschirr abräumen und nahm die Gelegenheit

wahr, mich unauffällig in mein Zimmer zurückzuziehen. Konversationen, wie sie bei den Zöllners geführt wurden, konnten doch sehr ermüdend sein, und da ich noch nicht im Wasser gewesen war, entschied ich mich für ein Bad, schlug den Weg durch den Garten ein und schwamm etwa hundert Meter aufs Meer hinaus. Natürlich hätte mich die Stellung bei den Zöllners reizen können, es wäre zumindest eine Möglichkeit gewesen, zwei Probleme gleichzeitig aus meinem Leben zu räumen, und wenn sie mir ein anständiges Gehalt bezahlten, lohnte es sich vielleicht, einmal ernsthaft darüber nachzudenken. Es fiel mir auch immer schwerer, Frau Witkowskis gelegentlichen obskuren Bemerkungen keine tiefere Bedeutung beizumessen, jedes Zusammensein mit ihr wurde mehr und mehr zu einer psychischen Belastung, und nun hatte ich mir auch noch den jungen Mann namens Gustave auf den Hals geladen.
Wäre es damit getan gewesen, einfach zu Papa zurückzukehren, so hätte mir der Gedanke in meiner augenblicklichen Verfassung vielleicht helfen können, den künftigen Dingen mit größerer Gelassenheit entgegenzusehen, aber schließlich war das Problem, das mich dort erwartete, auch nicht liebenswerter, ich machte mir seinetwegen ohnedies immer öfter Vorwürfe, die Vorstellung, wie er jetzt allein in seinem großen Haus auf dem Turmberg saß, bedrückte mich sehr, ich hatte mich schon ein paarmal versucht gefühlt, ihm eine schöne Ansichtskarte zu schicken, aber wahrscheinlich wäre es für ihn dadurch nur noch schlimmer geworden. Zum erstenmal, seit ich von der VAS weggelaufen war, dachte ich mit einigem Unmut daran, daß mein Leben damals wenigstens nicht unter dieser permanenten psychischen Belastung gestanden hatte, obwohl Hans und sein Eigenheim am Schluß auch schon zu einem Alptraum geworden waren. Zwar fühlte ich mich unverändert geneigt, mein augenblickliches Leben als

durchaus angenehm zu empfinden, aber es verdroß mich, daß alles, was ich anfaßte, mit peinlichen Komplikationen verbunden war. Letztlich war es nicht meine Schuld, daß ich, wenn man Hans glauben durfte, den hübschesten Popo der Welt und auch sonst noch mit einigem zu renommieren hatte, das sich, wenn auch nicht in sicheren Wertpapieren, so doch, wie ich inzwischen festgestellt hatte, anderweitig vorteilhaft investieren ließ, und so weit, daß ich mir deshalb am liebsten Asche aufs Haupt gestreut und mir eine häßliche Kutte angezogen hätte, war ich nun doch nicht. Trotz aller Probleme, die damit verbunden waren.

Es ging dann auch gleich in der bisherigen Weise insofern weiter, als ich mich nach meinem Bad auf der kostspieligen Freitreppe der Witkowskis unvermittelt mit Herrn Zöllner konfrontiert sah. Der Anblick eines – zugegebenermaßen – knapp dimensionierten Bikinis schien gerade auf reifere Männer eine unwiderstehliche Faszination auszuüben, vielleicht deshalb, weil ihre eigenen Frauen solchen fortschrittlichen Bademoden in der Regel schon entwachsen waren, er starrte mich genauso aufdringlich an, wie er es kurz zuvor noch bei den haarigen Beinen der Frau Witkowski getan hatte, rollte eine dicke Zigarre zwischen seinen Lippen vom linken zum rechten Mundwinkel hinüber und fragte, ob ich ein paar Minuten Zeit für ihn hätte. Ich ging mit ihm zu einer der kleinen Sitzgruppen zwischen den Klippen, hielt mir vorsorglich den Rückweg offen und blickte erwartungsvoll in sein dickes Gesicht, das jetzt wieder eine normale Färbung hatte. Wie ich vielleicht schon selbst festgestellt hätte, begann er ohne alle Umschweife, sei es mit der Gesundheit seiner Frau nicht zum besten bestellt, besonders ihre Nerven seien stark angegriffen, weshalb er ihr den Ärger mit dem französischen Personal unbedingt ersparen wolle, und wie ich mich dazu stellen würde, wenn er mir ein verbindliches

Angebot von – sagen wir – tausend Mark freiem Geld bei freier Kost und freiem Logis mache. Das war bedeutend mehr, als ich mir in meiner kleinbürgerlichen Phantasie jemals zugetraut hätte, und was mich am meisten beeindruckte, war seine eiskalte Art. Auch seine kleinen, rötlichen Augen waren jetzt eiskalt auf mich gerichtet, zumindest konnte man bei ihm sicher sein, daß er ebenso frei von Sentimentalität wie von der nicht selten praktizierten Untugend war, geschäftliche und private Dinge miteinander zu verquicken. Daß ich dann ebenso eiskalt reagierte wie er, war wohl dem Umstand zuzuschreiben, daß ich mir in den vergangenen drei Monaten doch ein sehr hohes Maß von Selbstbewußtsein und Lebenserfahrung im Umgang mit Kapitalisten angeeignet hatte, ich erklärte ihm, daß ich an seinem Angebot grundsätzlich nicht uninteressiert sei und bei Bedarf darauf zurückkommen würde, und für welchen Zeitraum ich es als gegeben betrachten dürfe, ob ab sofort und wie lange, und er sagte, ab heute in acht Tagen und für die Dauer von genau sechs Monaten. Warum ausgerechnet ab heute in acht Tagen, überließ er meiner Phantasie, erläuterte noch, daß ich, wenn auch die meiste Zeit auf Cap Martin, so doch hin und wieder möglicherweise von seiner Frau auch anderweitig frequentiert werden würde, vor allem bei größeren Empfängen in seinem Heim in der Weststadt, und dann fragte er plötzlich: »Sie sind doch eine Baronesse, oder nicht?« Ich versicherte ihm, daß ich in der Tat nach allem, was mir darüber bekannt sei, eine Baronesse sein müsse, und vielleicht wäre dies nun eine günstige Gelegenheit gewesen, darauf hinzuweisen, daß ich mein adeliges Wesen nur einer Adoption zu verdanken habe, aber abgesehen davon, daß mir diese Rolle schon ein wenig an die Haut gewachsen war, animierte der permanente Umgang mit Leuten wie Zöllners und Witkowskis doch sehr stark zu gesellschaftlichen Prestige-Komplexen, und wenn

sie so darauf versessen waren, sich selbst etwas Gutes anzutun, indem sie auch mir etwas von ihrer Generosität teilhaftig werden ließen, wäre es vielleicht unfair gewesen, ihnen diese Desillusionierung zuzumuten.
Ich versuchte dann auch meinem aristokratischen Renommee durch eine möglichst souveräne Haltung gerecht zu werden, verbürgte dem bürgerlichen Brauereibesitzer noch einmal, seine kulante Offerte wohlwollend zu erwägen, und am Schluß war er mir gar nicht mehr so unsympathisch, er entpuppte sich sogar, nachdem wir den geschäftlichen Teil bewältigt hatten, als umgänglich und witzig, meinte, die Witkowskis hätten schon immer mehr Glück als sonst was gehabt, und wenn ich mich für seine Offerte entschiede, würde er uns beide zu einer Flasche Zöllner-Bräu einladen. Er schien es selbst so ungeheuer komisch zu finden, daß ihm vor Lachen der runde Bauch hüpfte, sogar auf das Knie schlug er mir, schaute mich verschmitzt an und sagte, mit meinem Konterfei auf seinen Bierflaschen würde er den Umsatz garantiert um hundert Prozent steigern, eine Vorstellung, die mich nur dann hätte reizen können, wenn sie mit einer angemessenen Umsatzbeteiligung verbunden gewesen wäre. Als wir dann zu seiner Frau zurückkehrten, ließ er mir unüblicherweise auf der Treppe den Vortritt, lief dicht hinter mir her, berührte mich mal mit dem Bauch und dann wieder mit der Schulter und atmete laut.
Die Damen hatten sich inzwischen auf die Terrasse gesetzt und tranken Mokka aus kleinen Täßchen. Der regelmäßige Anblick von Frau Zöllners Jackettkronen konnte auf die Dauer gleichfalls ermüdend sein, sie lächelte mir so siegesgewiß zu, als hätte sie mich bereits unter einem Zehnjahresvertrag, während Frau Witkowskis Lächeln mehr vieldeutig war. Vielleicht trug sie es mir nach, daß ich den Verehrer ihrer haarigen Beine vorübergehend davon abgehalten hatte,

seine andächtige Betrachtung auch nach dem Essen zu zelebrieren, er schien sich nun über das Objekt seiner Bewunderung nicht mehr ganz schlüssig zu sein, pendelte mit den Blicken zwischen Frau Witkowskis Beinen und meinen eigenen hin und her und machte einen unentschiedenen Eindruck. Ich hätte diese recht unangenehme Situation gerne vermieden, wenn ich von seinem Bauch nicht förmlich auf die Terrasse geschubst worden wäre, und da ich den Damen nun einmal gegenüberstand, konnte ich mich auch nicht ohne weiteres empfehlen, um so weniger, als mich Frau Zöllner in eigenmächtiger Regie und unter Mißachtung der guten Sitten dazu aufforderte, mit ihnen ein Täßchen Mokka zu trinken. Ich teilte ihr meine Absicht mit, vorher wieder ein Kleid anziehen zu wollen, was von den Damen ohne Widerspruch zur Kenntnis genommen wurde, nur Herr Zöllner bewegte wie in stummem Protest die kleinen Lippen. Daß ich dann bei meiner Rückkehr – die ich so lange wie möglich hinausgeschoben hatte – Frau Witkowski nun ihrerseits im Bikini antraf, brauchte nicht unbedingt eine Maßregelung zu sein, obwohl es mir natürlich zu denken gab. Immerhin stellte es die alte Ordnung insofern wieder her, als Herr Zöllner sein Augenmerk jetzt sogar in verstärktem Maße ausschließlich auf sie konzentrierte. Ich gönnte ihr diesen kleinen Triumph, fühlte mich eher belustigt als verärgert, nahm auch gelassen zur Kenntnis, daß sie das Bedürfnis verspürte, sich zu so ungewohnter Stunde im Swimmingpool erfrischen zu müssen, was schließlich auch ihren Bikini rechtfertigte. Sie blieb nur kurz im Wasser, gerade lange genug, um uns einige perfekte Kraulschläge vorzuführen, dann kam sie wieder an Land, fuhr sich in ihr vertrauter Frauenmanier mit den Fingerspitzen unter die Gummibänder, geziert und gekonnt zugleich, und bis dahin hatte ich Frau Zöllner darüber Auskunft geben müssen, ob und wie ich mit Ramses zurechtkomme. Sie wußte über den Vorfall mit Madame Ambrosi bereits Bescheid, und ihr Mann meinte dazu, daß Ramses von Ethel unverantwortlich verzogen worden sei; auch daß sie ihn bei jedem Besuch in das Schlafzimmer einsperrte, bezeichnete er als vollkommen hundewidrig. »Wenn man Sie den ganzen Tag im Schlafzimmer einsperren würde«, sagte er zu mir, »würden Sie auch unberechenbar werden«, eine Möglichkeit, die nicht ohne weiteres von der Hand zu weisen war. Daß ich ihnen Ramses' zweite morgendliche Attacke verschwieg, hatte seine Ursache nicht allein in meinen mütterlichen Gefühlen für ihn, meine Gedanken beschäftigten sich ohnedies öfter mit Gustave, als ich selbst wahrhaben wollte.

Anscheinend hatte das Thema latente Differenzen zwischen den Zöllners anklingen lassen, sie vermieden es plötzlich, einander anzuschauen, beobachteten beide mit verschlossenen Mienen, wie Frau Witkowski aus dem Swimmingpool stieg, ihren Bikini zurechtzupfte, und für ein paar Sekunden verwandelte sich die sonnenbeschienene heitere Terrasse in eine triste Stätte unausgegorener Ressentiments, dann kam Frau Witkowski an den Tisch, blickte etwas verwundert in die Runde und fragte: »Will noch jemand eine Tasse Mokka?«, aber niemand wollte mehr Mokka, Herr Zöllner schaute auf seine schöne Armbanduhr, meinte, es sei schon spät geworden, und stand auf. Auch seine Frau stand auf, schüttelte sich den Schmuck an ihren Handgelenken zurecht, hielt mir mit spitzen Fingern die knochige Hand entgegen, sagte: »Besuchen Sie uns einmal«, und Herr Zöllner sagte zu Frau Witkowski: »Ihr müßt euch einmal den Rohbau ansehen; in vier Wochen ist Richtfest.« Zu mir sagte er: »Und nicht vergessen!«, und dann gingen sie, von Frau Witkowski geleitet, zu ihrem Wagen vor der Haustür, ich hörte sie wegfahren, ehe es wieder still auf der Terrasse wurde. Als Frau

Witkowski zurückkam, blickte sie mich auf ihre merkwürdige Art an, sagte, sie werde sich jetzt noch eine Stunde hinlegen und anschließend würden wir uns zusammen dieses Sainte-Agnès ansehen. »Falls Sie Lust haben, Fräulein von Brandenstein«, sagte sie noch und verschwand in ihr Schlafzimmer. Es ging mir nicht mehr aus dem Kopf.

Ramses begleitete uns, und da Frau Witkowski das Steuer wieder mir überlassen hatte, war mir eigentlich wenig von der Landschaft beschieden, denn die Route nach Sainte-Agnès hätte wahrscheinlich auch einen abgebrühten Taxichauffeur an seine Familie denken lassen. Natürlich: Wenn man wie die Zöllners in einem weiträumigen Fond auf weichen Polstern ruhte, kam einem das wohl weniger zu Bewußtsein, es begann auch recht ansprechend mit einer romantischen Auffahrt zur Grande Corniche, die sich wie ein Wurm einige hundert Meter oberhalb der Küste um die felsigen Gebirgsflanken krümmte. Den schönen Blick über das Meer bis zu den flimmernden Silhouetten der italienischen Riviera nahm ich nur aus den Augenwinkeln wahr, sah auch La Turbie mit seinem von den Zöllners nachdrücklich avisierten pompösen Römerdenkmal nur aus den Augenwinkeln, aber wirklich schlimm wurde es erst, als wir hinter La Turbie in eine Landschaft kamen, die nur noch aus Felsen bestand.

Zu diesem Zeitpunkt verhielt sich Frau Witkowski bereits genauso reserviert wie Ramses, der sich nur noch gelegentlich von seinem Platz erhob, einen bedenklichen Blick auf die schauerliche Gebirgswelt warf und sich dann wieder auf sein komfortables Lager zurückzog. Und etwas später mußten wir auch diese Straße verlassen und auf eine andere einbiegen, die nach meinem gesunden Empfinden gar keine Straße mehr war, sondern höchstens noch als Hochgebirgspfad apostrophiert werden konnte, der sich zwischen Himmel und Erde eine senkrecht anmutende Felswand hinaufzog, während gleichzeitig links eine Schneekuppe nach der anderen aus dem blauen Horizont wuchs, bis das ganze Land ringsum zu einem Labyrinth von Schneekuppen, tiefeingeschnittenen Tälern und schwindelerregenden Steilwänden geworden war, in dessen Zentrum wir uns immer noch auf dem schmalen Pfad himmelwärts bewegten. Abgesehen davon, daß es so gut wie keine Möglichkeit gab, einem entgegenkommenden Wagen auszuweichen, wäre auch Frau Witkowskis unvermittelte Aufforderung, wieder umzukehren, selbst für einen Bergspezialisten technisch nicht zu bewältigen gewesen, die Straße war an dieser Stelle höchstens drei Meter breit, wurde auf der rechten Seite von der Felswand flankiert, und was sich auf der linken Seite alles tat, machte mich gar nicht erst neugierig. Zudem war ich viel zu sehr mit mir selbst beschäftigt, um ihr törichtes Ansinnen zum Anlaß einer fruchtlosen Diskussion werden zu lassen, ich hatte nie in meinem Leben so viel Todesangst auszustehen gehabt, und als sie mich mit gelblichem Gesicht fragte, ob ich sie nicht verstanden hätte, hielt ich den Wagen an, öffnete meine Tür, stieg aus und sagte: »Sie haben den Führerschein sicher schon länger als ich.« Dann merkte ich, daß auch sie nicht mehr im Wagen saß, vernahm ein beunruhigendes Geräusch, und als ich zur anderen Seite lief, sah ich sie vornübergebeugt an der Felswand stehen und Geflügelcremesuppe, Kalbsschnitzel mit verschiedenen Gemüsen, Käse und Mokka am Boden. Es hatte den Anschein, als müsse sie dabei sterben, und hinterher wankte sie, das Gesicht in die Hände gepreßt, zum Wagen zurück, legte die Stirn gegen das Armaturenbrett und schluchzte wie ein Kind.

Mir war schon selber ganz übel, ich steckte mir mechanisch eine Zigarette an, ging zu ihr hinüber, und als ich ihre Schulter berührte, schlug sie wild mit der Hand nach mir, schlug mir die Zigarette aus dem Mund, und daß nicht mehr dabei passierte, verdankte ich nur meiner guten Reaktion. Ich schaute sie ein paar Augenblicke benommen an, dann hockte ich mich an den Straßenrand, steckte mir eine andere Zigarette an und tat überhaupt nichts mehr. Etwas später fühlte ich Ramses' feuchte Schnauze an meiner Hand, ich streichelte seinen großen Kopf, betrachtete die weißen Schneekuppen am Horizont, ohne sie bewußt wahrzunehmen, und als ich mich nach einer Weile wieder nach ihr umschaute, saß sie aufrecht im Wagen und starrte mit einem Ausdruck von geradezu erschreckender Bösartigkeit zu mir her. »Wollen Sie jetzt weiterfahren?« fragte ich, aber sie gab keine Antwort, rief Ramses in den Wagen zurück, und da sie keine Anstalten traf, sich selbst ans Steuer zu setzen, drückte ich meine Zigarette aus, nahm meinen Platz hinter dem Lenkrad wieder ein und fuhr auf der schmalen Straße weiter. Wir mußten erst noch zwei enge Felstunnel passieren, ehe wir an eine Stelle kamen, die breit genug war, das Wägelchen zu wenden, aber auch hier war es mühsam genug, ich brauchte fast fünf Minuten, und während der ganzen Zeit saß sie regungslos und stumm neben mir, sie öffnete den Mund auch erst in La Turbie wieder, verlangte, daß ich sie nach Monaco fahren solle, und wenn sie jetzt vorhatte, einen doppelten Kognak zu trinken, würde ich mich ihr bedenkenlos anschließen. Wir fuhren dann auch tatsächlich zum Café de Paris, verloren zwar noch zehn Minuten, bis uns ein freundlicher Autobesitzer seinen Parkplatz räumte, und die letzten zweihundert Meter mußten wir zu Fuß gehen. Wir setzten uns außerhalb des Cafés auf einen überdachten Vorplatz an einen leeren Tisch, eine unfreundliche Mademoiselle nahm

zur Kenntnis, daß Madame zwei Kaffee wünschte, und so wurde es also nichts aus dem doppelten Kognak.
Das Café befand sich in unmittelbarer Nähe der Spielbank mit ihren schönen Grünanlagen und Blumenbeeten. Auch wenn ich sie noch nie von innen gesehen hatte, fand ich sie schon der Leute wegen nicht uninteressant, obwohl es sich nicht immer um auserlesenes Publikum handelte, manche genierten sich nicht, sie mit Shorts zu betreten, aber vielleicht hatten sie am Vortag ihre übrige Garderobe verspielt. Dafür ging es in dem riesigen Hotel gegenüber der Spielbank ausgesprochen auserlesen zu, auf der vornehmen Terrasse saßen nur vornehme Gäste, die von vornehmen Kellnern bedient wurden, es war allein schon eine gesellschaftliche Delikatesse, zu beobachten, mit welcher Anmut sie ihre Tassen und Gläser leerschlürften, sich die immer gleichen Geschichten erzählten oder gelangweilt in die Runde blickten. Manche blickten auch nicht gelangweilt in die Runde, eine rotblonde Dame mit weißer Nerzstola schien mit ihrem korpulenten Begleiter italienischen Naturells noch nicht jenes glückliche Stadium menschlicher Beziehungen erreicht zu haben, wo Worte nichtig und Männer träge werden, sie redeten ohne Unterlaß aufeinander ein, so daß es beinahe nach einem Zweikampf aussah, und etwas anderes war es wahrscheinlich auch nicht und noch nie gewesen. Was die nähere Umgebung des Hotels anbetraf, so erinnerte sie mich ein wenig an die Frankfurter Automobil-Ausstellung, es waren von seiten der Gäste keine Unkosten gescheut worden, dem Hotel einen würdigen Rahmen zu verleihen, ich beobachtete einen reiferen Herrn, der in einem Wägelchen italienischen Fabrikats vorgerollt kam und von dem Portier in eine der für Hotelgäste reservierten Parklücken eingeschleust wurde. Sein Debüt wurde von der Terrasse mit gebührender Aufmerksamkeit honoriert, er registrierte sie

gekonnt unauffällig aus den Augenwinkeln, kletterte mit einer für seine Jahre erstaunlichen Elastizität aus seinem italienischen Wägelchen, ein sehr ansprechender Typ mit grauen Schläfen und kultiviertem Äußeren, der des lautlosen Terrassenbeifalls nicht ungewohnt schien, und daß sein vollendeter Auftritt dann doch noch eine Trübung erfuhr, lag weder an ihm noch an seinem dankbaren Publikum, er entdeckte vielmehr auf dem Weg zum Hoteleingang ein anderes italienisches Wägelchen von noch repräsentativerem Format als sein eigenes, verhielt einen Augenblick zögernd den Schritt, verglich es mit seinem Wägelchen und verschwand dann verdüsterten Gesichts endgültig und unwiderruflich im Hotel.
Welchen unterschwelligen Assoziationen ich es zuzuschreiben hatte, daß ich mich gerade jetzt wieder an den jungen Mann namens Gustave erinnerte, ob es meinen vorangegangenen Überlegungen zuzuschreiben war, wie viele der vornehmen Pärchen auf der vornehmen Hotelterrasse ihr gemeinsames Luxusappartement mit einem Trauschein belegen konnten, oder den gleichfalls unterschwelligen sinnlichen Regungen, welche durch den Anblick so vieler schöner und kultivierter Männer in mir ausgelöst wurden, ließ sich schwer beurteilen, jedenfalls erinnerte ich mich jetzt wieder an ihn, und von da an brachte ich ihn überhaupt nicht mehr aus dem Sinn. Vielleicht war auch die konstante Boshaftigkeit daran schuld, mit der mich Frau Witkowski ihre Verstimmung fühlen ließ, daß ich meine Meditationen unwillkürlich angenehmeren Dingen zuwandte, und da mir der junge Mann namens Gustave ausgesprochen sympathisch und meine derzeitige innere Verfassung doch von sehr labiler Art war, ertappte ich mich bei der Überlegung, wie weit es sich vertreten ließe, meine *Wiedergutmachung* nicht in gar zu strengen Grenzen zu halten. Zumindest hatte sein stürmi-

scher Handkuß keinen Widerwillen in mir ausgelöst, und wo gab es heute schon noch junge Männer, die einem Mädchen so vollendet die Hand küssen konnten! Natürlich war das nicht alles, denn seit Ramses' Stiefvater meine moralische Widerstandskraft auf eine so unerbittliche Probe gestellt und der Gedanke, mich praktisch unter den Augen seiner Frau fast bedingungslos in ihn zu verlieben, meine sämtlichen latenten Skrupel alarmiert hatte, fühlte ich mich dem jungen Mann in einer mich selbst überraschenden Intensität zugetan. Möglich auch, daß ich mir instinktiv eine Hintertür offenhalten wollte, ich war mir da nicht sicher, war mir nur darin sicher, daß dieses ständige Alleinsein und ohne einen Menschen, dem man von Zeit zu Zeit auch außerhalb des Bettes den Kopf unbefangen an die Brust legen konnte, einen mir auf die Dauer unbekömmlichen Zustand darstellte. Mit meiner Selbständigkeit war es in Wirklichkeit doch nie besonders gut beschaffen gewesen, immer hatte es jemanden gegeben, der sich für mich zuständig gefühlt und sich um mich gekümmert hatte, ob im Mädchenheim oder später unter den Fittichen des Jugendamtes, und als weder das Mädchenheim noch das Jugendamt mich noch länger hatten bemuttern können, war Hans an ihre Stelle getreten.
Zum erstenmal, seit ich ihn kannte, fing ich an zu bezweifeln, daß das, was mich mit ihm verbunden hatte, nur sexuelle Abhängigkeit gewesen sein sollte. Sicher hatte sie in den vergangenen Jahren in meinem Leben keine untergeordnete Rolle gespielt, aber es war doch immerhin mit einem Mann geschehen, der auch sonst einen festen Platz in meinem Leben eingenommen hatte, kein x-beliebiger also, den man von Fall zu Fall und von Laune zu Laune gegen einen anderen austauschte. Es enttäuschte mich auch sehr, in diesem Punkt Frau Witkowski keinen ernsthaften Liebhaber unterstellen zu können, es hätte mir meinen Gewissenskonflikt vielleicht

ein wenig erleichtert, aber gerade so ausgefallene Typen wie sie waren oft die vorbildlichsten Ehefrauen, je unsolider eine Frau aussah, desto eher konnte sie es sich leisten, es nicht zu sein, und daß sie sich darin gefiel, sich von anderen Männern bewundern zu lassen, war ohnedies das einzige Vergnügen, das einer verheirateten Frau dabei helfen konnte, die Bewunderung des eigenen Mannes zu missen, ohne ihm deshalb gleich untreu zu werden. Trotzdem blieb ihr widersprüchliches Wesen geheimnisumwittert genug, und während ich wieder zum ungezählten Male über sie nachdachte, bedauerte ich es fast, nur ihre Angestellte und nicht ihre Freundin zu sein, und sei es nur, um auf diese Weise etwas mehr über ihr kompliziertes Innenleben zu erfahren. Wenn sie mich schon nicht mochte – woran ich jetzt nicht mehr zweifelte –, wäre es wohl naheliegend gewesen, mich zu den Zöllners abzuschieben; vielleicht wollte sie noch warten, bis sie einen geeigneten Ersatz gefunden hatte. Französisch sprechende Hundebetreuerinnen wuchsen nicht einmal heutzutage auf den Bäumen, obwohl es an merkwürdigen Gewächsen gewiß nicht fehlte, die Zöllners eingeschlossen, und Ramses würde ich sehr vermissen, ich hatte ihn in diesen wenigen Tagen ins Herz geschlossen, streichelte heimlicherweise unter dem Tisch mit der Schuhspitze sein glattes Fell, worauf er augenblicklich aufstand, den Tisch nebst Kaffeegeschirr auf seinem Rücken in die Höhe hob, und dann lagen der Tisch und das Kaffeegeschirr am Boden. Da der Vorgang mit natürlichen Geräuschen verbunden war, erregten wir allgemeines Aufsehen, selbst das Interesse auf der vornehmen Hotelterrasse wandte sich sofort unserem Tisch zu oder dem, was von ihm übriggeblieben war, denn seine marmorne Platte hatte ebenso gelitten wie das Kaffeegeschirr. Zum Glück hatte es Ramses so eingerichtet, daß das Geschirr nicht auf uns, sondern zweckmäßigerweise gleich in den Rinnstein gefallen

war, und Frau Witkowski stand mit unbewegtem Gesicht auf, sagte: »Gehen Sie mit ihm zum Wagen«, und wandte sich einem echauffierten Herrn zu, der in einem eleganten Frack aus dem Café gestürzt kam.
Ich beobachtete, wie sie ihre Handtasche öffnete, ihm unbesehen ein paar Scheine in die Hand drückte, dann ging ich mit Ramses zum Wägelchen, und er war so aufgeregt, daß er schon am nächsten Baum ein Pipi machen mußte. Leider hatte er in seiner begreiflichen Erregung den Herrn übersehen, der neben dem Baum damit beschäftigt war, seinen schicken Wagen aufzuschließen. Da er uns jedoch den Rücken zukehrte, bemerkte er das kleine Mißgeschick erst, als wir längst an ihm vorüber waren, ich sah noch, wie er in seinen Wagen stieg, dort stutzte, wieder aus dem Wagen kletterte, sein betroffenes Hosenbein betrachtete und dann überrascht in die Runde schaute. Dann schaute er auch noch unter den Wagen, und ich stieß, weil ich ständig beim Laufen über die Schulter blickte, mit einem anderen Herrn zusammen, der sich vielmals entschuldigte. Im Wägelchen verstaute ich Ramses auf sein Lager, setzte mich atemlos hinter das Lenkrad und wartete auf Frau Witkowski. Zu meiner Verwunderung machte sie einen sehr heiteren Eindruck, tätschelte, bevor sie sich neben mich setzte, Ramses lächelnd den Kopf und sagte: »Ich habe heute mittag sein Fressen vergessen; fahren wir nach Hause.« Sicher hatte sie es nur Zöllners wegen vergessen, sie kümmerte sich sonst immer sehr gewissenhaft darum, und Madame Ambrosi mußte jeden Tag ein Kilo frisches Fleisch herbeischleppen. Während wir nach Hause fuhren, schaltete Frau Witkowski Radio Monte Carlo ein, blickte von der Seite amüsiert in mein Gesicht und fragte, ob ihr Mann mir schon erzählt habe, daß er am Donnerstag wiederkommen wolle. Ich antwortete ihr, daß ich es aus ihrem Gespräch entnommen

hätte, als er ihr sagte, er werde sich diese Woche um die Klimaanlage kümmern, und sie sagte, wenn es nach ihr gegangen wäre, hätte man die Klimaanlage gleich beim Bau des Hauses berücksichtigt, und dann sprach sie nichts mehr, hörte Musik von Radio Monte Carlo und wippte mit ihren haarigen Beinen den Takt dazu. Obwohl sie mir die Zigarette aus dem Mund geschlagen hatte, empfand ich jetzt merkwürdigerweise weniger Groll auf sie als vorher, ich durfte ihr wohl auch zubilligen, daß es nur ein instinktiver Reflex ihrer Verfassung gewesen war; wenn mir übel wurde, konnte ich auch keinen Menschen mehr neben mir haben, sondern war möglichst bestrebt, unbelästigt in einer verlassenen Ecke zu sterben. Zum Glück passierte mir das nur selten, und die Moyenne Corniche zwischen Monaco und Cap Ferrat war schon gar nicht dazu angetan, trübe Gedanken aufkommen zu lassen, entweder führte sie an dekorativen Palmen oder an schönen Villen vorüber, die nicht weniger heiter auf das Gemüt wirkten, und stets hatte man zwischen den Palmen und den Luxusvillen das blaue Meer vor Augen, den Geruch blühender Gärten in der Nase und immer ein bißchen das Gefühl, angenehm beschwipst zu sein, was wohl mit der blaugefärbten Luft zusammenhängen mußte, die hier an der Schwelle zwischen Meer und Seealpen ein ganz eigenes Odeur aufzuweisen hatte. Auf einem beherrschenden Hügel oberhalb von Cap Ferrat stand ein Ferienhäuschen der Rothschilds, das meine uneingeschränkte Bewunderung schon am ersten Tag geweckt hatte, ein schneeweißes, turmähnliches Schlößchen zwischen dunklen Zypressen, Pinien und Olivenbäumen, und unterhalb der Rothschilds hatte sich die Tochter eines amerikanischen Brauereimillionärs inmitten eines Parks von geradezu verwirrenden Dimensionen etabliert, jedesmal, wenn wir daran vorbeifuhren, versuchte ich mir vorzustellen, wie das Brauereitöchterlein zwischen

einem Wald von Bierflaschen die Memoiren ihres Vaters verfaßte.
Meine detallierten Kenntnisse der Bewohner verdankte ich Frau Witkowski, die mich auch auf ein besonders gelungenes Etablissement Curd Jürgens' auf Cap Ferrat hingewiesen hatte. Es stand an der Spitze einer schmalen Landzunge oberhalb von Saint-Jean neben einer Friedhofskapelle mit einer riesigen Muttergottesstatue, die ihr ärmlich gekleidetes, pausbäckiges Jesuskind von ihrem starken Arm aus über den Friedhof hinweg und hinüber zu den reichen Rothschilds blicken ließ. Zu ihren Füßen waren immer frische Blumen ausgebreitet, vielleicht aus Curd Jürgens' Garten, es rührte mich, daran zu denken, daß er es vielleicht selbst sein könnte, der sie jeden Tag vor ihre gewaltigen Bronzefüße legte, aber Frau Witkowski war sich nicht sicher, ob er das Haus noch bewohnte oder sich inzwischen schon wieder ein anderes gekauft hatte, was man ihm nicht verdenken konnte. Es wohnte noch mehr Prominenz auf Cap Ferrat, Großindustrielle aus Paris, Käsezubereiter aus den Niederlanden und Steuerflüchtige aus der Bundesrepublik, ein unbeschwertes Völkchen heiterer Menschen, die sich hier von den Widrigkeiten irdischer Manipulationen erholten und sich des blauen Himmels und der blauen Luft ebenso erfreuten wie Ramses, er schniefte wieder ununterbrochen am Fenster, und wenn er einmal gerade nicht schniefte, hatte ihm ein besonderes Erlebnis vorübergehend den Atem verschlagen, er schaute dann jedesmal mit seinen bernsteinfarbenen Augen so fassungslos drein, als wäre ihm die sagenhafte *Isidorine* von Kastell Roquebrune oberhalb Monacos leibhaftig begegnet. Oft starrte er aber auch nur in den leeren Himmel, beobachtete ein dem menschlichen Auge unsichtbares Hundeding und schnitt bedenkliche Mienen, in den ersten Tagen hatte ich mich noch darüber aufgeregt, befürchtete fliegende

Untertassen oder andere lebensgefährliche Himmelskörper, aber inzwischen hatte ich mich an seine obskuren Wahrnehmungen gewöhnt und regte mich nicht mehr auf.
Er schien tatsächlich hungrig zu sein, rannte, als wir zu Hause waren, sofort in die Küche, und während er von Frau Witkowski versorgt wurde, überlegte ich mir in meinem Zimmer, unter welchem Vorwand ich heute abend mein Rendezvous mit dem jungen Mann namens Gustave realisieren könnte, und entschloß mich für Migräne. Migräne war immer gut, es hatte schon ganze Generationen von Frauen gegeben, die sich ihr Leben lang nur über Migräne ausgelassen hatten, und da es bis zum Abend noch ein paar Stunden waren, brachte ich einige Dinge an meinen Kleidern in Ordnung. Ich hatte mir vor der Fahrt ein kleines Reisebügeleisen angeschafft, benutzte meinen Tisch als Bügelbrett, hatte auch sonst noch in meinem Zimmer zu tun, und während ich es tat, beschäftigte ich mich unbewußt und in Gedanken mit einer anderen Sache, schaute vorsorglich in meinem Taschenkalender nach, aber es waren noch gut zwei Wochen; seit meiner unfreiwilligen Karenz war ich da nicht mehr so auf dem laufenden wie früher. Zudem bestand nicht der geringste Anlaß für mein merkwürdiges Interesse, weder rückblickend noch vorausschauend, wahrscheinlich tat ich es nur, weil meine Reflexionen sich gleichfalls unbewußt in unregelmäßigen Intervallen mit Dingen beschäftigten, die zumindest in einem mittelbaren Zusammenhang dazu standen, wenn nicht gar in einem unmittelbaren.
Es gab in meinem Leben eine Art Zwangsvorstellung, die mich, wenn auch in Variationen, so doch im Thema fest verhaftet den erfahrenen Händen eines brutalen Mannes unbekannter Nationalität auslieferte, ich vermutete, daß es sich dabei um ein spezifisches Trauma der weiblichen Psyche handelte, dem ich durch die Variationen meiner Phantasie

von Fall zu Fall eine individuelle Note verlieh. Immerhin konnte diese Zwangsvorstellung mir manche Stunde meiner wohlverdienten Nachtruhe vermiesen, und seit ich hier auf Cap Ferrat schlief, war sie schon fast zu einem permanenten Zustand geworden.

Die frisch gebügelten Kleider hängte ich an die Terrassentür, hielt es dann an der Zeit, mich wieder einmal um meinen eigentlichen Job zu kümmern, und hielt deshalb nach Frau Witkowski Ausschau. Sie schien das kleine Mißgeschick unserer verhinderten Fahrt nach Sainte-Agnès inzwischen seelisch kompensiert zu haben, saß im Bikini auf der Terrasse und beschäftigte sich mit ihren Dominosteinen. Als sie mich sah, verspürte sie augenblicklich Appetit auf eine Tasse Tee, und da Madame Ambrosi noch nicht eingetroffen war, kümmerte ich mich selbst darum, durfte zur Belohnung mit Frau Witkowski die Steine legen und verdarb ihr das ganze Plaisier an ihrem Hobby dadurch, daß ich sie dreimal hintereinander verlieren ließ. Sie wollte dann auch nicht mehr spielen, lehnte sich in ihrem Stuhl zurück, steckte sich eine Zigarette an und erkundigte sich recht unvermittelt und ohne jede Vorwarnung nach meinen Heiratsplänen. So fragte man vielleicht naive Gemüter aus, ich erklärte ihr, daß ich keine unmittelbaren diesbezüglichen Absichten hätte, und sie sagte, dann sei das wohl ganz anders, als Frau Zöllner es vermutet habe. So ganz anders war es nun auch wieder nicht, ich antwortete, daß dies eine komplizierte Geschichte sei, und sie sagte: »Über die Sie nicht reden wollen?« Auch das konnte ich ihr bestätigen, und sie verbrachte einige Sekunden damit, kunstvolle Rauchringe in die Luft zu blasen, dann sagte sie, daß es auch bei ihr vor ihrer Ehe viele Schwierigkeiten gegeben habe, aber heute führe sie mit ihrem Mann ein sehr gutes Eheleben, auch wenn sie keine Kinder hätten, weil weder sie noch ihr Mann ernsthaft an Kindern interessiert

gewesen seien. Dagegen ließ sich nichts einwenden, ich war mir schließlich auch noch nicht ganz sicher geworden, ob es besser sei, mit Kindern alt zu werden, ohne Kinder hätte man vielleicht mehr Zeit für sich selbst, und ob man sich im Alter einsam fühlte oder nicht, war nicht immer nur eine Frage der Nachkommenschaft. Sie wurde dann bald wieder wortkarg, verschwand für eine Weile in ihrem Schlafzimmer, und beim Abendbrot hielt sie sich mit dem Essen ebenso zurück wie mit der Konversation, steckte Ramses geistesabwesend ab und zu einen Happen zu, während sie mich gelegentlich ebenso geistesabwesend musterte.
Ich fragte sie, ob sie etwas dagegen habe, wenn ich mit Ramses noch einen Spaziergang machte, aber sie hatte nichts dagegen, so daß ich auf die Migräne verzichten konnte, sagte nur noch, sie werde sich heute sowieso etwas früher schlafen legen, und wenn ich zurückkäme, solle ich Ramses einfach in ihr Schlafzimmer schicken. Ihre geistesabwesende Art konnte mich schon genauso aufregen wie ihre merkwürdigen Blicke, weil ich mir nie sicher war, womit sie sich in Gedanken gerade beschäftigte, ob mit ihrem Mann oder mir oder mit uns allen beiden; letzteres wäre mir am unangenehmsten gewesen. In meinem Zimmer hatte ich eine Viertelstunde damit zu tun, mich für eines von zwei Kleidern zu entscheiden, bei dem einen würde ich wohl besser auf den Büstenhalter verzichten, und nachdem ich mich einmal mit und einmal ohne Büstenhalter betrachtet hatte, entschied ich mich für das tiefere Dekolleté und ließ den Büstenhalter im Schrank. Dann holte ich Ramses von der Terrasse und machte mich auf den Weg zu dem jungen Mann namens Gustave. Es war ein sehr schöner Abend, lau und angenehm unter den Bäumen, mit ersten Sternen am Himmel und dem Geruch des Meeres, mit Grillen in den Gärten und vielen Leuchtkäfern, mit Blumen am Weg. Mir war nach Singen zumute, und so summte ich,

während ich mit Ramses zwischen den vielen Blumen in den Gärten, unter den kühlen Bäumen an der Straße über das Cap wanderte und den Geruch des Meeres einatmete, ein kleines Lied vor mich hin, und der junge Mann namens Gustave erwartete uns wie immer vor seinem Schloß, küßte mir die Hand diesmal nicht so stürmisch, sondern fast ein wenig andächtig, wie es dem schönen, lauen Abend angemessen war, trug heute auch keinen Rollkragenpullover, sondern einen blauen ohne Rollkragen und mit kurzen Ärmeln und am rechten Arm einen weißen Verband. Ich fragte ihn sofort, wie es seinem Arm gehe, und er sagte, es gehe ihm sehr gut, er trage den Verband eigentlich nur, um sich von mir bemitleiden zu lassen, und dann führte er Ramses und mich zu meiner Verwunderung nicht in das kleine Pförtnerhaus, sondern wieder zu dem rechten Pavillon auf der großen Freiterrasse, wo jetzt ein Tisch mit Gläsern, Flaschen, Kerzen und einem kleinen Kofferradio stand, auch ein sehr alter, aber sehr bequemer Sessel stand jetzt in dem Pavillon, und der junge Mann namens Gustave sagte: »*Voilà, Mademoiselle!*«, was mir sofort auffiel, weil er mir bisher immer eingeredet hatte, eine Madame zu sein. Ich durfte mich in den alten Sessel setzen, band Ramses diesmal vorsichtshalber an einem Sesselbein fest, und Gustave füllte zwei Gläser aus einer Flasche, deren rotes Siegel er vorher mit einem Taschenmesser abkratzte, setzte sich dann auf eine der beiden breiten Steinbänke im Pavillon und blickte über den Tisch hinweg stumm lächelnd in mein Gesicht. Das dauerte etwa zwei Minuten, dann mußte ich im Gesicht fast genauso rot sein wie der Wein in unseren Gläsern, ich griff mechanisch nach meinem Glas, hatte, während ich nach meinem Glas griff, plötzlich einen ganz trockenen Mund, und weil ich einen ganz trockenen Mund hatte, trank ich das halbe Glas auf einen Zug leer, sagte erst hinterher:

»*A votre santé, Monsieur!*«, und jetzt griff auch Gustave nach seinem Glas, blickte über sein Glas hinweg unermüdlich lächelnd in mein Gesicht, und während er trank, lächelte er mit den Augen in mein Gesicht, nahm gleichfalls einen sehr großen Schluck und sagte genau wie ich erst hinterher: »*A la vôtre, Mademoiselle!*«

Soweit hätten wir es also geschafft, ich beobachtete, wie er das Kofferradio einschaltete, an der Skala drehte, bis Musik kam, und dann die beiden roten Kerzen auf dem Tisch anzündete. Und damit hatten wir wiederum ein kleines Stück geschafft. Er war heute gar nicht gesprächig, begnügte sich damit, mich mit seinen blauen Augen lächelnd anzuschauen, indes hinter seinem Rücken die farbigen Lichter der Küste aufflammten, zuerst die Lichter von Villefranche, dann die Lichter am Strand von Nizza, und am Schluß war es eine endlose Lichterkette bis zu dem fernen Gebirge am Horizont, dessen rötliche Silhouetten jetzt purpurn vor dem kupferfarbenen Horizont standen, und als ich Gustave fragte, was das für Berge seien, erzählte er mir, daß sie schon zum Esterel-Gebirge gehörten, und dann tranken wir wieder aus unseren Gläsern, knabberten Erdnüsse aus einer seiner Olivenholzschalen und hörten schöne Musik von Radio Monte Carlo.

Das nächste Stück bewältigten wir erst, als wir unsere Gläser leergetrunken und Gustave sie wieder nachgefüllt hatte, er fragte mich, wie lange ich noch hier sein würde, und ich sagte, bis morgen oder noch in drei Wochen, je nachdem.

Er verstand auch sofort, wie ich es meinte, wurde einen Augenblick ernst, dann lächelte er wieder, sagte, es sei vielleicht besser so, denn auf diese Weise werde ihm nichts verlorengehen. Das machte mich neugierig, ich wünschte zu wissen, was ihm denn verlorengehen könne, und er sagte, all das, was ihm in diesen Tagen über mich in den Sinn gekommen sei, und daß ich eben wie ein Komet wäre, der für ein paar Sekunden über den Himmel seiner Träume wandere, um dann irgendwo im Universum unterzutauchen. Das war mir fast ein bißchen zu lyrisch, aber junge *artisans* mochten da ihre eigene Sprache haben, ich sagte, er solle mir lieber etwas von sich erzählen, wie viele Mädchen schon den Himmel seiner Träume passiert hätten, und er sagte, es lohne sich nicht, darüber zu reden, er möchte statt dessen einfach ruhig dasitzen und mich anschauen. Das tat er dann auch, und neben mir war Ramses nach all den vielen aufregenden Erlebnissen des Tages eingeschlafen, lag auf der Seite, zuckte mit den Pfoten, zuckte mit dem Maul, lief im Traum auf seinen weichen Pfoten über eine mir unbekannte Straße in unerklärliche Fernen, und der junge Mann namens Gustave sagte: »Er träumt von Ihnen.« Dann kam er zu mir herüber, setzte sich auf die Lehne meines Sessels, legte mir einen Arm um die Schulter und sagte, er habe nicht damit gerechnet, daß ich kommen würde.

»Warum nicht?« fragte ich, und er sagte: »Es kommen auch keine großen Schiffe nach Saint-Jean; der Hafen ist zu klein.«

»Vielleicht sollten Sie in Nizza wohnen«, sagte ich, und seine Nähe war mir sehr angenehm. Seit ich mein Glas leergetrunken hatte, fühlte ich mich überhaupt sehr angenehm und ohne größere Probleme, ich öffnete meine Handtasche, holte den Hundertfrancsschein heraus und legte ihn auf den Tisch: »Damit wir ihn nicht vergessen«, sagte ich, und er steckte mir den Hundertfrancsschein wieder in mein tiefes Dekolleté, zog mich an der Hand aus meinem Sessel und wollte tanzen. Ein Tänzchen im verlassenen Pavillon eines verlassenen Palastes inmitten eines verwilderten Parks bei Sternenlicht und Grillengezirpe hätte ich mir wahrscheinlich schon immer einmal gewünscht, wenn meine Phantasie romantisch genug gewesen wäre, mir solch attraktive Kulisse überhaupt vorstellen zu können, und der junge Mann namens Gustave tanzte so gut, daß selbst Ramses sich damit begnügte, von seinen Hinterpfoten aus die seltsame Szenerie zu beobachten, und als sich nach seinem Dafürhalten keine zusätzlichen Komplikationen einstellten, legte er sich wieder auf die Seite und kehrte auf seine geheimnisvolle Straße zurück. »Aber die hundert Francs müssen Sie trotzdem behalten«, sagte ich zu dem jungen Mann namens Gustave, und Gustave zog mich sehr dicht an sich heran, lächelte in mein Gesicht, bis ich zurücklächelte, und dann küßte er mich auf den Mund. Seine ersten Küsse ließ ich unbeantwortet, kam ihm später ein klein wenig entgegen, zuerst mit den Zähnen, dann mit der Zunge, und beides schien ihm gleichermaßen angenehm zu sein, er führte mich plötzlich zu der Steinbank und wollte seine hundert Francs wiederhaben. Zuerst versuchte er es noch von oben, und als das nichts half, auch anders, während wir uns auf der alten Steinbank in dem verlassenen Pavillon bei Kerzenlicht und Sternenschein immer noch küßten, fünf Minuten oder eine halbe Stunde, ich fand das sehr romantisch, sagte Hans zu ihm, und während ich Hans zu ihm sagte, tauchte ich wieder aus dem Strudel meiner Empfindungen an die Oberfläche und in das Sternenlicht zurück, wurde energisch, aber es bedurfte erst eines drohenden Knurrens vom Sessel her, um auch den jungen Mann namens Gustave in die rauhe Wirklichkeit zurückzuholen.

Und dann saßen wir ein paar Minuten regungslos da, hielten uns nur bei den Händen und waren ganz außer Atem. Was mich wirklich zur Besinnung gebracht hatte, war mir selbst schleierhaft, im allgemeinen war ich in dieser fortgeschrittenen Phase von meiner Vernunft her erst dann wieder ansprechbar, wenn ich es mit der Angst zu tun bekam, von der keine unverheiratete Frau ganz verschont bleibt, und was die

Kunst des Verführens betraf, so ließ sich der junge Mann namens Gustave fast noch ein bißchen gefährlicher an als sein großer Widerpart im vornehmen Hause der Witkowskis. Er hatte eine ungemein sanfte Art, mit Händen und Lippen gleichzeitig zu agieren, eine Fähigkeit, die sicher nicht alle Männer in dieser Perfektion beherrschten, aber mir schien jetzt, als ob er für den Augenblick genug agiert hätte, machte meine Hand los und mich auf die Suche nach dem Hundertfrancsschein, den ich schließlich an einer Stelle entdeckte, an der ich ihn auf keinen Fall vermutet hätte. Auch an meiner Garderobe war nicht mehr alles so, wie es sich gehörte, ich hatte eine Weile zu tun, dann gab ich Gustave den Hundertfrancsschein, trank mein zweites Glas leer, endgültig entschlossen, unseren Kerzenabend zu beenden.
Leider legten die Leute von Monte Carlo gerade in diesem Augenblick eine neue Platte mit einem besonders hübschen Chanson auf, ich beschloß, mir diese Platte noch anzuhören, was der junge Mann zum Anlaß nahm, mein Glas zum dritten Male zu füllen. Wie immer nach allen Halbheiten fühlte ich mich sehr unausgeglichen, befürchtete eine unruhige Nacht mit mancherlei psychischen Komplikationen, was auch der Grund dafür sein mochte, daß ich mich dazu bewegen ließ, meinen Kopf in den Schoß des jungen Mannes zu legen, um einmal aus dieser Perspektive durch die leeren Fensterbögen hindurch den Sternenhimmel zu betrachten, und der junge Mann tastete mit den Fingerspitzen die Konturen meiner Lippen ab, dann die Konturen meines Kinns, meines Halses und was es sonst noch an Konturen unterhalb meines Kinns abzutasten gab, wobei ihm mein tiefes Dekolleté sehr zustatten kam. Meine Empfindungen für ihn waren recht zwiespältig, weder fühlte ich mich geneigt, mit ihm zu schlafen, noch abgeneigt seinen Liebkosungen gegenüber, selbst dann noch nicht, als er sie auf meine empfindsameren Konturen

ausdehnte. Mir hatten Episoden dieser Art früher nie ganz eingeleuchtet, was vielleicht mit meiner christlichen Erziehung im Mädchenheim zusammenhing. Als ich mich mit Hans eingelassen hatte, war es wenigstens noch in der Überzeugung geschehen, daß ich ihn früher oder später heiraten würde, aber der jahrelange Umgang mit ihm schien doch nicht ohne Einfluß auf meine bürgerlichen Vorurteile geblieben zu sein, ich empfand jetzt nicht einmal Gewissensbisse, auch dann nicht, wenn ich mir vergegenwärtigte, daß meine Bekanntschaft mit dem jungen Mann namens Gustave doch noch recht jung war, aber schließlich hatte Ramses' Stiefvater kaum mehr Zeit verloren; wer heutzutage als fünfundzwanzigjähriges Mädchen noch keine legale Schwangerschaft durchgestanden hatte, lebte ohnedies ständig in der Zwangsvorstellung, den Zug bereits verpaßt zu haben. In dieser Furcht lebte ich wenigstens noch nicht, und was die Schwangerschaft betraf, so hätten mich nicht einmal die drei Gläser schweren Burgunders dazu animieren können, sie als Krönung meines intimen Beisammenseins mit dem jungen Mann namens Gustave zu empfinden, denn trotz meiner erotischen Sensibilität konnte ich im entscheidenden Augenblick immer noch praktische Erwägungen anstellen. Andererseits bewahrte mich gerade diese Sensibilität davor, um meiner selbst willen unkontrollierbare Risiken eingehen zu müssen, weil sie mir auch in solchen Fällen zu einer natürlichen Kulmination verhalf, ein Umstand, der Ramses' Stiefvater glücklicherweise entgangen war, während der junge Mann namens Gustave sie auf seine ungemein sanfte Art registrierte, mich sanft in die Arme nahm, mich sanft auf den Mund küßte, und weil er so ungemein sanft und rücksichtsvoll zu mir gewesen war, blieb ich noch eine Weile auf seinem Schoß sitzen, kraulte seine Nackenhaare, sagte etwas Nettes zu ihm, und er wiederum sagte mir in seiner

Sprache gleichfalls ein paar nette Dinge, die mir weder auf der höheren Handelsschule noch in meinen vielen Abendkursen näher erläutert worden waren.

Dann mußte ich aber endgültig gehen, versprach ihm, ihn gelegentlich wieder zu besuchen, ließ mich jedoch auf keinen Termin festlegen, und es wurde trotzdem ein langer Abschied, er begleitete Ramses und mich bis zum Tor, wollte mir dort noch unbedingt sein Schlafzimmer zeigen, wurde plötzlich – nachdem er den ganzen Abend kaum ein Wort gesprochen hatte – sehr gesprächig, beschwor mich bei seiner ganzen Familie einschließlich seiner Großtante, noch ein *petit* Viertelstündchen bei ihm zu bleiben, und als alles nichts fruchtete, erzählte er mir von einer Geschäftsreise und daß er mich vorher unbedingt noch einmal sehen müsse.

Wie lange seine Geschäftsreise dauern werde, fragte ich ihn, und er sagte, nur ganz kurz, aber er müsse mich trotzdem vorher noch einmal sehen, weil ihm das für seine Reise unentbehrlich sei. Er gab keine Ruhe, bis ich ihm versprochen hatte, ihn bald wieder zu besuchen, morgen oder übermorgen, küßte mir lange die Hand, sagte: »*Au revoir*«, und »*Bonne nuit*«, und winkte uns vom Tor aus unermüdlich nach. Es war jetzt doch sehr spät geworden, auch Ramses zog es mit aller Gewalt in sein komfortables Bett zurück, um diese Zeit pflegte er sonst schon zwei Stunden zu schlafen, ich ließ ihn frei bei Fuß gehen, war selbst müde und aufgedreht zugleich, man merkte eben doch, ob man es mit einem *artisan* oder nur mit einem einfachen Strumpffabrikanten zu tun gehabt hatte, und darüber, wie es nun zwischen uns weitergehen solle, machte ich mir im Moment so gut wie keine Gedanken, es war statt dessen viel angenehmer, mir den Abend mit all seinen Details ins Gedächtnis zu rufen, besonders die Details waren angenehm. Natürlich war es trotzdem falsch gewesen, ihm ein neues Rendezvous in Aussicht zu stellen, möglich, daß ich mich doch ein bißchen in ihn verliebt hatte, und das wäre zugegebenermaßen recht problematisch. Er gab mir für den Rest des Weges sehr zu denken, und als besondere Überraschung des Abends fand ich Frau Witkowski in Gesellschaft eines mir unbekannten Mannes vor, sie hatte ihm bei Lampenschein auf der Terrasse einen kleinen Imbiß serviert und stellte ihn mir als Dr. Flechter vor. Ich fand das aufregend, schließlich lernte man nicht alle Tage zu so fortgeschrittener Stunde auch noch einen Akademiker kennen, nachdem ich mir schon mit fünfzehn Jahren vorgenommen hatte, nur einen solchen zu ehelichen. Leider verkörperte er einen sehr ernsten Typ, trug einen dunklen, feierlichen Anzug, der mich unwillkürlich an ein Beerdigungsinstitut erinnerte. Selbst seine Hand fühlte sich unterkühlt an, er hatte ein schmales, ernstes Gesicht, dunkle, ernste Augen und zu aller Feierlichkeit noch schwarze Haare mit einer präzis gezogenen Scheitellinie in der linken Hälfte. Er freue sich, mich kennenzulernen, sagte er, und sah alles in allem so grundsolide aus, daß ich meine rasche Hoffnung, es könne sich bei ihm endlich um einen latenten Liebhaber der Frau Witkowski handeln, freiwillig fahrenließ. Da es bei der etwas förmlichen Konfrontation blieb, empfahl ich mich sofort wieder, und bevor ich Ramses in ihr Zimmer brachte, sagte sie noch: »Sie waren lange weg, Ruth.« Zwei Stunden, schätzte ich, man sollte es nicht für möglich halten, wie kurzweilig bei so unkomplizierten Beschäftigungen die Zeit vergehen konnte, ich berief mich nun doch auf Migräne, sagte, der ausgedehnte Spaziergang habe mir sehr gutgetan, und Frau Witkowski sagte, das beruhige sie sehr, und wandte sich wieder ihrem späten Gast zu. Ich legte ihr dafür Ramses mitten auf die schöngeblümte Tagesdecke ihres Ruhelagers, gab ihm einen kleinen Gutenachtkuß, weil er sich heute abend so diskret verhalten hatte, und ging über die Diele direkt in mein Zimmer, dann ins Bad, hatte dort eine Weile zu tun, und da es seit zwei Tagen auch innerhalb des Hauses sehr warm geworden war, setzte ich mich hinterher noch ein wenig im Morgenrock auf die Terrasse vor meiner Tür und dachte über alles nach. An sich war es ja nicht die Regel, daß man sich in die Intelligenz eines Mannes verliebte, auch nicht in seine Beredsamkeit, und wenn ich mich tatsächlich ernsthaft in den jungen Mann namens Gustave verliebt haben sollte, mußte es also an anderen Vorzügen gelegen haben, da er mir bisher wenig Gelegenheit gegeben hatte, mich seiner Intelligenz und Beredsamkeit im Sinne einer amüsanten Konversation zu vergewissern. Vielleicht genügte es tatsächlich schon, einen Mann auf Anhieb sympathisch zu finden, und wenn das zutraf, hätte ich ohnedies Anlaß gehabt, mein Verhältnis mit Hans zu lösen, weil mich sein erster Eindruck nur halb so sympathisch berührt hatte, wie das bei Gustave der Fall gewesen war.

Ich hatte diese ganzen Spielregeln, nach denen man sich im allgemeinen in einen Mann zu verlieben pflegte, nie richtig durchschauen können, es gab Männer, bei denen man ein Jahr brauchte, um sich an den Gedanken einer intimeren Beziehung zu gewöhnen, und nachher wurden die besten Ehen daraus, während bei impulsiven Liebschaften oft nicht mehr herauskam als ein übler Nachgeschmack. Ich war im Grunde und nach allem, was ich in meinen fünfundzwanzig Jahren gesehen und erlebt hatte, ein viel zu realistisch veranlagtes Mädchen, um mich auf so abenteuerliche Dinge einzulassen, und wenn ich es schon nie zu einem Haus wie die Witkowskis bringen würde, so schwebte mir wenigstens eine gesicherte Existenz vor. Was ein Mann wie Gustave mir auf die Dauer zu bieten hätte, entsprach sehr wenig meinen diesbezüglichen Erwartungen, und um einen *artisan* zu heiraten, mußte man wohl selber an der Côte d'Azur in einem Rollkragenpullover geboren sein; in Nizza hatte ich schon Mädchen mit Rollkragenpullover und Blue jeans gesehen, die ich mir ohne weiteres in dem kleinen Pförtnerhaus des halbzerfallenen Palastes vorstellen konnte, aber was mich selbst betraf, so hatte ich eine Aversion gegen Blue jeans und Rollkragenpullover, und soweit war also alles klar. Aus dieser Klarheit ergab sich folgerichtig, daß ich es bei dem, was heute abend geschehen war, bewenden lassen müsse, und das wiederum erschien mir überhaupt nicht klar im Sinne einer inneren Logik. So entwuchs, je länger ich darüber nachdachte, aus jeder Klarheit eine neue Unklarheit, bis ich am Schluß nicht die geringste Übersicht mehr hatte, was nun wirklich klar und was unklar war, worauf ich meine Meditationen über dieses undankbare Thema vorläufig abbrach und mich wieder meinen angenehmeren jüngeren Memoiren zuwandte. Es fiel mir dabei auf, daß sie in keiner Phase Unbehagen in mir auslösten, selbst dort nicht, wo ich Ursache gehabt hätte, wenigstens nachträglich zu erröten. Vielleicht lag es an der Persönlichkeit des jungen Mannes, bei Hans hatte ich jedenfalls noch erröten können, aber ich war heute schließlich nicht mehr das gleiche Mädchen wie damals, weshalb es ebensogut an mir selbst liegen konnte, und damit war auch dieses Thema vorläufig abgeschlossen.

Ich betrachtete zwischen den Säulen der schönen Pergola hindurch den klaren Sternenhimmel, überlegte, ob ich Papa heiraten und den jungen Mann zu meinem Liebhaber machen solle. Mit einem eigenen Haus an der Côte d'Azur dürfte das nicht zu schwer fallen, und junge *artisans* mußten an Geld zumindest genauso interessiert sein wie an gelegentlichen Amouren. Es war eine häßliche Überlegung, ich schämte mich ihrer und verdrängte sie aus meinem Bewußtsein. Also würde ich mich auch in Zukunft ausschließlich auf meine Intuitionen verlassen müssen, und bis zur Stunde war ich nicht schlecht damit gefahren. Was mich etwas störte, war ein unangenehmes Gefühl, das ich bei alldem nicht loswerden konnte, geradeso, als erlebe ich mein leichtfertiges Treiben mit den Augen meines Schutzengels, den ich seit meiner christlichen Erziehung im Mädchenheim gleichfalls nie ganz ins Reich der frommen Fabel hatte verbannen können, und das wirkte sich mitunter doch sehr lästig aus. Zum Glück erhielt ich dann noch Besuch, der mich von meinen inneren Konflikten ablenkte, ich hatte schon vorher mit einem Ohr mitbekommen, daß Frau Witkowski sich von ihrem späten Gast verabschiedete, den Laden ihres Schlafzimmers schloß, dann hörte ich auch den Laden am Schlafzimmer ihres Mannes, woraus zu entnehmen war, daß ihr später Gast im Zimmer von Ramses' Stiefvater nächtigen würde, und als er dann auf leisen Sohlen um die Ecke geschlichen kam, hätte ich vor Schreck fast aufgeschrien. Anscheinend traf ihn meine Anwesenheit auf der Terrasse zu so fortgeschrittener Stunde ähnlich unvorbereitet, er verhielt sekundenlang den Schritt, entschuldigte sich dann höflich für die Störung und sagte, er habe sich vor dem Schlafengehen nur noch etwas die Beine vertreten wollen, und ob er mir ein paar Minuten Gesellschaft leisten dürfe. Da ich mir vor einigen Wochen von Papas Geld einen neuen Morgenrock erstanden hatte, glaubte ich, es verantworten zu können, holte aus meinem Zimmer noch einen Stuhl und ließ mir von Dr. Flechter eine Zigarette geben. Ich schätzte ihn auf vierzig, er gehörte zu jenen Männern, die einen so seriösen Eindruck machten, daß man sie notfalls auch im Schlafzimmer empfangen konnte. Noch heute morgen, erzählte er mir, habe er sich mit Herrn Witkowski über mich unterhalten, und das fand ich nun etwas verwunderlich, ich fragte: »Sind Sie Geschäftsfreunde?«, und Dr. Flechter sagte: »Das auch. Wir kamen ganz zufällig auf Sie, weil ich gerade eine geeignete Sekretärin suche.«

»Und da hat mich Herr Witkowski Ihnen avisiert?« fragte ich verwundert, aber Dr. Flechter schüttelte den Kopf und sagte, Herr Witkowski habe ihm gesagt, daß ich für seine Frau tätig sei. »Eigentlich schade«, sagte er dann. »Perfekte Sekretärinnen wie Sie sind heute gesucht.«

»Das ist mir noch nie aufgefallen«, sagte ich, und er sagte: »Ich suche schon seit einem Vierteljahr eine. Sprechen Sie auch Englisch?« Vielleicht handelte es sich um eine Art von Epidemie, ich sagte: »So gut wie Französisch.«

»Nun ja«, sagte Dr. Flechter und betrachtete seine brennende Zigarette, »vielleicht wollen Sie sich gelegentlich verändern. Mir geht es vor allem um eine Sekretärin, die meine Firma auch selbständig repräsentieren kann.« Sicher hatte ihm Ramses' Stiefvater auch von meiner adeligen Herkunft erzählt, ich fragte:

»Was hätte sie zu tun?«

»Ich bin viel auf Reisen«, sagte Dr. Flechter, ohne mich anzuschauen. »Morgen früh zum Beispiel fliege ich nach Rom weiter. Sie wären oft unterwegs.«

»Ich?« fragte ich, und er griff nach seiner Brieftasche, drückte mir ein Kärtchen in die Hand und sagte: »Es handelt sich um eine Vertrauensstellung. Falls Sie eines Tages darauf zurückkommen wollen, rufen Sie mich bitte an; ich wohne im Märchenring.« Das war nun allerdings eine vorzügliche Referenz, ich sagte: »Vertrauensstellungen werden im allgemeinen gut bezahlt.«

»Zweitausend Mark«, sagte Dr. Flechter, und so allmählich ging es aufwärts mit mir. Wenn ich es bei den Witkowskis noch vier Wochen durchstand, würde vielleicht einer kommen und mir viertausend bieten, ich fragte: »Was ist das für eine Firma?«

»Die MIWA-Fabrikations-KG«, sagte Dr. Flechter, und ich fragte: »Strümpfe?«

»Miederwaren«, sagte Dr. Flechter, und Miederwaren ließ sich natürlich hören, ich sagte: »Eine sichere Branche.«

»Solange es Frauen gibt«, sagte Dr. Flechter, und er hatte noch kein einziges Mal gelächelt. Seinem Akzent nach mußte er auch von drüben kommen, ein schwieriger Typ, kühl wie ein Fisch und in jeder Phase unseres Gesprächs eiskalte Distanz; als Chef wahrscheinlich nicht sehr angenehm, aber sicher auch ohne unangenehme Überraschungen. Daß er verheiratet war, hatte ich bereits festgestellt. Er hielt sich dann auch nicht mehr länger auf, verabschiedete sich mit unterkühltem Händedruck und sagte noch: »Ich darf wohl voraussetzen, daß Sie unser kleines Gespräch vertraulich behandeln.«

»Wenn Sie es wünschen«, sagte ich, und er sagte: »Ich bitte Sie darum.«

In meinem Zimmer betrachtete ich seine Visitenkarte; sie trug nur den Namen und die Adresse im Märchenring. Seit ich bei den Witkowskis wohnte, wunderte mich eigentlich nichts mehr, aber wenn diese Sache nicht einen Haken hatte, würde ich statt meiner bürgerlichen Miederwaren künftig nur noch Reizwäsche aus Paris beziehen. Und dann fiel mir Frau Witkowski ein.

Zu meiner Verwunderung kam es in den nächsten Tagen zu keinen neuen Komplikationen, sie verliefen sogar sehr friedvoll mit mancherlei angenehmen Beschäftigungen wie Einkäufen in Nizza, Promenaden in Monte Carlo und anderen liebenswerten Verrichtungen. Und wenn wir nicht in Nizza einkauften und keine Promenaden in Monte Carlo tätigten, lag Frau Witkowski in der Sonne, blätterte in deutschen Magazinen und Illustrierten, und wenn sie nicht in der Sonne lag und keine Lust verspürte, ihr Allgemeinwissen auf dem laufenden zu halten, spielte sie Domino allein oder mit mir, und manchmal ließ ich sie gewinnen, worauf sie mich dann meistens zu einer Tasse Kaffee einlud, den ich in der Küche zubereiten mußte. Daß sie von alkoholischen Getränken so gut wie nichts hielt, hatte ich schon früher herausgefunden. Alles in allem waren es wieder sehr nette und heiter besonnte Tage, ein Hausgehilfinnendasein aus dem Bilderbuch, ich war viel mit Ramses unterwegs, ließ ihn auch Curd Jürgens' Luxusappartement sehen, leider sah man von der Straße nur einen hohen Zaun, sonst nichts. Wie alle bekannten Männer dieses Jahrhunderts hatte er auf ein Namensschild an der Tür verzichtet, mein Bedürfnis, mich einmal nach seinem Wohlergehen zu erkundigen, unterdrückte ich, wahrscheinlich gehörte er auch gar nicht zu jenen Leuten, die sich vor Freude nicht fassen konnten, wenn sie so tief im ehemaligen Feindesland einem Landsmann begegneten. Im Wagen wurde man ständig mit ihren Lichthupen konfrontiert, manche zogen sogar im Vorbeifahren ihre Strohhüte, eine Artigkeit, die im schroffen Gegensatz zu ihrem Verhalten stand, wenn man sie am Nebentisch eines Restaurants sitzen hatte, sie sprachen dann entweder ein miserables Französisch miteinander oder so laut deutsch, daß es schon ein wenig peinlich war. Einmal hatten wir eine ganze Runde aus dem Rheinland nebenan, die hier ihren verlängerten Karneval zu feiern schien, ständig Bier verlangte und den Rotwein abscheulich fand. Als sie dann auch noch persönlich wurden, packte Frau Witkowski ihre Sachen zusammen und ich Ramses bei der Leine, für Rheinländer schien er so gar nichts übrig zu haben, er fletschte die Zähne und knurrte noch, als wir schon längst wieder im Wägelchen saßen. Zum Glück gab es auch noch andere Bundesbürger, die sich der gleichen vornehmen Diskretion befleißigten wie

Frau Witkowski, und es waren nicht einmal immer nur Mercedesfahrer.

Was den jungen Mann namens Gustave betraf, so hatte ich mir endgültig vorgenommen, mindestens vier Tage verstreichen zu lassen, ehe ich mich wieder in seine Nähe traute, und daß es ausgerechnet vier Tage waren, hing vielleicht mit der vorgesehenen Rückkehr von Ramses' Stiefvater am Donnerstag zusammen. Er traf dann jedoch erst am Freitag ein, ausgerechnet wieder zur Mittagszeit, ob beabsichtigt oder nicht, ließ sich schwer beurteilen, jedenfalls tauchte er hinterrücks zwischen den Klippen auf, während seine Frau ihre tägliche Siesta hielt, und da ich in etwa darauf vorbereitet gewesen war, hatte er diesmal keinen Anlaß, mich der Nudation zu bezichtigen, obwohl ihm das ebensowenig zu passen schien, wenigstens nahm er, nachdem er mich ohne große Umstände geküßt hatte, seine Hand nicht leer von meinem Rücken, behauptete, auf diesen Augenblick seit Montag ununterbrochen gewartet zu haben, und von alldem, was ich mir für diese Begegnung vorgenommen hatte, fiel mir so gut wie nichts mehr ein. Ich verstand jetzt auch, weshalb es überhaupt zwischen uns so weit gekommen war, meine guten Vorsätze verwandelten sich in seiner Gegenwart in haltlose Nichtigkeiten, ich lag wieder willenlos an seiner männlichen Brust, hörte mir geschmeichelt seine entzückten Beteuerungen über die himmlische Vollkommenheit meines Busens an, und einmal sagte ich: »Wenn Ihre Frau dazukommt...«, und er sagte: »Sie schläft seit zehn Jahren nach dem Mittagessen zwei Stunden. Wann hat sie heute gegessen?«

»Um ein Uhr«, sagte ich, und er sagte: »Dann haben wir noch genügend Zeit für uns, mindestens eine Stunde.« Das paßte mir gar nicht, in einer Stunde würde er mich vielleicht so weit haben, daß ich auch meine letzten Skrupel vergessen konnte,

ich machte mich nachdrücklich von ihm los und sagte: »Seien Sie vernünftig; das führt doch zu nichts.«
»Das würde ich nicht sagen«, sagte er. »Ich habe mir inzwischen überlegt, wie wir es machen könnten.«
»Wirklich?« fragte ich unvermittelt gereizt. »Vielleicht haben Sie dabei auch gleich noch meine eigenen Überlegungen berücksichtigt!«
»Die sind in diesem Fall nicht so wichtig«, versicherte Ramses' Stiefvater. Er setzte sich aufrecht hin, gab mir eine Zigarette und steckte sich selbst eine an. »Es gibt da noch eine Schwierigkeit«, sagte er, aber was mich betraf, so sah ich sogar eine ganze Reihe von Schwierigkeiten, was ich ihm auch nicht vorenthielt, worauf er mir erzählte, daß sie seine Teilhaberin sei. »Ich habe das damals nicht umgehen können«, sagte er. Seine Art war unmöglich, ich sagte: »Sie wissen, wie ich darüber denke«, und er sagte: »Darüber werden wir uns zur gegebenen Zeit unterhalten. Natürlich wirst du diese Stellung hier aufgeben.«
»Werde ich das?« fragte ich gereizt, und dann tauchte Ramses zwischen den Klippen auf. Als er seinen Stiefvater entdeckte, blieb er regungslos stehen und starrte ihn mit rotunterlaufenen Augen und bebenden Lefzen an. »Dieses verdammte Vieh!« sagte sein Stiefvater, und wenn Ramses da war, mußte auch Frau Witkowski in der Nähe sein, ich reagierte völlig kopflos, stieß ihren Mann von mir weg, und das war natürlich das Dümmste gewesen, was mir unterlaufen konnte, ich merkte es erst, als Ramses bereits an seinem Hosenbein hing, hörte einen Schrei, von dem ich mir zuerst nicht sicher war, ob ich ihn ausgestoßen hatte, sah das kreidebleiche, angstverzerrte Gesicht des Mannes, der sich eben noch in so souveräner Art über meine Skrupel hinweggesetzt hatte, sah, wie er sein Bein loszureißen versuchte, vernahm das Geräusch reißenden Stoffes, schrie noch einmal Ramses'

Namen, und dann sah ich ihn zu meinen Füßen liegen und seinen Stiefvater blindlings zwischen den Klippen hindurch zur Terrasse stürzen, und oben auf der Terrasse sah ich das graue Gesicht seiner Frau zwischen den rotvioletten Bougainvillea der Pergola. Und jetzt erst wurde mir bewußt, daß ich halb ausgezogen dastand, ich bückte mich, knüpfte mir das Oberteil um die Brust und setzte mich da, wo ich gerade stand, neben Ramses auf den Boden. Es hätte sich alles vermeiden lassen, wenn ich seine Zärtlichkeiten gleich zu Beginn zurückgewiesen hätte, aber nachdem ich fünf Tage lang jeden Tag mindestens zwölf Stunden auf ihn gewartet und selbst mein nächstes Rendezvous mit dem jungen Mann namens Gustave seinetwegen wie eine unangenehme Verrichtung vor mir hergeschoben hatte, war meine Reaktion völlig natürlich gewesen. Nun war jedoch etwas geschehen, das sich tatsächlich nicht mehr rückgängig machen ließ, und während ich daran dachte, streichelte ich Ramses das glatte Fell, küßte seinen Kopf und weinte ein wenig. Es tat mir gut, Ramses leckte mit seiner rauhen Zunge mein nasses Gesicht ab, legte mir eine seiner riesigen Pfoten über die Schenkel und gab auf mich acht, fünf Minuten oder eine halbe Stunde, und irgendwann stand ich auf, ging in mein Zimmer und zog ein Kleid über meinen Bikini. Es war vollkommen ruhig im Haus, nur Ramses lag jetzt vor meiner Terrassentür, wusch sich schmatzend das Fell und schnappte hin und wieder nach einer Fliege in der Sonne. Als Frau Witkowski hereinkam, hatte ich gerade meinen Koffer auf das Bett gelegt, ich blickte sie nicht an, holte meine Kleider aus dem Schrank, und sie fragte: »Wohin wollen Sie gehen?« Ihr Gesicht sah aus wie immer, ich sagte: »In ein Hotel«, und sie sagte: »Seien Sie kein Kindskopf.« Sie kam zu mir, zog mich an der Hand zum Bett und setzte sich neben mich. »Sie sind schließlich kein unerfahrenes Mädchen mehr«, sagte sie ungeduldig.

»Bleiben Sie wenigstens noch hier, bis wir wieder daheim sind, dann können Sie tun, was Sie wollen.«
»Es ging nicht von mir aus«, sagte ich, und sie sagte: »Er wirkte schon immer unwiderstehlich auf andere Frauen. Bei Ihnen redet er sich noch ein, daß Sie etwas Besonderes seien.« Mir gefiel die Art nicht, wie sie es sagte, sie blickte mich jetzt auch wieder mehr belustigt als feindselig an, und mir kam zum erstenmal ein böser Verdacht, ich fragte: »Haben Sie deshalb noch nichts dagegen unternommen?«
»Wogegen?« fragte Frau Witkowski, und als ich keine Antwort gab, sagte sie: »Gehen Sie mit Ramses jetzt zwei oder drei Stunden weg; es ist besser, er sieht ihn nicht sofort, wenn er zurückkommt.«
»Ist er bei einem Arzt?« fragte ich. Sie nickte verächtlich. »Er wird für das bißchen Jod fünfhundert Francs bezahlen müssen.« Und dann sagte sie unvermittelt gereizt: »Jetzt gehen Sie schon!« Ich ging hinaus auf die Terrasse, nahm Ramses an die Leine und lief mit ihm auf dem direkten Weg zu Gustave. Er stand wie immer vor dem verrosteten Eisentor, sah ein wenig verärgert aus und sagte, er habe meinetwegen seit vier Tagen nicht mehr geschlafen und nichts mehr gegessen.
Diese Geschichte kannte ich, ich fragte ihn, ob er seine Reise schon hinter sich habe, und er sagte: »Ich habe sie ein paar Tage verschoben«, führte mich am Arm durch den verwilderten Park zu unserem Pavillon und küßte mich, bis Ramses zu knurren anfing. »Ich werde ihn anbinden«, sagte ich, und Gustave sagte: »Komm mit!«
Diesmal führte er mich von der Terrasse zu einer alten Treppe hinunter, die fast völlig von dichtem Gesträuch und Kakteen zugewachsen war und steil abfiel. Wir konnten oft nur gebückt gehen, und die Treppe schien kein Ende zu nehmen, ich zählte zweihundert Stufen, bis wir wieder einen kleinen

Pavillon erreichten, der jedoch völlig zerfallen war, und neben dem Pavillon führte die Treppe an einer fast senkrechten Wand vorbei zu einer kleinen Bucht mit einem winzigen Sandstrand. Also hatten die Leute schon damals die gleichen Einfälle gehabt wie die Witkowskis, nur daß es hier viel romantischer war, zwar nicht ganz ungefährlich, weil von dem Treppengeländer nur noch ein paar verrostete Stangen übriggeblieben waren, aber Gustave paßte auf mich auf. Wir kamen noch an einer Felsnische mit einer verwitterten Marienstatue vorbei, mußten, weil die letzten Stufen der Treppe fehlten, auf Händen und Füßen zu dem kleinen Strand hinunterturnen, und hier machte Ramses nicht länger mit. Er hatte schon die Treppe mit unübersehbarem Widerwillen benutzt, war immer wieder zögernd stehengeblieben, und nun legte er sich in die Felsnische vor die verwitterte Marienstatue und schaute uns erbittert nach. Da die Bucht auf drei Seiten von steilen Wänden flankiert wurde, konnte man nur noch auf das offene Meer hinausschauen, wir setzten uns zwischen den hohen Felswänden in den warmen Sand, und Gustave fragte, warum ich heute so traurig sei. Mir war das noch gar nicht so bewußt geworden, aber schließlich trug man nicht alle Tage eine hübsche Illusion über einen Mann zu Grabe.
Ich beobachtete ein Schiff am Horizont, den Wind in den Olivenbäumen oberhalb der steilen Klippen und die ruhige Dünung des Meeres. Drei Stunden waren eine lange Zeit, wenn das, wovor ich mich fürchtete, nur ein paar Minuten dauerte, und trotzdem war ich fest entschlossen dazu, und sei es nur, um den jungen Mann namens Gustave vor neuen Enttäuschungen zu bewahren. Ich hatte mich nun selbst schon genug gequält, und als er mich auf den Rücken legte, drückte ich meine Zigarette im Sand aus und erwiderte seine Küsse. Er war heute noch sanfter als beim letztenmal, strei-

chelte wieder lange mein Gesicht, und während er mein Gesicht streichelte, sah ich Ramses' großen Kopf erwartungsvoll und neugierig aus der Felsnische ragen. Es störte mich, wir legten uns an eine andere Stelle des Strandes, wo er uns nicht mehr beobachten konnte.

Ich half Gustave bei meinen Kleidern, Männer waren darin immer etwas ungeschickt, und als er merkte, daß es mir diesmal genauso ernst war wie ihm, wurde er noch sanfter. Ich hatte jetzt auch keine Furcht mehr, keine Skrupel, es war nur noch angenehm, neben ihm in der heißen Sonne zu liegen, an nichts mehr denken zu müssen, an Hans nicht, an Papa nicht und an die Witkowskis nicht. Ich war froh, mit alldem endgültig fertig zu sein, nicht mehr daran erinnert zu werden, ob es richtig war oder nicht, ich hätte diesen Zustand nicht länger ertragen, und weil dies so war, spielte es auch keine Rolle mehr, wie lange ich den jungen Mann namens Gustave schon kannte, ob acht Tage oder acht Jahre, in dieser Sekunde war er mir vertrauter als alles, womit ich mein Leben bisher ausgefüllt hatte. Ich lag nahe bei ihm, fühlte den warmen Sand im Rücken, die Sonne auf meiner Haut, fühlte mich verloren und aufgehoben zugleich in den Armen des jungen Mannes wie nach einer langen Wanderung durch ein fremdes Land, und so oft ich es schon erlebt hatte, war es doch immer wieder ein völlig neues Erlebnis für mich, das mich meinen eigenen Körper jedesmal wie ein Geheimnis empfinden ließ. Ich hatte es auch noch nie so intensiv erlebt wie jetzt, und der junge Mann namens Gustave war nicht nur ein perfekter Verführer, er war auch ein ungemein zärtlicher Liebhaber, keiner von jenen, die nur mit sich selbst beschäftigt waren und es nicht fertigbrachten, ihrer Ungeduld Zügel anzulegen, er wurde nicht müde, mir die Gewißheit zu vermitteln, für ihn das begehrenswerteste Mädchen zu sein, schob mir, mich weicher zu betten, einen Arm unter den Nacken, und ich zog seinen Kopf zu mir herunter, erwiderte seine Küsse, bis ich keinen Atem mehr hatte und mich, bewegend und bewegt werdend, die Fersen in den weichen Sand gestemmt, schreien hörte, aber das tat ich jedesmal, weil ich sonst vielleicht den Verstand verloren hätte, und dann gingen wir ins Wasser, küßten uns auch im Wasser noch, schwammen vor Ramses' Augen ein Stück aufs Meer hinaus, und später war es Gustave, der traurig war, er lag bedrückt neben mir, streichelte mit den Fingerrücken meine Haut und mein Haar, erzählte von einem Mädchen in Paris, das mir sehr ähnlich gewesen sei, und als ich ihn fragte, warum er das Mädchen nicht geheiratet habe, deutete er zum Himmel und sagte, sie sei eines Morgens nicht mehr aufgewacht.

Davor hatte auch ich manchmal Angst, wir küßten uns wieder, und weil es so eine traurige Geschichte gewesen war, blieb ich nicht abweisend, bekam alles noch einmal mit Bewußtseinstrübung und Fersen im weichen Sand, rauchte dann eine Zigarette, aber anziehen durfte ich mich auch jetzt noch nicht, mußte mich anschauen lassen, immer wieder, so und so, und während er mich anschaute, vergaß er vorübergehend seine Traurigkeit, die auch meine Traurigkeit war, nur daß wir nicht darüber sprachen, und darin waren wir beide sehr vernünftig und erwachsen. Da ich nicht ewig ohne Kleider herumliegen konnte, versprach ich ihm, morgen wiederzukommen, und nun kehrten wir endlich zu Ramses zurück, der uns begeistert begrüßte, Gustave genauso wie mich, vielleicht fühlte er, daß der junge Mann nun kein x-beliebiger junger Mann mehr für mich war, und im Pavillon setzten wir uns wieder auf die Steinbank, hielten uns bei der Hand und blickten nebeneinander und miteinander über die Bucht von Villefranche zu den rötlichen Silhouetten des Esterel-Gebirges am Horizont, und irgendwann sagte Gustave: »*C'est la vie.*« Er steckte mich mit seiner Traurigkeit an, es war heute auch nicht ein so klarer und schöner Tag wie sonst, über der Küste lag es wie ein Hauch von Melancholie, wie ein früher Herbsttag, aber es war noch nicht Herbst, es war noch nicht einmal Sommer, ich sagte: »Wir werden uns ja wiedersehen«, und er fragte: »Wie lange noch?« Nun hatten wir doch darüber gesprochen, und wir hätten es besser nicht getan, weil wir es von nun an nicht mehr loswerden würden.

Er begleitete mich wieder zu seinem verrosteten Eisentor, fragte mich, wann ich morgen kommen würde, und ich sagte: »Irgendwann« und nahm Ramses an die Leine. An sich war es das gleiche Gefühl, wie ich es auch nach jedem Beisammensein mit Hans empfunden hatte, und wenn das so war, konnte es nicht allein an Hans gelegen haben, sondern auch an mir selbst; es glich jedesmal einer Rückkehr in eine Welt, die ich nicht mochte und die auch mich nicht mochte, trotz allem, was sie mir in diesen drei Monaten unverdientermaßen zugeschoben hatte, aber vielleicht lag es auch daran, daß ich es wußte, daß ich es keine Sekunde lang mit jener Unbefangenheit hingenommen hatte, wie die Witkowskis und Zöllners es zu tun pflegten. Ich lief noch eine Weile ziellos durch das Cap, an schönen Häusern vorbei und Gärten, an Blumenbeeten und schattigen Olivenhainen, und überall, wo ich ging, dachte ich merkwürdigerweise nicht mehr an Gustave, sondern an Hans. Ich hatte keine Ahnung, wie er mir in den Kopf gekommen war, ich versuchte auch nicht, eine Erklärung dafür zu finden. Wenn man an ein und demselben Tag nicht nur eine Illusion, sondern noch einen großen Teil seiner moralischen Integrität verloren hatte, war man solch mystischen Assoziationen vielleicht eher ausgeliefert als sonst. Es erschreckte mich, daß es mir jetzt schon Mühe bereitete, mir sein Gesicht und seine Stimme zu ver-

gegenwärtigen, und vielleicht würde ich ihm morgen oder übermorgen eine Karte schicken, ich war mir in diesem Augenblick sogar ganz sicher, daß ich ihm eines Tages schreiben würde, weil es einfach kein Zustand war, daß zwei Menschen, die sich so lange und so gut gekannt hatten wie wir, auf diese triste Weise auseinandergehen sollten. Es war einfach keine Art!
In der Küche fragte ich Madame Ambrosi nach Ramses' Stiefvater und erfuhr, daß der Arzt ihm zwei Tage Bettruhe verordnet habe, aber das hatte er wohl tun müssen, um sein Honorar zu legitimieren. Madame Ambrosi war über Ramses' Bösartigkeit nun doch sehr schockiert, obwohl sie ihren eigenen Verband inzwischen nicht mehr zu tragen brauchte, sie meinte, Ramses gehöre an die Kette, damit er nicht noch mehr Unheil anrichte. Unter Berücksichtigung ihrer persönlichen schlechten Erfahrungen widersprach ich ihr nicht und führte Ramses an der Leine zu Frau Witkowski auf die Terrasse. Mir fiel sofort auf, daß er sie heute überhaupt nicht begrüßte, sondern sich gleich unter den Tisch legte und seine Pfoten leckte. Frau Witkowski schaute zuerst ihn, dann mich an und fragte: »Fehlt ihm etwas?« Es wäre mir ja auch lieber gewesen, ich hätte eine harmlose Begründung für seine Ignoranz gehabt. »Vielleicht ist er müde«, sagte ich, und Frau Witkowski sagte gereizt: »Schaffen Sie ihn in mein Zimmer!« Sie war wieder mit ihren Dominosteinen beschäftigt, ich rief Ramses zu mir, führte ihn in ihr Schlafzimmer, und da sie mich im Augenblick wohl nicht brauchte, ging ich über die Diele zuerst ins Bad, ließ heißes Wasser einlaufen und blieb über eine halbe Stunde in der Wanne sitzen. Den Rest des Nachmittags verbrachte ich dann auf meinem Bett und versuchte zum ungezählten Male einen Entschluß zu fassen. Immerhin war es nach dem Gespräch mit diesem ominösen Dr. Flechter mit meinen Alternativen nicht mehr so schlecht

bestellt wie bisher. Bei den Zöllners hatte ich gleichfalls ein Eisen im Feuer, und notfalls konnte ich immer noch versuchen, mich auf eine vernünftige Weise mit Papa zu arrangieren. Vielleicht hatte er inzwischen selbst eingesehen, daß man ein fünfundzwanzigjähriges Mädchen entweder im Bett oder als Adoptivtochter haben konnte, beides nebeneinander verstieße doch wohl gegen alle guten Sitten, und das mußte schließlich auch er einsehen. Trotzdem fand ich auf die Frage, was geschehen solle, wenn er sich für das Bett entschiede, auch jetzt keine befriedigende Antwort, und als ich mir den Kopf lange genug darüber zerbrochen hatte, kehrte ich auf die Terrasse zurück, wo Madame Ambrosi bereits das Abendessen servierte.

Den Teller für ihren Mann brachte Frau Witkowski eigenhändig in sein Zimmer, ich erkundigte mich bei ihr, wie es ihm gehe, und sie sagte, es gehe ihm genauso, wie sie es vermutet habe. Damit konnte man als Außenstehender nicht viel anfangen, sie war dann während des Essens sehr kurz zu mir, und einmal ertappte ich sie dabei, daß sie mich genauso bösartig anschaute wie vor einigen Tagen, als sie nach ihrem kleinen Malheur wieder im Wagen gesessen hatte. Da ihr jetzt sogar zwei Anlässe gegeben waren, auf mich eifersüchtig zu sein, hätte mich höchstens noch interessieren können, welcher von beiden für sie am schwersten wog, aber das würde ich wohl nie erfahren. Ich war jedenfalls froh, als wir das Essen hinter uns hatten, und da sie mir auf meine Frage, ob sie mich am Abend noch brauche, nur mit einem unfreundlichen Kopfschütteln antwortete, zog ich mich sofort in mein Zimmer zurück und legte mich ins Bett. Ich war von all den vielen Ereignissen des Tages so erschöpft, daß ich verhältnismäßig rasch einschlief, und als ich dann wieder aufwachte, saß Ramses' Stiefvater neben mir. Ich hatte keine Ahnung, wie spät es sein konnte, und daß der

Mann neben mir Ramses' Stiefvater war, merkte ich auch erst, als er mir die Hand auf den Mund und sich dann selbst zu mir legte. Zum Glück war ich es aufgrund meines intimen Verhältnisses mit Hans gewohnt, hin und wieder neben einem Mann aufzuwachen, weshalb ich auch nicht mit Zuständen reagierte. Da ich des warmen Zimmers wegen nur mit einem Höschen schlief, hatte er es sogar verhältnismäßig leicht gehabt, mich auf eine angenehme Art zu wecken. Das Wachwerden erfolgte bei mir in solchen Fällen immer in einer lang anhaltenden Unklarheit zwischen einem erregenden Traum und einer ebenso erregenden Wirklichkeit, bis sich die Waage meines Bewußtseins der Wirklichkeit zuneigte und mich wie durch einen dunklen, mit angenehmen Empfindungen angereicherten Korridor in das unmittelbare Erlebnis führte. Diesmal war es allerdings so, daß dieses unmittelbare Erlebnis ebenso unmittelbar durch die Erinnerung an das gestrige Geschehen getrübt wurde, und auch jetzt reagierte ich mit einer mir selbst ungewohnten Entschiedenheit, drohte ihm, seine Frau zu rufen, und als das nichts half, riß ich mich heftig los, stieg aus dem Bett, zog im Dunkeln meinen Morgenrock an und trat auf die Terrasse hinaus.

Er kam mir sofort nach und fragte: »Was soll das?«, und ich sagte: »Wenn Sie mich nicht augenblicklich in Ruhe lassen, fahre ich morgen nach Hause.«

»Vielleicht könntest du mir trotzdem eine Erklärung geben«, sagte Ramses' Stiefvater. Soweit ich es in der Dunkelheit beurteilen konnte, trug er einen seidenen Morgenmantel mit dunklem Revers, ich sagte: »Das war doch wohl deutlich genug, oder nicht?«

»Vielleicht bin ich etwas blöd«, sagte Ramses' Stiefvater gereizt, und ich sagte: »Wollen Sie Ihre Frau aufwecken?« Er wurde dann gleich um einige Phon leiser, trat dicht vor mich hin, legte mir die Hände auf die Hüften und fragte: »Können wir jetzt vernünftig miteinander reden?« Ich fand, daß wir schon viel zuviel geredet hatten, streifte seine Hände von meinen Hüften, kehrte in mein Zimmer zurück und sperrte ihm die Terrassentür vor der Nase zu. Dann schloß ich auch die Tür zur Diele ab, legte mich wieder in mein Bett und ärgerte mich. Sollte er sich doch zu seiner Frau legen, wenn es ihm unbedingt danach zumute war. Seit ich heute mittag sein angstverzerrtes Gesicht und seinen lächerlichen Spurt auf die Terrasse gesehen hatte, konnte er mich zu rein gar nichts mehr animieren. Außerdem war ich der ständigen Komplikationen mit seiner Frau überdrüssig geworden, konnte seinetwegen dann die halbe Nacht wieder nicht einschlafen, weil seine impertinente Art, mich aufzuwecken, mich ebenso empörte wie meine Phantasie beflügelte, und als ich dann am Morgen mit schmerzendem Kopf von allein aufwachte, war die Côte d'Azur so grau wie das Gesicht seiner Frau bei dem gestrigen Zwischenfall.

Es war ein ungemein trostloser Anblick, der Himmel schien direkt über dem Meer zu hängen, das heute zur Abwechslung eine unwahrscheinliche Türkisfarbe hatte. Nur am Ufer wirkte es genauso grau wie der Himmel, und die Berge hinter Monaco waren bis zum unteren Drittel in Wolken eingepackt. Es war wirklich ein über alle Maßen tristes Bild, ich machte fröstelnd die Terrassentür zu, zog meinen Morgenrock an, ging ins Bad, und als ich eine halbe Stunde später ins Wohnzimmer kam, saß Frau Witkowski bereits beim Frühstück. Um diese Zeit pflegte sie sonst noch eine Stunde im Bett zu liegen, ich blickte unwillkürlich auf meine Armbanduhr, fragte Frau Witkowski, ob ich mich verspätet hätte, und sie sagte, wenn ich nicht stundenlange nächtliche Gespräche auf der Terrasse führte, würde ich am Morgen rechtzeitig aufwachen. Abgesehen davon, daß es in jeder Beziehung eine Infamie war, schaute sie mich auch wieder so bösartig dabei an, daß mir jeder Appetit auf das Frühstück verging. Ich ließ mich gar nicht erst auf dieses Niveau ein, fragte, ob ich Ramses aus dem Zimmer holen solle, und sie sagte: »Ramses bleibt heute hier.« Dagegen konnte ich natürlich nichts tun, und als ich sie noch fragte, ob sie sonst etwas für mich zu tun habe, gab sie überhaupt keine Antwort mehr. Vielleicht war es doch von Nachteil, wenn man so gar keinen Rückhalt hatte, ich kehrte in mein Zimmer zurück, zog meinen Trenchcoat an und verließ das Haus. Heute paßte alles zusammen, und weil es außer Gustave keinen Menschen gab, an den ich mich jetzt hätte wenden können, machte ich mich auf den Weg zu ihm. Allein schon der Umstand, daß Ramses nicht bei mir war, stimmte mich traurig, das Cap wirkte wie verlassen, vom Meer her strich ein kühler Wind durch die dunklen Gärten, und wo sonst die sonnendurchwirkten Olivenhaine ihre Blätter blitzen ließen, war die Luft feucht und kalt, die großen Parks standen mit ihren schwarzen Bäumen düster vor dem grauen Himmel. Etwa hundert Schritte vor Gustaves Palast wurde ich von einem älteren Mann mit grüner Schürze angesprochen, der im Garten seines kleinen Hauses mit einer Hacke ein Blumenbeet bearbeitete, er fragte mich, ob ich zu Monsieur Gustave wolle, und als ich es ihm verwundert bestätigte, bat er mich, einen Augenblick zu warten, ging zu dem kleinen Haus im Hintergrund des Gartens und kehrte mit einem Paket zurück. Das solle er mir im Auftrag von Monsieur Gustave geben, sagte er, der Wagen sei unerwartet schon drei Tage früher gekommen, als Monsieur Gustave gedacht hatte.

»Welcher Wagen?« fragte ich verständnislos, und der ältere Mann mit der grünen Schürze und der großen Warze auf der Nase blickte ein wenig mitleidig in mein Gesicht und sagte, der Wagen aus Paris, Monsieur Gustave sei vor einer Stunde weggefahren und lasse mich herzlich grüßen. Und während er das sagte, blickte er immer noch neugierig und mitleidig in mein Gesicht, drückte mir das Paket in die Arme und wandte sich wieder seinem Blumenbeet zu. Ich ging mechanisch weiter, ohne mich für das Paket zu bedanken, und als ich zu Gustaves Palast kam, stand das große, verrostete Eisentor offen, und an dem kleinen Pförtnerhaus waren sämtliche Läden geschlossen. Ich stellte Gustaves Paket auf den Boden, versuchte die Haustür zu öffnen, aber sie war abgesperrt, und dann entdeckte ich einen Zettel mit einigen Zeilen, die für mich bestimmt waren. Ich las sie viermal hintereinander durch, und als ich sie auch noch zum fünften Male lesen wollte, wurde es mir zu dumm, ich steckte den Zettel in die Tasche meines Trenchcoats, steckte auch meine Hände in die Taschen meines Trenchcoats und ging durch den verwilderten Park über die Terrasse zu unserem Pavillon. Ein paar Äste streiften mein Gesicht, an einem dornigen Busch zerkratzte ich mir die Hand, ich leckte das Blut von meiner Hand, tastete mich durch das dichte Gesträuch hindurch und setzte mich in unserem Pavillon auf unsere Bank. Natürlich hatte er gewußt, daß der Wagen in dieser Woche kommen würde, ob drei Tage früher oder später, war Jacke wie Hose; er hatte mich vom ersten Augenblick an belogen, und für einen jungen *artisan* spielte es wohl keine große Rolle, ob es ein Mädchen auf Cap Ferrat oder ein Mädchen auf dem Montmartre war, Hauptsache, es war ein Mädchen mit einem einigermaßen hübschen Busen, und natürlich war es ein bißchen traurig gewesen, daß man sich so rasch wieder trennen mußte, aber *c'est la vie*, und *je ne t'oublierai jamais. Au revoir*, *ma petite amie*, mach's gut und bleib gesund. Auch die rötlichen Silhouetten des Esterel-Gebirges waren heute nicht zu sehen, und dort, wo die weißen Hotels von Nizza stehen mußten, war alles grau in grau, ich dachte: Idiot!, putzte mir die Augen ab, dann die Nase, und dann war ich wieder einigermaßen oben, blickte noch einmal mit einem abgrundtiefen Widerwillen über die triste Bucht von Villefranche und kehrte durch den verwilderten Park zu der Straße zurück.

Im Grunde war ich ein ziemlich unsentimentaler Mensch, und es mußte schon ziemlich dick kommen, um mir solch tiefschürfende Emotionen abzutrotzen, aber dies war nun mal ein mieser Tag vom Augenblick des Erwachens an, und das schöne Paket Gustaves ließ ich vor der Tür des Pförtnerhauses liegen. Ich sagte noch dem älteren Mann mit der Warzennase Bescheid, daß ich das Paket vor die Tür gelegt hätte, und der ältere Mann schaute mich wieder neugierig und mitleidig an und fragte, ob er das Paket an sich nehmen solle. »Heben Sie es für Monsieur Gustave auf«, sagte ich, und der Mann mit der Warzennase sagte, das würde er gerne tun, aber vor Herbst würden Monsieur und Madame Gustave nicht aus Paris zurückkommen. Das war wenigstens einmal eine gute Pointe, ich sagte, das mache gar nichts, er solle die beiden vielmals von mir grüßen, besonders Madame Gustave, und dann ging ich wieder weiter. Zuerst an die Westseite des Caps, wo ein paar Industriebarone neben einem namhaften englischen Schriftsteller wohnten, dann zur Ostseite nach Saint-Jean hinüber, und in Saint-Jean fing es an zu regnen. Ich setzte mich auf eine gedeckte Caféterrasse mit einem schönen Blick auf den grauen Hafen und das graue Meer, bestellte mir einen *café au lait*, aß zwei Apfeltörtchen dazu und dachte, daß es mir ganz recht geschehe. Außer mir saß noch eine magere Dame englischen Naturells mit gräßlichen Dauerwellen auf der Terrasse, schrieb ununterbrochen Ansichtskarten, und jedesmal, wenn sie eine Karte geschrieben hatte, legte sie den Füllfederhalter ein paar Sekunden auf die Seite, betrachtete bekümmerten Gesichts die Côte d'Azur in Grau, bis sie, neu inspiriert, entschlossen zur nächsten Karte und wieder zum Füllfederhalter griff. Am Hafen waren ein paar Fischer damit beschäftigt, im Regen ihre Netze auszubessern, und auf einem Platz zwischen schönen Grünanlagen spielten vier jüngere Männer *Boule*. Daß an der Côte d'Azur mehr *Boule* gespielt als Bier getrunken wurde, war mir zuerst aufgefallen, und jetzt zog es mich unwiderstehlich zu Ramses zurück, ich bezahlte meinen *café au lait* und die Apfeltörtchen, ging im Regen über das Cap, und als ich an das Haus der Witkowskis kam, fiel mir sofort auf, daß das Wägelchen fehlte. Die Garagentür stand offen, während die Haustür abgeschlossen war. Ich ging von hinten auf den meinem Zimmer vorgelagerten Teil der Terrasse und fand wenigstens meine Zimmertür offen.

In der Diele zog ich meinen Mantel aus, und während ich meinen Mantel auszog, vernahm ich ein merkwürdiges Geräusch. Es schien vom vorderen Teil der Terrasse zu kommen, ich lief in mein Zimmer, von dort auf die Terrasse, und dann sah ich Ramses. Er mußte die ganze Zeit auf der Terrasse gelegen haben, war klitschnaß und bewegte sich auf eine ganz merkwürdige Art auf mich zu. Zuerst begriff ich es nicht, sah nur, daß er den Rücken unnatürlich gekrümmt hatte, und dann brach er plötzlich in den Hinterbeinen ein, schleifte sich noch zwei oder drei Meter auf mich zu und brach dann auch in den Vorderbeinen ein. Er fiel zuerst auf die Schnauze, blieb ein paar Augenblicke liegen, rollte sich dann auf die Seite und streckte mir die Vorderpfoten entgegen. Mir war, als ob mir das Herz stillstünde, ich lief zu ihm hin, beugte mich über ihn, und als ich mich über ihn beugte, versuchte er wieder, auf die Pfoten zu kommen, und dann sah ich auch den weißen Schaum an seinen Lefzen. Es wurde immer mehr, während er mich mit seinen bernsteinfarbenen Augen unverwandt anschaute, mir die Pfoten entgegenstreckte und zu winseln anfing. Es war das gleiche Geräusch, das ich vorhin in der Diele vernommen hatte. Ich rannte in der verzweifelten Hoffnung in die Küche, wenigstens Madame Ambrosi könnte irgendwo im Haus sein, aber sie war weder in der Küche noch sonstwo, und so rannte ich wieder zu Ramses zurück. Er hatte jetzt die Pfoten an den Bauch gezogen, krümmte sich wie unter unerträglichen Schmerzen, während sich der weiße Schaum an seinen Lefzen zuerst gelb und dann rötlich färbte. Ich mühte mich vergeblich damit ab, seinen schweren Körper in mein Zimmer zu schleppen, rannte schließlich zum Swimmingpool, holte einen Sonnenschirm und stellte ihn so, daß Ramses nicht mehr im Regen lag. Dann rannte ich in mein Zimmer, nahm ein Kissen von meinem Bett und schob es ihm unter den Kopf. Ich kniete mich neben ihn auf den nassen Boden, wischte ihm mit der Hand den Schaum vom Maul, drückte seinen Kopf an meine Brust und redete auf ihn ein, ohne zu wissen, was ich redete. Ich wußte nur, daß er sterben würde, wenn ich nicht ganz schnell etwas unternahm, und so rannte ich kopflos auf die Straße, läutete am Nachbarhaus, und als sich im Nachbarhaus nichts rührte, rannte ich zu Ramses zurück. Er mußte mir ein Stück nachgekrochen sein, lag jetzt mitten im Regen auf der Terrasse, winselte und streckte mir die Pfoten entgegen.

Ich war kaum mehr meiner Sinne mächtig, kniete mich wieder im Regen neben ihn auf den nassen Boden, fühlte seinen Körper zucken, seine zuckenden Pfoten in meinen Händen, hörte ihn röcheln, keuchen, sah seine Lefzen zucken, seine Augen zucken, und sie waren immer noch klar und unverwandt auf mich gerichtet. Ich holte das Kissen, legte es mir unter, bettete seinen Kopf auf meinen Schoß, aber es dauerte noch eine halbe Stunde, bis Ramses starb, und während dieser halben Stunde saß ich neben ihm im Regen, empfand nichts mehr, weinte nicht mehr, redete auch nicht mehr auf ihn ein, saß nur da und sah zu, wie er starb. Zuerst mit den Augen, die erst trüb, dann glasig wurden, sich langsam nach oben drehten und mich das Weiße sehen ließen. Dann starb er mit den großen Pfoten, die in meinen Händen kalt und leblos wurden, starb mit dem Herzen, das an meiner Brust zu schlagen aufhörte, und als ich schon glaubte, er sei ganz tot, öffnete er noch einmal langsam die Augen und schaute mich an, bis sein Blick abwesend wurde und durch mich hindurchschaute in den grauen Himmel über der Côte d'Azur. Ich blieb trotzdem noch neben ihm sitzen, fünf Minuten oder eine halbe Stunde, und er sah aus, als ob er nur schliefe, sein Gesicht hatte sich überhaupt nicht verändert, sein bläuliches Fell war schön und glatt im Regen, ich wischte ihm wieder den Schaum vom Maul, legte seinen Kopf auf das Kissen, deckte ihn mit dem Sonnenschirm gegen den Regen ab, und dann ging ich in mein Zimmer, setzte mich in meinen nassen Sachen auf das Bett, bis ich am ganzen Körper zu zittern anfing. Ich zog mein nasses Kleid aus, legte mich unter die Bettdecke, aber mir wurde nicht mehr warm. Ich lag in meinem Bett und zitterte wie im Schüttelfrost. Schließlich wurde es mir angst um mich selbst, ich ging ins Bad, suchte nach Tabletten und fand keine. Ich ließ die Wanne mit heißem Wasser vollaufen, legte mich in das heiße Wasser, während Ramses draußen tot im Regen lag, und dann fiel mir etwas ein. Ich stieg aus der Wanne, lief naß und nackt ins Wohnzimmer, und die Tür zur Terrasse stand einen Spalt offen. Ich machte sie zu, kehrte ins Bad zurück, trocknete mich ab, zog mich in meinem Zimmer an und legte mich wieder aufs Bett. Als die Witkowskis kamen, hatte ich ein ganzes Päckchen Zigaretten geraucht, ich ging zu ihnen hinaus auf die Diele, und Frau Witkowski rannte mit völlig verweintem Gesicht an mir vorbei in ihr Schlafzimmer, schlug die Tür hinter sich zu, aber das machte es in meinen Augen nur noch unverständlicher. Ich beobachtete, wie ihr Mann seinen Mantel auszog, dann kehrte ich in mein Zimmer zurück, legte meinen Koffer auf das Bett und packte meine Sachen hinein.

Etwas später kam er herein, blieb an der Tür stehen und fragte: »Was soll das?« Als ich nicht antwortete, ging er auf die Terrasse hinaus, und nun konnte ich endlich wieder weinen, weinte lautlos und nur noch aus Haß. Ich hörte, wie er sich draußen zu schaffen machte, hörte seine schweren Schritte auf der Terrasse, beobachtete durch die offene Tür, wie er sich Ramses auf die Schulter lud und ihn die Treppe hinuntertrug. Ich wandte mich wieder meinem Koffer zu, stopfte alles, was noch von meinen Sachen herumlag, blindlings hinein, zog in der Diele meinen nassen Trenchcoat an, und dann kam er zurück, wischte sich die Hände an einem blütenweißen Taschentuch ab und sagte: »Er war nicht mehr normal; wir konnten nicht anders.« Ich blickte in sein Gesicht, und während ich in sein Gesicht blickte, begriff ich mich selbst nicht mehr. Ich begriff auch seine Frau immer weniger, holte meinen Koffer aus dem Zimmer, und an der Haustür hielt er mich am Arm fest und sagte: »Schließlich war es nur ein Hund.« Ich stieß seine Hand von meinem Arm, trat in den Regen hinaus, und er sagte noch: »Es wird dir spätestens in einer halben Stunde leid tun«, aber das hielt ich für völlig unwahrscheinlich. Er stand regungslos in der Tür und blickte mir lange nach.

Die Zöllners wohnten in einem Hotel in Monaco, ich hatte es am Montag gehört, als sie sich mit Frau Witkowski darüber unterhalten hatten, auch der Name des Hotels war genannt worden. Um nach Monaco zu kommen, mußte ich mit dem Omnibus fahren, die Haltestelle befand sich in Saint-Jean,

ich brauchte nicht lange zu warten, und im Omnibus wurde ich dann von allen Leuten angestarrt, blickte, während wir über die regennasse Straße nach Monaco fuhren, durch die regenbeschlagenen Scheiben in den grauen, tiefen Himmel, hielt meinen Koffer auf dem Schoß, und jedesmal, wenn ich in den grauen, tiefen Himmel schaute, war es mir, als ob ich hinter mir Ramses schniefen und pusten hörte. Vom Schaffner erfuhr ich, daß das Hotel direkt am Meer in Richtung Monte Carlo-Beach stand, ich hatte von der Haltestelle noch zehn Minuten zu laufen, und aus irgendeinem Grund erleichterte es mich, daß die Zöllners nicht im Hotel de Paris am Casino wohnten, wo die vornehmen Leute auf der Terrasse saßen, aber das Hotel, in dem sie wohnten, sah auch nicht nach einem Touristenheim aus, ich wurde schon am Eingang von zwei uniformierten Männern in Empfang genommen, die mir unbedingt meinen Koffer abnehmen wollten, mußte an der Rezeption einem schwarzbefrackten Herrn meinen Wunsch vortragen, und mich dann in dem vornehmen Vestibül mit seinen eleganten Klubsesseln zwischen distinguierten Gästen gedulden, bis Herr Zöllner aus dem Lift kam, bei meinem Anblick ein wenig stutzte, dann rasch auf mich zutrat und mir die Hand gab. Wie ich denn um Gottes willen aussähe, fragte er sofort, obgleich ich schon meine halbe Puderdose verbraucht hatte, und ich sagte, darauf komme es jetzt nicht mehr an, und ob es ihm mit seinem Angebot vom Montag Ernst gewesen sei.
Mit welchem Angebot, fragte er stirnrunzelnd, und ich sagte, er habe mir vorgeschlagen, für tausend Mark im Monat in seinem Haus auf Cap Martin zu arbeiten.
Ach *das* meinte ich, sagte er, und so, wie er es sagte, wäre ich am liebsten sofort wieder aufgestanden. Er nahm sich eine dicke Zigarre aus einem dicken Zigarrenetui, von irgendwoher tauchte ein uniformierter Knabe auf, gab ihm

Feuer, und Herr Zöllner streckte seine kurzen Beine weit von sich, blies umständlich den Rauch seiner Zigarre in die Luft, schaute mich halb unschlüssig und halb neugierig an und sagte dann, als er mir das Angebot gemacht habe, sei er leider über verschiedene Dinge nicht ausreichend unterrichtet gewesen.

Über welche Dinge, fragte ich, und nun wurde er väterlich, tätschelte mir vertraulich die Hand, drohte mir schelmisch mit dem Finger und meinte, ich hätte es faustdick hinter den Ohren. »Sehen Sie«, sagte er, »wenn es nur darum ginge, so einen Adelstitel zu bekommen, könnte ich mir jeden Tag ein halbes Dutzend von der Sorte kaufen, vom Baron an aufwärts.« Ich konnte da nicht mitreden, bat ihn jedoch, sich etwas präziser auszudrücken, und er tat es dann in sehr direkter Weise, indem er mir vorhielt, den Witkowskis unterschlagen zu haben, daß ich meinen Adel nur einer Adoption zu verdanken und bis vor ein paar Monaten als kleine Stenotypistin bei der VAS gearbeitet hätte. Ich sah nun wenigstens klar, und merkwürdigerweise empfand ich in dieser Sekunde mehr Erleichterung als Betroffenheit oder Scham, ich sagte: »Wenn Sie das natürlich stört ...«

»Mich weniger«, sagte Herr Zöllner, »aber meine Frau hat nun mal eine Aversion gegen Imitationen; falls Sie das verstehen.«

»Sehr gut«, sagte ich. Und dann fragte ich: »Woher wissen Sie es?«

»Wir wurden vor zehn Minuten angerufen«, sagte Herr Zöllner. Er brauchte mir nicht zu sagen, von wem er angerufen worden war, ich erinnerte mich plötzlich wieder daran, daß mein Reisepaß zwei Tage bei Frau Witkowski gelegen hatte. Wahrscheinlich hatte sie es schon herausbekommen, bevor sie an die Côte d'Azur gefahren war; es machte manches an ihr verständlich. Ich stand auf und sagte: »Ich bin Ihnen für Ihre Offenheit dankbar.«

»Mein Prinzip«, sagte Herr Zöllner. Während ich ihn anschaute, fiel mir etwas ein. »Vielleicht könnten Sie mir einen passenden Zug empfehlen«, sagte ich, und er sagte, ohne eine Sekunde zu überlegen: »Sie haben Glück; in einer Stunde erwischen Sie in Ventimiglia den Riviera-Expreß.«

»Und wie komme ich nach Ventimiglia?« fragte ich. Er schaute mich eine kurze Weile nachdenklich an, kaute auf seiner Zigarre herum, nahm sie dann aus dem Mund und sagte: »Wenn Sie wollen, lasse ich Sie durch meinen Chauffeur hinbringen.«

»Das wäre sehr nett«, sagte ich.

»Wollen Sie vorher noch eine Kleinigkeit essen?« fragte er, und ich sagte: »Das werde ich im Zug tun.« Er schaute mich wieder nachdenklich an, dann murmelte er eine Entschuldigung und stand auf. Ich beobachtete, wie er zur Rezeption ging und mit dem schwarzbefrackten Herrn sprach. Anscheinend genoß er im Hotel hohe Reputation, der schwarzbefrackte Herr parlierte mit seinem ganzen Charme, und als er wieder zurückkam, sagte er: »Er wird gleich hiersein.« Er wirkte jetzt ein wenig zerstreut, sagte, ich dürfe das, was er mir erzählt habe, natürlich nicht zu wörtlich nehmen, aber seine Frau sei in solchen Dingen nun mal sehr empfindlich. Sicher waren ihm inzwischen Zweifel gekommen, ob es richtig gewesen war, mich über ihre psychologischen Motive so rücksichtslos aufzuklären. »Wenn es nach mir gegangen wäre«, sagte er vertraulich, »hätten Sie trotzdem bei uns anfangen können«, aber das war bei verheirateten Männern keine Ausnahme, ich sagte: »Es tut mir auch leid.«

»Unter uns gesagt«, sagte Herr Zöllner und blickte sich vorsichtig im Vestibül um, als befürchte er seine Frau hinter einer der dekorativen Säulen, »mir imponiert Ihre Art sehr.

Wenn ich einmal etwas für Sie tun kann; ich meine, falls das bei Ihnen überhaupt erforderlich sein sollte.«

»Ich glaube nicht«, sagte ich, und er sagte: »Immerhin ist es merkwürdig, daß Sie als seine Adoptivtochter so etwas nötig haben.« Er blickte mich plötzlich sehr durchdringend an, und ich sagte: »Vielleicht ist es ein Hobby von mir.« Einen Augenblick schien er tatsächlich ernsthaft darüber nachzudenken, dann schüttelte er ungeduldig den Kopf und sagte, er kümmere sich grundsätzlich nicht um anderer Leute Dinge, aber falls es mich interessieren sollte: Er kenne vom Klub her eine ganze Reihe wichtiger Leute in der Stadt, unter anderem auch den Generaldirektor der VAS, mit dem er sogar gut befreundet sei. Um was für einen Klub es sich dabei handelte, verriet er mir auch diesmal wieder nicht, und dann tauchte sein Chauffeur am Hoteleingang auf. Ich streckte Herrn Zöllner die Hand hin und sagte: »Ich bin Ihnen sehr dankbar.«

»Und was nun wirklich vorgefallen ist«, sagte er, »wollen Sie mir nicht verraten?«

»Da man Sie schon angerufen hat«, sagte ich, »müßten Sie eigentlich auch darüber unterrichtet sein.«

»Ich habe nicht mit *ihm* gesprochen«, sagte Herr Zöllner und klopfte die weiße Asche von seiner Zigarre auf den schönen Hotelteppich. Dann sagte er etwas mürrisch: »Er war schon immer ein Windhund.«

»Deshalb hatte er wahrscheinlich auch eine Aversion gegen Doggen«, sagte ich, und Herr Zöllner blickte mit schmalen Augen in mein Gesicht und fragte: »Wie meinen Sie das?«

»Sie haben Ramses umgebracht«, sagte ich, und weil ich nun doch wieder nasse Augen hatte, ließ ich ihn stehen und ging zu seinem Chauffeur, der noch immer am Hoteleingang auf mich wartete. »Wohin soll ich Sie bringen?« fragte er und nahm mir meinen Koffer ab. Ich blickte über meine Schulter hinweg zu Herrn Zöllner hin. Er stand steif dort, wo ich ihn stehengelassen hatte, und sein Gesicht war ganz weiß. »Zum Bahnhof Ventimiglia«, sagte ich, und dann durfte ich mich in das Luxusgefährt der Zöllners setzen und sagte: »Herr Zöllner liebt Hunde wohl sehr?«

»Wenn es nach ihm ginge«, sagte der Chauffeur, »dürfte es außer ihm nur noch Hunde geben«, und damit ließ er mich einen tiefen Einblick in Herrn Zöllners Psyche tun. Während wir über den Quai des Etats-Unis rollten, erinnerte ich mich, wie unsympathisch Herr Zöllner mir zu Anfang gewesen war, ich fragte: »Wie lange arbeiten Sie schon für ihn?«

»Zehn Jahre«, sagte der Chauffeur, und ich sagte: »Dann müssen Sie ihn ja gut kennen.« Der Chauffeur schwieg. Erst als wir schon über den Boulevard des Moulins fuhren, sagte er: »Wen kennt man schon.« Ich blickte durch das Fenster auf die prächtige Geschäftsstraße, und als ich eine Dame mit einem schönen Foxterrier sah, fing ich wieder an zu weinen. Der Chauffeur drehte sich ein wenig nach mir um und fragte besorgt: »Kann ich etwas für Sie tun?«

»Nein«, sagte ich.

In Papas Haus hatten sich große Dinge getan, das Bett und die Couch in meinem Appartement waren verschwunden, und als ich zu seinem eigenen Schlafzimmer hinunterging, fand ich die Tür offen. Ich getraute mich trotzdem nicht sofort, einfach hineinzugehen, und dann fand ich einen völlig leeren Raum vor. Außer den verschossenen Tapeten und dem Telefon am Boden war nichts zu entdecken, das anzuschauen sich gelohnt hätte, und auch die verschossenen Tapeten waren ohne jedes unanständige Motiv. Dort, wo die Betten gestanden haben mußten, zeichneten sich noch die Konturen eines großen Bilderrahmens an der Wand ab, aber der Fleck war mindestens so alt wie die Tapeten selbst, und nach allem, was ich über Papas verstorbene Frau erfahren hatte, schien sie mir nicht der Typ gewesen zu sein, unter einem unanständigen Bild zu schlafen. Meine erste Befürchtung, Papa könnte das Haus verkauft und auch die übrigen Zimmer bereits geräumt haben, hielt einer gründlicheren Umschau nicht stand, abgesehen von den fehlenden Ruhelagern in meinem Appartement und seinem leeren Schlafzimmer war alles unverändert, auch in meinem Kleiderschrank schien auf den ersten Blick nichts zu fehlen, und was sein leeres Schlafzimmer betraf, so kam mir beim Anblick der nackten Tapetenwände der Gedanke, ihre Kahlheit allein sei das obskure Geheimnis seines Schlafzimmers gewesen, und dann hätte er wohl am besten einen Psychiater aufgesucht.

Daß er mir jede Möglichkeit genommen hatte, mich in meinem Zimmer hinlegen zu können, fand ich natürlich unfein, schließlich hatte ich über fünfzehn Stunden in der Bahn verbracht, aber zum Glück war wenigstens die große Couch im Wohnzimmer vor seiner Räumwut bewahrt geblieben, und mein Bettzeug entdeckte ich nach einigem Stöbern in einem Aktenschrank seines Büros etwas angestaubt, aber vollständig vor. Ich schlief dann die Nacht über sehr tief, und am nächsten Morgen erwachte ich bei strahlendem Sonnenschein, dachte mit einiger Genugtuung daran, daß die Côte d'Azur jetzt wohl noch unter der grauen Wolkendecke liegen würde, was den Leuten dort, einschließlich der Rothschilds und Curd Jürgens, ganz recht geschah. Ich zog dann als erstes sämtliche Läden hinauf, freute mich, daß Papa auch vom Garten nichts weggeräumt hatte, nahm ein ausgiebiges Bad, und nach dem Bad bekam ich Hunger. In meinem Zimmer stellte ich zu meiner Verwunderung fest, daß einige meiner hübschesten Wäschestücke fehlten, besonders die Perlonhöschen waren nicht mehr vollzählig, ich nahm mir vor, ihm keine peinlichen Fragen zu ersparen. An die Witkowskis hatte ich bis zu diesem Augenblick noch nicht gedacht, ich hielt sie einfach aus meinem Bewußtsein heraus, erinnerte mich ihrer erst wieder, als an der Tür Sturm geläutet und mir von einem nervösen Postboten ein Telegramm ausgehändigt wurde. Es war tatsächlich an mich gerichtet, und als ich dann feststellte, daß es von diesem ominösen Dr. Flechter kam, mußte ich mir auf nüchternen Magen wieder eine Zigarette anstecken. Es war in Nizza aufgegeben und unterrichtete mich darüber, daß er sein Angebot unverändert aufrechterhalte und so bald wie möglich meinen Anruf im Märchenring erwarte. Ich wußte jetzt überhaupt nicht mehr, woran ich war, rauchte nach der Lektüre gleich noch eine Zigarette, und dann beschloß ich, mir ein vorzügliches Frühstück zu machen, zu welchem Zweck ich mich zuerst einmal mit den erforderlichen Ingredienzen versorgen mußte. Zu meiner Beruhigung war die neugierige Nachbarsfrau inzwischen auch wieder eingetroffen, sie stand in einem geblümten Morgenrock in ihrem Garten, und der Blick nachdenklicher Zerstreutheit, mit dem sie mich bedachte, ließ darauf schließen, daß sie sich über meine geheimnisvolle Rolle im Hause des alten Brandenstein trotz ihrer Erholungskur noch immer nicht schlüssig geworden war. Ich nickte ihr freundlich zu, worauf sie vor Verwunderung den kleinen Mund öffnete und es dabei bewenden ließ. Merkwürdigerweise war ich gar nicht so sehr deprimiert, vielleicht deshalb nicht, weil Papa meine Perlonhöschen requiriert hatte, konnte ich es doch als Indiz dafür ansehen, daß es auch jetzt noch in meiner Hand lag, jede mir angenehme Karte auszuspielen, und was immer auch hinter dem obskuren Telegramm des obskuren Dr. Flechter stecken mochte, so war

es doch ein beruhigendes Gefühl zu wissen, daß ich auch hier noch ein Hintertürchen offen hatte, für alle Fälle sozusagen, man konnte ja nie wissen.
Es war angenehm, an diesem schönen Vormittag auf dieser Straße wieder unter den grünen Bäumen zu gehen, auch wenn sich die Wohlstandshäuschen auf beiden Seiten mit den kühlen Palästen von Cap Ferrat nicht einmal entfernt vergleichen ließen. Nur an Ramses durfte ich nicht denken, jedesmal, wenn es mir trotzdem passierte, fühlte ich mich deprimiert, ich mußte es dann immer mit meinem Haß auf die Witkowskis kompensieren, und seit ich das Telegramm des Dr. Flechter erhalten hatte, hoffte ich auf eine Chance, ihnen früher oder später alles heimzahlen zu können; Ramses eingeschlossen.
Meine Einkäufe erledigte ich in gewohnter Routine, avancierte im Konsum wieder zur Frau Doktor und im Bäckerladen zur gnädigen Frau, wahrscheinlich wirkte meine Sonnenbräune animierend auf die bürgerliche Phantasie des Personals. Ich war nun fast froh darüber, daß alles so gekommen war, es erleichterte mir doch ein wenig den abrupten Szenenwechsel, denn so sentimental, daß ich es schon nach knapp vierzehn Tagen nicht mehr hätte abwarten können, von der Côte d'Azur wieder nach Hause zu kommen, war ich nun doch nicht, ich hatte dort ganz im Gegenteil gerade angefangen, mich heimisch zu fühlen. Vielleicht hätte ich diesen abrupten Szenenwechsel sogar mit weniger Haltung getragen, wenn mir der Gedanke an Papas Möglichkeiten nicht den Trost nahegelegt hätte, daß es letztlich vielleicht nur ein kleiner Vorgeschmack auf ein Leben gewesen war, das mich nur eine Geste kosten würde. Schließlich hatte ich ja auch mit Gustave geschlafen! Wenn ich bedachte, wieviel es mir bei Papa einbringen würde, wurde es überhaupt erst attraktiv, und ich hatte mir nun einmal vorgenommen, daß

dies nicht mein letzter Besuch an der Côte d'Azur gewesen war; trotz Ramses.

Der Versuchung, für den Rückweg ein Taxi zu nehmen, widerstand ich, obwohl ich, weil ich gleich noch für das Wochenende eingekauft hatte, bis zur Grenze meiner physischen Fähigkeiten beladen war. Solange dieser Zustand der Ungewißheit andauerte, konnte ich es mir nicht leisten, großzügig mit meinem Geld zu manipulieren. Um so mehr genoß ich es nachher, auf Papas Terrasse in der warmen Sonne zu frühstücken, und nach dem Frühstück durchsuchte ich noch einmal das ganze Haus nach den fehlenden Betten. Leider waren die meisten Türen im Keller abgeschlossen, selbst der Schlüssel zum Heizungsraum fehlte neuerdings, und daß sich der Badezimmerschlüssel inzwischen auch nicht eingestellt hatte, registrierte ich nebenbei. Ich konnte mir wirklich nicht vorstellen, was Papa damit bezweckt haben könnte, als er mir Bett und Couch versteckte, denn schließlich gab es weniger aufwendige Methoden, mich an einer Rückkehr in sein Haus zu hindern, er hätte mir nur eine diesbezügliche Nachricht auf den Tisch zu legen brauchen. Am meisten verdroß mich jedoch, daß ich mir nun anscheinend endgültig die Chance verpatzt hatte, hinter das Geheimnis seines Schlafzimmers zu kommen, und wenn es mir nicht gelang, es ihm noch nachträglich abzutrotzen, würde ich möglicherweise mein ganzes Leben davon träumen müssen.

Um mich gleich wieder ein wenig einzuarbeiten, beschäftigte ich mich den Vormittag über mit Staubwischen und anderen Routinearbeiten des bürgerlichen Haushaltes, machte mir zum Mittagessen Huhn mit Reis, und dann hub wieder das Warten auf Papa an. Ich wartete den ganzen Nachmittag und den ganzen Abend auf ihn, lag den ganzen Nachmittag im Bikini auf der Terrasse und den ganzen Abend in meinem Saint-Tropez-Pyjama auf der Couch im Wohnzimmer, hörte Radio und blätterte in den vielen Zeitungen, die sich während meiner Abwesenheit angesammelt hatten und von Papa auf den Tisch in der Diele gelegt worden waren, aber außer einem Lustmord an einer Prostituierten in der Altstadt hatte sich nichts Wesentliches getan. Die Mädchen konnten mir immer leid tun, nicht nur, daß sie ihr Geld so sauer verdienen mußten, fühlte sich auch niemand für ihr Berufsrisiko zuständig. In der Nacht wachte ich dann einmal auf, meinte, Schritte im Haus zu hören, und lag mit klopfendem Herzen in der Dunkelheit, bis ich mir sicher war, daß ich es nur geträumt hatte. Wahrscheinlich hatte mich die Geschichte von dem Lustmörder ganz durcheinandergebracht, und der Samstag verlief dann genauso eintönig.

Das war nicht gut, ich mußte ständig an Ramses denken, getraute mich schon nicht mehr auf die Straße, weil der Anblick jedes Vierbeiners mir das Herz umdrehte. Ich hatte in meinem ganzen Leben nicht so oft geweint wie in den letzten achtundvierzig Stunden, und wenn das so weiterging, würde ich noch in Melancholie enden. Außerdem erwies es sich immer mehr, daß diese monotone Art von Untätigkeit auf die Dauer nur schwer zu ertragen war, sie machte mich kribbelig, und nachdem ich am Samstagnachmittag zum zehnten Male mit dem Staubtuch durch das Haus gewandert war, konnte ich das Staubtuch nicht mehr sehen. Manche Frauen machten sogar eine geistige Beschäftigung daraus, aber das war wohl eine Frage der Kapazität. Ich wartete auch den ganzen Sonntag auf Papa, und dann wurde ich hysterisch, hörte nachts wieder Schritte im Haus, Türen knarren, kletterte schweißgebadet von meiner Couch, horchte eine halbe Stunde in das stille Haus, bis mir vor Müdigkeit fast die Augen zufielen. Trotzdem getraute ich mich nicht mehr auf die Couch, schlief in einem Sessel ein, und am Montag-

morgen gab es keine Stelle an meinem Körper, die mir nicht weh getan hätte. Ich legte mich in die Badewanne, und als Papa hereinkam, erkannte ich ihn fast nicht wieder. Ich hätte es nicht für möglich gehalten, daß ein Mensch sich innerhalb weniger Wochen so stark verändern konnte, er sah jetzt wie ein Mann von fünfundsiebzig aus, mit eingefallenen Wangen, grauer Gesichtsfarbe und tiefen Ringen unter den Augen. Selbst sein Haar schien noch weißer geworden zu sein, er setzte sich neben mich auf den Rand der Badewanne, zog den Stöpsel aus dem Abfluß und beobachtete mit unbewegter Miene, wie mein Körper Millimeter um Millimeter aus dem Wasser auftauchte, bis kein Wasser mehr in der Wanne war. Dann stand er auf und sagte: »Und jetzt verschwinde, du kleine Hure!« Das hätte er nicht sagen dürfen, ich wäre auch jetzt noch bereit gewesen, für ein Haus an der Côte d'Azur meinen Widerwillen genauso zu unterdrücken, wie es schon unzählige andere vor mir getan hatten und es nach mir noch tun würden, aber er hätte mich nicht eine Hure schimpfen dürfen, und eine kleine Hure schon gar nicht, fand ich.
Ich stieg aus der Wanne, hängte mir vor seinen Augen das Badetuch um die Schultern und ging, ohne ihn noch einmal anzuschauen, in mein Zimmer hinauf. Dort trocknete ich mich ab, zog mich an und rauchte am Fenster eine Zigarette. Vielleicht hatte ich es nicht anders verdient, es war immer schwierig, jedesmal genau das zu tun, was nach Vernunft und Gewissen das Richtige war, und Hans hatte mir von der Adoption abgeraten, es gab in meinem Leben außer ihm keinen Menschen, der im Grunde nur das von mir verlangt hätte, was nach Vernunft und Gewissen richtig gewesen wäre. Fast fühlte ich mich versucht, zu ihm zu laufen, ohne das Telegramm des Dr. Flechter hätte ich es vielleicht auch getan, und da ich jetzt zwei Koffer hatte, meinen alten und den neuen, würde ich nicht mehr in Papas Haus zurück-

kehren müssen. Es war das erste Mal, daß ich so rundheraus auf die Straße gesetzt wurde, und mit der Universalerbin war es nun natürlich vorbei. Vorbei mit dem schönen Haus auf dem Turmberg, vorbei mit der sanften Geruhsamkeit, die mir nun, da ich sie gezwungenermaßen aufgeben mußte, gar nicht mehr so unerträglich und eintönig erschien, und dieser Dr. Flechter war trotz der zweitausend Mark monatlich doch ein sehr wenig ansprechender Typ. Andererseits hatte ich inzwischen so oft meine Tränendrüsen strapaziert, so oft meine Psyche mit unbekömmlichen Emotionen belastet, daß ich viel zu apathisch war, mich schon wieder in neue Emotionen zu stürzen. Ich hatte einfach keine Lust mehr, und außerdem war ich wütend. Mit anderer Leute Moral war ich noch nie ganz zurechtgekommen, und Papa schien hier besonders individuelle Maßstäbe zu verfechten, was moralisch und unmoralisch, was eine kleine oder eine große Hure war. Mir waren solche willkürlichen Interpretationen entschieden zu kompliziert, und lieber würde ich mich mit den beiden Koffern zu Tode schleppen, als ihn bitten, mir telefonisch ein Taxi zu bestellen. Ich schied auch ohne sentimentale Anwandlungen aus meinem Appartement, ließ keine feuchten Blicke umherschweifen, streichelte weder Papas Bücherregal mit den Fingerspitzen noch die Luft mit einem gedankenschweren Seufzer. Ich ging ganz schlicht hinaus, und draußen stand wieder Papa, blickte mich stumm an, und als ich mich der Haustür zuwandte, fragte er: »Wo hast du gesteckt?« Abgesehen davon, daß es sich mit zwei Worten doch nicht hätte erklären lassen, war mir auch nicht mehr nach neuen Diskussionen zumute, ich sagte: »Wenn Sie die Adoption nicht annullieren, tue ich es selbst«, worauf er ein paarmal lautlos den Mund bewegte. Er sah wirklich miserabel aus, an seiner Stelle hätte ich die Konservenfabrik endlich abgestoßen und mich neben den Rothschilds und Curd

Jürgens zur Ruhe gesetzt, er sagte: »Mich einfach hier allein sitzenzulassen, wo ich doch...« Und dann bewegte er wieder den Mund, ohne einen Laut herauszubringen. Es sah so schrecklich aus, daß mir fast übel wurde, aber ich konnte nichts mehr für ihn tun, ich war mir meiner Sache jetzt so sicher geworden, daß ich auch dabei geblieben wäre, wenn er sich mir vor die Füße geworfen hätte.

Als ich mit dem Ellbogen die Türklinke niederdrückte, stand er immer noch auf dem gleichen Fleck und redete ohne Unterlaß auf mich ein, ohne einen Laut über die Lippen zu bringen, und das war das letzte, was mir von ihm in Erinnerung blieb.

Zum Glück stand die neugierige Nachbarsfrau heute nicht in ihrem Garten, wodurch ihr doch noch das große Finale entging; es passierten eben oft außerordentliche Dinge in unmittelbarer Nähe, deren man sich nie bewußt wurde. Da die Straße bald sehr steil abfiel, kam ich mit meinen schweren Koffern verhältnismäßig gut voran, mußte zwar immer längere Pausen einlegen, bis ich endlich die Straßenbahnhaltestelle erreichte, und dort stand auch eine Telefonzelle. Ich suchte in meiner Handtasche nach der Visitenkarte des Dr. Flechter, wählte seine Nummer, vernahm eine Frauenstimme und verlangte Dr. Flechter zu sprechen. Die Frau mit der unsympathischen Stimme sagte, Dr. Flechter sei nicht zu Hause, wollte wissen, mit wem sie spreche, und als sie es wußte, sagte sie: »Ach ja!« und »einen Augenblick, bitte«, und dann war es eine Weile still, bis ihre Stimme völlig verändert und sehr sympathisch mich im Auftrag von Dr. Flechter wissen ließ, daß ich umgehend nach Zürich ins *Baur au Lac* fahren und dort auf Dr. Flechter warten solle. Das fing ja gut an, ich vergewisserte mich, ob ich im *Baur au Lac* auch ein Zimmer bekommen würde, die sympathische Frauenstimme versicherte mir, das sei alles schon geregelt, und ich brauchte mich nur auf Dr. Flechter zu berufen. Sie empfahl mir sogar noch einen Zug, der in knapp eineinhalb Stunden vom Hauptbahnhof direkt nach Zürich fuhr, dann wurde im Märchenring der Hörer aufgelegt, und Zürich war natürlich nicht schlecht, obwohl so viel Perfektion an vorauskalkulierten Dispositionen meinen ursprünglichen Verdacht in offenes Mißtrauen verwandelte. Ich räumte die Telefonzelle einem aufgeregten Mann mit einer schwarzen Aktentasche, setzte mich neben der Telefonzelle auf meine Koffer in die warme Sonne und dachte fünf Minuten intensiv nach, dann kehrte ich in die inzwischen frei gewordene Telefonzelle zurück und wählte die Geschäftsnummer von Hans.

Es war wie ein Lotteriespiel, und wenn ich ihn nicht erreicht hätte, wäre ich nach Zürich gefahren, ohne ihn anzurufen, aber ich erreichte ihn, und als ich nach so langer Zeit seine Stimme wieder hörte, brachte ich ein paar Sekunden keinen Laut heraus, hatte Schluck-, Atem- und Herzbeschwerden, und dann sagte ich: »Ich bin es, Alter.« Und jetzt mußte es dem Alten seinerseits die Stimme verschlagen haben, es wurde unüberhörbar ruhig auf der anderen Seite, dann fragte er: »Wieso Alter?« Ich wunderte mich selbst darüber, es war mir eben so herausgefahren, und dann wollte er zehn Dinge auf einmal wissen, wo ich steckte, weshalb ich seine beiden Briefe nicht beantwortet, ihm die Haustür nicht aufgemacht, seine Telefonanrufe ignoriert und noch ein halbes Dutzend anderer Dinge nicht getan hätte, und ich erklärte ihm, daß ich weder Briefe von ihm gesehen noch Gelegenheit gehabt hätte, ihm die Haustür aufzumachen, worauf er »dieses alte Schwein« sagte, und dann fragte er kurz: »Wo bist du?« Ich gab ihm eine detaillierte Schilderung, und er legte dann, ohne sich zu verabschieden, den Hörer auf, war trotz des vormittäglichen Verkehrs innerhalb von zehn Minuten bei mir, und endlich sah ich ihn wieder, groß, hager und im Gesicht etwas schmaler, als ich ihn in Erinnerung behalten hatte. Wir standen über eine Minute zwischen der Telefonzelle und meinen Koffern in der warmen Junisonne, hielten uns bei der Hand, kümmerten uns nicht um die Leute ringsherum, nicht um die grinsenden Straßenbahnschaffner, die hier an der Endstation in der Sonne ihr Vesperbrot verzehrten, standen nur da, hielten uns bei der Hand und schauten uns an. Es tat mir gut, zu sehen, daß sogar der Alte feuchte Augen hatte, und dann blickte er meine Koffer an, fragte: »Gehören die dir?«, und als ich ihm bestätigte, daß sie mir gehörten, ließ er meine Hand los, packte meine Koffer und lud sie in seinen Wagen. Dann lud er auch mich in seinen Wagen, und ich sagte noch: »In einer Stunde fährt mein Zug nach Zürich«, aber er kümmerte sich überhaupt nicht darum, fuhr mich, während er mit einer Hand steuerte und mit der anderen meine Hand festhielt, zu seiner Wohnung und von dort noch ein paar Häuser weiter, kletterte aus dem Wagen, packte wieder meine Koffer und führte mich ohne Kommentar in ein großes, vierstöckiges Haus mit vielen Balkonen und einem schönen Blick auf den Friedhof. Im zweiten Stock stellte er meine Koffer ab, schloß eine Tür auf und führte mich dann ohne Kommentar durch eine nagelneue Dreizimmerwohnung mit Küche, Bad, je einem Balkon vor dem Wohn- und Schlafzimmer, und die Möbel waren gleichfalls alle neu und ungefähr so, wie ich sie mir selbst ausgesucht hätte, aber schließlich kannte er meinen Geschmack nur zu genau. Überall roch es noch nach Farbe und Handwerkern, nur im Arbeitszimmer standen noch seine alten Möbel, und dort nahm er mich in die Arme. Es war ein bewegender Augenblick, ich weinte an seiner mageren Brust, sagte: »Oh, Hans«, und Hans ließ seinen spitzen Adamsapfel hüpfen, nahm mit einer Hand die Brille ab, tätschelte mit der anderen den hübschesten Popo der Welt, rieb sich verdrossen mit dem Handrücken über die Augen und sagte: »Verdammtes Ding.« Dann trug er mich über die Schwelle des Schlafzimmers, legte mich auf das schöne breite Bett und sagte: »Ich habe den Bausparvertrag gekündigt.«

»Und ich die Adoption«, sagte ich. Anscheinend hatte er inzwischen doch kein anderes Mädchen gehabt, er fiel förmlich über mich her, fluchte und küßte in einem, und als er meinen braungebrannten Körper sah, küßte er nur noch. Es war zwar eine unschickliche Tageszeit, aber durchs Fenster schien die Sonne warm auf das prächtige Ehebett mit den einteiligen Schaumgummimatratzen, er brauchte heute auch nicht um eine koinzidente Kulmination bemüht zu sein, ich küßte ihm dankbar die Nase und die Augen, und er sagte: »Ach du liebes Bißchen!« Dann lagen wir eine Weile da, atmeten mühsam, und als er wieder reden konnte, fragte er: »Wieso bist du so braun?«

»Das ist eine lange Geschichte«, sagte ich. Dann fiel mir ein, daß ich meinen Zug verpaßt hatte, ich sagte: »Ich muß heute noch nach Zürich.«

»Ich erinnere mich«, sagte Hans, »daß du schon einmal davon gesponnen hast. Was willst du in Zürich?« Ich hatte entweder die Möglichkeit, ihm alles zu erzählen oder gar nichts, und weil ich selbst noch nicht genau wußte, wie meine Geschichte enden würde, sagte ich: »Gib mir noch ein paar Tage Zeit«, und er sagte: »Das kommt mir irgendwie bekannt vor, aber damals waren es noch vier Jahre. Ich wollte morgen unser Aufgebot bestellen.«

»Das geht noch nicht«, sagte ich. »Ich muß erst wieder meine Papiere umschreiben lassen.«

»Welche Papiere?« fragte er. Ich stand auf, holte meinen Reisepaß aus der Handtasche, und als er ihn angeschaut hatte, sagte er: »Also doch!«

»Es war trotzdem nicht zu spät«, sagte ich ruhig. Er blickte mich prüfend an, nickte und sagte: »Sonst wärst du jetzt nicht hier, Sperling. Mich ärgert nur, daß er meine Briefe gelesen hat.«

»Waren sie zärtlich?« fragte ich, und er sagte: »Das reinste Strip-tease. Ich habe damit gewartet, bis ich die Wohnung hatte; vor zehn Tagen bin ich eingezogen.« Dann fragte er wieder: »Was willst du in Zürich?«, und ich sagte: »Das kann ich dir erzählen, wenn ich zurückkomme. Es handelt sich um eine Sekretärinnenstellung.«

»Bei wem?« fragte er, und ich sagte: »Bei der MIWA-Fabrikations-KG.«

»Aber die ist doch hier!« sagte er überrascht. Daß er sie kannte, war ein gutes Renommee für die MIWA-Fabrikations-KG, ich sagte: »Ihr Boß hält sich zur Zeit in Zürich auf und will mich in seinem Hotel kennenlernen.« Etwas an der Sache schien ihm nicht zu gefallen, er saß mit verkniffenem Gesicht neben mir, zog an seiner Zigarette, und nach einer Weile sagte er: »Warum ausgerechnet in Zürich?«

»Das weiß ich auch nicht«, sagte ich, aber ich hatte mir vorgenommen, nach Zürich zu fahren, und nichts auf der Welt würde mich davon abhalten können. Ich legte ihm die Hand auf den Arm und sagte: »Ich habe nichts mit ihm gehabt und werde auch nichts mit ihm haben.«

»Wenn du das sagst«, sagte Hans, »dann ist es so gut wie nicht geschehen. Trotzdem leuchtet es mir nicht ein.«

»Wenn ich zurückkomme«, sagte ich, »werde ich dir alles erklären.«

»Dann sollte ich vielleicht am besten mit dir fahren«, sagte er, und ich sagte: »Das wirst du auf keinen Fall tun. Hast du einen Fahrplan hier?« Er holte ihn aus seinem Arbeitszimmer und sagte: »Da steckt sicher ein ganz dicker Hund dahinter.«

»Vielleicht«, sagte ich, und jetzt wußte ich plötzlich genau, warum ich unbedingt nach Zürich fahren mußte. Der nächste Zug ging erst am späten Nachmittag, ich gab Hans den Fahrplan zurück, ließ mir von ihm eine Zigarette zwischen die Lippen stecken und sagte mit der Zigarette zwischen den Lippen: »Wenn ich es nicht täte, müßte ich mir vielleicht mein Leben lang Vorwürfe machen.«

»Das möchte ich natürlich nicht verantworten«, sagte Hans, und er war auf eine angenehme Art anders als früher, nachsichtiger und nicht mehr so mißtrauisch, auch ausgeglichener, schien mir. Vielleicht lag es auch nur daran, daß ich früher immer zuviel von ihm erwartet hatte. Er schaute mich wieder prüfend an und sagte: »Also doch ein Mann?«

»Nur indirekt«, sagte ich. Und dann griff ich nach seiner Hand, blickte ihm ruhig in die Augen und sagte: »Ich möchte erst darüber sprechen, wenn ich zurückkomme.«

»Du bist noch schöner geworden«, sagte er.

»Vielleicht«, sagte ich, »hast du es vor einem Vierteljahr nicht mehr gesehen.«

»Und du weißt natürlich genau«, sagte er, »daß du schön bist«, und ich sagte: »Gott, man hat schließlich Augen im Kopf.«

»Wie lange wirst du wegbleiben?« fragte er. Ich dachte eine Weile nach, dann sagte ich: »Es kann sein, daß ich anschließend noch eine kleine Reise machen muß, aber frag mich jetzt nicht, wohin.«

»Ich werde dich nichts mehr fragen«, sagte er, und dann schaute ich mich wieder in unserer Wohnung um. »Deinen Frisiertisch«, sagte Hans, »habe ich schon im Auge; ich wollte vorher nur sichergehen.«

»Natürlich«, sagte ich. Es war wirklich eine nette Wohnung, sogar das Fernsehgerät im Wohnzimmer fehlte nicht, und die Sitzgruppe aus Kalbleder hatte sicher über dreitausend

Mark gekostet. Nur die Bilder an den Wänden gefielen mir nicht, ich nahm mir vor, sie heimlich zu verramschen. In der Küche standen ein Gasherd und ein Kühlschrank mit einem großen Gefrierfach. »Außerdem«, sagte Hans, »bekommst du als Hochzeitsgeschenk eine Wasch- und eine Geschirrspülmaschine.« Er war schon immer ein praktischer Mensch gewesen, ich öffnete die Balkontür des Wohnzimmers, und Hans riß mich geistesgegenwärtig zurück und sagte: »Du liebes Bißchen!« Daran würde ich mich also erst wieder gewöhnen müssen, ich ließ mir seinen Morgenmantel geben, entdeckte dann auf dem Balkon hübsche Gartenmöbel, setzte mich einen Augenblick auf einen kleinen Stuhl und lief ins Bad. Daß es grün gekachelt war, hatte ich vorhin schon gesehen, es war nur halb so groß wie die Badezimmer der Witkowskis. Dafür hatte die Wohnung eine unabhängige Gasheizung mit einem Thermostat, und ich lief wieder in das Arbeitszimmer, setzte mich dort auf die alte Couch von Hans, und vom Arbeitszimmer lief ich in das Schlafzimmer zurück, öffnete auch die Balkontür vom Schlafzimmer und entdeckte hier gleichfalls einige Gartenmöbel.

»Zweiundzwanzigtausend Mark mit der Mietvorauszahlung«, sagte Hans, und dafür hatte er entschieden noch eine Belohnung verdient. Ich küßte wieder seine Nase, war betont zärtlich zu ihm, und wir verbrachten dann noch eine sehr angenehme Stunde miteinander. Ich war auch hinterher noch glücklich, ohne recht zu wissen, was sich nun tatsächlich zwischen uns geändert hatte, schaltete im Wohnzimmer das Fernsehgerät ein und betrachtete mir abwechselnd die interessanten Testbilder vom ersten und zweiten Programm. Dann bekam ich Hunger und schickte Hans zum Einkaufen weg; schließlich hatte er sich den ganzen Tag freigenommen, und es war gut, wenn er sich frühzeitig daran gewöhnte. Während er weg war, lief ich wieder durch die ganze Wohnung, schaltete das Radio ein, sah mir von den beiden Balkonen die schönen Bäume auf dem Friedhof an, so weit man schauen konnte, war alles grün, und hinter den grünen Bäumen des Friedhofs sah ich die grünen Bäume des Hardtwaldes mit den weißen Hochhäusern der Waldstadt dazwischen. Nach einer Viertelstunde hatte ich mich so in die Wohnung verliebt, daß ich sie nicht einmal mehr gegen Papas Turmbergvilla eingetauscht hätte. Nur sein Garten fehlte mir, aber wenn ich eine gutbezahlte Sekretärinnenstellung bekam, würden wir uns eines Tages auch einen Garten leisten können, und die Hochzeitsreise würden wir selbstverständlich nicht in den Odenwald, sondern an die Côte d'Azur machen und uns irgendwo zwischen Cap Ferrat und Monaco eine der vielen Ferienwohnungen mieten, die ich bei unseren häufigen Spazierfahrten überall gesehen hatte. Mit einer gutbezahlten Sekretärinnenstellung würde ich auch nach unserer Hochzeit ein gewichtiges Wort über unsere Investitionen mitreden können, und unter zwölfhundert Mark würde ich gar nicht erst anfangen, auch dann nicht, wenn sich das obskure Angebot des Dr. Flechter als das herausstellen sollte, was ich dahinter vermutete. Es erinnerte mich wieder an meine Reise, und da ich nun nicht mehr alle meine Sachen mitzuschleppen brauchte, packte ich meine Koffer um, legte die guten Sachen in den neuen Koffer, räumte den Rest in den großen Kleiderschrank, stellte bei dieser Gelegenheit fest, daß sich Hans zwei neue Anzüge gekauft hatte, und am Schluß setzte ich mich in die Badewanne.

Dort saß ich noch, als Hans zurückkam, und während ich später in der Küche beschäftigt war, stand er dauernd neben mir und hinter mir, schaute mir über die Schulter zu, wie ich die Kartoffeln schälte, das Gemüse zubereitete, das Fleisch in der Pfanne versorgte und mir zwischendrein Notizen über

Dinge machte, die noch fehlten, um unseren Haushalt zu komplettieren, diverses Geschirr, Salatsiebe, Wellholz und Schneebesen. »Bis ich zurückkomme«, sagte ich zu Hans, »ist das alles hier«, und er sagte: »Jawohl, Hauptfeldwebel.« Dann aßen wir zusammen auf dem Balkon des Wohnzimmers an einem kleinen, weißlackierten Tisch, Hans servierte das Essen, und nach dem Essen half ich ihm ein wenig beim Geschirr, mußte mir dafür ein paar Unverschämtheiten sagen lassen, während er mit einer Schürze vor dem Bauch das Geschirr spülte, er drohte mir, die Geschirrspülmaschine schon zu unserer Verlobung anzuschaffen. Da er nicht aufhörte, vor sich hin zu schimpfen, versuchte ich es zuerst mit meinem Charme und dann drastischer, bis sein Schimpfen allmählich versiegte. Er fing an zu kichern, wurde zu meiner größten Verwunderung sogar ein wenig rot, riß sich die Schürze herunter und wollte unsere Verlobung sofort feiern. So kamen wir dann um das Dessert, weil es nach unserer Verlobungsfeier schon Zeit für den Kaffee wurde. Ich schickte ihn wieder weg, Kuchen zu holen, und nach dem Kaffeetrinken machte ich mich reisefertig. Ich hatte zu diesem Zeitpunkt zugegebenermaßen schon keine große Lust mehr, nach Zürich zu fahren, aber hier ging es um ein Prinzip, und solange ich von einem Prinzip überzeugt war, stand ich es sogar gegen meinen Willen konsequent durch. Außerdem hatte ich so gut wie keinen Einfluß darauf, ob ich nun fahren würde oder nicht, es war eine Besessenheit in mir, die mir keinen Spielraum für Alternativen ließ, und als ich merkte, daß nicht zuletzt mein Haß auf die Witkowskis dahintersteckte, akzeptierte ich ihn sofort. Ich hatte aus geringfügigeren Anlässen schon unvernünftigere Dinge angestellt, und wenn es sich erweisen sollte, daß ich mich in meinem Verdacht geirrt hatte, wäre ich wenigstens zu einer Fahrt nach Zürich gekommen. Soviel mir bekannt war, sollte

Zürich immer eine Reise wert sein, und nach meiner Reise nach Zürich würde ich mich nur noch von meiner Vernunft leiten lassen und Hans eine liebenswerte Ehefrau werden. Daß meine Neugierde fast ebenso groß war wie mein Haß auf die Witkowskis, gestand ich mir nur im Unterbewußtsein ein. Hans wirkte in der letzten halben Stunde etwas bedrückt, rauchte eine Zigarette nach der anderen, und als wir zum Bahnhof fuhren, sagte er: »Du hast dich irgendwie verändert.«
»Das ist möglich«, sagte ich, und er fragte: »Kann ich dich heute abend anrufen?« Dazu hätte ich ihm das Hotel verraten müssen, und das widerstrebte mir aus Gründen, die mir selbst nicht einleuchteten, ich sagte: »Wenn es das wäre, was du befürchtest, würde auch dein Anruf nichts daran ändern.«
»Ich befürchte überhaupt nichts«, sagte er ruhig, und ich sagte: »Dann brauchst du mich auch nicht anzurufen.« Es war dann trotzdem ein schwerer Abschied, für mich ebenso wie für ihn, ich blieb bis zur letzten Sekunde neben ihm auf dem Bahnsteig stehen, und als es Zeit wurde, stand ich an einem Fenster und sagte: »Nun wein schon nicht!«
»Aber du kommst wieder zurück?« fragte er blaß, und ich sagte: »Ehrenwort, Alter.«
»Andernfalls soll dich der Teufel holen«, sagte Hans erbittert, und das wollten wir ja nun alle beide nicht.

Das Hotel ließ sich sehen, ein ehrwürdiger Kasten mit einem Personalaufwand, der schon provozierend war. Der äußere Rahmen mit Grünanlagen, Laubengängen, Pavillon-Restaurant, schönen Rasenflächen und Baumgruppen versprach nicht zuviel, ich wurde schon am Taxi in

Empfang genommen, zur Rezeption eskortiert und avancierte dort wieder zur Baronesse. Das Personal hinter der Rezeption schien strengste Direktiven zu haben, alles zu vermeiden, was irgendwelche Minderwertigkeitskomplexe in mir züchten könnte, und mein Appartement kostete inklusive Seeblick und Frühstück über hundert Franken täglich. Dafür war es aber auch ein schönes Doppelzimmer mit Doppelbett, Bad und separater Toilette, etwas antiquiert, aber vom Balkon aus bot sich mir am nächsten Morgen ein prächtiger Blick über die Grünanlagen und den See, den ich mir längst nicht so groß vorgestellt hatte. Die Stadt selbst gefiel mir auf den ersten Blick, ich verstand wirklich nicht, was Hans gegen die Schweizer hatte, sie wirkten alle so sympathisch und selbstbewußt, daß es allein schon eine Freude war, sie nur anzuschauen. Naturgemäß interessierten mich besonders die Männer, ich hatte auf der Fahrt hierher einige ganz passable Typen mit und ohne amerikanische Luxuswagen gesehen, und was die Damen in der Bahnhofstraße an Garderobe sehen ließen, war auch nicht in jeder Sennhütte zu Hause. Die übereinandergestaffelten Häuser am jenseitigen Ufer wirkten recht dekorativ hinter den vielen weißen Segeln, die sich auf dem See den Platz streitig machten. Daß die Leute hier an einem simplen Wochentag so viel Zeit fanden, ihr Hobby zu pflegen, weckte asoziale Ressentiments in mir. An der Côte d'Azur nahm man so etwas hin, schließlich hatten die Leute dort nichts anderes zu tun.

Ich war ziemlich spät in Zürich angekommen und hatte mich sofort in das komfortable Doppelbett gelegt und nach all den physischen wie psychischen Anstrengungen des Tages eine angenehme Nacht verbracht, mir am Morgen das Frühstück aufs Zimmer bringen lassen und mich in Gedanken mit Dr. Flechter beschäftigt. Nach dem Frühstück zog ich mein teuerstes Kleid an und harrte der Dinge, die da kommen sollten. Ich fand es auch unter meiner Würde, mich an der Rezeption zu erkundigen, ob Dr. Flechter schon im Hotel wohnte oder nicht, aber nachdem er sich gestern abend nicht gemeldet hatte und auch der halbe Vormittag ohne ihn verging, glaubte ich nicht mehr daran. Später setzte ich mich in den gepfiegten Park auf eine Bank, lernte sofort einen seriös anmutenden Herrn kennen, der mich zuerst auf Französisch, dann auf Italienisch und am Schluß in der landeseigenen Sprache anredete. Die Leute hier schienen im allgemeinen eine so gute Schulbildung zu genießen, daß sie selbst nicht mehr wußten, welcher Sprache sie sich bedienen sollten. Ich fragte ihn dann auf gut deutsch, ob er die Bekanntschaft meines Gatten machen wolle, worauf er sich indigniert entfernte. Ich blieb etwa eine Stunde in dem schönen Park sitzen, dann kehrte ich in mein Zimmer zurück und setzte mich auf den Balkon. Wenn sich bis morgen früh nichts getan hatte, würde ich zu Hans zurückfahren. Nicht etwa, daß ich meine Reise bereits bereut hätte; dafür war sie ein zu aufregendes Erlebnis, und für ein Appartement wie dieses lohnte es sich schon, einmal vierundzwanzig Stunden im ungewissen zu verbringen. Auch tat es gut, inmitten so exklusiver Kreise verkehren zu dürfen, sonst sah man die Leute doch nur in ihren dicken Autos vorüberfahren, und von ausgesprochenen Minderwertigkeitskomplexen war ich noch nie geplagt worden. Trotzdem fühlte ich mich nicht so wohl in meiner Haut, wie man das eigentlich hätte erwarten sollen, meine Gedanken beschäftigten sich weitaus öfter mit meiner neuen Dreizimmerwohnung als mit meinen gegenwärtigen Annehmlichkeiten, und jedesmal, wenn ich an Hans und seine gelungene Überraschung dachte, bekam ich ein bißchen Heimweh. Natürlich war der Blick auf den See unvergleichlich liebenswerter als ein simpler Friedhof vor der Haustür, und da mein Zimmer im dritten Stock lag, konnte ich bequem über die hohen Bäume der Grünanlagen und über die Straße hinwegschauen, die vor dem Hotel am Seeufer entlangführte.

Jenseits der Straße entdeckte ich eine Badeanstalt und viele Boote am Ufer. Nur der unbeschreibliche Verkehr setzte mir etwas zu, mir wurde schon vom Hinschauen schwindlig. Ich ruhte meine Augen eine Weile auf den dekorativen Villen-Pyramiden aus, die jenseits des Sees die schönen Hügel krönten, dann bekam ich Hunger, das Frühstück war nicht so reichhaltig gewesen, wie man es bei dem stolzen Zimmerpreis hätte erwarten können, auch die Hotelmarmelade schmeckte überall gleich.

Ich ging in das zugegebenermaßen sehr ansprechende Badezimmer mit dem feinen Bidet, wusch mir die Hände, brachte mich auch sonst ein wenig auf Hochglanz und ließ mich dann von einem wohlerzogenen Liftboy zum Speisesaal befördern. Im Vestibül herrschte internationaler Betrieb. Was an Gästen gerade nicht abreiste oder eintraf, saß in den bequemen Sitzgruppen und palaverte in aller Völker Sprachen; ähnlich mußte es kurz nach dem schrecklichen Ereignis von Babylon zugegangen sein, mir war schon in Nizza aufgefallen, daß so vornehme Hotels auch die Diktion der Gäste vorteilhaft beeinflußten, sie bedienten sich alle einer gehobenen Ausdrucksweise, und auch ihr Gehabe hätte den Schluß nahelegen können, jeder einzelne von ihnen repräsentiere eine so namhafte Institution wie die Chrysler Corporation. Immerhin schienen auch einfache Stenotypistinnen einen hohen Kurs zu genießen, es war das reinste Spießrutenlaufen, nicht unangenehm, bei weitem nicht, ich genoß es bis in die letzten Fasern meiner Eitelkeit, setzte das Spielchen auch in dem über alle Maßen vornehmen Speisesaal fort, wo fast ebenso viele elegante Kellner wie auserlesene Gäste die Szene belebten. Ein besonders feiner Oberkellner à la Maître

d'Hôtel begleitete mich persönlich zu einem für zwei Personen gedeckten Fensterplatz, manipulierte mit diversen Speisekarten und wollte mir eine Vorspeise aufreden, die mir nicht einmal dem Namen nach geläufig war. Ich tat sehr sachkundig, entschied mich für eine andere Vorspeise, die mir gleichfalls nicht einmal dem Namen nach bekannt war, was den eleganten Oberkellner à la Maître d'Hôtel stark zu beeindrucken schien, er sprach fortan nur per Baronesse und Französisch mit mir, schrieb sich alles gewissenhaft auf, empfahl mir noch einen leichten französischen Landwein, und dann hatte ich endlich wieder Zeit, mich dem Interesse zu widmen, das mein Adelstitel an den Nebentischen hervorgerufen hatte. Es saßen außer mir noch andere attraktive Frauen im Speisesaal, mir war gestern abend schon aufgefallen, daß die Züricher Frauen an äußerer Würde, gepflegtem Aussehen und natürlichen Vorzügen dem internationalen Standard durchaus gewachsen waren, gleich am Nebentisch bemerkte ich zwei kultivierte Wesen von zierlichem Äußeren, mit mancherlei Kostbarkeiten behangen und gekonnten Allüren, die mich mehr neugierig als kritisch musterten und regen Anteil an mir nahmen.
Vielleicht tat ich ihnen leid, weil ich so ganz allein am Tisch saß, aber das änderte sich schon nach zwanzig Minuten, als unvermittelt Herr Witkowski neben mir auftauchte, sich galant über meine Hand beugte und unaufgefordert Platz nahm. Bis dahin hatte ich gerade das Hauptgericht geschafft und mußte wieder einmal einräumen, daß er vorzüglich aussah; von den eleganten Schuhen bis zum Bärtchen, fast ein richtiger Pascha, er erregte auch bei den zierlichen Wesen am Nebentisch sofort ungeteilte Aufmerksamkeit, sie steckten ihre schicken Hüte zusammen und tauschten unter ihren breiten Rändern ihre Eindrücke aus. Ob ich ihn erwartet hätte, wollte er wissen, aber ich gab keine Antwort, blickte

ihn nur über den Tisch hinweg an, und meine Empfindungen beschränkten sich auf eine fast perverse Genugtuung. Es habe sich nicht anders arrangieren lassen, sagte er entschuldigend, seine Frau sei gerade in jüngster Zeit etwas schwierig gewesen.
Seine Unverfrorenheit war schon unwahrscheinlich, und während er den dienstbeflissenen Oberkellner wissen ließ, daß er bereits gespeist habe, ließ er mich keine Sekunde aus den Augen. Dann sagte er, der Einfall sei ihm gekommen, als ihm seine Frau am Montag vor acht Tagen vor seiner Abreise damit gedroht habe, auf meine künftigen Dienste verzichten zu wollen. Mir gegenüber war sie da viel zurückhaltender gewesen, ich erinnerte mich jedoch an ihren bösartigen Blick am Nachmittag des gleichen Tages, und aus dem generösen Angebot des Dr. Flechter würde nun gleichfalls nichts werden. Andererseits hatte ich es nie ganz ernst genommen, ich war über Sekretärinnenhonorare einigermaßen unterrichtet. Was mich an der Sache so verdroß, war auch weniger ihre Hinterhältigkeit als der Umstand, daß ich nun doch wieder ohne Arbeit dasaß, aber darüber war noch nicht das letzte Wort gesprochen worden. Ich widmete mich zuerst einmal meinem Dessert, ignorierte seine Anwesenheit, und erst beim Kaffee schenkte ich ihm wenigstens wieder einen Blick. Ich brauchte gar nicht erst an Ramses zu denken, um ihn trotz seiner vorzüglichen Erscheinung widerwärtig zu finden, man sollte es überhaupt dabei bewenden lassen, Männer nur oberflächlich kennenzulernen. Als er mir Feuer für meine Zigarette geben wollte, holte ich meine eigenen Zündhölzer aus der Tasche, und er sagte: »Ich gebe zu, daß es nicht ganz fair gewesen war, aber was hätte ich sonst tun sollen?« Das war nicht mein Problem, ich sagte es ihm auch. »Außerdem«, sagte ich, »hätten Sie wissen müssen, daß ich nicht Ihretwegen hierhergekommen wäre«, und er sagte:

»Deshalb bin ich hier. Die Stellung bei Flechter geht natürlich in Ordnung; er wird sich morgen im Laufe des Tages bei Ihnen melden.« Ich glaubte ihm kein Wort mehr und fragte: »Wer ist er?«
»Geschäftsführender Direktor der MIWA«, sagte Herr Witkowski. »Hat er Ihnen das nicht gesagt?«
»Und wem gehört die MIWA?« fragte ich, und er sagte: »Mir natürlich.« Ich hätte es mir ja denken können, wenn einer schon Damenstrümpfe herstellte, konnte er genausogut auch Miederwaren fabrizieren, ich sagte: »Er braucht sich gar nicht erst hierherzubemühen.«
»Ich habe es mir gedacht«, sagte Herr Witkowski. »Trotzdem ist er nicht nur Ihretwegen auf Cap Ferrat gewesen.«
»Nein?« fragte ich höhnisch, und Herr Witkowski sagte: »Er hatte geschäftlich mit meiner Frau zu sprechen. Sie versteht zwar nichts davon, aber manchmal brauchen wir ihre Unterschrift.«
»Wollten Sie sich nicht scheiden lassen?« fragte ich. Er griff über den Tisch hinweg nach meiner Hand und sagte: »Es wird noch zwei oder drei Monate dauern. Wie wär's mit einer kleinen Wohnung?« Das hatte er sicher auch nur im Kino gelernt, ich fragte: »An der Côte d'Azur?« Er blickte mich ein paar Sekunden starr an, dann sagte er gleichgültig: »Wo du willst.« Es wäre eine gute Chance gewesen, einen preiswerten Urlaub mit Hans zu verbringen, aber selbst die VW-Werke konnten es sich heute nicht mehr leisten, einen so tüchtigen Mitarbeiter auf drei Monate zu beurlauben, ich fragte: »Seit wann wußten Sie über meine Adoption Bescheid?« Er zuckte gleichgültig mit den Schultern. »Sie hat es mir gegenüber erst nach deiner Abreise ausgespielt; wahrscheinlich versprach sie sich etwas davon.«
»Was natürlich nicht der Fall war«, sagte ich, und er sagte kurz: »Zu diesem Zeitpunkt nicht mehr. Wo willst du

wohnen?« Ich war mir selbst noch nicht ganz schlüssig geworden, befand ich mich ohnedies auf einem Weg, der mir ebensoviel Unbehagen wie Genugtuung bereitete. »Ich könnte dir ein Appartement in Nizza mieten«, sagte er, und ich sagte: »Monaco wäre mir lieber.«

»In Monaco sind die Zöllners«, sagte er.

»Na und?« fragte ich. Er blickte mich wieder starr an, dann sagte er: »Meinetwegen.«

»Mit acht Tagen Bedenkzeit«, sagte ich und blies ihm den Rauch meiner Zigarette ins Gesicht. »Sagen wir morgen in einer Woche.«

»Einverstanden«, sagte er und stand auf. Daran merkte man eben, was ein richtiger Großindustrieller war. Ich blickte ihm nach, wie er zwischen den vielen Tischen hindurch zum Vestibül ging und von den vornehmen weiblichen Gästen mit mühsam unterdrückter Begehrlichkeit gemustert wurde, aber das wunderte mich bei ihm nicht mehr. Er blieb etwa zehn Minuten weg, dann kam er wieder an meinen Tisch und sagte: »Mein Agent wird zurückrufen. Was tun wir jetzt?«

»Nichts«, sagte ich, und diesmal wurde sein Gesicht rot vor Ärger, er sagte: »Ich fliege in drei Stunden wieder nach Frankfurt.«

»Das trifft sich ja gut«, sagte ich, und er sagte: »Wir müssen vorher noch das Finanzielle regeln.«

»Wieso?« fragte ich. »Das habe ich doch schon mit Dr. Flechter geregelt.« Er blickte mit zuckenden Lippen in mein Gesicht, dann sagte er: »Ich komme in einer Stunde in dein Zimmer«, und ließ mich wieder allein. Eines war natürlich klar: Ohne gutbezahlte Stellung würde ich auf keinen Fall zu Hans zurückfahren, und wenn es zutraf, daß Herr Zöllner so ausgezeichnete Beziehungen hatte, sollte man sie auch nicht brachliegen lassen. Über die Details war ich mir noch nicht im klaren, mir schwebte eine Sache vor, deren Kon-

turen sich noch nicht endgültig bestimmen ließen, aber die jodhaltige Luft an der Côte d'Azur würde meine Phantasie vielleicht wieder beflügeln, ich hatte mir nun mal in den Kopf gesetzt, für ein angemessenes Finale zu sorgen, und sei es nur, um Hans gegenüber das Gesicht zu wahren; er hätte sich sonst wahrscheinlich für den Rest unseres Lebens über mich lustig gemacht. Natürlich steckte noch mehr dahinter, und als ich etwas später in mein Zimmer ging, war ich mit dem bisherigen Ergebnis nicht unzufrieden. Ich verbrachte die Zeit mit angenehmen Meditationen, sah mich in Gedanken bereits in einem komfortablen Hotel in Monaco wohnen und meine so abrupt abgebrochenen angenehmen Beschäftigungen wieder fortsetzen, und als er dann auf die Minute genau an meine Tür klopfte, waren die verschwommenen Konturen vor meinen Augen schon ein wenig plastischer geworden. Vielleicht war dies auch der Grund, weshalb ich mich überhaupt von ihm küssen ließ, und während er mich küßte, erinnerte ich mich wieder, wie er Ramses auf seiner Schulter die Treppe hinuntergetragen hatte, und biß intuitiv zu. Anscheinend war es kein reines Vergnügen gewesen, er ließ mich augenblicklich los, leckte mit blassem Gesicht seine mißhandelte Lippe ab und sagte: »So etwas habe ich nicht sehr gern.«
»Warum nicht?« fragte ich übertrieben verwundert. Er betrachtete mich mit ausdruckslosem Gesicht, dann setzte er sich in einen der großen Plüschsessel im Zimmer und sagte: »Ich habe vor, mich deinetwegen scheiden zu lassen.«
»So habe ich es auch verstanden«, sagte ich. Vielleicht hatte er erwartet, daß ich ihm vor Rührung an die Brust sinken würde; sein Gedächtnis schien noch schlechter zu sein als gelegentlich seine Manieren. Ich beobachtete mit Genugtuung, wie er seine blutende Lippe abtupfte, dann das Blut an seinem weißen Taschentuch betrachtete und das Taschen-

tuch in einen Ärmel seines Jacketts steckte. »Es handelt sich um ein Appartement«, sagte er dann. »Zwei Zimmer mit Küche und Bad.« Das war mir auch recht, in einem Appartement war man unabhängiger. Die Adresse der Agentur hatte er mir aufgeschrieben, ich steckte den Zettel unbesehen in meine Handtasche und sagte: »Ich habe etwas gegen Hotelbetten.«

»Ich nicht«, sagte er und blickte zuerst auf das Bett und dann mich an. »Willst du fliegen?« fragte er. Daran war ich aus persönlichen Gründen nicht interessiert, ich fragte ihn nach dem nächsten Zug, und er sagte: »Der nächste fährt gegen Mitternacht.«

»Dann fahre ich mit ihm«, sagte ich. Er stand auf, ging zum Telefon und sprach mit der Rezeption. Während er sich ein paar Notizen machte, sagte er: »Du bekommst ein Schlafwagenabteil.« Ein Schlafwagenabteil kostete bestimmt soviel wie eine Flugkarte, aber ich durfte ihn nicht mißtrauisch machen und nickte. Er gab mir den Zettel mit den Notizen, sagte, ich könne die Fahrkarte an der Rezeption abholen, und küßte mich wieder. Diesmal biß ich ihn nicht, ließ auch zu, daß er nach meiner Brust faßte, laut an meinem Ohr atmete, und dann sagte er: »Wir hätten uns schon vor zwölf Jahren begegnen sollen.«

»Da war ich noch ziemlich unterentwickelt«, sagte ich, und er sagte: »Leider.« Er ließ mich los, ging auf den Balkon hinaus, setzte sich auf einen Stuhl und blickte über den See hinweg. Als ich neben ihn trat, sah ich seine Backenmuskeln arbeiten. »Wahrscheinlich habe ich einen Fehler gemacht«, sagte er, und ich fragte: »Welchen?«

»Das spielt jetzt keine Rolle mehr«, sagte er. »Es hat schon vor zwölf Jahren angefangen.« Vielleicht wollte er mich endlich mit seiner tristen Ehegeschichte konfrontieren. Glücklicherweise ließ er es dann dabei bewenden, sicher war ihm bekannt, daß düstere Andeutungen auf kleine Mädchen wie mich viel nachhaltiger wirkten als langweilige Eheprobleme, und da er sich bei seinen vielen Angestellten nicht ausweinen konnte, brauchte er zu diesem Zweck eben von Zeit zu Zeit eine geduldige Mätresse. In einem Vierteljahr hätte er mir dann erzählt, daß neue Komplikationen aufgetreten seien, welche die Scheidung um ein weiteres Vierteljahr hinauszögerten, und bis dahin wäre ich für ihn auch nicht mehr so begehrenswert gewesen, wie das heute noch der Fall war. Irgendwo hatten sie alle ihr kleines Wehwehchen, und er verschaffte sich dann auch noch einen sehr männlichen Abgang, stand unvermittelt auf, warf einen letzten düsteren Blick auf den unschuldigen See, kehrte ans Telefon zurück, telefonierte wieder, und als ich ihn nicht mehr telefonieren hörte und in das Zimmer ging, hatte er mich bereits verlassen. Dafür lagen auf dem Tisch einige Dutzend Geldscheine, ich zählte zweitausend neue Francs; in dieser Beziehung war er also genauso diskret wie Papa, nur noch ein wenig generöser, aber schließlich besaß Papa nur eine kleine Konservenfabrik. Und was meine Person betraf, so schien er sich über das endgültige Ergebnis meiner achttägigen Bedenkzeit bereits so sicher zu sein, daß er das Appartement gleich auf ein Vierteljahr gemietet hatte, ich sah es, als ich den Zettel aus meiner Handtasche holte. Zusammen mit dem Geld, das mir von den ursprünglichen tausend Francs übirggeblieben war, besaß ich jetzt ein kleines Vermögen, Anlaß genug, mir eine Tasse Kaffee und einen Kognak aufs Zimmer bringen zu lassen, und dann war ich in der richtigen Stimmung für einen kleinen Spaziergang, ging an der Bahnhofsstraße vorbei zur anderen Seite des Sees hinüber, setzte mich dort in der warmen Sonne auf eine Bank und betrachtete mir das Hotel einmal aus dieser Perspektive.

Auch die Berge hinter dem Hotel waren schön anzusehen, und am anderen Ende des Sees sah ich Schneegipfel in der Sonne leuchten. Später setzte sich eine ältere Dame zu mir, schaute mich vorwurfsvoll an, holte dann ein Buch aus ihrer roten Einkaufstasche, versenkte sich in die Lektüre und bewegte beim Lesen den zerknitterten Mund. Es waren wieder viele Leute unterwegs, die sonntäglich gekleidet über die feinen Uferpromenaden wandelten, sich angeregt unterhielten und mancherlei Hunde spazierenführten, deren Anblick mich jedesmal an Ramses erinnerte, aber ich hatte jetzt doch schon genug Distanz gefunden, daß es mir nicht mehr so weh tat, wie das noch vorgestern der Fall gewesen war. Ich wurde dann wieder von einem Herrn angesprochen, der sich zwischen mich und die lesende Dame setzte, worauf sie ostentativ ihr Buch in die Handtasche zurücksteckte, aufstand, mich wieder vorwurfsvoll anschaute und sich dann in die endlose Schlange der festlichen Promenadenbenutzer einschleuste. Der aufdringliche Herr machte gar keinen üblen Eindruck auf mich, er hatte mich auch nur gefragt, ob er sich neben mich auf die Bank setzen dürfe, und wahrscheinlich war die ältere Dame deshalb schockiert gewesen, weil er nicht sie um Erlaubnis gefragt hatte. Er erzählte mir, daß dies der vierte schöne Tag sei, was darauf schließen ließ, daß die meteorologischen Zyklen am Züricher See genauso unberechenbar waren wie zu Hause, und weil der gesprächige Herr keinen üblen Eindruck machte, beantwortete ich ihm auch seine neugierige Frage nach meiner Nationalität, worauf er sofort sein Herz für die Deutschen im allgemeinen entdeckte und mir versicherte, daß es schon in der Vergangenheit für unsere gerechte Sache geschlagen habe. »Sie meinen«, sagte ich, »für unseren kleinen Weltkrieg?«, und er sagte: »Für Ihren Kampf gegen den Weltkommunismus«, worauf ich ihm erklärte, daß ich damals noch keine Gelegenheit gehabt hätte, aktiv in das Kampfgeschehen einzugreifen, und ihn mit seiner unbewältigten Vergangenheit allein auf der Bank sitzenließ.

Da ich keine Lust verspürte, mich in dem hochoffiziellen Rahmen des eleganten Speisesaals mit kostbaren Abendroben konfrontiert zu sehen, die meine eigene Garderobe in ein zu nachteiliges Licht gerückt hätten, bat ich den freundlichen Zimmerkellner, mir das Abendessen auf das Zimmer zu servieren, ersuchte ihn gleichzeitig um meine Rechnung, und als er mir das Essen dann ohne Rechnung brachte, weil sie schon anderweitig vorgemerkt worden sei, gab ich ihm ein großzügiges Trinkgeld, verbrachte nach dem vorzüglichen Essen noch zwei Stunden auf dem Balkon, sah zu, wie sich die Stadt in einen Bergwald aus farbigen Lichtern verwandelte, die vom See dekorativ reflektiert wurden, und die restliche Zeit verbrachte ich im Badezimmer und auf meinem Bett. Es war wirklich ein feines Hotel gewesen, ich nahm mir vor, es Hans zu empfehlen, für den Fall, daß Herr Nordhoff eines Tages seines bisher unentdeckten Talentes gewahr werden und ihn nach Wolfsburg holen würde. Daß ich dann noch in einem Rolls-Royce zum Bahnhof gefahren wurde, war sozusagen der Clou des Tages. Ich hatte, als mich ein reizender Herr von der Rezeption persönlich zur Tür geleitete, mich dann einem ebenso reizenden Portier übergab und dieser mir ungemein verbindlich die Tür des Rolls-Royce öffnete, zuerst mit einem peinlichen Versehen gerechnet, aber der Wagen gehörte tatsächlich zu den Attraktionen des Hotels, und ich ging wohl nicht in der Annahme fehl, daß auch hier Herrn Witkowskis fürsorgende Hände die feinen Fäden gesponnen hatten. Es war selbst für mich ein neues Fahrerlebnis, außer mir saß noch ein älteres distinguiertes Ehepaar in dem prächtigen Gefährt, dessen hochherrschaftlicher Chauffeur uns mit artistischer Geschicklichkeit durch die nächtlichen Straßen zum Bahnhof beförderte. Ich hatte ständig das Gefühl, in einem Omnibus zu sitzen, und wenn ich nach vorn blickte, schien es mir, als ob die ungeheure Motorhaube schon längst den Bahnhof erreicht haben müsse, obwohl es dorthin immer noch einige hundert Meter waren. Leider schien das distinguierte Ehepaar meine Anwesenheit als einen unverantwortlichen Fauxpas der Hotelleitung zu empfinden, es unterhielt sich fortgesetzt hinter vorgehaltenen Händen und ignorierte meine Anwesenheit mit angeborener Nonchalance, worauf ich mich am Bahnhof nicht nur genötigt sah, dem Chauffeur ein ähnlich hohes Trinkgeld zu geben wie sie, sondern darüber hinaus auch noch einen Gepäckträger zu frequentieren. Schließlich konnte man nach einer Fahrt in einem Rolls-Royce nicht so tun, als wäre nichts geschehen, und auch das würde sich nun fortan nicht mehr rückgängig machen lassen. Ich sah das ältere Ehepaar noch einmal an der Fahrkartenkontrolle und später auf dem Bahnsteig, anscheinend hatte es das gleiche Reiseziel wie ich, und mein Schlafwagenabteil versprach eine angenehme Reise, es war natürlich nicht so groß wie mein Zimmer im *Baur au Lac*, aber da ich es mit niemandem zu teilen brauchte, doch sehr komfortabel. Bisher hatte ich mir unter einem Schlafwagen immer ein fahrbares Notquartier mit mannigfaltigen nächtlichen Geräuschen und Gerüchen vorgestellt, wovon jedoch wirklich keine Rede sein konnte.

Von einem freundlichen Schlafwagenoberschaffner, der meinen Fahrausweis kontrollierte und meinen Reisepaß konfiszierte, erhielt ich einige Instruktionen, und dann verbrachte ich meine erste Nacht in einem Schlafwagenabteil erster Klasse, erwachte erst kurz vor Genua, als das Frühstück serviert wurde, und einige Zeit später sah ich auch das Meer wieder. Es war noch genauso blau wie vor vierzehn

Tagen, ich stand am Fenster, wartete auf die gleichen überschwenglichen Emotionen, die sein Anblick schon vor Nizza in mir ausgelöst hatte, aber vor Nizza hatte ich noch im Wägelchen gesessen und Ramses bei mir gehabt. Von da an wurde ich seinen Schatten nicht mehr los, empfand auch keine überschwenglichen Emotionen mehr, saß verdrossen am Fenster, blickte verdrossen in den wolkenlosen blauen Himmel, blickte auf Savona, Finale Ligure, Albenga und Alássio, und in Imperia ging ich in den Speisewagen, aß bis San Remo Spaghetti und andere Dinge, die mir nicht recht mundeten, fand die italienische Riviera nur halb so interessant wie die französische, fand überhaupt alles nur noch halb so interessant, hatte keinen Appetit, keine Lust und rein gar nichts mehr, wünschte, ich wäre bei Hans in meiner netten Dreizimmerwohnung geblieben oder Hans säße wenigstens neben mir, und wenn er neben mir gesessen hätte, wäre wahrscheinlich alles ganz anders gewesen, aber so war meine zweite Begegnung mit der Riviera eine einzige Enttäuschung. Es wurde auch in Ventimiglia nicht besser, wo ich meinen Paß wiederbekam und nach einer neuen Paßkontrolle an Menton, Cap Martin und Roquebrune vorbeifuhr, und dann sah ich auch Monaco wieder, stand am Fenster und hätte am liebsten weinen mögen, aber ich hielt es zurück, kletterte im Bahnhof Monaco aus dem Zug, setzte mich in ein Taxi, und daß ich dann nicht zu der Agentur, sondern direkt in das Hotel der Zöllners fuhr, war meine vorläufig jüngste Intuition.

An der Tür standen noch die gleichen uniformierten Männer, auch der schwarzbefrackte Herr an der Rezeption war seines anstrengenden Berufes noch nicht überdrüssig geworden, ich durfte mich wieder in dem vornehmen Vestibül in einem der eleganten Klubsessel zwischen distinguierten Gästen gedulden, bis Herr Zöllner aus dem Lift kam, er rannte fassungslos auf mich zu und fragte: »Haben Sie etwas vergessen?«, und das hörte sich nach allem, was inzwischen geschehen war, so unsagbar komisch an, daß ich beinahe in ein hysterisches Gelächter ausgebrochen wäre. Anscheinend kam er direkt vom Essen, er hatte noch einen soßenverschmierten Mund, ließ sich, bevor er sich weiter äußerte, ein Glas Wasser bringen, schluckte zur Abwechslung diesmal drei gelbe Pillen und plumpste dann, noch immer fassungslos, in einen Sessel. Mit mir habe er auf keinen Fall mehr gerechnet, sagte er, und das konnte ich ihm nachfühlen, aber nun, da ich ihm gegenübersaß, verdichteten sich die verschwommenen Konturen vor meinen Augen unvermittelt zu einer präzisen Vorstellung. Ich entschuldigte mich zuerst einmal für die mittägliche Störung und fragte dann, ihm fest in die Augen schauend, ob ihm daran gelegen sei, Frau Witkowski einen großen Dienst zu erweisen. Anscheinend hatte ich damit genau den richtigen Ton gefunden, seine Augen verengten sich zu angespannter Aufmerksamkeit, er sagte, es sei kein Geheimnis, daß seine Frau und er mit den Witkowskis eng befreundet seien, und wenn er ihnen einen persönlichen Gefallen erweisen könne: jederzeit.

Dann wäre ich ihm dankbar, sagte ich, wenn ich auf sein Angebot zurückkommen dürfte, mir zu einer geeigneten Stellung als Sekretärin verhelfen zu wollen; in diesem Falle brauchte ich nämlich auf das Angebot des Herrn Witkowski nicht einzugehen, und Herr Zöllner fragte: »Auf welches Angebot?« Er sah plötzlich sehr aufgeregt aus, ich öffnete meine Handtasche, ließ ihn die zweitausend Francs sehen und sagte: »Über die Einzelheiten möchte ich erst sprechen, wenn sicher ist, daß Sie mir eine Stellung vermitteln können.« Er blickte eine Weile mit schmalen Augen zwischen dem Geld und meinem Gesicht hin und her, dann fragte er kurz: »Was sind Ihre Ansprüche?«

»Nicht unter tausend Mark«, sagte ich. »Sie wissen ja alles über mich.«
»Anscheinend noch nicht«, sagte Herr Zöllner, und ich fragte: »Ist seine Frau noch hier?«
»Sie sind vorgestern abgereist«, sagte Herr Zöllner. »Wo haben Sie ihn getroffen?«
»In Zürich«, sagte ich, und er fragte: »Im *Baur au Lac*?« Ich nickte, und er starrte mich wieder eine Weile stumm an, dann sagte er: »Das läßt sich natürlich nicht in einer Stunde erledigen«, und ich sagte: »Natürlich nicht.«
»Ich muß vielleicht zwanzig Leute anrufen«, sagte Herr Zöllner. »Haben Sie schon ein Zimmer?«
»Herr Witkowski hat mir eine Wohnung besorgt«, sagte ich. Es sah aus, als ob sich seine roten Ohren bewegten, er fragte rasch: »Wo?« Ich blickte lächelnd in sein Gesicht und schwieg. »Am besten ist es«, sagte er aufgeregt, »Sie bleiben solange hier«, und ich sagte: »Daran habe ich auch schon gedacht.« Ich beobachtete, wie er mühsam aufstand, zur Rezeption ging und mit dem schwarzbefrackten Herrn sprach. »Sie haben noch ein Zimmer frei«, sagte er, als er zurückkam. Und dann fragte er: »Wieso haben Sie sich überhaupt darauf eingelassen?« Ich gab ihm auch diesmal keine Antwort, schaute nur lächelnd in sein rundes Gesicht, und er fragte: »Hängt es mit dem Hund zusammen?«
»Das auch«, sagte ich. Er setzte sich wieder zu mir, knetete nervös seine dicken Finger und sagte verdrossen: »Sie hat sich heute morgen einen weißen Pudel gekauft.«
»Frau Witkowski?« fragte ich ungläubig. Er nickte, und wenn er es jetzt schon wußte, mußte er erst vor ganz kurzer Zeit mit ihr telefoniert haben. Er sagte: »Ihr Mann hatte ihr versprochen, die Finger von Ihnen zu lassen, wenn sie sich von der Dogge trennt.«
»Dafür hätte es andere Wege gegeben«, sagte ich. Er wandte

mir langsam das Gesicht zu, öffnete den Mund, schloß ihn wieder und preßte die kleinen Lippen zusammen. Dann stand er unvermittelt auf, meinte noch, ich würde von ihm hören, und ließ mich allein. An der Rezeption bekam ich meinen Schlüssel, und etwas später saß ich wieder einmal in einem vornehmen Hotelzimmer, hatte vom Balkon aus das Meer vor Augen und den Himmel, der blau und ohne Wolken war, und rechts über dem Hafen sah ich auf den Felsen das fürstliche Palais mit den schicken Wachtposten, die Ramses immer ihre feierlichen Exerziergriffe mit den alten Flinten vorgeführt hatten, und ich saß tatsächlich auf meinem Balkon und weinte. Später zog ich ein anderes Kleid an und ging in die Stadt. Ich fuhr mit dem Omnibus nach Saint-Jean, stieg aus und lief über die Wege, die ich so oft mit Ramses gelaufen war. Ich lief auch zu Gustaves Palast, das verrostete Eisentor war nur angelehnt, ich schlug den schmalen Pfad zu unserem Pavillon ein, setzte mich auf die steinerne Bank und erinnerte mich, wie Ramses aus der Mariennische geschaut hatte, und die Bucht von Villefranche lag schön und heiter in der Sonne. Auch die rötlichen Berge des Esterel standen schön und heiter in der Sonne, ich streichelte die Bank, auf der ich saß, fühlte ihre aufgespeicherte Wärme, hörte wieder die Grillen im Park, aber Gustave konnte mir schon nicht mehr weh tun.

Ich kehrte auf die Straße zurück, der Mann mit der Warzennase war heute nicht in seinem Garten, und zu den Witkowskis brauchte ich von hier aus noch zehn Minuten. Die Läden vor den Fenstern waren alle geschlossen, nur die Gartenpforte fand ich offen, ich ging auf die Terrasse und an meinem Zimmer vorbei, ging weiter auf der Terrasse vor bis zu dem leeren Swimmingpool und blickte von dort auf das Meer hinab. Auch das Boot lag nicht mehr an der Treppe, die Tische und Stühle waren von der Terrasse verschwunden, ich riß mechanisch eine Handvoll der rotvioletten Bougainvillea ab, ließ sie mechanisch ins Wasser fallen, dann kehrte ich auf die Straße zurück, ging langsam unter den sonnendurchfluteten Olivenbäumen mit ihren blitzenden Blättern zwischen den hohen Oleanderhecken, zwischen den kühlen Tiefen hochherrschaftlicher Grundstücke mit hochherrschaftlichen Palästen der pinien- und olivengesäumten Straße folgend nach Saint-Jean, setzte mich dort wieder auf die Caféterrasse zwischen gutgelaunte Menschen und blickte zu den Felsen von Monaco und der fernen Küste von Ventimiglia hinüber. Ich trank heute nur eine Tasse Tee, betrachtete den schönen Hafen von Saint-Jean mit seinen kleinen Booten, mit den Fischern, die wie immer ihre Netze ausbesserten, beobachtete die Männer unter den Bäumen bei ihrem *Boule*, die schlafenden Katzen vor den Türen der bunten Häuser, es war noch das gleiche Bild wie vor acht Tagen, nichts hatte sich geändert, und trotzdem war alles ganz anders geworden. Ich trank meine Tasse leer, fuhr mit dem Omnibus nach Monaco zurück, lief planlos durch die Stadt, über den Boulevard Albert I., über den Quai des Etats-Unis, vorbei an den vielen schönen Hochseejachten durch die Avenue Monte Carlo zum Casino, und auf der vornehmen Terrasse des vornehmen Hotels saßen wieder vornehme Gäste, die mit Anmut aus ihren Tassen und Gläsern tranken und wichtige Gespräche führten. Auch im Café de Paris ging es zu wie immer, eines der marmornen Tischchen mußte wohl neu sein, ich schaute kaum hin, ging sofort weiter zur Avenue la Costa und dann wieder auf den Boulevard des Moulins, mit seinen schönen Geschäften, und mit jedem Schritt wurde mir ein bißchen leichter.

Ich dachte jetzt auch nicht mehr an Ramses, sondern wieder an unsere neue Dreizimmerwohnung, sah mich überall, wo ich hinschaute, in Gedanken in meiner neuen Dreizimmerwohnung beim Kartoffelschälen und anderen kleinen Arbeiten, wie sie nun mal in einem eigenen Haushalt unumgänglich sind, und während ich daran dachte, ertappte ich mich dabei, daß ich lächelte. Natürlich könnten wir die Hochzeitsreise auch in die Schweiz machen, es mußte ja nicht gleich das *Baur au Lac* sein, vielleicht war es sogar besser, wenn ich meinen nächsten Besuch an die Côte d'Azur um zwei oder drei Jahre verschob; wir hatten noch manches anzuschaffen, und Zürich war ja auch ganz nett gewesen!

Es war schon ziemlich spät geworden, als ich endlich in das Hotel zurückkehrte, der schwarzbefrackte Herr an der Rezeption teilte mir gleich mit, daß Monsieur Zöllner schon viermal nach mir gefragt habe, ich bat ihn, Monsieur Zöllner meine Rückkehr mitzuteilen, und es dauerte dann auch keine fünf Minuten, bis er zu mir hereinkam, sich unaufgefordert hinsetzte und triumphierend fragte: »Kennen Sie die Zeiss GmbH?«

»Hat sie etwas mit Optik zu tun?« fragte ich, und er sagte: »Mit Arzneimitteln. Ich kenne Dr. Zeiss vom Klub.« Ich wurde langsam neugierig, was an namhaften Großindustriellen in diesem Klub eigentlich nicht vertreten war, aber Herr Zöllner sah so gut gelaunt aus, daß mir eine andere Frage für den Augenblick wichtiger erschien: »Ist es eine große Firma?«

»Eine der größten Arzneimittelfirmen«, versicherte Herr Zöllner in einem Ton, als wäre dies sein persönliches Verdienst. »Als alte Karlsruherin«, sagte er, »müßten Sie sie eigentlich kennen. Die Sekretärin von Dr. Zeiss bekommt ein Kind und will ihre Stellung in einem halben Jahr aufgeben; bis dahin soll sie ihre Nachfolgerin einarbeiten. Sind Sie interessiert?« Man mußte eben nur mit den richtigen Leuten zusammenkommen, ich sagte: »Was verdient sie?«

»Fünfzehnhundert Mark«, sagte Herr Zöllner und setzte

einschränkend hinzu: »So viel werden Sie am Anfang natürlich nicht kriegen, aber wenn Sie ihm gefallen, stellt er Sie mit vorläufig elfhundert ein. Er erwartet Sie am Freitag um vier Uhr in seinem Büro.« Es war merkwürdig, aber ich reagierte nicht so impulsiv, wie das jetzt angebracht gewesen wäre, und fragte überflüssigerweise: »Haben Sie mit ihm telefoniert?«

»Ich habe mit zwölf Leuten telefoniert«, sagte Herr Zöllner und legte mir einen Zettel auf den Tisch. Es war ein Beleg über einhundertsechzig Neue Francs, er sagte: »Sie können sich selbst überzeugen.«

»Haben Sie auch mit der VAS telefoniert?« fragte ich, und Herr Zöllner sagte: »Nein. Oder wollten Sie ausgerechnet wieder zur VAS?« Natürlich wollte ich zur VAS zurück, und sei es nur, um meinen kleinen, schäbigen Triumph über die Pasch zu genießen; ich kam unmittelbar zur Besinnung und sagte: »Wenn Herr Dr. Zeiss mich nimmt...«

»Wir sind Duzfreunde«, sagte Herr Zöllner. »Er kennt mich gut genug, um zu wissen, daß ich ihm keine Niete empfehle.«

»Vielen Dank«, sagte ich. Dann holte ich die zweitausend Francs und den Zettel mit der Adresse der Agentur aus meiner Handtasche, legte beides auf den Tisch und sagte: »Das ist alles.« Ich beobachtete, wie er sich über den Zettel beugte, als er ihn in die Hand nahm, zitterten ihm vor Erregung die dicken Finger. »Hat er das selbst geschrieben?« fragte er, und ich sagte: »Seine Frau wird seine Handschrift kennen; es ist die Agentur, an die ich mich wenden sollte.«

»Ich kenne sie«, sagte Herr Zöllner. »Und was ist mit dem Geld?«

»Ich möchte, daß Sie es seiner Frau geben«, sagte ich, und er sagte langsam: »Sie machen nichts halb, was?«

»Nur ungern«, sagte ich. »Wird sie sich jetzt scheiden lassen?« Herr Zöllner starrte mich verdutzt an, dann kicherte er ein wenig, schüttelte den Kopf und sagte: »Da kennen Sie sie aber schlecht.« Er behielt das Geld wie unschlüssig in der Hand und fragte: »Haben Sie sich das auch gut überlegt?«

»Ja«, sagte ich. Er blickte wieder neugierig in mein Gesicht, dann sagte er: »Ich werde jetzt noch einmal mit Dr. Zeiss telefonieren und ihm sagen, daß Sie sich am Freitag vorstellen.«

»Ich werde pünktlich dort sein«, sagte ich. Während er das Geld und den Zettel sorgfältig in seine Brieftasche steckte, fiel mir etwas ein, ich nahm drei Fünfzigmarkscheine aus meiner Handtasche und sagte: »Für Ihre Unkosten; ich habe es nicht anders.«

»Da bekommen Sie noch ein paar Mark heraus«, sagte er, und ich sagte: »Lassen Sie nur.« Er steckte auch die drei Fünfzigmarkscheine in seine Brieftasche, lächelte verschmitzt und sagte: »Sie sind ein intelligentes Mädchen.«

»Ich hoffe es«, sagte ich. »Warum hat seine Frau es zugelassen?«

»Was?« fragte er überrascht, und ich sagte: »Daß er den Hund umgebracht hat.«

»Sie wußte es nicht«, sagte Herr Zöllner. »Bevor sie wegfuhren, hat er ihm heimlich etwas in sein Fressen geworfen und es ihr erst hinterher erzählt.« Er verstummte einen Augenblick, dann sagte er: »Eigentlich waren Sie schuld daran.« Ich hatte es halb vermutet und fragte: »Weil Ramses ihn in meiner Gegenwart angefallen hat?«

»Er ist sehr nachtragend«, sagte Herr Zöllner. Er blickte auf die schöne Armbanduhr an seinem dicken Handgelenk, stand auf und sagte: »Wir wollen noch nach Nizza; meine Frau läßt Sie grüßen.« Davon war ich nicht überzeugt, aber ich sagte trotzdem: »Vielen Dank.«

»Es fährt noch ein Nachtzug«, sagte Herr Zöllner. »Sie müßten um neun Uhr in Ventimiglia sein.«

»Das werde ich«, sagte ich, und irgendwie schien es ihn zu erleichtern, er streckte mir die Hand hin und sagte: »Dann sehen wir uns wohl nicht mehr. Alles Gute für Sie.«
»Ihnen auch«, sagte ich. Ich wartete, bis er draußen war, dann setzte ich mich wieder auf den Balkon, und etwas später sah ich seinen amerikanischen Wagen vorfahren. Es dauerte aber noch eine halbe Stunde, bis er mit seiner Frau aus dem Hotel kam, er trug jetzt einen weißen Anzug, schielte zu mir herauf und wandte sofort das Gesicht weg, während seine Frau erst im Wagen zu mir heraufschaute, aber sie sah einfach durch mich hindurch. Vielleicht war sie kurzsichtig oder durch ihren enormen Hut behindert. Mit ihrem schicken Sommerkleid und der Unmenge Kostbarkeiten an ihren mageren Armen wirkte sie auf dem roten Lederpolster des riesigen Wagens wie eine betagte Märchenfee. Auch Herr Zöllner setzte jetzt einen schönen Panamahut auf, der Chauffeur nahm seinen Platz hinter dem Lenkrad ein, und an der Tür des Hotels legten die beiden uniformierten Männer ihre Hand an den Mützenrand. So rollten die Zöllners davon.
Es war schon absurd, denn nun, da sie endgültig aus meinem Leben verschwanden, fand ich sie beide sehr originell. Ich blieb noch eine Weile auf dem Balkon sitzen und freute mich über die warme Sonne und das blaue Meer. Am meisten aber freute ich mich auf Hans.

Da ich ihm telegrafiert hatte, holte er mich auf dem Bahnsteig ab, küßte mich vor allen Leuten und sagte: »Ich habe keine ruhige Minute gehabt.« Er sah tatsächlich angegriffen aus, ich ließ ihm bis zum Wagen meine Hand, und während wir nach Hause fuhren, sprachen wir kein Wort miteinander. Ich legte meinen Kopf an seine Schulter, betrachtete die Häuser, die Leute und was es sonst noch zu betrachten gab, und weil ich diesmal kein vornehmes Schlafwagenabteil gehabt hatte, fielen mir ein paarmal die Augen zu. Hans streichelte einmal mein Knie, dann wieder meine Hand, und wenn er nicht mein Knie oder meine Hand streichelte, dann war es etwas anderes, und so kamen wir nach Hause. Die Treppe hinauf hakte ich mich bei ihm ein und fragte: »Was werden die Leute dazu sagen?«

»Wozu?« fragte er, und ich sagte: »Zu unserer wilden Ehe.«

»Die ist in der Mietvorauszahlung einbegriffen«, sagte Hans. Während er die Tür aufschloß, lehnte ich mich mit dem Rücken gegen die Wand. Wie oft hatte ich das schon erlebt, aber diesmal war es ganz anders, ich schaute ihm lächelnd zu, und er sagte: »Du hast vor deiner Abreise besser ausgesehen.«

»Ich habe schlecht geschlafen«, sagte ich, und dann sah ich überall Blumen, auf der Diele, im Wohnzimmer, im Schlafzimmer, selbst in der Küche standen zwei kleine Vasen, es mußten mindestens sieben oder acht sein, ich sagte glücklich: »Du verrückter Kerl!«, und er sagte: »Für dich immer noch nicht verrückt genug«, trug mich wieder über die Schlafzimmerschwelle, zog mir den Mantel aus und fragte: »Hast du schon gegessen?«

»Im Zug«, sagte ich, und dann saßen wir nebeneinander auf dem breiten Ehebett, küßten uns, und Hans sagte: »Ich werde uns einen Kaffee machen.« Wir tranken ihn auf dem Wohnzimmerbalkon in der Sonne, aßen Gebäck dazu, und Hans sagte: »Im nächsten Frühjahr bekomme ich die Geschäftsleitung.«

»Nein!« sagte ich, und er sagte: »Ja. Das sind zweitausend Mark im Monat.«

»Dann haben wir zusammen über dreitausend«, sagte ich fasziniert.
»Moment mal!« sagte er, und ich sagte: »Ich muß mich am Freitag bei den Zeiss-Arzneimittelwerken als künftige Chefsekretärin vorstellen.«
»Ach du liebes Bißchen!« sagte er verdutzt, und dann mußte ich erzählen, log ihm die unverschämteste Geschichte meines Lebens vor, daß Dr. Flechter von der MIWA-Fabrikations-KG ein persönlicher Bekannter von Herrn von Brandenstein gewesen und ich von Papa an ihn empfohlen worden sei, zu welchem Zweck ich nach Zürich fahren mußte, weil Dr. Flechter dort zur Zeit seinen Urlaub verbringe, aber Dr. Flechter habe sich inzwischen ganz kurzfristig anderweitig festlegen müssen und mich deshalb an Herrn Dr. Zeiss von den Zeiss-Arzneimittelwerken empfohlen, worauf Hans meinte, daß diese Brüder alle unter einer Decke steckten. »Aber dafür«, sagte er dann, »hast du doch keine drei Tage gebraucht«, und ich gestand ihm zerknirscht ein, daß ich die Gelegenheit wahrgenommen hätte, mir eben mal Zürich anzuschauen, erzählte ihm noch, daß ich in einer kleinen reizenden Pension am See gewohnt, Dr. Flechter nur einmal ganz kurz gesprochen und mir im übrigen zwei schöne Tage gemacht hätte. Es war wirklich die unverschämteste Geschichte meines Lebens, ich hatte sie mir auch nicht zurechtgelegt, heute morgen noch war ich entschlossen gewesen, ihm die Wahrheit zu erzählen, aber als er mich vorhin so erwartungsvoll angeschaut hatte, war mir meine unverschämte Geschichte wie von allein über die Lippen gekommen. »Dann war dieser alte Knabe gar nicht so übel«, sagte Hans nachdenklich, und ich sagte mit warmer Stimme: »Er hat mich sogar den Führerschein machen lassen.«
»So«, sagte Hans, und aus einem für mich undurchsichtigen Grund schien es ihm nicht ganz zu behagen. Er wollte dann

noch wissen, weshalb wir die Adoption wieder annulliert hätten, worauf ich wieder zerknirscht tat und ihm ins Ohr flüsterte, daß Papa eben doch nicht so alt gewesen sei, wie ich es gehofft hätte, und da ich damit seine eigenen und ursprünglichen Argumente bestätigte, fühlte er sich auch selbst bestätigt, meinte selbstbewußt, ihm könne keiner etwas vormachen, und diese alten Knaben seien so scharf wie eingesalzene Rettiche. »Hättest du gleich auf mich gehört...«, sagte er, und ich sagte: »Wenn ich auf dich gehört hätte, säße ich heute noch für sechshundert Mark in der VAS.«
Er kam dann, während wir immer noch unseren Kaffee tranken, auf andere Dinge, die ihm an meiner Geschichte nicht ganz einzuleuchten schienen, aber die jodhaltige Luft der Côte d'Azur wirkte auch jetzt noch befruchtend auf meine Phantasie, und wenn ich einmal nicht gleich eine präzise Antwort fand, machte ich ihn auf einen besonders schönen Baum auf dem Friedhof aufmerksam oder steckte ihm etwas Gebäck in den Mund. Und nach dem Kaffee setzten wir unsere Flitterwochen fort, besprachen das Aufgebot und was sonst noch zu besprechen war, Hans steckte mir Blumen ins Haar, bis ich wie ein Mädchen aus Honolulu aussah, ich bereitete ihn schonend darauf vor, daß ich dieses und jenes in unserer Wohnung anders zu haben wünsche, die Couch zum Beispiel würde besser gegenüber der Balkontür stehen, damit man von ihr aus direkt auf den Friedhof schauen könne, ebenso gehörte das Fernsehgerät nicht in die linke, sondern in die rechte Ecke, und Hans sagte: »Aber die Balkone lassen wir dort, wo sie sind.« Ich sah mir wieder die ganze Wohnung an, Hans streute mir Blumen vor die Füße und trieb anderen Unfug. Dann wollte er mir unbedingt noch den Frisiertisch kaufen, hatte sich deshalb gleich den ganzen Nachmittag freigenommen, und weil ich ihm das Vergnügen nicht verderben wollte, fuhren wir zusam-

men in die Stadt, sahen uns in einem großen Möbelgeschäft den Frisiertisch an, und Hans fragte, wie er mir gefalle. »Sehr gut«, sagte ich, und der junge Verkäufer meinte auch, daß es sich dabei um ein auserlesenes Stück handle. Ich hatte aber bereits einen anderen Frisiertisch entdeckt, der dreihundert Mark mehr kostete als jener, den Hans für mich herausgesucht hatte, und der junge Verkäufer meinte, daß es sich bei diesem hier natürlich um ein noch auserleseneres Stück handle, weil er einen fünfteiligen Spiegel habe. »Was willst du mit einem fünfteiligen Spiegel?« fragte Hans verdrossen, und ich sagte: »Wenn du drei Kinder willst, wäre er natürlich praktischer.« Der junge Verkäufer lächelte verlegen, und Hans sagte: »Dafür kostet er dreihundert Mark mehr.«

»Dann nehmen wir ihn natürlich nicht«, sagte ich und wandte mich wieder dem ersten Frisiertisch zu.

»Dreihundert Mark sind eben dreihundert Mark«, sagte der junge Verkäufer, und Hans sagte verdrossen: »Aber doch nicht Ihr Geld! Wenn meine Frau diesen Tisch will, bekommt sie ihn auch.«

»Wann können Sie ihn uns zuschicken?« fragte ich den jungen Verkäufer, und er antwortete: »Morgen vormittag, gnädige Frau.«

»Wenn ich das schon höre!« sagte Hans neben mir. Dann setzte der junge Verkäufer den Kaufvertrag auf, und Hans mußte ihn unterschreiben. Als wir aus dem Geschäft auf die Straße traten, sagte er: »Der andere hätte besser in unser Schlafzimmer gepaßt.«

»Das schon«, sagte ich, »aber wenn wir einmal ein Eigenheim haben, bekomme ich auch ein Boudoir, und für ein Boudoir paßt ein fünfteiliger Spiegel viel besser.«

»Was bekommst du?« fragte Hans, und ich sagte: »Ein Boudoir.«

»In einem Eigenheim?« fragte er. Ich schob ihm die Hand unter den Arm und zog ihn, da er aufgebracht stehengeblieben war, wieder weiter. »Sieh mal«, sagte ich, »wenn wir zusammen dreitausend Mark verdienen, können wir im Jahr mindestens zwölftausend Mark zurücklegen; das ist doch was, oder nicht?« Und Hans sagte: »Ich weiß nicht, was ich mit dir täte, wenn hier nicht so viele Leute wären.«

»Oh, die stören mich gar nicht«, sagte ich und hielt ihm meinen Mund hin. Er schob sich den Hut aus der Stirn, küßte mich, und jemand sagte: »Sonst ist die Polizei immer da!« Wir fuhren dann wieder nach Hause, machten uns einen gemütlichen Abend, sahen uns das Fernsehprogramm an, und als wir im Bett lagen, sagte ich: »Ich werde ihm einen Brief schreiben.«

»Wem?« fragte Hans, und ich sagte: »Dem Herrn von Brandenstein. Irgendwie tut er mir leid.«

»Wieso?« fragte Hans. »Der Kerl stinkt doch vor Geld.«

»Trotzdem«, sagte ich. Es hatte mir schon den ganzen Nachmittag auf den Magen gedrückt. Außerdem hatte ich keine Ahnung, welche unangenehmen Formalitäten damit verbunden waren, wenn man die Adoption annullieren lassen wollte. Ich sprach mit Hans darüber, und er sagte: »Will *er* sie denn annullieren lassen?«

»Ich weiß es nicht«, sagte ich, und Hans meinte: »Dann würde ich an deiner Stelle auch nichts mehr unternehmen. Ich glaube nicht, daß er es riskiert, deshalb ins Gerede zu kommen. Vielleicht laden wir ihn einmal zum Kaffee ein.«

»Wen?« fragte ich.

»Deinen alten Verehrer«, sagte Hans. Ich war über so viel Opportunismus richtig empört und sagte: »Das kommt ja nicht in Frage.«

»Warum nicht?« fragte Hans. »Das ist doch genauso, wie wenn du einen reichen Onkel in Amerika hättest.«

»Ich habe mir noch nie einen reichen Onkel in Amerika gewünscht«, sagte ich empört. Er hatte alle Mühe, mich wieder zu beruhigen, und als er mich beruhigt hatte, sagte ich: »Wenn schon, dann müßten wir ihn einmal zum Abendessen einladen.«

»Aber erst in einem halben Jahr«, sagte Hans. »Wenn du bis dahin nichts von seinem Anwalt bekommen hast.« Ich dachte wieder darüber nach, dann sagte ich: »Es wäre natürlich praktisch, wenn man jemand hätte, der gelegentlich auf die Kinder aufpassen könnte«, und Hans sagte: »Daran habe ich auch schon gedacht. Aber mit Kindern warten wir noch.«

»Fünf Jahre?« fragte ich, und er sagte: »Mal sehen.« Dann machte er das Licht aus, und während wir im Dunkeln lagen, versuchte ich mir vorzustellen, wie Papa zu Hause saß und auf unsere Kinder aufpaßte. Nachts träumte ich sogar davon, sah Papa im Traum mit einem Kinderwagen, aber ich war mir beim Aufwachen nicht mehr sicher, ob es mein eigener Kinderwagen gewesen war. Zudem war ich viel zu früh aufgewacht, weil Hans den Wecker gestellt hatte. Ich beobachtete, wie er seine Kleider mit ins Bad nahm, schlief dann noch einmal ein und kam erst wieder zu mir, als er mich zum Abschied küßte. »Wenn dir jemand auf der Treppe begegnet«, sagte er, »sagst du einfach guten Tag.«

»Was soll ich denn sonst sagen?« fragte ich, und er sagte: »Das kommt darauf an, zu welcher Tageszeit es passiert. Die Leute nebenan sind sowieso den ganzen Tag weg.«

»Kinder?« fragte ich.

»Soviel wie wir«, sagte Hans.

Wir sahen uns dann erst zum Mittagessen wieder. Bis dahin hatte ich eine Menge zu tun gehabt, Staub gewischt, den Küchenboden feucht aufgewischt, Geschirr vom Vortag gespült, den Blumen frisches Wasser gegeben, zwanzigmal vom Balkon nach Hans Ausschau gehalten und zu Mittag

gekocht. »Man merkt eben gleich«, meinte er, »daß eine Frau im Hause ist«, und darüber freute ich mich. Trotzdem hatte ich beim Essen keinen rechten Appetit, stocherte lustlos im Teller herum, und Hans fragte: »Lampenfieber?« Vielleicht war es Lampenfieber, schließlich brauchte man sich nicht jeden Tag als Chefsekretärin zu bewerben. Dafür aß Hans mit großem Appetit, sprach mir gut zu und sagte, wenn es nicht klappte, würde ich eben etwas anderes finden. Überhaupt hatten wir in diesen vierundzwanzig Stunden noch keinen Streit miteinander gehabt, was ich doch sehr bemerkenswert fand, meine Empfindungen hatten sich während dieser kurzen Zeit in einer Weise für ihn intensiviert, die mich selbst ein wenig überrumpelte, aber wahrscheinlich waren sie nur das Ergebnis eines langwierigen Prozesses, der sich in den vergangenen Monaten in meinem Unterbewußtsein entwickelt hatte. Trotzdem war ich fast froh, als er nach dem Essen wieder weg mußte; vor so weittragenden Entscheidungen war ich immer gern noch ein bißchen mit mir allein, um mich innerlich zu sammeln. Er küßte mich diesmal besonders lange, sagte: »Näschen hoch«, und bevor er endgültig ging, sagte er noch: »Über die andere Sache unterhalten wir uns heute abend.«
»Über welche?« fragte ich, und er sagte: »Über den Bären, den du mir gestern aufgebunden hast«, und dann ging er. Wahrscheinlich hatte ich ihn doch ein wenig unterschätzt gehabt, aber bis heute abend war genug Zeit, mir eine noch bessere Geschichte einfallen zu lassen, und im Augenblick hatte ich andere Sorgen. Ich nahm vorher noch ein Bad, schluckte vorsorglich zwei Kopfwehtabletten und machte mich dann sehr früh auf den Weg. Die Zeiss-Werke gehörten schon zum Stadtteil Durlach, ein mürrischer Straßenbahnschaffner gab mir widerwillig Auskunft, und von der Straßenbahnhaltestelle hatte ich noch eine Viertelstunde zu

gehen. Als ich dann das große weiße Verwaltungsgebäude sah, bekam ich feuchte Hände, es stand nahe an einem Waldrand, und von den Fenstern aus mußte man einen schönen Blick haben. Da ich viel zu früh dran war, ging ich einmal um den ganzen Komplex herum, betrachtete mir auch die Fabrikationsgebäude, die genauso sauber und weiß aussahen wie das Verwaltungsgebäude.
Meine Beklommenheit wurde trotzdem immer stärker, und ein paar Minuten überlegte ich mir allen Ernstes, ob ich es nicht doch besser wieder irgendwo als Hausgehilfin versuchen solle, aber davon abgesehen, daß man eine Stellung wie die bei den Witkowskis nicht alle Tage fand, hatte ich auch Rücksicht auf Hans zu nehmen, und schließlich konnte ein Mädchen wie ich nicht sein ganzes Leben damit verbringen, fremde Hunde spazierenzuführen und an der Côte d'Azur in der Sonne zu liegen; das konnten nicht einmal die Zöllners, obwohl die Zöllners vieles konnten. Wie in allen feineren Industriewerken mußte ich mich beim Portier anmelden, als er meinen Namen hörte, wurde er auffallend freundlich, meldete mich telefonisch an und kam dann sogar heraus, um mir den Weg zu erklären. Er hatte einen steifen Arm; seinem Alter nach konnte es von einer Kriegsverletzung herrühren, und am Schluß wünschte er mir ein gutes Ergebnis und lächelte. Ich fand das sehr nett, entschied sich der erste Eindruck einer neuen Firma doch meist schon an der Pforte, und als ich dann auf das Verwaltungsgebäude zuging, sah ich an den Fenstern ein paar neugierige Gesichter. Daß es sich um keine zufällige Neugierde handelte, merkte ich im Innern des Gebäudes, in der schönen Empfangshalle mit den eleganten Ledersesseln und einem teuren Mosaikboden standen zwei Mädchen in weißen Mänteln und starrten mich aufdringlich an, auch oberhalb der freitragenden Treppe mit ihren schwarzen Marmorstufen stand ein Mäd-

chen mit einem weißen Mantel; vielleicht handelte es sich um eine Art Betriebsuniform. Da der Portier mir den Weg genau beschrieben hatte, verzichtete ich darauf, nach dem Chefbüro zu fragen, stieg die Treppe hinauf und ging an dem mich stumm anstarrenden Mädchen vorbei. Natürlich hatte es auch seine Nachteile, wenn man in einem völlig fremden Betrieb als Chefsekretärin eingestellt wurde; darüber war ich mir keinen Augenblick im Zweifel gewesen, und die Anmeldung in diesem Haus erwies sich als recht kompliziert, sie führte zuerst über ein Vorzimmer des eigentlichen Vorzimmers, mit zwei zugegebenermaßen sympathischen Mädchen, die hier jedoch keine weißen Mäntel trugen. Der allgemeine Eindruck war sofort gut, das Zimmer entsprach allen Anforderungen, die man heutzutage als Stenotypistin an eine aufgeklärte Betriebsleitung stellen konnte, und daß die beiden Schreibmaschinen im Vorzimmer des eigentlichen Vorzimmers die neuesten elektrischen Modelle repräsentierten, nahm ich gleichfalls wohlwollend zur Kenntnis. Ob ich das Fräulein von Brandenstein sei, wollte eines der beiden Mädchen wissen. Ich schätzte es zwischen zwanzig und zweiundzwanzig, mit seinem hübschen Vorzimmerpulli und einem einnehmenden Wesen gewann es sofort meine volle Sympathie. Das andere Mädchen wirkte etwas älter und zugeknöpfter, wahrscheinlich wollte es das Ergebnis meines Besuchs abwarten, bevor es sich engagierte. Ich bestätigte dem netten Mädchen mit dem Vorzimmerpulli, daß ich das Fräulein von Brandenstein sei, worauf es mich vom Vorzimmer des eigentlichen Vorzimmers in das eigentliche Vorzimmer führte, und dort lernte ich die Chefsekretärin, Frau Kraemer, kennen. Meine schlimmen Befürchtungen waren in jeder Hinsicht unbegründet gewesen, sie empfing mich wie eine alte Busenfreundin, lächelte mich durch ihre Brillengläser mütterlich an, was vielleicht mit ihrem erwartungsfrohen Zustand im allgemeinen zusammenhängen mochte, und behauptete steif und fest, sich über meine Bekanntschaft zu freuen. Das war in der Regel nicht üblich, es gab im allgemeinen nichts Voreingenommeneres als Chefsekretärinnen, die ihre mutmaßliche Nachfolgerin einzuführen hatten, sie lebten ohnedies in dem permanenten Zwiespalt zwischen ihrer persönlichen Überzeugung, für ihren Arbeitgeber unentbehrlich geworden zu sein, und der ebenso permanenten Furcht, es könnte doch einmal eine kommen, die sich genauso unentbehrlich machen würde wie sie, aber bei Frau Kraemer war davon glücklicherweise nichts zu spüren, und ich führte es gleichfalls auf ihren erwartungsfrohen Zustand zurück, der für so nichtige Dinge im Herzen einer werdenden Mutter keinen Raum mehr ließ. Sie war eine starkknochige, energische Person und verwickelte mich sofort in ein kleines Gespräch, erkundigte sich nach meinen Sprachkenntnissen, und als ich sie fragte, ob sie sich gleich davon überzeugen wolle, wehrte sie mit beiden Händen lachend ab, sagte, dafür hätten wir, wie sie hoffe, noch ein halbes Jahr Zeit, und ging dann, ohne anzuklopfen, in das Hauptzimmer der beiden Vorzimmer. Ich nahm die Gelegenheit wahr, mich in meinem mutmaßlichen künftigen Reich ein wenig umzuschauen, und auch hier fiel meine kritische Musterung rundweg positiv aus, Frau Kraemer benutzte sogar ein mir noch unbekanntes Modell einer elektrischen Schreibmaschine, verfügte über ein verhältnismäßig großes und modern eingerichtetes Zimmer mit freundlichen Tapeten, kleinen Bildern an den Wänden, und durch das breite Fenster blickte man direkt auf den Turmberg und auf die nahen Ausläufer des Schwarzwaldes. Der Turmbergblick war mir nicht so angenehm, aber daran würde ich mich eben gewöhnen müssen. Auf dem Schreibtisch stand die obligatorische Blumenvase mit vier frischen Nelken; um mich hier einzuleben, würde ich keine vierzehn Tage brauchen, und dann kam das Schlimmste: Herr Dr. Zeiss persönlich, aber als ich dann, von Frau Kraemer sekundiert, in sein Zimmer trat, sah ich so etwas wie eine Zweitausgabe von Papa vor mir, einen kleinen, rundlichen Mann mit freundlichem Gesicht, roten Wangen und dichten weißen Haaren, die ihn vorzüglich kleideten. Er hätte fast ein um etwa zehn Jahre jüngerer Bruder Papas sein können, nur sein Mund und seine Augen waren anders, und während ich in seine Augen blickte, war ich sicher, daß er nie versuchen würde, intim zu werden. Er gab mir keine Hand, stand nur von seinem Stuhl auf, wies mit einer knappen Geste auf einen anderen Stuhl und sagte: »Sie sind also Fräulein von Brandenstein.«

»In der Tat«, sagte ich, und meine unschickliche Antwort schien ihn eher zu belustigen als zu verstimmen, er verschränkte die Arme vor der Brust, unterwarf mich einer eingehenden Musterung, dann sagte er: »Sie haben zuletzt als Hausgehilfin gearbeitet?«

»Hausgehilfin ist vielleicht nicht die richtige Definition dafür«, sagte ich, und er sagte: »Als was würden Sie es definieren?«

Das war ziemlich hart, und sein Büro wirkte ohnedies einschüchternd auf ein einfaches Mädchen wie mich, ich hatte ständig das Gefühl, mich versehentlich in das Luxusappartement eines Fünfsternehotels verlaufen zu haben, aber vielleicht war der Raum mehr zum Repräsentieren als zum Arbeiten gedacht, ein Mann seiner Klasse mußte sicher manchen hochgestellten Besuch empfangen, ich blickte ihn so unbefangen wie möglich an und sagte: »Ich hatte das Bedürfnis, einmal auszuspannen.«

»Als Hausgehilfin?« fragte Herr Dr. Zeiss, und ich fragte, ob ihm für ein Mädchen in meinen Jahren ein anderer Beruf bekannt sei, bei dem man sich ebenso ausspannen könne.

Anscheinend hatte er noch nie ernsthaft darüber nachgedacht, er musterte mich mit einiger Verwunderung und räumte etwas widerwillig ein, daß er für diesen Punkt völlig inkompetent sei, aber sicher könne ich ihm da eine erschöpfende Auskunft geben. Das traute ich mir durchaus zu, ich sagte: »Von Nützlichkeitserwägungen einmal abgesehen, gibt es Beschäftigungen, die mich weniger ansprechen.«
»Stenotypistin bei der VAS zum Beispiel?« fragte Herr Dr. Zeiss. Seine Informationen schienen geradezu lückenlos zu sein, und nachdem ich seine Frage dahingehend beantwortet hatte, daß mich die Stellung in der VAS in der Tat sehr wenig angesprochen hätte, blickte er zuerst mit gerunzelter Stirn auf einen Notizzettel nieder und dann unvermittelt auf. »Aber die Stellung in meiner Firma würde Sie ansprechen?« fragte er.
»Wenn Sie es mit mir versuchen wollen«, sagte ich. Herr Dr. Zeiss schwieg, blickte schweigend in mein Gesicht, fünf Sekunden oder zehn, schließlich sagte er: »Sie haben noch nie als Sekretärin gearbeitet.«
»Ein Manko, mit dem jede tüchtige Chefsekretärin einmal anfangen mußte«, sagte ich, und Herr Dr. Zeiss sagte: »Tüchtige Chefsekretärinnen verdingen sich in der Regel nicht als Hausgehilfin.«
»Solange sie nicht verheiratet sind«, sagte ich.
»Sie sind ja noch nicht verheiratet«, sagte Herr Dr. Zeiss. Das Gespräch strengte mich an, ich atmete einmal tief durch und sagte: »Ich glaubte, ich müßte mich schon mal an die Vorstellung gewöhnen.«
»Zu welchem Zweck Sie sich als Hausgehilfin verdingt haben?« fragte Herr Dr. Zeiss, und ich sagte: »Als Probe aufs Exempel, sozusagen.«
»Das ist interessant«, sagte Herr Dr. Zeiss wieder. »Ich verstand Sie vorhin so, daß Sie nur ausspannen wollten.«

Männer konnten schrecklich penibel sein, ich sagte mit Überwindung: »Das auch.«
»Und wie war Ihr persönlicher Eindruck?« fragte Herr Dr. Zeiss. Diesmal war ich mir nicht sicher, warum er es fragte, ich antwortete: »Es hat mich grundsätzlich nicht abschrecken können.«
»Vom Heiraten?« fragte Herr Dr. Zeiss, und ich sagte: »Ja.« Er griff nach einer Zigarettenpackung, steckte sich eine an und sagte: »An sich bin ich an einer Sekretärin interessiert, die mindestens fünf Jahre hierbleibt.«
»Wofür ich garantieren könnte«, sagte ich.
»Können Sie das wirklich?« fragte er.
»Heute kann man das schon«, sagte ich, und das schien ihn sehr zu befriedigen, schließlich war es seine Branche. Er blickte mich zum erstenmal mit einigem Wohlwollen an. »Ich hoffe«, sagte er, »Ihr Adoptivvater ist mit Ihrer Beschäftigung einverstanden.«
»Ich bin volljährig«, sagte ich, während ich den Zöllners alle bösen Krankheiten an den Hals wünschte, und Herr Dr. Zeiss sagte: »Sie wohnen doch bei ihm?«
»Nicht mehr lange«, sagte ich. Wenigstens diese Auskunft schien ihm neu zu sein, er runzelte wieder die Stirn, äußerte sich jedoch nicht dazu und erkundigte sich statt dessen nach meiner Schulbildung. Ich erzählte ihm, daß ich es zwar nur bis zur Mittleren Reife gebracht, jedoch die höhere Handelsschule abgeschlossen, zwei Jahre lang Sprachkurse besucht und ein Diplom dafür bekommen hätte. Wenn es ihn beeindruckte, ließ er es sich zumindest nicht anmerken, er öffnete seine Schreibtischschublade, holte einen kleinen, in weißes Seidenpapier eingewickelten Gegenstand heraus und streckte ihn mir hin. »Frau Witkowski bat mich, Ihnen das zu überreichen«, sagte er, und hätte er es im Namen der *Gesellschaft für gefallene Mädchen* getan, so wäre ich nicht minder schockiert

gewesen. Glücklicherweise behielt meine Vernunft die Oberhand, so daß ich meine erste Regung, einfach davonzulaufen, unterdrücken konnte. Ich hätte mir ja denken können, daß es eine abgekartete Sache war, und sagte: »Ich dachte, Herr Zöllner hätte mich empfohlen?«

»Er auch«, sagte Herr Dr. Zeiss, und da er mir immer noch den geheimnisvollen Gegenstand unter die Nase hielt, besann ich mich auf meine gute Erziehung, nahm ihn entgegen und fragte: »Was ist es?«

»Ich weiß es nicht«, sagte Herr Dr. Zeiss und blickte mich auf eine merkwürdige Art an. Es war auch jetzt noch nicht zu spät, meinen Stolz hervorzukehren, aber daß meine Neugierde mitunter noch größer sein konnte als mein Stolz, war längst keine Offenbarung mehr für mich, ich wickelte den Gegenstand aus dem Seidenpapier, und dann hielt ich ein kleines Medaillon aus massivem Gold in den Fingern. Als ich es aufspringen ließ, entdeckte ich ein winziges Porträt von Ramses, und Herr Dr. Zeiss fragte: »Wann können Sie anfangen?«

Sicher wäre es eine großartige Geste gewesen, nicht nur auf die Stellung zu verzichten, sondern auch das Medaillon zurückzugeben, es fragte sich nur, ob ich mir in meiner Situation eine so großartige Geste leisten konnte. Leute wie die Zöllners und Witkowskis konnten sich großartige Gesten leisten, und selbst das Medaillon war nichts anderes. Aber ich war mir da noch nicht ganz sicher, und während ich mit mir kämpfte, fiel mir plötzlich Hans wieder ein, ich sagte: »Am Montag.«

»Mit der üblichen Probezeit«, sagte Herr Dr. Zeiss. Dann stand er auf, lächelte ein bißchen und sagte: »Sie brauchen im Haus ja nichts von Ihrer Adoption zu erzählen.«

»Wenn Sie meinen...«, sagte ich, und Herr Dr. Zeiss sagte:

»Die Leute sind darin oft eigen, und auf die Kundschaft macht so etwas immer einen guten Eindruck.«
»Natürlich«, sagte ich.
»Dann haben wir uns ja verstanden«, sagte Herr Dr. Zeiss und brachte mich sogar zur Tür. Vielleicht war es doch besser, Papa schon in den nächsten vierzehn Tagen zum Abendessen einzuladen, ich mußte einen ziemlich verdatterten Eindruck machen, Frau Kraemer fragte mich bestürzt: »Hat er Sie nicht eingestellt?«
»Doch«, sagte ich. Vom Korridor drang das Geräusch vieler Stimmen und Schritte herein, ich verabschiedete mich von Frau Kraemer, sie sagte augenzwinkernd: »Er hält sehr viel von Ihnen!«
»Das passiert mir oft«, sagte ich. Die beiden Mädchen vom Vorzimmer des Vorzimmers waren bereits gegangen, und dann ging auch ich wieder zwischen vielen Frauen und Mädchen über einen langen Korridor zur Treppe und durch den schönen Empfangsraum zur Pforte, und als ich zwischen und mit ihnen auf die sonnenbeschienene Straße hinaustrat, wurden es immer mehr. Sie strömten aus allen Himmelsrichtungen zu den Haltestellen der Omnibusse und Straßenbahnen, Fabrikarbeiterinnen, Stenotypistinnen, kaufmännische Angestellte, auch Angestellte und Arbeiterinnen aus den nahen Büros der großen Warenhäuser und Fabriken an der Peripherie der Stadt, eine fast endlose Prozession gutgelaunter Frauen und Mädchen, die sich alle freuten, einen guten Tag hinter sich und ein langes Wochenende vor sich zu haben, die im Bewußtsein ihrer getanen Arbeit zu ihren Männern, Kindern und Familien heimkehrten, sich ausgelassen unterhielten, oft in Fünferreihen eingehakt über die Straße gingen und Scherzworte austauschten, und kurz vor der Straßenbahnhaltestelle schob mir jemand von hinten die Hand unter den Arm und fragte: »Hat es geklappt?« Ich

erkannte das sympathische Mädchen mit dem Vorzimmerpulli wieder und sagte: »Ja.«
»Das ist fein!« freute sich das Mädchen mit dem Vorzimmerpulli. »Ich heiße Monika.«
»Das ist aber merkwürdig«, sagte ich, und das Mädchen namens Monika fragte: »Wieso? Gefällt Ihnen der Name nicht?«
»Er gefällt mir sogar sehr gut«, sagte ich. »Wo wohnen Sie?«
»In der Oststadt«, sagte das sympathische Mädchen namens Monika. »Und Sie?« Ich sagte es ihm, und das Mädchen meinte: »Dann wohnen wir ja gar nicht weit voneinander entfernt.«
»Nein«, sagte ich. »Das wohnen wir nicht.«
»Mit Ihnen«, sagte das Mädchen Monika, »wird das ganz anders werden als mit der Kraemer.«
»Sie ist doch nett«, sagte ich, und das Mädchen Monika sagte: »Nett schon. Fahren Sie nach Hause?«
»Ja«, sagte ich. Monika zog ihre Hand unter meinem Arm hervor und sagte: »Ich gehe vorher noch baden. Es ist heute so ein schöner Tag.«
»Ja«, sagte ich, und dann merkte ich, daß ich immer noch Frau Witkowskis Medaillon mit Ramses' Porträt in der Hand hielt. Ich blinzelte ein bißchen in die gute alte Sonne und sagte: »Heute schon.«

Willi Heinrich

»Heinrich gehört zu jenen ursprünglichen Erzählern, denen es scheinbar mühelos gelingt, die Aufmerksamkeit der Leser über lange Strecken hinweg wachzuhalten ... Er kann Fabeln entwickeln, rasch erkennbare Figuren zeichnen ... er hat einen beachtlichen Instinkt für die Dramaturgie des Romans.« So äußerte sich einer der führenden deutschen Literaturkritiker, Marcel Reich-Ranicki, über den neben H. H. Kirst im Ausland erfolgreichsten deutschen Autor.

Die Bücher des 1920 in Heidelberg geborenen kaufmännischen Angestellten, mehrfach verwundeten Soldaten und erst spät zum Schreiben gekommenen Autors markieren gleichzeitig wichtige Stationen des realistischen deutschen Gegenwartsromans. Sein erstes Buch, *Das geduldige Fleisch* (1955), war nach Ansicht der Kritik ein ebenbürtiges deutsches Gegenstück zu Mailers epochemachendem Kriegsroman »Die Nackten und die Toten«. War in diesem Buch wie auch in *Der goldene Tisch* das beherrschende Thema Heinrichs wie seiner ganzen Generation noch das Erlebnis eines grausamen, schmutzigen »totalen« Krieges, so faßt er nun nach den Romanen *Gottes zweite Garnitur*, *Ferien im Jenseits* und *Maiglöckchen oder ähnlich* ein typisches Problem unserer Zeit an.

Mittlere Reife – der Titel bezieht sich nicht nur auf den Bildungsgrad der ungewöhnlichen Heldin dieses neuen Romans, sondern zugleich auf den moralischen Zustand der bundesdeutschen »Elite«, mit der sie auf ihrem abenteuerlichen Weg in das Reich des höheren Lebensstandards in engen, oft sogar recht intimen Kontakt kommt. Wohl zeigt Willi Heinrich die deutsche High Society, zeigt, wie eine intelligente und attraktive junge Frau mit Selbstbewußtsein und ohne Prüderie hier Karriere machen kann, aber er geht weit über die Schablone des üblichen Illustriertenromans hinaus. Er ist nicht nur realistisch, sondern auch kritisch, aber er verurteilt nicht, sondern beschreibt, wie diese besondere, exklusive Welt beschaffen ist.